HISTOIRE

DE

L'ÉLOQUENCE.

SECONDE ÉDITION.

TOME II.

MIRECOURT, IMPRIMERIE ET LITHOGRAPHIE DE HUMBERT.

HISTOIRE

DE

L'ÉLOQUENCE

AVEC

DES JUGEMENTS CRITIQUES SUR LES PLUS CÉLÈBRES ORATEURS

ET DES EXTRAITS NOMBREUX ET ÉTENDUS DE LEURS CHEFS-D'OEUVRE,

PAR

l'Abbé HENRY,

Directeur de l'Institution de la Trinité à Lamarche (Vosges), et Chanoine
honoraire de Saint-Dié.

Hoc certe prorsus eximatur ex animo, rerum pulcherrimam
eloquentiam cum vitiis mentis posse misceri.

QUINTILIANUS, lib. XII, cap. 1.

SECONDE ÉDITION.

TOME II.

PARIS,

CHEZ JACQUES LECOFFRE, RUE DU VIEUX-COLOMBIER, Nº 29.

M DCCC L.

HISTOIRE

DE

L'ÉLOQUENCE MODERNE.

CINQUIÈME SECTION.

ÉLOQUENCE POLITIQUE.

SECONDE PARTIE.

TRIBUNE FRANÇAISE.

CHAPITRE PREMIER.

ASSEMBLÉES DE LA RÉVOLUTION.

Constituante : Barnave. — Mirabeau. — Maury. — Cazalès. — Débats de l'Assemblée constituante. Assemblée législative, Convention, Directoire : Robespierre. — Danton. — Marat. — Vergniaud.

Constituante.

On avait préludé, par une multitude d'écrits, aux combats qui s'élevèrent dans les assemblées politiques de la révolution ; et les députés aux Etats-Généraux s'approchaient de Versailles, comme les soldats de deux armées ennemies, se hâtant de rejoindre leurs corps et leurs généraux, pour engager une bataille décisive. Les dispositions des partis pouvaient faire présager combien la lutte allait être terrible. Les uns voulaient tout détruire, pour élever sur des ruines immenses une constitution nouvelle. Les autres, épouvantés de ce vague besoin de changement qui travaillait les esprits, étaient disposés à soutenir de tous leurs efforts l'édifice

1

déjà ébranlé de la vieille monarchie, et à défendre avec opiniâtreté tous leurs droits et tous leurs priviléges.

Dès que les Etats-Généraux furent assemblés, les têtes s'exaltèrent de plus en plus, l'agitation devint extrême, et, de ce choc
violent entre tous les principes, tous les intérêts, toutes les passions, on vit sortir, avec un étonnement mêlé d'effroi, de grandes
fautes et de grandes vertus, des ténèbres épaisses et des lumières
éclatantes.

L'assemblée, d'abord réunie à Versailles, fut bientôt transférée
à Paris. Elle resta quelque temps à l'archevêché, et s'établit ensuite dans une salle de manége, voisine des Tuileries. On avait
ménagé, des deux côtés de ce dernier local, des tribunes spa-
cieuses pour des spectateurs qui formaient une autre représentation du peuple. Bien avant l'aube du jour, ces spectateurs venaient
prendre ou réserver leurs places. Des jeunes gens se dévouaient à
ces fatigues pour assister aux orages souvent majestueux de cette
assemblée; mais la plupart des places étaient envahies par une
foule salariée, à laquelle on distribuait, sans aucune ombre de
mystère, les mêts, les vins, les liqueurs et les pièces d'argent.
Le fauteuil du président et le bureau des secrétaires séparaient
les députés populaires de ceux que l'on nommait *aristocrates*.
Les premiers occupaient le côté gauche et les autres le côté droit.
Comme les gradins s'élevaient en amphithéâtre aux extrémités,
les députés du côté gauche remplissaient en foule cette sorte d'é-
minence qui depuis reçut le nom de *Montagne*, si fameux et si
redouté dans les annales révolutionnaires. (*Lacretelle*.)

Le parti de la révolution eut un grand nombre d'orateurs,
parmi lesquels on distinguait Duport, Alexandre de Lameth,
Chapelier, Tronchet, Target, Touret, et surtout Barnave et Mirabeau.

Barnave. (1761—1792.)

Barnave, dans toute la force de la jeunesse, s'était voué au
triomphe de la révolution, comme ces pieux Indiens qui se jettent dans le char de l'idole, et que la roue écrase en avançant.
Né à Grenoble, il appartenait à une famille protestante; et la haine
religieuse accroissait en lui l'exaltation fébrile qui l'animait contre
la vieille monarchie.

Son éloquence était à la fois grave et entraînante, et ce qui
étonnait davantage en lui, c'était l'art de revêtir des maximes pas-

sionnées et ardentes de la séduction d'une parole calme et facile. Mirabeau disait de Barnave que c'était un jeune arbre destiné à devenir un mât de vaisseau ; mais la tempête ne lui donna pas le temps de croître, elle le brisa en chemin.

En défendant Louis XVI, qu'on voulait juger après son arrestation à Varennes, il montra la hauteur imposante et les vues profondes d'un homme d'Etat. Il était revenu à des sentiments plus modérés. « Le sang qui coule est-il donc si pur, s'était-t-il écrié au premier meurtre de la révolution ? » Cette parole sinistre pesait comme un remords sur sa conscience.

« Le jugement du roi, s'écria-t-il ! que serait-il autre chose que la proclamation de la république ? On vous propose donc de détruire votre ouvrage au premier choc des événements, ou plutôt, lorsque, par l'assistance du ciel, une tentative, qui pouvait avoir des résultats funestes à la paix du royaume, n'en a eu aucun, Vous mettez votre gloire à terminer une révolution sans exemple dans les annales du monde ; on vous propose d'en ouvrir une nouvelle, de laisser ce terrible héritage aux Français, de les faire rouler de lois en lois, d'orages en orages, d'abîmes en abîmes. Vous avez exercé, mais avec modération et sagesse, des pouvoirs effrayants pour l'imagination : on veut que vous appeliez une convention nationale, investie de pouvoirs encore plus redoutables. Vous avez créé la liberté : on veut vous faire établir un despotisme violent et sanguinaire. Mais ne craignez-vous pas que ceux qui commenceront par juger le roi, ne vous jugent à votre tour, et ne traitent d'actes serviles tous ceux par lesquels vous aurez consacré la séparation et l'indépendance des pouvoirs? Si vous prolongez la révolution, il m'est facile de vous dire jusqu'où elle ira dans ses continuels progrès. Dans la nuit du 4 août, vous avez renversé des priviléges odieux : on voudra faire une nouvelle nuit du 4 août, et l'on ne trouvera plus qu'à renverser les propriétés mêmes. Oui, vous les verrez attaquées par des confiscations barbares, par mille sortes de décrets extravagants. On les rendra, vous dis-je, ces décrets; car, si on séduit quelques métaphysiciens, quelques géomètres, avec des abstractions, on ne séduit le peuple que par des réalités, qu'avec des avantages palpables ; et, pour le satisfaire, on portera le brigandage dans les lois. Quel est donc le motif de tant de désordres où l'on veut vous lancer? c'est parce qu'on cède à des motifs de haine contre un roi malheureux. Si l'on accorde aujourd'hui tant à la haine, demain on peut accorder davantage à l'amour. Car il est plus naturel aux Français d'aimer que de haïr. Un chef nouveau se présentera, et peut-être nos malheurs seront tels, que l'on se croira heureux de trouver un refuge sous sa tyrannie.

» Prévenez-les donc, ces malheurs, qui pourraient amener un aussi effroyable résultat. Maintenez l'indépendance et l'équilibre des pouvoirs; qu'ils se servent de limites l'un à l'autre. Ne soyez point juges de votre roi; ne permettez pas qu'il soit jugé par aucun corps, par celui que l'on invoque, sous le nom de convention nationale, et dont je me fais d'avance la plus sinistre idée. Que la France n'ait pas à vous reprocher de transgresser vos propres décrets, et surtout celui que je vois placé en tête de votre constitution, l'inviolabilité de la personne royale. Proclamateurs de la déclaration des droits de l'homme, ne laissez pas s'établir le principe effroyable qu'on peut arbitrairement créer une peine pour un délit non prévu, et que cette peine peut s'appliquer au seul homme que vos lois mettent à l'abri de toute responsabilité, à celui qu'elles déclarent inviolable par un privilége dont il n'est pas l'objet, mais qui est démontré nécessaire à la paix de l'État. Si l'on venait vous proposer de donner un effet rétroactif à des lois civiles, chacun de vous s'élèverait avec horreur contre un tel acte de tyrannie; et l'on vient vous proposer de donner un effet rétroactif à des lois criminelles, de les créer aujourd'hui, pour les appliquer à ce qui s'est opéré avant elle.

» Quand nous tenons un langage fondé sur les lois premières de l'ordre social, on nous accuse de tenir un langage pusillanime, et qui nous est inspiré par la crainte des puissances étrangères. Non, Messieurs, ce n'est pas là le danger qui nous occupe; nous avons trop le sentiment des forces et de la dignité du peuple français. Insensé, celui qui ne saurait pas présager et affronter l'issue d'une telle lutte! Non, ce n'est pas l'énergie de la nation qui paraît se ralentir; c'est l'excès de cette énergie que nous craignons; c'est le prolongement de notre fièvre révolutionnaire. Beaucoup d'outrages, beaucoup de calomnies ont été répandus contre nous chez les puissances étrangères : il dépend de vous de leur faire aujourd'hui une noble réponse. Dès le premier bruit du péril qui nous a menacés, les peuples ont dû voir avec admiration le développement subit de nos forces, de notre puissance. Maintenant il est temps de charmer le monde par notre modération, notre douceur, notre équité, par toutes nos vertus anciennes, réunies à toutes nos vertus nouvelles. »

Mirabeau. (1749—1791.)

Au-dessus de Barnave et de tous les orateurs qui se rendirent les organes des idées nouvelles, on vit apparaître comme une puissance, le génie de Mirabeau (Honoré Réquité, comte de).

Il était né à Bignon, près de Nemours.

Doué d'une imagination de flamme, du redoutable don de séduire et de fasciner, Mirabeau était du petit nombre de ces hommes qui naissent pour servir d'instrument à la ruine ou au salut des empires, selon qu'ils dirigent vers le bien ou vers le mal leurs énergiques facultés ; une partie de sa jeunesse s'était écoulée dans de honteuses débauches, l'autre dans les prisons d'État ; et sa vie s'était usée dans la triple fatigue des voluptés, de la misère et du châtiment. En lutte contre son père, tyran de famille qui écrivait de beaux livres sur l'amour des hommes, il avait eu à subir, au château d'If et dans le donjon de Vincennes, des années de solitude longues comme des siècles, durant lesquelles avait fermenté la haine ardente du pouvoir despotique. Parvenu à la maturité de la vie, et agité par l'opprobre de son passé, il aimait à en renvoyer la responsabilité odieuse à la société elle-même, à se consoler en la trouvant criminelle de ses propres égarements : aussi cherchait-il à dissimuler sous la pompe de la gloire civique les vices qui souillaient en lui le fils, l'époux et l'homme ; il aspirait à conquérir l'admiration, après avoir perdu tout droit à l'estime ; il voulait faire redouter à ce point son génie qu'on oubliât de songer à ses vices : tour à tour dédaigneux et superbe, souple et cauteleux, audacieux jusqu'au cynisme et parfois prudent jusqu'à l'hypocrisie, quand sa parole envoyait à ses ennemis le défi ou l'insulte, quand elle conviait à la révolte ou à la soumission, rien n'égalait l'ardeur de ses regards, la puissance de son geste, et l'on se surprenait à trouver belle cette face de lion, naturellement empreinte de laideur, et sur laquelle la foudre des passions avait laissé de profondes cicatrices. D'ailleurs, tout n'était pas corrompu dans cette nature déchue, en dehors des entraînements de la passion, elle révélait encore quelques restes de beauté, par des élans de droiture et de courage, par un désir vague du bien. A force de maudire l'injustice et l'iniquité, le cœur de cet homme avait retenu quelque chose des principes que formulait sa plume : parfois, il se montrait disposé à la pitié et au pardon. Soulevé contre la monarchie, grandi par le souvenir de ses anciennes souffrances, irrité par l'effroi qu'il inspirait, mécontent de rapetisser son âme à des jouissances qui ne suffisaient pas à l'étourdir, il était dominé, emporté, entraîné par l'insatiable soif de se venger de son siècle, et d'humilier un monde qui ne lui avait point accordé une assez grande place au soleil. Lorsque de tels hommes se lèvent au début des révolutions sociales, les acteurs vulgaires s'arrêtent, le public fait silence, et l'on attend avec une sorte d'anxiété l'éclat des orages qui recèlent leurs poitrines.

MIRABEAU PEINT PAR TIMON.

Tout concourut à faire de Mirabeau le superbe dominateur de la tribune, son organisation exceptionnelle, sa vie, ses études et ses luttes domestiques, le temps extraordinaire où il est apparu, l'esprit et le mode des délibérations de l'assemblée constituante, et l'ensemble véritablement merveilleux de ses facultés oratoires.

Les états généraux sont convoqués.

Mirabeau s'avance dans la carrière comme un géant, et le sol tremble sous ses pas. Noble, il mène au combat le tiers contre la noblesse qui l'avait follement expulsé de ses rangs.

Il se compare à Gracchus, proscrit par le sénat de Rome.

« Ainsi, dit-il, périt le dernier des Gracques de la main des patriciens; mais, atteint du coup mortel, il lança de la poussière vers le ciel, en attestant les dieux vengeurs, et de cette poussière naquit Marius; Marius, moins grand pour avoir exterminé les Cimbres que pour avoir abattu dans Rome l'aristocratie de la noblesse. »

Mirabeau se jeta à corps perdu dans les voies de la démocratie. Une fois sur ce terrain, il le pétrit, il le foula sous ses pieds, il s'y étendit, il s'y affermit et il y lutta, comme l'athlète du peuple, contre les ordres du clergé et de la noblesse, avec toute la puissance de sa logique et avec toute l'énergie de son indomptable volonté.

On s'imagine vulgairement que la force de Mirabeau consistait dans les fanons de son poitrail et dans les touffes épaisses de sa crinière de lion; qu'il balayait ses adversaires d'un coup de sa queue; qu'il roulait sur eux avec les mugissements et la fureur d'un torrent; qu'il les atterrait de son regard; qu'il les écrasait avec les éclats de sa voix, semblable au tonnerre; c'est là le louer par les qualités extérieures du port, de l'organe et du geste.

comme on louerait un gladiateur romain du cirque, ou un comédien ; ce n'est pas le louer, comme doit l'être ce grand orateur.

Sans doute Mirabeau dut beaucoup, dans le commencement de sa fortune oratoire, au prestige de son nom. Car il était maître de l'assemblée par la renommée de sa parole, avant de l'être par sa parole elle-même.

Sans doute Mirabeau dut beaucoup à cette voix pénétrante, flexible et sonore qui remplissait aisément l'oreille de douze cents personnes, à ces fiers accents qui passionnaient une cause, à ces gestes impétueux qui portaient à ses adversaires effrayés des défis sans réponse.

Mais ce qui établit son incomparable domination sur l'assemblée, c'est d'abord la prédisposition enthousiaste de l'assemblée elle-même, c'est l'ensemble et le concours de ses étonnantes facultés, la fécondité de son travail, l'immensité de ses études et de ses connaissances ; c'est la grandeur et l'étendue de ses vues politiques, la solidité de sa dialectique, la méditation et la profondeur de ses discours, la véhémence de ses improvisations et le tranchant de ses réparties.

Mirabeau préméditait la plupart de ses discours.

Sa comparaison des Gracques, son allusion à la roche Tarpéienne, son apostrophe à l'abbé Sieyès, ses fameuses harangues sur la constitution, sur le droit de paix et de guerre, sur le véto royal, sur les biens du clergé, sur la loterie, sur les mines, sur la banqueroute, sur les assignats, sur l'esclavage, sur l'instruction publique, sur les successions où brillent et se déploient les trésors de la science et la profonde élaboration de la pensée, sont des morceaux écrits.

Sa manière oratoire est celle des grands maîtres de l'antiquité, avec une admirable puissance de geste et une véhémence de diction que peut-être ils n'eurent jamais. Il est fort parce qu'il n'est pas tendu ; il est naturel parce qu'il ne met pas de fard ; il est éloquent parce qu'il est simple ; il n'imite pas les autres parce qu'il n'a besoin que d'être lui-même ; il ne surcharge pas son discours d'un bagage d'épithètes, parce qu'il le ralentirait ; il ne se jette pas dans les digressions, parce qu'il craindrait de s'égarer.

Ses exordes sont tantôt vifs, tantôt majestueux, selon que la matière le comporte. Il narre les faits avec clarté. Il pose la question avec certitude. Sa phrase ample et sonore est assez semblable à la phrase parlée de Cicéron. Il déroule, avec une solennelle

lenteur, les ondes de son discours. Il n'accumule pas ses énu-
mérations comme des ornements, mais comme des preuves. Il ne
cherche pas l'harmonie des mots, mais l'enchaînement des idées.
Il n'épuise pas un sujet de sa lie, mais de sa fleur. S'il veut
éblouir, les images naissent sous ses pas; s'il veut toucher, il
abonde en élans du cœur, en persuasions délicates, en mouvements
oratoires qui ne se heurtent pas, mais qui se soutiennent, qui ne
se confondent pas; mais qui se succèdent, qui s'engendrent les
uns des autres, et qui s'échappent avec un désordre heureux de
cette belle et riche nature.

Mais dès qu'il aborde le débat, dès qu'il entre dans le cœur
de la question, il est substantiel, nerveux, logicien autant que
Démosthènes; il s'avance dans un ordre serré, impénétrable; il
fait la revue de ses preuves, dispose leur plan d'attaque et les
range en bataille.

Couvert des armes de la dialectique, il sonne la charge, fond
sur ses adversaires, les saisit, les frappe au visage et ne les
lâche pas qu'il ne les ait forcés, le genou sur la gorge, à s'avouer
vaincus; s'ils tournent le talon, il les poursuit, il les bat par-de-
vant et par-derrière; il les presse, il les pousse, et il les ramène
invinciblement dans le cercle impérieux qu'il leur a tracé; comme
ces marins qui, sur le pont d'un étroit navire pris à l'abordage,
placent un ennemi sans espérance entre leur glaive et l'Océan.

Combien sa parole devait surprendre par sa nouveauté et émouvoir la fibre populaire, lorsqu'il traçait ce tableau d'une constitution légale !

« Trop souvent on n'oppose que les baïonnettes aux convulsions
de l'oppression ou de la misère. Mais les baïonnettes ne rétablis-
sent jamais que la paix de la terreur et le silence du despotisme.
Ah ! le peuple n'est pas un troupeau furieux qu'il faille enchaîner.
Toujours calme et mesuré, lorsqu'il est vraiment libre, il n'est
violent et fougueux que sous les gouvernements où on l'avilit
pour avoir le droit de le mépriser. Quand on pèse tout ce qui
doit résulter pour le bonheur de vingt-cinq millions d'hommes,
d'une constitution légale substituée aux caprices ministériels, du
concours de toutes les volontés, de toutes les lumières pour le
perfectionnement de nos lois, de la réforme des abus, de l'adou-
cissement des impôts, de l'économie dans les finances, de la
modération dans les peines, de la règle dans les tribunaux, de
l'abolition d'une foule de servitudes qui entravent l'industrie et
mutilent les facultés humaines, en un mot, de ce grand système

de liberté qui, s'affermissant sur les bases des municipalités ren-
dues à des élections libres, s'élève graduellement jusqu'aux administrations provinciales, et reçoit sa perfection du retour annuel
des États-Généraux ; quand on pèse tout ce qui doit résulter de
la restauration de ce vaste empire, on sent que le plus grand
des forfaits, le plus noir attentat contre l'humanité, serait de
s'opposer à la haute destinée de notre nation et de la repousser
dans le fond de l'abime, pour l'y tenir opprimée sous le poids
de toutes ses chaines. »

Avec quelle justesse, avec quelle finesse d'observation il énu-
mère les difficultés de l'administration civile et militaire de Bailly
et de Lafayette, lorsqu'il propose de leur voter des remerci-
ments !

« Quelle administration ! quelle époque où il faut tout craindre
et tout braver ! où le tumulte renaît du tumulte, où l'on produit
une émeute par les moyens qu'on prend pour la prévenir ; où il
faut sans cesse de la mesure, et où la mesure paraît équivoque,
timide, pusillanime ; où il faut déployer beaucoup de force,
et où la force paraît tyrannique ; où l'on est assiégé de mille conseils, et où il faut les prendre de soi-même ; où l'on est obligé de
redouter jusqu'à des citoyens dont les intentions sont pures, mais
que la défiance, l'inquiétude, l'exagération rendent presque aussi
formidables que des conspirateurs ; où l'on est obligé, même dans
des occasions pressantes, à céder par sagesse, à conduire le désordre pour le retenir, à se charger d'un emploi glorieux, il est
vrai, mais environné d'alarmes cruelles ; où il faut encore, au
milieu de si grandes difficultés, montrer un front serein, être
toujours calme, mettre de l'ordre jusque dans les plus petits
objets, n'offenser personne, guérir toutes les jalousies, servir sans
cesse et chercher à plaire comme si l'on ne servait point ! »

Mirabeau discoureur était admirable. Mais que n'était pas
Mirabeau improvisateur ? Sa véhémence naturelle dont il comprimait les élans dans ses harangues méditées, débordait dans ses
improvisations. Une sorte d'irritabilité nerveuse donnait alors à
toute sa personne l'animation et la vie. Sa poitrine se gonflait
d'un souffle tempétueux. Sa face de lion se plissait et se crispait.
Ses yeux dardaient des flammes. Il rugissait, il bondissait, il
secouait son épaisse crinière toute blanchie d'écume, et il prenait
possession de la tribune avec la suprême autorité d'un maître et
d'un roi.

Qu'il était beau, à le voir, de moment en moment, se hausser
et grandir sous l'obstacle! Comme il étalait l'orgueil de son front
dominateur! Ne l'eût-on pas pris pour l'orateur antique, qui,
avec toutes les puissances déchaînées de sa parole, soulevait et
réprimait dans le Forum, les flots irrités de la multitude?

Alors il laissait là les notes mesurées de sa déclamation habituellement grave et solennelle. Il lui échappait des cris entrecoupés, des voix de foudre et des accents déchirants et terribles. Il
recouvrait de chair et de coloris les arguments osseux de sa dialectique. Il passionnait l'assemblée, parce qu'il se passionnait lui-
même. Il entraînait, parce qu'il était entraîné. Et cependant, tant
sa force était grande! il se précipitait sans s'égarer, il s'emparait
des autres avec le souverain empire de son éloquence, sans cesser
de la gouverner elle-même.

Ses improvisations, soit épuisement rapide, soit plutôt instinct
de son art, étaient brèves. Il savait que les émotions perdent leur
effet par leur durée; qu'il ne faut pas laisser à l'enthousiasme de
ses amis le temps de se refroidir, ni aux objections de ses rivaux
le temps d'apparaître; qu'on se rit bientôt de la foudre qui gronde
en l'air sans tomber, et qu'on doit abattre vite son adversaire,
comme le boulet de canon qui tue d'un seul coup.

On prétendait que l'Assemblée ne devait pas avoir l'initiative de
l'accusation des ministres.

Mirabeau réplique à l'instant même :

« Vous oubliez que le peuple, à qui vous opposez la limite des
trois pouvoirs, est la source de tous les pouvoirs, et que lui seul
peut les déléguer! Vous oubliez que c'est au souverain que vous
disputez le contrôle des administrateurs! Vous oubliez enfin que
nous, les représentants du souverain, nous devant qui sont suspendus tous les pouvoirs, ceux même du chef de la nation, s'il
ne marche point d'accord avec nous, vous oubliez que nous ne
prétendons point à placer et à déplacer les ministres en vertu de
nos décrets, mais seulement à manifester l'opinion de nos com-
mettants sur tel ou tel ministre! Eh! comment nous refuseriez-vous
ce simple droit de déclaration, vous qui nous accordez celui de
les accuser, de les poursuivre, et de créer le tribunal qui devra
punir ces artisans d'iniquités dont, par une contradiction palpable
vous nous proposez de contempler les œuvres dans un respectueux silence? Ne voyez-vous donc pas combien je fais aux gouvernants un meilleur sort que vous, combien je suis plus modéré?
Vous n'admettez aucun intervalle entre un morne silence et une
dénonciation sanguinaire. Se taire ou punir, obéir ou frapper,

voilà votre système ! Et moi, j'avertis avant de dénoncer, je récuse avant de flétrir ! »

Il usait, par inspiration, de ces vives figures qui trasportent subitement les hommes, les choses et les lieux sur la scène, et qui les font ouïr, parler et agir, comme s'ils étaient présents.

L'Assemblée allait se jeter imprudemment dans des querelles religieuses.

Mirabeau, pour couper court, se lève et dit :

« Rappelez-vous que d'ici, de cette même tribune où je parle, je vois la fenêtre du palais dans lequel des factieux, unissant des intérêts temporels aux intérêts les plus sacrés de la religion, firent partir de la main d'un roi des Français, l'arquebuse fatale qui donna le signal du massacre des Huguenots. »

Une députation de l'assemblée s'apprêtait à demander au roi le renvoi des troupes trois fois refusé. Le bouillant Mirabeau ne peut se contenir et s'adressant aux commissaires :

« Dites au roi, dites-lui que les hordes étrangères dont nous sommes investis ont reçu hier la visite des princes, des princesse s des favoris, et leurs caresses, et leurs exhortations et leurs présents ! Dites-lui que toute la nuit ces satellites étrangers, gorgés d'or et de vin, ont prédit, dans leurs chants impies, l'asservissement de la France, et que leurs vœux brutaux invoquaient la destruction de l'Assemblée nationale ! Dites-lui que dans son palais même, les courtisans ont mené leurs danses au son de cette musique barbare, et que telle fut l'avant-scène de la Saint-Barthelémy ! »

J'ai dit que ce qui a élevé Mirabeau, sans aucune comparaison, au-dessus des autres orateurs, c'est la profondeur et l'étendue de ses pensées, la solidité de sa dialectique, la véhémence de ses improvisations ; mais c'est surtout la fortune inouie de ses reparties.

Jamais Mirabeau ne reculait devant aucune objection ni devant aucun adversaire. Il se redressait de toute sa hauteur sous la menace de ses ennemis, et il enfonçait à coups de massue le clou qu'on voulait qu'il arrachât.

Il bravait, à la tribune, les préjugés, les objurgations sourdes et les impatiences frémissantes de l'Assemblée. Immobile comme un roc, il croisait les bras et il attendait le silence.

Il ripostait à l'instant même, coup sur coup, à tous et sur tout, avec une rapidité d'action et une justesse d'à-propos surprenantes.

Il peignait les hommes et les choses avec une manière et des mots qui n'étaient qu'à lui.

Il appelait énergiquement la France ancienne « une agrégation inconstituée de peuples désunis. »

Il disait dans son langage monarchique :

« Le monarque est le représentant perpétuel du peuple, et les députés sont ses représentants temporaires. »

Membre du directoire de Paris, il s'exprimait ainsi devant le roi.

« Un grand arbre couvre de son ombre une large surface. Ses racines profondes s'étendent au loin et s'entrelacent à des rochers éternels. Pour l'abattre, il faut bouleverser la terre. Telle est, Sire, l'image de la royauté constitutionnelle. »

Attaqué, comme Président de l'Assemblée constituante, par M. de Faucigny, qui voulait tomber sur le côté gauche, le sabre au poing, il rédige le décret d'admonition en ces termes :

« L'Assemblée, satisfaite des témoignages de votre repentir, vous remet, Monsieur, la peine que vous avez encourue. »

Quelle vivacité, quelle actualité, quelle noblesse dans toutes ses reparties, quelle spirituelle et chevaleresque ironie, quelle vigueur !

On était à délibérer, beaucoup plus de temps qu'il ne fallait, sur les prétentions de la république de Gênes à l'île de Corse.

Mirabeau : « Je ne pense pas qu'une ligue de Raguse, de Lucques, de Saint-Marin et de quelques autres puissances aussi formidables, doive vous inquiéter ; je ne regarde pas non plus comme très-dangereuse la république de Gênes, dont les armées ont été mises en fuite par douze hommes et douze femmes sur les côtes de la mer en Corse. Je demande un ajournement extrêmement indéfini. »

Cazalès proposait, pour remède aux maux publics, d'investir le roi, pendant trois mois de la puissance exécutive illimitée.

Mirabeau dit : « M. de Cazalès est hors de la question, car il discute celle de savoir si on accordera, ou si on n'accordera pas au roi la dictature. »

Et comme l'abbé Maury insistait sur le droit de parler ainsi qu'avait Cazalès :

Mirabeau répliqua : « J'ai prétendu, non pas que le préopinant fût hors de son droit; j'ai dit seulement qu'il était hors de la question. On a demandé la dictature; la dictature! chez une nation de vingt cinq millions d'âmes! La dictature à un seul, dans un pays qui travaille à sa constitution, dans un pays dont les représentants sont assemblés, la dictature d'un seul! »

Aux optimistes qui sommeillaient :

« Nous dormons, mais ne dort-on pas au pied du Vésuve? »

A l'Abbé Maury qui l'inculpait d'appeler la populace à son aide :

« Je ne m'abaisserai pas jusqu'à repousser l'inculpation qui vient de m'être faite, à moins que l'Assemblée n'élève cette inculpation jusqu'à moi en m'ordonnant d'y répondre. Dans ce cas, je croirais avoir tout dit pour ma justification et ma gloire, en nommant mon accusateur et en me nommant. »

A son frère, qui avait traité cavalièrement une motion :

« J'ai toujours regardé comme la preuve d'un bon esprit, qu'on fît son métier gaiement. Ainsi je n'ai garde de reprocher au préopinant sa joyeuseté dans des circonstances qui n'appellent que trop de tristes réflexions et de sombres pensées. »

A une rédaction lagomachique de la constitution :

« Je fais observer qu'il n'y aurait pas de mal à ce que l'Assemblée nationale de la France parlât français, et même écrivît en français les lois qu'elle propose. »

A ceux qui réclamaient l'inamovibilité des fondations anciennes du clergé :

« Si tous les hommes qui ont vécu avaient un tombeau, il aurait bien fallu, pour trouver des terres à cultiver, renverser ces monuments et remuer les cendres des morts pour nourrir les vivants. »

A un député qui proposait l'ajournement d'une motion relative à de malheureux condamnés :

« Si l'on devait vous pendre, Monsieur, proposeriez-vous l'ajournement d'un examen qui pourrait vous sauver? »

A M. d'Espréménil, qui s'escrimait pour les mandats impératifs :

« Si le système de M. d'Espréménil eût prévalu, il n'aurait pas eu besoin de venir en personne; il aurait pu se contenter

d'envoyer ici son cahier, et nous eussions été privés du plaisir
de l'entendre. »

A ceux qui prétendaient que la demande au roi du renvoi des
ministres avait perdu l'Angleterre :

« L'Angleterre est perdue! Ah! grand Dieu! quelle sinistre
nouvelle! Eh! par quelle latitude s'est-elle donc perdue? ou quel
tremblement de terre, quelle convulsion de la nature a englouti
cette île fameuse, cet inépuisable foyer de si grands exemples,
cette terre classique des amis de la liberté?.... Mais vous nous
rassurez.... L'Angleterre répare, dans un glorieux silence, les
plaies qu'elle s'est faites au milieu d'une fièvre ardente. L'Angleterre fleurit encore pour l'éternelle instruction du monde! »

A Régnault de Saint-Jean-d'Angély, qui s'indignait contre la
proposition d'une chambre unique :

« J'ai toujours redouté d'indigner la raison, mais jamais les
individus. »

A l'adresse de la ville de Rennes, qui déclarait traîtres et
ennemis de la patrie les approbateurs du Véto royal :

« Si l'Assemblée délibère longtemps sur un pareil sujet, elle
aura l'air d'un géant qui se hausse sur ses pieds pour paraître
grand. Melun, Chaillot, Viroflay, ont le droit de débiter les mêmes
absurdités que Rennes : comme Rennes, ils peuvent qualifier
d'infâmes ou de traîtres à la patrie, ceux qui ne partageront pas
leurs opinions. L'Assemblée nationale n'a pas le temps de s'instituer professeur des municipalités, qui avancent de fausses maximes. »

Au comité de Constitution, qui s'opposait à ce qu'on délibérât
sur un amendement :

« Les comités sont très-certainement l'élite de l'univers. Mais
l'Assemblée nationale n'a pas encore dit qu'elle voulût leur décer-
ner le privilége exclusif d'éclaircir et de débattre les questions. »

A un membre qui voulait conserver dans les promulgations
royales ces mots : A tous présents et à venir, salut!

Mirabeau dit : « Si la mode de saluer venait à passer! »

A un autre qui demandait qu'on employât toujours ces expressions : Roi de France et de Navarre :

« Ne serait-il pas à propos d'ajouter et autres lieux ! »

A un membre qui soutenait que les députés devaient jouir des priviléges d'inviolabilité des ambassadeurs, puisqu'ils représentaient comme eux des nations :

« Je répondrai que je ne savais pas encore qu'il y eût dans cette assemblée des ambassadeurs de Dourdan, des ambassadeurs du pays de Gex. J'aime mieux croire que nous ne sommes ici que les représentants de la nation française, et non pas des nations de la France. »

A ceux qui attaquaient la qualification de peuple français.

« Je l'adopte, je la défends, je la proclame, par la raison qui la fait combattre. Oui, c'est parce qu'il est obscurci, couvert de la rouille des préjugés ; parce qu'il nous présente une idée dont l'orgueil s'alarme et dont la vanité se révolte ; parce qu'il est prononcé avec mépris dans les chambres des aristocrates ; c'est pour cela même, Messieurs, que je voudrais, c'est pour cela même que nous devons nous imposer, non-seulement de le relever, mais de l'ennoblir et de le rendre désormais respectable aux ministres et cher à tous les cœurs. »

A un pamphlet lancé contre lui, répandu sur les bancs de l'Assemblée, et dont il lut seulement le titre en montant à la tribune :

« J'en sais assez, et l'on ne m'emportera d'ici que triomphant ou en lambeaux. »

A un libelle de Marat, qui le qualifiait de noir et de coquin à pendre :

« On parle des noirs dans ce libelle d'un homme ivre. Eh bien ! ce n'est pas au Châtelet de Paris, c'est au Châtelet du Sénégal, qu'il faut renvoyer cette extravagance. J'y suis seul nommé, passons à l'ordre du jour. »

A un rapporteur qui lisait une lettre saisie sur un prétendu agent de Mirabeau, et où l'on disait : Riquetti l'aîné est un scélérat :

« Monsieur le rapporteur, ne me flattez-vous pas ? Vous avez eu la bonté de me communiquer les pièces, et je crois avoir lu : Riquetti l'aîné est un infâme scélérat. Il est bon de montrer sous ses véritables couleurs le portrait fidèle que mon agent fait de moi. Lisez tout. »

Et une autre fois :

« J'ai vu cinquante-quatre lettres de cachet dans ma famille. Oui, Messieurs, cinquante-quatre, et j'en ai dix-sept pour ma part. Ainsi, vous voyez que j'ai été partagé en aîné de Normandie. »

A ceux qui l'interrompaient dans ses exclamations contre une loi de vengeance :

« La popularité que j'ai ambitionnée et dont j'ai joui, n'est pas un faible roseau. C'est dans la terre que je veux enfoncer ses racines sur l'inébranlable base de la raison et de la liberté. Si vous faites cette loi, je jure de n'y obéir jamais ! »

A ceux qui contestaient à l'assemblée les légitimes pouvoirs d'une Convention nationale :

« Notre convention nationale est supérieure à toute imitation comme à toute autorité ; elle ne doit de compte qu'à elle-même, et ne peut être jugée que par la postérité. Messieurs, vous connaissez tous le trait de ce Romain, qui, pour sauver sa patrie d'une grande conspiration, avait outre-passé les pouvoirs que lui conféraient les lois : Jurez, lui dit un tribun captieux, que vous avez respecté les lois. Je jure, répliqua ce grand homme, que j'ai sauvé la république ! — Messieurs...... je jure que j'ai sauvé la chose publique ! »

Les deux partis opposés l'accusaient à la fois de conjuration :

« Tantôt conspirateur factieux, répond-il, tantôt conspirateur contre-révolutionnaire ! permettez, Messieurs, que je demande la division. »

Je ne descendrai pas dans la vie privée de Mirabeau, qui lui a été plutôt un obstacle qu'un secours, une tache qu'un relief.

Mirabeau a souvent regretté ces débauches d'imagination et de tempérament qui déflorèrent sa jeunesse. Il les a noblement réparées en les avouant, même à la tribune. Il portait le cœur aussi haut que la tête.

J'ajoute que ses discours, ses motions, ses adresses, ses amendements respirent, comme homme public, une pure moralité.

Il disait : « Il est plus important de donner aux hommes des mœurs et des habitudes, que des lois et des tribunaux. »

Chose singulière ! c'est lui qui fit, par sentiment religieux, maintenir l'intitulé : Louis par la grâce de Dieu, roi des Français.

Il aimait, lui échappé des cachots de Vincennes, la liberté avec fanatisme, avec idolâtrie. Il avait pour les droits et la misère du peuple un respect profond, élevé, délicat. Il voulait qu'on établît dans la société un tel ordre de choses que partout les vieillards eussent un asile et les pauvres du travail et du pain.

Plus vicieux de tempérament que de cœur; extrême dans ses passions, hautain dans ses repentirs; impatient de tout joug; insouciant du lendemain à la manière des gens de lettres; oublieux des injures, comme toutes les grandes âmes; pauvre, travaillé de besoins, affamé de la représentation, entêté de gentilhommerie* et tranchant à la fois du grand seigneur et du tribun; séduisant à fasciner ses ennemis mêmes : tel était Mirabeau.

Son âme était un foyer inépuisable de sensibilité d'où sortaient les soudaines illuminations de son éloquence. Vif, oseur, naturel, simple, humain, généreux à l'excès, expansif jusqu'à la familiarité et familier jusqu'à l'indiscrétion. Prompt d'esprit, étincelant de verve et de saillies, avec une immensité de mémoire, de goût, de talents et de connaissances, et avec un travail d'une facilité prodigieuse; tel était encore Mirabeau. (*Livre des Orateurs.*)

En adoptant, en général, les éloges que M. de Cormenin donne, avec une si piquante originalité, à l'éloquence de Mirabeau, nous croyons devoir faire quelques restrictions. Il est juste de parler avec plus d'insistance des vices de ce grand orateur et de l'influence funeste qu'ils eurent sur son talent. Nous pouvons invoquer ici une autorité imposante, celle de M. Villemain dans ses leçons de littérature. « La vie de Mirabeau, dit-il, fut longtemps traînée dans tous les scandales du désordre, du vice, et, j'ai honte de le dire, quelquefois de la bassesse. Cet homme puissant, ce génie de la parole, il ressemble au lion de Milton, dans le premier débrouillement du cahos, moitié lion, moitié fange, et pouvant à peine se dégager de la boue qui l'enveloppe, lors même que déjà il rugit et s'élance. Ses vices sont sur lui comme un poids qui le déprime et le retient encore quand il se montre homme de génie. Mémorable exemple! les fautes de cet homme, cet arriéré de honte qui lui restait, arrête sa gloire, l'empêche d'être grand et utile comme il l'eût été, le rabaisse à des actions avilissantes au moment où il

___

* Madame de Staël rapporte que Mirabeau dit un jour dans un cercle : « L'amiral Coligny qui, par parenthèse, était mon parent. » Après la séance fameuse où tous les nobles de l'assemblée avaient abandonné leurs titres, le comte de Mirabeau n'avait plus été désigné dans les feuilles publiques, que sous son ancien et obscur nom de famille RIQUETTI. La plaisanterie parut mauvaise à l'orgueilleux tribun, et, s'approchant des logographes en descendant de la tribune : « Avec votre Riquetti, dit-il, vous avez désorienté l'Europe pendant trois jours. »

est porté au sommet de la puissance publique. » (Cours de littérature.) La vertu en eût fait un orateur accompli ; les souillures de sa vie et les passions de son âme ternissent l'éclat de ses talents. Il possède une imagination assez forte pour concevoir, malgré ses vices, et pour exprimer de nobles sentiments, mais il n'a point cette pureté de lumière, cette beauté ravissante qui ne sort que d'un cœur pur. Tout ce qu'on peut dire, c'est que, du moins, ses discours les plus éloquents sont ceux qu'il a consacrés à la défense de l'ordre et de la justice. Il est aisé de s'en convaincre en examinant les deux principales époques de sa carrière oratoire.

Dans la première, il se montre tout bouillant d'exaltation, secondant avec l'audace et l'impétuosité d'un tribun, le mouvement révolutionnaire. Il s'empare de la dictature de la parole ; mais ses discours reçoivent l'empreinte des passions qui l'environnent et de celles qui agitent son cœur. Des expressions choquantes et quelquefois ignobles, des mouvements tumultueux, des transports frénétiques les dégradent.

Dans la seconde, après avoir lancé le char de l'Etat au milieu des abîmes, il entreprend de modérer sa course et de l'empêcher de se briser.** Au lieu de flatter les passions des révolutionnaires, il recueille toutes les forces de son génie pour les combattre. Son éloquence n'est point encore sans défauts, mais elle devient plus forte et plus majestueuse. Le tribun est transformé en orateur. Ecoutons son nouveau langage. Dans la discussion de l'impôt qui devait s'élever au quart du revenu de chaque particulier, et que, pour cette raison, on appela la contribution du quart, Mirabeau, comprenant toute l'étendue du danger dans lequel se trouvait l'Etat, et apercevant avec effroi les désastres qui allaient résulter d'un aveugle esprit d'opposition, vint noblement au secours du roi, du repos de la France et de l'honneur français. Voici par quels mouvements animés il termina son discours :

« Oh! si des déclarations moins solennelles ne garantissaient pas notre respect pour la foi publique, notre horreur pour l'infâme

---

* M. de Châteaubriand, dans ses MÉMOIRES D'OUTRE TOMBE, caractérise avec originalité ce prodigieux orateur. Il eut occasion de le voir à la tribune et dans la vie privée. Un jour il assistait à un repas où le fier tribun se trouvait au milieu de toutes les célébrités contemporaines. Le grand convive prenait souvent la parole ; il avait ses opinions et surtout ses succès à défendre contre un monde d'envieux. Le repas fini, Mirabeau resta quelques moments seul avec le jeune Châteaubriand. « En sortant de notre dîner, dit celui-ci, Mirabeau me regarda en face avec ses yeux d'orgueil, de vice et de génie, et m'appliquant sa main sur l'épaule, il me dit : Ils ne me pardonneront jamais ma supériorité. Je sens encore l'impression de cette main comme si Satan m'eût touché de sa griffe de feu. »

** On assure que ses convictions nouvelles furent achetées et qu'il reçut de la liste civile des sommes énormes qui suffisaient aux besoins de son faste et aux nécessités de ses honteux plaisirs.

mot de banqueroute, j'oserais scruter les motifs secrets, et peut-être hélas! ignorés de nous-mêmes, qui nous font si imprudemment reculer au moment de proclamer l'acte d'un grand dévouement, certainement inefficace, s'il n'est pas rapide et vraiment abandonné. Je dirais à ceux qui se familiarisent peut-être avec l'idée de manquer aux engagements publics, par la crainte de l'excès des sacrifices, par la terreur de l'impôt... : qu'est-ce donc que la banqueroute, si ce n'est le plus cruel, le plus inique, le plus illégal, le plus désastreux des impôts?... Mes amis, écoutez un mot, un seul mot :

» Deux siècles de déprédations et de brigandages ont creusé le gouffre où le royaume est près de s'engloutir. Il faut le combler, ce gouffre effroyable! Eh bien! Voici la liste des propriétaires français. Choisissez parmi les plus riches, afin de sacrifier moins de citoyens ; mais choisissez : car ne faut-il pas qu'un petit nombre périsse pour sauver la masse du peuple? Allons! ces deux mille notables possèdent de quoi combler le déficit. Ramenez l'ordre dans les finances, la paix et la prospérité dans le royaume.... Frappez, immolez sans pitié ces tristes victimes! précipitez-les dans l'abîme... il va se refermer... Vous reculez d'horreur..! Hommes inconséquents! hommes pusillanimes! Ah! ne voyez-vous donc pas qu'en décrétant la banqueroute, ou, ce qui est plus odieux encore, en la rendant inévitable, sans la décréter, vous vous souillez d'un acte mille fois plus criminel, et chose inconcevable, gratuitement criminel, car, enfin cet horrible sacrifice ferait au moins disparaître le déficit. Mais croyez-vous, parce que vous n'aurez pas payé, que vous ne devrez plus rien? Croyez-vous que les milliers, que les millions d'hommes, qui perdront en un instant, par l'explosion terrible, ou par ses contre-coups, tout ce qui faisait la consolation de leur vie, et peut-être leur unique moyen de la sustenter, vous laisseront paisiblement jouir de votre crime? Contemplateurs stoïques des maux incalculables que cette catastrophe vomira sur la France, impassibles égoïstes, qui pensez que ces convulsions du désespoir et de la misère passeront comme tant d'autres, et d'autant plus rapidement qu'elles seront plus violentes, êtes-vous bien sûrs que tant d'hommes sans pain vous laisseront tranquillement savourer les mets dont vous n'aurez voulu diminuer ni le nombre, ni la délicatesse?... Non, vous périrez, et, dans la conflagration universelle que vous ne frémissez pas d'allumer, la perte de votre honneur ne sauvera pas une seule de vos détestables jouissances.

» Voilà où nous marchons.... J'entends parler de patriotisme,

d'élan du patriotisme, d'invocations du patriotisme. Ah ! ne pros-
tituez pas ces mots de patrie et de patriotisme ! Il est donc bien
magnanime, l'effort de donner une portion de son revenu pour
sauver tout ce qu'on possède ! Ah ! Messieurs, ce n'est là que de
la simple arithmétique ; et celui qui hésitera, ne peut désarmer
l'indignation que par le mépris que doit inspirer la stupidité. Oui,
Messieurs, c'est la prudence la plus ordinaire, la sagesse la plus
triviale, c'est votre intérêt le plus grossier que j'invoque. Je ne
vous dis plus, comme autrefois : donnerez-vous les premiers aux
nations, le spectacle d'un peuple assemblé pour manquer à la foi
publique ? Je ne vous dis plus : Eh ! quels titres avez-vous à la
liberté ? quels moyens vous resteront pour la maintenir, si, dès
votre premier pas, vous surpassez les turpitudes des gouvernements les plus corrompus ; si le besoin de votre concours et de
votre surveillance n'est pas le garant de votre constitution ? Je
vous dis : vous serez tous entraînés dans la ruine universelle ; et
les premiers intéressés au sacrifice que le gouvernement vous
demande, c'est vous-mêmes !

» Votez donc ce subside extraordinaire, et puisse-t-il être suffisant ! votez-le, parce que, si vous avez des doutes sur les moyens,
doutes vagues et non éclaircis, vous n'en avez pas sur sa nécessité
et sur notre impuissance à le remplacer, immédiatement du moins.
Votez-le, parce que les circonstances publiques ne souffrent aucun
retard, et que nous serions coupables de tout délai. Gardez-vous
de demander du temps ; le malheur n'en accorde jamais. Eh !
Messieurs, à propos d'une ridicule motion du Palais-Royal, d'une
risible insurrection, qui n'eut jamais d'importance que dans les
imaginations faibles, ou les desseins pervers de quelques hommes
de mauvaise foi, vous avez entendu naguère ces mots forcenés :
Catilina est aux portes de Rome, et l'on délibère ! et certes il n'y
avait autour de nous ni Catilina, ni périls, ni factions, ni Rome....
Mais aujourd'hui la banqueroute, la hideuse banqueroute est là ;
elle menace de consumer, vous, vos propriétés, votre honneur ;
et vous délibérez !... »

Mesdames Adélaïde et Victoire, qui étaient en chemin pour
sortir de France, ayant été arrêtées, Mirabeau osa prendre leur
défense, et déclara qu'aucune loi suprême ne s'opposait à leur
voyage. — « Une loi, s'écria-t-on dans le côté gauche, une loi
suprême s'oppose au voyage de Mesdames. — Nommez-la, dit
Mirabeau ! — C'est le salut du peuple. — Le peuple, répliqua-t-
il ? Osez-vous bien l'invoquer dans une circonstance aussi

frivole ? Pouvez-vous demander sans imprudence la violation de nos lois les plus saintes, en trahissant des craintes pusillanimes ? Vous avez proclamé votre ouvrage immortel ; il le sera sans doute, puisque vous l'avez fondé sur la justice, l'humanité, les droits primitifs des hommes ; et déjà vous l'ébranleriez ! Vos imprudentes mains en saperaient les fondements ! Bel exemple à donner à vos successeurs !... Le salut du peuple ! comme si deux princesses d'un âge avancé, d'une conscience timorée peut-être, pouvaient le compromettre par leur absence, par leur opposition même. Le salut du peuple ! Je vous attends à des dangers plus sérieux. Il faudra donc vivre dans la confusion de toutes les lois. Le salut du peuple ! Quand vous agirez en tyrans au nom de la liberté, qui voudra croire à cette liberté ? »

Ce débat n'avait été qu'un prélude à la discussion de la loi contre les émigrants. Le comité de constitution, d'après l'avis de Mirabeau qui en était membre, prit un parti violent en apparence, mais singulièrement adroit, pour écarter les lois de rigueur. Il en proposa une où l'arbitraire et la cruauté même se montraient sans aucun voile. Il y eut à la lecture un frémissement universel dans l'assemblée. Mirabeau sut s'emparer de cette émotion.

« Ainsi, s'écria-t-il, vos cœurs conservent toujours la même horreur pour la violence, l'arbitraire, la cruauté ! Ainsi, même au milieu des périls que je ne veux ni exagérer, ni dissimuler, vous regardez toujours comme le plus grand des malheurs, pour vous et pour la France, toute précipitation qui vous rendrait injustes ! Ah ! que vos murmures et vos frémissements ont flatté mon oreille et soulagé mon cœur ! Je suis, je vous le déclare, complice du piége qui vous a été tendu par votre comité de constitution ; piége heureux qui révèle toute la noblesse de vos sentiments et l'inflexibilité de vos principes ! Vous n'avez pas fait à votre comité de constitution le même honneur que les Athéniens firent à Aristide, lorsqu'ils le firent juge de la moralité du plan qu'il proposait. Mais vous venez de montrer que vous êtes aussi bons juges de cette moralité qu'Aristide lui-même. Une loi, faite dans le code de Dracon, n'entrera jamais dans le recueil des décrets de l'assemblée nationale. Vous nous direz peut-être que nous avons atteint le dernier degré de l'atrocité dans la rédaction de la loi. Détrompez-vous ; si vous ou vos successeurs, vous veniez à suivre les conseils dont on vous obsède aujourd'hui, la loi qui vous indigne ne serait plus considérée, malgré toute sa barbarie, que comme un acte de clémence. Dans tous les articles qui en seraient les conséquences et les odieux développements, vous trouveriez partout la mort; votre bouche ne saurait plus prononcer que ce terrible mot; vos lois, en semant l'épouvante au-dedans, chasseraient au-dehors, par l'indignation et la terreur, les hommes les plus distingués, et vous feriez à des malheureux, à des femmes, à des enfants, à des vieillards, un crime de cette peur qu'incessamment vous redoubleriez en eux, par des actes et des mesures cruelles. Pour moi, loin de souscrire jamais à des mesures aussi atroces, je déclare que je me croirais délié de tout serment de fidélité envers ceux qui auraient l'infamie de nommer une commission dictatoriale. Les murmures que j'entends s'élever dans une partie de cette salle, semblent condamner la véhémence de mes paroles. Je me garderai bien de contraindre un sentiment d'indignation dont je m'énorgueillis. Vous complaire est mon bonheur, vous avertir est ma loi. Messieurs, la popularité que j'ai ambitionnée et dont j'ai eu comme un autre le bonheur de jouir, n'est pas un faible roseau, c'est un chêne dont je veux enfoncer les racines en terre, c'est-à-dire sur les immuables bases de la justice et de la liberté. Pourquoi craindrais-je de vous adresser des conseils que dans ma vie privée j'adressais à des souverains, à celui qui occupe aujourd'hui le trône du grand Frédéric; heureux que je suis de retrouver dans mon cœur des principes que j'ai exprimés autrefois avec quelque force contre toute espèce de loi sur les émigrations. Je conçois le dépit envieux de ceux qui, fougueux aujourd'hui, ou plutôt perfides dans leur amour de la liberté, seraient fort embarrassés de nous dire depuis quel temps cette passion s'est allumée dans leur âme. (Ici, un violent murmure sortit du banc de MM. de Lameth.) Silence aux trente voix, s'écria Mirabeau d'une voix tonnante! »

Discussion sur le droit de paix et de guerre.

Les débats avaient duré cinq jours, lorsque Mirabeau demanda et obtint la parole.

« Lorsqu'il s'agit de déclarer la guerre ou de faire la paix, dit-il, la nature des choses, leur marche invincible, indiquent les époques où chacun des deux pouvoirs peut agir séparément, les points où leurs concours se rencontrent, les fonctions qui leur sont communes et celles qui leur sont propres. C'est au roi à entretenir les relations extérieures, à veiller à la sûreté de l'empire, à faire et à ordonner les préparatifs nécessaires pour le défendre : autrement il existerait dans le même royaume deux pouvoirs exécutifs.

» Je ne me suis pas dissimulé tous les dangers qu'il peut y avoir de confier à un seul homme le droit ou plutôt les moyens de ruiner l'Etat, de disposer de la vie des citoyens, de compromettre la sûreté de l'empire, d'attirer sur nos têtes, comme un génie malfaisant, tous les fléaux de la guerre. Ici, comme tant d'autres, je me suis rappelé le nom de ces ministres impies, ordonnant des guerres exécrables pour se rendre nécessaires, ou pour écarter un rival. Ici, j'ai vu l'Europe incendiée pour le gant d'une duchesse trop tard ramassé. Je me suis peint ce roi guerrier et conquérant s'attachant ses soldats par la corruption et par la victoire, tenté de redevenir despote en rentrant dans ses états, fomentant un parti au-dedans de l'empire, et renversant les lois avec ces mêmes bras que les lois seules avaient armés.

» Examinons si les moyens que l'on propose pour écarter ces dangers n'en feront pas naître d'autres non moins funestes, non moins redoutables à la liberté publique.

» Je vous le demande à vous-mêmes, sera-t-on mieux assuré de n'avoir que des guerres justes, équitables, si on délègue à une assemblée de sept cents personnes l'exercice du droit de faire la guerre? Avez-vous prévu jusqu'où les mouvements passionnés, jusqu'où l'exaltation du courage et d'une fausse dignité pourraient porter et justifier l'imprudence? Nous avons entendu un de nos orateurs vous proposer, si l'Angleterre faisait à l'Espagne une guerre injuste, de franchir sur-le-champ les mers, de renverser une nation sur l'autre, de jouer dans Londres même, avec ces fiers Anglais, au dernier écu et au dernier homme; et nous avons tous applaudi; et je me suis surpris moi-même applaudissant, et un mouvement oratoire a suffi pour tromper un instant votre sagesse. Croyez-vous que de pareils mouvements, si jamais vous délibérez ici la guerre, ne vous porteront pas à des guerres désastreuses, et que vous ne confondrez pas le conseil du courage avec celui de l'expérience? Pendant que vous délibérerez, on demandera la guerre à grands cris : vous verrez autour de vous une armée de citoyens. Vous ne serez pas trompés par des ministres; ne le serez-vous jamais par vous-mêmes?

» Il est un autre genre de danger qui n'est propre qu'au corps législatif, dans l'exercice du droit de la paix et de la guerre : c'est qu'un tel corps ne peut être soumis à aucune espèce de responsabilité. On parle du frein de l'opinion publique pour les représentants de la nation; mais l'opinion publique, souvent égarée, même par des sentiments dignes d'éloges, ne servira qu'à la séduire; mais l'opinion publique ne va pas atteindre séparément chaque membre d'une grande assemblée.

» Ce Romain qui, portant la guerre dans les plis de sa toge, menaçait de secouer, en la déroulant, tous les fléaux de la guerre; celui-là devait sentir toute l'importance de sa mission. Il était seul, il tenait en ses mains une grande destinée, il portait la terreur; mais le sénat nombreux qui l'envoyait au milieu d'une discussion orageuse et passionnée, avait-il éprouvé cet effroi que le redoutable et douteux avenir de la guerre doit inspirer? On vous l'a déjà dit, Messieurs, voyez les peuples libres : c'est par des guerres plus ambitieuses, plus barbares, qu'ils se sont toujours distingués.

» Voyez les assemblées politiques : c'est toujours sous le charme de la passion qu'elles ont décrété la guerre. Vous le connaissez tous, le trait de ce matelot qui fit, en 1740, résoudre la guerre de l'Angleterre contre l'Espagne. « Quand les Espagnols, m'ayant mutilé, me présentèrent la mort, je recommandai mon âme à Dieu et ma vengeance à ma patrie. » C'était un homme bien éloquent que ce matelot, mais la guerre qu'il alluma n'était ni juste ni politique, ni le roi d'Angleterre ni les ministres ne la voulaient. L'émotion d'une assemblée, moins nombreuse et plus assouplie que la nôtre aux combinaisons de l'insidieuse politique, en décida.

» Et comment ne redoutez-vous pas les dissensions intérieures qu'une délibération sur la guerre pourrait faire naître? Souvent, entre deux partis qui embrasseront violemment des opinions contraires, la délibération sera le fruit d'une lutte opiniâtre, décidée seulement par quelques suffrages; et quel succès espérez-vous d'une guerre qu'une grande partie de la nation désapprouvera? Observez la diète de Pologne : plusieurs fois une délibération sur la guerre ne l'a excitée que dans son sein. Jetez les yeux sur ce qui vient de se passer en Suède : en vain le roi a forcé en quelque sorte le choix des États, les dissidents ont presque obtenu le coupable succès de faire échouer la guerre. La Hollande avait déjà présenté cet exemple....

» Écartons, s'il le faut, le danger des dissensions civiles : éviterez-vous aussi facilement celui de la lenteur des délibérations sur une pareille matière? Ne craignez-vous pas que votre force publique ne soit paralysée comme elle l'est en Pologne, en Hollande, et dans toutes les républiques?.... Ne craignez-vous pas que le peuple, étant instruit que ses représentants déclarent la guerre en son nom, ne reçoive par cela même une impulsion dangereuse vers la démocratie, ou plutôt l'oligarchie; que le vœu de la guerre et de la paix ne parte du sein des provinces, ne soit compris bientôt dans les pétitions, et ne donne à une masse d'hommes toute l'agitation qu'un objet aussi important est capable d'exciter? Ne craignez-vous pas que le corps législatif, malgré sa sagesse, ne soit porté à franchir lui-même les limites de ses pouvoirs; que, pour seconder les succès d'une guerre qu'il aura votée, il ne veuille influer sur la direction, sur le choix des généraux, surtout s'il peut leur imputer des revers; et qu'il ne porte sur toutes les démarches du monarque cette surveillance inquiète qui serait, par le fait, un second pouvoir exécutif? Ne comptez-vous pour rien l'inconvénient d'une assemblée non permanente, obligée de se rassembler dans le temps qu'il faudrait employer à délibérer; l'incertitude, l'hésitation qui accompagneront toutes les démarches du pouvoir exécutif, les inconvénients même d'une délibération publique sur les motifs de faire la guerre ou la paix, délibération dont tous les secrets d'un État sont souvent les éléments? Enfin, ne comptez-vous pour rien le danger de transporter les formes républicaines à un gouvernement qui est tout à la fois représentif et monarchique?.....

» Le roi, dit-on, pourra donc faire des guerres injustes, des guerres antinationales? Et comment le pourrait-il, je vous le demande à vous-mêmes? Est-ce donc de bonne foi qu'on dissimule l'influence d'un corps législatif toujours présent, toujours surveillant, qui pourra non-seulement refuser des fonds, mais improuver la guerre, mais requérir la négociation de la paix? Ne comptez-vous encore pour rien l'influence d'une nation organisée dans toutes ses parties, qui exercera constamment le droit de pétition? Un roi despote serait arrêté dans ses projets par de tels obstacles; un roi citoyen, un roi placé au milieu d'un peuple armé, ne le sera-t-il pas?... Prenez garde qu'à force d'exagérer les craintes, nous ne rendions les préservatifs pires que les maux, et qu'au lieu d'unir les citoyens par la liberté, nous ne les divisions en deux partis toujours prêts à conspirer l'un contre l'autre. Si à chaque pas on nous menace de la résurrection du despotisme écrasé, si l'on nous oppose sans cesse les dangers d'une très-petite partie de la force publique, malgré plusieurs millions d'hommes armés pour la constitution, quel autre moyen nous reste-t-il? Périssons dans ce moment! Qu'on ébranle les voûtes de ce temple, et mourons aujourd'hui libres, si nous devons être esclaves demain!... »

Ce discours amena à la tribune Cazalès qui réclama, au milieu

des murmures du côté révolutionnaire, en faveur des droits antiques de la royauté; mais Barnave, qui se faisait l'écho des passions de la multitude, obtint les faciles applaudissements de la
gauche et des galeries.

« Jamais objet plus important, dit-il, n'a fixé les regards de cette
assemblée.... Au point où nous en sommes, il ne s'agit plus de
discuter sur les principes et sur les faits historiques; il faut réduire la question à ses termes les plus simples, en chercher les
difficultés et tâcher de les résoudre. Excepté ceux qui, depuis le
commencement de nos travaux, ont contesté tous les principes,
personne ici n'a nié les principes théoriques qui doivent déterminer
votre décision. Je ne parlerai pas de la souveraineté du peuple,
elle a été consacrée dans la déclaration des droits; quand vous
avez commencé la constitution, vous avez commencé à appliquer
ce grand principe. Il est donc inutile de le rappeler. On a uni-
versellement reconnu le principe de la division des pouvoirs, on
a reconnu que l'expression de la volonté générale ne pouvait être
donnée que dans les assemblées élues par le peuple, renouvelées sans cesse, et par là même, propres à en imprimer l'opinion.... Vous avez senti que l'exécution de cette volonté exigeait
promptitude et ensemble, et qu'il fallait la confier à un seul
homme. De là vous avez conclu que l'assemblée nationale avait
le droit de faire la loi, le roi celui de la faire exécuter. De là
il résulte que la détermination de faire la guerre, qui n'est autre
chose que la volonté générale, doit être dévolue aux représentants du peuple....

» On a dit que les législateurs se laisseraient entraîner par l'enthousiasme des passions, et même par la corruption; est-il un
seul de ces dangers qui ne soit plus grand dans la personne des
ministres que dans l'assemblée nationale? Contestera-t-on qu'il
ne soit plus facile de corrompre le conseil du roi que sept cent
vingt personnes élues par le peuple? Il arrivera peut-être que la
législature pourra s'égarer; mais elle reviendra, parce que son
opinion sera celle de la nation; au lieu qu'un ministère s'égarera
presque toujours, parce que ses intérêts ne seront pas les mêmes
que ceux de la nation.... Il est de l'intérêt d'un ministre qu'on
déclare la guerre, parce qu'alors on est forcé de lui attribuer le
maniement des subsides immenses dont on a besoin, parce qu'a-
lors son autorité est augmentée sans mesure : il crée des commissions, il nomme à une multitude d'emplois, il conduit la nation
à préférer la gloire des conquêtes à la liberté, il change le carac-

tère des peuples, et les dispose à l'esclavage; c'est par la guerre surtout qu'il change le caractère et les principes des soldats. Les braves militaires qui disputent aujourd'hui de patriotisme avec les citoyens rapporteraient un esprit bien différent s'ils avaient suivi un roi conquérant, un de ces héros de l'histoire qui sont presque toujours des fléaux pour les nations... L'expérience du peuple a prouvé que le meilleur moyen que puisse prendre un ministre habile pour ensevelir ses crimes, est de les faire pardonner par des triomphes : on n'en trouverait que trop d'exemples ailleurs que chez nous. Il n'y avait point de responsabilité, quand nous étions esclaves. Périclès entreprit la guerre du Péloponèse quand il se vit dans l'impossibilité de rendre ses comptes : voilà la responsabilité....

» Un corps législatif se décidera difficilement à faire la guerre. Chacun de nous a des propriétés, des amis, une famille, des enfants, une foule d'intérêts personnels que la guerre peut compromettre. Le corps législatif déclarera donc la guerre plus rarement que le ministre, il ne la déclarera que quand notre commerce sera insulté, persécuté, les intérêts les plus chers de la nation attaqués. Les guerres seront presque toujours heureuses. L'histoire de tous les peuples prouve qu'elles le sont quand la nation les entreprend. Elle s'y porte avec enthousiasme, elle y prodigue ses ressources et ses trésors : c'est alors qu'on fait rarement la guerre, et qu'on la fait toujours glorieusement. Les guerres entreprises par les ministres sont souvent injustes, souvent malheureuses, parce que la nation les réprouve. Les ministres calculent froidement dans leur cabinet; c'est l'effusion du sang de vos enfants et de vos frères qu'ils ordonnent; leur fortune est tout, l'infortune des nations n'est rien : voilà une guerre ministérielle. Consultez aujourd'hui l'opinion publique, vous verrez d'un côté des hommes qui espèrent s'avancer dans les armées, parvenir à gérer les affaires étrangères; les hommes qui sont liés avec les ministres et leurs agents (l'orateur indique Mirabeau); voilà les partisans du système qui consiste à donner au roi, c'est-à-dire aux ministres, ce droit terrible. Mais vous n'y verrez pas le peuple, le citoyen paisible, vertueux, ignoré, sans ambition, qui trouve son existence dans l'existence commune, dans le bonheur commun. Les vrais citoyens, les vrais amis de la liberté n'ont donc aucune incertitude. Consultez-les, ils vous diront : Donnez au roi tout ce qui peut faire sa gloire et sa grandeur, qu'il commande seul, qu'il dispose de nos armées, qu'il nous défende quand la nation l'aura voulu : mais n'affligez pas son cœur en lui confiant le droit terrible de nous entraîner dans une guerre, de faire couler le sang avec abondance, de perpétuer ce système de rivalité, d'inimitié réciproque, ce système faux et perfide qui déshonorait les nations. Les vrais amis de la liberté refuseront de conférer au gouvernement ce droit funeste, non-seulement pour les Français, mais encore pour les autres nations qui doivent tôt ou tard suivre notre exemple.

Mirabeau avait parlé en homme d'Etat, Barnave en rhéteur; et ce dernier, qui flattait les préjugés populaires, n'en eut pas moins tous les honneurs de la séance. Les révolutionnaires l'applaudirent avec ostentation; au sortir de la salle du manège, le peuple l'accueillit avec des battements de main, le porta en triomphe, passant sous les fenêtres du roi avec cet air d'insulte qui annonce une victoire, criant : vive Barnave! et lui prodiguant le titre de Sauveur de la patrie, tandis que Mirabeau, hué de tous, entendait retentir autour de lui ce cri sinistre, *A la lanterne!* et ne se dérobait qu'avec peine aux outrages de la multitude. Le soir du même jour, il était dénoncé à la tribune des Jacobins par Alexandre Lameth; le lendemain, tous les colporteurs criaient un libelle imprimé dans la nuit, et dans lequel on assurait qu'il avait reçu de la cour une somme d'argent.

Trop faible pour lutter corps à corps contre une multitude en fureur, Mirabeau ne connaissait point de rivaux à la tribune; il y donna rendez-vous à ses ennemis, déclarant avec énergie « qu'on l'emporterait de l'assemblée triomphant ou en lambeaux. » Interpelé par Adrien Duport, il ne laissa pas languir l'attente publique.

« Les discussions amicales, dit-il, valent mieux pour s'entendre que les insinuations calomnieuses, les inculpations forcenées, les haines de la rivalité, les machinations de l'intrigue et de la malveillance. On répand, depuis plusieurs jours, que la section de l'assemblée qui veut le concours de l'autorité royale dans l'exercice du droit de paix et de guerre, est parricide de la liberté publique; on répand les bruits de perfidie, de corruption; on invoque les vengeances populaires pour soutenir la tyrannie des opinions..... C'est une étrange manie, c'est un déplorable aveuglement que celui qui anime ainsi les uns contre les autres des hommes qu'un même but, un sentiment unique, devraient, au milieu des débats les plus acharnés, toujours rapprocher, toujours réunir; des hommes qui substituent ainsi l'irritabilité de l'amour propre au culte de la patrie, et se livrent les uns les autres aux préventions populaires. Et moi aussi on voulait, il y a peu de jours, me porter en triomphe; et maintenant (se tournant vers Barnave), l'on crie dans les rues : la grande trahison du comte de Mirabeau.... Je n'avais pas besoin de cette leçon pour savoir qu'il est de distance du Capitole à la roche Tarpéienne : mais l'homme qui combat pour la raison et pour la patrie ne se tient pas si aisément vaincu; (regardant les Lameth), celui qui a la conscience d'avoir bien mérité de la patrie, et surtout de lui être utile; celui que ne rassasie pas une vaine célébrité, qui dédaigne les succès d'un jour pour la véritable gloire, cet homme porte avec lui la récompense de ses services, le charme de ses peines, le prix de ses dangers : il ne doit attendre sa moisson, sa destinée, la seule qui l'intéresse, la destinée de son nom, que du temps, ce juge incorruptible qui fait justice à tous.

» Que ceux qui prophétisaient depuis huit jours mon opinion sans la connaître, qui calomnient mon discours sans l'avoir compris, m'accusent d'encenser des idoles impuissantes au moment où elles sont renversées, ou d'être le vil stipendié de ceux que je n'ai cessé de combattre; qu'ils dénoncent comme un ennemi de la révolution celui qui peut-être n'y a pas été inutile, et qui, fût-elle étrangère à sa gloire, pourrait, là seulement, trouver sa sûreté; qu'ils livrent aux fureurs du peuple trompé, celui qui, depuis vingt ans, combat toutes les oppressions, et qui parlait aux Français de résistance lorsque ces vils calomniateurs vivaient de tous les préjugés dominants : que m'importe? Ces coups de bas en haut ne m'arrêteront pas dans ma carrière?

» Je rentre donc dans la lice, armé de mes seuls principes et de la fermeté de ma conscience. Je vais poser à mon tour le véritable point de la difficulté avec toute la netteté dont je suis capable, et je prie tous ceux de mes adversaires qui ne m'entendront pas de m'arrêter, afin que je m'explique plus clairement; car je suis décidé à déjouer les reproches tant répétés d'évasion, de subtilité et de subterfuge; et, s'il ne tient qu'à moi, cette journée dévoilera le secret de nos loyautés respectives. M. Barnave m'a fait l'honneur de ne répondre qu'à moi; j'aurai pour son talent le même égard qu'il mérite à plus juste titre, et je vais à mon tour essayer de le réfuter. »

Alors il repasse l'une après l'autre et détruit d'une manière victorieuse les objections de Barnave; il établit de nouveau les principes qu'il a posés, les développe avec un talent sans égal, avec une énergique éloquence; puis, maître de son terrain et sûr de l'admiration qu'il soulève, il s'écrie :

« On vous a proposé de juger la question par le parallèle de ceux qui soutiennent l'affirmative et la négative; on vous a dit que vous verriez d'un côté les hommes qui espèrent s'avancer dans les armées, parvenir à gérer les affaires étrangères; des hommes qui sont liés avec les ministres et leurs agents; de l'autre, le citoyen paisible, vertueux, ignoré, sans ambition, qui trouve son bonheur dans le bonheur commun.

» Je ne suivrai pas cet exemple. Je ne crois pas qu'il soit plus conforme aux convenances de la politique qu'aux principes de la morale, d'affiler le poignard dont on ne saurait blesser ses rivaux sans en ressentir bientôt sur son sein les propres atteintes. Je ne crois pas que des hommes, qui doivent servir la cause publique en véritables frères d'armes, aient bonne grâce à se combattre en vils gladiateurs, à lutter d'imputations et d'intrigues, et non de lumières et de talents; à chercher, dans la ruine et la dépression les uns des autres, de coupables succès, des trophées d'un jour, nuisibles à tous, et même à la gloire. Mais je vous dirai : Parmi ceux qui soutiennent ma doctrine, vous compterez, avec tous les hommes modérés qui ne croient pas que la sagesse soit dans les extrêmes, ni que le courage de démolir ne doive jamais faire place à celui de reconstruire, la plupart de ces énergiques citoyens qui, au commencement des états généraux (c'est ainsi que s'appelait alors cette convention nationale encore garottée dans les langes de la liberté), foulèrent aux pieds tant de préjugés, bravèrent tant de périls, déjouèrent tant de résistances; vous y verrez ces tribuns du peuple que la nation comptera longtemps encore, malgré le glapissement de l'envieuse médiocrité, au nombre des libérateurs de la patrie; vous y verrez des hommes dont le nom désarme la calomnie, et dont les libellistes les plus effrontés n'ont pas essayé de ternir la réputation ni d'hommes, ni de citoyens; de ces hommes enfin qui, sans tache, sans intérêt et sans crainte, s'honoreront jusqu'au tombeau de leurs amis et de leurs ennemis. »

L'orateur descendit de la tribune au milieu des applaudissements. Cependant la décision de l'assemblée ne fut point conforme à son désir.

Mirabeau fut arrêté dans sa carrière au moment où il faisait concevoir aux amis de l'ordre les plus flatteuses espérances.*

---

*Ces espérances ne pouvaient se réaliser. La révolution avait dépassé son orateur, et l'époque changeant de caractère, devait bientôt appeler d'autres organes. « Sa vie, disent admirablement les mémoires déjà cités, eût montré sa faiblesse dans le bien; sa mort le laissa en possession de sa force dans le mal. »

Comme il était usé par la débauche, une orgie lui porta le dernier coup. Le lendemain même du jour où la tribune avait retenti des accents de sa parole dans la question sur la régence, il s'étendit sur un lit d'agonie pour ne plus se relever.

En peu d'heures le mal fit des progrès si rapides, que le médecin Cabanis n'osa dissimuler, ni au public, ni à Mirabeau, l'impuissance de l'art et des remèdes. Mirabeau reçut cet avis avec fermeté; mais la population de Paris, la cour, les révolutionnaires, les hommes de tous les partis, furent saisis d'une consternation profonde. On parlait de poison; les médecins reconnurent que le vice était le seul venin auquel on pût imputer la mort de Mirabeau. Tant que dura la maladie de cet orateur, une foule immense assiégea les avenues de sa maison, veillant à ce qu'aucun bruit ne troublât son repos, écartant les voitures, interrogeant avec une inquiète sollicitude les visiteurs ou les amis de l'illustre moribond. Des hommes du peuple demandèrent qu'on leur ouvrît les veines, pour qu'on fit à Mirabeau, avec leur propre sang, l'opération de la transfusion; d'autres se tordaient les bras de désespoir, tant il y avait d'exaltation dans les esprits. Cependant Mirabeau supportait avec énergie les atteintes du mal, et ses amis recueillaient avidement ses paroles. « Tu es grand médecin, disait-il au matérialiste Cabanis; mais il en est un plus grand que toi; celui qui fit le vent qui renverse tout, l'eau qui pénètre et féconde tout, le feu qui vivifie tout. » Hélas! ce fut le seul hommage qu'en mourant il rendit à ce Dieu devant lequel il allait bientôt comparaître. Emu des soins dont on l'entourait, il posait parfois comme un athlète mourant dans le cirque, sous les yeux de la foule. « Soutiens ma tête, dit-il à son valet de chambre, c'est la plus forte tête de France, je voudrais te la léguer. »

Un bruit d'artillerie étant venu jusqu'à lui, il s'écria : « On célèbre les funérailles d'Achille. » Faisant ensuite un retour sur la situation du pays, il se prit à dire : « J'emporte avec moi le deuil de la monarchie; les factieux s'en partageront les lambeaux. » Une autre fois il dit : « L'homme qui gagnera le plus à ma mort sera M. Pitt; car je ne vois plus personne en Europe qui puisse contrebalancer son ascendant. Quelles épitaphes, dit-il encore, va-t-on placer sur mon tombeau? » Se sentant plus que jamais défaillir, il dit à ceux qui l'entouraient : « Qu'on éloigne de moi tout ce triste appareil. Remplacez par des fleurs ces inutiles fioles. Soignez mes cheveux, enveloppez-moi de parfums. Que j'entende les sons d'une musique harmonieuse. » Il rendit le dernier soupir le 2 avril 1791.

L'assemblée constituante décida qu'elle se rendrait tout entière
à ses funérailles, et jamais obsèques ne furent célébrées avec plus
de pompe. On prit le deuil pour huit jours, et pour mettre le
comble à cette gloire d'un moment que l'homme décerne, l'assemblée décréta que l'église Sainte-Geneviève serait désormais
consacrée à la sépulture des citoyens dont s'honorerait la patrie,
et que Mirabeau serait le premier inhumé dans les caveaux de
cette basilique. L'église Sainte-Geneviève perdit son nom pour
prendre celui de Panthéon, qui rappelait des souvenirs payens,
et sur le fronton on grava cette inscription : Aux grands hommes,
la patrie reconnaissante.

Plus tard, un décret de 1793 ordonna de voiler la statue de
Mirabeau jusqu'à ce que sa mémoire eût été réhabilitée. Puis, une
nuit, deux valets de police enlevèrent son cadavre et allèrent
l'enfouir au cimetière qui ne sert aujourd'hui qu'à l'enterrement
des suppliciés, parmi lesquels les restes mémorables de ce grand
orateur sont mêlés et confondus.

Maury. (1746—1817.)

Le nom de Mirabeau rappelle celui de l'abbé Maury, qui occupa
la tribune presque sans cesse avec lui. Ces deux hommes, se combattant pour ainsi dire corps à corps, fixèrent les regards de l'Europe, qui voyait entre leurs mains son sort présent et ses destinées futures.

L'abbé Maury, pauvre ecclésiastique du comtat d'Avignon, s'était
lié avec les philosophes, dans sa jeunesse intrigante, et leur crédit
n'avait pas été inutile pour lui faire obtenir une excellente abbaye.
L'art académique et les recherches d'un rhéteur perçaient un peu
trop dans ses sermons; mais son panégyrique de Saint-Vincent-de-
Paule avait paru plein d'onction et d'effet. Depuis il avait secondé
les opérations politiques de MM. de Brienne et de Lamoignon,
et tracé les préambules de leurs écrits. A cette époque, il fut en
butte à mille sarcasmes. La satire chercha des scandales dans sa
vie privée. Par un maintien hardi, des regards peu modestes, des
propos peu mesurés et une pétulance en quelque sorte militaire,
il prêtait quelque vraisemblance aux accusations qui se débitaient
contre ses mœurs. Député aux états généraux, il se voua courageusement à la défense de son ordre. La faction d'Orléans, après
le 14 juillet, l'avait inscrit sur les listes de proscriptions. Il s'effraya,
partit pour la Flandre, fut arrêté à Péronne, menacé du massacre,

sauvé par le courage des officiers municipaux de cette ville, et
surtout par sa présence d'esprit. L'assemblée nationale le réclama ;
il y revint braver tous les dangers. Il s'était dit : *Je périrai dans*
la révolution, ou, en la combattant, j'obtiendrai le chapeau de
cardinal. » Personne ne poussa plus loin que lui le courage de
résister à des factieux, à des bourreaux. Il traversait les groupes
les plus furieux d'un pas vif et ferme, et répondait à leurs menaces par des saillies pleines d'assurance et de gaité. Un jour,
comme il sortait de l'assemblée, quelques forcenés criaient autour
de lui : *L'abbé Maury à la lanterne ! — Y verrez-vous plus clair ?*
leur répondit-il. D'autres voulaient l'envoyer *dire la messe à tous*
les diables. Soit ! leur dit Maury, *vous viendrez me la servir :*
voici mes burettes. C'étaient deux pistolets, dont l'aspect imprévu
rendit sa réponse encore plus significative. Il montrait, à la tribune, en combattant la démagogie triomphante, la même fermeté
et la même présence d'esprit. Souvent interrompu par les clameurs de l'assemblée et les vociférations du peuple des tribunes,
il répondait par un mot piquant ou énergique, et revenait à ses
adversaires avec un sang froid imperturbable. Il improvisait dans
toutes les occasions avec une étonnante facilité. Dans l'affaire sur
les chapitres de Strasbourg, il n'était point attendu, parce qu'on
avait choisi un dimanche pour délibérer ; mais il survint au milieu
de la discussion, s'informa à la hâte du tumulte qui paraissait
agiter les esprits, et s'élança à la tribune sans avoir eu seulement quelques instants pour réfléchir. Son discours néanmoins
est l'un des plus éloquents qu'il ait fait retentir dans l'assemblée.

Une connaissance parfaite de l'histoire ; une vivacité d'esprit,
qui lui en faisait appliquer les résultats avec d'heureux à-propos ;
un style constamment soutenu, fleuri, harmonieux ; une mémoire
prodigieuse, qui donnait l'éclat de l'improvisation à plusieurs de
ses discours écrits ; une prononciation rapide, ferme et habilement
accentuée ; le don des réparties, l'art de prolonger une ironie
amère : voilà quels étaient ses avantages à la tribune.

L'ABBÉ MAURY PEINT PAR M. DE LAMARTINE.

Dans ce morceau et dans les autres que nous citerons de l'*His-*
toire des Girondins, on aperçoit la tendance de M. de Lamartine à
favoriser la révolution et les révolutionnaires.

» L'abbé Maury, façonné de bonne heure aux luttes de la polémique sacrée, avait aiguisé et poli dans la chaire l'éloquence qu'il

devait porter à la tribune. Sorti des derniers rangs du peuple, il
ne tenait à l'ancien régime que par son habit; il défendait la
religion et la monarchie, comme deux textes qu'on avait imposés
à ses discours. Sa conviction n'était qu'un rôle : tout autre rôle
eût tout aussi bien convenu à sa nature.

» Mais il soutenait avec un admirable courage et un beau caractère celui que sa situation lui faisait. Nourri d'études sérieuses,
doué d'une élocution abondante, vive et colorée, ses harangues
étaient des traités complets sur les matières qu'il discutait. L'érudition historique et l'érudition sacrée lui fournissaient ses arguments. La hardiesse de son caractère et de son langage lui inspirait de ces mots qui vengent même d'une défaite. Sa belle figure,
sa voix sonore, son geste impérieux, l'insouciance et la gaîté avec
laquelle il bravait les tribunes, arrachaient souvent des applaudissements même à ses ennemis. Le peuple, qui sentait sa force
invincible, s'amusait d'une résistance impuissante. Maury était
pour lui comme ces gladiateurs qu'on aime à voir combattre,
bien qu'on sache qu'ils doivent expirer. Une seule chose manquait à l'abbé Maury : l'autorité morale de la parole. Ni sa naissance, ni sa foi, ni ses mœurs, n'inspiraient le respect à ceux qui
l'écoutaient. On sentait l'acteur dans l'homme, l'avocat dans la
cause; l'orateur et la parole n'étaient pas un. Otez à l'abbé Maury
l'habit de son ordre, il eût changé de côté sans efforts et siégé
parmi les novateurs. De semblables orateurs arment un parti,
mais ils ne le sauvent pas. »

MORCEAUX CHOISIS.

Dans la discussion sur le droit de paix et de guerre, après avoir
défendu la prérogative royale par les preuves de raison et les
enseignements de l'histoire, Maury jette un regard d'effroi sur la
situation de la France, et fait entendre ces éloquentes paroles :

« Qu'est aujourd'hui la France? un triste objet de pitié pour
toutes les nations. Le palais solitaire de nos rois !... Le peuple
le plus doux de l'univers !... Je m'arrête. Je vois de loin le génie
de la France, déchirant de nos annales ces pages ensanglantées,
qu'il faudrait dérober à nos descendants. Toutes les propriétés
sont aujourd'hui menacées ou inconnues ; le brigandage est universel et impuni ; une émigration générale a dispersé tous nos
concitoyens et nos trésors ; des signaux alarmants de détresse
s'élèvent à la fois de toutes nos provinces ; les peuples ne veulent

obéir qu'aux décrets qui flattent leurs passions.... Que dis-je ? On ose fabriquer au loin des décrets pour commander les crimes au nom des représentants de la France !.... Un peuple qui veut être libre, oublie qu'il n'y aura jamais de liberté sans la soumission aux lois. Plus de subordination, plus de tribunaux, plus d'armée.... Je me trompe, douze cent mille hommes ont les armes à la main, sans connaître, sans avoir un seul ennemi. Tous ceux qui doivent payer l'impôt sont armés ; tous ceux qui doivent le faire payer sont désarmés. Les insurrections ont tari la source des tributs ; la fortune publique est en danger ; toutes les classes de citoyens s'observent avec inquiétude et jalousie ; les classes inférieures de la société ne veulent plus admettre à l'égalité, dans les assemblées primaires, les citoyens dont la prééminence n'avait jamais été contestée. La religion, qui pouvait seule ramener les hommes à cette unité de principes et d'intérêts, sans laquelle il ne peut exister aucun esprit public, voit tous ses ressorts brisés ou détendus. Tous les anciens rapports qui liaient le puissant au faible, le riche au pauvre, sont anéantis. Nous ne connaissons plus dans notre nouvelle législation l'image de cette institution à laquelle nos publicistes rapportent l'origine de nos fiefs. Je veux parler ici de cette belle clientelle des Romains, qui étendait la correspondance des patrons avec les clients, des familles aux cités, et des villes aux provinces ; et qui, par un échange continuel de protection et de services, sauvait les grands de l'envie et les indigents du mépris.

» Enfin, que deviendra la France ainsi divisée, ainsi couverte de ruines et de débris ? C'est la grande et triste question que s'adressent mutuellement tous les citoyens, dès que leurs pensées peuvent s'épancher en liberté dans les inquiètes prévoyances des entretiens les plus intimes. Consternés du présent, épouvantés de l'avenir, ils cherchent avec effroi une issue à tant de calamités, et ils n'en découvrent aucune ; ils ne connaissent plus d'état solide, plus de fortune assurée, plus d'asile inviolable ; et, quand ils lèvent les yeux vers le trône, du milieu de cette révolution qui n'a fait encore que des victimes, ils se voient placés entre trois nouveaux désastres dont la France est aujourd'hui menacée ; je veux dire entre le despotisme du gouvernement, l'invasion des étrangers, et le démembrement des provinces du royaume. »

Le même discours offre un morceau d'autant plus admirable qu'il est évidemment improvisé. Charles de Lameth, en donnant son vote, avait prétendu qu'au moment où un exécrable régicide

priva la France du meilleur de ses rois, Henri IV allait embraser
l'Europe pour la possession de la princesse de Condé. Voici comment Maury repousse cette assertion :

« M. Charles de Lameth s'est montré bien plus hardi encore,
et Henri IV, le seul roi dont le peuple conserve et bénisse la mémoire, n'a pu trouver grâce devant lui. Henri IV, nous a-t-il dit,
allait, au moment de sa mort, allumer la guerre dans toute l'Europe, uniquement déterminé par son amour pour Charlotte de
Montmorency, princesse de Condé, que son mari venait de lui
ravir, en la conduisant à Bruxelles. Permettez, Messieurs, à un
représentant de la nation, de réclamer dans ce sanctuaire une
grande pensée pour la gloire de Henri. Ombre auguste! ombre
chérie! sors du tombeau, viens demander justice à la nation
assemblée! Le plus beau de tes projets est méconnu. Viens éprouver dans ce moment ce que peut encore sur des Français le souvenir d'un grand roi! Viens, montre-nous ce sein encore percé du
fer dont la calomnie arma les mains impies du fanatisme! Viens,
l'admiration et les larmes de tes enfants vont venger ta mémoire!
M. de Lameth n'est ici que l'écho des anti-royalistes les plus forcenés du dernier siècle. Vittorio Siry, l'éternel détracteur de Sully,
et de Henri IV, est le premier auteur de cette calomnie, qu'aucun
écrivain estimable n'accréditera jamais. Sully, dont il a osé citer
le témoignage contre son bon maître, a consacré le trentième
livre entier de ses mémoires à le justifier de cette absurde accusation. Non, Messieurs, Henri IV n'allait point mettre l'Europe
en feu pour satisfaire une passion insensée ; il allait exécuter un
projet médité depuis vingt-un ans, un projet qu'il avait concerté
avec la reine Elisabeth, par une correspondance suivie et par une
ambassade particulière. Ce roi, général et soldat, qui savait calculer les obstacles, parce qu'il était accoutumé à les vaincre,
voulait entreprendre une guerre de trois ans, pour former de
l'Europe une vaste confédération, et pour léguer au genre humain
le superbe bienfait d'une paix perpétuelle. Tous les fonds de
cette entreprise étaient prêts; tous les événements étaient prévus.
Pendant quinze ans, il n'avait pu persuader son ami Sully, dont
le caractère sage et précautionné ne pouvait se livrer à aucune
illusion, et encore moins aux illusions de la gloire; mais Sully,
convaincu enfin par Henri IV, reconnut que le plan de son héros
était juste, facile et glorieux. C'est cette sublime conception du
génie de Henri IV, c'est cette guerre politique et vraiment populaire, dont le succès devait faire de notre Henri le plus grand

homme qui eût jamais paru dans le monde, c'est ce magnifique résultat de vingt et une années de réflexions qu'on ne rougit pas de nous présenter ici comme le monument de la plus honteuse faiblesse ! Au milieu des préparatifs de son départ pour l'Allemagne, le bon Henri, le vainqueur de la ligue, de l'Espagne, de Mayenne, d'Ivry, d'Arques, de Fontaine-Française, le seul conquérant légitime, le meilleur de tous les grands hommes, avait une si haute idée de son projet, qu'il ne comptait plus pour rien toute sa gloire passée, et qu'il ne fondait plus sa renommée que sur le succès de cette conquête immortelle de la paix. Quatre jours avant sa mort, il écrivait à Sully : *Si je vis encore lundi, ma gloire commencera lundi.* O ingratitude d'une aveugle postérité ! ô incertitude des jugements humains ! *Si je vis encore lundi, ma gloire commencera lundi.* Hélas ! il ne vécut pas jusqu'au lundi ; et ce fut le vendredi que le plus exécrable des parricides rendit nos pères orphelins, et fit verser à toute la France des larmes qu'une révolution de près de deux siècles n'a pas encore pu tarir. (Ici les applaudissements sont unanimes.) Je croyais devoir, Messieurs, une réparation publique à la mémoire de Henri IV ; mais c'est vous qui venez de la faire d'une manière bien plus digne de lui : Henri IV, est vengé ! »

Le début du discours sur les assignats-monnaie montra jusqu'à quel point Maury sentait sa force, et combien il se rendait redoutable à ses adversaires.

« Messieurs, dit-il, je m'étais préparé à soutenir aujourd'hui un combat dans cette assemblée,* et non pas à y prononcer un discours. M. de Mirabeau, qui avait d'abord loyalement ramassé le gant que je lui avais jeté en votre présence, s'est ensuite refusé constamment à un mode de discussion qui aurait résolu tous nos doutes, et qui aurait dissipé tous les vains prestiges de l'éloquence. Je regretterai toute ma vie ce dialogue intéressant, que nous avions annoncé à l'Europe entière ; et mes regards cherchent encore dans ce moment M. de Mirabeau sur cette même arène, où, au milieu de tant d'adversaires de mon opinion, je me vois réduit avec douleur à la solitude du monologue. »

L'abbé Maury s'est signalé particulièrement dans la discussion

---

* J'avais proposé en pleine séance, huit jours auparavant, à M. de Mirabeau, d'adopter la méthode de discussion du parlement d'Angleterre. Je serais monté à la tribune pour lui répondre, et j'aurais ensuite pris place à mon tour pour l'attaquer. M. de Mirabeau s'était formellement engagé à ce combat. Je l'ai sommé trois fois publiquement de me tenir parole, et il s'y est constamment refusé. » (NOTE DE L'ABBÉ MAURY.)

sur la fameuse constitution civile du clergé. Son discours excite
encore aujourd'hui l'admiration et l'intérêt.

« Messieurs, dit-il, le calme profond avec lequel nous avons
entendu hier le rapport et la discussion d'une cause dans laquelle
le clergé de France vous est dénoncé avec tant de rigueur, nous
donne droit d'espérer que vous voudrez bien écouter aujour-
d'hui avec la même attention et la même impartialité, les faits
et les principes que nous venons invoquer dans ce moment,
pour notre légitime défense. Nous avons besoin que votre neutralité la plus manifeste nous réponde de votre justice. On nous
dit de toutes parts que nous venons mettre en question un parti
pris irrévocablement ; que notre sort est fixé par les conclusions
de vos comités ; que le décret est proclamé d'avance ; que nous
nous élevons inutilement contre une détermination invariablement
adoptée ; et que la majorité de l'assemblée nationale est impatiente
de prononcer le fatal arrêt de suprématie, qui doit reléguer
tous les ecclésiastiques du royaume entre l'apostasie et la proscription, entre l'indigence et le parjure.

» La solennité de cette discussion nous place devant vous dans
une situation d'autant plus périlleuse, qu'à l'infériorité ordinaire
du nombre, ce combat vient encore ajouter l'inégalité particulière
des armes. Nos adversaires nous attaquent avec des principes
philosophiques ; et ils nous invitent à leur opposer les moyens que
la théologie nous fournit. Hélas, Messieurs, cette science divine
aurait dû être toujours étrangère, sans doute, à cette tribune ;
mais puisqu'elle y est interrogée aujourd'hui, vous pardonnerez
du moins à la nécessité qui nous obligera de vous parler son langage, pour éclairer votre justice. »

On voit que l'orateur se conformait à la gravité des circonstances ; son langage avait pris quelque chose d'imposant et de
solennel : il s'agissait du corps antique et respectable dont il était
membre, et qui avait rendu de si longs services à l'Etat.

« Remontons d'abord à l'origine de cette constitution. Cette
chaîne de faits doit nous conduire à l'époque où vos délibérations
ont excédé vos pouvoirs et signalé votre incompétence. »

1° *Excédé leur pouvoir*, en attribuant à la législation temporelle
un droit qu'elle n'avait jamais eu, et qu'elle ne pouvait avoir,
celui de créer et de supprimer des évêchés, de changer les
anciennes limites des diocèses, etc. L'orateur le prouve par l'histoire, les conciles, les canons, etc.

2° *Signalé leur incompétence*, en préjugeant une question dont la décision appartenait de droit au chef de l'Eglise, et en s'éloignant, de la manière la plus choquante, de la marche généralement suivie en pareil cas. Les raisonnements par lesquels Maury établit cette proposition sont clairs et sans réplique; mais on veut y répondre par des cris.

« Pardonnez, Messieurs, si ma raison ne fléchit pas ici devant la logique des murmures. Je n'entends pas la langue que vous me parlez en tumulte, lorsque vous n'articulez aucun mot. C'est ainsi qu'on arrête un opinant, je le sais bien; ce n'est pas ainsi qu'on le réfute. Si vous voulez me répondre, voici les assertions que je vous somme de combattre : vous n'êtes point un corps constituant. Si vous prétendez l'être, vous n'êtes plus un corps constitué. Si vous l'étiez en effet, votre mission se bornerait à décréter une constitution, sans vous autoriser à exercer aucun pouvoir politique, sous peine de vous dénoncer aussitôt vous-mêmes à la nation, comme une assemblée de tyrans. (Nouveaux et plus violents murmures.) Je vous avertis que la conséquence naturelle de vos bruyantes et indécentes clameurs, c'est que vous êtes réduits à la nécessité de m'interrompre continuellement, parce que vous sentez l'impossibilité de me répondre. »

« Votre comité ecclésiastique, dit plus loin l'orateur, ne cesse pourtant d'exciter la fermentation la plus dangereuse dans toutes les parties de l'empire, en correspondant sans mission avec les bénéficiers, avec le corps ecclésiastique, avec les municipalités et les départements. C'est lui qui ose leur transmettre des ordres que vous n'avez pas le droit de donner. C'est lui qui, par l'organe d'un chef de bureau, qu'il appelle fastueusement son président, a écrit au corps législatif : Osez tout contre le clergé, vous serez soutenus. (Cris et tumulte.) Vous avez beau m'interrompre, vous ne perdrez pas un mot de ma censure. Vous demandez à répondre? Vous avez en effet grand besoin d'une apologie. Attendez donc que l'accusation soit entière ; car je n'ai pas encore tout dit, et il faut tout dire aujourd'hui, pour n'y plus revenir. Je veux tirer enfin de vous la justice que me promet l'opinion publique, en révélant à cette assemblée l'esprit dont vous êtes animés. C'est votre comité ecclésiastique, Messieurs, qui a usurpé le pouvoir exécutif, et qui s'est fait modestement roi de France, en préjugeant à son profit la vacance du trône, pour toute la partie des décrets qui nous concerne. C'est lui qui a écrit dans toutes nos provinces des lettres aussi fastueuses que barbares, dans lesquelles, manquant aux lois les plus communes de la décence, il a adopté les formules les plus hautaines des chancelleries allemandes. C'est lui qui s'est érigé en mandataire de l'assemblée nationale, et qui s'est chargé de faire exécuter vos décrets sans vos ordres ; qui a prévenu la réponse du Saint-Siège, que vous sembliez attendre avec tant de modération ; lui qui a provoqué les persécutions et les soulèvements populaires qui vous sont dénoncés ; lui qui s'est emparé de toutes les autorités, qui a aggravé la rigueur de vos décrets, en enjoignant aux municipalités de fermer les églises des chapitres, d'interdir aux chanoines l'habit canonial, l'entrée du chœur, et les fonctions de la prière publique ! Qu'il parle donc maintenant, ce comité, et qu'il nous dise en vertu de quel droit il a donné de pareils ordres : qu'il nous dise quel est le décret qui l'a institué pouvoir exécutif, et qui l'a autorisé à renouveler les horreurs des Huns, des Visigoths et des Vandales, en condamnant à la solitude d'un vaste désert, ces sanctuaires d'où les lévites sont bannis comme des criminels d'Etat, et autour desquels les peuples consternés viennent observer, avec une religieuse terreur, les ravages qui attestent votre terrible puissance, comme on va voir, après un orage, les débris d'une enceinte abandonnée, qui vient d'être frappée de la foudre !

» Je bénirai à jamais, Messieurs, le jour où il m'a été enfin permis de soulager mon âme du poids d'une si accablante douleur, en vous dénonçant ces entreprises, ces abus d'autorité, ces excès de rigueur ajoutés à tant d'autres rigueurs, ce luxe de persécution qui a dicté ces paroles par lesquelles la haine fatiguée de la multitude de ses victimes, et après avoir épuisé toutes les vengeances, semble encore implorer au loin contre nous de nouveaux oppresseurs, en promettant impunité et protection à tous ses complices : *Osez tout contre le clergé, vous serez soutenus !* »

Ici se trouve le morceau le plus remarquable peut-être qui ait jamais illustré les discussions tribunitiennes. Ce n'est plus un orateur qui harangue ; c'est un champion, qui, s'étant élancé au milieu de l'arène, plein de confiance en ses forces, appelle hautement celui qui naguère le défiait. La lutte est engagée : tous les regards sont fixés sur les deux combattants.

« Il me semble dans ce moment, Messieurs, s'écrie Maury, qu'on n'est plus si pressé de me répondre ? Je continue donc, faute d'interlocuteurs, à servir seul la chose publique, et je laisse là votre comité, pour discuter les moyens de l'un de ses principaux oracles. M. de Mirabeau, en nous lisant une dissertation théologique dans la cause du clergé, a solennellement abjuré le principe qu'il professait, il y a trois ans, dans son ouvrage très-peu lu, sur la *monarchie prussienne. C'est à l'Eglise,* disait-il alors, *c'est à l'Eglise, dont la hiérarchie est de droit divin, à régler la manière de juger les causes, et en qui réside la puissance d'ordonner sur chacune; car vouloir régler les droits de la hiérarchie chrétienne établie par Dieu même, comme dit le concile de Trente, c'est assurément le plus grand attentat de la puissance politique contre la puissance religieuse.* »

» Voilà quelle était alors l'opinion de ce célèbre adversaire, qui dénonce aujourd'hui au peuple, comme des ennemis de la nation, tous les ministres du culte qui professent encore la même doctrine. On dirait qu'il n'affecte de louer la religion, que pour s'autoriser à flétrir le clergé. A Dieu ne plaise cependant que je veuille rapprocher ici les principes édifiants que M. de Mirabeau a posés en faveur du Christianisme, des conséquences qu'il en a tirées. Il ne nous est permis de scruter les intentions de personne; et, sans examiner les motifs de tant de figures de rhétorique, nous nous emparons, au nom de la religion, de tous les hommages qui lui ont été rendus dans cette tribune. Nous pourrions peut-être observer, en résumant tout ce que nous avons entendu, qu'il est des hommes qui ont perdu le droit de louer publiquement la vertu, et de s'ériger en censeurs du vice; mais écartons les personnalités, et discutons la doctrine de M. de Mirabeau. Cet orateur a parfaitement saisi le grand principe nécessaire à sa thèse, quand il a dit que chaque évêque exerçant son autorité de droit divin, jouissait de la même juridiction dans toutes les églises, et qu'il était ainsi l'évêque universel, partout où il remplissait les fonctions épiscopales. Mon intention est de rapporter fidèlement la pensée, et même les expressions de M. de Mirabeau. Si je me trompe dans une citation si importante, il est présent, je le supplie de me redresser. »

Mirabeau se lève pour répondre à cette interpellation, et l'orateur poursuit ainsi :

« Puisque vous voulez bien, Monsieur, répondre à ma question, je vous supplie de déclarer si vous n'avez pas dit que chaque évêque, jouissant d'une juridiction illimitée, était, en vertu de son ordination, évêque universel de toutes les églises, et que cette proposition était la citation textuelle du premier des quatre fameux articles du clergé de France, en 1682. Voilà, Monsieur, ce que j'ai cru entendre : je vous prie de me dire si ma mémoire ne m'a point trompé. »

Mirabeau. « Non, Monsieur, ce n'est point là ce que j'ai dit. Ces ridicules paroles ne sont jamais sorties que de votre bouche. Voici ce que j'ai dit : J'ai avancé que chaque évêque tenait sa juridiction de son ordination; que l'essence d'un caractère divin était de n'être circonscrit par aucune limite, et par conséquent d'être universel, suivant le premier article de la déclaration du clergé, en 1682. Voilà, Monsieur, ce que j'ai dit : mais je n'ai jamais prétendu que l'ordination fît d'un évêque un évêque universel. » (Cette déclaration est suivie des bruyants applaudissements des tribunes.)

» Eh bien! nous sommes d'accord. C'est bien à ces mêmes assertions, M. de Mirabeau, que je vais répondre; et j'espère qu'il me sera facile de vous faire expier dans un instant les applaudissements dont les tribunes viennent de couvrir votre naïve explication.

» Voici d'abord le premier article de la déclaration du clergé de 1682, que vous invoquez : « *L'Eglise n'a aucun droit direct ni indirect sur le temporel du roi.* Voulez-vous entendre le second : *L'autorité de l'Eglise est supérieure à celle du pape, non-seulement dans le temps de chisme, mais encore dans l'ordre commun, conformément à la décision du concile de Constance.* Voici le troisième : *Le pape est soumis aux canons ; et c'est dans la charge éminente qu'il a reçue de veiller à leur exécution, qu'il trouve le principe et l'exercice de la prééminence du siège apostolique.* Le quatrième enfin prononce, que *les décrets du souverain ne sont irréformables, que lorsqu'ils sont acceptés par le consentement de l'Eglise universelle.* Vous voyez qu'il n'y a rien de commun entre votre proposition et ces quatre fameux articles. Il n'est pas même question de la juridiction épiscopale dans les quatre propositions de l'église gallicane. Vous avez donc cité à faux pour en imposer à cette assemblée; et la vérité a le droit de vous donner à vous, ou plutôt à votre écrivain, le démenti le plus authentique.

» Mais c'est à vous que je reviens, et je vais vous prouver, 1° que vous avez réellement dit ce que je vous ai attribué, et que les matières ecclésiastiques vous sont si peu familières, qu'en croyant le désavouer, vous venez de le confirmer de la manière la plus incontestable ; 2° Que ce que vous avez dit est absolument insoutenable en principe; et que vous n'entreprendrez pas même de me répliquer, sans vous engager plus avant dans le piége où vous êtes pris. Il ne s'agit plus ici d'une erreur de mémoire ou d'un défaut de bonne foi. Raisonnons, et voyons si votre logique est plus sûre et plus ferme que votre érudition.

» Vous reconnaissez formellement nous avoir dit que chaque évêque tenait sa juridiction spirituelle de son ordination, et que ce pouvoir divin n'était circonscrit par les limites d'aucun diocèse. Or, si la juridiction d'un évêque, si sa puissance spirituelle n'est limitée par aucune circonscription diocésaine, chaque évêque a donc partout la même autorité, chaque évêque a droit d'exercer partout une juridiction commune à tous les territoires, et égale sur tous les territoires ; chaque évêque est donc dans l'Eglise un évêque universel. Je ne vous ai donc pas cité à faux, puisque vous venez de répéter avec la plus édifiante simplicité ce que vous avez dit d'abord et ce que je vous avais fait dire. La seule différence qu'il y ait entre votre nouvelle version et la première, c'est que vous venez, je ne sais pourquoi, de délayer, dans une longue phrase, ce que, d'après vos maîtres, vous aviez d'abord exprimé dans un seul mot, *évêque universel*. Il est donc vrai que vous avez réellement dit ce que je vous ai attribué ; et si votre phrase signifie autre chose, elle ne peut plus avoir aucun sens. Je ne dirai point alors, en discutant votre réponse, que ces ridicules paroles ne sont sorties que de votre bouche ; mais je dirai, et cette assemblée dira comme moi, que votre proposition n'a pu sortir que d'une tête absurde. Remerciez à présent les tribunes des applaudissements flatteurs qu'elles vous ont prodigués, lorsque vous avez eu la charité de me dénoncer à leur savante improbation par votre désaveu. Si vous êtes si tenté de me répliquer, parlez, je vous cède la parole.... Vous ne dites rien ?.... Cherchez tranquillement quelque subtilité dont je puisse faire aussitôt une justice exemplaire.... Vous ne dites plus rien ?.... Je poursuis donc, et, après avoir restitué ces mêmes paroles, que vous avez trouvées si concluantes dans votre bouche et si ridicules dans la mienne, j'attaque directement votre argument. Je vais vous mettre en état de juger vous-même des principes théologiques qui vous ont fait tant d'honneur dans les tribunes. »

L'orateur marche ainsi de victoire en victoire : mais la rage des vaincus s'irrite contre la puissance du vainqueur ; il est écouté avec des clameurs menaçantes.

« Le tumulte de cette assemblée, s'écrie-t-il, pourra bien étouffer ma voix, mais elle n'étouffera point la vérité. La vérité, ainsi repoussée et méconnue, reste toute vivante dans le fond de mon cœur, et la nation m'entend quand je me tais ! Cette nation, au nom de laquelle vous prétendez m'interrompre et me contredire, vous a envoyés ici pour faire des lois, et non pas pour me dicter mes opinions. De quel côté sont, dans ce moment, les innova-

tions de principes? Est-ce nous qui imaginons des systèmes contraires à toutes les règles? Est-ce nous qui mettons sans cesse
l'autorité à la place de la raison? Est-ce nous enfin que vous osez
accuser d'être des novateurs, tandis que, pour atteindre notre
doctrine dans vos bruyantes discussions, vous êtes obligés de
fouler aux pieds les principes de tous les écrivains estimés de tous
les états catholiques, de toutes les Eglises et de tous les siècles?
Ah! vous marchez avec tant de rapidité dans vos voies de destruction, que vous devez du moins permettre à vos victimes de
tendre les chaines de la loi devant vous, quand vous vous élan-
cez, armés de toute votre puissance, pour nous anéantir. Vous
voulez marquer, dites-vous, tous vos nouveaux départements
du signe auguste de la foi des chrétiens? Eh! Messieurs, ne
sauriez-vous donc ériger ces monuments de votre piété, sans y
attacher pour trophées les signaux de votre révolte contre la religion? »

Après la clôture de l'assemblée, l'abbé Maury quitta la France.

« Mon ami, dit-il à Marmontel en s'éloignant, j'ai fait ce que j'ai
pu : j'ai épuisé mes forces, non pas pour réussir dans une assemblée où j'étais inutilement écouté, mais pour jeter de profondes
idées de justice et de vérité dans les esprits de la nation et de
l'Europe entière; j'ai eu même l'ambition d'être entendu de la
postérité. Ce n'est pas sans un déchirement de cœur que je m'é-
loigne de ma patrie et de mes amis; mais j'emporte la ferme espérance que la puissance révolutionnaire sera détruite. »

Il reçut partout l'accueil le plus honorable, surtout à Rome
où il entra comme en triomphe, et où il fut élevé à la dignité de
cardinal. Longtemps la gloire qu'il s'était acquise fut grande aux
yeux de l'Europe; mais elle perdit de son éclat, lorsque, sous
l'empire, il accepta les faveurs de Bonaparte, flatta ses caprices,
reçut de lui l'archevêché de Paris, et administra le diocèse malgré
la désapprobation formelle du chef de l'Eglise. La chûte de Napoléon devait amener la sienne; il éprouva diverses mortifications qui
le déterminèrent à reprendre la route de Rome. Mais le pape le fit
enfermer au château Saint-Ange. L'abbé Maury y demeura six mois,
et six autres mois chez les Lazaristes. Exclu des réunions du sacré
collége, condamné à passer dans la retraite le peu de jours qui
lui restaient à vivre, il termina, le 10 mai 1817, une vie qui
ne fut pas, comme on l'a dit de J.-B. Rousseau, *trop longue de*

moitié, mais de laquelle il faudrait supprimer dix ans pour en effacer une grande tache. *

Cazalès. (1752—1805.)

Après l'abbé Maury, Cazalès est regardé comme le plus grand orateur du côté droit à l'assemblée constituante. Rejeton d'une famille noble et peu fortunée du Languedoc, il était entré dans l'état militaire dès l'âge de seize ans, et avant d'avoir terminé ses études. Aussi en arrivant à l'assemblée, il était loin d'avoir la conscience de sa force. Un jour que plein de défiance en lui-même, il osait, dans l'un des bureaux, contredire une opinion émise par Mirabeau, le redoutable athlète mesura des yeux son jeune adversaire, l'écouta, le devina et lui dit avec un sentiment d'admiration et de jalousie : « Vous êtes un orateur, Monsieur ! » et il ne s'était pas trompé. Cazalès aborda la tribune; il y déploya un talent jusqu'alors ignoré des autres, et surtout de lui-même; ses paroles vives et entraînantes secondaient les élans d'un cœur généreux, et servaient merveilleusement un enthousiasme que la menace et l'injustice redoublaient encore, loin de le décourager ou de l'abattre; mais ce qui étonnait davantage, c'est qu'au milieu de ces discussions passionnées, où les principes les plus vénérés étaient livrés aux querelles des partis, pendant que son improvisation rapide saisissait au vol les doctrines ennemies, et que son âme bouillonnait d'indignation et de colère, Cazalès, toujours maître de sa pensée et de son raisonnement, trouvait le secret d'allier la puissance de la logique avec ces illuminations soudaines qui jaillissent d'un cœur sincèrement épris du beau et du grand.

On trouve ces qualités diverses dans le discours qu'il fit pour défendre l'inviolabilité royale. L'assemblée examinait ce qu'il faudrait faire dans le cas où le roi sortirait du royaume et refuserait d'y rentrer, nonobstant les sommations du corps législatif. Le comité de constitution demandait que, dans cette hypothèse, le roi fût censé avoir abdiqué. Cette disposition indignait le côté monarchique.

« Le comité, dit Cazalès, demande que si le roi sort du royaume

---

* Dans une séance de l'académie française, le conventionnel Chénier, qui le détestait, affectant de lui donner le titre d'abbé, quelqu'un l'avertit de l'appeler cardinal : « Je lui fais trop d'honneur, reprit Chénier; il aurait mieux fait de rester toujours l'abbé Maury. »

et refuse d'y rentrer, il soit censé avoir abdiqué la royauté! Je
n'examinerai pas d'abord si, en cherchant avec une coupable industrie de semblables hypothèses, on peut trouver un cas légitime
où le peuple puisse détrôner son véritable souverain. Cette question était enveloppée d'un voile religieux : ceux-là sont coupables
qui ont déchiré ce voile. Il est démontré qu'il n'est pas nécessaire
qu'une loi ait prononcé la déchéance du trône. Dans la circonstance qu'on ose prévoir, la volonté suprême de la nation pronon-
cerait plus sûrement que la loi. Cette prévoyance est une espèce
de délit. » (Il s'élève des murmures. L'orateur reprend :) « Et
comment se pourrait-il que, si le vœu de tout gouvernement est
d'assurer la tranquilité et le bonheur du peuple, il ne fût pas
coupable de discuter ces questions qui apprennent au peuple à
mépriser l'autorité suprême, qui apprennent au peuple quel est
le cas précis où il doit désobéir à son souverain? » (Ici de nouveaux
murmures éclatent, et l'on crie à gauche : Le peuple n'a pas de
souverain. L'orateur poursuit) :

« C'est à ces spéculations téméraires, c'est aux maximes trop
souvent soutenues dans cette assemblée, que vous devez la tendance à l'insurrection, l'anarchie à laquelle le royaume est livré,
une partie des crimes qui ont souillé la révolution. Vous recueillez
les fruits très-amers de cette indiscrète conduite...

» L'hérédité du trône a été fondée par le peuple français. Je ne
pense pas que le roi tienne sa couronne de Dieu et de son épée ;
je n'admets point ces contes ridicules : il la tient du vœu du
peuple. Mais il y a huit cents ans que le peuple français a délégué
à la famille royale son droit au trône. Vous avez reçu l'ordre de
reconnaître ce droit : vous avez obéi à une autorité supérieure à
vous, vous auriez été traitres à la nation, si vous aviez hésité
dans votre obéissance. Il suit de là que vous n'avez pas droit
d'apposer une condition à un acte qui est au-dessus de votre
puissance, à un bienfait qui vous a précédé... Vous ne pouvez
donc imposer une condition à l'hérédité du trône... Osez déclarer
que vous aviez le droit de changer le gouvernement français ; il
ne faut pas, pour me répondre, confondre la nation et ses représentants. Si le cas arrivait où le peuple voulût que le gouvernement fût interverti et le roi détrôné, il faudrait que ce vœu fût
exprimé par le peuple d'une manière unanime ; il faudrait, pour
que ses représentants en fussent l'organe, qu'ils en eussent reçu
l'ordre formel.... Dans le cas contraire qui jugerait entre l'assemblée nationale et le roi? Le pouvoir exécutif peut-il être jugé par

le pouvoir législatif? C'est la chose la plus contraire à la constitution, la plus opposée à la séparation des pouvoirs. Le pouvoir exécutif une fois dépendant, la liberté est détruite. Le peuple a le malheur de ne pouvoir exercer sa puissance : forcé de la déléguer, il a dû balancer les pouvoirs qu'il confie. Au milieu d'eux, il règne, il juge, il est souverain (on applaudit). Mais si l'un des pouvoirs est anéanti, le peuple est esclave, il n'est plus rien. Ainsi toutes les fois que vous donnerez de l'ascendant à un des pouvoirs sur l'autre, vous serez traîtres envers ce peuple, dont on parle tant, et qu'alors vous asservirez. »

Un des discours les plus remarquables de Cazalès est celui qu'il prononça en faveur des ecclésiastiques, lorsque l'assemblée exigea d'eux le serment à la constitution civile du clergé, sous peine de perdre leurs bénéfices.

« Je voudrais, dit-il, en s'adressant aux députés réformateurs, que cette enceinte pût s'agrandir à ma volonté, et contenir la nation individuellement assemblée. Elle nous entendrait, elle jugerait entre vous et moi.... Je dis qu'une scission se prépare, je dis que l'universalité des évêques de France, et que les curés, en grande partie, croient que les principes de la religion leur défendent d'obéir à vos décrets, que cette persuasion se fortifie par la contradiction, et que les principes sont d'un ordre supérieur à vos lois, qu'en chassant les évêques de leurs siéges et les curés de leurs presbytères, pour vaincre cette résistance, vous ne l'aurez pas vaincue, vous serez au premier pas de la persécution qui s'ouvre devant vous. Doutez-vous que ces évêques chassés de leurs siéges, n'excommunient ceux qui ont été mis à leur place? Doutez-vous qu'une grande partie des fidèles ne restent attachés à leurs anciens pasteurs et aux principes éternels de l'Eglise? Alors le schisme est introduit, les querelles de religion commencent; alors les peuples douteront de la validité des sacrements; ils craindront de voir fuir devant eux cette religion sublime, qui, saisissant l'homme dès le berceau, et le suivant jusqu'à la mort, lui offre des consolations touchantes dans toutes les circonstances de la vie; alors les victimes de la révolution se multiplieront, le royaume sera divisé. Vous verrez les catholiques errants sur la surface de l'empire, suivre dans les cavernes, dans les déserts, leurs ministres persécutés... Si vous vouliez sentir les maux incalculables que vous attirerez sur notre patrie, si vous vouliez montrer votre amour pour le peuple, vous temporiseriez, vous attendriez l'adhésion de l'Eglise de France... La question qui nous

divise est une vile question de forme et d'orgueil. Pourquoi craindriez-vous de dire que vous vous êtes trompés, quand l'exécution
de la constitution civile du clergé, sans résistance, peut être la
conséquence de cet aveu? Pourquoi refuseriez-vous de revenir
sur un décret, quand vous voyez qu'une folle obstination vous
perd, et que l'Eglise de France vous a montré l'erreur dans laquelle vous êtes tombés... Aux murmures qui s'élèvent, je vois
que je suis obligé de déclarer en mon nom et en celui de mes
collègues, que nous ne voulons prendre aucune part à cette délibération ; que nous n'abandonnerons jamais, que nous reconnaîtrons
toujours pour nos dignes pasteurs, ceux que l'Eglise a reconnus. »

Ce fut dans la même circonstance que M. de Montlosier prononça ces paroles :

« Je ne crois pas qu'on puisse forcer les évêques à quitter leurs
siéges. Si on les chasse de leur palais épiscopal, ils iront dans la
cabane des pauvres qu'ils ont nourris. Si on leur ôte une croix
d'or, ils porteront une croix de bois. C'est une croix de bois qui
a sauvé le monde. »

Le parti modéré de l'assemblée constituante avait pour organes
principaux Monsieur, Tronchet, Mallouet, Clermont-Tonnerre et
Lally-Tollendal.

DÉBATS DE L'ASSEMBLÉE CONSTITUANTE.

Pour nous faire une idée des débats de l'assemblée constituante,
écoutons M. Lacretelle : « L'assemblée agitait au hasard toute sorte
de matières, car elle gouvernait tout par ses comités, ou à l'aide
de pétitions qui lui arrivaient de toutes parts. Depuis Moïse et
Lycurgue, il n'avait jamais existé un pouvoir de législation plus
absolu ; ses articles de constitution se décrétaient suivant telle circonstance donnée. Le plus souvent on les faisait précéder par
une discussion solennelle, mais qui était d'abord froidement dogmatique. Les discours écrits étaient ordinairement des traités de
droit public dans lesquels on se faisait une loi de remonter au
premier état du genre humain, aux conventions des deux premiers hommes. Lors même que ces discours étaient plus précis,
plus positifs, ils avaient rarement le puissant attrait d'une réfutation réciproque et subite. Mais, à mesure que la décision approchait, le débat devenait plus vif entre les mains des principaux
orateurs qui recouraient à l'arme brillante de l'improvisation. La
tribune, assiégée par l'élite des deux camps, était emportée

tantôt par la rapidité de la course, tantôt par un combat athlétique, tantôt par l'avantage d'une voix aiguë ou d'une voix tonnante. Ce poste était peu sûr. L'homme le plus éloquent ne pouvait s'y faire entendre sans être vingt fois assailli par une tempête de vociférations, de murmures, de huées, ou par des sarcasmes plus cruels encore qu'un bruit injurieux. Figurez-vous le frémissement alternatif d'un millier d'hommes dont plusieurs voyaient leur existence mise en problème, qui combattaient pour leur Dieu, pour leur roi, et dont les autres procédaient avec fureur, avec fanatisme, à ce qu'ils appelaient leur régénération sociale. Le désespoir des vaincus s'exprimait souvent par un rire sinistre, et la joie des vainqueurs par un rire inhumain; on se lançait des cartels qui devenaient bientôt tellement collectifs, qu'ils eussent appelé deux cents combattants sur le pré. Ajoutez à ce bruit celui de deux mille spectateurs, pour la plupart acteurs éprouvés dans les scènes de la révolution, auxiliaires, juges et tyrans du parti démocratique. Dès qu'ils avaient fourni une salve d'applaudissements : *Entendez, entendez la voix du peuple souverain!* s'écriaient des courtisans démagogues. Se taisait-on un moment, on entendait du dehors le bruit, les menaces, les cris de fureur de dix ou vingt mille hommes stationnés par groupes dans le jardin des Tuileries, sur la terrasse des Feuillants, et qui portaient leurs clameurs jusqu'aux oreilles du roi. Les députés du côté droit avaient à traverser ces formidables rangs pour se rendre à leur poste. C'étaient les croix épiscopales qui appelaient le plus l'outrage et la malédiction, et jamais les prélats n'avaient plus à craindre les violences populaires que lorsqu'ils venaient de se dévouer à la pauvreté par un sacrifice fait à leur conscience. Toutefois, pendant le cours de l'assemblée constituante, le peuple n'effectua point ses menaces envers les députés, et n'alla point jusqu'à des crimes que ses chefs ne lui demandaient pas. Si telles étaient les séances du matin, qu'on juge de celles du soir. Quand le tumulte était au comble, le président, dont la voix était lassée et la sonnette impuissante, proclamait, en se couvrant, l'interruption de la séance, et l'ordre renaissait par degrés. Il est difficile d'imaginer combien de vives et piquantes saillies s'échappaient d'un tel désordre; quel effet produisaient les expressions chevaleresques de plusieurs militaires, tels que MM. d'Ambli et de Lautrec; l'onction et la dignité pastorale de certains prélats, tel que M. l'évêque de Clermont; le choc des réparties brillantes qui s'engageaient entre Mirabeau et le vicomte son frère, M. de Talleyrand et l'abbé Maury; l'agréable surprise que causaient des

4

traits de grâce, de politesse, de générosité; le respect que certains présidents de l'assemblée, et particulièrement MM. de Clermont-Tonnerre, le marquis de Bonnai, l'abbé de Montesquiou, d'André et Bureau de Puzy, inspiraient par leur fermeté et leur impartialité courageuse; enfin tout ce qu'offrait de curieux, d'affligeant, de comique, d'étourdissant, le contraste entre les anciennes mœurs françaises qui brillaient de leur dernière grâce, et les mœurs nouvelles qui se dirigeaient vers la liberté, avec des illusions dignes de la jeunesse. J'ai vu d'illustres étrangers qui assistaient aux débats de l'assemblée constituante, s'étonner également, et qu'une délibération si tumultueuse ne produisît pas des lois plus violentes, plus anarchiques, et qu'une telle réunion d'hommes de talent et de probité ne produisît pas des lois plus justes, plus prudentes et mieux coordonnées. » (*Histoire de la révolution.*)

L'ASSEMBLÉE CONSTITUANTE SELON M. DE LAMARTINE.

« Cette assemblée avait été la plus imposante réunion d'hommes qui ait jamais représenté, non pas la France, mais le genre humain. Ce fut en effet le concile œcuménique de la raison et de la philosophie modernes. (*Sic.*) La nature semblait avoir créé exprès, et les différents ordres de la société avoir mis en réserve, pour cette œuvre, les génies, les caractères, et même les vices les plus propres à donner, à ce foyer des lumières du temps, la grandeur, l'éclat et le mouvement d'un incendie destiné à conserver les débris d'une vieille société, et à en éclairer une nouvelle. Il y avait des sages comme Bailly, des penseurs comme Sieyès, des factieux comme Barnave, des hommes d'état comme Talleyrand, des hommes époques comme Mirabeau, des hommes principes comme Robespierre. Chaque cause y était personnifiée par ce qu'un parti avait de plus haut. Les victimes aussi y étaient illustres. Cazalès, Malouet, Maury, faisaient retentir en éclats de douleur et d'éloquence les chutes successives du trône, de l'aristocratie et du clergé. Ce foyer actif de la pensée d'un siècle fut nourri, pendant toute sa durée, par le vent des plus continuels orages politiques. Pendant qu'on délibérait dedans, le peuple agissait dehors et frappait aux portes. Ces vingt-six mois de conseils ne furent qu'une sédition non interrompue. A peine une institution s'était-elle écroulée à la tribune, que la nation la déblayait pour faire place à l'institution nouvelle. La colère du peuple n'était que l'impatience des obstacles, son délire n'était que sa raison passionnée. (*Sic.*) Jusque dans ses fureurs, c'était toujours une vérité qui l'agitait. (*Sic.*) Les tribunes ne l'aveuglaient qu'en l'éblouissant. Ce fut le caractère unique de cette assemblée, que cette passion pour un idéal qu'elle se sentait invinciblement poussée à accomplir. Acte de foi perpétuel dans la raison et dans la justice ; sainte fureur du bien qui la possédait et qui la faisait se dévouer elle-même à son œuvre, comme ce statuaire qui, voyant le feu du fourneau où il fondait son bronze, prêt à s'éteindre, jeta ses meubles, le lit de ses enfants, et enfin jusqu'à sa maison dans le foyer, consentant à périr pour que son œuvre ne périt pas.

» C'est pour cela que la révolution qu'a faite l'assemblée constituante est devenue une date de l'esprit humain, et non pas seulement un événement de l'histoire d'un peuple. Les hommes de cette assemblée n'étaient pas des français, c'étaient des hommes universels. On les méconnaît et on les rapetisse quand on n'y voit que des prêtres, des aristocrates, des plébéiens, des sujets fidèles, des factieux ou des démagogues. Ils étaient, et ils se sentaient eux-mêmes mieux que cela : des ouvriers de Dieu, appelés par lui à restaurer la raison sociale de l'humanité, et à rasseoir le droit et la justice par tout l'univers. Aucun d'eux, excepté les opposants à la révolution, ne renfermait sa pensée dans les limites de la France. La déclaration des droits de l'homme le prouve ; c'était le décalogue du genre humain dans toutes les langues. La révolution moderne appelait les gentils comme les juifs au partage de la lumière et au règne de la fraternité.

» Aussi, n'y eut-il pas un de ses apôtres qui ne proclamât la paix entre les peuples. Mirabeau, Lafayette, Robespierre lui-même effacèrent la guerre du symbole qu'ils présentaient à la nation. Ce furent les factieux et les ambitieux qui la demandèrent plus tard ; ce ne furent pas les grands révolutionnaires. Quand la guerre éclata, la révolution avait dégénéré. L'assemblée constituante se serait bien gardée de placer aux frontières de la France les bornes de ses vérités, et de renfermer l'âme sympathique de la révolution française dans un étroit patriotisme. La patrie de ses dogmes était le globe. La France n'était que l'atelier où elle travaillait pour tous les peuples. Respectueuse et indifférente à la question des territoires nationaux, dès son premier mot elle s'interdit les conquêtes. Elle ne se réservait que la propriété ou plutôt l'invention des vérités générales qu'elle mettait en lumière. Universelle comme l'humanité, elle n'eut pas l'égoïsme de s'isoler. Elle voulut donner et non dérober. Elle voulut se répandre par le droit et non par la force. Essentiellement spiritualiste, elle n'affecta d'autre empire pour la France que l'empire volontaire de l'imitation sur l'esprit humain.

» Son œuvre était prodigieuse, ses moyens nuls ; tout ce que l'enthousiasme lui inspire, l'assemblée l'entreprend et l'achève ; sans roi, sans chef militaire, sans dictateur, sans armée, sans autre force que la conviction, seule au milieu d'un peuple étonné, d'une armée dissoute, d'une aristocratie émigrée, d'un clergé dépouillé, d'une cour hostile, d'une ville séditieuse, de l'Europe en armes ; elle fit ce qu'elle avait résolu : tant la volonté est la véritable puissance d'un peuple, tant la vérité est l'irrésistible auxiliaire des hommes qui s'agitent pour elle ! Si jamais l'inspiration fut visible dans le prophète ou dans le législateur antique, on peut dire que l'assemblée constituante eut deux années d'inspirations continue. La France fut l'inspirée de la civilisation. (*Sic.*) » (*Histoire des Girondins.*)

ASSEMBLÉE LÉGISLATIVE. — CONVENTION. — DIRECTOIRE.

Les assemblées qui suivirent la constituante, c'est-à-dire, la législative, la convention et le directoire, offrirent le spectacle de la révolution triomphante avec toutes ses fureurs. D'abord il y eut encore quelques hommes qui entreprirent d'arrêter ses excès. Vaublanc, Ramond, Beugnot, Quatremère, Pastoret, Becquey, etc., firent entendre plusieurs fois les accents d'une noble indignation. Mais, outre que leurs discours, resserrés dans des discussions étroites et refroidis par des concessions nécessaires, étaient loin de l'énergie, de la véhémence et des vastes développements des Maury et des Cazalès, bientôt ils ne furent plus écoutés, et la tribune fut envahie par les partisans des opinions les plus extrêmes. Les Jacobins et les députés de la Gironde, qui se disputaient l'empire, cherchèrent à se surpasser les uns les autres dans la destruction. Ils attaquèrent tout ce qui restait des institutions anciennes, portèrent de nouvelles lois de proscription contre les nobles et les prêtres, proclamèrent la république en jurant haine à la royauté, et firent enfin tomber sur l'échafaud la tête du meilleur des rois. Puis ils se déchirèrent entre eux ; le parti le plus audacieux et le plus scélérat triompha de l'autre. Les jacobins, restés maîtres, régnèrent par la terreur et la mort. Mais la révolution, *semblable à Saturne, devait dévorer succes-*

librement ses propres enfants, (paroles de Vergniaud) ; les vainqueurs furent renversés à leur tour pour faire place à d'autres tyrans, jusqu'à ce que l'anarchie conduisît au despotisme militaire et au pouvoir d'un seul.

L'éloquence, dans ces assemblées démagogiques, avait un caractère analogue aux circonstances. Inspirée par le génie du mal, elle se livrait à des transports de fureur, elle vomissait le fiel ; elle était comme dégoûtante de sang. On eût dit les esprits de l'abîme occupés à délibérer sur les moyens de nuire aux hommes. La convention surtout présenta souvent dans ses débats comme une image de l'enfer.

« Il semblait, dit Timon, qu'un glaive suspendu par quelque fil invisible se promenât sur la tête du président, de chaque orateur, de chaque député. La pâleur était sur les visages, la vengeance bouillonnait au fond des cœurs. L'imagination se remplissait de cadavres et de funérailles. Un frisson de mort courait dans tous les discours. On ne parlait, à mots entre-coupés et comme involontairement, que de crimes, de conjurations, de trahisons, de complicité, d'échafaud.

» On s'élançait à la tribune l'œil en feu, le poing fermé, la poitrine haletante, pour incriminer ou pour se défendre. On offrait, pour témoignage de son innocence, sa tête. On demandait celle des autres. On n'invoquait, pour tous les crimes sans distinction, d'autre peine que la peine capitale. Il ne manquait plus, dans l'assemblée que le bourreau, qui n'était pas loin. »

Il faut cependant reconnaître une différence entre les deux partis qui se combattaient : les *Jacobins* voulaient l'anarchie pour régner dans le sang. Déterminés à tous les crimes, ils auraient immolé la moitié des Français s'ils en avaient eu le temps ; *la liberté*, disait l'un d'eux, *doit être en péril tant qu'il restera des citoyens qui ont vu l'ancien ordre de choses*. Les *Girondins* n'avaient pas ce caractère féroce ; partisans de la république, ils voulaient dominer, mais avec le règne des lois ; sous la législative, ils demandèrent des proscriptions, parce qu'ils les croyaient nécessaires pour abattre la monarchie, mais ils ne désiraient point la mort du roi. De là leurs efforts dans la convention pour combattre la tyrannie des démagogues et pour arrêter la révolution qu'ils voyaient avec regret se précipiter dans tous les crimes ; de là leurs tentatives pour sauver les jours de Louis XVI, qu'ils condamnèrent ensuite par faiblesse.

Cette différence doit être signalée particulièrement ici sous le rapport de l'éloquence. Le langage des Jacobins est presque toujours hideux; il n'inspire que l'effroi, ou l'horreur, ou le dégoût; la perversité et la bassesse se montrent même au milieu de la pompe et de l'harmonie des phrases.

C'est du moins ce que l'on peut dire de leur chef, Robespierre.

Robespierre. (1759—1794.)

Sa figure était celle que l'imagination du peintre pourrait prêter à l'envie. Un mouvement convulsif de ses lèvres et de ses mains révélait l'agitation de son âme; sa voix était tour à tour criarde et monotone, mais convenait si bien à l'expression de la cruauté, qu'elle eût produit dans vos organes un long frémissement. Il avait une manière de prononcer *pauvre peuple* et *peuple vertueux*, qui ne manqua jamais son effet sur de féroces spectateurs. A l'assemblée constituante, il ne s'était montré qu'un rhéteur ennuyeux et cruel; mais son talent se fortifia dans les progrès de son malfaisant pouvoir. Son élocution devint plus brillante, plus variée : rarement il choquait le goût, même en offensant tout sentiment humain. Il cherchait peu à persuader par la logique ceux qu'il pouvait entraîner par l'effroi. Il y avait je ne sais quel effet d'une horrible éloquence dans son ironie prolongée, qui annonçait la mort et semblait la donner déjà... Si Cromwell cachait la profondeur de ses desseins sous l'obscurité amphigourique de ses discours d'illuminé, Robespierre se cachait sous des principes dans lesquels il n'y avait de clair que la cruauté. (*Histoire de la Révolution.*)

ROBESPIERRE JUGÉ PAR M. DE LAMARTINE.

« Dans l'ombre encore, et derrière les chefs de l'Assemblée nationale constituante, un homme presqu'inconnu, commençait à se mouvoir, agité d'une pensée inquiète qui semblait lui interdire le silence et le repos; il tentait en toute occasion la parole, et s'attaquait indifféremment à tous les orateurs, même à Mirabeau. Précipité de la tribune, il y remontait le lendemain; humilié par les sarcasmes, étouffé par les murmures, désavoué par tous les partis, disparaissant entre les grands athlètes qui fixaient l'attention publique, il était sans cesse vaincu, jamais lassé. On eût dit qu'un génie intime et prophétique lui révélait d'avance la vanité de tous ces talents, la toute-puissance de la volonté et de la patience, et qu'une voix entendue de lui seul lui disait dans l'âme : Ces hommes qui te méprisent t'appartiennent ; tous les détours de cette révolution qui ne veut pas te voir viendront aboutir à toi, car tu t'es placé sur sa route comme l'inévitable excès auquel aboutit toute impulsion. Cet homme, c'était Robespierre.

» Robespierre était le Calvin de la politique ; il couvait dans l'obscurité la pensée confuse de la rénovation du monde social et du monde religieux, comme un rêve qui obsédait inutilement sa jeunesse, quand la révolution vint lui donner ce que la destinée offre toujours, à ceux qui épient sa marche, l'occasion. Il la saisit. Il fut député du tiers aux états généraux. Seul peut-être de ces hommes qui ouvraient à Versailles la première scène de ce drame immense, il entrevoyait le dénoûment. Robespierre n'avait rien, ni dans la naissance, ni dans le génie, ni dans l'extérieur qui le désignât à l'attention des hommes. Aucun éclat n'était sorti de lui, son pâle talent n'avait rayonné que dans le barreau ou dans les académies de province ; quelques discours verbeux, remplis d'une philosophie sans muscles et presque pastorale, quelques poésies froides et affectées, avaient inutilement affiché son nom dans l'insignifiance des recueils littéraires du temps ; il était plus qu'inconnu, il était médiocre et dédaigné. Ses traits n'avaient rien de ce qui fait arrêter le regard, quand il flotte sur une grande assemblée ; rien n'était écrit en caractères physiques sur cette puissance tout intérieure ; il était le dernier mot de la révolution, mais personne ne pouvait le lire.

» Robespierre était petit de taille, ses membres étaient grêles et anguleux, sa marche saccadée, ses attitudes affectées, ses gestes sans harmonie et sans grâce ; sa voix, un peu aigre, cherchait les inflexions oratoires, et ne trouvait que la fatigue et la monotonie ; son front était assez beau, mais petit, bombé au-dessus des tempes, comme si la masse et le mouvement embarrassé de ses pensées l'avaient élargi à force d'efforts ; ses yeux, très-voilés par les paupières et très-aigus aux extrémités, s'enfonçaient profondément dans les cavités de leurs orbites ; ils lançaient un éclair bleuâtre assez doux, mais vague et flottant comme un reflet de l'acier frappé par la lumière ; son nez, droit et petit, était fortement tiré par des narines relevées et trop ouvertes ; sa bouche était grande, ses lèvres minces et contractées désagréablement aux deux coins ; son menton court et pointu, son teint, d'un jaune livide comme celui d'un malade ou d'un homme consumé de veilles et de méditations. L'expression habituelle de ce visage était une sérénité superficielle sur un fond grave, et un sourire indécis entre le sarcasme et la grâce. Il y avait de la douceur, mais une douceur sinistre. Ce qui dominait dans l'ensemble de sa physionomie, c'était la prodigieuse et continuelle tension du front, des yeux, de la bouche, de tous les muscles de la face. On voyait en l'observant que tous les traits de son visage, comme tout le travail de son âme, convergeaient sans distraction sur un seul point, avec une telle puissance qu'il n'y avait aucune déperdition de volonté dans ce caractère, et qu'il semblait voir d'avance ce qu'il voulait accomplir, comme s'il l'eût eu déjà en réalité sous les yeux.

» Tel était alors l'homme qui devait absorber en lui tous ces hommes, et en faire ses victimes après en avoir fait ses instruments. Il n'était d'aucun parti, mais de tous les partis qui servaient tour à tour la révolution. C'était là sa force, car les partis s'arrêtaient; lui ne s'arrêtait pas. Il plaçait cet idéal comme un but en avant de chaque mouvement révolutionnaire, il y marchait avec ceux qui voulaient l'atteindre; puis, quand le but était dépassé, il se plaçait plus loin et y marchait encore avec d'autres hommes, en continuant ainsi sans jamais dévier, sans jamais s'arrêter, sans jamais reculer. La révolution, décimée dans sa route, devait inévitablement se résumer un jour dans une dernière expression. Il voulait que ce fût lui. Il se l'était incorporée tout entière, principes, pensées, passions, colères, et la forçait ainsi de s'incorporer un jour en lui. » (*Histoire des Girondins.*)

ROBESPIERRE JUGÉ PAR TIMON.

Robespierre, orateur disert, rompu aux harangues des clubs et aux luttes de la tribune; patient, taciturne, dissimulé, envieux de la supériorité des autres et vain de lui-même, ne laissant d'issue à ses passions que par des exclamations sourdes; ni si médiocre que ses ennemis l'ont fait, ni si grand que ses amis l'ont vanté; pensant beaucoup trop avantageusement et parlant beaucoup trop longuement de soi, de ses services, de son désintéressement, de son patriotisme, de sa vertu, de sa justice; se ramenant sans cesse sur la scène après de laborieux circuits, et surchargeant tous ses discours du poids fatiguant de sa personnalité.

Robespierre écrivait ses rapports, récitait ses harangues et n'improvisait guère que dans ses répliques.

Il savait tracer avec talent le tableau extérieur du monde politique. Il avait peut-être, plus que ses collègues, des vues d'homme d'État, et, soit vague instinct d'ambition, soit système, soit dégoût final de l'anarchie, il voulait de l'unité et de la force dans le pouvoir exécutif.

Sa manière oratoire était pleine des souvenirs de la Grèce et de Rome, et les échappés de collège qui peuplaient l'Assemblée, écoutaient bravement, la bouche béante, tous ces récits d'antiquité. Qui, aujourd'hui, parlerait à la tribune, sans que le rire ne vînt aux lèvres, des Crétois, de Lacédémone, du dieu Minos, du général Epaminondas, des sénateurs romains à la longue toge, du bon Numa et de la nymphe Égérie? Interpellé par Vergniaud qui lui disait : Concluez!... — Oui je vais conclure, et contre vous! contre vous qui riez. » Et, déroulant la série de ses accusations, Robespierre, animé, s'éleva ici jusqu'à l'éloquence. Mais, le plus souvent sa phraséologie était fausse et déclamatoire.

Ainsi il disait que : « Les Girondins appelaient de toutes parts les serpents de la calomnie, le démon de la guerre civile, l'hydre du fédéralisme, le monstre de l'aristocratie. » Ces quatre figures, accumulées dans la même phrase, sont ridicules et de mauvais goût.

Il s'interrompait tout-à-coup au milieu de son discours pour interroger le peuple, comme si le peuple eût été là; faisant, dans ces occasions, grand abus de rhétorique. Il débitait aussi de longues tirades philosophiques sur la vertu, visibles réminiscences de Jean-Jacques Rousseau.

Il procédait par des prosopopées et autres figures qui peuvent échapper dans la chaleur de l'action oratoire et qui peignent plus vivement la pensée, mais qui gâtent une dissertation. Quelquefois, il revêtait ses images d'une élégante forme :

« Calomnie-t-on l'astre qui anime la nature, pour des nuages légers qui glissent sur son disque éclatant? »

Cette autre pensée est belle :

« La raison de l'homme ressemble encore au globe qu'il habite. La moitié en est plongée dans les ténèbres quand l'autre est éclairée. »

Mais quoi de plus déplacé dans un rapport que ces allusions, infiniment trop prolongées, aux hommes et aux choses de l'antiquité!

« Les lâches! ils osent vous dénoncer les fondateurs de la république! Les Tarquins modernes osent vous dire que le sénat de Rome était une assemblée de brigands! Les valets de Porsenna traitaient de même Scévola d'insensé. Suivant les manifestes de

Xerxès, Aristide a pillé le trésor de la Grèce. Les mains pleines
de rapines et teintes du sang des Romains, Octave et Antoine
ordonnent à toute la terre de les croire seuls cléments, seuls
justes, et seuls vertueux. Tibère et Séjan ne voient dans Brutus
et Cassius, que des hommes de sang et même des fripons. »

Au surplus, les Montagnards ne savaient pas, excepté peut-
être Barrère et Saint-Just, ranger leurs idées dans un ordre
logique et savant, tendre au but et conclure. Les rapports de
Robespierre ne souffrent guère l'analyse. Il y a, dans ces rapports,
du remplissage, de la confusion et de la bouffisure.

Robespierre n'attaquait guère ses ennemis en face et de front;
il les prenait en dessous et par insinuation, et il leur lançait de
ces menaces indirectes, de ces mots à lueurs sinistres, comme
Tibère en jetait dans le sénat romain, à ses victimes désignées.

Robespierre était déiste ainsi que Saint-Just. Or, être déiste
et le dire tout haut, c'était être très-religieux pour ces temps-là.

La veille de sa mort, à son apogée, lorsqu'il vint dénoncer la
convention, les comités du salut public et de sûreté générale, il
s'étendit avec une complaisance affectée sur le rôle de pontife
qu'il avait joué dans la fête de l'Etre-Suprême. L'apostrophe qui
termine cet épisode, ne manque pas d'animation et de coloris :

« Citoyens, vous avez rattaché à la cause de la révolution tous
les cœurs purs et généreux. Vous l'avez montrée au monde dans
tout l'éclat de sa beauté céleste. O jour à jamais fortuné, où le
peuple français se leva tout entier pour rendre à l'auteur de la
nature un hommage digne de lui ! Quel touchant assemblage de
tous les objets qui peuvent enchanter les regards et le cœur des
hommes ! O vieillesse honorée ! O généreuse ardeur des enfants de
la patrie ! O joie naïve et pure des jeunes citoyens ! O larmes déli-
cieuses des mères attendries ! O charme divin de l'innocence et de
la beauté ! O majesté d'un grand peuple, heureux par le seul sentiment de sa force, de sa gloire et de sa vertu ! Être des êtres ! le
jour où l'univers sortit de tes mains toutes puissantes, brilla-t-il
d'une lumière plus agréable à tes yeux, que le jour où, brisant le
joug du crime et de l'erreur, il parut devant toi digne de tes regards
et de ses destinées ? »

Il y a de la facture et de l'art dans ce morceau. Mais, était-il
bien placé entre une dénonciation à mort et une insurrection mé-
ditée? Les oraisons révolutionnaires sont pleines de ces contrastes.

Robespierre avait pris au sérieux la fête de la restauration de l'Etre-Suprême et de l'immortalité de l'âme. Il ne pardonnait pas aux railleries irréligieuses des autres membres du gouvernement. Deux choses en eux le révoltaient, d'abord leur matérialisme, et ensuite qu'ils eussent cru pouvoir, pendant quarante jours, se passer de lui.

Lorsque, dans les commencements, Robespierre fut en butte aux terribles assauts de Vergniaud et de Louvet, il courba la tête et laissa passer l'orage : mais lorsqu'il sentit que la convention décimée pliait, il parla en maître. Il voulut que la convention discutât, ou plutôt décrétât sur-le-champ les lois les plus épineuses et les plus farouches, proposées à l'instant même par le comité de salut public. La majorité, asservie, pâlissait de colère, et la vengeance couvait dans les cœurs. Merlin, Tallien se troublaient : Bourdon, dévorant son injure, balbutiait avec des lèvres tremblantes : « J'estime Couthon, j'estime le comité de salut public, j'estime l'inébranlable Montagne qui a sauvé la liberté ! »

Cette Montagne, minée dans ses fondements, allait bientôt se renverser sur elle-même.

Cruel drame oratoire, quel discours en action, que la fameuse séance du 9 thermidor !

Robespierre lance son terrible réquisitoire contre ses ennemis, et descend de la tribune. On se tait, on hésite ; puis un long frémissement court de banc en banc. On s'aborde et des groupes se forment. On se regarde, on se compte, on se consulte, on s'indigne, on éclate. Robespierre est discuté, il est perdu. Saint-Just vole à son secours, Saint-Just dénonce Tallien. A peine ce nom sort-il de sa bouche, que Tallien, pâle, défait, moitié vivant, moitié mort, demande que le rideau qui couvre Robespierre soit entièrement déchiré.

Billaud-Varennes s'écrie : « La Convention est entre deux égorgements ; elle périra si elle est faible..... »

« Non ! non ; elle ne périra pas ! — Tous les députés sont debout ; ils agitent leurs chapeaux, ils jurent de sauver la république. »

Billaud-Varennes : « Y a-t-il un seul citoyen qui voulût exister sous un tyran ? » (Toute l'assemblée : Non ! non ! périssent les tyrans.)

Robespierre s'élance à la tribune. (Un grand nombre de voix : A bas le tyran ! à bas ! à bas !)

Alors Tallien : « J'ai vu hier la séance des Jacobins, j'ai frémi pour la patrie ! j'ai vu se former l'armée du nouveau Cromwell ;

et je me suis armé d'un poignard pour lui percer le sein! » (Vives acclamations.)

Robespierre, adossé aux rampes de la tribune, réclame la parole, il veut la prendre. (Sa voix se perd sous les cris redoublés : A bas le tyran! à bas! à bas!)

Robespierre insiste, Tallien le repousse et poursuit son accusation.

Alors Robespierre interroge du regard les plus ardents montagnards. Les uns détournent la tête, les autres restent immobiles. Il invoque les centres : « C'est à vous, hommes purs, que je m'adresse, et non pas aux brigands.... (Violente interruption.) Pour la dernière fois, Président d'assassins, je te demande la parole. » (Non, non!) — Le bruit continue, Robespierre s'épuise en efforts; sa voix s'enroue. »

Garnier : « Le sang de Danton t'étouffe! »

Danton. (1759—1794.)

La scélératesse de Danton était plus franche et plus impudente que celle de Robespierre. C'était un homme qui, dans son âme de bronze, avait saisi tous les corollaires de la philosophie de l'athéisme, et trouvait aussi naturel de les mettre en pratique que de les professer. Sa figure était une tête de Méduse posée sur un corps athlétique. Il disait lui-même : « La nature m'a donné en partage les formes athlétiques et la physionomie âpre de la liberté. » Le tonnerre de sa voix roulait, portait au loin les accents d'une éloquence gigantesque, convulsive, chargée d'images incohérentes, précipitées, mais vives et terribles. C'est dans le club des *Cordeliers* qu'il formait ses élèves et leur dictait ses oracles; mais il haranguait aussi la populace au coin des rues et sur les places publiques. On pourrait l'appeler le *Mirabeau des carrefours*. En effet, sous la constituante, il produisait au-dehors les mêmes effets que Mirabeau dans l'assemblée; et Mirabeau, qui avait apprécié son talent, se servait de lui, selon l'expression d'un contemporain, comme d'un soufflet de forge pour enflammer les passions populaires.

DANTON JUGÉ PAR M. DE LAMARTINE.

» Danton était un de ces hommes qui semblent naître du bouillonnement des révolutions, et qui flottent sur le tumulte jusqu'à ce qu'il les engloutisse. Tout en lui était athlétique, rude et vulgaire comme les masses. Il devait leur plaire parce qu'il leur ressemblait. Son éloquence imitait l'explosion des foules. Sa voix sonore tenait du rugissement de l'émeute. Ses phrases, courtes et décisives avaient la concision martiale du commandement. Son geste irrésistible imprimait l'impulsion aux rassemblements. L'ambition était toute sa politique. Sans principes arrêtés, il n'aimait de la démocratie que son trouble. Elle lui avait fait son élément. Il s'y plongeait, et y cherchait moins encore l'empire que cette volupté sensuelle que l'homme trouve dans le mouvement accéléré qui l'emporte. Il s'énivrait du vertige révolutionnaire comme on s'énivre du vin. Il portait bien cette ivresse. Il avait la supériorité du calme dans la confusion qu'il créait pour la dominer. Conservant le sang-froid dans la fougue et la gaîté, dans l'emportement, ses mots décidaient les clubs au milieu de leur fureur. Il amusait le peuple et il le passionnait à la fois. Satisfait de ce double ascendant, il se dispensait de le respecter; il ne lui parlait ni de principes ni de vertus, mais de force. Lui-même n'adorait guère que la force. Tout était moyen pour lui. C'était l'homme d'état des circonstances, jouant avec le mouvement sans autre but que ce jeu terrible, sans autre enjeu que sa vie, et sans autre responsabilité que le hasard. » (*Histoire des Girondins.*).

DANTON JUGÉ PAR TIMON.

Ce Danton, dont le sang montait à la gorge de Robespierre et l'étouffait, ce Danton que je vais peindre, ce Danton inférieur à Mirabeau, à lui seul, dépassait de la tête tous les autres conventionnels.

Il avait, comme Mirabeau vu de près, un teint basané, des traits écrasés, une laideur de détails repoussante. Mais, comme Mirabeau, vu de loin et dans une assemblée, il attirait, il frappait les regards par sa physionomie saisissante et par cette mâle beauté qui est la beauté de l'orateur.

L'un tenait du lion et l'autre du dogue, tous deux emblèmes de la force.

Né pour la grande éloquence, Danton eût, dans l'antiquité, avec sa voix retentissante, ses gestes impétueux et les colossales figures de ses discours, gouverné, du haut de la tribune aux harangues, les orages de la multitude.

Orateur du peuple, Danton avait ses passions, comprenait son génie et parlait son langage. Exalté, mais sincère; sans fiel, mais sans vertu ; suspect de rapacité, quoique mort pauvre ; cynique dans ses mœurs et dans sa conversation. Sanguinaire par système plus que par tempérament, il coupait les têtes, mais sans haine, comme le bourreau, et ses mains machiavéliques dégouttaient des massacres de septembre. Abominable autant que fausse politique ! il excusait la cruauté des moyens par la grandeur du but.

Deux hommes ont tour à tour dominé la révolution, tous deux semblables, et tous deux différents, Danton et Robespierre.

Tous deux chefs de parti et maîtres de la Convention ; tous deux poussant aux mesures les plus extrêmes ; tous deux intelligents des affaires du dedans et du dehors ; tous deux hommes de conseil et homme de main ; tous deux incriminés de trahison, de tyrannie et de dictature ; tous deux refusés d'être ouïs dans leur défense personnelle, pour avoir refusé d'ouïr les autres ; tous deux décrétés d'accusation, à l'unanimité par leurs propres complices ; tous deux condamnés par le tribunal révolutionnaire qu'ils avaient érigé ; tous deux, pour en finir plus vite, mis hors la loi ; tous deux immolés presque à la fleur de leur âge, Danton par Robespierre, et Robespierre à cause d'une accusation de Danton ; tous deux enfin traînés au même supplice dans la même charette et sur le même échafaud.

Danton était intempérant, fou de plaisirs, avide d'argent, moins pour le thésauriser que pour le dissiper ; Robespierre était sobre, austère, économe, incorruptible.

Danton, indolent par nature et par habitude ; Robespierre, ardent au travail à en perdre le sommeil.

Danton avait du dédain pour Robespierre, et Robespierre avait du mépris pour Danton.

Danton était léger jusqu'à l'inconséquence ; Robespierre, atrabilaire, concentré, défiant jusqu'à la proscription.

Danton vantard de ses propres vices et du mal qu'il faisait, et fanfaron des crimes même qu'il n'avait pas commis ; Robespierre vernissant ses haines et ses vengeances des couleurs du bien public.

Robespierre, spiritualiste ; Danton, matérialiste, peu soucieux de savoir ce qu'après lui deviendrait son âme, pourvu que son nom fût inscrit, comme il le disait, « dans le Panthéon de l'histoire. »

Danton déployait dans ses yeux ardents et sur son front plissé la fougue et les passions tumultueuses de son âme ; Robespierre dissimulait sa colère sous l'immobilité de ses traits.

Danton en imposait par sa stature athlétique et par les éclats brisés de sa voix tonnante; Robespierre glaçait les accusés de sa parole et les terrifiait de son oblique regard.

Danton, comme un lion, s'élançait sur sa proie; Robespierre, comme un serpent, s'enlaçait autour d'elle.

Danton allait, après le combat, se coucher au fond de sa tente, et il s'endormait; Robespierre ne croyait jamais avoir assez abattu d'ennemis, tant qu'il lui restait encore à abattre.

Danton s'effaçait devant les dangers de la patrie, et se compromettait pour ses amis; Robespierre, en servant la liberté, ne s'oubliait pas lui-même. Il se louait par sa propre bouche, il se mirait dans son orgueil.

Robespierre avait plus de talent; Danton plus de génie.

Danton s'abandonnait à l'inspiration du moment, s'échauffait de son verbe et de son geste, et jetait à pleines mains l'hyperbole dans ses discours; Robespierre, impassible, replié sur lui-même, s'avançait avec précaution dans le débat, et calculait l'effet de ses motions élaborées.

Danton allait par bonds et par soubresauts, brusquant l'occasion, vif et pétulant dans ses exordes, présomptueux à l'excès, accoutumé aux triomphes de la parole et s'y fiant trop, sans songer aux mécomptes de la popularité et de l'absence.

Robespierre ourdissait avec art les trames du piége où devaient se prendre ses ennemis, tenait sa menace suspendue sur plusieurs têtes à la fois, et ne la laissait tomber comme la foudre qu'à la fin de son discours.

Danton terminait avec fracas, mais sans conclusion; Robespierre, moins brillant, mais plus précis, moins impétueux, mais plus adroit, ne battait pas l'air en vain, ne parlait pas pour parler, ne perdait jamais de vue son but, et ne terminait que par un décret d'accusation rédigé en forme et soumis à l'acceptation immédiate de la Convention.

Danton s'imaginait qu'il n'avait qu'à se présenter pour combattre, et à combattre seul pour triompher; Robespierre cherchait dans l'effervescence des Jacobins et dans la force armée de la Commune, un épouvantail contre les comités et la Convention elle-même.

Il y eut chez Danton moins de trahison que de relâchement, moins d'oubli de la révolution que de lui-même, et chez Robespierre plus de vanité blessée que d'aspiration à la dictature, plus de rancune que de tyrannie préméditée.

Danton périt par l'excès de sa confiance en lui-même; Robespierre par l'excès de ses soupçons envers ses complices.

Danton passa comme un météore sur l'horison conventionnel ;
Robespierre tint l'assemblée, les comités et les clubs sous sa dépendance, gouverna sans être ministre, régna sans être roi,
et donna son terrible nom à son époque.

Danton se renferma dans la Convention comme dans une forteresse hérissée de canons, dont la moitié serait tournée contre
ses défenseurs, et l'autre moitié contre l'ennemi. Là il fit feu par
toute brèche et sans qu'on lui disputât le généralat. Mais lorsque
la Convention se scinda en deux camps rivaux, Danton hésita.
S'il fût passé à la Gironde, il eut écrasé Robespierre. Mais imprudemment refoulé, acculé par les Girondins au pied de la Montagne, il y monta et donna tête baissée dans sa destinée. « Ah !
tu m'accuses, disait-il à Guadet, en se redressant de toute sa
hauteur, tu m'accuses, moi ! tu ne connais pas ma force ! »

Elle était grande cette force ! car il tenait dans sa main, pour
soulever la Convention, deux puissants leviers, la terreur et l'enthousiasme.

Elle était grande, cette force de terreur, lorsqu'il asseyait sur
ses gigantesques piliers le Tribunal révolutionnaire.

Elle était grande cette force d'enthousiasme, lorsque ranimant
de son souffle invincible l'ardeur martiale des Français qui tombe
si on ne la réchauffe pas sans cesse, il disait : « Ce qu'il nous
faut pour vaincre, c'est de l'audace, encore de l'audace, toujours
de l'audace ! »

Et ailleurs : « Le peuple n'a que du sang, il le prodigue. Allons, misérables ! prodiguez vos richesses. Quoi ! vous avez une
nation entière pour levier, la raison pour point d'appui, et vous
n'avez pas encore bouleversé le monde ! Laissez-là vos querelles
futiles, je ne connais que l'ennemi. Battons l'ennemi. Eh ! que
m'importe d'être appelé buveur de sang ? Que m'importe ma réputation ? Que la France soit libre, et que mon nom soit flétri ! »
C'était là une éloquence monstrueuse, mais originale, emportée,
saisissante, qui sortait par élans de la poitrine de l'orateur, qui
entraînait l'assemblée et qui lui arrachait des applaudissements
unanimes.

Voici encore quelques figures de cette éloquence :

« Une nation en révolution est comme l'airain qui bout et se
régénère dans le creuset. La statue de la Liberté n'est pas encore
fondue, le métal bouillonne ! »

Et celle-ci : « Marseille s'est déclarée la montagne de la république. Elle se gonflera cette montagne ; elle roulera les rochers
de la liberté, et les ennemis de la liberté seront écrasés. »

Et ce mot si juste : « Quand un peuple brise la monarchie pour arriver à la république, il dépasse le but par la force de projection qu'il s'est donnée. »

Et cette menace si fière : « C'est à coups de canon qu'il faut signifier la constitution à nos ennemis. »

Danton payait aussi tribut au mauvais goût du temps. Par exemple l'un de ses plus célèbres discours se terminait ainsi : « Je me suis retranché dans la citadelle de la raison, j'en sortirai avec le canon de la vérité, et je pulvériserai mes accusateurs. »

Danton s'endormit au souffle trompeur de sa popularité. Il laissa échapper le timon de ses mains. Il tomba dans la profonde mer, et le gouffre se referma sur lui.

Les révolutions vont vite, le peuple oublie, les factions dévorent.

Ni la faveur des Cordeliers, ni le bruit de son nom, ni la mémoire de ses services, ni les frémissements mal étouffés de la Convention, ni les secrètes sympathies du tribunal révolutionnaire, ni le dévouement de ses amis, ni la légèreté de l'accusation, ni son amour pour la liberté, ni son audace, ni son éloquence, rien ne put le sauver.

Le couteau était levé, et Robespierre attendait sa victime.

Danton, en allant à la mort, passe devant la maison de Robespierre. Il se retourne et de sa voix de tonnerre : « Robespierre, s'écrie-t-il, Robespierre, je t'ajourne à comparaître avant trois mois sur l'échafaud ! » Il monte les marches fatales, il tient pour la dernière fois embrassé son ami Camille Desmoulins. Le bourreau les sépare. « Misérable, lui dit-il, tu n'empêcheras pas nos deux têtes de se baiser tout à l'heure dans le panier. »

On vit encore siéger sur la Montagne à la Convention,

Camille Desmoulins qui avait une physionomie expressive et le geste oratoire. Mais un embarras de langue lui interdissait la tribune, et la fougue de son esprit ne lui permettait pas de lier, d'ordonner ses idées dans un discours savant et mesuré. Libelliste plutôt qu'orateur, libelliste ingénieux, mais cynique. Passionnés, naïfs, colorés, mais trop souvent sans logique et sans goût, ses pamphlets sont tantôt sombres, tantôt brillants, toujours rompus comme les songes d'un malade, quelquefois et par intervalles, pleins de verve railleuse, de naturel et de grâce. Il eut peur à la fin pour ceux qui avaient peur. Il souffrit pour ceux qui souffraient. Il emprunta les mâles couleurs de Tacite pour peindre les tyrans du peuple. Il tourna et retourna dans leurs

5

blessures le poignard de l'ironie. Il essaya le remords, il essaya la pitié, mais il était trop tard. Il eut beau se précipiter, tête baissée, du rivage dans le torrent, afin de le contenir et de le guider ; le flot courait et le torrent l'emporta.

Barrère, rapporteur élégant des victoires que Carnot organisait. Il improvisait les motions, les décrets, les adresses, comme Danton ses discours. Moins hyperbolique dans ses images, plus châtié, plus littéraire, plus fidèle aux règles de la grammaire et aux convenances du langage, hardi à la fois et retenu, impétueux à l'occasion, mais toujours prévoyant, sachant d'où soufflait le vent et où allait tomber l'orage ; fin diplomate, plus fin député.

Billaut-Varennes, dur, farouche, atrabilaire, inexorable, martyr lui-même de sa foi républicaine, et qui, dans Robespierre, crut immoler un tyran.

Couthon, le conseiller de Robespierre dont Saint-Just était le bras, paralysé des deux jambes, et seul ne pouvant se remuer parmi tous ces hommes d'action, Couthon qui, décrété de mort sous prétexte d'avoir voulu gravir au rang suprême, se contenta de répondre ironiquement : « Moi, j'aurais aspiré à devenir roi ! »

Saint-Just, républicain par conviction, austère par tempérament, désintéressé par caractère, niveleur par système, tribun dans les comités, intrépide sur les champs de bataille. Sa jeunesse qui touchait à l'adolescence, était mûre pour les grands desseins. Sa capacité n'était pas au-dessous de sa situation. Un feu sombre brillait dans ses regards. Il avait le visage mélancolique, un certain goût de solitude, une parole lente et solennelle, une âme de fer, une volonté déterminée, un but fixe devant les yeux. Il élaborait ses rapports avec un dogmatisme étudié. Il les semait de lambeaux métaphysiques ramassés dans Hobbes et dans Rousseau, et il joignait au positif très-violent et très-expéditif de ses moyens révolutionnaires, une philosophie sociale mêlée d'imagination et de rêves fleuris.

Voici de ses mots : « Le feu de la liberté nous a épurés comme le bouillonnement des métaux chasse du creuset l'écume impure. »

Et cette parole : « Osez ! »

Et cette autre :

« La trace de la liberté et du génie ne peut s'effacer dans l'univers. Le monde est vide depuis les Romains, et leur mémoire le remplit. »

Son rapport contre Danton est disposé, ordonné et conduit dans toutes ses parties, avec un art infini, j'allais dire infernal. Il commence par incriminer Bazire, Chabot, Camille Desmoulins et les autres. Il garde Danton pour le dernier. Là, il s'arrête... il mesure sa tâche, et il rehausse toutes ses forces contre le géant. Il revient sur ses pas, il rassemble ses preuves, il les précipite, il les serre, il les accumule, il les groupe en faisceau ainsi qu'une hache d'armes, et, pour passionner l'auditoire, il apostrophe Danton comme s'il eût été présent, comme le ferait un accusateur criminel dans une cour d'Assises. Il déroule la liste prétendue de ses trahisons, de ses conjurations et de ses crimes. Il dévoile sa vie privée, il redit ses paroles, même confidentielles. Il le dénonce, il le flétrit, il refuse de l'entendre, il ne l'entend pas; il le juge, il le condamne, il le traine sur l'échafaud, et il lui coupe la tête avec son discours, mieux qu'il ne l'aurait fait avec le fer tranchant de la guillotine. (*Livre des Orateurs.*)

Marat. (1744—1793.)

Marat était un homme à physionomie hideuse, dont le seul aspect inspirait le dégoût mêlé à la terreur, un de ces sauvages chefs de multitude que les révolutions enfantent, et qui pullulent dans les retraites ténébreuses où s'agitent les dernières classes de la société. Personne n'osait l'avouer, sinon le peuple en guenilles, sinon l'émeute affamée, la basse démocratie dont il était l'instigateur et l'apôtre. Il avait les yeux hagards, une tête énorme sur un corps petit et grêle; sa face était convulsivement agitée par un tic nerveux; ses cheveux gras et en désordre n'étaient retenus que par une corde; toute sa personne était empreinte de cynisme et de malpropreté. Né en Suisse, il avait longtemps exercé la profession de médecin empirique et de charlatan nomade; et, lorsqu'éclata la révolution de 1789, elle l'avait trouvé attaché, en qualité de médecin, aux écuries du comte d'Artois. Le fanatisme politique dont il était embrasé fit de lui un journaliste et un pamphlétaire au service du prolétariat et de la misère. Les recherches de la justice, dont ses appels au meurtre le rendirent l'objet, exaltèrent son imagination jusqu'à la démence. Caché dans des caves, à Paris ou à Versailles, il rédigeait l'*Ami du peuple*, et parfois aussi des plans de législation criminelle, parmi lesquels il en avait proposé un qui consistait à élever huit cents potences dans les Tuileries, afin d'y pendre les traîtres, en commençant par Mirabeau. Au 20 juin, au 10 août, il avait poussé

le peuple à l'insurrection, et s'était retiré, durant le danger, dans
les souterrains qui lui servaient d'asile impénétrable. L'affreuse
pensée des attentats de septembre était venue de lui, et il en
avait surveillé l'exécution. Depuis lors il avait osé paraître au grand
jour, ou plutôt il traînait, il étalait sa sinistre puissance; et,
quoique étranger, il avait réussi à se faire élire membre de la Convention. Ceux qui de cet homme ont osé faire le type du révolutionnaire pur et sans tache (et l'avenir ne voudra pas nous croire
si nous disons que, même de nos jours, ils sont nombreux), ceux-
là, disons-nous, l'ont absous de ses violences et du sang qu'il
a fait couler, en vantant son désintéressement, sa bonne foi, son
ardent amour pour le peuple, en mentionnant avec complaisance
plusieurs de ses écrits qui respirent la haine de l'inégalité, le mépris du vol, et nous ne savons quelle sorte de républicanisme
niveleur pour lequel la mort est une arme et l'anarchie un moyen.
En regard de l'horreur de la postérité, ils se sont plu à mettre
l'engouement et les sympathies populaires dont Marat, vivant et
mort, fut un moment entouré. De tels sentiments se produisirent,
en effet, en faveur de Marat; ils demeureront comme une énigme
insoluble, et ils n'empêcheront point qu'à jamais, et chez tous
les peuples, le nom de ce fougueux Masaniello soit un sujet de
répugnance, tandis que son souvenir restera sur la révolution
comme une souillure ineffaçable. (*M. Gabourd.*)

MARAT PEINT PAR TIMON.

« Marat, homme aux instincts féroces et à la figure basse et ra-
valée, que Danton répudiait et dont Robespierre ne s'approchait
pas; dénonciateur universel, qui invoquait la sainte guillotine,
poussait le peuple à l'assassinat et demandait, par passe temps,
deux cent mille victimes, la tête du roi et un dictateur. Homme
de qui l'on ne saurait dire s'il fut plus cruel que fou, goguenard
et trivial, sans tenue, sans dignité, sans mesure. Il s'agitait sur
son banc comme un énergumène, se levait en sursaut, claquait
des mains, riait aux éclats, assiégeait la tribune, fronçait les
sourcils, et se laissait mettre ridiculement sur la tête, devant la
Convention, une couronne de chêne. S'adressant à l'assemblée, il
répétait sans cesse avec emphase : « Je vous rappelle à la pudeur,
si vous en avez. »

» Il disait de ses adversaires : « Quelle clique! ô les échappés de
Bicêtre! » Il criait à l'orateur : « Tais-toi, vil oiseau! » ou, « Tu
es un infâme! tu es un radoteur! tu es un imbécile! »

» On le lui rendait bien, car de tous côtés partaient ces exclamations : « Taisez-vous, scélérat ! » Il était en horreur à la Gironde surtout, et à la plupart de ses collègues qui l'accablaient d'injures, d'abjections et de mépris reçus, il faut le dire, avec calme et même avec une effronterie grossièrement railleuse. Marat n'était pas orateur. Il n'était pas même un parleur vulgaire. Mais ce n'était pas non plus un polémiste sans talent, et il a eu quelquefois assez de perspicacité pour deviner les ambitieux sous leur masque, et assez de courage pour le leur arracher. »

MARAT JUGÉ PAR M. DE LAMARTINE.

« Marat n'avait point de patrie. Né au village de Baudry, près de Neufchâtel, de parents obscurs, dans cette Suisse cosmopolite dont les enfants vont chercher fortune par le monde, il avait quitté de bonne heure et pour jamais ses montagnes. Il avait erré jusqu'à l'âge de quarante ans en Angleterre, en Ecosse, en France. Poussé et repoussé par cette vague inquiétude qui est le premier génie des ambitieux, instituteur, savant, médecin, philosophe, politique, il avait remué toutes les idées, toutes les professions où l'on peut trouver la fortune et la gloire. Il n'y avait trouvé que l'indigence et le bruit. Voltaire n'avait pas dédaigné de persiffler sa philosophie. Le célèbre professeur Charles avait pulvérisé sa physique. Marat, irrité, avait répondu par l'injure à la critique. Il avait eu un duel avec Charles. La législation criminelle avait appelé plus tard ses réflexions. Cet apôtre du meurtre en masse avait conclu à l'abolition de la peine de mort. Sans talent dans l'expression de ses idées, sans convenance dans ses rapports avec les hommes, la société ne s'était pas ouverte pour lui. Son orgueil blessé et blessant fermait les cœurs que sa situation et ses travaux auraient interressés. Poursuivi par le besoin, il avait été quelque temps réduit à vendre lui-même, dans les rues de Paris, un spécifique de sa composition. Ces habitudes de charlatan avaient trivialisé son langage, débraillé son costume, avili ses mœurs ; il avait appris à connaître, à flatter, à émouvoir la populace.

» Cependant sa fibre aigrie et souffrante lui avait fait aimer et plaindre ce peuple souffrant et méprisé comme lui. Il avait contracté avec les masses la parenté de la misère et de l'oppression. En se vengeant lui-même il avait juré de les venger. Il voulait retourner la société comme on retourne une terre avec la charrue, mettant à l'ombre ce qui est au soleil et au soleil ce qui est à l'ombre. Il ne rêvait pas une révolution, mais un redressement

de toutes les situations et de tous les principes faussés par le désordre social et rétablis violemment et à tout prix sur le plan de
la nature. Philosophie, ressentiment, équité, vengeance, amour
du peuple, haine des hommes, ambition et dévouement, assassinat et martyre, tout se confondait dans son système. C'était
l'utopie du bouleversement, éclairée d'en haut par la lumière de
la philanthropie, d'en bas par la lueur de l'incendie social.

    » Ce système couvait depuis des années dans son âme. La ré-
volution vint lui donner de l'air. Marat était alors parvenu à
l'emploi infâme et humiliant pour son ambition de médecin des
écuries du comte d'Artois. Emporté dès les premiers jours de 89
par le mouvement populaire, il s'y jeta pour l'accélérer. Il vendit
jusqu'à son lit pour payer l'imprimeur de ses premières feuilles.
Il changea trois fois le titre de son journal, jamais l'esprit. C'était
le rugissement du peuple rédigé chaque nuit en lettres de sang,
et demandant chaque matin la tête des traîtres et des conspirateurs.

    » Cette voix paraissait venir du fond de la société en ébullition.
Nul ne connaissait celui qui la proférait. Marat était un être idéal
pour le peuple. Un mystère planait sur son existence. Madame
Rolland elle-même en doutait et demandait à Danton s'il existait
en effet un homme appelé Marat? Ce mystère, ces souterrains,
ces cachots d'où s'échappaient ces feuilles ajoutaient un prestige
aux écrits, au nom, à la vie de Marat. Le peuple s'attendrissait
sur les dangers, les fuites, les asiles ténébreux, les souffrances,
les haillons de celui qui paraissait souffrir tout cela pour sa cause.
Marat ne sortait d'une retraite que pour rentrer dans une autre.
Poursuivi, en 1790, par Lafayette, Danton le couvrit de sa protection et le cacha chez mademoiselle Fleury, actrice du théâtre
français. Soupçonné dans cet asile, il se réfugia à Versailles, chez
Bossal, curé de la paroisse Saint-Louis, et plus tard son collègue
à la Convention. Ces frères de la religion nouvelle se visitaient et
se secouraient les uns les autres. Décrété de nouveau par les
Girondins, Lasource et Guadet, pendant l'Assemblée législative,
le boucher Legendre le recueillit dans sa cave. Les souterrains du
couvent des Cordeliers l'abritèrent ensuite, lui et ses pensées,
jusqu'au 10 août. Il en sortit, porté en triomphe, pour entrer,
sous le patronage de Danton, à la Commune, et y combiner les
massacres de septembre. Etranger jusque-là à tous les partis,
mais redouté de tous, les Jacobins, sur la demande de Chabot et
de Taschereau, le recommandèrent aux électeurs de Paris. La
terreur de son nom sollicitait pour lui, il fut élu.

» Il vivait alors dans un petit appartement d'une rue voisine des Cordeliers, avec une femme qui s'était attachée à ses malheurs. Cette femme, encore jeune, portait, dans sa pâleur et dans la maigreur de ses traits, les traces de la misère qu'elle souffrait avec lui et pour lui. C'était la femme de son imprimeur que Marat avait séduite et enlevée à son mari. Vouée pour lui à une vie errante et ténébreuse, elle souffrait l'ignominie de ce nom. Maîtresse, complice, servante de Marat, elle avait accepté toutes les servitudes pour souffrir ou mourir avec lui. Marat ne communiquait avec la vie extérieure que par cette femme et par le prote d'imprimerie de son journal. Privé de sommeil et d'air, ne renouvelant jamais son âme par l'entretien avec ses semblables, travaillant dix-huit heures par jour, ses pensées, allumées par la tension d'esprit et par la solitude, étaient devenues une véritable obsession. On eût dit, dans les temps antiques, qu'il était possédé de l'esprit d'extermination. Sa logique violente et atroce aboutissait toujours au meurtre. Tous ses principes demandaient du sang. Sa société ne pouvait se fonder que sur les cadavres et sur les ruines de tout ce qui existait. Il poursuivait son idéal à travers le carnage, et pour lui le seul crime était de s'arrêter devant un crime.

» L'extérieur de Marat révélait son âme. Petit, maigre, osseux, son corps paraissait incendié par un foyer intérieur. Des taches de bile et de sang marquaient sa peau. Ses yeux, quoique proéminents et pleins d'insolence paraissaient souffrir de l'éblouissement du grand jour. Sa bouche, largement fendue, comme pour lancer l'injure, avait le pli habituel du dédain. Il connaissait la mauvaise opinion qu'on avait de lui et semblait la braver. Il portait la tête haute et un peu penchée à gauche comme dans le défi. L'ensemble de sa figure, vue de loin et éclairée d'en haut avait de l'éclat et de la force, mais du désordre. Tous les traits divergeaient comme la pensée. C'était le contraire de la figure de Robespierre, qui affectait la propreté et l'élégance. Marat affectait la trivialité et la saleté du costume. Des souliers sans boucles, des semelles de clous, un pantalon d'étoffe grossière et taché de boue, la veste courte des artisans, la chemise ouverte sur la poitrine, laissant à nu les muscles du cou, les mains épaisses, le poing fermé, les cheveux gras sans cesse labourés par ses doigts : il voulait que sa personne fût l'enseigne vivante de son système social. »
(*Histoire des Girondins.*)

« Sa vie, dit encore ailleurs M. de Lamartine, était pauvre et laborieuse comme l'indigence qu'il représentait. Il habitait (depuis la journée du 10 août), un appartement délabré dans une maison obscure de la rue des Cordeliers ; il gagnait son pain par sa plume. Un infatigable travail d'esprit, une colère chronique, des veilles prolongées enflammaient son sang, cavaient ses yeux, jaunissaient sa peau et donnaient à sa physionomie l'ardeur maladive et les tressaillements nerveux de la fièvre. Il prodiguait sa vie comme la vie des autres. Même quand ses longues et fréquentes maladies le retenaient cloué sur son lit de douleurs, il ne cessait pas d'écrire avec la rapidité de la foudre, toutes les pensées soudaines que le bouillonnement de ses rêves faisait monter dans son imagination. Des ouvriers d'imprimerie emportaient une à une à l'atelier les feuilles imbibées de sa haine ; une heure après, les crieurs publics et des affiches placardées au coin des rues les répandaient dans tout Paris. Sa vie était un dialogue furieux et continu avec la foule. Il semblait regarder toutes ses impressions comme des inspirations et les recueillait à la hâte comme les hallucinations de la Sybille ou les pensées sacrées des prophètes.

» Quelques rares amis visitaient Marat dans sa solitude : c'était Armonville, le septembriseur d'Amiens ; Pons de Verdun, poète adulateur de toutes les puissances ; Vincent, Legendre, quelquefois Danton ; car Danton, qui avait longtemps protégé Marat, commençait à le craindre. Robespierre le méprisait comme un caprice honteux du peuple. Il en était jaloux, mais il ne s'abaissait pas à mendier si bas sa popularité. Quand Marat et lui se coudoyaient à la Convention, ils échangeaient des regards pleins d'injure et de mépris mutuels : « Lâche hypocrite ! murmurait Marat. » Vil scélérat ! balbutiait Robespierre. Mais tous deux unissaient leur haine contre les Girondins.

» Le costume débraillé de Marat à cette époque contrastait également avec le costume décent de Robespierre. Une veste de couleur sombre rapiécée, les manches retroussées comme celles d'un ouvrier qui quitte son ouvrage, une culotte de velour tachée d'encre, des bas de laine bleue, des souliers attachés sur le cou-de-pied par des ficelles, une chemise sale et ouverte sur la poitrine, des cheveux collés aux tempes et noués par derrière avec une lanière de cuir, un chapeau rond à larges bords retombant sur les épaules, tel était l'accoutrement de Marat à la Convention. Sa tête d'une grosseur disproportionnée à l'extrême petitesse de sa taille, son cou penché sur l'épaule gauche, l'agitation continuelle de ses muscles, le sourire sardonique de ses lèvres, l'insolence provocante de son regard, l'audace de ses apostrophes, le signalaient à l'œil. L'humilité de son extérieur n'était que l'affiche de ses opinions. Le sentiment de son importance grandissait en lui avec le pressentiment de sa puissance. Il menaçait tout le monde, même ses anciens amis. Il raillait Danton sur son luxe et sur ses goûts voluptueux. « Danton, disait-il à Legendre, va-t-il toujours disant que je suis un brouillon qui gâte tout? J'ai demandé autrefois pour lui la dictature, je l'en croyais capable. Il s'est amolli dans les délices. Les dépouilles de la Belgique et l'orgueil de ses missions l'ont enivré. Il est trop grand seigneur aujourd'hui pour s'abaisser jusqu'à moi. Camille Desmoulins, Chabot, Fabre d'Églantine et tous ses flatteurs me dédaignent. Le peuple et moi nous les surveillons tous. » (*Histoire des Girondins.*)

Les Girondins furent moins ignobles que les Jacobins, même lorsqu'ils secondèrent les excès de la révolution, et, aussitôt qu'ils entreprirent de les arrêter, ils se livrèrent à de nobles élans, ils eurent quelque chose de grand et de généreux ; et leurs discours peuvent être considérés comme de beaux souvenirs d'éloquence. Pour en donner la preuve, nous allons faire connaître Vergniaud, le plus célèbre orateur de ce parti.

Vergniaud. (1759 — 1793.)

Vergniaud, né à Limoges et avocat de Bordeaux, dit M. de Lamartine, n'avait que trente-trois ans lorsqu'il parut à l'assemblée législative. Le mouvement l'avait saisi et emporté tout jeune. Ses traits majestueux et calmes annonçaient le sentiment de sa puissance. Sa facilité, cette grâce du génie, assouplissait tout en lui, talent, caractère, attitude. Une certaine nonchalance annonçait qu'il s'oubliait aisément lui-même, sûr de se retrouver avec toute sa force au moment où il aurait besoin de se recueillir. Son front était serein, son regard assuré, sa bouche grave et un peu triste ; les pensées sévères de l'antiquité se fondaient dans sa physionomie avec les sourires et l'insouciance de la première jeunesse. On l'aimait familièrement au pied de la tribune. On s'étonnait de l'admirer et de le respecter dès qu'il y montait. Son premier regard, son premier mot, mettait une distance immense entre l'homme et l'orateur. C'était un instrument d'enthousiasme qui ne prenait sa valeur et sa place que dans l'inspiration. Cette inspiration, servie par une voix grave et par une élocution intarrissable, s'était nourrie des plus purs souvenirs de la tribune antique ; sa phrase avait les images et l'harmonie des plus beaux vers.

S'il n'avait pas été l'orateur d'une démocratie, il en eût été le philosophe et le poète. Son génie tout populaire lui défendait de descendre au langage du peuple, même en le flattant. Il n'avait que des passions nobles comme son langage. Il adorait la révolution comme une philosophie sublime qui devait ennoblir la nation tout entière, sans faire d'autres victimes que les préjugés et les tyrannies. Il avait des doctrines, et point de haines, des soifs de gloire et point d'ambition. Le pouvoir même lui semblait quelque chose de trop réel, de trop vulgaire pour y prétendre. Il le dédaignait pour lui-même, et ne le briguait que pour ses idées. La gloire et la postérité étaient les deux seuls buts de sa pensée. Il ne montait à la tribune que pour les voir de plus haut; plus tard, il ne vit qu'elles du haut de l'échafaud, et il s'élança dans l'avenir, jeune, beau, immortel dans la mémoire de la France, avec tout son enthousiasme et quelques taches déjà lavées dans son généreux sang. Tel était l'homme que la nature avait donné aux Girondins pour chef. Il ne daigna pas l'être, bien qu'il eût l'âme et les vues d'un homme d'Etat; trop insouciant pour un chef de parti, trop grand pour être le second de personne. Il fut Vergniaud. Plus glorieux qu'utile à ses amis, il ne voulut pas les conduire; il les immortalisa. (*Histoire des Girondins.*)

Plus loin M. de Lamartine peint avec plus de détails cette grande figure. C'était un de ces hommes, dit-il, qui n'ont pas besoin de grandir lentement dans une Assemblée. Ils paraissent grands, ils paraissent seuls le jour où les événements leur donnent leur rôle. Il y avait peu de mois que Vergniaud était arrivé à Paris. Obscur, inconnu, modeste, sans pressentiment de lui-même, il s'était logé, avec trois de ses collègues du midi, dans une pauvre chambre de la rue des-Jeûneurs, puis dans un pavillon écarté du faubourg qu'entouraient les jardins de Tivoli. Les lettres qu'il écrivait à sa famille sont pleines des plus humbles détails de ce ménage domestique. Il a peine à vivre. Il surveille avec une stricte économie ses moindres dépenses. Quelques louis sollicités par lui de sa sœur lui paraissent une somme suffisante pour le soutenir longtemps. Il écrit qu'on lui fasse parvenir un peu de linge par la voie la moins chère. Il ne songe pas à la fortune, pas même à la gloire. Il vient au poste où le devoir l'envoie. Il s'effraie dans sa naïveté patriotique de la mission que Bordeaux lui impose. Une probité antique éclate dans les épanchements confidentiels de cette correspondance avec les siens. Sa famille a des intérêts à faire valoir auprès des ministres. Il se refuse à solliciter pour elle, dans la crainte que la demande d'une justice ne paraisse dans sa bouche commander une faveur. « Je me suis enchaîné à cet égard par la délicatesse, je me suis fait à moi-même ce décret, » dit-il à son beau-frère, M. Alluaud, un second père pour lui.

Tous ces entretiens intimes entre Vergniaud, sa sœur et son beau-frère, respirent la simplicité, la tendresse d'âme, le foyer. Les racines de l'homme public trempent dans un sol pur de mœurs privées. Aucune trace d'esprit de faction, de fanatisme républicain, de haine contre le roi, ne se révèle dans l'intimité des sentiments de Vergniaud. Il parle de la reine avec attendrissement, de Louis XVI avec pitié. « La conduite équivoque du roi, écrit-il, accumule nos dangers et les siens. On m'assure qu'il vient aujourd'hui à l'Assemblée. S'il ne se prononce pas d'une manière décisive, il se prépare quelque grande catastrophe. Il a bien des efforts à faire pour précipiter dans l'oubli tant de fausses démarches que l'on regarde comme des trahisons. » Et plus loin, retombant de sa pitié pour le roi à sa propre situation domestique : « Je n'ai point d'argent, écrit-il, mes anciens créanciers de Paris me recherchent, je les paye un peu chaque mois ; les loyers sont chers ; il m'est impossible de payer le tout. » Ce jeune homme, dont le geste écrasait un trône, avait à peine où reposer sa tête dans l'empire qu'il allait ébranler.

Elevé au collége des Jésuites par la bienveillance de Turgot, alors intendant du Limousin, Vergniaud, après ses études, était entré au séminaire. Il allait se vouer par piété au sacerdoce. Il recula au dernier pas ; il revint dans sa famille. Solitaire et triste, son imagination se répandit d'abord en poésie avant d'éclater en éloquence. Il jouait avec son génie sans le connaître. Quelquefois il s'enfermait dans sa chambre, se feignait un peuple pour auditoire, et improvisait des discours sur des catastrophes imaginaires. Un jour, son beau-frère, M. Alluaud, l'entendit à travers la porte. Il eut le pressentiment de la gloire de sa famille ; il l'envoya à Bordeaux étudier la pratique des lois.

L'étudiant fut recommandé au président Dupaty, écrivain célèbre et parlementaire éloquent. Dupaty conçut pour ce jeune homme une espérance confuse de grandeur. Il l'aima, le protégea, le prit par la main et l'admit à travailler auprès de lui. Il y a des parentés de génie comme des parentés de sang. L'homme illustre se fit le père intellectuel de l'orphelin. La sollicitude de Dupaty pour Vergniaud rappelait les patronnages antiques d'Hortentius et de Cicéron. « J'ai payé de mes deniers, et je continuerai à payer pour d'autres années, la pension de votre beau-frère,

écrit Dupaty à M. Alluaud. Je lui procurerai moi-même des causes
de choix pour ses débuts ; il ne lui faut que du temps ; un jour
il fera une grande gloire à son nom. Aidez-le à pourvoir à ses
nécessités les plus urgentes ; il n'a pas encore de robe de palais.
J'écris à son oncle pour toucher sa générosité ; j'espère que nous
en obtiendrons un habit. Reposez-vous sur moi du reste, et fiez-
vous à l'intérêt que m'inspirent ses infortunes et ses talents. »

Vergniaud justifia promptement ces présages d'une amitié
éclairée. Il puisa chez Dupaty les vertus austères de l'antiquité,
autant que les formes majestueuses du Forum romain. Le
citoyen se sentait sous l'avocat ; l'homme de bien donnait de
l'autorité, de la conscience à la parole. Riche à peine des premiers émoluments du barreau, il s'en dépouille et vend le petit
héritage qu'il tenait de sa mère pour payer les dettes de son père
mort. Il rachète l'honneur de sa mémoire de tout ce qu'il possède ;
il arrive à Paris presque indigent. Boyer Fonfréde et Ducos de Bor-
déaux, ses deux amis, le reçoivent pour hôte à leur table et sous
leur toit. Vergniaud, insouciant des moyens de succès comme tous
les hommes qui se sentent une grande force intérieure, travaillait
peu et se fiait à l'occasion et à la nature. Son génie, malheureusement indolent, aimait à sommeiller et à s'abandonner aux non-
chalances de l'âge et de l'esprit. Il fallait le secouer pour le
réveiller de ses loisirs de jeunesse et le pousser à la tribune ou
au conseil. Pour lui, comme pour les orientaux, il n'y avait point
de transition entre l'oisiveté et l'héroïsme. L'action l'enlevait,
mais le lassait vite. Il retombait dans la rêverie du talent.

Vergniaud s'enivrait dans une vie d'artiste, de musique, de
déclamation et de plaisirs ; il se pressait de jouir de sa jeunesse,
comme s'il eût eu le pressentiment de sa fin prématurée. Ses
habitudes étaient méditatives et paresseuses. Il se levait au milieu du jour ; il écrivait peu et sur des feuilles éparses ; il
appuyait le papier sur ses genoux, comme un homme pressé qui
se dispute le temps ; il composait ses discours lentement, dans ses
rêveries, et les retenait à l'aide de notes, dans sa mémoire ; il
polissait son éloquence à loisir, comme le soldat polit son arme au
repos. Il ne voulait pas seulement que ses coups fussent mortels,
il voulait qu'ils fussent brillants, aussi curieux de l'art que de la
politique. Le coup porté, il en abandonnait le contre-coup à la
destinée et s'abandonnait de nouveau lui-même à la mollesse. Ce
n'était pas l'homme de toutes les heures, c'était l'homme des
grandes journées.

Vergniaud était de taille moyenne : sa nature robuste et

carrée avait l'aplomb de la statue de l'orateur : on y sentait le
lutteur de paroles; son nez était court, large, fièrement relevé des
narines; ses lèvres, un peu épaisses, dessinaient fermement sa
bouche : on voyait qu'elles avaient été modelées pour jeter la
parole à grands flots, comme les lèvres d'un Triton à l'ouverture
d'une grande source; ses yeux noirs et pleins d'éclairs semblaient
jaillir sous des sourcils proéminents; son front large et plat avait
ce poli du miroir où se réfléchit l'intelligence; ses cheveux cha-
tains ondoyaient aux secousses de sa tête, ainsi que ceux de
Mirabeau. La peau de son visage était timbrée par la petite vérole,
comme le marbre dégrossi par le marteau à diamant du tailleur de
pierre. Son teint pâle avait la lividité des émotions profondes. Au
repos, nul n'aurait remarqué cet homme dans une foule. Il aurait
passé avec le vulgaire sans blesser et sans arrêter le regard.
Mais quand l'âme se répandait dans sa physionomie, comme la
lumière sur un buste, l'ensemble de sa figure prenait, par l'expression, l'idéal, la splendeur et la beauté qu'aucun de ses traits
n'avait en détail. Il s'illuminait d'éloquence. Les muscles palpi-
tants de ses sourcils, de ses tempes, de ses lèvres, se modelaient
sur sa pensée et confondaient sa physionomie avec la pensée
même : c'était la transfiguration du génie. Le jour de Vergniaud,
c'était la parole; le piédestal de sa beauté, c'était la tribune.
Quand il en était descendu, elle s'évanouissait : l'orateur n'était
plus qu'un homme. (*Histoire des Girondins.*)

Après avoir tracé ce portrait, M. de Lamartine rend compte
d'une séance mémorable dans laquelle l'Assemblée discutait sur
es dangers qui menaçaient la patrie. C'était le 3 juillet 1792.

Tel était l'homme, dit-il, qui monta à la tribune, et qui, dans
l'attitude de la consternation et de la colère, se recueillit un moment dans ses pensées, les mains sur ses yeux, avant de parler.
Le tremblement de sa voix, aux premiers mots qu'il proféra, et
les notes graves et grondantes de sa parole, plus profonde qu'à
l'ordinaire, son geste abattu, l'énergie triste et concentrée de sa
physionomie, indiquaient en lui la lutte d'une résolution désespérée, et prédisposaient l'Assemblée à une émotion grande et
sinistre comme la physionomie de l'orateur. C'était de ces jours
où l'on s'attend à tout.

« Quelle est donc, murmura Vergniaud, l'étrange situation où
se trouve l'Assemblée nationale? Quelle fatalité nous poursuit et
signale chaque journée par des événements qui, portant le désordre dans vos travaux, nous rejettent sans cesse dans l'agitation

tumultueuse des inquiétudes, des espérances, des passions? Quelle destinée prépare à la France cette terrible effervescence au sein de laquelle on serait tenté de douter si la révolution rétrograde ou si elle avance vers son terme? Au moment où nos armées du Nord paraissent faire des progrès dans la Belgique, nous les voyons tout-à-coup se replier devant l'ennemi. On ramène la guerre sur notre territoire. Il ne restera de nous pour les malheureux Belges, que le souvenir des incendies qui auront éclairé notre défaite. Du côté du Rhin les Prussiens s'accumulent incessamment sur nos frontières découvertes. Comment se fait-il que ce soit précisément au moment d'une crise si décisive pour l'existence de la nation, que l'on suspende le mouvement de nos armées et que, par une désorganisation subite du ministère, on rompe les liens de la confiance, et on livre au hasard et à des mains inexpérimentées le salut de l'empire! Serait-il vrai que l'on redoute nos triomphes? Est-ce du sang de l'armée de Coblentz ou du nôtre, qu'on est avare? Si le fanatisme menace de nous livrer à la fois aux déchirements de la guerre civile et à l'invasion, quelle est donc l'intention de ceux qui font rejeter avec une invincible opiniâtreté la sanction de nos décrets? Veulent-ils régner sur des villes abandonnées, sur des champs dévastés? Quelle est au juste la quantité de larmes, de misères, de sang, de morts qui suffit à leur vengeance? Où en sommes-nous enfin? Et vous, Messieurs, dont les ennemis de la constitution se flattent d'avoir ébranlé le courage; vous dont ils tentent chaque jour d'alarmer les consciences et la probité en qualifiant votre amour de la liberté d'esprit de faction, comme si vous aviez oublié qu'une cour despotique et les lâches héros de la démocratie ont donné ce nom de factieux aux représentants qui allèrent prêter serment au jeu de Paume, aux vainqueurs de la Bastille, à tous ceux qui ont fait et soutenu la révolution; vous que l'on ne calomnie que parce que vous êtes étrangers à la caste que la constitution a renversée dans la poussière, et que les hommes dégradés qui regrettent l'infâme honneur de ramper devant elle n'espèrent pas trouver en vous des complices; (Applaudissements) vous qu'on voulait aliéner du peuple, parce qu'on sait que le peuple est votre appui, et que si, par une coupable désertion de sa cause, vous méritiez d'être abandonnés de lui, il serait aisé de vous dissoudre; vous qu'on a voulu diviser, mais qui ajournerez après la guerre vos divisions et vos querelles, et qui ne trouvez pas si doux de haïr que vous préfériez cette infernalle jouissance au salut de la patrie; vous qu'on a voulu épouvanter par des pétitions armées, comme si vous ne saviez pas qu'au commencement de la révolution le sanctuaire de la liberté fut environné des satellites du despotisme, Paris assiégé par l'armée de la cour, et que ces jours de danger furent les jours de gloire de notre première Assemblée ; je vais appeler enfin votre attention sur l'état de crise où nous sommes.....

» Le roi a refusé sa sanction à votre décret sur les troubles religieux. Je ne sais pas si le sombre génie de Médicis et du cardinal de Lorraine erre encore sous les voûtes du palais des Tuileries, et si le cœur du roi est troublé par les idées fantastiques qu'on lui suggère ; mais il n'est pas permis de croire, sans lui faire injure et sans l'accuser d'être l'ennemi le plus dangereux de la révolution, qu'il veuille encourager par l'impunité les tentatives criminelles de l'ambition sacerdotale, et rendre aux orgueilleux suppots de la tiare la puissance dont ils ont également opprimé les peuples et les rois. Il n'est pas permis de croire, sans lui faire injure et sans le déclarer le plus cruel ennemi de l'empire, qu'il se complaise à perpétuer les séditions, à éterniser les désordres qui le précipiteraient, par la guerre civile, vers sa ruine. J'en conclus que s'il résiste à vos décrets, c'est qu'il se juge assez puissant sans le moyen que vous lui offrez pour maintenir la paix publique. Si donc il arrive que la paix publique n'est pas maintenue, que la torche du fanatisme menace encore d'incendier le royaume, que les violences religieuses désolent toujours les départements, c'est que les agents de l'autorité royale sont eux-mêmes la cause de tous nos maux. Eh bien ! qu'ils répondent sur leurs têtes de tous les troubles dont la religion sera le prétexte ! montrez dans cette responsabilité terrible le terme de votre patience et des inquiétudes de la nation !

» Votre sollicitude pour la sûreté extérieure de l'empire vous a fait décréter un camp sous Paris. Tous les fédérés de la France devaient y venir le 14 juillet répéter le serment de vivre libres ou de mourir. Le souffle empoisonné de la calomnie a flétri ce projet. Le roi a refusé sa sanction. Je respecte trop l'exercice d'un droit constitutionnel pour vous proposer de rendre les ministres responsables de ce refus ; mais s'il arrive qu'avant le rassemblement des bataillons le sol de la liberté soit profané, vous devez les traiter comme des traîtres. Il faudra les jeter eux-mêmes dans l'abîme que leur incurie ou leur malveillance aura creusé sous les pas de la liberté ! Déchirons enfin le bandeau que l'intrigue et l'adulation ont mis sur les yeux du roi, et montrons-lui le terme où des amis perfides s'efforcent de le conduire.

» C'est au nom du roi que les princes français soulèvent contre

nous les cours de l'Europe ; c'est pour venger la dignité du roi,
que s'est conclu le traité de Pilnitz ; c'est pour défendre le roi,
qu'on voit accourir en Allemagne le drapeau de la rébellion, les
anciennes compagnies des gardes du corps ; c'est pour venir au
secours du roi, que les émigrés s'enrolent dans les armées Autri-
chiennes et s'apprêtent à déchirer le sein de la patrie ; c'est pour
se joindre à ces preux chevaliers de la prérogative royale, que
d'autres abandonnent leur poste en présence de l'ennemi, trahissent leurs serments, volent les caisses, corrompent les soldats, et
trouvent ainsi le bonheur dans la lâcheté, le parjure, l'insubor-
dination, le vol et les assassinats. Enfin le nom du roi est dans
tous les désastres.

« Or, je lis dans la constitution : Si le roi se met à la tête d'une
armée et en dirige les forces contre la nation, ou s'il ne s'oppose
pas par un acte formel à une telle entreprise exécutée en son
nom, il sera censé avoir abdiqué la royauté. C'est en vain que le
roi répondrait : Il est vrai que les ennemis de la nation prétendent
n'agir que pour relever ma puissance ; mais j'ai prouvé que je
n'étais pas leur complice ; j'ai obéi à la constitution, j'ai mis des
troupes en campagne. Il est vrai que ces armées étaient trop
faibles ; mais la constitution ne désigne pas le degré de force que
je devais leur donner. Il est vrai que je les ai rassemblées trop
tard ; mais la constitution ne désigne pas le temps où je devais
les rassembler. Il est vrai que des camps de réserve auraient pu
les soutenir ; mais la constitution ne m'oblige pas à former des
camps de réserve. Il est vrai que, lorsque les généraux s'avan-
çaient sans résistance sur le territoire ennemi, je leur ai ordonné
de reculer ; mais la constitution ne me commande pas de remporter la victoire. Il est vrai que mes ministres ont trompé
l'Assemblée nationale sur le nombre, la disposition des troupes et
leurs approvisionnements ; mais la constitution me donne le droit
de choisir mes ministres, elle ne m'ordonne nulle part d'accorder
ma confiance aux patriotes et de chasser les contre-révolutionnaires. Il est vrai que l'Assemblée nationale a rendu des décrets
nécessaires à la défense de la patrie, et que j'ai refusé de les
sanctionner ; mais la constitution me garantit cette faculté. Il est
vrai enfin que la contre-révolution s'opère, que le despotisme va
remettre entre mes mains son sceptre de fer, que je vous en
écraserai, que vous allez ramper, que je vous punirai d'avoir eu
l'insolence de vouloir être libres ; mais tout cela se fait constitutionnellement. Il n'est émané de moi aucun acte que la constitution condamne. Il n'est donc pas permis de douter de ma fidélité

envers elle et de mon zèle pour sa défense. » (Vifs applaudissements.)

« S'il était possible, Messieurs, que dans les calamités d'une guerre funeste, dans les désordres d'un bouleversement contre-révolutionnaire, le roi des Français tint ce langage dérisoire; s'il était possible qu'il leur parlât de son amour pour la Constitution avec une ironie aussi insultante, ne serions-nous pas en droit de lui répondre :

« O roi qui sans doute avez cru avec le tyran Lysandre que la vérité ne valait pas mieux que le mensonge, et qu'il fallait amuser les hommes avec des serments comme on amuse les enfants avec des osselets; qui n'avez feint d'aimer les lois que pour conserver la puissance qui vous servirait à les braver, la Constitution que pour qu'elle ne vous précipitât pas du trône où vous aviez besoin de rester pour la détruire, la nation que pour assurer le succès de vos perfidies en lui inspirant de la confiance, pensez-vous nous abuser aujourd'hui par d'hypocrites protestations? Pensez-vous nous donner le change sur la cause de nos malheurs par l'artifice de vos excuses et l'audace de vos sophismes? Etait-ce nous défendre, que d'opposer aux soldats étrangers des forces dont l'infériorité ne laissait pas même d'incertitude sur leur défaite? Etait-ce nous défendre que d'écarter les projets tendant à fortifier l'intérieur du royaume, ou de faire des préparatifs de résistance pour l'époque où nous serions déjà devenus la proie des tyrans? Etait-ce nous défendre que de ne pas réprimer un général qui violait la Constitution, et d'enchaîner le courage de ceux qui la servaient? Etait-ce nous défendre que de paralyser sans cesse le gouvernement par la désorganisation continuelle du ministère? La Constitution vous laissa-t-elle le choix des ministres pour notre bonheur ou notre ruine? Vous fit-elle chef de l'armée pour notre gloire ou notre honte? Vous donna-t-elle enfin le droit de sanction, une liste civile et tant de grandes prérogatives pour perdre constitutionnellement la Constitution et l'Empire? Non, non, homme que la générosité des Français n'a pu émouvoir, homme que le seul amour du despotisme a pu rendre sensible, vous n'avez pas rempli le vœu de la Constitution! Elle peut être renversée; mais vous ne recueillerez pas le fruit de votre parjure! Vous ne vous êtes point opposé par un acte formel aux victoires qui se remporteraient en votre nom sur la liberté; mais vous ne recueillerez point le fruit de ces indignes triomphes! Vous n'êtes plus rien pour cette Constitution que vous avez si indignement violée, pour ce peuple que vous avez si lâchement trahi! » (Applaudissements réitérés.)

» Comme les faits que je viens de rapporter ne sont pas dénués
de rapports très-frappants avec plusieurs actes du roi, comme il
est certain que les faux amis qui l'environnent sont vendus aux
conjurés de Coblentz, et qu'ils brûlent de perdre le roi pour
transporter la couronne sur la tête de quelques-uns des chefs de
leurs complots; comme il importe à sa sûreté personnelle autant
qu'à la sûreté de l'empire, que sa conduite ne soit plus envi-
ronnée de soupçons, je proposerai une adresse qui lui rappelle
les vérités que je viens de faire retentir, et où on lui démon-
trera que la neutralité qu'il garde entre la patrie et Coblentz
serait une trahison envers la France.

» Je demande de plus que vous déclariez que la patrie est en
danger. Vous verrez, à ce cri d'alarme, tous les citoyens se rallier,
la terre se couvrir de soldats, et se renouveler les prodiges qui ont
couvert de gloire les peuples de l'antiquité. Les Français régénérés
de 89 sont-ils déchus de ce patriotisme? Le jour n'est-il pas venu
de réunir ceux qui sont dans Rome et ceux qui sont sur le mont
Aventin? Attendez-vous que, las des fatigues de la révolution, ou
corrompus par l'habitude de parader autour d'un château, des
hommes faibles s'accoutument à parler de liberté sans enthousiasme et d'esclavage sans horreur! Que nous prépare-t-on? Est-
ce le gouvernement militaire qu'on veut rétablir? On soupçonne
la cour de projets perfides; elle fait parler de mouvements militaires, de loi martiale; on familiarise l'imagination avec le sang
du peuple. Le palais du roi des Français s'est tout-à-coup changé
en château fort. Où sont cependant ses ennemis? Contre qui se
pointent ces canons et ces baïonnettes? Les amis de la Constitution ont été repoussés du ministère. Les rênes de l'empire demeurent flottantes au hasard à l'instant où, pour les soutenir, il fallait
autant de vigueur que de patriotisme. Partout on fomente la discorde. Le fanatisme triomphe. La connivence du gouvernement
accroît l'audace des puissances étrangères, qui vomissent contre
nous des armées et des fers, et refroidit la sympathie des peuples,
qui font des vœux secrets pour le triomphe de la liberté. Les
cohortes ennemies s'ébranlent. L'intrigue et la perfidie trament
des trahisons. Le corps législatif oppose à ces complots des décrets
rigoureux, mais nécessaires; la main du roi les déchire. Appelez,
il en est temps, appelez tous les Français pour sauver la patrie.
Montrez-leur le gouffre dans toute son immensité. Ce n'est que
par un effort extraordinaire qu'ils pourront le franchir. C'est à
vous de les y préparer par un mouvement électrique qui fasse
prendre l'élan à tout l'empire. Imitez vous-mêmes les Spartiates

des Thermopyles, ou ces vieillards vénérables du sénat romain, qui allèrent attendre sur le seuil de leur porte la mort que de farouches vainqueurs apportaient à leur patrie. Non, vous n'aurez pas besoin de faire des vœux pour qu'il naisse des vengeurs de vos cendres. Le jour où votre sang rougira la terre, la tyrannie, son orgueil, ses palais, ses protecteurs s'évanouiront à jamais devant la toute-puissance nationale et devant la colère du peuple. »

Ce discours, outre qu'il était plein de préventions injustes contre le clergé, rejetait artificiellement tous les périls et toutes les calamités du temps sur le roi seul. Une nation qui avait adressé de pareils soupçons, de pareilles menaces à son roi ne pouvait plus ni lui obéir, ni le respecter. La proclamation du danger de la patrie était, au fond, la proclamation de la trahison du pouvoir exécutif. Quoiqu'il en soit, le discours de Vergniaud était éloquent au point de vue révolutionnaire; il retentit dans toute la France comme le tocsin du patriotisme, il remua dans la nation entière tous les ressentiments contre la cour; on peut dire qu'il renfermait la journée du 10 août.

Vergniaud cependant, hâtons-nous de le dire, se surpassa lui-même lorsqu'il se détermina enfin à combattre les excès de la révolution. Après les massacres de septembre, il exprimait son indignation en ces termes :

« Ne nous le dissimulons plus : il est temps enfin de dire la vérité. Les proscriptions passées, le bruit des proscriptions futures, les troubles intérieurs, ces haines particulières, ces délations infâmes, ces arrestations arbitraires, ces violations de la propriété, enfin, cet oubli de toutes les lois a répandu la consternation et l'effroi. L'homme de bien se cache, il fuit avec horreur ces scènes de sang; et il faut bien qu'il se cache l'homme vertueux, quand le crime triomphe! il n'en a pas l'horrible aspect; il se tait, il s'éloigne, il attend, pour reparaître, des temps plus heureux. Il est des hommes, au contraire, à la fois hypocrites et féroces, qui ne se montrent que dans les calamités publiques, comme il est des insectes malfaisants que la terre ne produit que dans les orages. »

Vergniaud avait tous les talents d'un orateur. Les grandes formes de l'éloquence, le majestueux développement des périodes, l'abondance et l'éclat des images, l'accumulation des preuves, l'art d'émouvoir, telles sont les qualités qui le distinguent. Il les fit paraître à un haut degré lorsqu'il prit, dans la Convention, la dé-

fense de Louis XVI, et qu'il soutint, en faveur de ce prince,
droit d'en appeler au peuple du jugement qu'on allait porter,
annonça les événements qui suivirent la mort du roi, comme
le livre de cette terrible histoire eût été ouvert devant ses yeu
Les adversaires de l'appel au peuple objectaient que cette mesu
donnerait lieu à des troubles civils.

« Il y aura des troubles dans Paris, dit l'orateur, et c'est vo
qui les annoncez ! J'admire la sagacité d'une pareille prophétie
Ne vous semble-t-il pas en effet très-difficile, citoyens, de pr
dire l'incendie d'une maison, alors même qu'on y porte soi-mêm
la torche qui doit l'embraser ?

» Oui, ils veulent la guerre civile, les hommes qui font u
précepte de l'assassinat des amis de la tyrannie, et qui, e
même temps, désignent comme amis de la tyrannie les victim
que leur haine veut immoler ! Ils veulent la guerre civile, l
hommes qui appellent les poignards contre les représentants de
nation et l'insurrection contre les lois ! Ils veulent la guerre c
vile, les hommes qui demandent la dissolution du gouvernemen
l'anéantissement de la Convention ! Ils demandent l'anéantissem
de la Convention, la dissolution du gouvernement, les homm
qui érigent en principe, non pas ce que personne ne désavoue
que, dans une grande assemblée, une minorité peut quelquefo
rencontrer la vérité, et la majorité tomber dans l'erreur, ma
que c'est à la minorité à se rendre juge des erreurs de la majo
rité, à légitimer ses jugements par des insurrections ; que c'e
été à Catilina à régner dans le sénat ; que la volonté particuliè
doit être substituée à la volonté générale, c'est-à-dire la volonté e
quelques insolents oppresseurs à celle du peuple, et la tyrann
à la liberté ! Ils veulent la guerre civile, les hommes qui enseigne
ces maximes éversives de tout ordre social, dans cette tribune
dans les assemblées populaires, dans les places publiques. Ils veu
lent la guerre civile, les hommes qui accusent la justice d'un
déshonorante pusillanimité, et l'humanité, la sainte humanité
de conspiration ; ceux qui proclament traître tout citoyen qui n'e
pas à la hauteur du brigandage et de l'assassinat ; ceux enfin q
pervertissent les idées de morale, et, par des discours artificieu
des flagorneries hypocrites, ne cessent de pousser le peuple au
excès les plus déplorables.

» La guerre civile ! pour avoir proposé de rendre hommage à
souveraineté du peuple !.... à votre avis la souveraineté des peu
ples est donc une calamité pour le genre humain. Je vous e
tends, vous voulez régner !....

J'aime trop la gloire de mon pays pour proposer à la Convention de se laisser influencer dans une occasion aussi solennelle, par la considération de ce que feront ou ne feront pas les puissances étrangères; cependant, à force d'entendre dire que nous agissions dans ce jugement comme pouvoir politique, j'ai pensé qu'il ne serait contraire ni à votre dignité, ni à la raison, de parler un instant politique.

Il est probable que l'un des motifs pour lesquels l'Angleterre ne rompt pas encore ouvertement la neutralité, et qui détermine l'Espagne à la promettre, c'est la crainte de hâter la perte de Louis par une accession à la ligue formée contre nous. Soit que Louis vive, soit qu'il meure, il est possible que ces puissances se déclarent nos ennemies; mais la condamnation donne une probabilité de plus à la déclaration, et il est sûr que, si la déclaration a lieu, sa mort en sera le prétexte.

Vous vaincrez ces nouveaux ennemis, je le crois; la justice de notre cause, le courage de nos soldats m'en sont garants. Cependant résistons un peu à l'ivresse de nos premiers succès; ce sera un accroissement considérable à vos dépenses; ce sera un nouveau recrutement à faire pour vos armées; ce sera une armée navale à créer; ce seront de nouveaux risques pour votre commerce qui a déjà tant souffert par le désastre de vos colonies; ce seront de nouveaux dangers pour vos soldats, qui, pendant que vous disposez tranquillement de leur destinée, affrontent les rigueurs de l'air, les intempéries des saisons, les fatigues, les maladies et la mort.

Et si la paix, devenue plus difficile, si la guerre, par un prolongement funeste, conduit vos finances à un épuisement auquel on ne peut songer sans frémir; si elle vous force à de nouvelles émissions d'assignats, qui feront croître les denrées de première nécessité dans une proportion effrayante; si elle augmente la misère publique par des atteintes nouvelles portées à votre commerce; si elle fait couler des flots de sang sur le continent et sur les mers, quels services vos calculs politiques auront-ils rendus à l'humanité? Quelle reconnaissance vous devra la patrie pour avoir fait, en son nom et au mépris de sa souveraineté méconnue, un acte de vengeance devenu la cause ou seulement le prétexte d'événements si calamiteux! Oserez-vous lui vanter vos victoires? Je ne parle pas de défaites et de revers; j'éloigne de ma pensée tout présage sinistre. Mais par le concours des événements même les plus prospères, elle sera entraînée à des efforts qui la consumeront; sa population s'affaiblira par le nombre prodigieux d'hommes que la guerre dévore ; il n'y aura pas une seule famille qui n'ait à pleurer son père ou son fils ; l'agriculture manquera de bras ; les ateliers seront abandonnés ; vos trésors écoulés appelleront de nouveaux impôts ; le corps social, fatigué des assauts que lui livreront au dehors des ennemis puissants, des secousses convulsives que lui imprimeront les factions intérieures, tombera dans une langueur mortelle. Craignez qu'au milieu de ces triomphes, la France ne ressemble à ces monuments fameux qui, dans l'Égypte, ont vaincu le temps : l'étranger qui passe, s'étonne de leur grandeur ; s'il veut y pénétrer, qu'y trouvera-t-il ? Des cendres inanimées, et le silence des tombeaux !

» Citoyens, celui d'entre vous qui céderait à des craintes personnelles, serait un lâche indigne de siéger dans le sénat français. Mais les craintes sur le sort de la patrie, si elles supposent quelquefois des conceptions étroites, des erreurs de l'esprit, honorent au moins le cœur. Je vous ai exposé une partie des miennes ; j'en ai d'autres encore, et je vais vous les dire :

» Lorsque Cromwell, qu'on vous a déjà cité, voulut préparer la dissolution du parlement avec lequel il avait renversé le trône et fait monter Charles Ier sur l'échafaud, il lui fit des propositions insidieuses, qu'il savait bien devoir révolter la nation, mais qu'il eut soin de faire appuyer par des applaudissements soudoyés et de grandes clameurs. Le parlement céda ; bientôt la fermentation fut générale, et Cromwell brisa sans effort l'instrument dont il s'était servi pour arriver à la suprême puissance.

» N'avez-vous pas entendu, dans cette enceinte et ailleurs, des hommes crier avec fureur : Si le pain est cher, la cause en est au Temple ; si le numéraire est rare, si les armées sont mal approvisionnées, la cause en est au Temple ; si nous avons à souffrir chaque jour le spectacle de l'indigence, la cause en est au Temple.

» Ceux qui tiennent ce langage n'ignorent pas cependant que la cherté du pain, le défaut de circulation dans les subsistances, la mauvaise administration dans les armées, et l'indigence dont le spectacle nous afflige, tiennent à d'autres causes que celles du Temple. Quels sont donc leurs projets ? Qui me garantira que ces mêmes hommes qui s'efforcent continuellement d'avilir la Convention, et qui peut-être y auraient réussi, si la majesté du peuple, qui réside en elle, pouvait dépendre de leurs perfidies ; que ces mêmes hommes, qui proclament partout qu'une nouvelle révolution est nécessaire, qui font déclarer telle ou telle section en état d'insurrection permanente ; qui disent à la Commune, que, lors-

que la Convention a succédé à Louis, on n'a fait que changer de
tyran, et qu'il faut une autre journée du 10 août; que ces mêmes
hommes qui ne parlent que de complots, de morts, de traîtres,
de proscriptions; qui publient dans les assemblées de section et
dans leurs écrits, qu'il faut nommer un *défenseur* à la république,
qu'il n'y a qu'un chef qui puisse la sauver; qui me garantira,
dis-je, que ces mêmes hommes ne crieront pas après la mort de
Louis avec la plus grande violence : Si le pain est cher, la cause
en est dans la Convention; si le numéraire est rare, si nos armées
sont mal approvisionnées, la cause en est dans la Convention; si
la machine du gouvernement se traîne avec peine, la cause en est
dans la Convention chargée de la diriger; si les calamités de la
guerre se sont accrues par les déclarations de l'Angleterre et de
l'Espagne, la cause en est dans la Convention, qui a provoqué
ces déclarations par la condamnation précipitée de Louis?.

» Qui me garantira qu'à ces cris séditieux de la turbulence anar-
chique ne viendront pas se ranger l'aristocratie avide de vengeance, la misère avide de changement, et jusqu'à la pitié que
des préjugés invétérés auront excité sur le sort de Louis? Qui me
garantira que, dans cette nouvelle tempête, où l'on verra sortir
de leurs repaires les tueurs du 2 septembre, on ne vous présentera pas tout couvert de sang, et comme un libérateur, *ce défen-*
seur, ce chef qu'on dit être si nécessaire? Un chef! ah! si telle était
leur audace, il ne paraîtrait que pour être à l'instant percé de
mille coups! Mais à quelles horreurs ne serait pas livré Paris!
Paris, dont la postérité admirera le courage héroïque contre les
rois, et ne concevra jamais l'ignominieux asservissement à une
poignée de brigands, rebut de l'espèce humaine, qui s'agitent
dans son sein et le déchirent en tous sens par les mouvements convulsifs de leur ambition et de leur fureur! Qui pourrait habiter
une cité où régneraient la désolation et la mort? Et vous, citoyens
industrieux dont le travail fait toute la richesse, et pour qui les
moyens de travail seraient détruits, vous qui avez fait de si grands
sacrifices à la révolution, et à qui l'on enlèverait les derniers
moyens d'existence; vous, dont les vertus, le patriotisme ardent
et la bonne foi ont rendu la séduction si facile, que deviendriez-
vous? quelles seraient vos ressources? quelles mains essuieraient
vos larmes et porteraient des secours à vos familles désespérées?
Iriez-vous trouver ces faux amis, ces perfides flatteurs qui vous
auraient précipités dans l'abîme? Ah! fuyez-les plutôt! redoutez
leur réponse; je vais vous l'apprendre. Vous leur demanderiez du
pain, ils vous diraient : *Allez dans les carrières disputer à la*

terre, quelques lambeaux sanglants des victimes que nous avons égorgées ! ou : *Voulez-vous du sang, prenez, en voici ! du sang et des cadavres, nous n'avons pas d'autre nourriture à vous offrir !* Vous frémissez ! citoyens ! O ma patrie ! je demande acte à mon tour des efforts que je fais pour te sauver de cette crise déplorable. »

Vergniaud ne se montra pas digne de ce noble langage, quand le moment décisif fut arrivé. Écoutons M. de Lamartine :

« Les premiers votes entendus par l'assemblée laissaient l'incertitude dans les esprits. La *mort* et le *bannissement* semblaient se balancer en nombre égal dans le retentissement alternatif des votes. On attendait avec anxiété que l'ordre alphabétique de l'appel nominal des départements, arrivant à la lettre G, appelât les députés de la Gironde à la tribune. Vergniaud devait y paraître le premier. On se souvenait de son immortel discours contre Robespierre pour disputer le jugement du roi détrôné à ses ennemis. On connaissait sa répugnance et son horreur pour le parti qui voulait des supplices. On répétait les conversations confidentielles dans lesquelles il avait avoué vingt fois sa sensibilité sur le sort d'un prince dont le plus grand crime à ses yeux était une faiblesse qui allait presque à l'innocence. On savait que, la veille même et quelques heures avant l'ouverture du scrutin, Vergniaud, soupant avec une femme qui s'apitoyait sur les captifs du Temple, avait juré par son éloquence et par sa vie qu'il sauverait le roi. Nul ne doutait du courage de l'orateur. Ce courage était écrit, à ce moment même, dans le calme de son front et dans les plis sévères de sa bouche fermée à toute confidence.

» Au nom de Vergniaud, les conversations cessèrent, les regards se portèrent sur lui seul. Il monta lentement les degrés de la tribune, se recueillit un moment, la paupière baissée sur les yeux comme un homme qui réfléchit pour la dernière fois avant d'agir; puis, d'une voix sourde et comme résistant dans son âme à la sensibilité qui criait en lui, il prononça *la mort*.

» Le silence de l'étonnement comprima le murmure et la respiration même de la salle. Robespierre sourit d'un sourire presque imperceptible, où l'œil crut distinguer plus de mépris que de joie. Danton leva les épaules. « Vantez donc vos orateurs, » dit-il tout bas à Brissot. Des paroles sublimes, des actes lâches ! » Que faire de tels hommes ! ne m'en parlez plus, c'est un parti fini. » (*Histoire des Girondins.*)

La république fut proclamée. La lutte continua entre les Jacobins et les députés de la Gironde. Plus d'une fois Vergniaud retrouva son éloquence :

« Sans cesse abreuvé de calomnies, s'écriait-il un jour, je me suis abstenu de la tribune tant que j'ai pensé que ma présence pourrait y exciter des passions, et que je ne pouvais y porter l'espérance d'être utile à mon pays ; mais aujourd'hui que nous sommes tous, je le crois du moins, réunis par le sentiment d'un danger devenu commun à tous, aujourd'hui que la Convention nationale entière se trouve sur les bords d'un abime, où la moindre impulsion peut la précipiter à jamais avec la liberté, aujourd'hui que les émissaires de Catilina ne se présentent plus seulement aux portes de Rome, mais qu'ils ont l'insolente audace de venir jusque dans cette enceinte déployer les signes de l'insurrection, je ne puis plus garder un silence qui devient une véritable trahison. Je dirai la vérité sans crainte des assassins, car les assassins sont lâches, et je sais défendre ma vie contre eux. »

Après avoir rappelé les attentats à la propriété du mois de février et de mars.

« Ainsi, dit-il, on a vu se développer cet étrange système de liberté d'après lequel on vous dit : Vous êtes libres, mais pensez comme nous, ou nous vous dénonçons aux vengeances du peuple ; vous êtes libres, mais courbez la tête devant l'idole que nous encençons, ou nous vous dénonçons aux vengeances du peuple ; vous êtes libres, mais associez-vous à nous pour persécuter les hommes dont nous redoutons la probité et les lumières, ou nous vous désignons par des dénonciations ridicules, et nous vous dénonçons aux vengeances du peuple !

» Alors, citoyens, il a été permis de craindre que la révolution, comme Saturne, ne dévore successivement ses enfants.

» Une partie des membres de l'Assemblée nationale a regardé la révolution comme finie du jour où la France a été constituée en république ; dès-lors elle a pensé qu'il convenait d'arrêter le mouvement révolutionnaire, de rendre la tranquillité au peuple, et de faire promptement les lois nécessaires pour que cette tranquillité fût durable ; d'autres membres, au contraire, alarmés des dangers dont la coalition des rois nous menace, ont cru qu'il importait de perpétuer l'effervescence. La Convention avait un grand procès à juger. Les uns ont vu dans l'appel au peuple, ou dans la simple réclusion du coupable un moyen d'éviter une guerre qui allait faire répandre des flots de sang, et un hommage solennel rendu à la souveraineté nationale. Les autres ont vu dans cette mesure un germe de guerres intestines et une condescendance pour le tyran, ils ont appelé les premiers royalistes, les premiers ont accusé les seconds de ne se montrer si ardents à faire tomber la tête de Louis que pour placer la couronne sur le front d'un nouveau tyran. Dès-lors le feu des passions s'est allumé avec fureur dans le sein de cette assemblée, et l'aristocratie, ne mettant plus de bornes à ses espérances, a conçu l'infernal projet de détruire la Convention par elle-même. L'aristocratie s'est dit : Enflammons encore les haines, faisons en sorte que la Convention nationale elle-même soit le cratère brûlant d'où sortent des expressions sulfureuses de conspiration, de trahison, de contre-révolution, notre rage fera le reste; et si dans le mouvement que nous aurons excité périssent quelques membres de la Convention, nous présenterons ensuite à la France leurs collègues comme des assassins et des bourreaux. »

Après avoir dénoncé tous les faits qui révélaient un plan d'insurrection dans les journées du 9 et 10 mars :

« Citoyens, poursuit Vergniaud, telle est la profondeur de l'abîme qu'on avait creusé sous vos pas. Le bandeau est-il enfin tombé de vos yeux? Aurez-vous appris enfin à reconnaître les usurpateurs du titre des amis du peuple?

» Et toi, peuple infortuné, seras-tu plus longtemps la dupe des hypocrites qui aiment mieux obtenir les applaudissements que les mériter? Les contre-révolutionnaires te trompent avec les mots d'égalité et de liberté! Un tyran de l'antiquité avait un lit de fer sur lequel il faisait étendre ses victimes, mutilant celles qui étaient plus grandes que le lit, disloquant douloureusement celles qui l'étaient moins pour leur faire atteindre le niveau. Ce tyran aimait l'égalité, et voilà celle des scélérats qui te déchirent par leur fureur. L'égalité pour l'homme social n'est que celle des droits; elle n'est pas plus celle des fortunes que celle des tailles, des forces, de l'esprit, de l'activité, de l'industrie et du travail : c'est la licence qu'on représente sous l'apparence de la liberté; elle a, comme les faux dieux, ses druides qui veulent la nourrir de victimes humaines. Puissent ces prêtres cruels subir le sort de leurs prédécesseurs! Puisse l'infamie sceller à jamais la pierre déshonorée qui couvrira leur cendre!

» Et vous, mes collègues, le moment est venu : il faut choisir enfin entre une énergie qui vous sauve et la faiblesse qui perd tous les gouvernements; si vous mollissez, jouets de toutes les factions, victimes de tous les conspirateurs, vous serez bientôt esclaves. Citoyens, profitons des leçons de l'expérience! Nous pouvons bouleverser des empires par des victoires; mais nous ne ferons de révolutions chez les peuples que par le spectacle de notre bonheur. Nous voulons renverser les trônes; prouvons que nous savons être heureux avec une république! Si nos principes se propagent avec tant de lenteur chez les nations étrangères, c'est que leur éclat est obscurci par des sophismes anarchiques, des mouvements tumultueux et surtout par un crêpe ensanglanté.

» Lorsque les peuples se prosternèrent pour la première fois devant le soleil pour l'appeler père de la nature, pensez-vous qu'il fût voilé par ces nuages destructeurs qui portent les tempêtes? Non, sans doute; brillant de gloire, il s'avançait alors dans l'immensité de l'espace, et répandait sur l'univers la fécondité et la lumière.

» Hé bien! dissipons par notre fermeté ces nuages qui enveloppent notre horizon politique! Foudroyons l'anarchie, non moins ennemie de la liberté que le despotisme! Fondons la liberté sur les lois et une sage Constitution! Bientôt vous verrez les trônes s'écrouler, les sceptres se briser, et les peuples, étendant leurs bras vers nous, proclamer par des cris de joie la fraternité universelle. »

Le parti de la Gironde fut encore illustré par Guadet, dont l'éloquence venait du cœur, mais qui n'en jetait les lueurs que par intervalles.

C'est lui qui, regardant en face Robespierre, lui dit :

« Tant qu'une goutte de sang coulera dans mes veines, j'ai le cœur trop haut, j'ai l'âme trop fière pour reconnaître d'autre souverain que le peuple. »

Louvet, spirituel et chaleureux écrivain, vif et brillant orateur, qui ouvrit le feu contre la Montagne avec plus de courage que de prudence.

Lanjuinais, Breton opiniâtre, raide de doctrines, souvent publiciste. Il ne reculait devant aucun danger, il ne composait avec aucun sophisme; faible de corps, mais intrépide, il luttait avec les montagnards, voix contre voix, geste contre geste; il s'attachait de ses deux mains, il se cramponnait à la tribune. Comme on réclamait sa démission de député le couteau sur la gorge et l'injure à la bouche, il laissa tomber avec majesté ces belles paroles :

« Sachez que la victime ornée de fleurs et qu'on trainait à l'autel, n'était pas insultée par le prêtre qui l'immolait. »

Bazire qui dit un mot sublime.

Le projet de Constitution portait : « Le peuple français ne fait point la paix avec un ennemi qui occupe son territoire. »

Mercier : « De tels articles s'écrivent ou s'effacent avec la pointe de l'épée; avez-vous donc fait un traité avec la victoire ? »

Bazire : « Nous en avons fait un avec la mort. »

Tous les orateurs de la Gironde furent proscrits par la terrible Montagne.

Alors commença ce règne d'épouvante qui fit cesser toutes les résistances intérieures, cette centralisation de pouvoirs, cette inexorable dictature dont ni la pitié, ni le repentir ne pouvaient approcher. L'éloquence en deuil s'exila de la tribune; de froides déclamations, des accents de haine, des sentences proscriptives, tel fut le langage de la dictature; elle poussa jusqu'aux plus déplorables excès l'oubli de l'humanité et de la morale; une muette terreur enchainait les âmes. Au dedans qu'entendiez-vous? le retentissment des ateliers où se forgeaient les foudres nationales, de sourds murmures, quelques joies effrayantes, le bruit lugubre des têtes roulant sur l'échafaud; au dehors, l'hymne glorieux des combats, le son de la trompette, le pas de charge, et des cris de victoire.

CHAPITRE SECOND.

TRIBUNE FRANÇAISE DEPUIS LA RÉVOLUTION.

RÈGNE DE BONAPARTE.

Sous le règne de Bonaparte, il n'y eut que des simulacres d'assemblées politiques, et la tribune fut condamnée à un honteux silence.

RÈGNE DES BOURBONS.

Lorsque les Bourbons remontèrent sur le trône, ils donnèrent à la France un gouvernement constitutionnel. Dès-lors, la chambre des députés et celle des pairs furent appelées à délibérer sur les affaires les plus importantes. La liberté de la parole forma bientôt de nombreux orateurs.

CHAMBRE DES DÉPUTÉS.

La chambre élective leur offrit une arène, où ils se livrèrent de violents combats. Dès le début on les vit se partager en deux camps principaux : les *libéraux*, ou les députés du mouvement; les *ultra-royalistes*, ou les députés de la résistance. Entre ces deux partis extrêmes, paraissaient comme conciliateurs ceux qu'on appelait les *modérés*. Les libéraux reprochaient aux royalistes *de n'avoir que de l'horreur pour la charte constitutionnelle, d'être attachés à de vieilles idées, et de faire des efforts pour opérer une contre-révolution et rétrograder vers l'ancien régime.* Les royalistes, de leur côté, accusaient leurs adversaires *de tendre vers la démocratie, de miner les fondements du trône et de défendre des doctrines anarchiques et subversives de tout ordre social.*

Nous n'avons pas à rappeler comment la lutte s'engagea, quelles furent les victoires et les défaites de chaque parti, de quelle manière ils embarrassèrent la marche du gouvernement, qui demanda tour à tour des ministres aux uns et aux autres, sans pouvoir jamais se fixer dans aucun système. Nous dirons seulement que, malgré les talents des députés royalistes et les efforts des hommes chargés du timon de l'Etat, la révolution marchait à grands pas, entraînait les esprits par son mouvement, et donnait à ses orateurs une force qui devait tôt ou tard les faire triompher de toutes les résistances. Quand ces orateurs étaient peu nombreux dans la chambre, ils se voyaient aidés par la sympathie qu'ils excitaient au dehors. « Nous ne sommes que quinze, disait l'un d'eux, mais nous avons la France derrière nous : » parole exagérée, mais qui renfermait cependant quelque vérité : car ils avaient pour eux cette partie de la France qui savait remuer et agir. Aussi, lorsqu'ils rentraient dans leurs départements ou qu'ils parcouraient les provinces, ils étaient accueillis avec enthousiasme et promenés quelquefois comme en triomphe de ville en ville. La presse les secondait avec une merveilleuse activité : développant sous toutes les formes les doctrines libérales, jetant le mépris sur les principes opposés, attaquant avec amertume, avec injustice, tous les actes de l'administration, elle envenimait les esprits et répandait peu à peu le dégoût ou la haine des institutions existantes. Les tribunaux eux-mêmes cédaient à l'influence générale, et, dans les affaires politiques qui étaient portées devant eux, ils favorisaient le mouvement révolutionnaire, en prononçant de nombreux acquittements. Mais ce qui augmentait les forces des orateurs et des écrivains libéraux, c'est qu'ils s'appuyaient avec une rare habileté sur les principes de la charte ; ils avaient compris qu'il leur suffisait d'en faire sortir successivement toutes les conséquences. Quand on leur faisait quelques concessions, ils démontraient avec une grande vigueur de logique qu'on devait aller plus loin ; quand on reculait de quelques pas, ils criaient qu'on allait *briser la charte* et qu'on voulait revenir à l'ancien ordre de choses.

Les royalistes cependant avaient aussi leurs avantages. En reparaissant sur la scène après vingt-cinq ans de révolutions, ils montraient que, des principes qu'ils venaient combattre, on n'avait vu sortir qu'une longue suite de désordres et de calamités. Ils peignaient, sous de vives couleurs, tous les maux que la France avait soufferts, depuis l'anarchie de 93, jusqu'au despotisme de l'empire. Ils présentaient les Bourbons comme des princes destinés à guérir nos plaies, à nous faire sentir le bienfait d'un gouvernement sage et paternel, et à illustrer la France, non plus par le fracas des armes et le désastre des conquêtes, mais par le progrès de l'industrie, le perfectionnement des arts et les splendeurs de la paix. S'ils montraient de la défiance pour quelquesuns des principes de la charte, c'est qu'ils croyaient devoir environner le monarque légitime de tous les moyens capables de lui donner de la force et de le protéger contre des trames criminelles. S'ils rappelaient des souvenirs cruels, c'était pour défendre la cause de la justice et de l'ordre dans la société. Ils plaidaient en faveur de sujets fidèles, injustement proscrits et dépouillés. Ils ne laissaient échapper aucune parole de haine; ils n'appelaient point la vengeance; mais, en pardonnant à leurs persécuteurs et en oubliant tout, ils demandaient seulement que l'on prît des mesures pour empêcher le retour de pareils dangers et de pareils malheurs. Ils montraient le gouffre des révolutions entr'ouvert et prêt à engloutir le trône et la société, si l'on ne se hâtait d'arrêter la propagation des monstrueuses erreurs qui avaient enfanté tant de maux. A l'appui de leurs prévisions, ils invoquaient les leçons du passé et les enseignements des sages. Leurs paroles paraissaient partir d'une conviction profonde, et souvent étaient fortifiées par un noble caractère, par des vertus éprouvées, par de longs services rendus au roi et à la patrie, par des talents élevés et de grandes lumières.

Nous allons faire connaître avec impartialité les orateurs des deux opinions.

PRINCIPAUX ORATEURS DU CÔTÉ GAUCHE.

Manuel. (1775—1827.)

Le premier qui se présente, dans les rangs de l'opposition, est Manuel. Il avait une taille élevée, une figure pâle et mélancolique et une grande simplicité de manières. Il déliait les difficultés plus qu'il ne les tranchait. Il circulait avec une dextérité incomparable autour de chaque proposition. Il l'interrogeait, il la palpait en quelque sorte dans les flancs et dans les reins, pour voir ce qu'elle renfermait, et il en rendait compte à l'Assemblée sans omission et sans emphase. C'était un homme de haute raison, naturel et sans fard, toujours maître de lui-même, brillant et facile de langage, habile dans l'art d'exposer, de résumer et de conclure. Ces qualités séduisirent la chambre des représentants sous Bonaparte.

Il arriva dans les chambres de la Restauration avec une réputation colossale. Il devint l'un des tribuns de l'opposition. Comme il était plus opiniâtre que fougueux, il soutenait dans l'arrière-garde les dernières charges de l'ennemi. Comme il avait plus de vigueur que de raisonnement, que de véhémence oratoire, il argumentait sur chaque thèse et il rétorquait, contre eux, avec une vivacité pleine de justesse, les citations de ses adversaires. Quelque bien close que parût être une discussion, il y rentrait toujours par quelque côté, et il renouvelait le combat avec une subtilité de dialectique et une abondance de discours extraordinaires.

Manuel a été le plus remarquable improvisateur du côté gauche. Sa diction était tout-à-fait parlementaire, point chargé d'ornements ambitieux, mais point incorrecte, point entraînante, mais point molle non plus. Peut-être était-il un peu long, un peu diffus, sans cesser d'être clair, mais revenant sur ses pas et se répétant comme tous les discoureurs d'une extrême facilité.

Quelquefois il opinait par écrit en matière de finances. Ses discours sont nettement rédigés, mais sans grandes vues, sans profondeur et sans style.

Manuel, à la manière des improvisateurs, s'appropriait rapidement les idées des autres et les reproduisait dans un ordre habile et discret. Mais il n'était ni administrateur, ni philosophe, ni financier, ni économiste.

Manuel s'enlaçait subtilement autour de la charte, comme un serpent s'enlace autour d'un arbre qui n'a que les vertes et florissantes apparences de la vie, et dont le bois serait mort en dedans. Il la pressait de ses plis, il la torturait, et il voulait absolument lui faire rendre ce qu'elle ne contenait pas.

Il faisait aux ministres une guerre de temporisation. Il les incommodait au commencement de la discussion par ses attaques, et à la fin par ses retours. Il expédiait au Président des amendements improvisés, et sous prétexte de les développer, il rentrait dans la thèse générale dont il élargissait le terrain. Battu sur l'amendement, il se retranchait dans le sous-amendement. Il se repliait ainsi en cent façons, tantôt avançant, tantôt rétrogradant, défendant comme un général habile chaque position pied à pied, et quand il se voyait près d'être pris, se faisant sauter lui-même avec les poudres.

Élections, presse, budget, lois pénales, pétitions, il n'y a pas une seule thèse de liberté ou d'économie qu'il n'ait soutenue, pas de combat de la gauche où il n'ait pris sa part.

Manuel a été le plus judicieux des gens de son parti. Il ne se laissait pas égarer par l'imagination, ni secouer par l'enthousiasme, cet autre mal français. Il pesait les choses tout juste ce qu'elles valaient, et il avait la vision si longue et si nette, qu'il prévoyait et qu'il annonça qu'une révolution sortirait de l'article 14 de la Charte.

La droite écoutait Manuel avec une visible impatience. Elle l'accablait de ses mépris et de ses injures. Tantôt elle haussait les épaules, tantôt elle grondait en murmures qui étouffaient sa voix, tantôt elle descendait avec colère de banc en banc, et elle le poursuivait, jusqu'au pied de la tribune, des sarcasmes les plus mordants et des épithètes les plus outrageantes. Manuel, au milieu des plus violents orages, gardait la sérénité de son visage et de son âme. Il recevait le choc sans s'ébranler, croisait les bras et attendait que le silence se fît, pour reprendre son discours.

C'était un homme d'une intrépidité calme et d'un cœur patriotique et chaud, avec les manières affables, les mœurs les plus douces, une honnêteté de principes toute naturelle, une retenue d'ambition et une modestie singulière.

En 1823 Manuel, laissant échapper des sentiments qui étaient dans son cœur, exprima des répugnances pour la Restauration ; il eut le tort de louer la Convention et d'appeler crime nécessaire la mort de Louis XVI. La droite, profitant de la circonstance, demanda, pour cause d'indignité, l'expulsion du député de la Vendée.

Le caractère de Manuel ne se démentit point dans les débats. Il se défendit avec une éloquente simplicité.

« Je déclare, dit-il, que je ne reconnais ici à personne le droit de m'accuser ni de me juger. Je cherche d'ailleurs ici des juges et je n'y trouve que des accusateurs. Je n'attends point un acte de justice, c'est à un acte de vengeance que je me résigne. Je professe du respect pour les autorités ; mais je respecte bien plus encore la loi qui les a fondées, et je ne leur reconnais plus de puissance, dès l'instant, qu'au mépris de cette loi, ils usurpent des droits qu'elle ne leur a pas donnés.

» Dans un tel état de choses, je ne sais si la soumission est un acte de prudence, mais je sais que, dès que la résistance est un droit, elle devient un devoir.

» Arrivé dans cette chambre par la volonté de ceux qui avaient le droit de m'y envoyer, je ne dois en sortir que par la violence de ceux qui veulent s'arroger le droit de m'en exclure, et si cette résolution de ma part doit appeler sur ma tête de plus grands périls, je me dis que le champ de bataille de la liberté a été quelquefois fécondé par un sang généreux. »

Manuel tint parole. Il défendit son droit jusqu'au bout, ne cédant qu'à la violence. Il fallut que la main d'un gendarme le saisît sur son banc et l'arrachât du sein de ses amis.

Il supporta l'ostracisme avec dignité, mais non sans quelque tristesse, sans quelque regret de la tribune. Vous êtes homme de lettres, disait l'orateur à Benjamin-Constant, vous avez votre plume, mais que me reste-t-il à moi? (*Livre des Orateurs.*)

Général Foy. (1775—1825.)

Lorsqu'en montant pour la première fois à la tribune, le général Foy laissa tomber ces paroles : « Il y a de l'écho en France quand on prononce ici les mots d'honneur et de patrie, » l'orgueil national s'émut et des larmes coulèrent de tous les vieux guerriers de l'empire.

Après tant d'orateurs avocats, tous à peu près coulés dans le moule de la même parole, la tribune avait enfin son orateur militaire. L'éclat, le piquant de cette nouveauté et le prestige de la vertu guerrière qui agit sur tous les Français, même à leur insu, rendaient le général Foy cher à l'Opposition, sans qu'il fût désagréable à l'émigration, malgré ses attaques contre elle.

Il n'en fallait pas davantage pour environner le général Foy, dès son apparition sur la scène parlementaire, de cette brillante renommée qui l'a suivi jusqu'au tombeau. Mais la postérité ne ratifiera pas le jugement trop précipité des contemporains.

Les discours du général Foy ne valent pas, pour la force de la pensée, pour l'imagination du style, pour l'enchaînement des raisonnements, pour la véhémence, pour la profondeur, pour la finesse, ceux de Royer-Collard et de Benjamin-Constant. Ils péchent par l'enluminure d'une fausse rhétorique, et ce sont de véritables amplifications d'écoliers, en comparaison des fameuses harangues de la Grèce et de Rome.

Mais le général Foy avait les dehors, la pose et les gestes de l'orateur, une mémoire prodigieuse, une voix éclatante, des yeux étincelants d'esprit, et des tournures de tête chevaleresques. Son front bombé, renversé en arrière, s'illuminait d'enthousiasme ou se plissait de colère. Il secouait le marbre de la tribune, et il y avait en lui un peu de la Sybille sur son trépied. Il se débattait, en quelque sorte, héroïquement dans son argumentation, et il écumait sans contorsions, et l'on pourrait presque dire avec grâce.

Souvent on le voyait se lever tout à coup de son banc, et escalader la tribune comme s'il allait à la victoire. Il y jetait des paroles d'un air fier, à la manière de Condé, lançant son bâton de commandement par-dessus les redoutes de l'ennemi.

Pour suppléer à l'insuffisance de son éducation oratoire, le général Foy méditait longuement ses harangues. Il en formulait, il en distribuait dans sa vaste mémoire, l'ensemble et les proportions. Il disposait ses exordes, classait les faits, dressait ses thèses et ébauchait ses péroraisons. Puis, le voilà qui aborde la tribune, et, maître de son sujet, fécondé par l'étude et par l'inspiration, il s'abandonne au courant de sa pensée. Sa tête bout, son discours s'échauffe, se détend, s'allonge, se pétrit, se formule, se colore. Il sait ce qu'il va dire. Il voit le but, mais il ne sait point par quels chemins il y arrivera. Il a les mains pleines d'arguments, d'images et de fleurs, et à mesure qu'ils se présentent, il les prend, il les choisit, il les entrelace pour en assortir le bouquet de son éloquence. Ce n'est ni le froid de la lecture, ni la psalmodie monotone de la récitation. C'est un procédé mixte, à l'aide duquel l'orateur, à la fois solitaire et illuminé, improvisateur et écrivain, s'enchaîne lui-même sans cesser d'être libre, oublie et se souvient, rompt le fil de son oraison et le renoue pour le rompre encore et le retrouver sans s'égarer jamais, mêle les saillies, les incidents, les soudainetés et le pittoresque du verbe, avec la réflexion, la suite et la pensée, et tire ses ressources et sa puissance de l'apprêt et de l'imprévu, de la précision rigoureuse de l'art et des grâces de la nature. N'est pas donné à qui veut, d'être orateur de cette façon-là, car il y faut de la mémoire et de l'invention, de l'originalité et du goût, du laisser-aller et de l'étude, qualités qui s'excluent le plus souvent.

Les mots les plus brillants du général Foy n'étaient que des mots tenus en réserve, des mots à encadrement.

Avec quel art il savait amener une situation, préparer un effet dramatique, une figure saisissante, un mot heureux! Avec quel à-propos, par exemple, il plaça dans une discussion de budget, le portrait du maréchal Gouvion Saint-Cir, peint d'avance, si admirablement peint!

Mais si les grands discours du général Foy, malgré la parfaite exposition du sujet, la clarté de la diction et l'abondance des raisonnements, ne sont pas sans défauts; si l'on peut leur reprocher d'être un peu compassés, un peu trop laborieux, de sentir trop l'huile, nous n'en dirons pas autant de ses improvisations qui couraient à brève haleine. Quel naturel! quelle vive et puissante ironie! Quel incroyable bonheur de riposte! Et cela en toute occasion, à chaque pas, à chaque interruption, et toujours le mot juste, le mot décisif.

A ceux qui lui reprochaient de regretter la cocarde tricolore :

« Ah! dit-il, ce ne serait pas les ombres de Philippe-Auguste et de Henri IV qui s'indigneraient, dans leurs tombeaux, de voir les fleurs de lis de Bouvines et d'Ivry, sur le drapeau d'Austerlitz. »

A ceux qui lui demandaient : Qu'est-ce donc que l'aristocratie?

« L'aristocratie! je vais vous le dire : l'aristoratie, c'est la ligue, la coalition de ceux qui veulent consommer sans produire, vivre sans travailler, occuper toutes les places sans être en état de les remplir, envahir tous les honneurs sans les avoir mérités, voilà l'aristocratie! »

A ceux qui criaient : La clôture, la clôture !

« Vous voulez des clôtures et non des vérités. Les vérités vous submergent. »

Aux loups-cerviers qui lui disaient : Envoyez vos nouvelles étrangères à la Bourse :

« Je ne connais pas les jeux de Bourse : je ne joue, moi, qu'à la hausse de l'honneur national! »

Aux députés qui prétendaient que la commission de censure avait été mise à demi-solde :

« Si cela est vrai, je désire qu'elle soit traitée comme les officiers à demi-solde le sont depuis deux ans. Je désire qu'elle ne soit jamais rappelée au service! »

Aux ministres qui défendaient le luxe ridicule et les sinécures du département des affaires étrangères :

« Faites-nous donc connaître vos diplomates qui n'ont servi ni avant, ni après, ni pendant notre héroïque révolution; vos pensions accordées à celui-ci pour qu'il fasse un livre; à celui-là pour qu'il n'en fasse pas; vos médecins qui n'ont jamais de malades à soigner; vos historiographes, qui n'ont pas d'histoire à écrire; vos paysagistes qui n'ont pas d'autre paysage à peindre que le jardin de l'hôtel de Wagram. »

Aux ministres qui refusaient le traitement des légionnaires :

« Au moment du splendide festin de l'indemnité, laissez tomber de la table, oui, de votre table, quelques miettes de pain pour de vieux soldats mutilés. »

Aux mêmes, qui s'abritaient sous le nom du prince ;

« Ne couvrez pas du manteau royal vos guenilles ministérielles. »

Parlant indirectement à M. de Serre, transfuge du libéralisme :

« Il est en politique des situations tellement descendues qu'elles ne comptent plus devant aucune opinion. »

Parlant directement à M. de Serre, garde des Sceaux :

« Pour toute vengeance, pour toute punition, je ne vous condamne, Monsieur, qu'à tourner les yeux, lorsque vous sortirez de cette enceinte, sur les statues de l'Hôpital et de d'Aguesseau ! »

Cette apostrophe oratoire est de la plus grande beauté.

Le général Foy travaillait avec une ardeur infatigable, c'est-à-dire jour et nuit. Il compulsait assidûment les mémoires et les rapports, les ordonnances et les lois. Il dictait, il prenait des notes, il analysait ses immenses lectures, cueillant ainsi la fleur de chaque sujet pour se composer son miel.

Il ne dédaignait pas de descendre, le fil de la comptabilité à la main, dans le dédale des lois de finances. Il feuilletait notre volumineux budget, chapitre par chapitre, article par article, avec la patience avide et minutieuse d'un commis d'ordre. Rien n'échappait à sa prodigieuse sagacité. Aussi attentif aux détails d'exécution qu'à l'esprit des réglements, il recherchait l'origine des dépenses, recommençait les comptes, vérifiait les chiffres, et décomposait tous les éléments de chaque service. Intendances, états-majors, génie, solde, recrutement, subsistances, casernement, pensions, troupes, gendarmerie, équipages et justice militaire, il voyait, il examinait, il discutait tout. Lois ecclésiastiques, lois civiles, procédure même, il fallait qu'il s'en rendît compte. Emprunts, rentes, amortissement, douanes, dette consolidée, presse, conseil d'Etat, instruction publique, administration intérieure, affaires étrangères, rien de ces questions si diverses et si ardues, ne le prenait en défaut. C'était un homme de fer, un de ces hommes de l'école napoléonienne qui allaient à la conquête de la liberté du même pas qu'ils avaient marché à la conquête du monde, le front haut, l'œil déterminé, sans s'effrayer des obstacles et sans douter de la victoire ; qui sacrifient leurs jours, leurs nuits, leur fortune, leur santé, leur existence à leur devoir ; qui s'attachent, comme avec des crampons, à ce qu'il y a de plus difficile dans chaque sujet, qui ne lâchent jamais pied, qui vivent et qui meurent de l'énergie de leur volonté.

C'était un noble cœur que le général Foy, un cœur tout plein des grands sentiments de l'amour de la patrie et de l'indépendance nationale, un cœur héroïque qui aimait la gloire non pour lui, non pour elle-même, mais pour son pays, comme on l'aimait à Austerlitz, comme on l'aimait aux jours de la république naissante !

Jamais l'armée, la perle de notre couronne nationale, n'eut dans les lices parlementaires un chevalier plus brillant. Ils ont de l'autorité, ces hommes qui vous parlent de guerre, en montrant leur poitrine criblée de blessures et leurs bras sillonnés par les boulets de l'ennemi !

On rapporte que l'intérieur de sa vie était admirable, une vie de soldat et de citoyen, tendre et honnête dans ses affections de famille, dévouée à ses amis, simple et studieuse, intègre, naïve, désintéressée et digne, à l'exemple des grands hommes de l'antiquité, d'être racontée par un autre Plutarque.

Il y a, dans les discours du général Fox, je ne sais quoi de pudique et d'attrayant, je ne sais quel parfum de vertu, quelle grâce de cœur qui, dans l'orateur, fait aimer l'homme : on voyait, on sentait qu'en parlant, son âme passait sur ses lèvres.

La réputation du général Foy, comme orateur, était parvenue à son plus haut point, lorsqu'il fut surpris par une maladie à laquelle avait contribué un travail trop assidu. (*Livre des Orateurs.*)

Benjamin-Constant. (1767—1830.)

Benjamin-Constant n'avait ni la facilité de Manuel, ni la profondeur de Royer Callard, ni la véhémence de Casimir Périer, ni l'éclat de Foy, ni l'harmonie de Lainé, ni les grâces de Martignac, ni la puissance de de Serre ; mais il a été, de tous les orateurs de la gauche, le plus spirituel, le plus ingénieux et le plus fécond.

Il avait un corps fluet, des jambes grêles, le dos voûté, de longs bras. Des cheveux blonds et bouclés tombaient sur ses épaules et encadraient agréablement sa figure expressive. Sa langue s'embarrassait entre ses dents et lui donnait un parler de femme, sifflant et quelque peu bredouillé. Quand il récitait, il traînait sa voix d'un ton monotone. Quand il improvisait, il s'appuyait des deux mains sur le marbre de la tribune, et il précipitait le flux de ses paroles. La nature lui avait refusé tous ces avantages extérieurs du port, du geste et de l'organe, dont elle a été si prodigue envers Berryer. Mais il y suppléait à force d'esprit et de travail.

Soldat infatigable de la presse et de la tribune et armé de son épée à double tranchant, Benjamin-Constant n'a pas, dans la guerre des quinze ans, quitté un seul instant la brèche. Sitôt qu'il ne parlait pas, il écrivait, et sitôt qu'il n'écrivait pas, il parlait. Ses articles, ses lettres, ses brochures et ses discours composeraient plus de douze volumes. Jamais orateur ne mania avec plus d'habileté que Benjamin-Constant la langue politique. D'où vient que l'on pourrait lire encore aujourd'hui, sans fatigue, ses plus longs discours? C'est qu'il y a en eux ce qui fait vivre, il y a du style, un style plein de séduction. La plupart sont des chefs-d'œuvre de dialectique vive et serrée, qui n'ont eu rien depuis de semblable, et qui font les délices des connaisseurs. Quelle richesse! quelle abondance! quelle flexibilité de ton! quelle variété de sujets! quelle suavité de langage! quel art merveilleux dans la disposition et la déduction enchaînée des raisonnemens! Comme cette trame est finement tissue! Comme toutes les couleurs s'y nuancent et s'y fondent avec harmonie! Ainsi, l'on voit sous une peau transparente et satinée, le sang circuler, les veines bleuir et les muscles légèrement paraître.

Peut-être même ses discours sont-ils trop finis, trop perlés, trop ingénieux pour la tribune?

Benjamin-Constant ripostait avec énergie, et il fallait que le torrent menaçât tout à fait de l'engloutir, pour qu'il se retirât un peu de côté, et qu'il laissât passer le flot.

Souple lutteur, il se repliait en cent façons avec une torsion de reins incroyable et ne s'avouait jamais vaincu.

Il était toujours maître de son expression comme de sa pensée. Si la droite se trouvait blessée de quelque mot un peu vif, il retrouvait sans rompre le fil de son discours, l'équivalent de ce mot, et si l'équivalent offensait encore, il lui substituait un troisième à peu près. Cette présence d'esprit, cette profonde connaissance des ressources de la langue, cette merveilleuse dégradation de synonymes adoucis, surprenait agréablement ses adversaires eux-mêmes. Ainsi, par exemple, disait-il : Je veux épargner à la Couronne (on murmure); il change : au Monarque (on murmure encore); il reprend : au Roi constitutionel (on ne murmure plus).

Benjamin-Constant était bien plus caustique que Manuel; mais il trempait dans le miel son aiguillon, avant de piquer. Il disait tout, parce qu'il avait l'art de tout dire.

Tous ses discours abondaient en expressions vives, ingénieuses et fines, il caractérisait ainsi la presse :

« La presse est la tribune agrandie. La parole est le véhicule de l'intelligence, et l'intelligence est la maîtresse du monde matériel. »

Il définissait la censure : « La calomnie en monopole, exercée par la bassesse au profit du pouvoir. »

En parlant des ministres, il disait : « Il est aussi impossible, dans tout ce qui tient à l'arbitraire, de les calomnier que de les attendrir. »

Comme la droite faisait semblant de se lamenter, de ce qu'on finirait par ne plus pouvoir trouver de fonctionnaires : « Ne craignez pas, disait Benjamin-Constant, de décourager les aspirants au pouvoir, leur courage est inépuisable. Lorsqu'une préfecture est vacante, prend-on la fuite pour ne pas y être condamné? »

En parlant de certains députés qui défendaient verbeusement les sinécures : « On ne fait économie ni d'argent, ni de paroles. »

Tout cela est de l'esprit, mais tout cela sent l'écrivain plus que l'orateur.

Voici une brillante imprécation contre la loterie, qui donnera une idée des qualités et des défauts de sa manière.

« S'il existait, Messieurs, sur vos places publiques ou dans quelque repair obscur, un jeu qui entraînât infailliblement la ruine des joueurs; si le directeur de cette illicite et fallacieuse entreprise vous avouait qu'il a joué à coup sûr, c'est-à-dire en opposition avec les lois de la probité la plus vulgaire; que pour assurer le succès de sa déloyale spéculation, il tend des pièges à la classe la plus facile à tromper et à corrompre; s'il vous disait qu'il entoure le pauvre de séductions; qu'il pousse l'innocent aux actions les plus coupables; qu'il a recours, pour aveugler sa proie, à l'imposture et aux mensonges; que ses mensonges et ses impostures se colportent au grand jour dans toutes nos rues; que ses promesses absurdes et illusoires retentissent aux oreilles de la crédulité et de l'ignorance; qu'il a organisé des moyens de clandestinité et de ténèbres, afin que ses dupes se précipitassent dans le gouffre, sans que la raison pût les éclairer, la crainte du blâme les retenir, les cris de leurs proches les préserver de la tentation. S'il ajoutait que pour répondre à ses invitations perfides, renouvelées sans cesse, le domestique vole son maître, le mari dépouille sa femme, le père ses enfants, et que lui, tranquillement assis dans une caverne privilégiée, instigateur à la fois et recéleur et complice, il tend la main pour recueillir les produits du vol, et les misérables centimes arrachés à la subsistance des familles. S'il terminait par reconnaître que chaque année, les désordres qu'il a provoqués entraînent ses victimes de la misère au crime, et du crime au bagne, au suicide, ou à l'échafaud, quels sentiments éprouveriez-vous? »

Quand Benjamin-Constant était pressé par les interrupteurs, il faisait feu de toute prunelle, et il lui échappait une foule de traits naturels et piquants. Il tirait parti de tout, d'une lettre, d'un fait, de la moindre circonstance, d'un rapprochement historique, d'un aveu, d'une exclamation, d'un mot. Comme un vautour qui guette sa proie, les serres ouvertes, il ne lui fallait que les fermer pour la saisir. Accoudé à l'extrémité de son banc, l'oreille dressée, le cou tendu, la plume à la main, il dévorait le débat, la tribune et l'orateur.

Il avait une attention si absorbante et une si grande facilité de composition, qu'en écoutant le discours de l'adversaire, il en écrivait, à la main courante, la réfutation, qu'il venait lire immédiatement à la tribune. Méthode, ordonnance, argumentation, style, rien n'y manquait : tant il savait puissamment s'isoler et s'abstraire au milieu du bruit, de la foule et de ses propres émotions !

Mais on doit le dire, ces finesses de style, cette exquise élégance, cet art des synonymies poussé au dernier point, ôtent à la récitation parlementaire sa vigueur, sa souplesse naturelle et même sa grâce. Il ne faut pas que la tribune sente trop l'Académie et qu'un orateur ne soit qu'un artiste. A chaque lieu son genre, à chaque personnage son caractère.

Benjamin-Constant éblouissait plus qu'il n'échauffait. Il était plus adroit que véhément, plus persuasif que convainquant, plus fin que coloré, plus délié que nourri, plus subtil que fort. Il se plaisait aux reflets chatoyants de style, aux oppositions de mots et de pensées, et il s'amusait à faire jaillir l'éclair des facettes de l'antithèse.

A la révolution de juillet, Benjamin-Constant fut pour ainsi dire ivre d'enthousiasme. Mais bientôt ces songes d'avenir, ces belles illusions qui pendant quinze ans avaient passé devant ses yeux, s'évanouissaient l'un après l'autre. Il se sentait monter à la tête de noires tristesses, d'invincibles mélancolies. Il se traînait avec effort de son banc à la tribune, et de ses lèvres éteintes qui ne pouvaient plus sourire, il dit adieu à la liberté mourante, et il descendit avec elle dans le tombeau. (*Livre des Orateurs.*)

Royer-Collard. (1763—1845.)

Royer-Collard, plus modéré dans ses principes que les orateurs qui précèdent, doit cependant être compté parmi les orateurs de l'Opposition.

Il avait moins d'éclat que le général Foy ; moins de finesse, de dialectique et de souplesse que Benjamin-Constant ; moins d'impétuosité et de feu que Casimir Perrier ; moins de science législative et d'originalité que M. de Serre.

Mais il était le premier de nos écrivains parlementaires.

Il avait une manière de style vaste et magnifique, une touche ferme, des artifices de langage savants et prodigieusement travaillés, et de ces expressions accouplées qui se gravent dans la mémoire et qui sont les bonnes fortunes de l'orateur. Il y a de la virilité dans ses discours, à la manière de Mirabeau, et quelques mouvements oratoires presqu'aussitôt retenus que lancés comme s'il eût craint leur véhémence, une haute raison dans les sujets religieux et moraux, partout une méthode ample et sans raideur, dogmatique, sévère.

Un seul axiome, un mot fécondé par la méditation de cette forte tête, se grossissait, épaississait, grandissait comme le gland qui devient chêne, dont toutes les ramifications partent du même tronc et qui, animé de la même vie, nourri de la même sève, ne forme qu'un tout, malgré la variété de son feuillage, et la multiplicité infinie de ses rameaux. Tels étaient les discours de M. Royer-Collard, admirables par les pousses vigoureuses du style et par la beauté de la forme.

C'était la philosophie appliquée à la pratique avec ses formules abstraites et un peu obscures. M. Royer-Collard était, qu'on nous passe l'expression, un creuseur d'idées. C'était une pensée qui parlait.

Il y a quelquefois cependant un peu plus de vide que de plein dans cette profondeur, et l'éclat de la forme fait illusion sur la vanité des principes.

Elections, impôts, liberté de presse, état militaire, loi du sacrilège, organisation judiciaire, instruction publique, responsabilité des ministres, institutions municipales, tous les grands sujets ont exercé les méditations de ce génie grave, élevé. Tous ses discours sont semés de belles sentences. En voici plusieurs :

« Les crimes de la révolution n'étaient pas nécessaires. Ils ont été l'obstacle, non le moyen. »

« Le beau se sent, il ne se définit pas. Il est partout, en nous et hors de nous ; dans les perfections de notre nature et dans les merveilles du monde sensible ; dans l'énergie indépendante de la pensée solitaire et dans l'ordre public des sociétés ; dans la vertu et dans les passions ; dans la joie et dans les pleurs, dans la vie et dans la mort. »

« Les gouvernements représentatifs ont été condamnés au travail. Comme le laboureur, ils vivent à la sueur de leur front. »

« Les Constitutions ne sont pas des tentes dressées pour le sommeil. »

« Les lois d'exception sont des emprunts usuraires qui ruinent le pouvoir, alors même qu'ils semblent l'enrichir. »

Avec quelle vigueur de forme, avec quelle hauteur de pensée, il attaquait la loi du sacrilège !

« Les sociétés humaines naissent, vivent et meurent sur la terre. Mais elles ne contiennent pas l'homme tout entier. Il lui reste la plus noble partie de lui-même, ces hautes facultés par lesquelles il s'élève à Dieu, à une vie future, à des biens inconnus dans un monde invisible. Ce sont les croyances religieuses, grandeur de l'homme, charme de la faiblesse et du malheur, recours inviolable contre les tyrannies d'ici-bas. »

Comme son éloquence s'agrandit avec son sujet !

« La religion est en elle-même et par elle-même. Elle est la vérité sur laquelle les lois ne décident point. La religion n'a d'humain que ses ministres, faibles hommes comme nous, soumis aux mêmes besoins, sujets aux mêmes passions, organes mortels et corruptibles de la vérité incorruptible et immortelle. »

Et plus loin.

« Selon le projet des ministres, la loi religieuse fait tout. Non-seulement son royaume est de ce monde, mais le monde est son royaume. Le sceptre a passé dans ses mains, et le prêtre est roi.

Ainsi, de même que dans la politique, on vous resserre entre le pouvoir absolu et la sédition révolutionnaire, de même dans la religion, nous sommes pressés entre la théocratie et l'athéisme. »

Et cet autre passage, comme il est beau !

« Nous avons traversé des temps criminels ; nous n'avions pas cherché la règle de nos actions dans la loi, mais dans nos consciences. Nous avons obéi à Dieu plutôt qu'aux hommes ; nous sommes les mêmes hommes qui ont fabriqué des passeports et peut-être rendu de faux témoignages pour sauver des vies innocentes. Dieu nous jugera dans sa justice et dans sa miséricorde. »

Où peut-on voir une plus vive peinture de l'immoralité et de l'égoïsme de notre siècle que dans l'incrimination suivante ?

« Le gouvernement, au lieu d'exciter l'énergie commune, relègue tristement chacun au fond de sa faiblesse individuelle. Nos pères n'ont pas connu cette profonde humiliation. Ils n'ont pas vu la corruption placée dans le droit public et donnée en spectacle à la jeunesse étonnée, comme la leçon de l'âge mûr. »

Nous terminerons par un fragment admirable sur l'inamovibilité des juges.

« Lorsque le pouvoir, chargé d'instituer le juge au nom de la société, appelle un citoyen à cette fonction éminente, il lui dit : Organe de la loi, soyez impassible comme elle ! Toutes les passions frémiront autour de vous, qu'elles ne troublent jamais votre âme ! Si mes propres erreurs, si les influences qui m'assiègent, et dont il est si malaisé de se garantir entièrement, m'arrachent des commandements injustes, désobéissez à ces commandements, résistez à mes séductions, résistez à mes menaces. Quand vous monterez au tribunal, qu'au fond de votre cœur il ne reste ni une crainte, ni une espérance. Soyez impassible comme la loi !

» Le citoyen répond : Je ne suis qu'un homme, et ce que vous me demandez est au-dessus de l'humanité. Vous êtes trop fort et je suis trop faible, je succomberai dans cette lutte inégale. Vous méconnaîtrez les motifs de la résistance que vous me prescrivez aujourd'hui, et vous la punirez. Je ne puis m'élever au-dessus de moi-même, si vous ne me protégez à la fois et contre moi et contre vous. Secourez donc ma faiblesse, affranchissez-moi de la crainte et de l'espérance ; promettez que je ne descendrai pas du tribunal à moins que je ne sois convaincu d'avoir trahi les devoirs que vous m'imposez.

» Le pouvoir hésite ; c'est la nature du pouvoir de se dessaisir lentement de sa volonté. Eclairé enfin par l'expérience sur ses véritables intérêts, subjugué par la force toujours croissante des choses, il dit au juge : Vous serez inamovible ! »

Parmi les orateurs du côté gauche, il faut encore citer : Camille Jordan, Casimir Périer, Lafitte, Dupin aîné, Sébastiani, etc.

ORATEURS DU CÔTÉ DROIT.

M. de Serre.

M. de Serre a été, sous la Restauration, l'aigle de la tribune. Après avoir combattu quelques temps avec les libéraux, il soutint énergiquement la cause des royalistes. Il avait la parole hardie et la main rude. Il ne se cachait pas sous des artifices de langage. Il allait tout droit à ses adversaires, et il leur assénait un coup de massue. J'étais présent, dit Timon, et je crois le voir encore, lorsque, se tournant du côté de l'Opposition et la regardant fixement entre les deux yeux, il lui disait : « Je vous ai vus, je vous ai pénétrés, je vous ai démasqués. » L'Opposition bondissait de colère.

« Quoique vous ayez fait pour les intérêts nouveaux, » disait-il encore aux députés de l'extrême gauche, vous n'avez pas fait plus que moi ! » et il disait vrai.

Les exposés de M. de Serre valaient ses discours. Quelle touche de grand maître dans ce tableau de la liberté de la presse en Amérique et en Angleterre !

« Supposez une population naturellement calme et froide, disséminée sur un vaste territoire, cernée par l'Océan et le désert, absorbée par les travaux de la culture et du négoce, encore indépendante des besoins de l'esprit et des tourments de l'ambition ; divisez cette population en petits Etats plus ou moins démocratiques ; faiblement constitués, sans distinction ni rang, et vous comprendrez que la licence des journaux y soit tolérable, qu'elle soit même un ressort utile de la démocratie, un stimulant qui arrache les citoyens isolés aux soins domestiques, pour les appeler à la discussion des grands intérêts publics.

» Supposez ailleurs un royaume où le temps ait accumulé sur une haute aristocratie, une influence, des dignités, des richesses et des possessions presque royales. Il faut un frein à l'orgueil des grands, il faut leur rappeler ce qu'ils doivent au peuple et au trône, leur inculquer chaque jour que l'influence ne peut se conserver

que comme elle a été acquise, par la science et le courage, par
le patriotisme et les services. Les journaux et même leur licence
sont admirables pour cela. Que si vous ajoutez que cette haute
aristocratie n'est point isolée dans l'Etat, qu'au-dessous d'elle
descendent et s'élargissent des degrés successifs, que ces degrés
sont fortement enchaînés, indissolublement soudés en une seule
hiérarchie, que tout se meut par elle, gouvernement, justice civile et criminelle, administration, police; alors qu'on ne s'étonne
pas qu'une société ainsi organisée, survive aux agitations de la
presse périodique. »

Elevé à l'école de la philosophie allemande, M. de Serre portait dans la discussion des affaires, les procédés d'une méthode
profonde sans être creuse, ingénieuse sans être subtile. Il remontait volontiers à la source des choses, et il était admirable dans
ses expositions historiques. Il commentait savamment les antino-
nies de la législation. Il traitait toutes les matières civiles, politiques, militaires, fiscales, religieuses, avec une singulière
netteté de vues et avec une grande sûreté de doctrine. Douanes,
budget, enregistrement, presse, liberté individuelle, pétitions,
réglement de la chambre, élections, recrutement, pensions,
amortissement, instruction publique, conseil d'Etat, affaires
étrangères, il parlait sur toutes ces questions et ne les quittait
point sans laisser sur ses pas des traînées de lumière. A la manière dont il posait les divisions de son discours, à la fermeté
de ses progressions, et à l'enchaînement substantiel et nourri
de ses raisonnements, on reconnaissait tout de suite la marche
d'un esprit supérieur. M. Guizot a beaucoup de cette manière.

M. de Serre était long et maigre de corps. Il avait le front haut
et proéminent, les cheveux plats, l'œil vif, la bouche pendante
et la physionomie inquiète d'un homme passionné. Il ânonnait
en commençant à parler, et l'on voyait, à la contraction de ses
tempes, que les idées s'amassaient lentement et s'élaboraient avec
effort dans son cerveau. Mais peu à peu elles s'arrangeaient, elles
prenaient leur cours, et elles sortaient dans un ordre pressé et merveilleux ; il pliait, il palpitait sous leur poids et il les répandait
en magnifiques images et en expressions pittoresques et créées.

Nous ne dirons que quelques-uns de ces mots ou plutôt de ces
pensées qui lui échappaient avec une si vive abondance :

« A mesure que le peuple désapprend à obéir, le ministère désapprend à gouverner. »

« Une société bien ordonnée, est le plus beau temple qu'on puisse élever à l'Eternel. »

« Les tribunaux extraordinaires prennent mal en France. »

« Si les ministres abusaient de leur pouvoir, on saurait alors découvrir les lois de la responsabilité et les routes de l'accusation. »

« Elèves des écoles vous avez à apprendre la science et la sagesse, et vous vous portez garants de la science et de la sagesse, et vous prétendez juger vos maîtres et les supérieurs de vos maîtres ! »

« Nous avons vu ce grand peuple chanceler et les convulsions de l'anarchie le saisir. »

« Si, dépouillée de la mousse du temps, la racine de tous les droits pouvait se découvrir à nos yeux, apparaîtraient-ils purs de toute usurpation, de toute souillure ? »

« Si la liberté est pour les Français une corde détendue, l'égalité est une corde toujours frémissante. »

« La loi est le rapport des êtres entre eux. Le droit est l'expression de ces rapports. »

« La démocratie coule à pleins bords. »

Mais si par l'illumination soudaine de la pensée, si par le coloris, le nerf et la véhémence du discours, M. de Serre a été l'homme le plus éloquent de la Restauration, il s'est laissé aller quelquefois comme tous les grands orateurs, aux écarts d'une parole bouillante et emportée.

M. de Serre a été, pendant ses dernières années, le point de mire de l'Opposition. C'est contre ce génie élevé, contre cette puissante tête, pour parler comme Benjamin-Constant, que l'Opposition dirigeait ses coups. Elle harcelait ce lion du ministère. Elle le tirait par la crinière, et elle lui lançait ses dards les plus aigus. Elle aurait voulu pouvoir lui rogner les ongles et le renfermer dans une cage de fer. Foy, Benjamin-Constant, Manuel, Chauvelin, rôdaient sans cesse autour de ce fier ennemi, sans le laisser un instant respirer, et Casimir Périer qui, devenu ministre ne pouvait souffrir qu'on hochât tant seulement la tête, et qui criait d'un ton de commandement à la bande de ses députés serviles : « Allons, allons donc ! debout, Messieurs, debout ! » s'emportait alors contre M. de Serre avec des violences extraordinaires de geste et de langage.

M. de Serre était homme de bien, courageux, sincère, intègre, orné de toutes les vertus domestiques.

Cet homme qui avait présidé la chambre et qui était le plus éloquent de ses orateurs, n'eut pas le crédit de se faire rééslire simple député. Il conçut un violent chagrin de sa répudiation électorale. Sa tête se troubla, et les yeux tournés vers cette tribune de France encore retentissante des échos de son éloquence et tant regrettée, il mourut.

Il a été un grand orateur, si grand que parmi les princes de la tribune moderne, on ne pourrait le comparer qu'à Berryer, si Berryer était comparable à quelqu'autre! (*Livre des Orateurs.*)

M. de Villèle.

M. de Villèle, le chef du côté droit, était un homme d'un port assez vulgaire, grêle, de petite stature, avec des yeux perçants, des traits irréguliers, mais expressifs, une voix nasillarde, mais accentuée. Il n'était pas orateur et il était plus qu'orateur, car il avait l'habileté d'un politique.

M. de Villèle n'avait point de fleurs dans son style, de pompe dans ses images, de véhémence dans son oraison, de nœud dans sa dialectique. Mais il était clair, plein, ferme, raisonnable, positif. Il ne lui échappait pas, dans la chaleur de l'improvisation, de ces mots hasardés dont le commentaire s'empare et dont la presse se joue.

Si la nature lui avait refusé les dons plus brillants que solides de l'imagination et de l'éloquence, elle lui avait donné, à un suprême degré, ce sens droit, ce coup d'œil de l'homme d'Etat qui voit vite et qui voit bien; qui démèle ce qu'il y a de faux dans le vrai et de vrai dans le faux, qui dispose sa riposte avec vivacité, en même temps qu'il reçoit l'attaque sans émotion, qui n'avance pas trop, de peur de s'enferrer, et qui ne recule pas non plus, de peur de tomber dans le précipice, et qui, sûr de son terrain parce qu'il le sonde à chaque pas, et de ses positions parce qu'il les domine, profite de toutes les fautes de l'ennemi et décide la victoire plus encore par la stratégie que par la bravoure. Non, ce n'était pas un homme ordinaire que cet homme qui lutta sans désavantage pendant son long ministère contre Manuel, Foy, Laffite, Dupont de l'Eure, Chauvelin, Bignon et Benjamin-Constant, et ce qui n'était pas moins difficile, contre les exigences de la cour et de ses propres amis.

Lorsque Casimir Perrier, comme un athlète fougueux, tournait autour de lui, cherchant partout du fer le défaut de sa cuirasse,

M. de Villèle résistait par son immobilité. Puis, reprenant l'offensive, il rendait à chaque objection sa réponse, à chaque fait son caractère, à chaque chiffre sa valeur. Quelquefois il éludait un choc ou trop lourd ou inattendu, avec une prestesse toute languedocienne. Logicien, il aimait mieux convaincre qu'émouvoir. Modéré, il aimait mieux parlementer que combattre. Il répugnait aux violentes résolutions, aux expédients désespérés.

M. de Villèle ne fut jamais plus brillant que lorsqu'il soumit à la discussion son fameux projet sur la conversion des rentes. M. de Villèle, dans cette mémorable campagne qui dura dix jours, fit des prodiges de valeur parlementaire. Il tint la chambre captive sur ses bancs par la hauteur de ses vues et le nerf de sa raison. Assailli en queue et en flanc par les gens de l'Opposition, abandonné des siens dont la phalange commençait à se rompre, mal servi par ses collègues, il soutint seul tout l'effort du combat. Il fit tête à Casimir-Périer, tête à Humann, ces deux lions de la finance qui le harcelaient par leurs morsures et leurs rugissements. Après les fatigues du jour il se retrouvait le lendemain plus ferme et plus dispos. Il improvisait, il répliquait à l'instant même avec ce sang froid imperturbable qui ne se laisse démonter par aucune objection, avec cette perspicacité qui voit de loin les pièges et qui les évite, avec cette souple dialectique qui se resserre pour se défendre, et qui se développe pour attaquer, avec cette facilité d'élocution qui ne prête à la virilité de la pensée que ce qu'il lui faut pour la vêtir et non pour la cacher.

Dans la mêlée des amendements, le choc redoubla. Chacun de ses adversaires le prit au corps, essayant de l'abattre. Mais lui, soldat à la fois et capitaine, paraissait se multiplier sous leurs coups. Il monta onze fois à la tribune dans la même séance sans que ses forces s'épuisassent et sans que sa logique bronchât, et victorieux par la puissance toujours croissante de son argumentation et par la vérité de ses principes, il resta maître du champ de bataille.

On sait que la loi échoua devant la chambre des pairs.

Doué d'un merveilleux génie pour toutes les affaires, il traitait les grandes avec la décision d'un homme d'Etat, et les petites avec la ponctualité d'un commis. Il les saisissait à la première vue, sur une seule lecture, et comme en se jouant. Non moins perspicace que M. Thiers, mais moins léger, il ne se livrait pas ainsi que lui à de brillantes digressions, pour le seul plaisir de parler et de bien parler. Mais il restait dans la question, jugeait le point litigieux, passait à un autre et il expédiait sans fatigue

comme sans confusion , les litiges les plus divers, les plus arides
et les plus compliqués.

De tous les chefs du cabinet que le régime chartique a dévo-
rés , il n'y en a que deux qui aient fait du bruit et qui laisseront
peut-être quelque trace dans l'histoire , M. Casimir-Périer et
M. de Villèle. Tous deux antipathiques par leurs opinions, leur
tempéramment et leurs facultés. Tous deux assis d'abord sur les
bancs de l'Opposition et ensuite sur les bancs du ministère. L'un
impérieux et colère, l'autre poli et réservé. L'un ne montant à
la tribune que pour réfuter l'autre qui en descendait. L'un ne
se servant que de la figure vive et parlante de l'apostrophe ,
l'autre procédant par les voies logiques du raisonnement, sans
se déconcerter ni sans se reprendre. L'un poussant la brusquerie
presque jusqu'à la grossièreté, et l'autre la finesse presque jusqu'à
l'astuce.

Mais tous deux hommes d'élite, avec des qualités diverses.
Tous deux naturellement habiles dans l'art de commander aux
hommes et de s'en faire obéir. Tous deux conduisant leur majorité, l'un par la peur, l'autre par la séduction. Tous deux enfin ,
quoique adversaires, rapprochés par un point important, c'est
qu'à la différence des autres ministres , ils ont compris la vérité
du système représentatif, et qu'ils ont gouverné le pays en laissant
régner leurs maîtres. (*Livre des Orateurs.*)

M. de Martignac. (1776—1832.)

Comme orateur, M. de Martignac aura une place à part dans
la galerie des hommes parlementaires. Il captivait plutôt qu'il ne
maîtrisait l'attention. Avec quel art il ménageait la susceptibilité
vaniteuse de nos chambres françaises! Avec quelle ingénieuse
flexibilité il pénétrait dans tous les détours d'une question ! quelle
fluidité de diction! quel charme! quelle convenance ! quel à propos ! L'exposition des faits avait dans sa bouche une netteté admirable, et il analysait les moyens de ses adversaires avec une fidélité et un bonheur d'expression qui faisaient naître sur leurs lèvres,
le sourire de l'amour-propre satisfait. Pendant que son regard
animait, parcourait l'assemblée, il modulait sur tous les tons sa
voix de syrène, et son éloquence avait la douceur et l'harmonie
d'une lyre. Si, à tant de séductions, si , à la puissance gracieuse de
sa parole, il eût joint les formes vives de l'apostrophe et la précision vigoureuse des déductions logiques , c'eût été le premier
de nos orateurs, c'eût été la perfection même.

Comme littérateur, M. de Martignac avait cette élégance natu-elle et cet atticisme qui manquent à presque tous nos orateurs de la ribune et du barreau ; mais il n'avait pas cette richesse d'imagi-ation, ces beaux effets de style, cette savante composition d'ar-iste, ces pensées fortes ou sublimes, et ces délicatesses de goût ui constituent la différente manière de nos grands écrivains.

Comme personne privée, la défense spontanée, généreuse, lésintéressée de M. de Polignac, son antagoniste et son succes-eur, honore beaucoup le caractère inoffensif et noble de M. de Martignac. Les méditations de son plaidoyer et les émotions si Iramatiques de ce procès, achevèrent de ruiner sa santé chan-elante.

C'était un homme d'une facilité de mœurs agréable et char-nante, étincelant d'esprit, ardent pour les plaisirs, laborieux elon l'occasion, et d'une intelligence supérieure dans les affaires.

Tel a été, sans haine comme sans flatterie, M. de Martignac.

Labourdonnaie, Lainé, etc.

Le côté droit avait encore plusieurs autres orateurs.

M. de la Bourdonnaie remarquable par l'élévation et la vigueur le sa parole.

Lainé plus mélancolique et plus tendre.

M. de Marcellus, chrétien fervent et fervent royaliste, signa-ant souvent, dans ses discours d'ailleurs très-bien écrits, les dan-ers du trône et de l'autel. *

M. de Lalot, plein d'images dans son style et d'une abondance véhémente et colorée.

M. Dudon, dont le front haut ne pliait devant aucune objec-ion, et qui recevait à bout portant les coups de mitraille de Opposition, avec le flegme d'un anglais.

M. de Castelbajac, qui s'agitait sur son banc, frappait du pied t du poing, criait, s'exclamait et interrompait les députés incré-ules à la foi monarchique.

M. de Bonald, orateur un peu nébuleux, philosophe reli-ieux, et sans contredit l'un des plus grands écrivains de notre emps.

M. de Sallaberry, chaud royaliste, orateur pétulant, et répan-

---

* Comme un député venait d'employer cette expression, quelqu'un lui dit, après son discours : Tu Marcellus eris. »

dant sur les libéraux, du haut de la tribune, les bouillantes im
précations de sa colère.

M. Corbière, dialecticien caustique et pressant, qui attacha
deux ailes à sa flèche pour qu'elle volât plus vite au but et qu'ell
perçât plus sûrement ses adversaires.

M. de Cases, ministre élégant et d'une charmante figure, dor
la phraséologie n'était pas sans abondance et sans flexibilité, r
le geste sans éclat.

M. de Peyronnet, remarquable par les éclatantes vibrations d
sa voix, par l'habileté ingénieuse de sa dialectique, et par l
pompe fleurie de son langage.

M. de Ravez, l'aigle du barreau girondin, célèbre par la gravit
de sa prestance et l'ample beauté de son organe, l'un de ces hom
mes qui commandent où ils paraissent et où ils parlent, l'attentio
de leurs auditeurs; puissant dans sa dialectique, savant dans ses e
positions, maître de ses passions et de celles des autres, et qui
s'il n'eût pas été président de la chambre, aurait, comme orateu
dominé le côté droit. (*Livre des Orateurs.*)

On comprend qu'un si grand nombre d'hommes distingués
dans les deux camps, devait exciter un vif intérêt. Leurs com
bats furent, au moyen de la presse, un spectacle pour la Franc
et pour l'Europe. Des extraits ne suffisent point pour les retrace
Afin d'en donner une idée plus juste, nous transporterons le lec
teur sur le lieu de la scène; nous mettrons aux prises, pour ains
dire, dans une question personnelle qui se rattachait à une questio
de principes, des orateurs d'une opinion différente; nous voulon
parler de l'élection de l'abbé Grégoire.

ÉLECTION DE L'ABBÉ GRÉGOIRE.

Dans la séance du 6 décembre 1819, M. Becquey, rapporter
de la commission qui avait été nommée au sujet de l'élection d
l'abbé Grégoire, quatrième député de l'Isère, conclut à la nullit
en vertu de l'article 42 de la charte ainsi conçu : « La moitié a
moins des députés sera choisie parmi des éligibles qui ont leu
domicile politique dans le département. » L'abbé Grégoire e
effet était étranger au département de l'Isère, qui ne pouva
envoyer que quatre représentants à la chambre, et deux autr
députés, étrangers comme lui, avaient été nommés avant lui.

« L'élection, disait le rapporteur, est donc nulle; elle ne pe
être suivie d'aucun effet.

» Tel est l'avis que le cinquième bureau m'a chargé de propo-
er à votre délibération. Il a pensé aussi que, M. Grégoire n'ayant
ucun droit pour être admis dans cette chambre, puisque son
lection est nulle, nous étions dispensés de soumettre à votre examen une question bien plus grave, qui agite tous les esprits depuis
e jour où le bruit de cette nomination a retenti dans le royaume,
uestion de morale publique, qui se rattache aux plus douloureux
ouvenirs, puisqu'elle rappelle l'horrible attentat que la nation en
euil va chaque année déplorer aux pieds des autels.

» L'irrégularité constitutionnelle qui se rencontre dans l'élec-
on de M. Grégoire, écartant de la discussion les considérations
latives à la personne de l'élu, nous nous bornerons à former des
eux pour que jamais la chambre ne soit obligée de censurer les
tes des colléges électoraux et de délibérer sur les personnes :
pérons que les électeurs de la France, assez avertis par le cri
e l'opinion, qui s'est manifestée avec tant de force dans cette
rconstance, voudront toujours respecter dans leur choix la dignité
e la couronne et ce sentiment national dont le roi s'est mon-
é si vivement pénétré, lorsqu'à l'ouverture de cette cession,
vous entretenait avec tant de bonté, des actes multipliés de sa
émence. Que si, trompant l'ignorance et séduisant la faiblesse,
esprit de faction parvenait encore à obtenir d'odieux succès, il
ouverait dans cette enceinte une barrière insurmontable ! Cette
ambre fidèle saura bien, s'il le faut, préserver contre les entre-
ises de l'ennemi commun, et l'honneur du trône, et l'honneur
e la nation, et son propre honneur ! »

Le côté gauche admettait la conclusion de M. Becquey, et
ulait qu'on la mît aux voix ; mais la droite pensant que le trône
vait être vengé solennellement d'une élection qui semblait ten-
e à l'ébranler, demanda que la question sur l'indignité de l'élu
t discutée. Les cris de la gauche : Non, non ! Aux voix, aux
ix ! se font entendre. Ce n'est qu'après une heure de tumulte,
e M. Lainé obtient la parole.

Discours de M. Lainé.

« M. le rapporteur, en exposant l'un des motifs de faire annuler
lection du quatrième député de l'Isère, à cause de l'article 42
la Charte, a énoncé aussi les doutes proposés sur la validité
ces moyens ; mais il est, Messieurs, un second motif de nullité,
i ne présente à mes yeux aucune raison de douter : c'est l'*indi-
ité de l'élu !*

» Quelle est, s'écrie-t-on, la loi qui la prononce?

» Honneur à la législation qui avait respecté les Français assᵉ
pour ne pas leur interdire littéralement d'envoyer un tel homm
dans l'assemblée qui concourt à représenter la nation! Il est un
loi, Messieurs, qui n'a pas besoin d'être écrite pour être connue ᵉ
exécutée : cette loi n'est pas gardée dans des archives péris
sables; elle n'est pas sujette aux caprices, ou aux besoins variabl
des souverains ou des peuples ; elle est éternelle, elle est immuᵃ
ble; elle est déposée dans un tabernacle incorruptible, dans
conscience de l'homme! En tout temps, en tout lieu, cette loi
nomma *la raison* et *la justice*; en France elle s'appelle encoᵉ
l'honneur.

» Ne croyez pas qu'elle soit silencieuse! Cette loi, en ce qᵘ
touche la cause de l'indignité qui nous occupe, fut promulguéᵉ
parmi les hommes, sept ans avant la fin du dernier siècle; un cᵘ
général se fit alors entendre, je ne dis pas seulemeut en Europ
mais dans l'Univers, et des voyageurs nous ont appris qu'au miliᵉ
des régions presque ignorées de nous, et que nous nommoᵘ
barbares, une juste horreur avait saisi tous les peuples ! C'est cetᵗ
horreur qui constitue l'indignité actuelle.

» La loi dont je parle fut de nouveau promulguée à la restaᵘ
ration du successeur de Louis XVI. Je sais bien que par une clᵉ
mence toute divine, ou, si vous voulez, pour les besoins de
société, ou même pour l'intérêt de tous, il fut promis aussi qᵘ
personne ne serait recherché pour ses vôtes, et que l'oubli fᵘ
recommandé à tous les citoyens.

» Qui donc se souvenait du quatrième député de l'Isère? Qᵘ
donc le recherchait pour ses opinions ou pour ses vôtes, ignorᵉ
même de la plupart des vivants? L'oubli n'a-t-il donc été prescᵗ
qu'aux victimes, et ceux-là seuls qui avaient besoin d'en être coᵘ
verts, ont-ils conservé le droit de se souvenir? (*Le centre et*
côté droit paraissent éprouver une vive sensation.)

» Est-il recherché, celui qui, depuis six ans, jouit en paix de sᵉ
biens, de ses titres, qui multiplie librement ses écrits pour prᵒ
pager ses opinions? N'est-ce pas lui qui dédaigne la loi d'oubᴵ
lorsque, loin d'exprimer le moindre regret, le plus léger repenti
il provoque les citoyens au scandale et à la discorde; lorqueᵉ
résistant à de patriotiques sollicitations, il persévère à frapper
la porte de cette chambre, quoiqu'il sache que, toute indignité
part, la porte ne saurait s'ouvrir pour lui? (*Même mouvement.*)

» Mais de quoi s'agit-t-il aujourd'hui? Est-il question de
poursuivre, de troubler sa personne, son domicile, de l'inquiétᵉ

dans l'exercice de ses droits civils? Ne s'agit-il pas seulement de savoir si un tel homme a pu être élu, s'il peut figurer dans une assemblée qui représente en si grande partie la nation? Non; la disposition d'oubli, par cela seul qu'on l'emploie pour lui, quoique sans besoin, comme un bouclier contre la persécution, ne lui a pas donné le droit de siéger parmi les députés de la France.

» Ainsi la loi suprême, qui parle trop bien à vos cœurs pour que j'aie la hardiesse de lui servir d'organe, n'a pas été abolie, n'a pas été altérée !

» Il ne s'agit donc que d'examiner si cette loi, toujours vivante, est applicable au quatrième député de l'Isère.

» N'attendez pas, Messieurs, que je retrace ici des faits qui soulèveraient tant d'indignation et tant de douleurs; je me félicite que la nature ne m'ait pas donné assez de talent pour vous présenter un tableau dont l'éloquence saurait si bien se servir pour remuer un auditoire. Il existe une notoriété à la fois fatale et si heureuse pour nos débats, les esprits en sont si frappés, les cœurs si contristés, que je me borne à dire : le passé en est accablé, le présent s'en épouvante, et l'histoire a déjà préparé l'effroi de l'avenir !

» La présence en cette assemblée, de l'homme, au nom de qui s'attache une si affreuse notoriété, est incompatible avec la liberté, avec la royauté légitime.

» Si ces deux mots de *liberté* et de *royauté légitime* se trouvent associés, c'est que, l'une ne pouvant exister sans l'autre, j'ai dû les confondre en parlant d'un homme dont la présence les blesserait toutes deux, et leur ferait courir de grands dangers.

» C'est une maxime de notre droit public, que la liberté ne peut exister sans les deux chambres représentatives et la royauté, sans ces trois pouvoirs qu'un même nœud rassemble : que l'on déconsidère ou que l'on avilisse un seul de ces trois pouvoirs, et la liberté est en péril !

» Envoyer à la chambre des députés un homme que la pudeur publique, que les mœurs françaises repoussent; l'admettre à siéger dans l'une des chambres, c'est frayer la route à d'autres ; c'est déconsidérer la chambre, c'est détourner d'elle l'estime, la déférence, le respect dont elle a besoin, et qui sont nécessaires pour captiver l'obéissance aux lois, auxquelles elle concourt; c'est déverser sur l'assemblée élective une partie des sentiments qui s'attachent au principe de mort, qu'on a essayé de jeter parmi nous.

» Mais c'est aussi insulter à la royauté légitime, inséparable des chambres, et dont l'éclat ou l'ombre se répand sur elles. N'est-il pas démontré à tous les amis de la liberté et de la royauté légitime que le concours du quatrième député de l'Isère à l'œuvre des lois, qui émanent aussi bien de la couronne que des chambres, est une de ces incompatibilités que chacun sent trop bien pour qu'il soit besoin de les faire ressortir en rapprochant d'horribles faits de la nature de notre gouvernement, et de chacune des trois branches du pouvoir législatif?

» J'ose dire plus; c'est qu'envoyer ou admettre à la chambre le quatrième député de l'Isère, c'est faire violence à la royauté, que les lois ont investie du droit de ne pas le convoquer.

» La loi qui règle les rapports des chambres avec la couronne, statue que les députés sont convoqués par lettres closes émanées du roi. Cette loi a un but, elle doit avoir un effet, et peut-être sa pensée secrète a-t-elle été de donner au roi un moyen d'arrêter sur le seuil de cette enceinte le petit nombre de ceux qui sont souillés de l'une de ces grandes indignités dont les lois positives rougissent de parler.

» Quoi qu'il en soit, la loi existe, et la couronne a usé du droit qu'elle lui donne; elle a défendu d'adresser une lettre close au quatrième député de l'Isère; elle a pris ses précautions pour que sa présence ne soulevât pas les cœurs dans la séance royale, et pour que son nom ne fût pas même prononcé devant la majesté royale, devant les deux chambres réunies autour du trône.

» En agissant ainsi, la couronne dit assez haut qu'elle regarde la royauté et les deux chambres législatives comme menacées par la nomination du quatrième député de l'Isère : c'est à vous qu'elle laisse le soin de repousser l'injure! Elle en a préservé jusqu'à ce jour la royauté, la représentation nationale, la dignité de la France : c'est à vous à achever le noble devoir que la couronne a commencé, ou à consommer l'outrage que la passion aveugle a essayé!

» Notre choix, Messieurs, n'est pas équivoque. Lorsqu'un collége électoral a élu des citoyens, ceux-ci ne sont encore que les députés du département; pour être députés de toute la France, pour avoir ce caractère d'universalité que la Constitution donne à chacun de nous, il faut être admis par la chambre : c'est votre admission, c'est la proclamation faite en votre nom par le Président, qui nous donne dans la représentation nationale cette part qui appartient à la chambre et à chacun de ses membres. Or est-il possible de proclamer l'homme dont j'évite de prononcer le nom, l'un des représentants de la France entière? Non, Messieurs!

Et vous honorez assez votre patrie pour croire qu'un cri général
désavouerait le caractère que votre proclamation essaierait de
donner au quatrième élu de l'Isère.

» Il devait le savoir, le collége électoral de ce département; il
devait bien juger que celui-là ne pouvait être élu, qui ne peut
être proclamé ici l'un des représentants de la France entière! Il
n'appartient à aucune section du royaume, de vouloir faire injure
et violence à la couronne et aux chambres législatives; de violer
les mœurs publiques, l'honneur national, et ces lois qui n'ont pas
besoin d'être écrites pour proclamer une indignité notoire au
monde entier! Le souffrir, ne pas annuler l'élection par ce motif,
ce serait préférer le plus cruel ennemi de la royauté à la royauté
même; car, Messieurs, il me semble qu'il n'y a pas à balancer; il
faut que cet homme se retire devant la dynastie régnante, ou que
la race de nos rois recule devant lui !...... (Très-vif mouvement.)

» Pour se déterminer à conjurer ce malheur, il est des hommes
qui demandent l'autorité des exemples : hé bien, s'il en était
besoin, ils ne manqueraient pas !

» Je n'en chercherai pas dans l'histoire de Sparte, où l'assemblée publique exprima souvent son horreur contre ceux qui firent
périr le roi Agis; je ne puiserai pas des exemples analogues dans
les anciens États, qui ont si souvent refusé l'entrée de l'assemblée
ou du sénat pour cause d'indignité : on me répondrait peut-être
que l'anarchie, les passions avaient dicté ces exclusions, ou que
la cause d'indignité n'était pas la même, et je serais trop fort en
disant que toute autre cause était bien moins déterminante.

» Je ne rappellerai pas ou les refus d'admettre dans les chambres représentatives, ou les exclusions dont une nation voisine
fournit plus d'un exemple pour des indignités moins frappantes,
et que ses lois littérales n'avaient pas exprimées : on me répondrait que notre Constitution n'est pas la même, et, comme je
suis d'avis qu'il ne faut pas aller chercher des exemples dans
l'étranger, je m'abstiens de ces citations.

» S'il fallait absolument des exemples, je rappellerais celui que
donna un député de 1814. Déplorant un malheur que je ne veux
pas exprimer, il s'éloigna de la chambre parce qu'il entendit la
voix de la nation et de sa conscience, qui lui criait qu'il y avait
incompatibilité entre la royauté légitime et sa présence au sein
de l'assemblée. Sa conduite fut louée, et la France applaudit alors
au brillant écrivain qui célébra cet événement.

» Que si l'on se prépare à citer l'élévation d'un homme accablé
d'un malheur semblable, je dirai que celui-là au moins ne s'obs-

tina pas à vouloir briser les portes de cette enceinte, et qu'il nous épargna la douleur d'une vérification de pouvoirs.

» Mais, Messieurs, est-il besoin d'exemples lorsque l'indignité repose sur des lois éternelles, qui n'ont pas besoin d'être écrites, sur les mœurs, plus fortes que les lois! C'est à cette chambre qu'il appartient en cette occasion de donner un noble exemple; elle ne sera même que l'écho du monde. Si vous ne la proclamiez pas avec solennité, la France frémirait des suites fatales de votre silence, pour la royauté légitime et pour la liberté.

» Cependant quelques esprits se montrent frappés des consé-quences de l'exemple proposé : ils craignent, dit-on, qu'on ne repousse un jour, comme indignes, quelques amis de la royauté légitime, des lois, et même de la liberté.

Oh! si nous étions un jour destinés à ce malheur, on n'aurait pas besoin d'un précédent pour commettre un acte aussi arbi-traire, il est probable qu'alors il n'y aurait plus de royauté légi-time, de constitution, de liberté.

» Si pourtant il devait arriver que même, en conservant tous ces biens, un homme juste fût repoussé comme indigne, cet homme et la France se consoleraient de sa disgrâce en songeant que le motif de l'indignité a fait exclure le quatrième député de l'Isère. Aristide aidait à son bannissement parce qu'il se rappelait peut-être que l'ostracisme avait éloigné de l'assemblée publique quelque grand perturbateur de sa patrie.

» Je pense que le quatrième député de l'Isère ne doit pas être admis. »

M. Lainé reçoit, en quittant la tribune les témoignages de satisfaction du côté droit et d'une partie du centre; on entend répéter : Bien, bien, Appuyé! — M. Benjamin-Constant parle après M. Lainé.

Discours de M. Benjamin-Constant.

» Messieurs, si la question ne s'était élevée que sur la légalité de l'élection qui nous occupe, je n'aurais point songé à prendre la parole; j'aurais pesé, pour me décider en silence, les raisonne-ments pour la négative ou l'affirmative, et j'aurais voté suivant ma conviction : quiconque est satisfait de nos institutions, heureux sous le gouvernement du roi et de la Charte, ne peut avoir ni la volonté, ni l'intérêt de provoquer le trouble et le scandale. Mais on vous propose de cumuler deux questions, celle de *légalité* et celle qu'on appelle *indignité*, question bien plus importante, puisqu'elle intéresse notre pacte fondamental, la représentation et l'honneur du trône; oui, Messieurs, l'honneur du trône : et je suis si frappé de cette vérité, que c'est la seule dont je me propose de vous occuper.

» Je commencerai par vous rappeler des faits : je porterai dans l'exposé de ces faits, la plus grande impartialité et la plus sévère exactitude, et j'ose compter d'autant plus sur votre indulgence, que ces faits me conduiront naturellement à rendre un juste et public hommage à la sagesse profonde de notre monarque, qui a deux fois fait triompher les principes propres a étcindre toutes les haines, à calmer tous les souvenirs, et, si j'ose répéter ici les paroles augustes sorties de sa bouche, *à fermer pour jamais l'abîme des révolutions......* (*Mouvement d'adhésion.*)

» Messieurs, lorsque, le 8 juillet 1815, S. M. rentra dans sa capitale, vous savez tous dans quel état déplorable se trouvait la France, que de maux elle avait soufferts, combien de calamités la menaçaient encore, quelles divisions existaient, quelles animosités s'étaient réveillées, et jusqu'à quel point il importait, à la vue de huit cent mille étrangers, répandus sur notre territoire ou rassemblés sur nos frontières, de donner aux différents partis, qu'agitait encore la crainte ou la vengeance, des gages solennels qui leur rendissent la sécurité.

» Que fit le roi, Messieurs? Il sentit que, les maux étant plus grands en 1815 qu'en 1814, il devait faire plus pour cicatriser des blessures devenues plus profondes. En 1814, il avait inséré dans sa Charte royale l'article 11, qui défend toute recherche des votes et opinions : en effet, en 1814, cet article pouvait suffire; les passions étaient moins exaspérées; il y avait entre les partis moins de griefs réciproques; nul n'avait intérêt à fouiller dans les annales sanglantes d'une révolution de vingt-cinq années, pour y trouver des armes contre des ennemis qui n'existaient pas. En 1815, des coups plus terribles avaient été portés; de simples proclamations de principes ne suffisaient plus; il fallait des actes, il fallait passer, pour ainsi dire, de la théorie à la pratique. S. M., convaincue de cette vérité incontestable, et fidèle à cette noble abnégation d'elle-même qui l'a portée à limiter son propre pouvoir, s'imposa le plus grand des sacrifices.

» Un homme existait, qui non-seulement avait laissé dans les annales de la révolution, à ses époques les plus terribles, des traces dont toute l'Europe avait connaissance, mais qui avait prononcé ce vote fatal, ce vote dont les amis de la liberté ont gémi plus que personne, parce qu'ils sentaient que ce vote funeste était un coup presque mortel à la liberté. Le roi, Messieurs, l'appela dans ses conseils!... (*Le côté gauche applaudit à cet argument; le côté droit s'en irrite.*) Messieurs, daignez réfléchir que, si mes paroles excitaient vos murmures, ce ne serait pas contre mes paroles, mais contre une nomination royale que vos murmures seraient dirigés.

» Oui, Messieurs, cet homme, le roi l'appela dans ses conseils !

» Malheur à qui ne verrait, dans cette détermination royale, qu'une politique vulgaire qui cherchait à s'appuyer d'un prétendu chef de parti !

» Certes, à cette époque même, il y avait dans tous les partis des hommes non moins influents; il y avait des généraux à la tête d'armées encore nombreuses, le roi ne choisit point parmi eux, parce que ce n'était point un appui qu'il cherchait pour son trône, mais une preuve incontestable, éclatante, sublime, qu'il voulait donner de son oubli complet du passé. Ce fut une ratification solennelle de l'article 11 de la Charte ; ratification d'autant plus digne d'hommages qu'elle fut offerte volontairement, à une époque où les étrangers pouvaient prêter leurs bras à la vengeance, si le roi, par cet acte mémorable, ne leur eût déclaré qu'il ne voulait pas la vengeance, mais la fidélité à ce qu'il avait promis. Le roi voulut, Messieurs, que la présence de l'homme qu'il avait appelé dans ses conseils fût une preuve vivante que la parole des rois est sacrée, et que tout engagement contracté par eux est irrévocable.

» Que vous propose-t-on maintenant, Messieurs? D'arracher non-seulement à la France, mais au roi lui-même, le fruit de son effort magnanime, de détruire cet article 11 de la charte, pour lequel Sa Majesté s'est imposé, à la face du monde, le plus pénible, mais en même temps le plus admirable des sacrifices ! Que dis-je ! on vous propose, sans s'en apercevoir sans doute, de blâmer le roi ! Oui, Messieurs, de le blâmer ! car, en adoptant une conduite complètement contraire à la sienne, en vous opposant avec violence à ce que, si l'élection est légale, la chambre des députés suive l'exemple du roi, vous proclamez à toute l'Europe qu'il y aurait indignité pour la chambre, si elle faisait ce que Sa Majesté n'a pas trouvé de l'indignité à faire pour ses conseils. Hé quoi ! la récompense du plus noble sacrifice serait, pour le monarque, de la part des députés, une censure qui, pour être indirecte, n'en serait pas moins blessante, et retentirait chez tous nos voisins !

» Non, Messieurs, vous sentirez combien ce zèle vous égarerait ! Par une suite naturelle de votre vénération pour le monarque législateur, pour un monarque scrupuleux observateur de ses promesses, vous écarterez la question d'indignité. Quant à moi, qui la professe sincère et profonde, cette vénération, je ne consentirai jamais à prononcer ainsi la condamnation d'un acte royal, qui a été, dans le prince constitutionnel, le gage de son amour pour son peuple et de son respect pour ses sermens. Je me croirais le plus audacieux des hommes, le plus audacieux détracteur de la majesté du trône, si j'osais reconnaître pour moi une indignité dans une chose où Louis XVIII, tout entier au salut de son peuple et à son dévouement pour la paix publique, n'a pas reconnu une indignité pour sa personne sacrée !

» Ce n'est donc pas seulement au nom de la Charte, c'est au nom du roi, au nom de tout ce qu'il a fait pour rétablir le calme et la concorde, au nom des fruits que nous retirons déjà de sa prudence et de sa sagessse, que je demande que nous écartions la question de l'indignité, qui est une insulte à la conduite royale, et que, fermant cette discussion si dangereuse, nous nous bornions simplement à délibérer sur la légalité. »

A gauche, un grand nombre de voix : — Appuyé, appuyé ! Aux voix, aux voix ! Fermez la discussion. — Il n'est donné aucune suite à cette demande; M. de la Bourdonnaie obtient la parole sans opposition.

Discours de M. le comte de la Bourdonnaie.

« Messieurs, je ne répondrai point à l'argument que l'on s'est permis de tirer d'un choix du monarque; mon profond respect pour la personne de Sa Majesté, ne me permettant ni de louer, ni de blâmer ses actes, m'en interdit l'examen.

» Je me bornerai à combattre le principe invoqué ; je prouverai qu'il n'y a point violation de l'article 11 de la Charte.

» Ce n'est donc point sous le rapport des formes que je viens attaquer l'élection contestée ; c'est pour le seul motif de l'indignité de l'élu.

» C'est comme convaincu d'avoir librement et solennellement adhéré à l'assassinat juridique de son roi, de s'être, autant qu'il était en son pouvoir, rendu complice du crime de régicide, que je considère le député de l'Isère, que je viens m'opposer à son admission.

» Retranchés derrière l'article 11 de la charte, quelques publicistes soutiennent qu'on ne peut la repousser à ce titre, sans rappeler les votes et les opinions dont le pacte constitutionnel nous interdit la recherche.

» Cette objection, plus spécieuse que solide, pourrait-elle nous arrêter? Se flatterait-on de nous persuader que ce soit pour garantir des droits politiques aux régicides, que l'article invoqué fut écrit dans la Charte? Le texte de la loi, son sens littéral, expliqué par un acte contemporain, par l'expulsion simultanée de ces grands coupables de tous les emplois publics qu'ils occupaient à la Restauration, ne prouvent-ils pas invinciblement qu'il n'eût pour objet que de les soustraire à la vindicte des lois et aux vengeances individuelles, à l'instant où, les déclarant indignes de toute magistrature, le législateur semblait les livrer aux inimitiés personnelles, à l'animadversion publique?

» Se flatterait-on de nous persuader qu'un acte qui leur accorde une sauve-garde spéciale, qu'un acte qui manifeste la nécessité de leur donner une garantie plus particulière, pour les soustraire à la haine des citoyens, aux insultes journalières de la multitude, fût un titre pour exercer les plus hautes fonctions politiques chez le peuple le plus délicat sur le sentiment des convenances, lorsque ce monument de clémence, devenu pour eux un monument d'indignité, témoigne, par l'excès même de ses précautions, qu'ils sont en horreur à la France?

» Ce n'est donc point en violant l'article 11 de la Charte, que nous nous opposons à l'admission d'un régicide; c'est en le citant, c'est en invoquant son texte, qui lui-même les désigne comme indignes, en les marquant du sceau du crime, en les plaçant hors de la loi commune.

» Pour nous en convaincre, reportons-nous à l'époque où la Charte fut donnée : rappelons-nous la terreur des coupables, l'espoir des gens de bien, et, dans cette situation des esprits, interprétons l'article dont on cherche à se faire une arme contre la clémence sans bornes du monarque, contre la générosité du caractère national !

» Qui de nous alors eût pu croire qu'abusant d'une miséricorde qui n'a point d'exemple dans l'histoire, celui qui le premier vota l'abolition de la royauté constitutionnelle, qu'il avait lui-même proclamée, oserait un jour se présenter pour la défendre ! Que celui qui avait demandé la tête des Bourbons, s'offrirait pour garant de la légitimité ! Qu'enfin, celui qui, par un vote solennel, avait librement adhéré à l'assassinat du juste couronné, ne craindrait pas de se présenter dans cette enceinte devant sa statue expiatoire, pour y insulter à ses malheurs et à la douleur de la France !

» Non, Messieurs ; tant d'audace ne pouvait se prévoir! Il a fallu cinq ans de fautes et d'imprévoyance, il a fallu le rappel illégal des régicides relaps, il a fallu qu'un ministre osât faire entendre ici l'apologie de la majorité de cette Convention exécrable, qui, après s'être souillée du sang de son roi, couvrit si longtemps la France de carnage, pour donner à la révolution l'insolence de relever sa tête hideuse et sanglante. (*Murmures.*)

» Mais quand vous l'eussiez pu présumer, auriez-vous pensé qu'il fût honorable pour votre pays, de prévoir cette insulte dans nos lois, de la repousser d'avance par une disposition plus précise de la Charte? Non, sans doute ; elle vous paraissait y avoir suffisamment pourvu, puisqu'en traçant sur leur front le caractère de l'indignité, elle se fondait sur des lois antérieures à tout pacte social, celles de l'honneur et de la morale publique.

» En effet, Messieurs, si le pouvoir du monarque peut remettre la peine des forfaits, s'il peut aller jusqu'à soustraire le crime à la poursuite des lois, il n'est pas en sa puissance de lui ôter sa culpabilité, d'en effacer l'horreur et d'en laver la honte.

» Et quelle que soit l'indulgence du siècle pour les crimes politiques, il en est que l'opinion a flétris d'infamie; tel est le régicide. Il est si funeste aux nations, il entraîne sur elle tant de désastres, il fait peser sur celles qui le laissent commettre une accusation si odieuse, il suppose dans ceux qui s'en rendent coupables un tel excès de rage ou un tel excès de lâcheté, qu'aussitôt que, libre enfin du joug sous lequel il fut asservi, le peuple accusé recouvre sa liberté, son premier devoir, sous peine d'en être déclaré complice, d'en partager la honte, et de la rejeter tout entière sur ses véritables auteurs, de séparer sa cause de la leur, en les livrant à l'exécration publique, en leur imprimant le sceau de l'infamie.

» Et ce serait poursuivi par cette exécration, qu'un régicide se constituerait l'organe de l'opinion nationale! Ce serait couvert de cette infamie, qu'il viendrait prononcer sur tout ce qui touche à la gloire, à l'honneur de la France! Elle l'adopterait, par son admission dans notre sein! Elle s'avouerait son complice! Elle justifierait son crime!

» Non, Messieurs, vous ne donnerez pas ce scandale au monde, vous ne remettrez pas en problème ce que la loi d'amnistie a décidé, ce que l'assentiment de tous les bons Français a sanctionné, ce que les applaudissements de tous les gens de bien ont consacré pour jamais.

» Vous ne croirez pas violer le pacte social, en obéissant à la première de nos lois, à l'honneur, à cette loi qui, comme celle de la légitimité, n'a pas besoin d'être écrite dans la Charte, parce qu'elle est gravée dans nos cœurs, et que, l'ayant reçue de nos pères, nous la transmettrons intacte à nos petits-neveux.

» Je vote pour que l'élu de l'Isère soit chassé comme *indigne*, comme *régicide*. » (*Murmures à gauche.*)

Discours de M. Manuel. (*Immédiatement après M. de la Bourdonnaie.*)

« Je ne me propose point de rechercher quelles peuvent être les intentions de ceux qui ont persisté à provoquer cette discussion, au mépris du vœu clairement exprimé par la grande majorité de cette chambre ; mais une chose me paraît certaine, c'est qu'en vous proposant d'exclure le député de l'Isère sous prétexte d'*indignité*, ils veulent vous faire consacrer un monstrueux abus de pouvoir, vous faire créer un instrument de tyrannie, porter une atteinte mortelle à la Charte et à la liberté publique, élever enfin un premier signal de contre-révolution. (*Murmures à droite.*)

» Mon objet n'est pas de défendre ici M. Grégoire, que je ne connais pas, ni ses opinions politiques que je ne suis point appelé à juger ; je ne prends la parole que pour m'élever contre un système inconstitutionnel et dangereux, contre un système que je ne combattrais pas avec moins de chaleur, s'il était dirigé contre nos adversaires eux-mêmes.

» J'ai parlé d'usurpation de pouvoir : en peut-il être une plus manifeste que de vouloir créer des conditions, des règles qui n'existent pas dans la loi ; de vouloir soumettre les députés qui se présentent ici à un examen que la loi ne prescrit pas ; de les repousser, non parce que les conditions voulues par la Charte n'auraient pas été remplies, mais parce qu'ils auraient autrefois émis telle ou telle opinion ? Oui, ce serait une véritable usurpation de pouvoir ; et voyez quelles en seraient les conséquences ? Ainsi nous nous constituerions nous-mêmes électeurs ; ainsi, nous nous rendrions juges des titres que les candidats pouvaient avoir à la confiance des colléges électoraux ! Mais alors, que devient la liberté des élections ! Elle est nulle, dès l'instant où vous citez à votre tribunal les suffrages que les élus ont obtenus, dès l'instant où vous leur en demandez compte. Quelle confiance voulez-vous que les électeurs aient dans les votes qu'ils auront à émettre, si vous vous établissez juges supérieurs, non pas des formes dans lesquelles ces votes auront été émis, mais de ces votes eux-mêmes?

» A-t-on assez réfléchi sur la suite d'un tel système? La nation dans ce moment croit trouver dans la loi des élections la plus sûre garantie du maintien de ses libertés; elle croit que ce moyen légal suffira toujours à ce besoin, parce qu'en choisissant des mandataires dignes de sa confiance, elle se persuade qu'ils sauront demander et obtenir la réparation des torts dont elle se plaint, et les garanties qui lui manquent encore. Si ce gage de confiance lui était enlevé, si elle désespérait d'avoir des mandataires de son choix, ne serait-elle pas forcée de chercher ailleurs des remèdes? (*Mouvement dans l'assemblée; quelques voix de droite interrompent.*)

» La proposition qu'on vous adresse porte atteinte à la liberté des élections; mais que deviendra aussi la liberté des votes parmi nous? Que deviendra la minorité, si la majorité peut épurer la chambre à son gré?

» Direz-vous que, dans la circonstance actuelle, l'application d'un tel principe n'aura qu'un résultat utile et convenable? Mais vous le savez, Messieurs, comme les flots, les destins sont changeants : supposez une majorité factieuse ou servile, et jugez quel instrument de tyrannie que celui qui rendrait cette majorité maîtresse d'exclure de la chambre ceux de ses membres dont l'énergie ou le talent rendrait l'opposition embarrassante!

» Si vous prononcez aujourd'hui l'élimination qu'on sollicite de vous, quelle garantie aura-t-on désormais contre l'arbitraire, dont vous aurez donné un si funeste exemple? Et n'aurez-vous pas à vous reprocher tous les excès et tous les dangers qu'il traîne à sa suite?

» Faut-il citer des faits pour montrer les fatales conséquences d'un système d'épuration? Je n'ai pas besoin d'aller chercher dans l'histoire de nos voisins pour faire voir comment, grâce à ce système, les représentants de différentes opinions furent successivement et scandaleusement exclus de la représentation nationale : la France n'offre que trop de monuments des suites funestes d'une telle violation de principes. Pour ne citer qu'un fait, qui ignore le 31 mai et ses terribles suites? Qui ignore que ceux qui épurèrent alors furent épurés à leur tour, et qu'ils payèrent de leur tête la politique insensée qui leur avait fait donner le fatal exemple de sacrifier les principes à l'esprit de parti? Les leçons de l'histoire seront-elles donc toujours perdues!

» Non, vous ne voudrez pas ajouter ainsi à vos pouvoirs! Lorsque la charte vous fut présentée, si elle vous eût accordé une telle prérogative, vous eussiez reculé d'effroi, vous eussiez accusé la sagesse du fondateur!

» Mais ce n'est pas seulement une usurpation de pouvoir, un instrument de tyrannie qu'on vous propose, c'est encore, ainsi que je l'ai annoncé, un véritable attentat à la Charte, un véritable signal de contre-révolution. (*Mouvement.*) L'article 11 de la Charte serait-il effacé de votre mémoire? Ne dit-il pas que nul ne pourra être recherché pour ses votes et pour ses opinions? Eh bien, que vous propose-t-on aujourd'hui? De proscrire de cette enceinte un député, par cela seul qu'à une certaine époque il a émis de simples opinions que vous regardez comme un crime... (*Une voix à droite :* Le crime est évident.)

» N'est-ce pas là se mettre en révolte ouverte contre la Charte?

» Vainement on s'est écrié : Eh! Qui donc allait troubler le repos du quatrième député de l'Isère? Qui l'empêchait de jouir de ses honneurs, de sa fortune et de sa liberté?..... Ce député de l'Isère, Messieurs, avait des droits politiques; prétendez-vous les lui ravir? pensez-vous que la Charte n'a interdit la recherche des votes qu'en ce qui concerne la fortune et la liberté individuelle? La Charte n'a fait aucune distinction, et vous n'avez pas le droit d'en faire : elle a voulu que celui qui, dans le cours de nos troubles politiques, aurait émis un vote ou une opinion, quelle quelle fût, n'en fût pas moins tranquille dans la possession de ses droits. L'esprit de parti peut se faire illusion; mais la majorité de cette chambre sentira qu'aucune distinction ne peut être admise, sous peine de renverser la règle elle-même.

» En insistant sur ce point, Messieurs, je me sens inspiré par la sagesse qui anima le fondateur de la Charte. Ce n'est pas sans de graves motifs qu'une règle aussi importante a été tracée; après trente ans de révolutions, qui n'a pas pris une part quelconque aux troubles dont nous avons été témoins? Qui n'a pas été tour-à-tour agent ou victime? Combien même ont souvent changé de rôle! (*On rit.*)

» Lorsque le roi est venu finir la révolution, devait-il laisser des prétextes pour recommencer des débats qu'il s'agissait d'éteindre? L'article 11 est donc une véritable transaction entre les partis; et sous ce rapport il doit encore plus mériter notre respect. Voyez quelles seraient les conséquences de la mesure qu'on vous propose au mépris de cette sage disposition! Vous allez demander compte des opinions émises par le député de l'Isère : vous lui

permettrez donc de se défendre; il lui sera donc permis de dire :
» Voilà quelle était la position de mon pays, lorsque j'ai émis
» cette opinion; telles étaient les circonstances qui m'ont entraîné. »
Il ne parviendra pas à se justifier, je le veux; mais il mettra en
scène la révolution tout entière : il élèvera des reproches contre
ceux qui l'accusent; il placera les faits en présence des hommes;
et, sans vouloir porter ici l'arrêt que la postérité prononcera un
jour, n'est-il pas du moins évident qu'une telle discussion irritera
les esprits, lorsqu'il faudrait s'occuper du soin de les calmer?
N'est-il pas évident que rien n'est plus capable de rouvrir *l'abîme
des révolutions ?*

» Et où s'arrêtera-t-on d'ailleurs, s'il est une fois décidé que
de simples opinions émises dans un moment de crise, d'effervescence ou de frayeur, peuvent constituer un motif d'indignité? Qui
peut compter les citoyens dont l'existence politique, dont le repos
sont alors menacés? Oublie-t-on ces nombreuses adresses que
reçut la Convention nationale avant et après la mort de l'infortuné
Louis XVI? Et pendant le long période qui s'est écoulé depuis
lors, combien d'autres occasions ont fait émettre des opinions
hostiles contre la dynastie actuelle? Faudra-t-il en demander
compte? Faudra-t-il que ceux qui les ont émises, se disent que le
même sort les menace? Et si la chambre donne l'exemple, qui nous
garantira qu'il ne sera pas suivi par les administrations, et que
ceux qui ont pris une part quelconque à la révolution, ne finiront
pas par être considérés comme des ilotes politiques? (*Pendant ce
paragraphe l'orateur est plusieurs fois interrompu par M. Castel-
Bajac.*)

» On a parlé de scandale... Eh! quel scandale plus grand que
celui de voir fouler aux pieds la Charte et la liberté des élections,
dans le sanctuaire même des lois! que de voir jaillir les alarmes
du sein même de cette assemblée, qui devrait être pour tous un
gage de sécurité!

» En rappelant une déplorable catastrophe, on a répandu des
larmes... Mais, s'il est juste de s'apitoyer sur de tels malheurs, ne
faudrait-il pas montrer aussi quelque pitié pour cette France que
tant de malheurs ont accablée, qui avait acheté par tant d'efforts
et de sacrifices le droit d'espérer un peu de repos, et qui le voit
troubler chaque jour par des attaques plus ou moins graves, dirigées contre le pacte fondamental sur lequel reposent toutes ses
espérances? Ne serait-il pas temps enfin que le présent et l'avenir
ne fussent plus sacrifiés au souvenir du passé?

» Vous défendez la dignité de la couronne... Le roi sait mieux

que vous ce que cette dignité réclame, et ses actes ont prouvé
qu'il l'entendait autrement que vous.

» Et quelle idée vous faites-vous de cette dignité, comme de
celle de la chambre, lorsque vous allez jusqu'à supposer qu'un
seul homme admis parmi nous, compromettrait le salut de la monarchie! Il faut, dites-vous, que M. Grégoire se retire devant
la dynastie royale, ou que la dynastie recule devant lui... Non,
Messieurs, nous n'en sommes pas à une telle extrémité : c'est
donner beaucoup trop d'importance à un simple individu; c'est
faire injure à un roi qui a juré solennellement l'oubli du passé;
c'est faire injure à vous-mêmes. Non, il ne s'agit pas de faire
reculer la race royale devant un homme! Il s'agit bien plutôt de
ne pas forcer le roi à reculer devant son propre ouvrage. Que le
fondateur de la Charte en soit toujours le gardien fidèle; que ce
dépôt sacré ne cesse pas d'être l'objet du respect et de la vigilance
de cette chambre! et méprisons des insinuations perfides que
l'esprit de parti avoue, mais que la raison et l'intérêt général repoussent également.

» Je demande que, sans s'arrêter au prétendu motif d'*indignité*,
la chambre ne vote que sur la question de savoir si l'élection du
quatrième député de l'Isère est ou non valable. »

A gauche : Appuyé, appuyé! Aux voix, aux voix! —

M. Pasquier monte à la tribune.

Plusieurs orateurs sont ensuite entendus contradictoirement.
M. de Marcellus ne prononce que la conclusion d'un discours qui
a été publié depuis, et que nous rétablissons dans son entier,
parce qu'il nous paraît l'un des plus remarquables, et qu'il est
d'ailleurs nécessaire pour compléter les arguments que firent valoir
les royalistes.

Discours de M. de Marcellus.

« Si un forfait que je n'ose nommer, et dont on ne craint pas
de réveiller l'exécrable mémoire, était prêt à se renouveler pour
épouvanter encore l'univers; si les députés de la France entendaient aujourd'hui retentir dans cette enceinte l'effroyable proposition de juger et d'assassiner leur roi...... Je m'arrête...... Vous
frisonnez d'horreur!..... Hélas, Messieurs! il n'est que trop vrai!
cette supposition n'est rien moins que chimérique, et vous en
voyez en ce moment l'affreuse réalité!

» Oui, c'est souscrire au jugement et à l'assassinat de votre roi que de consentir à vous associer au régicide; car ce n'est pas l'homme ici, c'est le crime seul qu'il faut poursuivre, puisque c'est le crime qu'on vous présente, et que le crime seul est le motif de l'élection, et la vraie source des droits qu'on invoque! Je déclare aussi que c'est le crime seul que j'attaquerai; un devoir sacré et inexorable me l'ordonne. Il n'est, on le sait bien, ni dans mes mœurs, ni dans mes principes, ni dans mon caractère d'attaquer l'homme; tout homme, quel qu'il soit, est pour moi un objet de bienveillance; tout coupable, un objet de pitié.

» Mais, je le demande, serais-je observateur de mon serment de fidélité au roi, si je ne combattais de tout mon pouvoir le plus grand outrage, le plus grand attentat qui puisse être fait à la royauté? Oui, Messieurs, cet attentat est aujourd'hui soumis en quelque sorte à votre sanction; car telle est l'inévitable conséquence du choix dont on ne craint pas de vous proposer la ratification montrueuse! tel est l'égarement de la faction qui nous a conduits sur le bord de l'abîme! faction aveugle sans doute, car je ne puis croire qu'il existe des Français qui puissent de sang-froid méditer et préparer à leur pays ce déluge de calamités, de honte et de douleur!

» Oui, sous le règne de Louis XVIII, on verra cet épouvantable forfait, *le régicide*, apparaître dans sa hideuse noirceur au milieu de l'assemblée des députés de la France, pour menacer encore de ses tristes et farouches regards, et le frère de la royale victime, et sa famille infortunée, et tous les Français qu'une terrible expérience a trop bien appris à n'attendre pour eux-mêmes, après le meurtre de leur roi, que les horreurs de la guerre civile, ou la spoliation, l'exil, les fers et la mort!

» Et c'est quand la question est tout entière dans cet effroyable mot, *le régicide*, qu'on vient vous parler de vices de forme, de motifs légaux ou constitutionnels d'exclusion! Messieurs, peu m'importe que cette élection soit bonne ou mauvaise; je vous demande pour elle toute votre indulgence; je ratifie de grand cœur toutes ces prétendues illégalités; je supplée libéralement à ce qui peut lui manquer; j'accumule tous les droits sur elle; j'en fais la plus régulière de toutes les élections : mais cette élection est *régicide*...... Je recule d'effroi !...... A ce titre, et à ce titre seul, je demande au nom de la France sa nullité, et je m'oppose autant à l'allégation de tout autre motif qu'à la ratification même.

» Vous, Messieurs, députés de la France, soutiens du trône légitime, défenseurs de la vraie liberté de notre pays, conserva-

teurs de l'ordre social, pourriez-vous hésiter à déclarer nulle une
élection qui est un manifeste contre tous les trônes, toutes les
libertés, toutes les sociétés du monde! Ecouteriez-vous, dans une
question qui est celle de l'existence même de la France, d'autres
considérations que le sentiment de cette France qui vous a commis ses destinées! Craindriez-vous d'être accusés de précipitation
ou d'arbitraire, quand la moindre hésitation serait un attentat à
l'honneur de votre pays! Ah! ne redoutez pas les conséquences de
votre décision; elle ne saurait être d'un dangereux exemple. *Le
régicide! le régicide!* Une telle exception ne serait point invoquée;
cet épouvantable privilége ne sera point contesté. *Le régicide!...*
Législateurs dans les questions ordinaires, ici vous n'êtes que
Français.

» Voudrait-on vous opposer les réglements, les ordonnances,
les lois, la Charte même? Ah! il est une loi sacrée, qui a précédé toutes les lois, qui règne sur toutes les Chartes, une loi
qui dit : « Tu ne tueras point, tu ne condamneras pas l'innocent,
tu ne porteras pas une main sacrilège sur le *juste couronné.* »

» La Charte, dit-on encore, interdit *toute recherche de votes
émis.* De bonne foi, est-ce *rechercher un vote régicide,* que de
demander que celui qui l'a émis ne soit pas membre de l'assemblée des députés de la France, qu'il ne prenne point part à nos
orageux et pénibles travaux; que de se borner à le rendre aux
tranquilles loisirs de la vie privée, à ne pas lui accorder le droit
de s'occuper des intérêts de sa patrie qu'il a condamnée à mort,
à lui souhaiter le repos dont il ne nous est pas permis de jouir?
Est-ce *rechercher un vote régicide,* que d'abandonner à de salutaires remords l'infortuné qui s'en est rendu coupable, et d'espérer que la paix de la retraite appellera le repentir à son secours,
lui inspirera de meilleures pensées, et rouvrira son âme à la
vertu? La Charte interdit *toute recherche de votes émis...* Mais
commencez donc par pratiquer ce précepte avant de nous reprocher de lui être infidèles! Oui, c'est la *recherche du vote régicide*
qui a opéré cette élection; si ceux à qui ont la doit eussent obéi
à cet article de la Charte, jamais, croyez-moi, jamais un tel collègue ne nous eût été envoyé.

» On veut vous faire craindre la contre-révolution... Ah! croyez-
en du moins la conviction des révolutionnaires, la contre-révolution est faite pour eux, n'en doutez pas, du moment où la race
auguste des Bourbons a été rendue à la France; elle est faite
pour eux comme pour nous : oui, la révolution n'est plus pour
nous dès que nous voyons notre roi légitime! Tout est oublié à

cette vue chérie! Mais aussi c'est au roi légitime que ne pardonnera jamais la révolution : elle se croit vaincue, quoiqu'on fasse pour la rassurer, tant qu'elle le voit assis sur le trône de ses pères, et elle ne se reposera pas, si on lui rend des forces, que ce trône ne soit anéanti!

» Hâtez-vous, hâtez-vous de repousser, non l'homme encore une fois, qu'il faut plaindre, mais le crime qu'il faut abhorrer! Croyez-vous, si l'homme repentant eût abjuré publiquement son crime, croyez-vous qu'il eût été élu?

» Ah! tout mon cœur frémit à cette pensée! Il est donc des hommes qui trameraient encore le parricide de leur patrie! Le vœu impie du plus furieux des tyrans serait donc le vœu de quelques Français!

» A cet excès de fureur et d'audace, reconnaissez l'excès de nos malheurs et des dangers où la révolution ressuscitée a précipité la monarchie! Il en est temps encore; sauvez le roi, sa famille auguste! sauvez votre pays, vos familles! sauvez l'ordre social! sauvez-vous vous-mêmes, car tout est menacé à la fois! Que l'histoire vous doive encore une de ses plus belles pages! que l'antique patrie de l'honneur et de la fidélité soit encore absoute par vous, et reconnue innocente du plus grand des forfaits! * Votre malheureux pays vous devra plus que son existence; vous lui aurez conservé sa gloire... et son roi!

» Au nom du *sentiment national et de la dignité de la couronne*, de l'honneur, des vœux et des inconsolables regrets de la France, je demande qu'une élection qui outrage et menace à la fois le trône et l'autel, soit déclarée nulle pour la seule raison de l'adhésion donnée par la personne élue, comme membre de la Convention, au jugement et à la condamnation de Louis XVI. Je proteste contre tout autre motif allégué pour l'exclusion, comme contre l'admission même. »

Après cette longue discussion, que nous n'avons pu reproduire qu'en partie, un nouveau débat s'engagea sur la position de la question. Enfin M. de Ravez suggéra un moyen de terminer, en proposant de mettre aux voix : *Que ceux qui pensent que M.*

---

* L'orateur, dans son premier projet, terminait ainsi son discours :

« Je ne dis plus qu'un mot : Un second vingt-un janvier se prépare; députés de la France, c'est à » vous de le prévenir ! »

Trouvant ces expressions trop fortes et trop lugubres, il les remplaça par cette phrase équivalente, mais plus adoucie : « Votre malheureux pays, etc. »

Le treize février a prouvé que la première version n'eût été qu'une prophétie. (NOTE DONNÉE PAR M. DE MARCELLUS.)

Grégoire ne doit pas être admis veuillent bien se lever. La question fut en effet posée de cette manière, et admise à une grande majorité.

Les débats sur l'élection de l'abbé Grégoire attachent plus sans doute, que les discussions qui vont suivre. Mais, après avoir vu les orateurs des deux opinions principales se combattre dans une question qui sortait du cercle des délibérations accoutumées, il faut les entendre aussi exprimer leurs sentiments sur des lois qui, souvent reproduites ou modifiées, selon les circonstances, ou les dispositions des différents ministères, touchaient aux principes même de la Constitution. De ce genre sont les lois de 1820, ayant pour but de suspendre la liberté individuelle et la liberté de la presse, et de rendre les élections moins favorables à la démocratie. Les complots qui avaient éclaté, l'agitation qui régnait dans la France, et surtout l'assassinat du duc de Berri, donnèrent aux débats une vivacité particulière.

SUSPENSION DE LA LIBERTÉ INDIVIDUELLE.

Discours du général Foy. (Séance du 6 mars 1820.)

« Lorsque moins de trente-six heures après la nuit de douleur et d'effroi, j'ai vu monter à cette tribune celui des ministres de Sa Majesté, qui est chargé spécialement de faire respecter le nom français à l'étranger, j'ai supposé qu'on allait nous communiquer les mesures diplomatiques prises pour présenter à l'Europe, sous son véritable jour, un événement à jamais déplorable, et pour prémunir l'honneur de notre nation contre l'ignorance des peuples ou contre les préventions des cabinets. Mon attente a été trompée ; M. le ministre des affaires étrangères venait vous démontrer la nécessité de ne pas rester désarmé devant des opinions ; il venait vous demander des armes contre la liberté individuelle : la Charte, vous a-t-il dit, met cette liberté au nombre des premières maximes de notre droit public ; mais comme, suivant les doctrines de cette année, la Charte n'est plus qu'une loi ordinaire, qui peut se corriger et se modifier elle-même, il n'a pas hésité à vous présenter un projet d'après lequel trois ministres peuvent, au mépris de la Charte, arrêter les Français et les enfermer dans des prisons rapprochées ou lointaines, sans que l'action des tribunaux justifie ou limite leur détention. Ces rigueurs physiques tomberont sur tout citoyen qu'il aura plu à l'autorité de flétrir en le signalant comme prévenu de complots ou même de machinations non-seulement contre la personne du roi, et contre les princes de la famille royale, mais encore contre la sûreté de l'Etat.

» Ainsi l'attentat sur lequel la France entière gémit, fournit l'occasion d'attenter à la liberté de la France entière! Cet exécrable attentat, ce sont les ministres qui en font la question, ne se lie-t-il à aucun complot? Tout ce qui a transpiré jusqu'à ce jour des détails de l'information, tend à établir la négative : au défaut de renseignements juridiques, l'étude philosophique de l'organisation des êtres, d'accord avec les témoignages de l'histoire, vous aurait dit que les monstres marchent seuls dans la nature.

» Mais en supposant que l'assassin ait eu des complices, en admettant comme un fait prouvé l'absurde hypothèse d'une vaste conjuration prête à éclater à la fois sous des noms et par des moyens différents, contre tous les trônes européens et contre l'ordre social actuellement existant, vivons-nous dans un pays où la société ne renferme pas en elle-même des éléments de conservation, où la puissance publique se présente sans bouclier et sans glaive?

» Non, Messieurs, nos codes sont là pour attester le contraire ; ils nous ont été donnés par un maitre absolu et ombrageux, qui, dans sa vie active, avait passé plus d'une fois à côté du poignard : aussi de quelles précautions le pouvoir ne s'y est-il pas entouré! Voyez à combien de fonctionnaires, tous, depuis le garde-champêtre jusqu'au préfet, nommés par l'autorité exécutive, et révocables à sa volonté, votre code d'instruction criminelle a confié la police judiciaire; voyez, dans le cas où cette police, préventive de sa nature et toujours en action, viendrait à sommeiller, voyez comme l'article 235 donne à la ferveur des cours royales une latitude extra-constitutionnelle, qui les transforme, de tribunaux rendant la justice, en magistratures suprêmes appelées à l'administrer ; voyez, au chapitre 7 du livre 1er, avec quelle prodigalité et quelle inévitabilité se lancent et arrivent les mandats de comparution, d'amener et de dépôt, et même le mandat d'arrêt, lorsque le fait dénoncé au juge d'instruction emporte peine afflictive ou infamante, ou seulement emprisonnement correctionnel! Cherchez où sont les limites assignées à la durée de la plupart des entr'actes de la procédure, et calculez combien de temps peut se prolonger, sans enfreindre la lettre de la loi, la détention d'un prévenu ou d'un accusé, même quand il se présente de fortes probabités en faveur de son innocence. Ouvrez le code pénal, considérez jusqu'à quel point le législateur a étendu les caractères de culpabilité et de complicité au sujet des attentats et des complots dirigés contre le roi et sa famille. Dans cette matière, le complot formé n'est-il pas assimilé à l'attentat? La simple proposition faite et non agréée de former un complot, ne constitue-t-elle pas à elle seule un crime que l'article 90 punit de la réclusion s'il s'agit de la personne du roi, et du bannissement s'il s'agit d'un prince? Les articles 104 et 105 ne prononcent-ils pas la même peine, et une autre presque aussi rigoureuse pour le seul fait de non révélation? Enfin l'article 106 ne dit-il pas textuellement que celui qui aura eu connaissance desdits crimes ou complots non révélés, ne sera point admis à excuse sur le fondement qu'il ne les aurait point approuvés, ou même qu'il s'y serait opposé, et aurait cherché à en dissuader leurs auteurs?

» Votre commission d'examen savait tout cela beaucoup mieux que moi; aussi a-t-elle dénaturé le projet de loi par les amende- ments dont elle l'a surchargé; je rends justice à l'esprit de con- ciliation qui a dicté son rapport, mais j'aurais mieux aimé qu'elle abordât la question franchement. Si des mesures d'exception modérées et temporaires peuvent, entre mille chances, offrir une garantie de plus pour la sûreté du monarque et de son auguste famille, il faut les voter de cœur et de confiance; si au contraire, elles n'ont pour objet que de servir des combinaisons ministérielles, il faut les rejeter avec horreur.

» Ici, Messieurs, je demande à votre bonne foi si c'est le crime et les hommes prêts à le commettre que l'on veut atteindre, quand on vous demande l'autorisation de ne jamais traduire en justice ceux qui auront été arrêtés?

» Je conçois que les ministres, frappés au cœur, comme tous les bons Français, d'un coup imprévu, aient demandé à nos institutions nouvelles un compte sévère de leur influence sur la société; je conçois qu'ils aient interrogé la loi qui régit la presse, sur l'efficacité de ses moyens de répression, de la même manière qu'à une autre époque, et dans un autre état de civilisation, on aurait pu s'en prendre à la loi qui aurait mal réglé l'exercice des cultes, ou à celle qui aurait autorisé des rassemblements armés.

» La sollicitude du gouvernement sur ce point me paraît natu- relle et louable, parce que la faculté de parler en même temps à un grand nombre d'hommes par écrit ou de vive voix, peut facilement devenir offensive; mais la liberté individuelle, rétrécie comme elle l'est par la sévérité de notre législation et par nos habitudes de police, ne peut rien pour l'attaque; c'est tout au plus si elle suffit à la défense : elle constitue un droit dont il est dangereux pour tous qu'un seul soit privé ; elle devient un besoin plus impérieux, alors que les passions sont plus effervescentes. Cette vérité pour moi est d'une telle évidence que, si la liberté individuelle se fût trouvée suspendue au moment de l'assassinat de monseigneur le duc de Berri, j'aurais regardé le rapport de la loi suspendue comme une mesure politique bonne à adopter dans la circonstance, en ce sens qu'elle eût été de la part du monarque un témoignage de confiance donné à la nation, sans manquer aux prescriptions d'une prudence nécessaire.

» Les conseillers de la couronne en ont jugé autrement : le sujet est trop grave et la position trop délicate pour que je me permette de leur en adresser des reproches directs ; mais je ne peux m'empêcher de gémir sur le penchant qu'a dans ce pays l'administration à distraire les citoyens de leurs juges naturels. Personne n'essaie d'introduire dans nos lois des priviléges ou des classements fondés sur la naissance, parce que tout le monde connaît la passion de notre peuple pour l'égalité ; mais ce peuple a rarement joui des douceurs de la liberté constitutionnelle ; on le sait, et on voudrait se prévaloir des exils et des prisons d'état de l'Empire pour continuer à marcher dans un chemin battu ! Et de ce que les Français supportèrent longtemps l'arbitraire sans se plaindre, on est porté à conclure qu'ils l'endureront toujours !

» C'est une grave erreur, Messieurs ; ceux qui la commettent ne mesurent pas l'intervalle qui sépare les temps et les situations ; ils ne tiennent pas compte de la différence qui existe, sous le rapport de la nature du pouvoir et des dispositions des sujets, entre ce qui était il y a dix ans, et ce qu'on veut nous donner aujourd'hui, entre le despotisme constitué et un régime d'exception.

» Dans la France du dix-neuvième siècle, la condition nécessaire du despotisme, était que le despote promenât la nation de prodige en prodige ; et encore fallait-il, pour garantir au pouvoir absolu une existence précaire, que le calme que l'on prend trop souvent pour l'ordre, fût pour les Français une espèce de dédommagement de la liberté dont on les avait dépouillés : l'action du gouvernement, partant d'un point fixe, commençait, se développait et finissait au signal du maître, sans qu'on eût à craindre les petites passions des subalternes. Dans ce temps-là, l'éclat de notre gloire extérieure avait fasciné les yeux, si bien qu'on ne s'étonnait pas de voir appliquer à une œuvre d'iniquité et de ténèbres l'appellation pompeuse de haute police.

» Aujourd'hui, Messieurs, que le fracas des armes n'étourdit plus cette nation sur le sacrifice de ses droits individuels, on ne fera plus, on ne pourra plus faire que de la basse police : les auteurs de la mesure proposée l'ont senti, car ils ont eu la pudeur de ne pas insérer dans les dispositions actives du projet le nom sacré du roi, et de laisser peser tout l'odieux des lettres de cachet sur les ministres qui les signeront. Mais ce n'est pas assez ; la puissance constitutionnelle du monarque remplit la cité pour y être l'organe impassible de la loi. Que si, dérogeant à la nature des choses, vous attribuez aux fonctionnaires des différents ordres un pouvoir qui ne résulte pas de leur institution légale, ne vous flattez pas que ce pouvoir d'emprunt sera exercé dans une mesure donnée et suivant une direction convenue ; vos sous-ordres feront plus, feront moins, feront autrement que vous n'aurez voulu, et malgré vos efforts de surveillance, leur arbitraire, varié sous mille formes, viendra en mille occasions se mettre à la place de votre arbitraire.

» Qu'on ne vienne pas nous dire que le despotisme temporaire ne sera pas tracassier, parce que les ministres s'en réserveront le monopole! C'est chose impossible dans l'exécution ; il faudra bien que le gouvernement, s'il veut user de l'arme qu'on lui aura confiée, sache sur qui diriger ses coups. Voyez à l'instant arriver de partout la troupe des délateurs! Voyez pleuvoir à l'envi les dénonciations officielles et les renseignements officieux! Ignorez-vous donc, Messieurs, que les souvenirs de 1815 vivent encore dans toutes les âmes, et que les haines sont mille fois plus actives aujourd'hui qu'elles ne l'étaient à cette époque? Vous chercheriez en vain dans les départements un homme marquant, un fonctionnaire municipal, un juge qui n'ait pas fait hautement sa profession de foi politique ; chaque ville, chaque bourgade a son côté droit et son côté gauche : le parti du milieu, sur l'ampleur duquel on fondait naguère tant d'espérances, va chaque jour s'affaiblissant, et vos lois d'exception forceront infailliblement ce qui en reste à chercher dans des coalitions d'intérêts et de vœux les garanties que la Charte déchirée ne pourrait plus offrir à personne.

» On a répandu, et vous venez d'entendre ce qu'on a dit à votre tribune, que le projet était fait spécialement pour la ville de Paris, et que, loin de décimer par des emprisonnements la population des départements, on voulait la renforcer, par la voie de l'exil, des individus dont le gouvernement jugerait la présence dangereuse dans la capitale. Ainsi, Paris, ce grand foyer de la civilisation européenne, serait seul mis hors la loi! Et ceci s'adresse non à telle ou telle opinion, mais à la pensée humaine, quelque forme qu'elle revête. Du moins, pendant les autres persécutions, c'était à Paris que les persécutés venaient chercher un asile.

» Mais je ne veux qu'effleurer une supposition peut-être gratuite. La loi proposée s'applique dans sa contexture à l'universalité de la France : c'est à l'esprit public de la France que je demanderai ce qu'il en adviendra.

» Au temps où la nation marchait à la conquête du monde, disciplinée et compacte comme un bataillon, presque tous, les uns sans le savoir, les autres sans le vouloir, avaient renoncé à leur individualité, et le bras du pouvoir ne saisissait que ceux qui, s'échappant des rangs, essayaient de faire route à rebours du mouvement imprimé. Depuis la mise en action du gouvernement représentatif, nous avons tous vécu de la plénitude de la vie sociale ; chacun de nos citoyens s'est cru comptable envers son pays de sa pensée tout entière : celui-ci a entrepris, dans des journaux ou des brochures, l'éducation du genre humain ; et les journaux et les brochures de toutes les couleurs ont trouvé des lecteurs exclusifs et passionnés, prompts à abaisser leur entendement devant les prétendus oracles de la sagesse : celui-là a jugé qu'il pouvait, avec quatre-vingt mille de ses compatriotes, et au risque de déplaire à son maire et même au sous-préfet, porter à la chambre des députés l'expression d'un vœu de conservation et de paix, et il croirait encore avoir fait une bonne action, si cette assemblée ne lui avait démontré, à la majorité de cinq voix, qu'il était dans l'erreur : cet autre, lorsque nous possédions une loi d'élection en parfaite harmonie avec la Charte et avec l'état réel de notre société, pensait user de son droit en provoquant une masse de suffrages en faveur de l'éligible qu'il regardait comme le plus propre à faire le bien du pays : tel, dans nos procès fameux, prit parti pour des accusés qu'il avait supposés innocents, et qui furent reconnus coupables : tel, appelé aux nobles fonctions de juré, prononça un verdict qui mécontenta le pouvoir. Et qui sait si les lettres de cachet n'atteindront pas le juge au moment où il descendra de son tribunal ? N'arracheront-elles pas à une honorable candidature le citoyen que l'opinion publique désignait pour les fonctions législatives ? Et vous-mêmes, Messieurs, rentrant par la dissolution de la chambre dans le droit commun, ne serez-vous pas exposés à payer de votre liberté l'indépendance de vos opinions et la franchise de vos discours ?

» Il est impossible, Messieurs, que le projet ministériel n'ait pas été conçu dans la sinistre prévoyance de toute l'extension dont il est susceptible.

» Mais ce qui m'importe à moi, chargé de concourir à la confection des lois, ce n'est pas l'usage qu'on veut, mais bien l'usage qu'on peut en faire. Qui me dit que les ministres du roi sentiront et penseront demain comme ils sentent et pensent aujourd'hui? Qui garantit que leurs successeurs suivront les mêmes errements? Qui peut répondre que tel promoteur de l'arbitraire n'en deviendra pas la première victime!

» L'honorable député qui m'a précédé à cette tribune, disait dans votre commission d'examen, dont il était membre, que s'il eût été romain, il aurait peut-être confié un pouvoir discrétionnaire à Cicéron, mais qu'il se serait bien gardé de le remettre à Catilina. Hé bien, Messieurs, je prends pour mon compte cette déclaration, parce qu'elle tranche la question qui nous occupe. Jamais homme raisonnable ne mettra la liberté à la merci de Catilina; et, quant à Cicéron, s'il eût accepté, pour la nuit célèbre où il sauva la République, un pouvoir susceptible de dégénérer en tyrannie, il s'en fût dépouillé dès le jour suivant; car l'arbitraire répugne au cœur d'un honnête homme.

» D'autres orateurs remarqueront sans doute la simultanéité du projet de loi avec deux autres projets, l'un pour diriger les journaux, l'autre pour maîtriser les élections, et ils verront dans cette combinaison la ruine prochaine de toutes nos libertés : je leur laisse ce champ à parcourir. Mais avant de finir, permettez moi, Messieurs, d'offrir à votre méditation un rapprochement historique que vos cœurs ne repousseront pas.

» Quand le bon roi Henri IV tomba sous le poignard d'un assassin, il y avait quatorze ans que le royaume était rentré sous son obéissance; mais il n'y avait que quatre ans que les moines et la plupart des curés de Paris permettaient qu'on priât dans leurs églises pour le Béarnais. Le vieux levain de la ligue fermentait encore dans les esprits de la multitude; presque chacune des années précédentes avait vomi son Louvel, et le crime fut consommé au moment où le roi allait partir pour se mettre à la tête de la ligue des princes protestants d'Allemagne, ce qui, dans les idées du temps, équivalait à faire la guerre au pape et à la religion catholique; aussi que de calomnies, que d'affreuses conjectures engendra le forfait de Ravaillac! On incrimina surtout les maximes régicides qu'on prêtait à certaines congrégations religieuses; quelques-uns soupçonnèrent les protestants d'avoir tué le prince qui avait abandonné leur croyance; d'autres voulurent voir dans l'attentat l'explosion d'un complot de la haute aristocratie contre le monarque qui avait régné dans l'intérêt de tous.

» Cependant la sagesse des conseils de Henri-le-Grand lui avait
survécu. On ne proscrivit pas les prédicateurs, et l'on ne défendit
pas les prédications, qui étaient alors un besoin pour le peuple,
sous le prétexte qu'elles avaient allumé le cerveau d'un fanatique ;
la reine régente renouvela l'édit de Nantes en faveur des protestants ; d'odieux soupçons furent repoussés par le gouvernement,
comme ils l'étaient par la conscience publique. C'est surtout à
cette conduite, à la fois politique et loyale, que la France a dû,
pendant la minorité de Louis XIII, de conserver intacte et inébranlable la fidélité des peuples, au milieu des secousses données à
la monarchie par l'ambition des grands. Bientôt après, l'autorité
royale s'est élevée à un degré de puissance dont notre histoire
n'avait pas encore offert d'exemple ; enfin la maison de Bourbon
a brillé pendant près de deux siècles d'un éclat, qui, après avoir
été déplorablement obscurci à la fin du dernier siècle, vient de se
raviver sous nos yeux par l'alliance des droits antiques du trône
avec la liberté moderne.

» Un petit-fils de Henri IV nous a été enlevé, qui lui ressemblait
d'inclination et de cœur ; comme son immortel aïeul, il a reçu le
coup de mort de la main d'un fanatique. Aussitôt ont retenti des
cris de vengeance que la douleur n'avait pas inspirés ; des factieux,
répudiés par les hommes de toutes les opinions qui ont le cœur
français, ont voulu rendre la nation complice d'un crime solitaire :
n'en a-t-on pas entendus qui s'efforçaient à déverser le soupçon
jusque sur les vieux défenseurs de la patrie ! Ils ne savent donc
pas, les insensés ! que du cœur d'un soldat peut jaillir la colère,
mais jamais la traîtrise ! Ils ne savent pas que les braves s'entendent et se devinent, et que c'était particulièrement sur le plus
jeune des fils de notre roi que nous comptions pour les jours du
danger, comme lui-même avait compté sur nous !

» Il appartient à la sagesse des chambres de défendre, contre la
rage des partis, un trône que le malheur a rendu plus auguste et
plus cher à la fidélité : craignons, Messieurs, en faisant une loi
odieuse sans être utile, de remplacer la douleur publique par
d'autres douleurs qui feraient oublier la première ! Le prince que
nous pleurons pardonnait en mourant à son infâme assassin... Oh !
comme son âme généreuse se fût indignée s'il eût pu prévoir les
angoisses de l'innocent ! Faisons, Messieurs, que le profit d'une
mort sublime ne soit pas perdu pour la maison royale et pour la
morale publique. Que la postérité ne puisse pas nous reprocher
qu'aux funérailles d'un Bourbon la liberté des citoyens fut immo-
lée pour servir d'hécatombe ! La raison d'état le défend, l'honneur

français s'en irrite, la justice en frémit! Je vote le rejet du projet de loi. »

Fragment du discours de M. Benjamin-Constant.

M. Benjamin-Constant parle dans le même sens que le général Foy. Sur la fin de son discours, il cherche à effrayer la chambre par la peinture des maux, qui, selon lui, menacent les citoyens, si on adopte la loi.

« Messieurs, si je votais cette loi, je ne jouirais plus d'un instant de repos; je verrais toujours autour de moi l'image des malheureux peut-être innocents, que mon vote aurait livrés à des tourments destructifs de leur fortune, de leur facultés morales ou de leur vie; et si, par une combinaison incroyable, une autre loi, tuait à la même époque la publicité, l'ignorance où je serais du nombre de mes victimes, doublerait mon angoisse et mes remords. (*Vive sensation.*)

» Mais, vous dit-on, le rapport que les ministres devront mettre sous les yeux des chambres, les contiendra dans de justes bornes, jusqu'à la prochaine session.... Eh! savons-nous quelles chambres aura la France à la session prochaine? Je ne veux point anticiper sur les discussions qui se préparent; mais daignez peser cette considération; réfléchissez aussi à l'effet que la loi qui vous est soumise aura peut-être sur les élections mêmes.

» J'ai lu dans un opinion célèbre d'un noble pair, qu'en 1816 le ministère, pour influer sur les choix, ouvrit les prisons, et remit en liberté beaucoup d'électeurs détenus en vertu de la loi du 29 octobre. Ce qu'on obtint alors, si le fait est vrai, par des mises en liberté, ne pourrait-on pas l'obtenir par des arrestations à une autre époque?

» Messieurs, la loi qu'on vous propose est la ruine non-seulement de la liberté, mais de la justice et de la morale, du crédit, de l'industrie, de la prospérité de la France! Il n'est aucune vertu qui ne soit dégradée, aucun intérêt qui ne soit froissé par une loi pareille. Quand j'entends des hommes qui peut-être se préparent à voter pour cette loi, parler de puissance paternelle, de sainteté du mariage, de nécessité des liens domestiques; quand j'en entends d'autres parler de spéculation et de commerce, je reste stupéfait de leur aveuglement!

» La puissance paternelle! Mais le premier devoir d'un fils est de défendre son père opprimé; et lorsque vous enlevez un père du milieu de ses enfants, lorsque vous forcez ces derniers à garder un lâche silence, que devient l'effet de vos maximes et de vos codes, de vos déclamations et de vos lois?

» La sainteté du mariage! Mais, sur une dénonciation ténébreuse, sur un simple soupçon, par une mesure prise par des ministres, avec la précipitation des affaires et l'insouciance dédaigneuse du pouvoir, on sépare un époux de sa femme, une femme de son époux!

» Les liens domestiques! Mais la sanction des liens domestiques, c'est la liberté individuelle, l'espoir fondé de vivre ensemble, de vivre libres dans l'asile que la justice garantit aux citoyens!

» Le crédit, le commerce, l'industrie! Mais celui que vos ministres arrêtent, a des créanciers dont la fortune s'appuie sur la sienne, des associés intéressés à ses entreprises. L'effet de sa détention n'est pas seulement la perte momentanée de sa liberté, mais l'interruption de ses spéculations, peut-être sa ruine! Cette ruine s'étend à tous les copartageants de ses intérêts : elle s'étend plus loin encore, elle ébranle toutes les sécurités. Lorsqu'un individu souffre, sans avoir pu démontrer son innocence, et sans avoir été convaincu d'un crime, tous se croient menacés et avec raison, car la garantie est détruite : on se tait, parce qu'on a peur; mais toutes les transactions s'en ressentent. La terre tremble, et le sol ébranlé ne menace pas moins, songez-y, le palais des gouvernants que la chaumière des opprimés!

» J'ai dû parler ainsi, Messieurs, parce que c'est ainsi que je pense, et j'ai eu encore un autre motif pour dire ma pensée.

» J'ai toujours regardé, comme méritant d'être envié, le sort des amis de la liberté, qui lors du commencement des fureurs révolutionnaires ont été les premiers frappés; cette destinée les a préservés d'être les témoins d'autres fureurs encore plus affreuses. Le sort de ceux qui seront les premières victimes de la contre-révolution, si elle s'opère, me semblerait également digne d'envie; ils ne verront pas cette contre-révolution dans toutes ses horreurs!

» Messieurs, deux routes vous sont ouvertes. Depuis deux ans, lors même que les ministres se sont égarés, les représentants de la Nation ont marché dans la ligne constitutionnelle : voudrez-vous en sortir? voudrez-vous rentrer dans les lois d'exception? La Convention, le Directoire, Bonaparte ont gouverné par des lois exceptionnelles : où est la Convention? où est le Directoire? où est Bonaparte?

» Je vote le rejet des deux projets, tant de celui des ministres que de celui de la commission. »

Discours de M. Lainé. (Séance du 9 mars.)

« Messieurs, il a toujours été facile, en faisant abstraction des
dangers de la société, de jeter de l'odieux sur les opinions qui
demandent des restrictions à la liberté individuelle : mais les esprits graves savent bien que, lorsque la société est compromise,
les libertés individuelles disparaissent bientôt avec la liberté
publique : aussi ne s'affectent-ils ni des accusations ni des menaces, et, convaincus que, dans l'impuissance des lois ordinaires,
il est sage de donner à l'autorité un pouvoir plus protecteur, ils
n'hésiteront pas à voter pour une loi qui, au fond, n'a pour but
que de mieux défendre la liberté de tous contre les violences et
les attentats de quelques-uns.

» Dans les états où des lois conformes à la dignité de l'homme
ont duré le plus longtemps, la prévoyance des législateurs avait
permis de recourir dans les grandes crises à des remèdes extraordinaires et passagers, dans la vue de préserver la Constitution
même. Il ne serait pas mal aisé de prouver, l'histoire à la main,
qu'en beaucoup de pays la liberté publique a péri faute d'une
ressource semblable : en effet, lorsque ces remèdes extraordinaires sont indispensables pour la conservation, les gouvernements
ne manquent pas de suivre l'instinct qu'ont les individus pour
leur propre salut, et alors, s'emparant d'eux-mêmes par nécessité
de ces moyens extraordinaires, ils gardent pour toujours ce pouvoir mêlé d'arbitraire que la législation a eu l'imprévoyance de
ne vouloir pas confier pour un temps déterminé.

» Cette réflexion, déduite de tant d'exemples anciens ou vivants,
et qui repose sur les maximes de notre plus grand publiciste, sert
à répondre à la fois à la double objection prise de ce que la loi
proposée est contraire à la Charte, et met pour ainsi dire le royaume en interdit.

» Ceux qui renouvellent sans cesse ce reproche, savent bien
que la Charte a voulu et dû vouloir se préserver elle-même, et
conserver ce qu'elle a reconnu de préexistant, ce qu'elle a consacré, ce qu'elle a établi ; ils connaissent mieux que moi les exemples et les faits historiques; ils n'ignorent pas que partout où la
loi a demandé un pouvoir temporaire de plus, ce n'était pas
pour accuser ou accabler la nation, mais pour la sauver des perturbateurs. Aussi ne cesserai-je de leur répondre : il s'agit de
préserver nos institutions, nos libertés, en donnant plus de force
à l'autorité spécialement chargée de les conserver et de les trans-

mettre ; il s'agit de conjurer des dangers contre lesquels les lois ordinaires seraient insuffisantes. Si c'est là, Messieurs, la véritable question, la bonne foi nous mettra aisément d'accord, car tout consiste alors à rechercher si les dangers publics exigent un remède extraordinaire.

» Aux frayeurs qu'on démontre, on dirait qu'il est question d'incarcérer toute la nation, et qu'au nom de la couronne on va ourdir une vaste conjuration contre tous les Français ; et cependant c'est la couronne qui est menacée, c'est la couronne qui a été frappée d'un coup si rude que la douleur publique semble vous supplier de la mieux défendre dans l'intérêt de toute la France !

» Une stoïque impassibilité vient de nous dire que la douleur a aussi son délire, et peut en législation être une mauvaise conseillère. Je ne le contesterai pas, mais je prie cette impassibilité de reconnaître avec moi que la douleur publique doit au moins attirer l'attention sur l'état du pays, et surtout que la cause de cette douleur est à considérer pour la loi, si cette cause devient le symptôme d'un grand péril et signale des dangers imminents. Or, Messieurs, j'ose soutenir que le caractère profond du crime qui a ému la France, les circonstances qui l'ont précédé et les malheurs probables qui peuvent en dériver, doivent être combinés par l'anxiété de vos esprits, et nous porter à donner plus de pouvoir au gouvernement. Cette combinaison est pour moi l'enquête qu'on demande.

» On se complaît à dire que c'est le fanatisme politique qui a conduit l'assassin. Hé bien, s'il est vrai que tous les genres de fanatisme s'exaltent ou s'aigrissent dans la solitude, il est encore plus certain que cet affreux sentiment ne s'empare de l'âme qu'à la suite des discours, des écrits, des imprécations qui le soufflent ! Il y a donc des bouches, il y a donc des écrivains qui ont répété à Louvel que les Bourbons étaient des tyrans, et qu'il était beau, comme il s'en vante, de délivrer son pays de tels ennemis ! Il y a donc des hommes qui professent les principes dont l'assassin a tiré les horribles conséquences ! Il y a donc des esprits infernaux qui ont répandu et qui répandront en d'autres âmes ces homicides imprécations, car ce serait grand hasard qu'elles ne formassent qu'un seul élève. Aussi le dernier historien de Henri IV, qui rapporte des crimes semblables, nous apprend-il que *ces fanatiques d'État sont bien plus nombreux qu'on ne croit !* [*]

» La profonde méditation du crime n'a échappé à personne :

---

[*] Anquetil, règne d'Henri IV.

ce n'était pas un seul homme que l'assassin a voulu immoler ; c'est
une race qu'il a voulu éteindre ; et, quoique les probabilités de la
vie humaine ne promettent pas à cette auguste race une longue
durée, le temps a paru encore trop long, et le même bras s'était
chargé d'anticiper l'œuvre trop lente de la mort naturelle! Il y
avait des poignards destinés pour tous les autres princes! N'est-
ce pas là, Messieurs, un crime de génie, et croyez-vous qu'un
garçon sellier en eût seul prémédité la profondeur et calculé les
suites?

» Toutes les causes qui ont inspiré le crime sont encore vi-
vantes : elles sont pleines d'activité! La haine et la fureur qui ont
forgé le poignard de Louvel sont-elles apaisées? Il l'a trempé, il
est vrai, dans les eaux froides de la politique et de l'athéisme, qui
promettent le néant au crime et au criminel ; mais le cours de
ces eaux est-il desséché? Ne grossit-il pas au contraire tous les
jours? Ne devient-il pas un torrent propre à transformer en
poignards animés les hommes qui s'y plongent ou qu'on y plonge
tous les jours? (*Vive sensation.*)

» Il est donc vrai de dire que le caractère seul du crime est
pour la société d'un symptôme effrayant, qu'il révèle des périls
étranges, qu'on ne peut conjurer que par des lois plus puissantes!

» Mais ce crime n'a fait que frapper plus fortement nos esprits
des dangers qui nous menacent : avant qu'il eût désolé la France
et effrayé l'Europe, le vénérable monarque qui pleure le dernier
espoir de sa race ne nous l'avait-il pas pour ainsi dire prédit deux
fois! Et quand il proposait de mettre une digue à ces principes
qui ont rempli le monde de tant de sang et de tant de larmes, et
quand il nous confiait naguère des alarmes plus vives et plus ré-
centes, sa voix altérée, en nous disant que les factions avaient
déposé le masque, nous avertissait des dangers que courait sa
couronne, ou plutôt, comme il parlait, sa patrie! et certes je ne
crois pas que depuis ces périls se soient évanouis. Quelle est la
cause de cette sorte de terreur royale, qui ne faisait trembler le
monarque que pour la France, que pour la Nation elle-même? Elle
n'est pas, Messieurs, difficile à découvrir.

» En moins de deux ans, nous avons vu s'écrouler au milieu
de nous, et l'empire, qui avait créé tant d'intérêts, tant d'ambitions, tant d'espérances, et le bas-empire, qui, se méfiant de la
gloire même, a soulevé les discordes assoupies, et semé partout la
défiance et la haine. Si deux grandes abdications ont eu lieu,
comme pour compromettre les peuples et les surprendre, la vengeance n'a point abdiqué ses fureurs, l'ambition ses projets, la

politique ses systèmes, alors même imprudemment évoqués ; elles ont gardé leurs moyens de nuire, elles ont répandu au-dedans et au-dehors leurs craintes simulées, leurs espérances réelles : tantôt elles ont dit clandestinement que les Bourbons étaient incompatibles avec la France ; tantôt elles l'ont déclaré publiquement ; elles répètent sans cesse que la gloire nationale en est flétrie, signalant ainsi aux poignards des Louvel les Bourbons comme des tyrans, comme des ennemis de notre patrie ! Ces passions haineuses ne se sont pas amollies devant une clémence ineffable ; car, se jouant de cette divine vertu comme d'une faiblesse, elles l'ont nommée fille de la peur, et y trouvent de nouvelles raisons de maudire et de se venger.

» Malgré ces sinistres augures, le roi et les chambres n'ont pensé qu'à donner à la France des lois généreuses et confiantes ; et voilà que ces mêmes passions s'en sont emparées comme d'armes légales pour renverser ! Se réjouissant peut-être de n'avoir pas besoin d'autant de crimes à commettre, elles ont pris le masque de la liberté pour arriver plutôt et plus sûrement par la licence au despotisme qu'elles regrettent. Dégagées de faibles entraves que la presse avait encore, elles se sont servi de cette belle invention dont le ciel avait fait présent à la terre dans un autre dessein ; elles s'en sont servi pour évoquer toutes les furies ! Par leur secours, les fictions du chantre d'Henri IV sont devenues des réalités ; la discorde a eu des ailes visibles et plus rapides, et, des Colonnes d'Hercule au Finistère, soufflant partout le mépris de tout ce qui fut sacré, la haine pour tout ce qui est grand parmi les hommes, l'indépendance contre toute autorité, contre les lois mêmes, elle a créé d'autres Jean Châtel, d'autres Ravaillac, et en a déjà lancé un près du trône.

» S'il est vrai que ce monstre ait jusqu'à présent marché solitaire, ses desseins n'en ont pas moins été enfantés par des causes toujours fécondes et prêtes à produire de semblables monstres ; aussi ne serions-nous pas rassurés quand bien même, ce que j'ai peine à croire, le crime de Louvel serait un crime isolé. M. le Ministre de l'intérieur, qui n'a pu lever le voile dont le devoir couvre l'instruction criminelle, nous a révélé assez de faits, donné assez de renseignements pour nous convaincre que, si l'assassin n'a pas de complices immédiats, il peut avoir des imitateurs ; pour nous persuader que d'autres complots se méditaient ou se préparent ; et, dans la situation des choses, des esprits en France et en Europe, je serais bien plus étonné de ne pas être témoin de grandes perturbations, que de voir régner l'ordre, la paix et la liberté sous l'abri des lois ordinaires !

» Comment ne serais-je pas ainsi affecté? Tout ce qui se débite des deux parts à cette tribune depuis trois jours est sinistre ; on dirait que nous avons pris à tâche de prouver au monde que notre situation est périlleuse, que le danger est imminent, s'il n'est promptement conjuré. N'avons-nous pas entendu un orateur opposé à la loi, déclarer que *la terre tremble,* et que la contre-révolution nous menace d'un prochain bouleversement? Ce n'est pas sans doute contre l'autorité royale, qu'il forme une pareille accusation ; le peuple français ne l'en soupçonne pas, et si vous pouviez lui faire ajouter quelque créance à ce danger-là, c'est alors surtout qu'il vous prierait d'armer l'autorité royale, en laquelle il se repose, afin de lui éviter ce malheur.

» Mais l'orateur était agité d'une terreur imaginaire ; il se trompait : ce n'est pas la terre qui tremblait : ce n'était que la tribune, étonnée de ce qu'il disait !

» Oui pourtant la terre a tremblé ! Mais il y a près de trente ans, lorsque les secousses de la révolution ont aplani des montagnes et renversé les colonnes de l'ordre social ; depuis lors le sol et la société ont pris une autre assiette, et la main de Dieu même ne lui restituerait peut-être pas son ancien état par un *nouveau cataclysme.*

» C'est avoir une folle espérance dans la crédulité des hommes que de leur dire que les trois projets de loi peuvent avoir cet épouvantable effet. Demander pour quelques mois des restrictions à la liberté individuelle, comme on le fait ailleurs, comme on le fait ici pour de moindres périls, les demander à la loi, à vous-mêmes, au vu et au su de la nation, ce n'est pas demander un instrument de contre-révolution.

» Proposer de modérer pour quelque temps la partie la plus active de la liberté de la presse sans mettre aucune entrave au génie, ou même à l'esprit, ce n'est pas demander qu'on étouffe la raison ou qu'on éteigne les lumières : c'est essayer d'en jouir en se préservant de l'incendie.

» Non, ce n'est pas vouloir un instrument de contre-révolution que de laisser subsister la loi du 5 février, en facilitant aux électeurs la faculté de voter dans les arrondissements, en ajoutant les moyens désirés par vous-mêmes d'agrandir la représentation, d'empêcher la puissance incontestable qui s'est formée de rendre la loi actuelle un instrument de partialité, d'exclusion, et peut-être de proscription ! (*Mouvement.*)

» Oh ! vous le savez bien, ni ces moyens légaux ni d'autres ne peuvent ramener en France ce que vous appelez la contre-révolution, car c'est peut-être la seule espèce de révolution qui soit impossible parmi nous. Je ne vous fatiguerai pas, Messieurs ; je ne vous affligerai pas par de fâcheux augures sur la nature des révolutions ou des malheurs publics dont notre pays peut être menacé ; le patriotisme les démêle, et mille symptômes les lui font pressentir. Je n'avais d'autre tâche à remplir aujourd'hui que de montrer que l'état de la nation, les malheurs éprouvés et les dangers évidents justifient la loi proposée.

» Toute imparfaite que soit l'esquisse que je vous ai présentée de la situation de notre patrie, est-il un citoyen de bonne foi qui puisse dire que les mêmes causes qui ont armé une main parricide, n'en trouveront pas une seconde, une troisième, et que, sous d'autres rapports, la France n'est pas exposée à des troubles, à des dangers contre lesquels il est urgent d'armer l'autorité publique !

» Ah ! Messieurs, nos scrupules font sourire de pitié les hommes qui, soit en prenant les lois pour instruments, soit en les brisant, méditent des complots et des conspirations ; ce sont eux seuls qui songent à tirer parti d'un horrible attentat. Ce crime, qu'ils appellent aussi un crime de génie, n'est pas à leurs yeux, celui-là, une *faute* inutile ; c'est un crime d'exception, dont notre devoir nous oblige à prévenir les suites, à dissiper les causes par quelques lois d'exception, qui, pour avoir ce nom, n'en sont pas moins des lois, et des lois salutaires.

» Qui aura maintenant le courage de nous parler du code pénal et du code d'instruction criminelle comme de barrières suffisantes autour du trône et de nos institutions? Qui ne sait que, dans les temps où nous sommes, les factions vigilantes épient sans cesse les endroits faibles des lois pour se frayer le chemin de l'impunité, même en arrivant à leur but? Qu'il me soit permis de dire à l'éloquent général qui propose à la couronne deux codes pour des retranchements inattaquables, que, comme l'art d'attaquer les places fortes a fait plus de progrès que celui de les défendre, de même l'art d'ébranler les trônes, qui croulent depuis trente ans, est bien mieux entendu que l'art de les conserver. S'il se pénètre de cette vérité, il sera le premier à penser que, lorsque le trône de France, qui le compte parmi ses défenseurs, est assiégé de toute part, il est juste de lui donner de plus grands moyens de résister, parce que ce trône est aussi un des remparts de nos institutions.

» La justice et les lois ordinaires semblaient lui présenter encore une suffisante sécurité, et pourtant on ne craignait pas de déplorer, il y a peu de jours, dans le sein du premier corps de l'État, l'impuissance des lois et des tribunaux contre les délits politiques. C'est un ardent ami de nos libertés qui jetait ce cri d'alarme, qui dénonçait pour ainsi dire au monde ce vice de notre société, ce symptôme effrayant de dissolution. Aussi, Messieurs, depuis ce discours, je me trouve à mon aise pour voter une loi temporaire plus efficace que les lois déclarées impuissantes.

» A défaut de cette loi, serions-nous rassurés, comme on le dit, par les agents du pouvoir, que je reconnais fort nombreux en France? Mais leur nombre, loin d'augmenter leur force, accroît peut-être leur faiblesse : et puis, quelle est leur autorité? N'ont-ils pas perdu leur influence morale? La condition des fonctionnaires publics en France est devenue déplorable. Si, depuis le garde champêtre jusqu'au Préfet, ils ne peuvent être cités en jugement sans une autorisation du conseil d'État, siégeant à Paris, il n'en est pas moins vrai qu'on peut les diffamer sans autorisation, et que, s'ils veulent s'en plaindre, ils sont exposés à subir sans autorisation des procédures criminelles, des enquêtes, des preuves testimoniales, que nos chanceliers trouvaient si hasardeuses même dans les temps où l'absence des passions politiques et des querelles de parti laissaient plus de scrupule aux témoignages; tous les actes qu'ils font pour le soutien du gouvernement, de la couronne même, sont réputés des actes personnels faits dans leur intérêt propre, et sont déconsidérés aux yeux des administrés avant d'être présentés à l'exécution.

» Ainsi le bras de l'administration est paralysé comme celui de la justice, et l'on ne voudrait pas que, dans une nation où les dangers croissent en même temps que l'autorité s'affaiblit, le gouvernement de S. M. fût muni d'une loi temporaire destinée à la fois à nous préserver, et à relever l'influence des pouvoirs sociaux? S'y refuser, c'est vouloir la chute de l'édifice, déjà attaqué de toutes parts.

» En revenant sur moi-même, je trouve que les principes de la loi sont peu contestés si la nécessité en est établie; et quant aux faits, à la crise, aux dangers sur lesquels on fonde la nécessité, il me semble que chaque député, pour juger l'état critique de son pays, remplit ici les fonctions de juré. En cette qualité, me croyant assez averti par un effroyable assassinat, je n'ai pas besoin d'être mieux éclairé par des incendies.

» Je crois à des dangers réels, à des complots imminents.

» Pénétré de la vérité des assertions du ministère, il me suffit que des mesures soient demandées à ma conscience pour que ma conscience les accorde.

» Qu'on m'accuse si l'on veut, de juger la question par des sentiments ou des pressentiments plutôt que par la raison! Persuadé que la conviction de l'âme est un guide aussi sûr que l'art du raisonnement, je m'abandonne à sa lumière.

» Tandis qu'un orateur nous disait hier que, s'il votait pour la loi, son âme n'aurait jamais un instant de repos, la mienne s'inquiétait vivement de l'espèce de supplice dont elle pourrait être déchirée par le refus de la loi. En effet, Messieurs, si, après l'avoir rejetée, un forfait semblable ou analogue souillait une seconde fois ma patrie, à la douleur la plus amère, s'il se peut, s'unirait alors le tourment plus durable des regrets, et peut-être des remords!

» En exprimant ce pénible sentiment, Messieurs, je crois être l'organe des hommes paisibles que j'aurais bien à cœur de représenter, et, puisque chacun se forme ici une nation, une France, comme chaque voyageur se fait un horison, permettez-moi d'user de la même faculté. J'ai la confiance que les familles étrangères aux factions, et qui forment la majorité de la nation, désirent avec moi que des lois plus fortes, en rassurant l'Etat, préservent *enfin* cette famille royale, de qui toutes les autres attendent protection, et sans laquelle il n'est de sécurité pour aucune.

» Je vote pour la loi proposée. » (*Mouvement d'adhésion à droite et au centre.*)

SUSPENSION DE LA LIBERTÉ DE LA PRESSE.

Discours de M. de la Bourdonnaie. (Séance du 21 mars.)

« Messieurs, appelé pour la seconde fois depuis peu de jours à défendre des lois d'exceptions réclamées par des circonstances dont tout ce qui se passe autour de nous démontre le danger, je croirais abuser des moments que la chambre veut bien m'accorder, si je reproduisais ici la doctrine sur laquelle repose le droit de suspendre momentanément les libertés privées pour sauver la liberté publique de l'invasion de l'anarchie ou des attentats des factions.

» Cependant, si quelques principes, sans avoir été ouvertement combattus, avaient été ébranlés par des attaques indirectes dans la précédente discussion, il serait du devoir de celui qui monte le premier à cette tribune pour les défendre, de les rétablir en peu de mots.

» Ainsi, lorsque, répondant aux orateurs qui reprochaient aux

ministres du roi de recourir sans cesse à des lois de circonstance, je disais que c'est dans les gouvernements où le pacte
constitutionnel protège le plus les libertés privées, qu'il est plus
souvent nécessaire de recourir à la dictature des lois, ou à la
dictature des magistrats, cette maxime, justifiée par de nombreux exemples, ne trouva pas de contradicteurs dans cette enceinte.

» Personne n'osa nier que, plus le contrat social accorde d'indépendance aux individus pour les soustraire à l'arbitraire de
l'homme, plus il énerve l'action du gouvernement, plus il le réduit au pouvoir strictement nécessaire pour maintenir l'ordre
et faire exécuter les lois dans les moments paisibles. Personne
n'osa contester que ce pouvoir, ainsi circonscrit, insuffisant pour
comprimer des factions turbulentes ou résister à des attaques sé-
ditieuses, ne peut alors se maintenir que par des moyens extraordinaires, qui, plaçant le magistrat au-dessus des lois, l'élèvent
assez haut pour dominer tous les obstacles et surmonter toutes
les résistances.

» Personne par conséquent n'osa soutenir que les lois d'exception ne fussent pas quelquefois nécessaires dans les gouvernements
représentatifs.

» Adoptant ainsi tacitement le principe, et peu disposés à traiter
à fond la question véritable, la question des circonstances du
moment, les adversaires du projet de loi se bornèrent à attaquer l'usage qu'ont fait de la dictature des lois tous les gouvernements qui se sont succédés pendant trente années. Tous, vous
ont-ils dit, recoururent à ce pouvoir immense, tous périrent tour-
à-tour.

» Vous rappelant alors toutes les terreurs qui ont ensanglanté
la France, ils vous les peignirent comme les conséquences des lois
d'exception; comme si la concentration de tous les pouvoirs dans
la Convention, et la révolution armée du 18 fructidor, étaient des
mesures de circonstance, des exceptions à la loi commune ! Aussi,
passant, comme sur des charbons ardents, sur la terreur de 93,
dont ils connaissent trop bien les auteurs pour nous l'attribuer,
n'apercevant qu'un seul homme au milieu des victimes si nombreuses de la terreur directoriale, qu'un ministre du roi errant
dans les déserts de Sinnamary, ils réservèrent toute la vigueur
de leurs pinceaux pour tracer le tableau si vrai de cette époque
qu'ils appellent avec tant de complaisance la terreur de 1815, et
que l'histoire, plus impartiale, n'osera pas même qualifier du nom
de justice des crimes des cent jours; terreur, au reste, qui n'au-

rait pu devenir telle que par l'abus qu'aurait fait un ministre des lois d'exception qu'il avait obtenues, mais dont les hommes qui affectent le plus de se plaindre de cette terreur, ne sont peut-être pas si mécontents, puisque, certains à toute heure de pouvoir réunir la majorité contre son auteur, ils ne paraissent pas tentés de le mettre en accusation.

» Enfin, résumant son attaque contre tous les gouvernements qui recoururent à l'arbitraire, l'un des orateurs termina son discours par ces paroles sinistres : « La Convention, le Directoire, Bonaparte ont gouverné par des lois d'exception ; où est la Convention ? où est le Directoire ? où est Bonaparte ? » laissant ainsi à notre imagination le soin d'achever sa pensée.

» C'est ainsi, Messieurs, que, confondant l'abus du remède avec le remède lui-même, les circonstances du passé avec la situation du moment, la légitimité avec l'usurpation, la modération du pouvoir avec la tyrannie la plus dure, on s'est efforcé de répondre, par des sophismes et des exemples sans application, à des maximes éprouvées par le temps, que la durée de plusieurs empires justifie.

» Non Messieurs, ce n'est pas pour s'être arrogé la dictature, ce n'est point pour avoir comprimé des factions turbulentes par des lois d'exception, que la Convention, que le Directoire ont péri : c'est pour avoir fait triompher, par les lois, des factions sanguinaires ; c'est pour avoir proclamé l'injustice et opprimé l'innocence ; c'est pour avoir déchaîné les passions et créé l'anarchie ; c'est pour avoir anéanti la morale et les principes religieux, fondements de tous les empires et gages de toute stabilité !

» Non, ce n'est point pour avoir asservi la presse et étouffé les libertés publiques que l'usurpation a péri : douze ans victorieuse, elle opprima la France ; elle périt le jour où la force manquant à la tyrannie, elle ne put pas fouler la nation pour en exprimer le dernier homme et le dernier écu.

» Et dernièrement encore, si un homme est tombé, c'est, qu'abusant contre le trône des lois d'exception concédées pour le défendre, loin de comprimer les factions, il releva les plus dangereuses, et que, ne pouvant plus se maintenir que par elles et pour elles, il n'aurait pu employer la royauté qu'à renverser la royauté elle-même.

» Non, Messieurs, ce ne sont pas les lois d'exception qui tuent la liberté ; c'est l'abus des lois d'exception, ou plutôt c'est l'impunité qu'on accorde à ceux qui en ont abusé. Et ne nous en prenons qu'à nous-mêmes, qu'à nos perpétuelles dissentions, de cette impunité, de ce retour trop fréquent des circonstances déplorables qui commandent des lois d'exception !

» La liberté peut encore périr, lorsque les peuples, agités par des factions inquiètes, par des passions tumultueuses, ne la réclament que pour abuser plus impunément de la licence.

» Et dans quel temps les factions furent-elles plus actives et les passions plus agitées? Dans quel temps la fermentation fut-elle plus générale et l'inquiétude plus universelle?

» C'est donc à calmer les passions, à réprimer les partis, à calmer les agitations, à faire cesser la licence, que vous devez travailler si vous voulez sauver la liberté publique.

» Et quel moyen plus direct d'arriver à ce but que de couper le mal dans sa racine? que de suspendre cette liberté de la presse, qui fonde l'anarchie sur la ruine de tous les pouvoirs? que de suspendre cette liberté, dont, non contents d'abuser pour réveiller les haines et exciter des troubles, des écrivains factieux, plus souvent faméliques, abusent encore pour semer chaque jour ces doctrines funestes, ces maximes exécrables, qui, répandues sur une terre préparée, germent dans toutes les têtes et enfantent ces séides instruments des partis, qui, nourris pour le crime, armés par le mystère, frappent en fanatiques, et meurent en martyrs? Monstres prétendus solitaires, que la politique désavoue, que la prudence sacrifie, mais dont l'apparition, révélant toujours des complots, signale la fermentation des esprits et l'audace des factions !

» Mais quand il serait vrai, Messieurs, que la liberté de la presse n'eût égaré qu'une seule tête, n'eût produit qu'un seul crime pourquoi la même cause ne produirait-elle pas encore les mêmes résultats?

» Toutefois est-il bien certain qu'elle n'ait enfanté qu'un seul crime? Et cette chaleur d'opinion, et le mécontentement général au milieu des douceurs d'une paix si longtemps désirée, sous un gouvernement paternel, qui ne pêche que par trop de bonté, accusent-ils les malheurs du peuple ou les insinuations de ces feuilles journalières, qui, dirigées dans l'intérêt d'un parti, fondent leur succès sur la ruine du pouvoir? Sont-ce les malheurs du peuple ou les écrivains factieux qui soulèvent les passions et aigrissent les esprits?

» Oui, Messieurs, je ne crains pas de le dire, ce sont les écrivains factieux, qui, n'ignorant point que l'amour des peuples est la force des rois, sapent dans le cœur des Français les fondements du trône et la base de la légitimité !

» Eh ! qui peut en douter encore après tant d'expériences, que c'est par la liberté de la presse que les mécontentements circulent et se multiplient ? que c'est à l'aide de la liberté de la presse que, réunies par la pensée et dirigées par une seule volonté, les factions tout entières se meuvent comme un seul homme ? qu'opposant partout à la fois la force numérique de la multitude ou de l'opinion à la volonté du pouvoir, elle le paralyse, elle établit de fait la souveraineté du peuple, et rend tout gouvernement impossible ?

» Oui, Messieurs, tout gouvernement impossible ; car la théorie du pouvoir est fondée sur ce principe que la force publique, fraction minime de la population, mais dirigée par une seule volonté, et opposée tout entière, quand il le faut, à une portion égarée de la multitude, suffit pour tout contenir. Cependant, si, au moyen d'une liberté indéfinie de la presse, vous unissez de volonté et d'action toute cette multitude à la fois sur tous les points de l'empire, la force publique n'est plus en proportion avec tant de résistance, et le gouvernement périt.

En effet, supposons que, dans le camp le mieux discipliné, où les volontés isolées de chaque individu, les mécontentements partiels n'osent pas s'exhaler, n'osent pas réclamer d'appui ; où chacun, trop faible pour résister à la volonté générale mise en action à la voix du chef, est obligé de fléchir sous les lois de la subordination ; supposons que dans ce camp un orateur se présente, qu'il réunisse l'armée, qu'il lui parle de ses souffrances, de ses dangers, de ses privations, qu'il lui peigne la dureté de ses chefs, leurs vexations, en un mot qu'il soulève les passions, qu'il leur promette les richesses, le repos et la liberté ; croyez-vous, Messieurs, qu'il fût bien facile de maintenir dans l'obéissance une population armée, unie d'intérêt et de volonté, qui d'un coup-d'œil apprécie sa force et la faiblesse numérique de ses officiers.

» Hé bien ! ce qu'un seul homme ferait dans un camp, vingt journalistes le font chaque jour au milieu d'une nation spirituelle et légère ; chaque jour cent mille feuilles étalées dans les lieux publics réunissent les hommes des mêmes opinions, exaltent leurs passions, excitent leur audace par l'audace de leurs attaques furibondes ; chaque jour cent mille feuilles, répandant des doctrines subversives, des maximes anti-sociales, pénètrent peu-à-peu la masse d'une nation, sans doute éclairée par une funeste expérience et en garde contre les nouveautés, mais dont chaque individu isolé, sans habitude de la discussion, sans méthode pour découvrir les sophismes, ne peut pas lutter contre des écrivains exercés à déguiser leurs poisons , et à couvrir de miel les bords du vase qui les contient.

» Ainsi chaque jour cent mille journaux, régulateurs de l'opinion , échos des cris séditieux des factions , de provocations plus ou moins déguisées , remuent la multitude , lui présentent le tableau exagéré de ses souffrances , gémissent avec elle sur ses privations , lui font entrevoir les chances d'un changement , les espérances d'une révolution nouvelle , et surtout lui font connaître sa force , et l'appellent à l'exercice d'une souveraineté qu'ils proclament sans cesse.

» Quel gouvernement peut long-temps résister à de telles attaques, et, au milieu de ce conflit d'intérêts personnels mis sans cesse en présence , faire respecter le pacte social, fondé sur l'abnégation d'une partie de ces intérêts , pour en composer cet intérêt général d'ordre , de protection et de défense , dont les esprits mêmes les plus exercés ne sentent souvent la nécessité que quand la dissolution de la société l'a anéanti ?

» Mais , dira-t-on, c'est la liberté de la presse que vous attaquez, et c'est la licence que vous nous peignez....

» Messieurs , ce que je peins , c'est ce qui est , ce que je vois , ce que nous voyons tous : c'est contre ce que nous voyons tous que le gouvernement vous demande des armes , que la société réclame secours et garantie.

» Si ce qui existe est la licence de la presse, c'est la licence de la presse qu'il faut arrêter. Mais , comme ce qui existe est organisé par vos lois , et organisé sous le nom de liberté de la presse, et que ce n'est que par l'impuissance de votre législation que cette liberté est dégénérée en licence, c'est la liberté de la presse elle-même qu'il faut suspendre jusqu'à ce qu'il soit possible de l'organiser par des lois plus fortes ; car, si la licence de la presse est la ruine de toute autorité, la liberté de la presse est la vie du gouvernement représentatif, parce que la publicité de ses actes est aussi nécessaire pour contenir le pouvoir , que la franche discussion des lois est utile pour éclairer l'opinion , obtenir les sacrifices qu'elles imposent , et déterminer une obéissance que la raison sanctionne.

» Ces avantages , disais-je à cette tribune le 25 janvier 1817,
» ces avantages , vous ne les obtiendrez que de l'indépendance
» des journaux, que de leur concurrence ; c'est là que, dans
» des extraits fidèles de nos discussions, dans la lutte perpé-
» tuelle de toutes les opinions, la nation, journellement éclai-
» rée sur ses intérêts, s'identifiera avec ses représentants , et

» l'esprit public, constamment dirigé vers tout ce qui est grand,
» utile et honorable, sera toujours disposé aux plus grands sacri-
» fices, quand il s'agira de la conservation de ses droits et de l'in-
» térêt national.

» Mettre aujourd'hui en problème l'indépendance des journaux,
» c'est mettre en question s'il faut créer l'esprit public en France,
» s'il faut attacher la nation au gouvernement représentatif lui-
» même; c'est le renverser sans rien mettre à la place pour dé-
» fendre les libertés nationales.

» Quels que soient donc, Messieurs, les dangers de l'indépen-
» dance des journaux, elle a l'avantage d'éclairer l'opinion par le
» choc des discussions et des débats; et si cette indépendance, à
» côté d'immenses avantages dans le gouvernement représentatif,
» à côté d'avantages essentiels à son existence, offre de graves in-
» convénients, c'est au gouvernement à les diminuer en proposant
» une loi répressive de la liberté de la presse. »

« Ce que je pensais alors, Messieurs, je le pense encore aujourd'hui. Sans l'indépendance des journaux, point de responsabilité morale, point d'opinion publique, point de gouvernement
représentatif.

» Mais comment maintenir l'indépendance des journaux, sans
tomber dans cette licence effrénée dont nous déplorons les écarts?
Tel est le problème le plus difficile de la législation, dans l'état
actuel de la société, dans une telle situation des esprits, que la
raison, même la plus éloquente, étrangère à tout esprit de parti,
trouverait à peine des lecteurs.

» Exiger que le gouvernement résolve à l'instant ce problème,
vouloir qu'il improvise une loi si difficile, qui exige des méditations si profondes, ne serait-ce pas la demander insuffisante et sans
garantie? Ne serait-ce pas nous exposer à retomber encore dans
le danger d'où nous voulons sortir?

» Accordons aux ministres le délai nécessaire pour la préparer;
demandons leur qu'elle soit forte; que, remise dans les mains d'une
magistrature élevée, elle trouve dans le nombre, dans l'indépendance des juges une égale garantie pour le trône et pour la liberté.

» Qu'elle n'enchaîne point la presse, mais qu'elle en punisse les
écarts par des dispositions sévères.

» Que toute discussion soit libre, mais seulement dans l'intérêt
général de la société, dans l'esprit du système constitutionnel et
des lois du royaume, et dans le respect pour la morale et les principes sur lesquels repose toute doctrine religieuse.

» Qu'appréciés dans leur esprit, et non sur quelques expressions vagues , ce soit dans leur ensemble que les écrits soient condamnés ou absous.

» Que la vie privée, à l'abri de toute investigation, ne puisse dans aucun cas être soumise à l'examen public.

» Qu'enfin la quotité des amendes et des dommages et intérêts proportionnée aux facultés des délinquants et des offensés, soit laissée à l'arbitrage des juges pour punir le riche insolent ou l'écrivain qui se fait l'instrument ou le prête-nom d'un parti.

» En un mot, que la sévérité de la loi nous assure les fruits d'une sage liberté , sans nous faire redouter les maux de la licence.

» Tels sont mes vœux : c'est pour qu'ils puissent se réaliser, sans compromettre le sort de mon pays, que je consens à la suppression momentanée de la liberté de la presse.

» Et serait-ce au moment où la vieille Europe, ébranlée jusque dans ses fondements , chancelle, et, entraînée par les écrivains et le fanatisme de la jeunesse, semble prête à se précipiter dans l'abîme des révolutions , que je pourrais hésiter ?

» Serait-ce au moment où un peuple généreux, après avoir si courageusement résisté aux séductions de la politique, aux attaques des armées les plus aguerries, tombe devant des doctrines subversives de toute société, qu'averti par ce nouvel exemple, j'hésiterais encore ?

» Serait-ce enfin au moment où, sortant à peine et comme par miracle de ce cratère sans fond qui menace de tout engloutir, la France, encore toute meurtrie de sa chute, et couverte de blessures qu'un siècle à peine cicatrisera peut-être, réclame par tous ses organes protection et secours contre l'invasion des sophismes et des maximes fallacieuses qui causèrent sa ruine, que je pourrais hésiter encore !

» Non , sans doute, et puisque des lois sans force, des jugements sans justice, sont d'impuissantes barrières contre les attentats de la presse ; puisque ces attentats journaliers sont devenus si nombreux, qu'aucune loi, qu'aucune peine ne pourrait les réprimer aujourd'hui ; puisque l'effervescence des passions nous place dans cette alternative cruelle de périr par les excès de la liberté de la presse ou de la soumettre à des mesures préventives et temporaires, je cède, mais je ne cède qu'à la nécessité , et je ne vote le projet de loi qu'en bornant sa durée à la fin de cette session, et seulement pour donner le temps aux ministres du roi de nous présenter une loi forte et sévère , basée sur la liberté de la presse et l'indépendance des journaux.

Discours de M. de Marcellus.

» Chez un peuple de l'antiquité, une loi ordonnait que, lorsqu'un homme avait été trouvé assassiné, tous les citoyens vinssent faire serment sur le corps de la victime qu'ils étaient innocents du crime commis. Il a été trouvé dans la capitale de la France un prince égorgé. Ecrivains séditieux et impies, qui de vous oserait jurer qu'il n'est pas coupable de sa mort?

» Quand une nation est assez malheureuse ou assez insensée pour exclure de ses lois le nom de celui qui peut seul leur donner la vie, elle ne doit s'attendre qu'à des fruits de mort ; et le jour où nos lois proclamèrent l'athéisme religieux, il fut aisé de prévoir que l'athéisme politique viendrait encore désoler la France de ses doctrines et de ses forfaits. Messieurs, une anarchie ne marche jamais sans l'autre ; et vouloir protéger la société contre les factieux, sans protéger la religion contre les impies, c'est vouloir ce qui est impossible même à celui qui peut tout, car c'est vouloir l'absurde.

» On s'aperçoit aujourd'hui d'une erreur si fatale ! On voit toutes les sociétés troublées, tous les trônes ébranlés, toutes les vérités morales et politiques mises en problème, tout ce qu'il y a de plus sacré et de plus respectable blasphémé ou menacé ; on voit les peuples, livrés à des doctrines d'orgueil et de mensonge, chanceler comme un homme ivre ; les torches de la discorde s'allumer en France pour embraser l'Europe et les brandons de la révolte partir aujourd'hui de cette même nation, chez qui l'Europe puisait autrefois des leçons et des exemples d'humanité, de loyauté et d'honneur ! On ouvre les yeux enfin ! Ah ! (ce cri de douleur doit être pardonné à un cœur français !) pourquoi les ouvre-t-on si tard ?

» Le gouvernement vient vous demander du pouvoir contre l'envahissement de ces doctrines meurtrières qui assassinent la société. J'avoue avec franchise qu'il m'est difficile de comprendre comment un gouvernement, quelle qu'en soit la forme, a besoin de lois expresses pour empêcher d'écrire et de publier qu'il n'y a pas de Dieu, qu'il est permis de frapper les rois, que la religion de l'Etat est une imposture, et tant d'autres blasphèmes moraux et politiques qui souillent les productions des modernes précepteurs des peuples, et qui attaquent tous les jours impunément la société dans le principe même de son existence ! Le droit de se défendre est un droit naturel ; il précède toutes les lois ; et un gouvernement

11

qui attendrait le secours de lois positives pour repousser ou prévenir de tels attentats, me rassurerait assez peu sur la force avec laquelle il se servirait de ces lois quand une fois il les aurait obtenues.
Quoi qu'il en soit, le gouvernement de notre roi nous demande
des moyens de défense contre la conspiration de la presse : nous
devons, je pense, les lui accorder, mais à une condition : c'est
qu'il veuille et qu'il sache en user pour sa conservation et pour la
nôtre.

» J'ai toujours regardé la liberté illimitée de la presse comme
le plus grand fléau des peuples. Les circonstances politiques les
plus délicates n'ont jamais pu m'engager à la défendre ; et, lors
même que plaider pour elle, c'était demander seulement pour
la cause de l'honneur et de la vérité, la permission de répondre,
tout en admirant les nobles talents qui n'ont pas craint d'entrer
dans cette honorable lice, et qui défendaient réellement alors les
mêmes intérêts qu'ils défendent maintenant, je me suis tu, tant
j'ai craint de sacrifier à des avantages momentanés les éternels
principes sur lesquels repose la tranquillité des Etats ! Il doit donc
m'être permis aujourd'hui de combattre une liberté dégénérée en licence, et déjà si hautement accusée par tous les maux qu'elle a
produits.

» Je pense qu'il faut accorder aux ministres ce qu'ils nous demandent, et ratifier le vœu de la chambre des pairs. En vain
m'objecterait-on l'article 8 de la Charte, qui garantit à chacun la
libre publication de ses opinions ; d'abord ce même article prévoit
et autorise des dispositions législatives qui répriment et limitent
cette faculté, et veut *que l'on s'y conforme.* Qu'on ne dise pas
qu'il ne parle que de lois répressives, car on ne se *conforme pas*
à des lois pénales ; on les subit. La licence effrénée des opinions
ne peut donc invoquer cet article. Mais de bonne foi sont-ce des
opinions que les monstrueux sophismes qui désolent la France, et
qui menacent l'ordre social ? Est-ce contre de simples *opinions*
que s'élèvent les cris de l'indignation publique ? Non, non, Messieurs ! il ne fut jamais permis à des *opinions* d'attaquer tout ce
qui est utile, tout ce qui est salutaire, tout ce qui est sacré parmi
les hommes, et les vociférations de la révolte et du blasphème ne
furent jamais des *opinions !*

» Demander que la liberté soit restreinte par des limites justes
et raisonnables, c'est défendre la liberté même. La licence mène
toujours à sa suite l'asservissement et l'oppression ; c'est l'expérience de tous les siècles. « L'amour de la liberté, » croyons-en
le plus aimable des sages, « l'amour de la liberté est une des plus

» dangereuses passions du cœur humain, et il arrive de cette pas-
» sion comme de toutes les autres; elle trompe ceux qui la suivent,
» et, au lieu de la liberté véritable, elle leur fait trouver le plus
» dur et le plus honteux esclavage. »

» Ici, Messieurs, permettez qu'abandonnant un instant les considérations politiques, j'examine la question qui nous occupe sous
un rapport moins austère et plus conforme à des goûts que j'ai
longtemps nourris dans la retraite, et auxquels mon zèle pour
mon pays a pu seul m'arracher. La licence de la presse n'est-elle
pas l'ennemie de la gloire des muses françaises? Ne tue-t-elle pas la
littérature comme la société? Cette question mérite assurément
l'attention des législateurs soigneux de procurer à leur pays tous
les genres de gloire, et qui savent que l'état de la littérature d'un
peuple est l'image de son état social. Oui, Messieurs, la déman-
geaison d'écrire, qu'encouragent des succès trop faciles, fait avorter
avant leur maturité les plus heureux talents : dans cet âge brillant
qui ne connaît encore de la vie que ses illusions, on se laisse
tromper par des éloges perfides; on s'abandonne à une dangereuse
fécondité : on passse à écrire et à se faire lire avant le temps des
années précieuses, qui étaient données au génie pour nourrir et
épurer dans la solitude sa flamme sacrée, pour s'aguerrir aux
difficultés, méditer sur les secrets de l'art, pour étudier les grands
modèles, en recueillir les merveilles dans le trésor d'une mémoire
heureuse, et apprendre ainsi à les imiter.

» On se hâte au contraire de produire une nuée d'écrits éphémères et fugitifs, et l'on s'énerve pour les grands ouvrages : on
se rend ainsi pour toujours incapables des hautes conceptions et
des vastes pensées. On renonce au génie; on se contente de l'esprit; et tel homme, né peut-être avec tout ce qu'il faut pour se
faire un grand nom dans les lettres, se borne à la gloire frivole
et lucrative des articles de journaux et des pamphlets. N'eût-il pas
été heureux pour lui de trouver dans la rigueur d'une loi salutaire
un guide sage qui eût modéré son ardeur précoce, tempéré
sa fougue, dirigé ses talents, et qui lui eût appris à en réserver
l'usage pour le temps des grandes entreprises et des véritables
succès?

» Oui, la littérature elle-même réclame contre cet abus immodéré de la presse, et ma voix, qui autrefois dans cette enceinte
s'est élevée pour elle, croit encore la servir aujourd'hui en demandant qu'une mesure législative vienne arrêter cette abondance
stérile, et laisser au génie le temps de mûrir ses fruits. On peut
appliquer à ces utiles entraves ce qui a été dit avec tant de jus-

tesse et de grâce des règles sévères du plus beau des arts : cette
contrainte rigoureuse resserre l'esprit pour l'élever, et ne retarde
l'essor de sa veine que pour en rendre les élans plus brillants et
plus vifs.

» Que sera-ce si nous considérons les suites bien plus funestes
encore qu'entraîne pour la société ce désordre de l'esprit! On
veut être lu, on veut être loué; on cherche à se faire des partisans dans l'orgueil et les passions des hommes : on a recours à
l'adulation pour suppléer à ce qui manque du côté de la profondeur des études et de la plénitude du talent. On se rend sourd à la
voix de la vérité et de la vertu, qu'on était né pour aimer et
entendre ; on se fait l'apologiste du vice et de l'erreur; on altère
la justesse naturelle de son jugement, en s'appliquant à défendre
et à colorer des sophismes. On étincelle peut-être d'esprit et de
talent ; mais on ne répand que des lumières désastreuses, dont le
faux éclat annonce et donne la mort, comme ces sinistres mé-
téores qui ne brillent sur l'horison que pour menacer et désoler le
monde. On prêche enfin ouvertement l'irréligion et la révolte, et
l'on devient le fléau de la société dont on aurait pu être le flambeau
et l'honneur ! Ah ! Messieurs, combien peut-être d'esprits supérieurs , séduits par ces appâts perfides , ont manqué à leur gloire
et à celle de leur siècle, et, pouvant être de grands écrivains, sont
restés d'obscurs pamphlétaires ! « Juste punition, puis-je m'écrier
» ici avec un grand publiciste, juste punition du génie condamné
» pour crime d'infidélité à sa mission? Pourquoi trahissait-il son
» maitre ! Pourquoi violait-il ses instructions ! Etait-il envoyé pour
» mentir ? »

» Ce n'est pas ainsi que se sont formés tant de grands hommes,
l'ornement du plus beau des siècles, ces hommes qui ont élevé
notre littérature au-dessus de toutes les littératures modernes, et à
l'égal de celles des deux grands peuples de l'antiquité. On ne pu-
bliait alors ses opinions que lorsqu'elles étaient conformes à la
religion, à la vérité, à la morale; aussi le génie avait le temps de
méditer ses chefs-d'œuvre : un petit nombre de pages était le
fruit de plusieurs années de travail; un petit livre assurait l'immortalité.

» Les intérêts des lettres, comme ceux de l'ordre social, vous
demandent donc le sacrifice de cette liberté illimitée de la presse,
qui n'en est plus que la licence. Il me reste à combattre les objections qu'on oppose à cette mesure.

» De bonnes lois répressives suffisent, nous dit-on.... Mais ces
lois répressives, nous ne les avons pas. Je les cherche dans l'amas

immense de nos lois ; je les cherche telles que l'état de la société les exige, et je les cherche en vain. Je les demande au gouvernement; mais le gouvernement ne les a pas encore présentées, et le mal se fait et s'accroît chaque jour. La loi que la dernière session a vu éclore est nulle puisque le seul principe qui pouvait lui donner l'être et la vie en a été repoussé : la religion s'est vue bannie de nos institutions. La religion a été vengée; elle a laissé faire l'impiété ; Messieurs, vous ne savez que trop le reste !

L'orateur réfute plusieurs autres objections.

» Oui, s'écrie-t-il ensuite, c'est à ces productions corruptrices et mensongères, qui ont préparé et causé tous nos malheurs ; c'est à ces écrits séditieux et impies, qui, depuis longtemps abusant de la coupable indulgence de l'autorité pour saper dans l'ombre les fondements de toute autorité religieuse et civile, attendaient l'anarchie de la presse pour dévoiler audacieusement toute la noirceur de leurs complots, amoncelant ainsi les orages longtemps avant que la foudre ait éclaté ; c'est à ce fléau des peuples civilisés que tous les hommes de bien de l'univers doivent déclarer une sainte guerre ! Dans ces nobles combats, on défend la vérité contre le mensonge, la vertu contre le crime, la félicité des peuples contre toutes les calamités réunies, leur véritable liberté contre le plus épouvantable esclavage ! Lisez l'histoire; vous y verrez que ces grands mots de droits des peuples, de libertés des citoyens, ont toujours préparé et souvent amené la tyrannie et la servitude.

» La liberté des peuples ne prospère que sous la protection des droits imprescriptibles de la royauté : et notre terrible révolution n'est autre chose que l'accomplissement de cet oracle du plus grand des hommes en politique comme en éloquence : « Ceux qui vont » flatter dans le cœur des peuples ce secret principe d'indocilité et » cette liberté farouche qui est la cause des révoltes, sous prétexte » de flatter les peuples, sont en effet les flatteurs des usurpateurs » et des tyrans. Le peuple se laisse flatter, et reçoit le joug ; et il » se trouve que ceux qui flattaient le peuple, sont en effet les sup- » pôts de la tyrannie. »

» O vous, que la confiance du roi appelle au secours du trône ébranlé par les doctrines perverses, vous que nous allons armer pour les combattre d'un pouvoir que tant de malheurs ont rendu trop nécessaire, défendez votre maître et le nôtre ; défendez sa famille auguste, défendez la France, défendez-nous ! Protégez nos adversaires même contre leurs propres fureurs ! Ah ! la foudre qu'ils provoquent tomberait bientôt sur eux. Songez enfin, songez si, pour vaincre l'anarchie révolutionnaire qui nous envahit, il faut lui opposer ses complices ou ses victimes!

» Pour moi, qui touche au terme de ma carrière législative, je quitterai cette tribune et cette enceinte sans avoir senti un instant mon cœur opposer l'amertume ou l'aigreur à la calomnie et à l'outrage, sans y avoir jamais répondu autrement que par la droiture de mes intentions, sans avoir à me reprocher un seul vœu, une seule parole qui n'aît eu pour objet le repos de ma patrie et le bonheur de tous. Dépositaires du pouvoir, c'est à vous que ce bonheur est confié. Défendez donc contre la conspiration des doctrines le trône, seule garantie de nos destinées, et qui n'a lui-même d'autre garantie que la religion! Que sous ces deux autorités tutélaires tous les Français, quelles que soient leurs opinions et leur croyance, quels qu'aient été leurs divisions et leurs égarements, trouvent enfin le repos, la liberté, l'union et le bonheur! Si c'est là la *contre-révolution*, je ne crains pas de dire que mon cœur l'appelle de tous ses vœux.

» Dans cette espérance, je vote pour le projet de loi. »

Fragment du discours de M. Manuel. (Séance du 22 mars.)

M. Manuel voit la cause des inquiétudes et de l'agitation de la France dans les efforts que l'on fait pour empêcher l'établissement complet du gouvernement représentatif, et pour rétrograder vers un autre ordre de choses. Il parcourt tous les événements depuis la restauration, et quand il en est à l'époque de la présentation de la loi :

« Quoiqu'il en soit, dit-il, c'est dans ces circonstances et sous de tels auspices que la session est ouverte, que le système du gouvernement se manifeste, et que la nation se voit tout-à-coup reportée sur le terrain de 1815!

» Jugez, Messieurs, s'il n'en est pas ainsi.

» La nation attendait avec impatience les institutions importantes qui seules peuvent consolider l'ordre constitutionnel : hier encore elles étaient solennellement annoncées; aujourd'hui on les refuse.

» Elle attendait que l'administration, réorganisée, fût mise enfin en harmonie avec le système représentatif, et les administrateurs choisis dans l'intérêt de ceux qu'ils doivent administrer; l'administration reste la même, et, si elle fait moins éclater ses principes contre-révolutionnaires, elle n'en est pas moins prête à seconder la contre-révolution aussitôt que celle-ci aura encore une fois déployé ses drapeaux.

» Elle sentait le besoin de voir réorganiser une garde nationale intéressée à réprimer les désordres : il faut qu'elle y renonce, et qu'elle se résigne à être livrée sans défense aux dangers dont les factieux menacent son repos.

» La France se plaignait de ce que la liberté individuelle restait compromise par l'existence d'un code qui sacrifie tout à la sécurité du pouvoir et à sa vengeance, par une organisation du jury qui rend cette institution si peu capable des bienfaits qu'on a droit d'en attendre : et voilà que la liberté individuelle, déjà si peu protégée par la loi, est livrée à l'arbitraire du gouvernement.

» Au milieu de tant de privations, de regrets et de sujets d'alarmes, la liberté de la presse restait : il faut que la presse se taise.

» Le droit de pétition offrait une ressource; cette tribune du moins eût pu faire retentir quelques vérités utiles condamnées par la censure : des mesures vous sont proposées pour que ces vérités soient étouffées.

» Une loi d'élection promettait un remède à tant de maux, et, quelque lent que fût ce remède, la nation se résignait à l'attendre, parce que de terribles épreuves ont mûri sa raison, parce qu'elle ne sait que trop à quels dangers les secousses violentes et les désordres exposent la liberté et le repos des nations; parce que son instinct lui disait de ne pas compromettre le fruit de tant de sacrifices et d'une patience héroïque; parce qu'enfin elle était heureusement convaincue que les obstacles graves qui s'opposaient sans cesse à l'établissement d'un véritable système représentatif en France céderaient infailliblement à l'opinion publique aussitôt que cette opinion serait représentée par la majorité de cette chambre.

» Hé bien! c'est cette loi qui est surtout menacée! c'est cette garantie qu'on va détruire! Elle fut destinée à défendre plus spécialement les opinions et les intérêts de la masse contre le pouvoir et l'aristocratie; et c'est à la double influence de quelques grands propriétaires et du pouvoir qu'il s'agit de la livrer!

» Ainsi, tandis que par un bonheur et un instinct admirables la nation s'était habituée à faire dépendre ses destinées d'une Charte octroyée, dans laquelle le monarque seul était intervenu, où seul il avait posé et établi les garanties respectives, c'est le gouvernement qui vient ébranler ce monument de réconciliation, ce gage de sécurité commune!

» Et les ministres s'étonnent, au milieu de telles circonstances, de trouver partout dans les esprits une inquiétude grave et réelle! d'entendre des réflexions chagrines et hostiles! de lire des écrits qui respirent le mécontentement et quelquefois un sentiment d'indignation contre les auteurs de tant de maux!

» Ils s'étonnent qu'au milieu de cette irritation générale, qu'après tant de déceptions et de si graves sujets de défiance sans cesse renaissants, des électeurs aient confié leurs intérêts à des hommes qu'ils ont cru les plus capables de les défendre avec intrépidité contre un ministère qui semble s'être placé vis-à-vis d'eux dans un état d'hostilité!

» Ils s'étonnent de voir l'opinion publique se détacher d'un gouvernement qui se vante de la mépriser, et semble affecter de s'isoler lui-même!

» Et c'est enfin par de nouvelles mesures oppressives, c'est par une alliance au moins téméraire qu'ils se proposent de ramener la confiance et la sécurité!

» Tout atteste que les alarmes, la défiance et le mécontentement n'ont d'autre cause que les atteintes portées à la constitution; et c'est par de nouvelles atteintes qu'ils espèrent les calmer!

» Et c'est à nous que l'on s'adresse pour favoriser un tel aveuglement!

» Hé quoi, ministres de Sa Majesté, tout ne vous dit-il pas qu'il n'est d'autre remède qu'un changement absolu de système?

» Hâtez-vous donc, il en est temps encore, de réparer le mal que vous-même avez fait!

» Hâtez-vous d'enlever au corps social cette fièvre que vous lui avez donnée, que vous excitez, que vous aggravez chaque jour, et bientôt vous verrez disparaître d'eux-mêmes des accidents qui n'en sont que les résultats nécessaires.

» Faites enfin jouir la France d'un régime franchement constitutionnel; que des actes non équivoques rendent à la nation sa sécurité : elle vous rendra sa confiance; les lois retrouveront alors leur empire, et la justice et l'autorité le respect dont elles ont besoin.

» Si quelques ambitieux, si quelques intrigants s'agitent encore, le mécontentement public ne leur servira plus de prétexte, et par cela même leurs efforts ne seront plus dangereux. Fiez-vous à l'intérêt général, fiez-vous à l'opinion publique, désormais trop éclairée sur cet intérêt, du soin de prévenir leurs attaques ou d'en assurer la punition...

» S'il est un peuple qui soit digne de la liberté, c'est sans doute celui qui l'a acheté par de si nombreux et de si grands sacrifices ; c'est celui à qui une terrible expérience a fait connaître les dangers de l'anarchie, comme ceux du despotisme et de l'oligarchie ; celui qui, pendant ces dernières années, au milieu de tant de sujets de troubles et d'exaspération, a fait éclater avec tant de courage et de persévérance son amour de l'ordre et de la paix !

» S'il est un peuple qui doive sentir le prix des institutions, c'est celui qui a eu tant à gémir de leur absence ; c'est celui qui eut si souvent à se plaindre des hommes appelés à le gouverner ; dont les libertés, soumises chaque jour à une nouvelle influence, ont subi tour-à-tour depuis cinq ans et les fautes de l'incapacité et les dangers du *favoritisme*, et les travers de l'ambition et les attentats de l'esprit de parti !

» Pourquoi donc le gouvernement ne se hâte-t-il pas de revenir à ce système si sage dont la nécessité a été si loyalement proclamée à cette tribune par l'un de ses ministres? N'est-il donc plus vrai aujourd'hui « que la confiance entre le monarque et le peuple » est la première force de tous les gouvernements, le besoin le plus » impérieux d'une monarchie nouvellement restaurée? » N'est-il donc plus sage de dire que *c'est par la confiance qu'on appelle la confiance?*

» Que le gouvernement renonce donc à ce système de défiance et d'arbitraire si bien condamné par lui-même, et dont il a fait déjà de si tristes essais ! Qu'il se dise bien que celui qui ne pourrait pas régner avec la justice, régnerait bien moins encore avec le secours de la violence !

Un volcan existe, il est vrai, sous ses pieds ; hé bien, il faut travailler à l'éteindre ; mais le murer, c'est vouloir en rendre l'explosion plus terrible, c'est appeler les révolutions au lieu de les prévenir !

» C'est vouloir que l'opinion publique, si utile à tous quand elle se manifeste sans obstacle, comprimée, amoncèle ses flots, et bientôt rompant violemment ses digues, torrent furieux, aille encore par ses ravages attester sa puissance à ceux qui la nient ou la méprisent !

» Croyez-m'en, Messieurs, repoussons l'arbitraire qu'on nous propose de voter, et c'est surtout à ceux qui nous le demandent, comme à ceux qui l'appuient, que nous aurons rendu un service signalé : il n'y a que des ennemis ou des amis imprudents qui puissent vouloir amasser contre eux de nouveaux sujets de défiance, de mécontentement et de haine.

» Je vote contre le projet. »

Fragment du discours du général Foy. (Séance du 24 mars.)

Le général Foy défend la liberté de la presse par quelques raisons particulières que nous ne pourrions omettre sans mériter le reproche de partialité.

« Permettez-moi de vous le dire avec franchise, Messieurs, l'effroi que vous inspire la licence des journaux n'a fait honneur ni à votre prévoyance de l'année dernière, ni à votre prévoyance de cette année. Tout ce qui est arrivé, était dans l'ordre naturel des événements ; et, de ce côté au moins, l'avenir n'est pas si nébuleux qu'on voudrait le faire croire. Descendez au fond de vousmêmes ; n'éprouveriez-vous pas, à travers ce débordement d'écrits quotidiens, un peu de l'émotion que ressentirait le citadin paisible, transporté subitement, et pour la première fois, au milieu d'une mer agitée : dites, Messieurs, quelle confiance aurait-il dans le navire sur lequel il serait embarqué ? Ne se verrait-il pas, à chaque instant, englouti par les vagues qui montent jusques aux nues ? Et cependant quels sont, après tout, les dangers réels d'une navigation, lorsque l'on n'a à vaincre que la violence des vagues, et lorsqu'on n'a pas affaire à d'imprudents pilotes qui commencent la traversée par jeter la boussole à la mer ?

» Mesurons froidement l'étendue du mal qu'ont fait les journaux ; on leur reproche leur déchaînement contre la religion. Mal avisés et mal accueillis seraient ceux qui attaqueraient aujourd'hui, soit par le raisonnement, soit avec l'arme du ridicule, l'esprit religieux en général, ou les dogmes positifs qui servent de base à la croyance du plus grand nombre des citoyens ; aussi, à l'exception de certains cas très-marqués, parce qu'ils sont isolés, je ne sache pas que les journalistes se soient livrés à de pareils excès. Ce n'est pas même sur l'établissement ecclésiastique formé par la constitution et par les lois de l'Etat qu'a porté la malignité de leurs réflexions. Je ne les ai vus actifs qu'à la poursuite d'innovations introduites dans le culte par l'esprit de parti plutôt que par l'intérêt bien entendu de la religion.

» On parle beaucoup de doctrines anti-sociales, ennemies des principes qui fondent la liberté et conservent les empires. Ces doctrines, dans leur nudité, n'ont rien qui m'épouvante ; si ceux qui les professent sont de mauvaise foi, vous les verrez bientôt descendre à l'application, et il sera facile à la loi répressive de les saisir. Si, au contraire, ils sont de bonne foi, vous les trouverez toujours errants dans les sphères de l'abstraction, et vous leur accorderez cette justice, que, dans leurs désirs inquiets de perfectionnement, ils font ordinairement une part avantageuse de respect et de devoir au gouvernement du pays.

» Redirai-je les attaques directes contre la personne sacrée du roi et des princes de sa famille? Assurément, Messieurs, ce genre d'offense à la morale publique n'a jamais été plus rare que depuis que l'on jouit de la liberté de la presse. On n'a plus vu circuler sous le manteau des libelles outrageants; on a moins entendu de nouvelles absurdes, d'injures grossières; bien plus, il s'est formé, dans quelques journaux, un langage de convenance, qui, dans toutes les questions, met l'inviolabilité du trône hors de cause, et qui, reportant les griefs sur les véritables auteurs des maux, a repopularisé l'axiome tout français, tout constitutionnel : *Le roi ne peut faire le mal...*

» Cependant les personnalités, les calomnies, les faits et les opinions travesties, les injures dégoutantes ont afflué de partout, et ont été accueillies par les archives du mensonge. Mais contre qui sont aiguisées ces armes plus redoutées qu'elles ne sont meurtrières? contre les membres des deux chambres, les ministres, les magistrats, quelquefois contre de simples particuliers, presque toujours contre des hommes qui se sont offerts volontairement au jugement du public. Les uns paient leur part des ennuis attachés à la célébrité; les autres subissent la compensation morale du bien-être matériel que l'Etat leur procure. A-t-on vu pour cela l'ardeur des emplois se ralentir? A-t-on été obligé, comme au festin du riche, de chercher des hommes sur des places publiques pour les traîner de force aux ministères, aux directions générales et aux préfectures? Il serait indigne de nous, Messieurs, que les blessures que nous a faites la lance d'Achille, fermassent nos yeux sur les nombreuses guérisons qu'elle opère. Combien de révélations utiles n'a pas fait éclore la liberté de la presse? Dites s'il y a eu des injustices et des oppressions possibles, quand les journaux étaient si ardents à dénoncer même des injustices et des oppressions qui n'existaient pas. Ne voyez-vous pas que nos mœurs tendent à se modeler dans le moule de nos institutions nouvelles, et que, revenant sur nos pas, après avoir fait les deux tiers du chemin qui nous séparait des habitudes constitutionnelles, tout sera à recommencer à une autre époque, à moins que la ruine totale de nos libertés ne nous évite la peine de les recommencer jamais. »

LOI SUR LES ÉLECTIONS.

Fragment du discours de M. Royer-Collard. (Séance du 17 mai.)

« Messieurs , si les questions qui se pressent dans cette vaste discussion devaient être décidées comme des problèmes philosophiques, par les seules lumières de notre raison , je me plaindrais de
ce qu'on m'impose une tâche au-dessus de mes forces , et une
responsabilité au-dessus des destinées humaines ; car ces questions
sont immenses : d'une part elles embrassent tout le gouvernement
et toute la société ; d'une autre part elles portent des révolutions
dans leur sein. Ce qui me rassure, c'est qu'il n'y a rien dans ce
que nous semblons agiter, qui ne soit depuis long-temps résolu ,
accompli , érigé en fait irrévocable , et par conséquent placé hors
de l'arbitraire de la délibération. Ma faiblesse, je l'avoue , en est
soulagée ; elle aime à s'appuyer sur la nécessité, ministre de la Providence , et maîtresse des peuples et des rois.

» La nécessité a son empire dans le monde moral aussi bien que
dans le monde physique. A une époque donnée, dans un certain
état de la société, une seule espèce de gouvernement est possible
pour un peuple. Il y a donc pour les institutions de chaque peuple
des principes ou des conditions nécessaires. Ainsi la monarchie
légitime et la liberté sont des conditions absolues de notre gouvernement , parce que ce sont les besoins absolus de la France. Séparez la liberté de la légitimité , vous allez à la barbarie ; séparez la
légitimité de la liberté , vous ramenez ces horribles combats où
elles ont succombé l'une et l'autre. »

M. Royer-Collard établit sa proposition par divers raisonnements
qu'il serait trop long de rapporter ici. Sur la fin de son discours,
il s'exprime ainsi :

« La loi qu'on vous propose serait en vain votée , en vain quelque temps exécutée , les mœurs publiques la fatigueraient, la con-
sumeraient, l'éteindraient bientôt par leur résistance : elle ne
règnera pas : elle ne gouvernera pas la France ! (*A gauche :* Non !
Non ! Bravos !) Le gouvernement représentatif ne nous sera pas
enlevé; il est plus fort que les volontés et les desseins de ses adversaires. Avec un 18 fructidor, on déporte les hommes : les lois fondamentales d'un pays , quand elles ont le principe de vie , ne se
laissent pas déporter. (*Même mouvement.*) Les parlements n'étaient
pas aussi robustes que le gouvernement représentatif : ils n'appar-

tenaient pas à la France, ils ne parlaient pas en son nom : mais ils défendaient quelquefois les libertés publiques, et les plaintes éloquentes et courageuses qu'ils élevaient aux pieds du trône, retentissaient dans la nation. Le ministère de Louis XV, nous ne l'avons pas oublié, voulut les renverser; il fut vaincu; les parlements, un moment abattus, se relevèrent aux acclamations publiques; les fantômes dont on avait garni leurs bancs révérés, disparurent. Ainsi s'évanouira la chambre éphémère du privilége! (*Vives acclamations à gauche.*)

» Vous vous débattez en vain : vous êtes sous la main de la nécessité : tant que l'égalité sera la loi de la société, le gouvernement représentatif vous est imposé dans son énergie et sa pureté. Ne lui demandez pas de concession. Ce n'est pas à lui d'en faire : le gouvernement représentatif est une garantie, et c'est le devoir des garanties de se faire respecter et de dominer toutes les résistances. Qu'on ne s'étonne donc pas, qu'on ne s'indigne pas de ce qu'il se montre partial envers la société nouvelle; car il existe pour faire triompher la Charte. Voulez-vous qu'il vous appelle ? Embrassez sa cause : défendez le droit contre le privilége. L'amour est le véritable lien des sociétés : étudiez ce qui attire cette nation, ce qui la repousse, ce qui la rassure, ce qui l'inquiète : en un mot, relevez d'elle, soyez populaires! C'est depuis huit siècles le secret de l'aristocratie anglaise...

Messieurs, en repoussant selon mes forces les mesures qui vous sont proposées, je suis fidèle à toute ma vie; je défends encore, je revendique la légitimité, qui nous est si nécessaire, et que nous perdrions, en quelque manière, si nous ne la conservions pure et sans tache. La légitimité est l'idée la plus profonde à la fois et la plus féconde qui soit entrée dans les sociétés modernes; elle rend sensible à tous, dans une image immortelle, le droit, ce noble apanage de l'espèce humaine; le droit sans lequel il n'y a rien sur la terre, qu'une vie sans dignité et une mort sans espérance ! La légitimité nous appartient plus qu'à aucune autre nation, parce qu'aucune race royale ne la possède aussi pure et aussi pleine que la nôtre, et qu'aucune aussi n'a produit un si grand nombre de bons et de grands princes.

» Les fleuves ne remontent pas vers leur source ; les événements accomplis ne retournent pas dans le néant. Une sanglante révolution avait changé la face de notre terre ; sur les débris de la vieille société, renversée avec violence, une société nouvelle s'était élevée, gouvernée par des hommes nouveaux et des maximes nouvelles. Comme tous les peuples conquérants, cette société, je le dis en sa présence, était barbare ; elle n'avait pas trouvé dans son origine , et elle n'avait pas acquis dans l'exercice immodéré de la force , le vrai principe de la civilisation , le droit. La légitimité, qui seule en avait conservé le dépôt, pouvait seule le lui rendre : elle le lui a rendu : avec la race royale le droit a commencé à lui apparaître ; chaque jour a marqué son progrès dans les esprits, dans les mœurs, dans les lois. En peu d'années nous avons recouvré les doctrines sociales, que nous avions perdues ; le droit a pris possession du fait ; la légitimité du prince est devenue la légitimité universelle. Comme elle est la vérité dans la société, la bonne foi est son auguste caractère : on la profane si on l'abaisse à l'astuce, si on la ravale à la fraude. La loi proposée fait descendre le gouvernement légitime au rang des gouvernements de la révolution, en l'appuyant sur le mensonge.

» Je vote le rejet. » (*Vifs témoignages de satisfaction à gauche.*)

OBSERVATIONS.

Il ne faut pas se faire une trop haute idée de notre éloquence parlementaire. Les débats de la chambre ont présenté un vif intérêt, mais seulement lorsque la tribune était occupée par des hommes supérieurs, et que les discussions roulaient sur des points importants. Un historien, M. Lacretelle, voulant en tracer une esquisse dans son *Histoire de la restauration*, croit devoir prévenir son lecteur des inconvénients inséparables de son sujet. « L'assemblée constituante et la Convention, dit-il, jugeaient dans cinq ou six séances plus de causes de droit public que nous n'en verrons agitées dans le cours de cinq ou six sessions. Apprêtons-nous à revenir périodiquement de la loi de la presse à celle des élections et de la loi des élections à celle de la presse. Que si j'entrais dans le détail du budget annuel, je ne verrais plus d'issue pour sortir d'un dédale de chiffres. Chaque session vient m'offrir le tribut, souvent stérile, de deux ou trois cents discours, sous lesquels gémissent les colonnes de l'atlas des journaux. Personne ne veut faire le sacrifice de ses prétentions au talent, et surtout de sa popularité : l'esprit suit, en France, un régime démocratique. Les trois quarts de ces discours sont des traités de droit public ou de finances, et, loin de servir au mouvement de la discussion, ils lui donnent une lenteur mortelle. La passion se reproduit encore dans ces débats : mais elle s'offre rarement sous ces formes dramatiques dont l'histoire aime à s'emparer. Du milieu de ces oiseuses dissertations, qui défilent parallèlement, et ne se font la

guerre que de loin, on voit surgir quelques discours, médités
avec force, écrits avec une précision élégante, et qui s'élèvent
quelquefois jusqu'à une haute éloquence ; la discussion des articles vous frappe ensuite par une vivacité soudaine, et vous vous
retrouvez en France ; mais les saillies de l'esprit, les quolibets
hasardés, les sarcasmes lancés à dessein pour provoquer une tempête, le *brouhaha* de la droite succédant au *brouhaha* de la
gauche, trois ou quatre sonnettes cassées dans la main du président, les cris *à l'ordre!* les cris de *la clôture!* arrachés par
l'impatience, par la faim, et poussés trop souvent par les courtisans et les convives du ministère ; tous ces accessoires peuvent
animer et rendre piquant le récit d'un journal, mais ne porteraient qu'une confusion intolérable, qu'un bruit assourdissant
dans l'histoire. Après qu'une question a été traitée avec un excès
de maturité, puis avec un excès de fougue à la chambre des députés, nous la voyons portée à la chambre des pairs, sanctuaire
fermé aux regards profanes, et dont les débats imposants nous
sont souvent retracés en sept ou huit lignes sèchement officielles.
Il arrive ainsi que, dans la discussion de nos lois, c'est la passion
qui se montre et la sagesse qui se cache. Cependant, comme en
France nul ne veut perdre le mérite d'un discours prononcé,
ceux de la chambre des pairs s'impriment, viennent braver la
satiété du public, et souvent en triomphent à force de raison ou
d'éloquence. »

CHAMBRE DES PAIRS.

Les discussions de la chambre des pairs, comme on vient de le
voir, n'étaient point publiques sous la restauration. Le *Moniteur* se
contentait de les analyser en quelques lignes, et on ne les connaît
que par ces analyses sèches, et par les discours isolés que l'assemblée ordonnait d'imprimer, ou que les orateurs eux-mêmes avaient
soin de rendre publics. Ces discours donnent à penser que les
délibérations des nobles pairs étaient quelquefois très-intéres-
santes. La dignité en faisait le caractère. L'orateur, averti par les
dispositions de l'assemblée, prenait dans son langage quelque
chose d'imposant et de solennel. Il pouvait exprimer avec énergie
des pensées nobles et des sentiments généreux, mais il lui était
défendu de se livrer à des mouvements désordonnés, et sa position
même le préservait des excès qui sont comme inévitables dans
une assemblée démocratique. Il y a lieu de croire que la chambre
haute aurait offert souvent dans son sein des modèles de l'élo-

quence délibérative, si elle eût possédé un pouvoir plus réel, plus indépendant, si elle eût été comme un sénat auguste ayant en ses mains les destinées de l'empire. Mais il n'en était pas ainsi; les intérêts, la gloire et la prospérité de la France dépendaient beaucoup plus des discussions d'une autre tribune. Dès-lors, les fonctions de l'orateur étaient moins importantes, ses paroles avaient moins de portée, et il ne pouvait réaliser en sa personne cette haute idée que nous en ont donnée les anciens, lorsqu'ils nous le représentent comme tenant en ses mains les affaires de l'Etat, et dirigeant à son gré toutes les forces d'une grande nation.

Deux exemples montreront la différence qui existait entre l'éloquence des pairs et celle des députés.

Discours de M. de Châteaubriand sur la résolution de la chambre des députés, relative au deuil général du 21 janvier, prononcé le 9 janvier 1806.

« Messieurs, qu'il me soit permis de vous rappeler, dût-on m'accuser d'un peu d'orgueil, que je reçus l'année dernière, à pareille époque, une bien douce récompense de ma fidélité à mon souverain légitime. Cette récompense fut d'être officiellement chargé d'annoncer la pompe funèbre que la France allait célébrer en mémoire du roi-martyr, et les monuments que la piété de Louis XVIII voulait fonder pour éterniser ses regrets. Je fus redevable de ce choix à un ministre dont l'amitié m'honore, et qui, s'il a des ennemis, doit en chercher le plus grand nombre parmi les ennemis du roi. Vous aurez sans doute oublié, Messieurs, ou peut-être n'aurez-vous jamais lu le programme que je traçai alors de la fête expiatoire : comme il renferme des dispositions qui se rattachent à la résolution de la chambre des députés, comme ces dispositons sont en partie l'ouvrage du roi, souffrez que je remette sous vos yeux quelques traits du tableau :

« Tandis que les restes mortels de Louis XVI et de Marie-An-
» toinette seront portés à Saint-Denis, on posera la première pierre
» du monument qui doit être élevé sur la place Louis XV.

« Ce monument représentera Louis XVI, qui déjà, quittant la
» terre, s'élance vers son éternelle demeure. Un ange le soutient
» et le guide, et semble lui répéter ces paroles inspirées : *Fils
» de Saint-Louis, montez au ciel!* Sur un des côtés du piédestal
» paraîtra le buste de la reine dans un médaillon ayant pour
» exergue ces paroles si dignes de l'épouse de Louis XVI : *J'ai*

» *tout su, tout vu et tout oublié.* Sur une autre face de ce pié-
» destal on verra un portrait en bas-relief de Madame Elisabeth ;
» ces mots seront écrits autour : *Ne les détrompez pas ;* mots subli-
» mes, qui lui échappèrent dans la journée du 20 juin, lorsque
» des assassins menaçaient ses jours en la prenant pour la reine.
» Sur le troisième côté sera gravé le testament de Louis XVI, où
» on lira, en plus gros caractères, cette ligne évangélique :

> *Je pardonne de tout mon cœur*
> *à ceux qui se sont faits mes ennemis !!!*

» La quatrième face portera l'écusson de France, avec cette
» inscription : Louis XVIII à Louis XVI. Les Français solliciteront
» sans doute l'honneur d'unir au nom de Louis XVIII le nom de
» la France, qui ne peut jamais être séparée de son roi...
» Ce monument ne sera pas le seul consacré au malheur et au
» repentir. On élèvera une chapelle sur le terrain du cimetière de
» la Madelaine. Du côté de la rue d'Anjou, elle représentera un
» tombeau antique ; l'entrée en sera placée dans une nouvelle rue
» que l'on percera lors de l'établissement de cette chapelle. Pour
» mieux envelopper les différentes sépultures, l'édifice entier se
» déploiera en forme d'une croix latine, éclairée par un dôme
» qui n'y laissera pénétrer qu'une clarté religieuse. Dans toutes
» les parties du monument on placera des autels où chacun ira
» pleurer une mère, un frère, une sœur, une épouse, enfin toutes
» ces victimes, compagnes fidèles, qui depuis vingt ans ont dormi
» auprès de leur maître dans ce cimetière abandonné. C'est là
» qu'on viendra particulièrement honorer la mémoire de M. de
» Malesherbes. On nous pardonnera peut-être d'associer ici le nom
» du sujet au souvenir du roi. Il y a dans la mort, le malheur et
» la vertu, quelque chose qui rapproche les rangs.
» Le roi fondera à perpétuité une messe dans cette chapelle ;
» deux prêtres seront chargés d'y entretenir les lampes et les
» autels. A Saint-Denis, une autre fondation plus considérable
» sera faite au nom de Louis XVI, en faveur des évêques et des
» prêtres infirmes, qui, après un long apostolat, auront besoin de
» se reposer de leurs saintes fatigues. Ils remplaceront l'ordre
» religieux qui veillait aux cendres de nos rois. Ces vieillards, par
» leur âge, leur gravité et leurs travaux, deviendront les gardiens
» naturels de cet asile des morts, où eux-mêmes seront près de
» descendre. Le projet est encore de rendre à cette abbaye les
» tombeaux qui la décoraient, et auprès desquels Suger faisait

12

» écrire notre histoire, comme en présence de la Mort et de la
» Vérité. »

» Voilà, Messieurs, ce qui fut commandé par le roi. Une ordonnance déclara, de plus, qu'à l'avenir le 21 janvier serait un jour
consacré par des cérémonies religieuses. La première pensée de ce
grand sacrifice de paix appartient donc à notre souverain, comme
tout ce qui s'est fait de bon et de noble depuis la restauration de la
monarchie. Et pourtant, dans le programme dont je viens de lire
quelques passages, que de choses déjà vieillies, que de réflexions
qui ne sont déjà plus applicables au moment où je vous parle!
Dùm loquimur, fugerit invida œtas ! Combien, lorsque je retraçais
la pompe de Saint-Denis, il y avait alors d'espoir au milieu du
deuil de la patrie! Combien le repentir de quelques hommes
paraissait sincère! Qu'il était doux pour le roi de leur pardonner!

» Mais quand leur seconde trahison nous forçait de quitter le
sol natal, auraient-ils jamais cru que nous nous retrouverions ici,
à cette époque du 21 janvier, pour célébrer la seconde fête expiatoire! Ils espéraient n'entendre plus parler de ces morts qui
les accusent à la face du Dieu vivant. Ce Dieu, pour les confondre,
a renfermé dans le court espace d'un an des événements qu'un
siècle entier pourrait à peine contenir; les hommes et les choses
se sont précipités, se sont écoulés comme un torrent : toute la
terre a, pour ainsi dire, passé en France entre deux pompes
funèbres. Partis d'un tombeau, nous sommes revenus au pied de
ce tombeau; et, de tant de projets conçus, il n'est resté que ceux
que Louis XVIII avait formés pour les cendres du roi son frère.

» La chambre des députés veut partager les œuvres de notre
souverain; elle veut unir la douleur du peuple à celle du roi ;
elle nous invite à nous joindre à son touchant hommage. Pairs
de France, vous qui tenez la place de l'antique noblesse, à
l'exemple du pieux Tanneguy, vous vous empresserez de concourir
aux obsèques d'un monarque que des ingrats abandonnèrent. J'ai
vu, Messieurs, les ossements de Louis XVI mêlés dans la fosse
ouverte avec la chaux vive qui avait consumé les chairs, mais qui
n'a pu faire disparaître le crime! J'ai vu le squelette de Marie-
Antoinette, intact à l'abri de l'espèce de voûte qui s'était formée
au-dessus d'elle comme par miracle! La tête seule était déplacée,
et, dans la forme de cette tête, on pouvait reconnaître, ô Providence! les traits où respirait avec la grâce d'une femme toute la
majesté d'une reine. Voilà ce que j'ai vu, Messieurs! voilà les souvenirs pour lesquels nous n'aurons jamais assez de larmes; voilà les
attentats que les hommes ne sauraient jamais expier! Quand vous

élèveriez à la mémoire de ces grandes victimes un monument pareil aux tombeaux qui bravent les siècles dans les déserts de l'Egypte, vous n'auriez encore rien fait : tout cet amas de pierres ne couvrirait pas la trace d'un sang qui ne s'effacera jamais.

» Mais remarquez, Messieurs, la puissance de la religion, de cette religion appelée à notre secours par notre monarque et par la chambre des députés! Elle seule peut égaler les marques de la douleur à la grandeur des adversités ; elle n'a besoin pour cela ni de pompes magnifiques, ni de mausolées superbes : quelques larmes, un jeûne, un autel, une simple pierre où elle aura gravé le nom du roi, lui suffiront. Laissons-la donc mener le deuil : cherchons seulement si dans la résolution soumise à votre examen, ainsi que dans les adresses qu'on prépare, rien n'a été oublié.

» Je crois, Messieurs, apercevoir une omission. Au milieu de tant d'objets de tristesse, on n'a pas assez également départi le tribut de nos larmes. A peine, dans les projets divers, a-t-on nommé ce roi-enfant, ce jeune martyr qui a chanté les louanges de Dieu dans la fournaise ardente. Est-ce parce qu'il a tenu si peu de place dans la vie et dans notre histoire, que nous l'oublions? Mais que ses souffrances ont dû rendre ses jours lents à couler, et que son règne a été long par la douleur! Jamais vieux roi, courbé sous les ennuis du trône, a-t-il porté un sceptre aussi lourd? Jamais la couronne a-t-elle pesé sur la tête de Louis XIV descendant dans la tombe, autant que le bandeau de l'innocence sur le front de Louis XVII sortant du berceau? Qu'est-il devenu ce pupile royal laissé sous la tutelle du bourreau? cet orphelin qui pouvait dire, comme l'héritier de David : « Mon père et ma mère m'ont abandonné? » Où est-il le compagnon des adversités, le frère de l'orpheline du Temple? Où pourrais-je lui adresser cette interrogation terrible et trop connue : *Capet, dors-tu? Lève-toi!* — Il se lève, Messieurs, dans toute sa gloire céleste, et il vous demande un tombeau. Malédiction aux scélérats qui nous obligent aujourd'hui à tant de réparations vaines! Qu'elle soit séchée, la main parricide qui osa se lever sur cet enfant de Saint-Louis, roi oublié jusqu'ici dans nos annales, comme il le fut dans sa prison! La France rejette enfin les hommes qui ont rejeté une amnistie sans exemple. Ils ont méconnu leur second père : la patrie ne les connaît plus ! Leur propre fureur a effacé la clause du Testament de Louis XVI qui les mettait à l'abri ; la justice a repris ses droits, et le crime a cessé d'être inviolable.

» Je vote, Messieurs, pour l'adoption pleine et entière de la réso-

lution de la chambre des députés, et je regrette que nos réglements
nous interdisent de la voter par acclamation. Je propose, en outre,
d'ajouter à la résolution cet amendement qui complètera les expia-
tions du 21 janvier :

> » Le roi sera humblement supplié d'ordonner qu'un monument
> » soit élevé à la mémoire de Louis XVII, au nom et aux frais de
> » la nation. »

*Fragment d'un discours de M. de Fitz-James, sur la loi d'élection
de 1817.* (Séance du 27 janvier.)

Un ministre, en défendant le projet de loi à l'autre chambre,
s'était servi de ces mots : « Ayez des vertus et vous aurez de l'influence. » Voici par quels mouvements M. de Fitz-James les repousse sur la fin de son discours.

« *Ayez des vertus et vous aurez de l'influence.* Cette espérance
est consolante, sans doute ; il faut être doué d'une belle âme pour
douter ainsi de la possibilité du mal, et n'avoir en perspective que
la récompense de la vertu : mais, si des espérances si flatteuses ne
sont que des erreurs, notre devoir à nous n'est-il pas de réveiller le
ministre sur le bord de l'abîme où il s'endort, bercé sur ces ver-
tueuses illusions? *Ayez des vertus et vous aurez de l'influence,* nous
dit-il. Eh! grand Dieu, quels sont donc les siècles, quels sont les
peuples dont il a étudié l'histoire? Chez qui a-t-il trouvé ces hommages rendus à la vertu? Est-ce l'antiquité qui lui a présenté ce
tableau enchanteur? Est-ce Athènes, qui proscrivait son plus vertueux citoyen, parce que son peuple était importuné d'entendre
toujours vanter le juste Aristide? Athènes, qui laissait périr le vainqueur de Marathon au fond d'un cachot, qui chassait Thémistocle,
qui envoyait la mort au lieu de la couronne aux généraux vainqueurs aux Arginuses, qui tuait la vertu même en faisant boire la
ciguë à Phocion et à Socrate? Est-ce Rome, l'ingrate Rome, qui
n'eut pas les os de Scipion? A qui, dans cette ville infâme, étaient
réservés l'influence et les honneurs populaires? Aux Gracques, à
Marius, à Catilina, à Clodius, à César, César le plus vicieux des
Romains avant d'en être le plus grand ; Caton était réduit à se déchirer les entrailles, et Brutus tombait sur son épée en reniant la
vertu. Et si de ces grands peuples je descends jusqu'à nous, trou-
verai-je des tableaux plus consolants? Et si j'ouvrais les annales de
la révolution?... Le ministre a donc eu le bonheur de vivre loin du

monde depuis vingt-sept ans ? Il n'a donc pas connu les hommes qu'il était destiné à gouverner ? Qui donc a-t-il vu monter au Capitole ? Qui donc a-t-il vu monter à l'échafaud ? Ah, j'aime à croire qu'au moment où, dans la chambre des députés, il prononçait ces inconcevables paroles, si tout-à-coup les portes de la salle se fussent ouvertes, et que, du haut de la tribune où il parlait, ses regards fussent tombés sur la place fatale, sur la place du crime, j'aime à croire que sa voix aurait expiré sur ses lèvres, la vérité lui serait apparue, et, à la lueur de son flambeau, il aurait lu sur les pavés, en traits sanglants et ineffaçables : *Non, ce n'est point ici-bas, c'est dans un séjour plus élevé que la vertu doit s'attendre à recevoir sa récompense.* »

CHAPITRE TROISIÈME.

RÈGNE DE LOUIS-PHILIPPE.

Les orateurs qui, pendant quinze ans, avaient défendu la brancl
aînée des Bourbons, firent un dernier effort lorsqu'on délibéra
après les journées de juillet, sur la vacance du trône et sur l'élec
tion d'une nouvelle dynastie. M. de Conny, dans cette circonstan
ce, fit entendre ces paroles sublimes :

Discours de M. de Conny.

« Dans les circonstances terribles où nous sommes placés, la li
berté des délibérations est une loi plus sacrée encore ; je l'invoqua
toujours ; et, lorsque de nos bancs déserts s'élèvent à peine quel
ques voix, vous ne refuserez pas de les entendre.

» Je me présente à la tribune pressé par le cri de ma conscience
le silence serait une lâcheté ; n'attendez point de moi de longs dis
cours : les devoirs que nous devons remplir sont tracés avec un
trop vive clarté. L'ordre social est ébranlé jusqu'en ses fondement
Ces mouvements tumultueux qui suspendent tout-à-coup l'actio
des pouvoirs légitimes, institués pour établir l'ordre dans la soci
té, sont des époques de calamités qui exercent sur la destinée de
nations la plus funeste influence.

» Long-temps prévus à l'avance par l'observateur attentif, il
deviennent aux yeux de tous, dans ces jours de douleur et d'ei
froi, l'expression de cette anarchie morale qui existait au cœu

de la société. L'inexorable histoire s'élevant au-dessus des passions contemporaines, imprime à ces jours lamentables le caractère qu'ils doivent avoir ; et le cri de la conscience humaine s'élève pour consacrer cette vérité éternelle : *La force ne constitue aucun droit.*

» En ces temps de troubles, on invoque la liberté ; mais l'expression de la pensée a cessé d'être libre. La liberté est baillonnée par ces cris sanglants qui portent l'effroi de toutes parts. Il y a alors oppression, et j'ajouterai même la pire de toutes, car elle s'exerce au nom de la liberté, elle est empreinte d'un caractère d'hypocrisie et de fureur.

» Vous ne vous laisserez point subjuguer par les cris qui retentissent autour de vous. Les hommes d'Etat restent calmes au milieu des périls, et, lorsque des voix confuses appellent en France le fils de Napoléon, invoquent la république et proclament le duc d'Orléans, inébranlables dans vos devoirs, vous vous rappellerez vos serments, et vous reconnaîtrez les droits sacrés de l'enfant royal qu'après tant de malheurs la Providence a donné à la France.

» Les cris de la conscience parlent plus haut que ces voix tumultueuses qui retentissent autour de nous. Pensez au jugement de l'avenir, il serait terrible. Vous ne voudrez point qu'un jour l'histoire puisse dire de vous : *Ils furent infidèles à leurs serments.*

» L'Europe nous regarde : trop longtemps nous lui donnâmes le spectacle de la plus étrange mobilité ; trop longtemps nous changeâmes de partis aussi souvent que la victoire changeait de drapeaux. Ramenés par le malheur à la vérité, restons calmes au milieu de tant de passions soulevées, et couvrons de nos respects et de nos larmes de grandes et royales infortunes.

» Dynastie sacrée, recevez nos hommages ! Auguste fille des rois, que tant de cris d'amour reçurent en France, sur la terre d'exil que vous revoyez encore, puisse notre douleur rendre plus légers tant de peines et tant de malheurs !

» En restant fidèle à mes devoirs, je veux épargner à notre patrie tout ce que l'usurpation traine après elle de calamités et de crimes.

» Fixant d'un œil inquiet les destinées de la France, je vois, Messieurs, le double fléau de la guerre civile et de la guerre étrangère menacer notre belle patrie ; je vois la liberté disparaître sans retour ; je vois le sang français couler, et ce sang retomber sur nos têtes.

» La consécration du principe de la légitimité, de ce principe
réclamé par la Charte, peut seule préserver notre pays de ce redoutable avenir. Ce principe sacré, je l'invoque dans la tempête,
comme je l'invoquai en des jours plus tranquilles : il est l'ancre de
salut. L'Europe est menacée d'un vaste embrasement si nous oublions la sainteté de nos serments, et nos serments sont écrits dans
la Charte.

» La France entière est enchaînée par ses serments ; l'armée toujours fidèle, toujours française, inclinera ses armes devant le jeune
roi, j'en atteste l'honneur national. Ne donnons point au monde
le scandale du parjure. En présence des droits sacrés du duc de
Bordeaux, l'acte qui élèverait au trône le duc d'Orléans serait la
violation de toutes les lois humaines.

» Député de mon pays, c'est devant Dieu, qui nous jugera, que,
me rappelant mes serments, je viens d'exprimer la vérité tout entière ; j'aurais perdu l'estime de mes adversaires, si, dans les
périls qui nous environnent, j'avais pu garder le silence ; les
sentiments qui m'animent, je les proclame à la face du ciel, je les
exprimerais à la bouche du canon. En descendant de cette tribune,
j'ai besoin d'exprimer le vœu le plus ardent de mon âme. Puisse
la Providence éloigner de notre pays les malheurs qui le menacent !
Puisse cette France si chère à nos cœurs revoir des jours plus heureux !

» Si le principe de la légitimité n'était point reconnu par la
chambre, je dois déclarer que je n'aurais pas le droit de participer
aux délibérations qui vous sont soumises. »

Ce discours de M. de Conny ne fut qu'une solennelle protestation
contre les pouvoirs que s'attribua l'assemblée ! Un nouveau gouvernement commença en vertu de la souveraineté du peuple. Il ne
rencontra d'abord d'autre opposition, dans les chambres, que celle
de quelques députés et de quelques pairs légitimistes, tels que MM.
de Martignac, Berryer, de Fitz-James, de Dreux-Brézé. Mais il
vit bientôt s'élever du milieu des hommes de juillet des adversaires
plus redoutables, qui lui demandèrent avec fierté les conséquences
de la révolution.

ÉLOQUENCE MINISTÉRIELLE.

Casimir-Périer. (1777—1832.)

En face de cette double opposition, en face des obstacles et des embarras qui firent longtemps vaciller le trône des barricades, aucun ministre ne déploya plus de ressources que Casimir-Périer. Nommé président du conseil, le 13 mars 1831, il exposa avec vigueur devant les députés le système de politique qu'il prétendait suivre. Il en avait déjà fait l'essai lorsqu'une nouvelle chambre fut convoquée au milieu de la fermentation générale des esprits. La majorité lui était assurée, mais l'Opposition libérale s'apprêtait à stigmatiser sa conduite et à lui adresser de terribles reproches. Il avait fait ce qu'il était possible d'attendre d'un homme ferme et habile ; il dit ce qu'il pouvait trouver de mieux pour se justifier.

Discours de M. Casimir-Périer à l'ouverture de la session de 1831.
(Séance du 9 août.)

« Messieurs, au moment où la chambre se dispose à exprimer son opinion sur le système et sur les actes du ministère, avant que le débat s'engage, elle me permettra, je pense, de lui exposer dans son ensemble la politique que nous avons suivie depuis la fin de la session dernière, de lui en faire apprécier les motifs, de lui en rappeler les résultats.

» Ce n'était point comme ministre que je comptais, il y a peu de jours encore, paraître à cette tribune.

» Nous avions cru, mes collègues et moi, qu'un motif tout constitutionnel nous commandait de renoncer à une mission difficile en tout temps, mais, j'ose le dire, impossible aujourd'hui, pour qui ne serait pas investi de toute votre confiance.

» A côté de ce devoir parlementaire, qui avait commandé au cabinet de se dissoudre, des circonstances survenues au dehors ont fait naître un autre devoir plus pressant, qui le lui défendait.

» Je m'en félicite, Messieurs ; car si ma conviction politique me portait à déposer le fardeau du pouvoir, il m'en coûtait de voir juger les actes de l'administration que j'avais eu l'honneur de présider, sans être encore à mon poste, pour encourir plus directement, s'il est possible, ma part de responsabilité.

» Trop souvent, depuis cinq mois, d'injustes interprétations ont essayé de dénaturer, aux yeux de la France, l'esprit et la conduite de notre administration. Nous rentrons enfin, grâce à votre présence, dans la véritable carrière de la discussion politique, et vous allez juger si nous n'avons pas quelque raison de persister dans un système que tant de vaines attaques n'ont pu arracher de notre conviction.

» Rappelez-vous, Messieurs, dans quelles circonstances le pouvoir fut remis au ministère formé le 13 mars.

» De toute part la situation était sombre et décourageante, et peut-être suffirait-il de rappeler que nous osâmes braver les embarras de cette situation, et de vous montrer dans un tableau fidèle ce qu'était la France à cette époque et ce qu'elle est aujourd'hui.

» Mais c'est peu de n'avoir pas [échoué dans nos espérances; c'est peu d'avoir franchi, avec quelque bonheur peut-être, les obstacles que nous avions affrontés. Nos actes accomplis vous répondent pour le passé. Maintenant, Messieurs, c'est du système politique qui a dicté ces actes que nous voulons répondre devant vous, jaloux de vous convaincre que ce système seul peut assurer dans l'avenir les résultats déjà obtenus dans le passé.

» Ce système que nous ne nous flattons pas d'avoir inventé, parce qu'on n'invente pas un système politique, qu'on doit trouver tout écrit dans la nature des choses; ce système, quel est-il?

» Dans nos affaires intérieures, la Charte, toute la Charte, rien que la Charte. En empruntant ces paroles à un illustre ami que la France regrette, j'y trouve notre symbole politique.

» Oui, Messieurs, c'est dans l'enceinte sacrée de la Charte de 1830 que nous avons renfermé l'exercice de notre autorité; nous voulons marcher jusqu'à ses dernières limites, mais les dépasser, jamais.

» Qui pourrait dire que ce système n'est pas conforme à l'esprit de la révolution de juillet, qu'il résiste à son mouvement, qu'il s'oppose à ses conséquences? La révolution de juillet a-t-elle voulu plus que la Charte, Messieurs? personne, que je sache, n'oserait le soutenir.

» Elle est venue, non recommencer, mais terminer notre première révolution.

» Elle n'est pas un signal donné à la France et au monde pour les appeler à d'aventureuses expériences et à d'interminables combats.

» Elle doit nous assurer un gouvernement définitif, et la Charte est le seul programme de ce gouvernement. (*Marques d'approbation.*)

» Que faut-il donc pour être fidèle au vœu de la révolution de juillet?

» Il faut exécuter la Charte avec franchise et loyauté.

» Eh bien, Messieurs, nous l'avons fait !

» Deux choses sont aujourd'hui comprises dans le code politique ; des lois déjà faites et des lois à faire.

» Quant aux lois déjà faites, elles ont été fidèlement observées ; vous en êtes témoins, Messieurs ; car une de ces lois vous a appelés à siéger sur les bancs de cette chambre, et vous savez avec quelle loyauté ses moindres dispositions ont été accomplies ; il en est de même des autres lois non moins importantes, qui ont pour principe l'élection. Celle de la garde nationale a déjà reçu son exécution dans presque toute la France ; celle sur l'organisation des municipalités est à la veille de recevoir aussi la sienne.

» Quant aux lois à faire, elles vous seront immédiatement soumises, et il ne dépendra pas de nous que la présente session n'achève d'accomplir les promesses de l'art. 69 de la Charte.

» Ne nous abusons pas, Messieurs ; au-delà de la Charte, au-delà de la royauté constitutionnelle, c'est-à-dire au-delà du gouvernement des trois pouvoirs concourant à la rédaction de toutes les lois, de toutes les institutions, il n'y a plus rien qui appartienne en propre à la révolution de juillet ! elle s'est arrêtée là ; et tout ce qu'on vous donne pour les conséquences de cette révolution, ce ne sont que les prémices d'une révolution nouvelle. Or, la France le dit hautement chaque jour : elle a horreur de toute révolution. (*Marques nouvelles d'assentiment.*)

» En marchant ainsi de conséquences en conséquences, où arriverions-nous, Messieurs ? à l'anéantissement de la société. Malheur à nous, si, obéissant à cette aveugle logique, les yeux toujours fixés sur un chimérique avenir, nous négligions le fruit de nos victoires pour courir incessamment à d'insaisissables conquêtes ? Qu'un exemple récent soit constamment sous nos yeux ! Comment s'est perdue la restauration ? Par ceux qui se disaient ses amis exclusifs, par leur insatiable exigence, par les conséquences logiques du droit divin.

» Messieurs, ce n'est qu'en résistant, quand il en est temps encore, à cette invasion de conséquences toujours réclamées par d'imprudents amis, qu'un gouvernement nouveau peut se fonder un avenir. La France en a le sentiment : car aujourd'hui elle a soif de repos, de stabilité. (*Vive adhésion.*) Après l'intervalle immense qu'elle a franchi depuis un an, ce dont elle a besoin, c'est de reprendre haleine. Ses habitudes, vous pouvez le remarquer souvent, sont encore en arrière de ses lois ; et ce n'est que dans un avenir éloigné qu'elle pourra trouver insuffisantes les institutions qu'elle vient de conquérir. Il faut donc la préserver d'une de ces croissances trop précoces qui énervent et font dépérir le

corps social. C'est là le devoir que nous nous sommes imposé,
mes collègues et moi; c'est à cette mission sévère et laborieuse
que nous nous sommes dévoués.

» Maintenant, Messieurs, c'est à vous d'achever notre ouvrage.

» Nous avons pu, pendant votre absence, entreprendre et soutenir une lutte si difficile. Mais aujourd'hui, quand vous êtes assemblés, nous ne pouvons plus rien sans le concours de vos efforts
et de votre confiance. Le pouvoir n'existe qu'au prix de l'harmonie entre les dépositaires de l'autorité et les représentants de la
nation, et cette harmonie doit être complète; car, pour peu qu'elle
fût douteuse, où serait la force, où serait l'appui d'une administration sans cesse livrée à la merci de votes imprévus?

» A de telles conditions, nous nous croirions coupables, Messieurs, de conserver plus longtemps le dépôt du pouvoir. La confiance du Roi ne saurait se séparer de la vôtre.

» En effet, devant cette alliance, devant elle seule tomberont
ces partis qui s'agitent aujourd'hui pour troubler le repos de la
France. S'ils ont quelque force, ce n'est pas d'eux qu'elle leur
vient, c'est du défaut de puissance, c'est-à-dire du défaut d'ensemble de l'autorité. »

L'orateur signale ces divers partis, qui, selon lui, s'agitent pour
troubler le repos de la France; il passe ensuite à sa politique extérieure.

» Ce n'est pas seulement au dedans qu'on nous accuse d'avoir
méconnu les conséquences de la révolution de juillet.

» Le système que nous avons suivi au dehors, est l'objet des
mêmes reproches.

» Ce système, nous l'avons trouvé établi à notre arrivée aux affaires, par des négociations entamées que nous devions nécessairement poursuivre. Nous sommes donc entrés dans les voies tracées
avant nous; seulement, grâce à l'homogénéité que nous avons pu
donner au cabinet, nous croyons y être entrés d'un pas plus
ferme et avec une intention plus arrêtée.

» Nous avons adopté ce système, auquel nous ne craignons pas
de donner son vrai nom, le système de la paix, parce que nous
l'avons cru à la fois le plus sûr et le plus digne : parce que, tout
en comptant sur l'invincible valeur de nos soldats, nous avons
pensé qu'une destinée plus belle et une gloire plus durable attendaient notre pays, s'il se plaçait en Europe à la tête de la civilisation, plutôt par l'ascendant de la force morale que par l'effroi
de ses baïonnettes.

» L'état de l'Europe, les intérêts des puissances, leurs dispositions, leur conduite, les faits qui se sont passés depuis six mois, depuis huit jours, les guerres mêmes dont nous sommes acteurs ou témoins, tout nous atteste, tout nous donne le droit de penser et d'affirmer ici que la paix du monde peut être conservée, et que c'est de la France surtout qu'elle dépend.

» Est-ce à dire que la France doive la vouloir à tout prix, et par tous les moyens? Non, non Messieurs ; et, pour éviter la guerre, nous ne demanderons à l'honneur de la nation aucun sacrifice, nous n'en demandons qu'aux passions et aux théories. (*Très-bien! très-bien! marques d'approbation.*)

» Que disent les théories? que les principes de notre gouvernement étant opposés à ceux des grands Etats du continent, la guerre est la conséquence de cette contradiction. Ainsi, la liberté française ne saurait être sauvée que par la conquête de l'univers.

» Les événements sont là pour démentir cette assertion. Voilà bientôt un an que la France traite avec les divers Etats de l'Europe, quel que soit d'ailleurs leur régime intérieur ; les conventions qu'elle forme avec eux sont fidèlement exécutées, l'accord n'a point cessé de régner entre les grandes puissances, et elles ont travaillé de concert à élever des trônes et à créer des nations !

» Quant aux passions enflammées, soit par de glorieux souvenirs, soit par de patriotiques regrets, elles demandent la guerre, tantôt comme un plaisir, tantôt comme une revanche ; il semble à quelques jeunes courages que ce n'est que dans le sang que peuvent s'effacer des souvenirs de deuil et de revers.

» Ainsi, Messieurs, la guerre serait l'éternelle destinée des nations ; et, de vengeances en vengeances, de représailles en représailles, l'extermination de tous les peuples, sous les coups d'un seul, serait l'unique dénouement du drame sanglant de l'histoire.

» Messieurs, j'en atteste l'immortel éclat de notre révolution, j'en atteste le prompt respect de tous les trônes pour notre indépendance reconquise, la France a repris aujourd'hui en Europe cette position digne d'elle, qu'un gouvernement esclave de l'étranger lui avait trop longtemps ravie.

» Au reste, les résultats de notre diplomatie et de nos armes, dans le court espace d'une année, prouvent assez, Messieurs, que la politique de la paix n'est pas plus un sacrifice qu'une illusion. Je laisse parler les faits. (*Ecoutez, écoutez.*)

» Le Portugal avait outragé envers des français les droits de l'humanité; le gouvernement avait annoncé à la France satisfaction ou justice; justice a été faite et satisfaction obtenue.

» En Italie, vous avez vu, ainsi que nous l'avions annoncé à cette tribune, les troupes de l'empereur d'Autriche évacuer les États romains.

» La Romagne est pacifiée. Cette faible insurrection, qui ne pouvait l'affranchir, n'a point entraîné son oppression. Des réformes utiles ont été obtenues en partie, grâce à nos négociations.

» Qu'y avait-il à faire de plus? Les événements d'Italie étaient commencés lorsque notre cabinet s'est formé; nous avons trouvé le duché de Modène envahi; les Autrichiens étaient en marche vers la Romagne; le gouvernement promit alors que, s'ils y pénétraient, ils n'y occuperaient pas; cette promesse a été remplie; l'Italie respire, et sans nous elle serait peut-être aujourd'hui le théâtre de sanglantes réactions.

» Plus forte et plus menacée que l'Italie, la Pologne préoccupe bien autrement le monde; nous partageons cette sympathie profonde que la France éprouve pour une nation dont la gloire et [le malheur ont si souvent uni les destinées aux siennes; sympathie dont l'expression a été hautement professée dans un acte solennel! (*Sensation.*)

» Mais des vœux ne seraient qu'un stérile hommage; au 13 mars aucune médiation n'avait été offerte encore pour la Pologne. Nous avons conseillé au roi d'offrir la sienne le premier.

» Ses alliés ont été pressés de s'unir à lui pour arrêter le combat, pour assurer à la Pologne des conditions de nationalité mieux garanties. Ces négociations se continuent; nous les suivons avec anxiété, car le sang coule, le péril presse et la victoire n'est pas toujours fidèle. Ainsi, pendant qu'on nous accusait d'une prétendue indifférence, chaque jour nous voyait tenter de nouveaux moyens d'intercession. (*Sensation.*)

» A quel autre moyen pouvions-nous recourir, Messieurs? Fallait-il, comme nous l'avons entendu dire, reconnaître la Pologne? Mais, en supposant même que la foi des traités, que le respect de nos relations nous eussent donné le droit de faire cette reconnaissance, elle eût été illusoire, si des effets ne l'eussent suivie, et alors c'était la guerre. J'en appelle à la raison de cette chambre; car ici ce n'est pas l'émotion et l'enthousiasme qui doivent prononcer, c'est la raison. La France doit-elle chercher la guerre? doit-elle recommencer la campagne gigantesque où se perdit la fortune de Napoléon?

» Cette guerre qu'on nous demande, y pense-t-on ? C'est la guerre à travers toute la largeur du continent européen ; c'est la guerre universelle, objet de tant d'ambitions délirantes, de tant de chimériques passions !

» Si du moins on nous prouvait que cette croisade héroïque eût sauvé la Pologne ! mais non, Messieurs, car, si la France fut sortie un moment de sa neutralité, c'en était fait de la neutralité qu'observent d'autres puissances, et quatre jours de marche seulement séparent leurs armées de cette capitale en péril qui se défend à quatre cents lieues de nous ! (*Très-vive sensation.*)

» En présence de tels faits, qui donc ose demander la guerre, non pour sauver la Pologne, mais pour la perdre ? (*Marques très-vives d'assentiment.*)

» Nos explications ne seront pas moins positives sur les affaires de Belgique. Combien de fois, vous pouvez vous en souvenir, n'a-t-on pas prévu dans la royauté belge une cause infaillible de rupture avec l'Europe entière ? Certes, lorsque nous sommes entrés au ministère, le refus de la couronne pour M. le duc de Nemours, et l'exclusion donnée à M. le duc de Leuchtemberg, limitaient étroitement le choix du souverain destiné à donner enfin l'existence et l'unité à ce royaume naissant : le choix que la Belgique a fait était politique : le caractère personnel du prince qui en était l'objet rendait ce choix désirable. La France a dû l'accueillir avec satisfaction, car elle ne partage pas d'ombrageuses défiances dont la cause n'est qu'apparente.

» D'ailleurs, en reconnaissant le roi Léopold, la France a stipulé des conditions que réclamaient sa sûreté et sa dignité. La démolition des places fortes effacera les derniers vestiges de 1815. L'indépendance de la Belgique a été garantie, sa neutralité ne l'est pas moins : l'une et l'autre seront au besoin défendues : les dernières déterminations du cabinet français viennent de le prouver.

» Une armée française a reçu ordre d'entrer en Belgique, pour repousser l'agression inattendue du roi de Hollande.

» Cette expédition que nous avons résolue à la première dépêche du roi des Belges, est le résultat du concert qui existe entre toutes les grandes puissances de l'Europe ; elle prouve que la France est forte, que ses armées sont prêtes, que ses jeunes soldats et ses vieux généraux sont dignes de l'héritage de gloire déposé dans leurs mains. (*Très-bien, très-bien.*)

» Elle prouve que la France est la fidèle alliée, l'appui naturel de la Belgique, qu'elle sait protéger son ouvrage, que les traités ne sont pas un vain mot, et que cette Europe qu'on nous peint conspirant la guerre contre nous , respecte ses engagements, notre indépendance et notre force. C'est en ce sens que la guerre contre la Hollande est la confirmation de la paix générale.

» Ainsi, Messieurs, en dépit des prédictions qui, dès long-temps, nous annonçaient qu'avant peu l'absolutisme européen réduirait la France elle-même à la nécessité de défendre sa propre indépendance, et que Paris reverrait l'étranger ; c'est d'accord avec l'Europe que la France va défendre aujourd'hui , contre un monarque isolé , la cause de l'indépendance d'un peuple voisin et ami, indépendance née de notre révolution ; c'est Bruxelles qui reconnaît des alliés sous l'uniforme français. Quel éclatant démenti pour les prophètes de propagande et de réaction !

» La France protège , de concert avec l'Europe , une révolution née de juillet , et elle verra démolir des forteresses élevées contre la France elle-même par la Sainte-alliance ! Voilà des faits, Messieurs, qui prouvent que, sans la France et ce qu'elle a fait, les Etats du Saint-Siége seraient couverts de soldats étrangers , de proscriptions et de confiscations ; que, sans la France , la Pologne eût été depuis long-temps écrasée par les efforts réunis des trois puissances qui l'entourent ; que, sans la France, la Belgique serait en proie à l'anarchie ou tombée sous une restauration ! (*Longue et vive sensation.*)

» Loin donc que la France ait abandonné les peuples que sa révolution avait mis en mouvement, sans aucune provocation de sa part , elle leur a rendu à tous autant de services qu'une imprudente propagande a pu faire de victimes ! (*Marques prolongées d'assentiment.*)

» Elle a assuré à la Belgique l'indépendance et la nationalité ; à la Pologne , moins d'inégalité dans une lutte au milieu de laquelle notre intervention en eût appelé de trop décisives ; elle a épargné à l'Italie les plus douloureuses conséquences d'une tentative manquée ; et la paix générale a été maintenue , et, en maintenant la paix générale, la France s'est mise en état de faire la guerre.

» C'est-à-dire qu'elle a ressaisi son influence , prouvé sa sagesse et rétabli sa force !

» Ces résultats, Messieurs, c'est au nom de la révolution de juillet , c'est en nous prévalant de son beau caractère , que nous les avons obtenus.

» Ne vous y trompez pas ; ce qui l'a si rapidement accréditée en Europe , ce qui a imposé silence à ses ennemis, c'est surtout la bonté de sa cause et la sagesse de sa conduite. Notre révolution a éclaté parce qu'elle était juste et nécessaire ; elle n'a fait pour s'accomplir que ce qui était juste et nécessaire ; elle a respecté, du reste, tous les droits, ménagé tous les intérêts.

» De là les ménagements et le respect que partout on s'est senti obligé de lui porter. De là l'autorité morale que nous avons pu exercer en son nom. Nous n'en avons point appelé à la force matérielle, nous avons réclamé le droit, la justice, le bon ordre européen ; et, si nous avons dû obtenir une entière confiance, c'est que nous parlions comme la France avait agi.

» Rarement, jamais peut-être, la France n'avait, sans faire la guerre, pesé d'un aussi grand poids dans la balance de l'Europe !

» Elle n'a rien réclamé dans son intérêt immédiat, qui n'aît été consenti ; aucune influence n'est aujourd'hui supérieure à la sienne.

» Mais, pour la conserver, cette influence, il ne faut pas oublier à quel prix on l'obtient. Notre respect pour la nationalité de tous les peuples et les droits de tous les trônes : voilà la condition première du respect qu'ont pour nous les peuples et les rois. L'Europe croit à l'autorité de notre parole, elle croit à notre raison, elle ne peut s'offenser de notre fierté. Mais, si jamais la France s'abandonnait à l'esprit de faction, au torrent des passions populaires, elle perdrait aussitôt son influence, et c'est par la violence qu'elle serait forcée d'y suppléer. Il est donc vrai de dire que la paix du monde dépend du gouvernement intérieur de notre pays !

» Et vous, Messieurs, qui avez une si grande part dans ce gouvernement, représentez-vous toute la gravité des déterminations que vous allez prendre. La discussion qui vous occupe décidera probablement de l'avenir de l'Europe. C'est, à vrai dire, la guerre et la paix qui sont en question devant vous. Que cette pensée vous soit présente, et que la chambre, en exerçant toute sa puissance, connaisse du moins toute sa responsabilité.

» La nôtre ne nous effraierait point, avec l'appui de votre confiance, qui seul peut donner le courage de se dévouer à la cause publique ; mais nous ne pouvons la servir, Messieurs, qu'en restant fidèles à nos principes, et, par conséquent, après que vous vous y serez associés.

» Vous les connaissez ; ils vous sont expliqués : ils le sont au pays et à l'Europe par ces deux mots qui répondent à nos amis et à nos ennemis, au dedans et au dehors ; ces deux mots qui caractérisent

13

nos deux systèmes d'administration intérieure et de politique étran
gère; ces deux mots qui résument les opinions et les intérêts de
la France : *La Charte et la paix!* »

(*Un mouvement général d'assentiment se manifeste, des bravo.
se font entendre dans toutes les parties de la chambre; une longue
et vive sensation succède à ce discours.*)

CASIMIR-PÉRIER PEINT PAR TIMON.

Son immense fortune lui donnait cette sorte d'apparente indépen
dance qui permet à un ministre de mettre, à tout moment, le marché
à la main, devant le Roi, devant les Chambres, qui élève un homme
au-dessus des soupçons de la corruption, et qui en impose toujours
au vulgaire. Casimir-Périer attirait les légitimistes par la prédilection secrète de Charles X pour sa personne, et il ne pouvait être
suspect à Louis-Philippe, n'ayant jamais servi d'autre maître. Sa
dialectique passionnée le rendait merveilleusement propre à lutter
contre l'Opposition d'alors, d'homme à homme, de colère à colère.
C'était un personnage d'action et de riposte vive, doué cependant
de plus de résolution parlementaire que de courage personnel,
toujours prêt à monter à l'assaut de la tribune et y montant. Il
n'était pas jusqu'à sa haute stature, à son impérative et brusque
démarche, à ses yeux cachés sous d'épais sourcils et toujours pleins
d'une rouge et ardente flamme qui ne complétassent l'ensemble
de sa supériorité circonstancielle. Il semblait être fait pour le
commandement et pour la présidence du conseil, et il n'y avait
personne, pas même le maréchal Soult, qui songeât à les lui
disputer. La Cour, les bourgeois trembleurs, les pairs de la légitimité, les loups-cerviers de la bourse, et la majorité mouton-
nière de la chambre s'étaient plusieurs fois jetés aux pieds de
Casimir-Périer pour le supplier de prendre le gouvernail de l'Etat,
de les conduire et de les sauver.

Ici je dois prier honnêtement les lecteurs de n'examiner la por-
traiture que je vais faire, qu'avec une sorte de défiance, de réserve, du moins. Je suis sincère, mais je ne suis pas impartial.
Casimir-Périer avait trompé mes libérales espérances; il avait
aussi attaqué violemment ma personne. Il se peut que, dans cette
situation d'esprit, j'aie, en le peignant, il y a quelques années,
broyé trop de noir sur ma palette. Mais il faut bien, d'un autre
côté, que je dise ce que j'ai vu. Je n'ai peint d'ailleurs que

l'homme malade, en proie à des douleurs vives et internes, et à des embarras de gouvernement et de politique capables, je l'avoue, de troubler les pensées et d'égarer le jugement.

En effet Casimir-Périer avait, sur ses derniers jours, une énergie orageuse qui le minait et qui l'emportait rapidement vers le tombeau. Il remua, il exalta, sans le savoir, sans le vouloir peut-être, et par une sorte de sympathie convulsive, ces mauvaises passions qui sommeillent toujours dans le coin des âmes les plus tranquilles. A sa voix, les deux partis se ruèrent l'un sur l'autre, et l'on eût pris la Chambre pour une loge de fous furieux et déchaînés, plutôt que pour une assemblée de graves législateurs.

Les séances d'alors ressemblaient assez à celles de la Convention, moins la grandeur théâtrale des événements et la fin tragique des acteurs. Les ministres et les centres se faisaient bien peur à eux-mêmes et entre eux : c'est un plaisir comme un autre. Les paroles tenaient lieu d'action, et nous avions dans l'intérieur de la Chambre, le spectacle d'une terreur en miniature.

La peur a toujours été et sera toujours, de tous les ressorts parlementaires, le plus énergique et peut-être le plus habile. Elle agit sur les femmes, sur les enfants, sur les vieillards, et sur les députés cacochymes d'esprit qui, dans un péril réel ou imaginaire, se serrent, en tremblant, les uns contre les autres. Ajoutez aux peurs vraies les peurs feintes; car il y a sur les bancs ministériels une foule de colombes effrayées, toujours hâtives de gagner le rebord de l'autel et de s'y abriter sous l'aile du dieu qui règne et qui gouverne.

Il faut avoir vu Casimir-Périer dans ces moments-là, l'avoir vu face à face, comme je l'ai vu, pour le peindre fidèlement. Sa haute taille s'était déjà voûtée; sa belle et majestueuse figure se chargeait d'ombres et de rides; ses joues se cavaient, ses yeux roulaient un feu mêlé de sang; ses paroles brûlaient comme la fièvre, et il avait le transport au cerveau. Il rudoyait, éperonnait, tyrannisait la majorité tout autant que la minorité, et il stupéfiait les autres ministres. On ne distinguait pas alors de tiers parti, de ministériels purs et de doctrinaires. Casimir-Périer ne laissait pas aux fractions de la majorité le temps de se reconnaître et de se compter. Il les rassemblait, il les comprimait fortement sous ses doigts crispés, et il envoyait pêle-mêle au combat, Dupin, Soult, Thiers, Guizot, Barthe, Jaubert, Jacqueminot et Kératry. Lui-même, il se prenait d'injures et il se colletait sur l'estrade de la tribune, avec le député Jousselin. Une autre fois, il fallait lui dépêcher un huissier, pour lui dire tout bas de réparer devant les dames le

désordre de sa toilette. Tant les préoccupations de la lutte politique l'absorbaient tout entier !

Ce n'est pas que la majorité lui obéît par conviction, entêtement
ou système. Non, elle cédait machinalement à la volonté, à l'ire
de ce maniaque ; elle imitait sa pose, ses gestes, sa voix, sa colère ;
elle ressautait, elle trépignait, elle se tordait, elle hurlait comme
lui ; mais lorsque, après plusieurs accès de frénésie parlementaire,
Casimir-Périer eut atteint le paroxysme de la fureur, sa tête s'em-
barrassa ; il tomba épuisé, rompu, rendant l'âme.

Depuis sa mort, ses emportements inintelligents et raides passè-
rent pour de la fermeté, et deux ou trois mots, toujours les mêmes,
qu'on lui soufflait, qu'on lui becquetait et qu'il répétait sans les
comprendre, valurent pour du génie. Les prêtres du juste milieu
cachèrent le secret de leurs fourberies dans le creux de cette
idole, et ils l'adorèrent de la tête aux pieds, afin que le vulgaire
se prosternât devant elle.

On lui décerna les honneurs d'une apothéose funèbre. On lui
éleva, des mains de la France, un tombeau quasi-royal. On embou-
cha pour lui tous les soufflets de la trompette doctrinaire. On
l'appela le plus étonnant des ministres, le vainqueur des factions,
le sauveur de la monarchie, le grand Périer !

On ne doit aux morts que la vérité, mais on la leur doit dans
l'éloge comme dans la critique.

Je conviens que Casimir-Périer était dur, irascible, impérieux,
sans goût, sans études, sans instruction littéraire, sans entrailles
pour le pauvre, sans philosophie ; mais je dirai qu'il avait aussi
trois grandes et principales qualités de l'homme d'Etat, l'ardeur
et la vivacité de la conception, la décision du commandement, la
force et la persistance du vouloir.

Je ne vois pas que nous ayons, sur les bancs actuels de l'Opposition, un orateur de la trempe de Casimir-Périer. Je n'en vois
pas un seul dont la pénétration soit plus sagace, ni dont l'éloquence soit aussi simple, aussi prompte. Casimir Périer s'était
fortifié aux luttes vives et pressantes de la Restauration. A peine
de ses yeux perçants voyait-il M. de Villèle poser le doigt sur
la détente, que son coup, à lui, partait et allait frapper l'homme du pouvoir. Il se précipitait, tête baissée, dans la mêlée ; il
marchait droit au ministre, et il l'assiégeait sur son banc de douleur ; il lui serrait les reins, il le fatiguait de questions, il l'accablait d'apostrophes, sans lui laisser le temps de se remettre et de
souffler ; il le tenait obstinément sur la sellette, et il l'interrogeait
avec autorité, comme s'il eût été son juge. Nous sommes un

peuple querelleur, plus hardi dans l'attaque que patient pour la défense : la méthode agressive nous plaît. Peut-être échouerait-elle avec un autre, elle qui a si bien réussi à Casimir-Périer! mais elle allait à toute sa personne.

Tandis que Royer-Collard élevait ses récriminations à la hauteur philosophique d'un axiome, Casimir-Périer chiffrait ses argumentations. Il gourmandait les ordonnateurs, épluchait le budjet, disséquait les comptes, refaisait les liquidations, sondait le fond des caisses, exigeait le dépôt des bilans et parcourait, le flambeau à la main, les cavernes des dilapidateurs et les labyrinthes les plus tortueux et les plus sombres du trésor.

Casimir Périer s'était livré, sous la Restauration, aux spéculations les plus vastes du négoce, et il n'y a pas si loin qu'on le pense, d'un grand banquier à un grand administrateur. Il avait pour les finances une aptitude exercée, et il en connaissait les théories et la pratique. Il entendait le contentieux mieux que les autres banquiers et presque comme un avocat. Il eût mis dans les affaires de l'Etat, l'ordre qui régnait dans les siennes. Il avait dans le coup-d'œil de l'étendue, et dans son caractère, dans son esprit, dans ses habitudes, dans toute sa personne, cet absolu, ce tranchant, ce parti pris qui est peut-être nécessaire à un ministre de l'intérieur pour surmonter les doutes et les tâtonnements de ses préfets et de ses commis, pour conduire les courtisans et les solliciteurs chambriers, pour couper dans le vif les difficultés de détail, pour déblayer l'encombrement de l'arriéré, pour ouvrir et clore de grandes entreprises, et pour mener résolûment la France.

M. Thiers.

Après la mort de Casimir-Périer, la tribune parlementaire fut illustrée par deux orateurs d'un très-grand talent, M. Thiers et M. Guizot. Ils ont paru sur la scène politique, tantôt comme ministres, tantôt comme députés de l'Opposition.

M. THIERS PEINT PAR TIMON.

Thiers, pris au détail, a un front large et intelligent, des yeux vifs, un sourire fin et spirituel. Mais à l'aspect, il est trapu, négligé et vulgaire. Il a dans son babil quelque chose de la commère, et dans son allure quelque chose du gamin. Sa voix nasillarde

déchire l'oreille. Le marbre de la tribune lui va à l'épaule et le
dérobe presque à son auditoire. Il faut ajouter que personne ne
croit en lui, pas même lui, surtout lui! Disgrâces physiques,
défiance de ses ennemis et de ses amis, il a donc tout contre soi,
et cependant lorsque ce petit homme s'est emparé de la tribune,
il s'y établit si à l'aise, il a tant d'esprit, tant d'esprit, qu'on se
laisse aller, malgré qu'on en ait, au plaisir de l'entendre.

Il baisse, d'habitude, la tête sur son menton, lorsqu'il se dirige
vers l'estrade ; mais lorsqu'il y est grimpé et qu'il parle, après
un peu de silence, il relève si bien la tête, il se dresse si haut
sur la pointe des pieds, qu'il domine toute l'assemblée.

Quoi qu'il commence presque chaque alinéa de ses discours par
cette formule : Permettez-moi, Messieurs, ou : Je vous demande
pardon, il se passe très-bien de la permission, et il se croit fort
au-dessus du pardon de personne. Mais il y a tant de gens vani-
teux dans une chambre française! il faut se faire si humble avec
eux! moyennant cette petite précaution, on vous permet de tout
oser, de tout dire. C'est le passe-port de beaucoup d'impertinences.

On ne peut pas dire que Thiers procède par saillies à vives
arêtes comme Dupin, ni qu'il ait la parole grave d'Odilon-Barrot, ou le sarcasme moqueur de Mauguin, ou l'ondoyante éloquence de Sauzet, ou la raison supérieure de Guizot, ou la véhémence oratoire de Berryer ; c'est une sorte de talent à part, qui
ne ressemble, de près ni de loin, à celui de personne.

Ce n'est pas, si vous voulez, de l'oraison, c'est de la causerie,
mais de la causerie vive, brillante, légère, volubile, animée, semée
de traits historiques, d'anecdotes et de réflexions fines, et tout
cela est dit, coupé, brisé, lié, délié, recousu avec une dextérité de langage incomparable. La pensée naît si vite dans
cette tête-là, si vite, qu'on dirait qu'elle est enfantée avant d'avoir
été conçue. Les vastes poumons d'un géant ne suffiraient pas à
l'expectoration des paroles de ce nain spirituel. La nature, toujours attentive et compatissante dans ses compensations, semble
avoir voulu concentrer chez lui toute la puissance de la virilité
dans les frêles organes de son larynx.

Son verbe vole comme l'aile de l'oiseau-mouche, et vous perce
si rapidement, qu'on se sent blessé sans savoir d'où le trait part.

Il y aurait dans ses discours mille contradictions à relever ;
mais il ne vous en laisse ni la place ni le temps.

Il vous enveloppe dans le labyrinthe de ses argumentations où
mille routes se croisent et s'entre-croisent, et dont lui seul tient
le fil.

Il reprend par un côté qu'on n'a pas vu, la question qui semble épuisée, et il la renouvelle par des raisons si ingénieuses !

Vous ne le trouverez jamais en défaut sur rien : aussi fécond, aussi vif dans la défense que dans l'attaque, dans la réplique que dans l'exposition. J'ignore si sa réponse est toujours la plus solide, mais je sais qu'elle est toujours la plus spécieuse.

Il s'arrête quelquefois tout-à-coup pour riposter aux interrupteurs, et il décoche son trait avec une prestesse d'à-propos qui les étourdit.

Si une théorie a plusieurs faces, les unes fausses, les autres vraies, il les groupe, il les mêle, il les fait jouer et rayonner devant vous d'une main si vive, que vous n'avez pas le temps d'attraper le sophisme au passage. Je ne sais si le désordre de ses improvisations, si l'incohérent entassement de tant de propositions contraires, si le bizarre mélange de toutes ces idées et de tous ces tons, est un effet de son art; mais il est de tous les orateurs celui dont la réfutation est la plus facile quand on le dit, la plus difficile quand on l'écoute. Il est le roué le plus amusant de nos roués politiques, le plus aigu de nos sophistes, le plus subtil et le plus insaisissable de nos prestidigitateurs. C'est le Bosco de la tribune.

Il prie, il supplie toujours qu'on lui laisse dire la vérité ! Eh ! mon Dieu ! ne dites pas tant que vous allez la dire, mais dites-la.

Il est téméraire et puis timide. Il veut agir, il court, il va se précipiter, et le voilà qui se cache et se retire dans sa force, à ce qu'il dit. Il aperçoit tout les points de difficulté, et il n'en résout aucun. Il prend la mappemonde entre ses mains, il prendrait aussi bien l'urne du scrutin, et il vous fait un cours de géographie. Il démonte les cercles, les globes, l'équateur, les solstices, toutes les pièces. Il relève les côtes, sonde les golfes, aborde et signale les promontoires, les écueils, les ports, les cités, les montagnes, l'embouchure des fleuves. Il fait le tour du monde et revient chez nous, chez lui, après avoir beaucoup vu, beaucoup parlé, beaucoup voyagé et peu marché, beaucoup enseigné et peu appris.

On lui proposerait le commandement d'une armée, qu'il ne le refuserait pas, et moi, je ne sais point, foi de Timon, s'il ne gagnerait pas la bataille. Je vous jure que j'ai entendu de mes propres oreilles, des généraux engoués de lui, me dire qu'ils serviraient volontiers sous ses ordres.

Vous riez, mais non, je parle très-sérieusement, et s'il avait eu quatre pouces de taille de plus, et qu'il eût appris la charge en douze temps, il aurait été petit caporal et tranché du Napoléon.

Ne le tirez pas, je vous prie, de son illusion, lorsqu'il se travaille, se manœuvre, et s'épanouit à la tribune, dans ses enfilées
stratégiques. Car alors il se croit vraiment et de bonne foi général
non pas d'un simple corps d'armée, mais généralissime et au
besoin amiral, à ce point que pour aller de Grèce en Egypte, il
fera revenir la flotte à Toulon, afin de l'avoir au bout de sa
lunette, en façon de Bonaparte.

Cette autre fois, il ira droit à Soult, et il lui contredira bravement
qu'il n'est pas sorti de Gênes avec son armée par la porte de
France, mais par la porte d'Italie, et si Soult a été blessé à la
bataille de Salamanque, il soutiendra, aux applaudissements de la
Chambre, que c'était à la jambe gauche et non pas à la droite, comme
Soult l'avait cru jusqu'ici, et il le lui prouvera si bien que le vieux
général, pour mieux s'en assurer, mettra involontairement le
doigt dans le trou de sa blessure.

Quelque fois, il s'attendrit sur lui-même, et personne alors ne
sait mieux que lui miner la victime. Ou bien, il se donne des accents de Caton misanthrope, et il tire de sa poitrine un profond
gémissement sur les perversités de l'opinion.

Il fait aussi à merveille le doucereux, et au moment où vous
croyez qu'il vous caresse, il vous griffe. Ah! le petit traître!

Il aime la possession du pouvoir, non pas pour ce que le pouvoir est en lui-même, mais pour le bien-être que le pouvoir
procure. Guizot en a l'orgueil et Thiers le sensualisme. Cela
vient de ce que, pendant la moitié de sa vie, il a été sevré des
jouissances de la fortune : Il s'en gorge aujourd'hui avec l'avidité
et l'égoïsme d'un famélique.

Thiers est un démon d'esprit. Il en a, je crois, à tous les coins
des lèvres et jusqu'au bout des ongles. Son organisation ressemble
à celle de Voltaire : vive, délicate, mobile.

Il a les caprices et la mutinerie d'un enfant, avec les prétentions à la gravité d'un philosophe.

Il est plus homme de lettres qu'homme d'Etat, et plus artiste
qu'homme de lettres. Il se passionnera beaucoup pour un vase
étrusque, peu pour la liberté.

Il a, comme un homme de gouvernement, la conception des
grands desseins; il a, comme une femme, l'audace des petites
choses.

Son courage est un peu celui des gens frêles et maladifs, cette
sorte de courage fébrile et à ressauts, qui finit par des attaques de
nerfs et par l'évanouissement. On ne vous passe d'avoir de ces fai-
blesses-là que sur un canapé. Il ne faut pas s'évanouir en politique.

Grand orateur, incertain ministre, l'action le refroidit et le cloue à son fauteuil. La parole, au contraire, l'échauffe et l'emporte.

Son enthousiasme d'autrefois pour nos fameux révolutionnaires, n'était qu'un enthousiasme de jeune homme et d'écolier, où se mêlait, à son insu, le dépit de n'être rien alors, avec le vague espoir de devenir un personnage. Mais l'abus des jouissances du ministère a bientôt efféminé son tempérament conventionnel, et il a descendu quatre à quatre l'escalier qui mène du grenier au salon, s'installant dans les beaux sofas à crépine d'or, comme s'il ne se fût jamais assis sur la paille ; grand seigneur par instinct, comme d'autres le sont par naissance et par habitude.

Sceptique par insouciance, en morale, en religion, en politique, en littérature, il n'y a pas de vérités qui touchent profondément Thiers, pas de dévouement sincère et radical à la cause du peuple qui ne le fasse sourire. C'est une étoffe lustrée qui chatoie et qui reflète au soleil toutes sortes de couleurs, sans en avoir une qui lui soit propre, et dont le tissu peu serré laisse voir le jour à travers.

Ne lui demandez pas des convictions, il doute ; des preuves de virilité, son tempérament s'y refuse. Vous ne voulez pas qu'il raille, mais si tout lui paraît plaisant ! Vous ne voulez pas qu'il se moque de vous, mais il se moque bien de lui-même !

Confiez-lui, si vous voulez, la marine, la guerre, l'intérieur, la justice, la diplomatie ; mais ne mettez pas à sa disposition des millions et surtout des centaines de millions, car ils passeraient comme l'eau dans le crible de ses doigts. A sa facilité de dépenser de l'argent, il joint une certaine manière d'en rendre compte qui n'est pas celle de tout le monde, et il appelle cela, très-spirituellement, l'art de grouper des chiffres.

On ne saurait jauger au juste la capacité de son appétit politique. On peut seulement affirmer qu'il a été et qu'il serait encore mille fois plus, le cas venant, un immense consommateur d'hommes, de chevaux, de navires, de matériel et d'écus. Vous ne diriez pas, à voir ce petit homme, qu'il a l'estomac plus vaste qu'un autre. Mais comme Gargantua, en une bouchée, il avalerait le plus gros budget.

Ministre souple et tenace à la fois, indifférent et arrêté, il ne cède que pour revenir, il ne vous accorde que pour vous reprendre, il ne vous laisse d'autre choix que celui qu'on ne peut s'empêcher de lui offrir, et au bout de ces concessions, vous trouvez toujours ceci : Faites l'un ou l'autre, pourvu que vous fassiez l'autre : donnez-moi telle ou telle chose, pourvu que vous ne me donniez que celle que je vous demande.

J'aime, au surplus, ce discoureur naturel, vif, à la libre allure. Il converse avec moi et ne déclame point. Il ne psalmodie pas toujours sur le même ton, comme les frères prêcheurs de la doctrine. Il finit bien à la longue aussi, pour m'étourdir de son babil. Mais c'est une espèce de gazouillis qui me délasse encore de la monotonie oratoire, cet éternel ennui, le premier des ennuis pour un auditeur, pour un martyr parlementaire condamné à la subir depuis midi jusqu'à six heures de relevée.

Il fait plus qu'émouvoir, il fait plus que convaincre, il intéresse, il amuse celui de tous les peuples qui aime le plus qu'on l'amuse, qu'on l'amuse encore, qu'on l'amuse toujours, même dans les choses les plus graves.

Thiers rencontre à chaque pas, sur son chemin, fleurs, rubis, perles, diamants. Il n'a qu'à se baisser, il les ramasse, il les assemble, et ils prennent à l'instant même, entre ses mains, la forme d'une guirlande, d'une agrafe, d'une bague, d'une ceinture, d'un diadème; tant cet esprit a de richesses, de flexibilité, de fécondité et d'éclat !

Il médite sans effort, il produit sans épuisement, il marche sans fatigue, et c'est le voyageur d'idées le plus rapide que je connaisse. Les temps passent devant sa mémoire, dans leur ordre et selon leurs figures, et la nature que les autres cherchent, vient à lui sans qu'il l'appelle, avec toutes les pompes de sa majesté et toutes les grâces de son sourire. Avez-vous vu sur les bateaux à vapeur qui sillonnent nos fleuves, cette glace suspendue ou se mire le rivage ? Tandis que le bateau marche, elle reflète et voit fuir rapidement les beaux villages, les églises aux flèches légères, les prairies verdoyantes, les montagnes chevelues, les voiles frémissantes des navires, les blonds épis des guérets immobiles, les troupeaux de la vallée, les nuages du ciel, les animaux et les hommes. C'est là Thiers : espèce de miroir parlementaire, il reflète les passions des autres, et il est sans passions; il pleure et il n'a point de larmes dans les yeux ; il se perce d'un poignard qui ne lui tire pas une goutte de sang. Pure comédie que tout cela, mais quelle comédie et quel comédien ! quel naturel ! quelle souplesse ! quelle verve d'imitation ! quelles inflexions de ton inattendues ! quelle transparence, quelle lumière dans ce style ! quelle grâce de négligé dans cette parole ! vous me trompez, comédien ! et vous voulez me tromper. Vous jouez admirablement votre rôle, mais ce n'est qu'un rôle; je sais tout cela, et cependant je me laisse ravir à votre séduction ; je cède, tant que vous parlez je suis sous le charme, et je préfère presque mieux entendre l'erreur dans votre bouche que la vérité dans la bouche d'un autre.

Comme il a été beau dans son rôle des Bastilles ! Certes, j'ai assisté à tout ce qui s'est joué de mieux en drames, grands opéras, opéras-comiques, vaudevilles et pièces de circonstance sur le théâtre du Palais-Bourbon. Mais, je dois avouer que les fortifications de Paris sont la plus étonnante des mystifications et autres péripéties que j'aie encore vues. Jamais meilleur acteur ne joua plus fol intermède. Il se drapa, il se grima dans ce rôle, avec tant d'art, avec de si ingénieuses fantaisies, il anima tellement la scène, il fit une si grande illusion de main et d'optique à tous les spectateurs, qu'ils ne purent s'empêcher, même ceux qui étaient venus pour le siffler, de s'écrier : Bravo ! parfaitement joué ! parfaitement joué ! et, à la fin, il prestidigita si bien qu'il mit la Chambre sous son gobelet, et puis quand il le leva, il n'y avait plus de Chambre, et le tour était fait !

Thiers m'a souvent donné l'idée d'une femme sans barbe, d'une femme instruite et spirituelle, non pas debout, mais assise à la tribune, qui broderait une causerie sur mille sujets, voltigeant de l'un à l'autre avec une grâce légère, sans que le travail de son intelligeance parût sur ses lèvres toujours en mouvement.

Il est plus souple qu'un ressort de l'acier le plus fin. Il se tend, il se détend, il s'abaisse ou s'élève avec son sujet. Il se roule en spirale autour de chaque question, depuis le tronc jusqu'au sommet. Il monte, descend, remonte, se suspend aux branches, se blottit dans le plus épais de la feuillée, paraît, disparaît et fait mille tours de passe-passe avec l'agilité jolie d'un écureuil.

Par le premier rayon de soleil qui glisse sur les vitraux du cintre, il fait miroiter son prisme à facettes aux yeux des alouettes parlementaires qui voltigent à l'entour et qui tombent dans ses lacs.

Il extrairait de l'argent d'un rocher. Où les autres ne font que glaner, il moissonne.

Il bat de l'aile, il se déploie, il se nuance tour à tour de pourpre, d'or et d'azur. Il ne parle pas, il roucoule, il ne roucoule pas, il siffle, il ne siffle pas, il sérine et il est si éblouissant de couleur et de mélodie, qu'on ne sait ce qu'on admire le plus de sa voix ou de son plumage.

Thiers est en état de discourir trois heures durant, sur l'architecture, la poésie, le droit, la marine, la stratégie, quoiqu'il ne soit ni poète, ni architecte, ni jurisconsulte, ni marin, ni militaire, pourvu qu'on lui donne une après-dînée de préparation. Il a dû étonner ses plus vieux chefs de division, lorsqu'il dissertait d'administration avec eux. A l'entendre parler de courbes, d'assises, de déchets, de mortier hydraulique, vous l'auriez cru maçon, sinon architecte. Il disputerait de chimie avec Gay-Lussac, et il apprendrait à Arago à braquer un télescope sur Vénus ou sur Jupiter.

Son discours sur l'état de la Belgique est un chef-d'œuvre d'exposition historique. Dans l'affaire d'Ancône, il expliqua des positions stratégiques, des bastions, des polygones, des fronts d'attaque, des retours, à l'émerveillement des officiers du génie. On l'eût pris pour un homme du métier, pour un savant homme.

Beaux-arts, canaux, routes, finances, commerce, histoire, presse, politique transcendante, affaires de rues, théâtres, guerre, littérature, religion, municipalités, moralité, plaisirs, choses grandes, choses médiocres, choses petites, que lui importe? Il est à tout. Il est prêt sur tout, parce qu'il n'est prêt sur rien. Il ne parle pas comme les autres orateurs, parce qu'il parle comme tout le monde. Les autres orateurs pérorent, mais lui cause, et le moyen d'être en garde contre un homme qui cause comme vous et moi, mieux que vous, que moi, que personne. Les autres orateurs laissent passer dans la coulisse quelque petit bout de cothurne, et, par le reflet de la glace, on voit s'agiter les plumes de leur cimier. Ils sont lacés, habillés, et la pointe du pied en avant. Ils n'attendent que le lever du rideau pour faire leur entrée. Au contraire, vous saisissez Thiers au débotté, et vous lui dites : Allons, dépêchez-vous, la salle se garnit, et le public s'impatiente et vous attend; prenez votre masque et jouez ce que vous voudrez, un ministre, un général d'armée, un artiste, un puritain, mais jouez! Thiers ne se donnera pas le temps de s'essuyer le front et de boire un verre d'eau sucrée. Il ne se rhabille même pas, il entre en scène, il salue, il se pose, il mime devant les spectateurs, il improvise les caractères, il file le dialogue, il dénoue les imbroglios et il apprend son rôle en le jouant; il en joue quelquefois deux, tourne les talons, jette son masque, en reprend un autre et, toujours le même, il est toujours divers, toujours en situation, toujours comédien accompli.

J'ai cependant à lui reprocher de rire quelquefois, lorsqu'il est trop en train, en descendant de la tribune. Or, un bon comédien qui veut faire illusion au public sur la vérité de son rôle, ne doit

jamais rire de la farce qu'il vient de jouer. Sous ce rapport-là,
je le reconnais, Thiers a encore des progrès à faire.

Si Thiers parlait moins vite, il serait moins écouté. Mais il précipite sa phrase avec tant de volubilité, que l'intelligence de la
Chambre ne peut ni le précéder ni le suivre. A ce point de vue,
son défaut devient une qualité, et il est plus artiste qu'il ne veut
l'être. Il finit quelquefois, il est vrai, par se noyer dans les détails
et il s'égare, de droite et de gauche, si loin du but, qu'il lui
arrive de ne pas conclure. Ne serait-ce pas là encore, le cas ave-
nant, une habileté plutôt qu'un défaut de son art?

Une fois parti, il galoperait, sans débrider, depuis matines jusqu'à vêpres.

Si le Tout-Puissant avait pu prévoir qu'un jour il créerait Thiers,
il eût sans doute allongé le cercle des jours et des nuits, et
pour lui laisser plus de temps à parler, il eût fait tourner la
terre autour du soleil en quarante-huit heures au lieu de vingt-
quatre.

Avez-vous vu, par hasard, Thiers dans les bureaux de la Chambre? Avez-vous admiré les ressources de cet esprit brillant et ingénieux? L'avez-vous vu luttant contre M. de Salvandy sur la
question espagnole? C'était le combat du tauréador, vif, agile,
plein d'audace, avec un bœuf colossal et lourd. M. de Salvandy,
tout caparaçonné, suait et soufflait dans son argumentation. Thiers
espadonnait autour de sa tête et de ses reins et lui faisait mille
blessures. A la fin, il le prit par les cornes et le renversa sur l'a-
rène, à la risée des spectateurs.

Les clowns qui montent sur les chevaux de Franconi font illusion à la foule, lorsqu'ils agitent dans leurs mains plusieurs petits
drapeaux multicolores. Ce que les clowns font, en chevauchant
dans le cirque, Thiers le fait en parlant à la tribune.

Quand il s'aperçoit que sa conversation languit, et que l'on commence à bailler, il se tourne brusquement vers la droite, qui ne
s'attend pas le moins du monde à cette sortie-là, et il lui lance à
bout portant quelques phrases de réchauffé qu'il tient en réserve,
sur la victoire de Jemmapes et sur le drapeau tricolore. Cette tirade
quasi-révolutionnaire ne manque jamais son effet, et les traî-
neurs de sabre ramassent l'orateur désarçonné qui se remet bien
vite en selle.

Une autre fois, il s'agira de savoir si Thiers a pu créer des régi-
ments par une simple ordonnance, sans Chambres et sans loi. Ce
sera là toute la question. Eh bien! Thiers passera à travers cette
question constitutionnelle, et il poussera une pointe excentrique

sur l'héroïsme des officiers de l'armée, pour se faire applaudir par leurs camarades de la Chambre. On rira de ce bon tour. Riez, Messieurs, riez tant qu'il vous plaira. Riez surtout de vous-mêmes et à vos dépens, car il a gagné sa cause qui n'est pas la vôtre !

Au demeurant, Thiers n'est pas un méchant homme; il n'a la force ni d'aimer ni de haïr. On peut le pousser à des excès, il ne s'y portera pas de lui-même. S'il est léger de caractère, s'il est cynique dans ses propos, il doit ces défauts à sa mauvaise éducation : où aurait-il appris à vivre? mais il ne fera point le mal pour le mal.

Prêt à tout, à travailler, à s'attabler, à causer, à flâner, à se réveiller, à dormir; propre à tout, aux calculs, aux finances, à l'histoire et à la géographie, à la stratégie, aux lettres, aux beaux-arts, aux sciences d'application, à l'économie sociale, aux travaux publics, aux spéculations de la politique; ne doutant de rien, si ce n'est quelquefois de lui-même; ne pouvant se passer des autres, qui ne peuvent se passer de lui; ni trop constitutionnel pour effrayer la cour, ni trop monarchique pour déplaire aux cons- titutionnels; homme de circonstance dans un pays de circons- tance; homme du moment dans nos gouvernements du moment; ne croyant à rien dans une société où l'on ne croit à rien et parfai- tement fait à son image; le plus habile des écrivains et des hom- mes d'Etat qui aient jamais monté sur ces affûts volants, l'artillerie des journaux; parleur prestigieux, universel et sans fin; artiste en affaires, par-dessus tout artiste; dédaigneux des chartes et des lois pour les avoir impunément violées; dédaigneux des hommes pour les avoir, j'allais dire corrompus, mais il sera plus poli de dire séduits; tournant sa barque de fortune au vent de tous les systèmes, et tendant toutes ses voiles à la fois, dût-il échouer l'ins- tant d'après contre mille écueils; présomptueux et dégoûté, osé et trembleur; prenant sa course pour dévorer l'espace et s'arrêtant devant un caillou; vagabond d'idées, faiseur de plans, chercheur d'expédients, embaucheur d'aventures; bâtard de principes comme ce qu'il sert; si brouillé, si mêlé à toutes les coteries, à tous les secrets d'Etat, à toutes les allées, à tous les retours, à toutes les faiblesses, à toutes les peurs, à toutes les petitesses, à toutes les domesticités, à toutes les garde-robes de ce régime-ci, et si adhérent, si collé à ses flancs, à ses os, comme la tunique de Nessus, que le régime ne saurait l'en détacher, sans s'arracher des lambeaux de chair et sans se déchirer soi-même ses propres entrailles; enfin véritable Français, Français de notre siècle, tel qu'on dit qu'il nous les faut et qu'il serait peut-être impossible qu'ils ne fussent pas,

Thiers, qu'il soit ministre, député, citoyen, sera toujours, sous l'espèce de monarchie où nous vivons, l'un des hommes les plus considérables, le plus considérable de tous, le mot est lâché, et je le maintiens.

M. GUIZOT PEINT PAR TIMON.

Guizot est de petite et grêle stature, mais il a une figure expressive, l'œil beau, et singulièrement de feu dans le regard.

Sa voix est pleine, sonore, affirmative; elle ne se prête pas aux flexibles émotions de l'âme, mais elle est rarement voilée et sourde.

Il se compose un extérieur austère, et tout en lui est grave, jusqu'au sourire. Cette sévérité de mœurs, de port, de maximes et de langage, ne déplaît pas, surtout aux étrangers; peut-être est-ce à cause de son contraste avec la légèreté de l'esprit français.

C'est un pédagogue dans sa chaire, qui laisse toujours passer sous sa robe le petit bout de sa férule. C'est un calviniste dans son prêche, qui enseigne la crainte plutôt que l'amour de Dieu.

Il est bon littérateur, historien distingué, et il tient la plus haute place parmi les publicistes de l'école anglaise. Il est très-versé dans l'étude des langues anciennes et modernes. Il n'a pas la grande manière de Royer-Collard; mais il a plus d'abondance d'idées que lui; il est plus étendu, plus applicable, plus positif. On voit qu'il a été mêlé davantage au maniement des affaires humaines.

Comme tous les prédicants de l'école genévoise, de cette école âpre et rude, il procède dogmatiquement. Il néglige les fleurs du langage. Il manque de variété, d'imagination et de verve, mais non pas d'énergie. Sa passion se révèle dans l'éclat de ses yeux et transpire sur la pâleur de son visage qu'elle colore et teint subitement; mais elle s'absorbe vite et elle est plus concentrée qu'extérieure. Il regarde l'Opposition en face et d'un front haut. Il la désigne avec un geste superbe et il lui lance des sarcasmes collectifs, qui laissent dans la plaie leur trait envenimé.

Guizot traite les questions politiques d'un point de vue toujours élevé. C'était le procédé de son maître Royer-Collard. Il choisit une idée, il la formule en axiome, et il établit autour de cet axiome l'échafaudage de ses raisonnements; il y revient sans cesse. Il la présente seule à la vue du spectateur; il y attire, il y fixe son attention. Son oraison n'est que le développement d'un thème. Si l'idée est vraie, tout le discours est vrai; si l'idée est fausse, tout le discours est faux. Mais les députés de la majorité prévenue à laquelle il s'adresse, ne conviennent jamais que la thèse soit fausse, et Guizot conserve auprès d'eux tous les avantages de sa méthode.

Cette méthode a de l'habileté dans les assemblées délibérantes ; car ce n'est pas avec une grande quantité d'idées que l'on entraîne des auditeurs plus ou moins distraits ; c'est avec une seule idée, adroitement choisie, travaillée, dogmatisée et reproduite sous toutes sortes de formes. Aussi est-ce là la méthode habituelle des professeurs, et il ne faut pas oublier que Guizot et Royer-Collard ont été professeurs. Un professeur qui ne se répèterait pas, ne serait pas compris ; il ne le serait pas davantage s'il formulait à la fois devant ses auditeurs un grand nombre d'axiômes, car leur attention se diviserait. Les professeurs embrassent donc tous nécessairement cette méthode ; ils la transportent, par instinct et par habitude, de la chaire à la tribune.

Guizot n'a marché qu'en tâtonnant dans la carrière oratoire, et son éloquence, avant de briller, a traversé des masses de nuages. Dans les commencements il parlait longuement, à la manière des professeurs ; il argumentait scolastiquement, à la manière des théologiens. Il était monotone comme les premiers, raide comme les seconds. Il aimait à se jouer dans les abstractions. Il se servait volontiers de formules équivoques, telles que les classes moyennes, la quasi-légitimité, le pays légal ; et lorsqu'il avait rencontré l'une de ces formules, il s'y attachait, quittait le fait, perdait de vue la terre et s'élevait dans les généralités, où il lui arrivait souvent de se dissoudre et de s'évaporer.

Il eût fort bien joué le rôle de grand-prêtre des Druides, dans les bois sacrés de nos aïeux. Ses respectueux lévites n'osaient pénétrer dans le tabernacle de son génie. Il les tenait prosternés à distance, et il se faisait adorer de loin.

Quoiqu'il se soit depuis fort rabattu sur le positif, il affectionne encore les hautes synthèses de la politique et de la philosophie. Mais il manque de foi, de foi vive, de cette foi qui éclaire les replis tortueux de la conscience et du doute, parce qu'elle porte devant soi un flambeau.

L'Eclectisme l'assiége, le surmonte dans tous les sens et le bat de ses vagues changeantes. Il tend sa voile aux quatre vents, et il doit se faire d'effroyables tempêtes dans son esprit. En politique, il ne croit ni à la légitimité du droit divin, ni à la souveraineté du peuple. En religion il n'est ni juif, ni mahométan, ni protestant, ni catholique, ni athée. En philosophie, il n'est ni pour Descartes, ni pour Aristote, ni pour Kant, ni pour Voltaire.

Est-il religieux cependant? oui, mais de quel dogme et de quelles pratiques? Est-il déiste? que vous en dirai-je? je n'en sais rien; et lui! Est-il philosophe? oui, mais de quelle philosophie? Est-il libéral? oui, mais de quel libéralisme? N'importe, il s'étudiera, par jeu de thèse, à amalgamer en tout les contraires. Il voudra que deux religions ennemies, non-seulement se tolèrent sur leur coexistence, mais encore qu'elles s'accommodent sur leurs mystères, et qu'elles fassent ensemble la pâque sur le rebord du même autel.

Ses admirateurs, au milieu de la nuit dont il les enveloppe, ne pressent que le vide, n'embrassent que des ombres sans chair et sans os, et cependant ils s'écrient : Nous les tenons! Vous tenez quoi? des vérités! je vous défie de les faire sortir de vos nuages et de les montrer au jour.

Hélas! depuis vingt ans, votre malheureuse, votre fatale école de l'Éclectisme gouverne la jeunesse dont elle abuse les généreux instincts, dont elle embrouille la vive et pure intelligence. Regardez autour de vous! cette école n'a engendré que des esprits faux, que des cœurs sans foi, sans flamme et sans amour de la patrie, des cœurs que les grands sentiments n'ont jamais dilatés, que la soif des plaisirs égoïstes et brutaux consume, que le spleen du doute tue, des cœurs éteints et mourants!

Ah! je passe à ces hommes leurs fautes politiques. En trois jours, et qui le sait mieux que nos conservateurs révolutionnaires, en trois jours on renverse un gouvernement, une dynastie, une Charte; en moins de temps que cela, on peut réparer dix-sept ans d'égarement et de honte.

Mais l'empoisonnement moral et systématique des âmes, mais la perversion des générations lettrées, mais cette lèpre hideuse, cette gangrène intellectuelle, ce mal que ne connurent jamais nos pères, et qui aplatira l'impuissance de nos enfants sous le sabre de quelque despote, ce mal, le guérirez-vous? Est-ce vos élèves frappés d'une précoce et lente consomption, qui pourraient suffire aux luttes viriles de la liberté? Est-ce ces intelligences pétrifiées par vos doctrines, qui marcheraient hardiment dans les voies progressives de l'esprit humain? Est-ce ces bras énervés, ces courages flétris qui serviraient de rempart à notre indépendance, et même d'instruments à un despotisme glorieux? Et vous vous étonnez que les prêtres disputent à votre pâture ces restes d'âmes que vous n'avez pas su sauver!

Oui, les pères de l'école moderne, avec leurs importations nébuleuses de Genève, de Berlin et d'Écosse, ont gâté la philosophie,

14

la jeunesse et la langue. Si cette belle langue française passe un jour à l'état de langue morte, nous avertissons la postérité que tous ces chefs de l'éclectique université, que tous ces professeurs de métaphysique quintessenciée, seront pour elle des auteurs intraduisibles, puisque nous, leurs contemporains, nous ne les comprenons pas.

En effet, MM. Cousin et Jouffroy, pour exprimer des idées qui ne sont pas des idées, se sont construit une langue qui n'est pas une langue; langue toute boursouflée de propositions fausses, toute hérissée de termes inféconds qui ne peuvent pas aboutir; langue creuse sans être profonde, affirmative sans certitude, raisonneuse sans logique, dogmatique sans conclusion et sans preuves, lente à se mouvoir, épaisse de salive, et qui mouille à peine des lèvres arides et desséchées.

Mais que Guizot quitte sa chaire de prédicant et qu'il monte à la tribune, aussitôt, chose étrange! sa pensée se dégage et s'éclaircit sans perdre son ampleur et sa gravité; elle se colore sans trop se charger d'ornements; elle se nourrit de faits et d'exemples, elle se mesure au pas de tout le monde, et elle se développe et s'avance dans un ordre à la fois naturel et savant.

Comment expliquer ce contraste de l'homme et cette bizarre transformation de la pensée? Serait-ce que le professeur, dans sa chaire, s'appartient à lui-même, qu'il garde toute son individualité, qu'il est tout d'une pièce, tandis que l'auditoire, avec ses passions, ses idées, sa langue même, entre toujours plus ou moins et s'établit, malgré l'orateur, dans le discours de l'orateur?

Il est certain que dès que Guizot sort de ses théories nuageuses, et qu'il entre dans le positif des affaires, il y apporte une lucidité d'idées et d'expression qu'on n'a pas assez louée. Il va droit au but et il ne dit que ce qu'il faut dire et il le dit bien. Commissaire du gouvernement sous M. de Serre, il a été le plus remarquable de tous les commissaires que nous ayons entendus depuis vingt-cinq ans. Ministre, il a défendu son budget de l'instruction publique et des affaires étrangères, avec plus de précision, de science et d'habileté qu'aucun autre ministre.

Nous qui, assis côte à côte de Guizot, l'avons vu à l'œuvre comme maître des requêtes, dans le comité du contentieux, où on ne lui confiait guère que le rapport des mises en jugement d'un garde forestier ou de quelque maire de village, nous avons peine à revenir sur son aptitude merveilleuse à toutes sortes d'affaires. C'est que personne aujourd'hui n'en a manié plus que lui de petites et de grandes; il les pénètre à première vue, il les débarrasse de leurs plis et contre-plis ; il les résume par la puissance de son esprit généralisateur, et il les produit devant la Chambre avec une clarté d'analyse et d'exposition qui ne laisse rien à désirer.

Son élocution, sans être habituellement vive ni colorée, est toujours pure et châtiée. Il est peut-être le seul de nos improvisateurs dont les discours littéralement reproduits par la sténographie, soient supportables à la lecture. C'est qu'il est le plus grammairien et le plus lettré d'entre eux.

Guizot ne se livre point ; il est bardé et n'a pas de défaut à son armure par où le glaive de l'objection puisse se glisser et faire plaie. Mais il n'a pas non plus de ces emportements heureux, de ces élans du cœur, de ces traits d'imagination, de ces pensées touchantes, de ces tours vifs qui échappent au véritable, au grand orateur, qui s'emparent de lui malgré lui, qui le transportent de sa propre émotion et qui la font passer dans notre âme et dans nos entrailles. Guizot n'est point ce qu'on appelle éloquent dans le sens des mouvements, de la passion, de la véhémence oratoire.

Il l'a été pourtant une fois lorsque, ravi d'admiration pour les constitutionnels de 1789, il s'écriait : « Je ne doute pas que dans leur séjour inconnu, ces nobles âmes qui ont voulu tant de bien à l'humanité, ne ressentent une joie profonde, en nous voyant éviter aujourd'hui les écueils contre lesquels sont venues se briser tant de leurs belles espérances. »

Il n'a pas été moins éloquent lorsque, dans la coalition, il luttait avec une impétueuse énergie contre les murmures, les cris et les trépignements des centres. A mesure que grondait l'orage, il se retenait, il se cramponnait au marbre de la tribune ; de moment en moment, il pâlissait, pâlissait de colère ; son œil dardait des éclairs et des foudres, et environné d'ennemis, il leur donnait des coups de bec d'aigle à leur arracher la chair et les yeux.

Enfin dans cette longue et fameuse séance où l'Opposition, telle qu'une mer houleuse, roulait sur lui ses vagues, Guizot s'attachant des deux mains à la tribune comme à un rocher, se dressant de toute sa hauteur et regardant l'Opposition en face, lui lança ces paroles :

» Quelle que soit la fureur redoublée de vos cris, ils n'ébranleront pas mon courage et vous aurez beau faire, vous n'élèverez pas vos injures à la hauteur de mes dédains. »

Certes, c'est là de l'éloquence de situation ! C'est fier, c'est inexprimable, c'est beau, c'est très-beau, ou je ne m'y connais pas.

Il passe dans l'Opposition pour être cruel. Ses yeux flamboyants, sa figure blème, ses lèvres contractées, lui donnent l'apparence d'un proscripteur. On lui attribue le fameux mot : Soyez impitoyables ; mot affreux, s'il eût été prononcé! Mais il ne l'a pas été.

Guizot me ferait plutôt l'effet d'un sectaire que d'un terroriste. Il a encore plus d'audace de tête que de résolution de cœur et de main. La profonde estime, le contentement inaltérable, la haute admiration qu'il a de lui-même remplissent trop toute son âme pour y laisser quelque place à d'autres sentiments. Il s'enfoncerait la tête la première dans l'Océan, qu'il ne conviendrait pas qu'il se noie, et il croit à sa propre infaillibilité avec une foi violente et désespérée.

Il ressemble à ces anges d'orgueil qui bravaient la colère du Dieu vivant et qui, les ailes renversées, étaient précipités dans les profondeurs de l'abîme.

Pourquoi ne dirais-je pas, tant j'ai envie d'être sincère, que Guizot, comme homme privé, a des mœurs rigides et pures, et qu'il est digne, par la haute moralité de sa vie et de ses sentiments, de l'estime des gens de bien? J'ai vu sa douleur paternelle et j'ai admiré la sérénité de son stoïcisme. Il y a certes une grande fermeté dans cette âme là.

Grave dans sa vie publique, opiniâtre dans son but plus que dans ses maximes, ambitieux par système et par tempérament, laborieux et tranchant, il a toutes les qualités et tous les défauts qui constituent un chef doctrinaire.

Vainqueur et ministre, Guizot ne s'amollit pas aux délices de Capoue. Il vous poursuit dans votre fuite, vous met le pied sur la tête et vous écrase. Vaincu et de l'Opposition, il supplée au nombre par la tactique. Il suppute ses forces, les jours de bataille ; il veille sur ses gens et les gourmande du geste et de la voix, donne le mot et se met, de sa personne, sur les lisières du camp, pour empêcher les désertions et rallier les incertains. Sa troupe marche bien unie sous ce chef adroit et déterminé. Elle n'est pas nombreuse, mais elle se compose plutôt d'officiers que de soldats ; troupe dorée, aguerrie, indépendante, présomptueuse, colère à l'occasion, souple dans ses évolutions et qui travaille en dessous et sape à la mine, jour et nuit, quand elle ne croit pas que le temps soit venu de dresser les échelles et de monter à l'assaut. Il faut que chacun des troupiers de M. Guizot ait toujours le sac sur le dos et la capsule sur la batterie, prêt à faire feu, tandis que lui, posté sur la montagne et sa lorgnette braquée

en façon d'empereur, il indique les positions dont il faut s'emparer, l'une à l'arme blanche, l'autre avec des feux de peloton
nourris, celle-ci en la faisant sauter en l'air, celle-là en pénétrant par les trahisons de la contrescarpe. Il ne permet ni qu'on
fasse un faux mouvement, ni qu'on donne avant l'ordre, ni qu'on
perde une cartouche.

PARALLÈLE DE M. THIERS ET DE M. GUIZOT.

Guizot ne serait qu'à moitié peint, si on ne le comparait pas à
son rival, et je veux finir par leur parallèle.

Guizot et Thiers sont les deux hommes les plus éminents que
le bouillonnement de juillet ait fait monter à la surface des affaires.

Nés tous deux de la presse, ils ont étranglé leur mère au sortir
de leur berceau, après avoir sucé son lait jusqu'au sang.

Du reste, entre Thiers et Guizot, antagonisme presque du tout
au tout, de caractère, d'opinion et de talent : l'un ductile, cau-
seur, familier, malin et câlin; l'autre impérieux, austère et gour-
mé. L'un que ses vieux retours de jeunesse entraînent à la dérive
vers la gauche, l'autre, que les surprises du quasi légitimisme portent vers la droite.

Guizot, à force de science et de gravité, peut, auprès des
grands seigneurs de la diplomatie, passer pour un aristocrate.
Thiers, malgré la pétulance et l'éclat merveilleux de son esprit,
ne s'élèvera pas, à leurs yeux, au-dessus d'un parvenu.

Guizot est circonspect d'action. Thiers est hardi de parole.

Guizot fait les doux yeux et Thiers les gros yeux aux puissances de l'Europe, qui se moquent de l'un et de l'autre.

Guizot couche la France sur un lit de repos, de peur de rupture
d'un anévrisme. Thiers la ferait courir à travers l'espace, comme
une comète échevelée.

Guizot procède par maximes, Thiers par saillies.

Guizot, en montant dans les ombres des abstractions philosophiques, rencontre quelques vives échappées de lumières. Thiers
aime mieux ne pas s'élever jusqu'aux nues que de s'y perdre.
Il a plutôt des pieds que des ailes.

Guizot ne jette pas sur le tapis parlementaire trop de motions
à la fois. Thiers, au contraire, vide son cornet, il joue à l'aventure, et risque son va-tout.

Thiers reconnaîtra plus volontiers la souveraineté du peuple, et
Guizot la souveraineté parlementaire.

L'un a pour point de départ la révolution de 1688, et l'autre la révolution de 1793.

L'un aimerait mieux le genre humain, l'autre sa patrie.

Guizot a plus de foi dans ses idées, Thiers dans le tranchant du sabre, Guizot dans l'inertie résistante de l'intérêt bourgeois ; Thiers dans l'action insurrectionnelle des masses.

Guizot flatte toujours la majorité, il la couve de son regard noir, de peur qu'elle ne se débande, et il vante à tout propos la constance inébranlable, l'étroite union et le courage héroïque de ladite majorité, quoiqu'il sache au fond parfaitement à quoi s'en tenir sur ces trois choses, tout aussi bien que vous et moi. Thiers, que parfois la majorité impatiente et déroute, la mènerait plutôt à coups de fouet, et comme il préfère la qualité à la quantité, il se tourne avec des regards caressants vers les extrémités de la Chambre.

Guizot et Thiers ne traitent pas leur majorité de la même façon et du même air. Dirai-je qu'avec elle, l'un est plus insolent, l'autre plus impertinent ?

Thiers et Guizot ont encore deux autres façons d'agir avec leur majorité, qui valent la peine d'être sues. L'un sonne le tocsin, joue des baguettes et bat la générale. L'autre pince la fibre agacée de l'intérêt personnel ; c'est avec l'appoint de ses députés fonctionnaires que Guizot atteint le chiffre de la moitié, plus un, et dût son orgueil philosophique s'en révolter, le plus transcendant de ses arguments sera toujours, auprès de cette majorité, l'argument du pot-au-feu.

Guizot est trop présomptueux pour ne pas mépriser les injures, et Thiers est trop insouciant pour s'en souvenir.

Hors des affaires, Guizot se sert du pouvoir parlementaire pour forcer la main du pouvoir personnel ; dans les affaires, il se sert du pouvoir personnel pour mater et réduire le pouvoir parlementaire.

Hors des affaires et membre de l'Opposition, Thiers dresse ses batteries contre le ministère sur le terrain des abus intérieurs, et lui fait pour le gêner dans sa marche, une guerre de croc-en-jambe ; dans les affaires et ministre, il transporte le débat sur le terrain des relations extérieures, parce qu'il est maître là d'agir au large et presque sans contrôle, et de ne dire que ce qu'il veut.

Guizot surmonte les objections par sa ténacité, Thiers leur échappe par sa souplesse. Il glisse entre vos doigts comme une anguille visqueuse ; il faut le prendre aux dents pour le tenir.

Guizot affirme ou nie ; Thiers ne dit ni oui, ni non.

Guizot, pressé, interpellé, acculé, se renferme dans le dédain l'une sèche et rogue dénégation, ou dans la superbe de son si-ence. Thiers défend trop longuement, à la manière d'un avocat, es moindres détails de ses anciens ministres, et comme d'autres orateurs veulent l'imiter, sans avoir son esprit, les débats légis-atifs dégénèrent en commérages.

L'un, plus spiritualiste, s'attache davantage au droit.

L'autre, plus matérialiste, s'attache davantage aux faits.

L'un croit à une sorte de morale, l'autre ne croit pas à grand chose.

Guizot, ministre ou non, ne vit uniquement que de la vie po-itique. Il a la force, la résolution, l'obstination, l'expérience l'un homme qui ne songe, à chaque instant de la journée, qu'à a même chose. Pour lui, le pouvoir est une affaire de tempé-rament presque autant que d'ambition.

Thiers ne rapporte pas tout au gouvernement et à la politique. N'est-il plus ministre, il vit en artiste, chauffe la vapeur, voyage à Naples, découd des momies et fait des histoires.

Guizot a plus de généralité dans l'esprit, Thiers plus d'étendue et de mouvement.

Thiers, comme un phosphore, brille et s'éteint. Guizot, comme une lampe de tombeau, ne jette qu'un feu sombre, mais brûle toujours.

Guizot prend quelquefois l'obscurité pour la profondeur et les grands mots pour les grandes choses. Thiers, quelquefois aussi, prend le clinquant pour l'éclat et le bruit pour la gloire.

Il y a toujours plus du philosophe dans Guizot. Il y a toujours plus de l'artiste dans Thiers. L'un s'imagine toujours professer dans une chaire, l'autre causer dans un salon.

Tous deux peut-être, les premiers journalistes de leur temps ; mais Guizot cultive plutôt le dogmatisme de la presse, et Thiers plutôt la polémique courante. L'un se plaît à ouïr le son de ses théories. L'autre groupe les occurrences et les faits de chaque jour, autour de son système. Il se faufile et s'introduit par je ne sais quelles issues dans les redoutes de l'Opposition, et, quand elle sommeille, il met le feu à ses canons.

Comme écrivain politique, Guizot est plus goûté chez les étran-gers que chez nous où les grâces de la forme sont préférées à la solidité du fond et où le style, c'est tout l'homme. Je ne parle pas de l'historien qui a des pages admirables, mais de certaines thèses et définitions obscures du méthaphysicien et du publiciste.

Le génie, cependant, c'est la lumière; ce qui n'est pas clair n'est pas français.

Thiers, et ceci ne le fâchera point, est, dans ses histoires, plutôt homme d'Etat qu'écrivain. Il n'excelle ni par le plan et l'ordonnance, ni par le coloris, ni par la profondeur, ni par la concision. Mais il est singulièrement remarquable par la haute intelligence des événements, l'habileté du récit et la parfaite lucidité de son style. Il écrit un peu comme il parle, avec une abondance et un charme pittoresque.

Nul écrivain français ne l'a égalé pour la peinture des batailles, ni pour l'exposition des crises financières. Il a raconté, dans l'histoire la plus populaire et la plus lue de nos jours, les grandes guerres de la Révolution, ses assemblées, ses constitutions, ses négociations et ses lois.

D'ailleurs, Thiers appartient à l'école fataliste, à cette école aride qui couvre les fautes et les crimes mêmes des gouvernements par l'excuse de la nécessité, qui ne reconnaît de droit, ni dans la nation, ni entre nations, qui étouffe le libre arbitre et qui jette la vertu dans le désespoir. Eh! que nous importe l'histoire des faits passés, sans la moralité des faits pour l'instruction du présent et de l'avenir?

Guizot a plus de méthode, d'enchaînement et de vigueur dans ses improvisations et dans ses discours; Thiers plus d'abandon et de naturel.

Guizot est éloquent dans la colère; Thiers dans l'enthousiasme.

Rien de plus grave que la diction de Guizot. Rien de plus charmant que le spirituel laisser-aller de Thiers.

Au bout d'un quart d'heure d'oraison, Guizot me fatigue. Au bout de deux heures, Thiers me délasse.

On n'est pas inquiet de Guizot, parce qu'il a son thème fait et qu'on sait qu'il ne s'en écartera pas. On n'est pas non plus inquiet de Thiers, parce qu'on sait qu'il se tirera toujours avec bonheur des excursions les plus lointaines et des pas les plus embarrassants.

Si le péril de la situation presse, Guizot remuera les fibres intéressées du chambrier bourgeois. En tel cas, Thiers sonnera sa fanfare, et vous le voyez apparaître aux extrémités du défilé un drapeau tricolore à la main. C'est Bonaparte au pont d'Arcole.

Tous deux, pour résumer, ont eu la première place et ils ne l'ont pas remplie. Ils ont été à la tête de la nation et ils ne la conduisaient pas.

Tous deux ont été au-dessous de notre grandeur et de leur fortune.

Tous deux ont été les instruments aveugles de la Providence dont ils pensaient être les guides.

Tous deux, sous les dorures officielles de l'habit de cour, n'ont que trop souvent perdu jusqu'au sentiment de leur propre dignité.

Gens de petite guerre et de petite paix, ils n'ont su faire tenir la France devant l'étranger, l'un que sur le genou droit, l'autre que sur le genou gauche.

Diront-ils eux, ministres responsables, qui avaient juré de porter si fièrement le sceptre du 7 août, diront-ils comme Napoléon, après la bataille d'Austerlitz : « Français ! lorsque vous plaçâtes sur ma tête la couronne impériale, je fis serment de la maintenir toujours dans ce haut éclat de gloire qui seul pouvait lui donner du prix à mes yeux. »

Hélas ! la France, cette noble France, étonnée aujourd'hui de sa solitude, se regarde elle-même, se cherche, s'interroge, et elle ne sait plus se comprendre ni se retrouver !

N'en pouvant faire une reine, ils en ont fait une marchande, et à la fin de la journée, retirée dans le fond de sa boutique, elle qui maniait des sceptres et des épées, la voilà qui compte et qui empile des gros sous !

M. Sauzet.

M. Sauzet a ce qu'on appelle de beaux moyens, un organe sonore, un front ouvert, une intelligence prompte et une élocution qui coule avec limpidité.

Sa voix est ample et elle enveloppe son auditoire. Il y a cependant quelques cordes sourdes dans son éclat, et ses désinences fatiguées tombent souvent avec la période.

M. Sauzet est doux, poli, affable, modéré. Il recherche la bienveillance des autres et il leur communique la sienne. Il a dans sa physionomie, ses sentiments et son langage, je ne sais quoi d'honnête et d'engageant qui vous charme et qui vous attire. Avec plus de science du droit et des affaires, il a presque les vives fleurs et le module cadencé d'un autre orateur, demi-dieu de la poésie. C'est M. de Lamartine fait homme.

La mémoire est l'agent principal de son éloquence ; à dix ans il récitait, mot pour mot, un chapitre de Télémaque qu'il n'avait lu qu'une seule fois.

Il peut, tout en parlant, supprimer des fragments entiers de discours et les remplacer par des morceaux nouveaux qu'il enchâsse dans le même tissu, aussi proprement que s'il les rattachait avec des épingles.

Il a l'esprit tourné en pointe, et les calembourgs lui viennent si familièrement dans la conversation que, lorsqu'il parle à la tribune, il faut qu'il les chasse devant lui, comme une mouche importune qui bourdonnerait à son oreille.

M. Sauzet est le type de l'orateur provincial. Sa parole bâillonnée rend du vent, et elle se gonfle plus qu'elle ne se remplit. Elle flatte l'oreille, mais elle ne va pas jusqu'à l'âme. On dirait qu'il a été gâté par la fréquentation de la cour d'Assises. Il prodigue, à pleines mains, les roses brillantes du langage, les vibrations d'harmonie, les épithètes ronflantes, les métaphores de collége; rhétorique usée qui n'a plus guère de titre et de valeur dans le commerce de l'éloquence.

Ce n'est pas que je blamerais M. Sauzet de recourir, devant le jury et en cour d'Assises, à ces moyens pathétiques, pour sauver des accusés. Ce spectacle d'une femme en pleurs qui embrasse les autels de la miséricorde et de la justice, ces cris déchirants des remords, ces belles têtes de jeunes hommes qui vont tomber sous le couperet du bourreau, comme les lis du printemps sous le tranchant de la charrue, l'innocence aux prises avec les terreurs du supplice, les incertitudes ténébreuses de l'accusation, ces lueurs du doute qui passent devant vous et qui brillent et s'éteignent, ces soupirs entrecoupés, ces lèvres balbutiantes, ces plaintes, ces supplications, ces attendrissantes images d'une jeune famille qui redemande son père, et qui va périr s'il périt, ou d'un vieillard couronné de cheveux blancs et qui se jette à vos genoux pour expier le crime involontaire d'un fils égaré : tout cela est pris dans la nature, tout cela a été beau dans son temps, tout cela fait encore de l'effet sur des jurés faciles à émouvoir, et sensibles, comme tous les hommes neufs, au charme de la parole et aux drames remuants de l'éloquence.

Mais à des députés, à ces convives rassasiés de délicatesses intellectuelles, à ces estomacs blasés, on ne doit présenter les mets oratoires qu'avec des assaisonnements piquants et nouveaux. Il ne faut pas que les spectateurs voient jouer de trop près les machines de la coulisse, de peur que leur illusion ne tombe. Il ne faut pas que le discours ait trop de pompe et sente le théâtre. Le grand art, pour un orateur parlementaire, est de savoir masquer l'art.

On dit que M. Sauzet n'a pas de principes, mais quel est donc, je vous prie, l'avocat plaidant qui ait des principes? Quand on a, pendant vingt ans de sa vie, travaillé dans le vrai et dans le faux, quand on a toujours recousu, le mieux qu'on pouvait, les trous des sacs des plaideurs par où s'échappent leur fraude et leur malice, voulez-vous, après cela, qu'on ait des principes?

Les gens de loi débitent toujours force belles phrases sur ce qu'ils appellent leur libre arbitre, en matière de plaidoirie.

Or, savez-vous à quoi se réduit le libre arbitre des avocats plaidants? Pierre fait un procès à Paul; il prend vite un cabriolet à la course et il descend chez le plus fameux avocat de la ville qui lui dit : « Votre affaire vaut incomparablement mieux que celle de Paul. » Paul, qui n'a pris son cabriolet qu'à l'heure, arrive dix minutes après chez le même avocat qui lui dit : « Votre affaire vaut incomparablement mieux que celle de Pierre; mais que voulez que j'y fasse? il m'est arrivé avant vous. » Je ne dis certes pas que l'avocat plaidant soit l'homme du premier venu, toujours, mais presque toujours.

On sait que les avocats plaidants ont dans l'une des poches de leur robe les raisons pour, et dans l'autre poche les raisons contre. Or, ils se trompent quelquefois de poche dans le courant de la plaidoirie, et c'est sans doute pour cela que leur conclusion ne s'accorde pas toujours parfaitement avec leur exorde. Ils ne savent trop comment se décider, et ils ne sont jamais bien sûrs d'eux-mêmes. S'ils vous poussent une grosse argumentation, vous les tiendrez en échec avec une objection toute petite.

Tout leur fait question, tout leur est obstacle. Jetez, sous leur roue qui marche, un grain de sable, ils se baisseront pour le regarder, au lieu de passer outre.

Il nieront en plein soleil qu'il fasse jour, et, si vous vous mettez à rire, ils chercheront à vous le prouver.

Chose singulière! Ces hommes qui, toute leur vie, n'ont étudié que le droit, doutent perpétuellement du droit.

La loi a presque toujours pour eux, deux sens, deux acceptions, double langage et double visage.

Ils voient moins les causes que les effets, l'esprit que la lettre, le droit que le fait, le principe que l'application, et le plan que les détails.

Il n'est pas de vérité si nette qu'ils ne ternissent, à force de la polir. Il n'est pas de patience d'oreille qu'ils ne lassent, à force de tourbillonner dans le flux de leur oraison. Il n'est pas de raisonnement, si puissant et si nerveux qu'il soit, qui ne perde entre leurs mains, à force d'être pétri et retourné, son élasticité et sa vigueur.

N'allez pas croire qu'ils entreront tout de suite en matière, parce que vous leur aurez dit : « Eh bien, qu'attendez-vous donc, parlez ! » Il faut d'abord qu'ils plissent leur rabat, qu'ils posent leur toque sur l'oreille, qu'ils retroussent avec grâce les plis flottants de leur robe, qu'ils toussent, qu'ils crachent et qu'ils éternuent. Cela fait, ils préludent comme les musiciens qui accordent leur violon ; ou comme les danseuses qui battent des entrechats dans les coulisses, ou comme les sauteurs de corde qui essayent leur balancier. Ils se ploient et se contournent dans leurs salutations, et il leur faut un grand quart-d'heure de précautions oratoires, de phrases, de périphrases, de circonlocutions, d'allées et de retours, avant qu'ils ne se déterminent à vous dire enfin : Messieurs, voici de quoi il s'agit.

Malheureusement pour lui, M. Sauzet, du temps qu'il faisait fonction d'orateur, n'avait pas encore dépouillé sa robe du vieil homme, sa robe d'avocat plaidant. Il épuisait, bons ou mauvais, tous les moyens qu'il avait dans son sac. Il ne retenait pas assez l'intempérance de son argumentation. Il ne choisissait, il ne triait pas assez ses causes politiques. Il les plaidait toutes, excepté cependant celles, entendons-nous, qui pouvaient le compromettre un peu trop avec la majorité.

M. Sauzet ne sait pas écrire. Sa manière est celle des rhéteurs, flasque et ampoulée. Sa logique ne proportionne point toujours exactement ses conséquences à leur principe.

M. Sauzet, soit penchant d'esprit, soit imitation, soit calcul, est de l'école de M. de Martignac. Moins tempéré, moins gracieux, moins élégant, moins adroit que son maître, mais plus abondant, plus véhément, plus pathétique et plus coloré. Comme M. de Martignac, il pare avec adresse et évite le coup de lance. Il ne se laisse pas facilement désarçonner, et il glisse à terre plus qu'il n'y tombe. Comme M. de Martignac, il en est encore à l'adoration de ces formes représentatives et de ce constitutionnalisme creux et métaphysique qu'on appelle le gouvernement pondéré des trois pouvoirs. Comme M. de Martignac, pour dernier trait de ressemblance, M. Sauzet résume admirablement les opinions d'autrui et il se tire des discussions les plus tortueuses avec une sagacité, une délicatesse et un art qu'on n'a pas assez loués.

Quelle science profonde, quelle justesse d'esprit, quelle habileté de dialectique dans le débat qu'il conduisit sur la loi des mines ! Autant sa parole est pompeuse quand il pérore, autant elle est simple, élégante et belle quand il discute. Il n'oublie aucune grave objection, et il y réplique à l'instant même. Il ne craint jamais de s'enfoncer, parce qu'il sait où il va poser le pied. Il ne se laisse pas emporter aux personnalités de l'injure, et il ne substitue pas les épigrammes aux raisonnements, ni les hypothèses aux réalités de la question. Son esprit conserve toute sa solidité et toute sa présence, et sa marche est toujours progressive, logique et ferme. M. Sauzet peut se consoler de ses chutes oratoires. Il sera, quand il le voudra, le premier discuteur d'affaires de la Chambre et qu'y a-t-il donc au-dessus de cela?

Je ne suis pas étonné qu'il ait dirigé le conseil d'Etat avec une si remarquable supériorité. Il fallait le laisser à la tête de ce grand corps de magistrature administrative. C'était-là son talent? C'était-là sa place! Belle place! Aussi, lorsque M. Sauzet sera tombé tout à fait, et qu'on n'en voudra plus au fauteuil de la Chambre, il faudra le nommer ou Président du Conseil d'Etat ou coadjuteur de M. Pasquier, avec un brevet de survivance.

Ajouterai-je que je ne crois pas avoir jamais entendu, depuis M. de Martignac, un rapporteur plus intelligent et plus disert que M. Sauzet. Il doit cet avantage à la réunion des trois qualités qui constituent les rapporteurs éminents, savoir : la clarté, la mémoire et l'impartialité.

M. Dupin.

Le caméléon qui change de couleur à mesure qu'on le regarde, l'oiseau qui fait mille crochets et qui s'échappe dans l'air, le disque de la lune qui se dérobe sous l'œil au bout du télescope, la nacelle qui, sur une mer agitée, descend et reparaît au sommet des vagues, une ombre qui passe, une mouche qui vole, une roue qui tourne, un éclair qui brille, un son qui fuit, toutes ces comparaisons ne donnent qu'une imparfaite idée de la rapidité des sensations et de la mobilité d'esprit de Dupin.

Comment parviendrai-je à esquisser sa disparate et changeante physionomie, et par où le saisir et le prendre?

Je vous dis, Monsieur, que si vous vous remuez toujours sur votre chaise, que si vous tournez à tout moment la tête, et que si vous ne posez pas mieux que cela, je vais briser ma palette et jeter-là mes pinceaux! Vous voulez que je vous fasse ressemblant, n'est-ce pas? Eh bien, laissez-moi, de grâce, vous examiner pendant quelques minutes seulement. N'allez pas me gronder non plus si les proportions de votre visage ne sont pas toujours d'accord entre elles et si quelques-uns de vos traits grimacent. Je suis peintre, et pour imiter la nature, je dois faire le tableau conforme au modèle.

Dupin est auteur, avocat, magistrat, président, orateur et diseur de bons-mots.

Il n'est pas doué de cette faculté d'investigation patiente et appliquée qui creuse une matière et qui arrive profondément jusqu'aux sources des principes. Il voit de près, juste et vite; il ne voit pas de loin et longtemps. Il a la philosophie de l'expérience, il n'a pas la philosophie de l'invention. Il ne sait pas créer, il arrange. Il broche un manuel comme il bâcle une Charte! Il ne composerait pas un livre.

Avocat, il plaidait d'une manière vive, acérée, heurtée, saccadée, avec habileté, mais sans méthode, avec force, mais sans grâce. Il portait le respect, jusqu'à la superstition, pour la toge et les perruques de l'ancien parlement. Il se montrait très-entêté sur ce qu'il appelait les prérogatives de son Ordre, et vous l'eussiez vu prêt à se dévouer, à mourir s'il l'eût fallu, pour la défense de sa toque et de son rabat, ce qui est assurément fort héroïque. Il compulsait Justinien pour y trouver des apophthegmes; l'histoire, pour y ramasser des citations, et les vieux auteurs, pour en extraire des rébus, et il mêlait le tout avec des hilarités de son cru, ce qui en faisait un assaisonnement piquant et singulier. Brusque, impétueux, inégal, allant par bonds, enfileur d'anecdotes, prodigue de saillies, il amusait l'auditoire, le barreau, les juges et les clients.

Procureur général de la cour la plus grave de France, Dupin n'a gardé de son talent d'avocat que le côté sérieux et solide. Il ne possède pas la vaste érudition de Merlin, ni les trésors de sa jurisprudence, ni son argumentation déliée et un peu subtile. Mais il a une raison droite, un jugement sûr, et ses réquisitoires sont des modèles de clarté, de précision et de logique. Il est légiste plutôt que législateur, amoureux des textes plutôt que de l'esprit. S'il y a deux interprétations, l'une philosophique, l'autre vulgaire, c'est la vulgaire que, par instinct, il choisira. Il a beaucoup de sens judiciaire et peu de génie. Mou, inconsistant et presque lâche dans les causes politiques, mais dans les causes civiles, ferme, progressif, impartial et digne.

Président de la chambre, Dupin avait de grandes qualités et quelques défauts. Il savait les précédents et la jurisprudence. Il appliquait avec sagacité le règlement, et il maintenait les priviléges parlementaires contre les empiétements des ministres. Debout, ses yeux faisaient la ronde sur tous les points de la salle. Il régentait, comme un pédagogue, les députés bruyants et indociles, et il leur donnait de temps en temps sur les doigts de bons coups de martinet.

Personne ne débrouillait mieux que lui le fil des pelotons législatifs. Si, par hasard, une question tombait entre les mains d'orateurs confus et embarrassés qui la hérissaient d'amendements, de sous amendements, de distinctions et de sous distinctions, et qui, ne pouvant plus la comprendre, la laissaient là, Dupin la ramassait, la nettoyait et la dévidait. Il lui restituait son sens, son économie, ses divisions, son principe et ses conséquences. Il résumait admirablement les débats, et il exposait avec tant de netteté l'ordre logique de la délibération, que les moins clairvoyants s'y reconnaissaient et disaient : C'est cela !

Si quelque député malencontreux s'approchait trop près de lui, il se roulait comme un hérisson, et les ministres eux-mêmes n'osaient pas se frotter à ses piquants. Si quelque orateur novice débutait au milieu des causeries et se retournait pour réclamer le silence, Dupin lui jetait, pour toute réponse, un sarcasme désolant, qui étourdissait le pauvre homme et vous le tuait. Non pas que Dupin fût méchant, mais il oubliait quelquefois qu'il présidait, et quand un bon-mot le démangeait, il fallait qu'il se grattât.

Dupin a des qualités très-remarquables comme improvisateur. Sans doute son élocution n'est pas aussi savante de méthode, aussi haute de pensée, aussi pure de forme que celle de Berryer, mais elle est peut-être plus substantielle, plus animée et plus pittoresque. Vues à la loupe du goût, les saillies oratoires de Dupin paraissent un peu raboteuses, mais à distance elles saisissent par leur naturel et par leur grossièreté même. Il tire ses comparaisons des choses communes, des habitudes de la vie, des usages, des mœurs, des termes de droit et des façons de parler proverbiales, et il fait rire ses auditeurs d'un rire franc et national. Il a parfois l'éloquence du gros bon sens, et il l'a d'une manière neuve, rare, originale, admirable.

Vif, bouillant, plein de feu, il électrise une assemblée, il ne la laisse pas respirer, et lorsqu'il entre dans une bonne cause et qu'il est en veine, il la suit avec une vigueur et une précision étonnante. Alors toutes ses idées s'enchaînent, tous ses mots portent, toutes ses preuves se déduisent l'une de l'autre. Alors il est nourri, pressant, nerveux, concis et d'une éclatante lucidité. Alors Dupin est comparable à tout ce qu'il y a de plus rationnel parmi nos dialecticiens et de plus véhément parmi nos orateurs.

Malheureusement Dupin est souvent inégal, et il tombe dans le trivial et le bas. Son imagination le domine. Si quelque bon mot passe devant lui pendant qu'il gesticule à la tribune, il l'attrape à la volée, et le prenant par le milieu du corps, il le lance sur la Chambre, au risque de blesser la première tête venue.

Il a plus de virilité dans la parole que dans les principes, plus de puissance d'argumentation que de jugement, et plus d'indépendance de tête que de cœur.

Ces sortes d'orateurs, genre rare à ce point-là surtout, sont des hommes d'entrain et qui ne parlent jamais mieux que lorsqu'ils parlent à la minute. Ils se trémoussent, ils se frottent sur leur banc et ils prennent feu comme une allumette chimique.

Le voyez-vous, cet inflammable orateur, qui entre brusquement dans la salle! Il s'assied, il se lève, il s'agite, il se démène, étend la main, monte à la tribune et pérore. Ne lui demandez pas pourquoi il a commencé. Ne lui demandez pas surtout comment il finira. Est-ce que vous devez-vous étonner s'il parle pour et s'il vote contre? Est-ce que vous ne savez pas qu'il s'abandonne au courant de ses inspirations, sans se douter où elles l'entraînent? Il part, et chemin faisant, il bat les buissons pour y fureter des arguments. Chasseur hardi, vous le cherchiez des yeux sur la montagne, et le voilà qui s'amuse dans un pré à cueillir des fleurs. Puis il repart, va, vient, s'égare, se retrouve et disparaît. Fiez-vous donc à ces politiques inconstants que leurs amis du matin ont le soir pour adversaires, à ces étranges logiciens qui posent un principe et qui reculent devant ses conséquences, à ces esprits légers qui voltigent après une image, et qui tournoient sur eux-mêmes comme la feuille légère, au gré du vent qui souffle et qui les emporte!

Dupin a la voix pleine, grave, sonore, accentuée dans le médium, quelquefois forte et entraînante. Son visage est couturé, tacheté, haché, plissé; mais quand cette physionomie est en mouvement, que la passion l'anime et que l'argumentation la contracte, elle ne manque ni d'élévation ni de noblesse. Ses yeux caves pétillent de feu, ils brillent au fond de leur orbite, comme deux petits diamants, et vraiment, je n'appelle pas cela un homme laid.

OPPOSITION LIBÉRALE.

Dans les rangs de l'Opposition libérale, sous la royauté de juillet,

il faut compter surtout Lamarque, Garnier-Pagès, Mauguin, Odilon-Barrot, Arago et Jaubert. Leur langage est plus fier et plus
violent que celui des orateurs ministériels. Il sera facile d'en
juger par les discours et par les morceaux que nous allons
citer.

Discours du général Lamarque contre M. Casimir-Périer et les autres ministres. (Marques d'attention.)

« Messieurs, la retraite si hautement demandée de nos ministres
nous faisait croire qu'ils sentaient l'impossibilité de défendre leur
système ; alors il eût été peu généreux de combattre des adversaires
qui criaient merci et s'avouaient vaincus ; mais il en est autrement.
Un moment ébranlé par la manifestation de l'opinion publique, le
ministère s'est rassuré, et le voilà au grand complet, se pressant
sur le banc naguère désert. (*Hilarité générale.*) Nous devons nous
en féliciter ; car il nous impose par là le devoir de signaler de nouveau des fautes et des erreurs qui ont compromis à la fois la dignité
et les intérêts de la France. Nous le ferons avec d'autant plus d'a-
vantage que, donnant du poids à nos paroles, les événements justifient toutes nos prévisions. (*Mouvement.*)

» Nous vous avions dit qu'en laissant violer les principes que
vous aviez solennellement proclamés à cette tribune, vous seriez
entraînés de concessions en concessions, et que vous perdriez
l'affection des peuples sans obtenir la confiance des rois. Ainsi l'intervention dans Modène, intervention que vous avez soufferte,
après vous y être officiellement opposés, a amené les Autrichiens à
Bologne, à Ancône, et les a rendus maîtres de tout le centre de
l'Italie. Ils l'évacuent, dites-vous ; mais à quelles conditions ? Vous
seriez-vous soumis à celles qu'osait exiger le cardinal Bernetti,
dans une lettre qu'on a rendue publique, et qui semble dictée
par la chancellerie de Vienne ? Le roi né d'une insurrection légitime aurait-il promis de s'armer contre toute insurrection ? Le fils
de la liberté se serait-il engagé à aller la comprimer chez les peuples voisins ?

» Je ne puis le croire ; mais l'Autriche n'a pas moins accompli
ce que, depuis plus de trois cents ans, elle n'a cessé de poursuivre ; ce que, depuis plus de trois cents ans, nos pères repoussaient ;
ce qui, en 1629, fit courir aux armes le faible Louis XIII. Elle
règne sur l'Italie. Foulant aux pieds les traités de Vienne de 1816,
qui ne lui permettaient pas de s'établir sur la rive droite du Pô,

15

elle occupe militairement Férare, Comchio, et le point si important de Plaisance. Elle traite le duché de Parme, dont elle n'a pas la réversibilité, comme le duché de Modène. Ses troupes l'ont envahi! Elles occupent Massa, et tirent ainsi une ligne de l'Adriatique à la Méditerrannée. A Naples comme à Rome, à Florence comme à Turin, son influence est exclusive, sa domination sans rivale. Les liens de famille sont méconnus, les antiques alliances brisées. Il porte l'habit autrichien, ce prince qui, naguère à Trocadero, se parait de l'uniforme de grenadier français. Détournons donc les yeux de ce malheureux pays, jadis théâtre de tant de gloire.

» Tout y proclame les fautes de notre diplomatie. Elle y a compromis jusqu'à notre avenir, car c'est à elle que s'adressent les dernières paroles de l'infortuné Menotti, paroles que répètent toutes les bouches : *Ne vous fiez jamais aux promesses de l'étranger.*

» Après avoir sacrifié l'Italie à l'Autriche, vous avez sacrifié la Belgique à l'Angleterre ; et ici vous ne pouvez pas nous dire que c'est une guerre de principes, et que vous ne voulez vous occuper que des intérêts de la France.

» Jamais intérêts ne furent plus positifs, plus incontestables ; jamais, sur aucune question, l'opinion ne fut plus prononcée, plus unanime. Parcourez la France entière : il n'est pas une ville, un village, un hameau où l'indignation n'ait égalé l'étonnement, quand on a vu la Belgique passer sous la domination anglaise. (*Mouvements divers.*)

» Tressez des couronnes, élevez des arcs de triomphe pour le retour de notre plénipotentiaire ; il a accompli ce que la sainte alliance n'avait osé tenter dans l'ivresse de la victoire, ce que les Bourbons de la branche aînée n'auraient jamais accordé ; il a réparé la seule faute politique que *Napoléon*, dans ses mémoires, reprochait à l'égoïste Angleterre. La Belgique lui appartient. Par le Hanovre, elle s'ouvre tous les débouchés du nord de l'Allemagne ; par le Portugal, tous ceux de la Péninsule ; la Belgique sera à la fois sa tête-de-pont pour la guerre, et un second Hanovre pour inonder de ses produits le nord de la France et le midi de l'Allemagne.

» Hâtons-nous donc de resserrer nos lignes de douane, de doubler le nombre de nos employés. Ce ne sont plus les draps de *Verviers*, les toiles de *Flandre* que nous devons repousser : c'est Manchester et Birmingham, avec leur industrie perfectionnée, qui sont à vos portes ! (*Oh, oh !..... murmures au centre.*)

» Mais, vont peut-être nous dire nos ministres, il n'est pas anglais, ce prince qu'ont librement choisi les Belges !... Ils l'ont choisi sans doute, mais pour sortir de l'inextricable labyrinthe où les avaient jetés les intrigues de la diplomatie ; ils l'ont choisi après que vous leur avez ôté jusqu'à l'espérance de rentrer dans la grande famille, après que vous leur avez refusé un fils de notre roi, et ils l'ont choisi uniquement parce qu'il était anglais et qu'il leur promettait l'appui de cette grande nation. En doutez-vous? Voici les propres mots qu'à la séance du 3 juillet, M. Lebeau, le Sébastiani de la Belgique, prononçait pour fixer les irrésolutions du congrès : *(Vive agitation.)*

Plusieurs voix, au centre : à l'ordre ! à l'ordre !

M. le président. J'ai déjà rappelé à l'orateur que le règlement interdit toute personnalité.

M. Lamarque. Je crois pouvoir prouver que je n'ai pas fait de personnalité. *(Oh, oh !)*

« Notre avenir a pour garantie le noble caractère de ce prince
» qui appartient à la famille royale de l'Angleterre, et qui a la pers-
» pective de la régence de ce royaume. »

« Il est donc anglais aux yeux des Belges, ce prince qui épousa une héritière du trône d'Angleterre, et qui s'assierait sur ce trône, si son épouse vivait encore. En voulez-vous une preuve légale? Vous la trouverez dans un recueil publié par l'avocat anglais Ch. Okey ; c'est l'acte de naturalisation du prince Léopold-Georges-Frédéric, margrave de *Meissen*, landgrave de *Thuringue* ; il a prêté le serment d'allégeance et de suprématie devant le lord grand chancelier ; cet acte porte que, reçu en qualité de *citoyen du royaume comme s'il y était né*, il aura la préséance sur l'archevêque de Cantorbéry et les autres officiers et ducs. *(Agitation.)*

» On a donc violé les protocoles qui excluaient les cinq grandes puissances, et on les a violés au détriment de la France, et peut-être même de l'Angleterre.

» L'esprit de jalousie et de rivalité, qui, si longtemps, avait animé les deux nations, commençait à s'éteindre, et vous le réveillez plus fort que jamais; il n'est pas un Français qui ne se croie humilié, joué, dupé; qui ne voie avec une douleur profonde que nous abandonnons ces champs où dorment les héros de Fleurus, de Jemmapes et de Waterloo ; ce beau pays, qui, conquis par la victoire, réuni par les lois et l'assentiment des deux peuples, fut si long-temps la France !

» Une sage politique, et c'était celle de nos pères, cherchait à placer de petits États intermédiaires entre les grands États; on évitait ainsi tout choc, tout prétexte de collision ; et vous, non contents d'avoir les Prussiens à nos portes, vous faites franchir les mers à l'Angleterre pour lui livrer une partie de nos Gaules !

» Ministres imprudents, les leçons du passé ne sont donc rien pour vous? Ne savez-vous pas que trois cents ans de guerre et de calamités furent la suite de l'abandon de la Guienne à l'Angleterre? Les noms de Crécy, de Poitiers, d'Azincourt, sont-ils effacés de votre mémoire? (*Exclamations.*) Croyez-vous que, placé à Bruxelles, un prince anglais ne soit pas plus dangereux pour Paris, que lorsque, dans le treizième siècle, il régnait à Bordeaux? Oh! des torrents de sang anglais et français couleront peut-être un jour pour effacer la faute que vous commettez dans ce moment ! Mais vous prétendez nous offrir quelques dédommagements, quelques compensations. Voyons, expliquons-nous avec franchise, et ne cherchons pas à abuser la nation par des promesses qu'on ne pourrait tenir.

» Les places élevées pour menacer la France, et non pour protéger la Belgique, seront démolies, » a dit le discours du trône ; et nous devons y répondre comme si les événements n'apportaient aucun changement à la question ; car nos ministres ont déclaré aux puissances que l'occupation de la Belgique cesserait avec les hostilités entre les Belges et les Hollandais. Les places élevées contre la France seront détruites. Cette assurance est vague ; elle laisse le champ ouvert à d'orageuses discussions. Déjà elles ont commencé avec aigreur dans les journaux belges et dans les deux chambres du parlement anglais, où les réponses des ministres ont été peu satisfaisantes et où respire toujours la vieille haine des Chatam et des Burke. Le généralissime a déclaré qu'à l'exclusion de la France, les quatre grandes puissances décideraient seules sur les places à démolir et les places à conserver.

» Ainsi, nous sommes encore sous le poids de la défaite! ainsi la France de 1831 est traitée comme la France de 1815! Ainsi le canon de Paris n'a pas fait taire le canon de Waterloo ! (*Sensation.*) Comprimons un moment l'indignation que ces prétentions excitent dans toutes les âmes, pour discuter froidement ce passage du discours de la couronne.

» Tremblant encore devant la France, que la trahison lui avait livrée, la coalition eût voulu l'enfermer dans un mur d'airain, et dix-sept places furent à nos dépens, construites ou réparées, de Nieuport à Charleroi : laquelle détruirez-vous? Ce ne sera pas Ostende..... L'Angleterre voudra des remparts autour de ce port, si important pour elle. Sera-ce Ypres, où aboutissent tant de chaussées; Mons, Tournay, qui dominent les champs de Jemmapes et de Fontenoy? Non, on vous prouvera que vous avez en face d'autres places de guerre qui protègent vos frontières. On consultera le généralissime, et ces places seront jugées nécessaires pour défendre la Belgique qui aura ainsi des remparts élevés contre nous, quand elle sera toute couverte du côté de l'Allemagne; car à quoi lui serviront les citadelles de Liége, quand Maëstricht restera entre les mains de la Hollande?

» Voulez-vous savoir quelles places on démolira? les nôtres, oui, les nôtres! (*Vives exclamations.*) Daignez m'entendre.

» Abusant de la victoire, et d'accord sans doute avec les princes qu'elles nous imposaient, les puissances coalisées voulurent se ménager les moyens de rentrer en France sans trouver d'obstacle. La formidable ligne qu'avait élevée le génie de Vauban, fut donc tronquée sur trois points principaux : Landau ouvrit aux Autrichiens et aux Bavarois l'Alsace et les défilés des Vosges; Sarre-Louis livra la Lorraine aux Prussiens, qui, passant entre Metz et Sarguemines, arrivent à Nancy sans rencontrer un mur qui les arrête; mais la plus dangereuse de ces trouées, parce qu'elle mène directement sur Paris, est celle qu'a faite l'abandon aux Pays-Bas de Philippeville et de Marienbourg. Pénétrant entre Rocroy et Avesne, l'ennemi marche sur Vervins, sur Laon, tourne Soissons, et fait dépendre d'une seule bataille le sort de notre capitale. Eh bien! ce sera Philippeville, bâtie par Vauban, ce sera Marienbourg et quelques bicoques qu'on offrira de détruire; on les détruira, et la trouée n'en existera pas moins; mieux vaudrait les garder, car nous les reprendrons un jour, et elles nous épargneront des millions que coûterait une nouvelle place. (*Mouvements divers.*)

» Laissons ces détails militaires, qui, je le crains, ont fatigué votre attention, pour remarquer l'inconcevable, la coupable conduite de notre plénipotentiaire. Vingt protocoles, qui tous protègent la Hollande, ont déclaré que la Belgique pouvait seulement réclamer le territoire qu'elle possédait en 1789; mais, en 1789, elle ne possédait ni le duché de Bouillon, ni Marienbourg, ni Philippeville. Depuis Louis XIV, ces places appartenaient à la France, et vous n'avez pas réclamé cet héritage de nos pères! Non-seulement vous abandonnez la Belgique à l'Angleterre, mais vous lui cédez une partie de notre vieille France; les traités, rompus pour la Belgique, sont maintenus contre nous. C'est trop de concessions; c'est pousser trop loin l'amour pour la paix, et cependant cette paix à laquelle vous avez tout sacrifié, vous ne la conserverez pas. Après

avoir refusé et la Belgique et le trône des Belges, dans la seule
crainte d'allumer la guerre, vous allez faire la guerre pour soutenir
le roi qu'a voulu, qu'a donné l'Angleterre. Le sang français, qui,
disiez-vous, ne devait couler que pour la France, va couler pour
un prince étranger. (*Non, non!...*)

» Ainsi les événements trompent vos calculs, et, à force de
protocoles, nos diplomates tant vantés nous ont entraînés
dans une lutte où la victoire ne paiera peut-être pas tous nos sacrifices.

» Ne nous parlez donc pas de votre prévoyance : vous vous ber-
ciez encore de vaines espérances quand le canon d'Anvers vous a
surpris et réveillés. Si vous aviez cru à des hostilités prochaines,
nos brigades, nos divisions eussent été depuis long-temps formées ;
des généraux accourus à la hâte ne mèneraient pas au combat des
soldats qui ne les connaissent pas encore ; mais l'habileté des uns,
la confiance des autres, le courage de tous, répareront les fautes ;
ils vaincront, et la Belgique sauvée sentira que ce n'est pas sur les
bords de la Tamise qu'elle peut trouver son véritable appui. Elle
saura que ce n'est pas pour obéir aux protocoles des grandes puissances, mais pour voler au secours de nos frères que nos soldats
ont franchi nos frontières.

» Encore quelques jours, et tous les doutes seront dissipés. Si
l'attaque des Hollandais n'est qu'une saillie belliqueuse du roi Guillaume, elle sera promptement réprimée. Mais, dans tous les cas,
nous avons fait ce que la prudence commandait ; non cette prudence
timide qui accroît les dangers qu'elle veut fuir, mais cette prudence
sage et courageuse qui les aborde pour les vaincre. Ne nous le dissimulons cependant pas : tant de matières inflammables couvrent
l'Europe, qu'une amorce brûlée sur l'Escaut et sur la Meuse peut
allumer un vaste incendie. Mais, si sur tous les points nous avons
des ennemis, sur tous les points aussi nous pourrons trouver des
alliés. La conduite de nos ministres n'a pas découragé tous les
amis de la liberté.

» Gardons-nous donc de suivre le conseil que nous donnait hier
notre premier ministre, conseil qui serait sans doute approuvé à
Vienne et à Saint-Pétersbourg : *Ne faites pas une guerre de principes*, a-t-il dit ; eh bien ! cette guerre est la seule qui nous convient, la seule où nous serons invincibles. Ils portent loin, les
boulets, lorsqu'on y a gravé les maximes qu'appellent les voix de
tous les peuples ! (*Très-bien, très-bien ! Vive sensation.*)

» Vouloir nous réduire à une guerre purement mécanique, où
des forces matérielles lutteraient contre des forces matérielles,

serait trahir la patrie et la jeter dans un combat inégal où le grand nombre l'emporterait. C'est aux guerres de cette nature qu'on peut appliquer l'axiome ; *Dieu est toujours pour les gros bataillons* ; mais quand l'esprit qui vivifie, anime une armée ; quand pleine d'enthousiasme, comme celle de Gustave-Adolphe, ou brûlant du saint amour de la patrie, comme celle des Polonais, elle se présente sur le champ de bataille invoquant la victoire ou la mort, elle triomphe du nombre. Ayons donc une foi politique, et combattons pour elle; comme celle de l'Evangile, cette foi transportera les montagnes. *(Nouvelle adhésion.)* Malheur à celui qui ne la sent pas fermenter dans son sein ! Il est inhabile à nous conduire, et incapable de nous comprendre.

» En approuvant le dernier acte de notre ministère, qui ne trouvera jamais sur nos bancs une opposition systématique, je ne puis que blâmer, que déplorer sa conduite envers l'Italie, la Belgique, et surtout la Pologne. C'était pour la sauver, disait-on à Bruxelles, disait-on à Paris, qu'on avait donné le trône à Léopold. L'Angleterre n'avait voulu y consentir qu'à ce prix. Alors, oh ! alors, nous aurions applaudi à la politique de notre ministère; alors nous nous soumettrions sans murmurer au sacrifice qu'elle nous impose. Quel est le français qui ne donnerait une partie de son patrimoine, une partie de son sang pour sauver cette héroïque nation?

» Quel est le Français chez qui le nom de polonais n'excite à la fois l'admiration, les regrets et l'embarras d'un remords? Ils ont tout fait pour nous! un si grand nombre est mort pour nous!..... Mais on nous abuse. Si cette généreuse résolution était prise, on l'annoncerait avec empressement, on la proclamerait avec éclat, et l'on ne parle que de médiations refusées et de nouvelles médiations offertes.

» Elle s'accomplira donc cette funeste prédiction faite à cette tribune par M. le ministre des affaires étrangères, à ce qu'on dit, car je ne l'ai pas entendu.

» Ils doivent périr, les Français du nord ! et comment pourront-ils résister, lorsqu'oubliant le grand nom de Sobiesky, l'ingrate Autriche désarme leurs guerriers, lorsque notre ministère souffre que la Prusse nous interdise le passage sur son territoire, lorsqu'il souffre qu'elle fournisse vivres, munitions, ingénieurs, pontons aux Russes, qui, sans ce secours, auraient eu leur ligne d'opérations coupée ; lorsqu'il calme, au lieu de l'exciter, l'ardeur belliqueuse des Persans et des Turcs, qui auraient pu faire une si heureuse diversion. Aussi nous aurons dépensé 1,500 millions, nous aurons réuni cinq cent mille soldats, pour qu'ils assistent l'arme au bras à l'exécution des patriotes italiens, à l'intronisation d'un prince anglais et aux funérailles d'une nation amie.

» Vous ne vous associerez pas à de pareils actes ; vous n'approuverez pas un système qui prépare à l'histoire des pages semblables à celles des premières années de Louis XV. Vous amenderez donc, vous corrigerez une adresse qui ne contient pas les vrais sentiments de la France. (*Une vive agitation succède à ce discours.*)

Interpellation de M. Mauguin. (Séance du 19 septembre 1831.)

« Messieurs, lorsque du côté où j'ai l'habitude de siéger (*écoutez, écoutez !*) une voix s'élève, pour vous parler des affaires extérieures, on croit assez facilement qu'elle vient vous demander la guerre. Moi-même, à la dernière session, j'ai plusieurs fois tenu ce langage ; mais tout change, et les questions de paix et de guerre sont, comme toutes les questions politiques, des questions de circonstances.

» Il y a plusieurs mois nous avions des alliés à soutenir, à défendre, et l'offensive pouvait présenter pour la France des avantages. Aujourd'hui nous sommes seuls en Europe, seuls et réduits à nos propres forces.

» Désormais, il ne peut donc plus être question pour nous de prendre l'initiative de l'attaque ; il n'est plus question pour nous de la guerre, qu'autant qu'on viendrait nous la faire.

» Aussi je ne viens pas vous proposer de prendre un parti sur cette grave question. Je viens seulement examiner la conduite du ministère, et voir quelles en sont, pour notre situation intérieure et notre situation extérieure, les conséquences probables.

» Il y a un mois, dans l'adresse délibérée par vous, en réponse au discours de la couronne, vous avez exprimé toute votre sympathie pour la Pologne ; vous avez demandé que des mesures fussent prises pour la sauver : la Pologne est tombée, et je viens demander au ministère s'il a fait ce qu'il devait faire pour la soutenir, si la chute de Varsovie ne doit pas être imputée à sa négligence ou à sa politique.

» Je sais que toutes les fois qu'il s'est agit de la Pologne, le ministère n'a pas manqué de vous dire : prendre sa défense, c'est la guerre générale ; quatre cents lieues nous séparent de la Pologne, il faut passer sur les nations germaniques pour arriver à elle. Que voulez-vous faire ? Comment aider de nos armes ceux qui déjà nous défendent contre l'empire qui maintenant médite de nous attaquer? Ce que vous pouviez faire! J'ignore comment des hommes investis de la confiance du prince peuvent faire une pareille question. Pour aider la Pologne, pour la sauver, vous aviez plusieurs moyens. (*Marques d'attention.*)

» D'abord la reconnaissance, qui aurait doublé son courage, et qui lui aurait ouvert, à travers la Prusse, des communications avec le reste de l'Europe. Vous pouviez proposer votre médiation et intervenir entre la Russie et la Pologne. Vous pouviez, par des secours secrets, lui faire passer des armes ou des subsides ; vous pouviez plus. (*Rumeurs au centre.*) Pourquoi des secours secrets ? N'aviez-vous pas les mers? Ne pouviez-vous pas, par vos flottes, parcourir la Baltique et la mer noire? (*Exclamation dans plusieurs parties de la salle.*) Les Polonais ne pouvaient-ils pas s'emparer d'un port et se mettre en communication avec vous? (*Au centre : Oh, oh !*)

» Pourquoi donc ces signes d'incrédulité? Quand toutes les provinces jadis polonaises étaient insurgées, est-ce qu'elles ne communiquaient pas aux mers? Est-ce qu'alors une flotte française et le pavillon tricolore n'auraient pas augmenté toutes les forces de l'insurrection dans toute l'ancienne Pologne? Est-ce que vous n'auriez pas sauvé Varsovie, si vos flottes, pénétrant dans la mer noire, avaient porté la dévastatation dans le sein d'un empire alors attaqué de toutes les manières? (*Les rumeurs continuent.*)

» Peut-être direz-vous que vous ne vouliez pas vous mettre en guerre avec la Russie... J'accorderais encore ce système? Que deviez-vous donc faire alors? Quelles sont donc les causes de la chute de Varsovie? Ne serait-ce pas par hasard les secours que la Prusse a constamment accordés à la Russie? N'est-ce pas parce que la Russie a pu asseoir son armée sur la frontière prussienne, qu'elle y a trouvé des armes, des approvisionnements de toute espèce, que l'armée de Paskéwich a pu rester pour attaquer Varsovie, et qu'elle n'a pas été forcée de se retirer?

» Que deviez-vous faire? Vous deviez demander compte à la Prusse de sa neutralité perfide, lui dire de respecter les droits des nations, et que, dès qu'elle avait proclamé une neutralité prétendue, elle devait la respecter. Quel eût été l'effet de ce langage? Aurait-il par hasard excité une guerre générale dont vous ne vouliez pas?

» Qu'avez-vous donc fait en Belgique? Vous avez déclaré que vous ne souffririez pas l'intervention des bataillons prussiens, et la Belgique a été respectée, et la Prusse n'a point armé, et la seule fois

que vous ayez tenu le langage d'une grande nation, il a été suivi du
succès.

» Si le même langage avait été tenu pour la Pologne, il aurait été suivi des mêmes effets. La neutralité prussienne n'eût pas
servi à masquer de perfides attaques, et la Pologne existerait encore.

» Ce n'était pas seulement l'intérêt de la Pologne qui devait
vous exciter à vous plaindre de la Prusse. Avez vous oublié que,
nous-mêmes, nous fûmes offensés dans notre honneur national,
que nos dépêches n'arrivaient pas, que les Français étaient emprisonnés, vexés, sans que la voix de notre diplomatie osât les
soutenir?

» Ainsi, au lieu de tenir le langage qui vous appartenait
comme représentants d'un grand peuple, vous avez souffert que
la Prusse attaquât la Pologne et insultât en même temps le nom
français.

» Et vous l'avez souffert sans avantage pour la France, avec
perte pour la Pologne! Votre politique, en admettant que vous
n'eussiez aucune sympathie pour la cause polonaise, ne devait-
elle pas être de faire durer sa lutte glorieuse, d'encourager ses généreux efforts? Vous deviez, pour vous-mêmes, dans votre intérêt,
soutenir la révolution polonaise qui vous défendait, comme la
Prusse devait se hâter d'éteindre le foyer de liberté qui la menaçait.

» Mais, Messieurs, la question n'est pas de savoir comment le
ministère pouvait aider la Pologne; mais de savoir pourquoi, dès
le principe, il a manifesté l'intention de l'abandonner à son sort;
pourquoi, dans les discours de la tribune, on nous la représentait
comme destinée à périr, lorsque, dans le discours de la couronne,
on tenait un langage contraire.

» Si le ministère avait réellement voulu sauver la Pologne, quel
devait être son premier acte? Ne pouvait-on pas chercher à la Russie
des ennemis? ne pouvait-on pas contracter des alliances avec la
Turquie, avec la Perse même? ne pouvait-on pas menacer la Russie de divers côtés, et, par cela même, la forcer de traiter avec
Varsovie?

» Qu'a-t-on fait? un ambassadeur français passe des notes au
divan : il veut que le divan se décide ; à l'instant même, et sur
la plainte de la Russie, l'ambassadeur est révoqué.

» On dit même que, pour la plus grande mystification du
ministère, des lettres auraient été produites, dont les dates n'étaient pas réelles. Cette affaire, sans doute, ne tardera pas à s'expliquer.

» Quant à moi, j'ai une réparation à accorder à l'ambassadeur qui a si dignement soutenu l'honneur de la France. Sans avoir aucunement attaqué son caractère, j'avais demandé qu'on le remplaçât par un homme nouveau et sans précédents : je me trompais ; j'avais tort. M. le général Guilleminot s'est conduit comme il le devait, et a mérité la reconnaissance de la nation. Mais voyez le mauvais effet que son rappel a produit en Pologne ?

» Sur la demande de la Russie, notre ambassadeur est brusquement rappelé ; c'est le *Moniteur* qui annonce sèchement son rappel : l'ambassadeur n'est pas autrement prévenu. C'est une note par lui passée au divan qui est la cause de son rappel. Voyez alors la Pologne abandonnée se plaignant qu'on la sacrifie.

» Mais ce n'est pas là le plus grave reproche que mérite le ministère.

» On refuse à la Pologne des hommes, de l'argent et même la garantie d'un emprunt ; on lui dit : ne comptez pas sur nous.

» A en croire les agents polonais, et la situation de leur patrie ne peut pas faire douter de leur honneur, des choses plus graves, des choses honteuses ont eu lieu. Au moins les Polonais resteront avec leur courage, et l'on sait ce que c'est que le courage polonais !...

» Eh bien, ce courage, on aurait voulu l'éteindre, ou, si l'on n'a pas voulu l'éteindre par le fait, on l'aurait compromis, on l'aurait empêché de sauver cette malheureuse patrie pour qui tous s'étaient dévoués.

» On rapporte que, le 25 juin ou le 7 juillet, pour la première fois, le ministère français se déclara favorable à la cause polonaise ; on ne lui demande que deux mois, et elle va entrer dans la grande famille ; son sort se décide, le mois de juillet pour elle sera celui du triomphe, celui de la reconnaissance de sa nationalité par tous les cabinets de l'Europe.

» Ce qu'on lui demande, c'est de ne pas compromettre son sort dans une bataille générale ; c'est d'attendre, de ménager ses forces ; et l'avis parvient au généralissime en même temps de Londres par l'intermédiaire de notre ambassadeur : et la Pologne, croyant aux promesses de notre diplomatie s'abandonne elle-même, et on laisse à l'armée russe le temps de passer la Vistule. Varsovie est cernée, elle est assaillie ; Varsovie succombe !..... Et maintenant, dit-on, *l'ordre règne* dans Varsovie !!! (*Sensation.*)

» Et maintenant, comme on l'avait prédit, les Polonais meurent.

» Ainsi, c'est sur nos promesses qu'ils auraient compté ; c'est nous qui les aurions empêchés de tenter la victoire ; c'est nous qui les aurions désarmés devant l'ennemi , et ils pourraient nous accuser de leur défaite. Ah! du moins, Messieurs, qu'ils n'en accusent point la France ; ce n'est point elle qui fut coupable! (*Approbation à gauche.*)

» Ministres! vous avez à rendre compte au pays de ce que vous avez fait pour les malheureux Polonais. Est-il vrai que vous leur ayez recommandé de ne point tenter de nouveau le sort des combats ?

» Est-il vrai que vous leur ayez promis que dans le mois de juillet ou dans le mois d'août au plus tard , ils seraient reconnus par la France au moins? Est-il vrai que, sur cette parole, ils aient voulu, en effet, retarder l'heure qui pouvait être définitive, et que tous leurs efforts n'aient tendu qu'à prolonger leur lutte ?

» Vous avez aussi à nous dire pourquoi vous n'avez point fait cesser les hostilités avouées de la Prusse?

» Vous n'avez point le prétexte de tenir ici le langage que vous avez tenu dans une autre circonstance , et de vous excuser sur l'éloignement. Vos armées touchaient aux frontières des provinces prussiennes ; vous ne pouvez point prétexter la distance.

» Bien plus , vous aviez déjà des exemples ; vous saviez ce que la Prusse avait fait quand vous vous étiez expliqués franchement à l'égard de la Belgique.

» Je vais encore plus loin : l'Autriche elle-même violait la neutralité, et vous avez négligé de tenir le langage qui convenait à l'honneur, à la dignité , à l'intérêt perpétuel de la France.

» Mais, maintenant, que faites-vous pour sauver de la vengeance des vainqueurs le reste des héros qui sont encore à Varsovie, ou qui errent dans les plaines de la Pologne ? Quel agent français avez-vous envoyé pour tenir un langage digne de la France , et sauver les Polonais de la vengeance des Russes? Quels navires français ont paru dans les mers de la Baltique pour recueillir ces familles fugitives à qui vous avez refusé des secours, et qui vous demandent aujourd'hui un asile?

» En un mot , dites ce que vous avez fait et ce que vous voulez faire pour soutenir, non plus la nation polonaise, puisque vous l'avez laissée périr, mais pour sauver ses restes de la clémence des vainqueurs! (*Mouvement.*)

Fragment d'un discours de M. Odilon-Barrot, sur la pairie.
(Séance du 12 octobre 1851.)

On avait aboli l'hérédité, et, pour soustraire les pairs à la nomination royale, un membre de la chambre proposait, dans un amendement, de faire élire par les colléges électoraux des candidats parmi lesquels le roi aurait la faculté de choisir. M. Odilon-Barrot combat le projet ministériel, et appuie l'amendement.

» Messieurs, dit-il dans ce discours, il ne suffit pas d'écrire sur un papier : nous constituons une pairie, nous réunissons telles ou telles personnes, et nous inscrivons : ceci est un pouvoir modérateur ; ceci est une chambre des pairs. La présence des mots ne signifie pas grand'chose en matière d'institution ; il faut que les institutions se rattachent à des faits, qu'elles trouvent dans la nation une force qui les protège.

» Je suppose qu'il plaise à la couronne de faire entrer son conseil d'état en masse au Luxembourg, et de donner à chacun de ses membres un brevet de pair de France, de leur donner l'inamovibilité ; assurément on y rencontrerait de hautes capacités ; on trouverait des hommes qui ont fait leurs preuves de talent ; qui ont acquis des titres incontestables à la reconnaissance publique, soit dans la discussion du code civil, soit dans les hautes administrations.

» Les grandes capacités, les illustrations ne manqueront pas. Voilà donc une chambre constituée, au moins nominativement ; chaque membre a son brevet délivré par MM. les ministres.

» Croyez-vous que ce soit là une institution ? croyez-vous que ce soit là le pouvoir modérateur que nous recherchons et que nous voulons constituer ?

L'orateur fait ressortir les avantages qu'il trouve à l'amendement, mais il avoue ensuite qu'il ne répond pas à toutes les difficultés.

» Les constitutions, en général, sont nées des circonstances ou de la nécessité ; elles ont été enfantées au milieu des tempêtes ; elles ont été imposées aux peuples ; ils s'y sont attachés, et elles ont reçu ensuite la sanction des temps.

» Mais nous sommes obligés de créer une constitution *à priori*, au milieu de discussions, et avant que nous nous soyons rattachés à une idée d'ensemble.

» Je sais que l'amendement que nous discutons n'est pas à l'abri

de toute espèce de critique. On peut lui reprocher, d'une part,
d'affaiblir, par la candidature, la nomination royale, et d'autre
part, de ne pas faire intervenir sérieusement le pays dans la nomination; d'affaiblir ainsi le lien qui unit l'élu, soit au roi qui l'a
choisi, soit au peuple qu'il représente.

» On a reproché encore à ce système de demander le pouvoir
modérateur aux mêmes influences qui nomment les députés.

» Je n'insisterai pas, Messieurs, sur ces objections; je m'abstien-
drai de les combattre; j'en ai dit assez dans le cours de cette discussion pour faire connaître mes opinions particulières. Je les
aurais formulées en amendements, mais je ne crois pas qu'un pouvoir modérateur se puisse constituer ainsi à l'improviste et isolément.

» Je concevrais que le pouvoir modérateur fût le résultat d'un
système entier de gouvernement; mais je n'admets pas qu'il puisse
être le résultat d'une loi isolée. Ainsi, si l'on avait pu présenter
à la chambre, dans son ensemble, le pouvoir municipal et départemental, l'institution qui est destinée..... (*Sensation, interruption.*)

» Je sais, Messieurs, que mes paroles n'ont que bien peu de
puissance; je sais qu'elles ne résolvent que bien rarement les
questions. Dieu veuille que l'expérience ne confirme pas bientôt ce
que je vais dire! (*Sensation.*)

» Je pense, quant à moi, qu'un pouvoir constitué isolément,
sans relations avec le reste de la constitution, n'a point d'avenir.
(*Mouvements divers.*)

» Si vous voulez un pouvoir puissant, il faut voir où sont les
forces, et d'où la vie peut venir. Si nous avions un pouvoir municipal et départemental organisé, si nous avions des conseils généraux en exercice, des maires dont la nomination se rattache
indirectement au mandat populaire; si nous avions tous ces éléments, qui dérivent d'une élection populaire, et qui cependant
représentent une collection d'existences qui ont pour elle la durée
et la perpétuité; savoir : la commune et le département; si nous
avions, dis-je, ces éléments de durée, de raison et de force, je
crois que nous ne pourrions rien faire de mieux que d'en faire sortir le pouvoir modérateur; mais pourquoi abuser des moments de
la chambre, en développant un système dont les éléments nous
manquent? Pourquoi, lorsque nous sommes obligés de constituer,
en 1831, le pouvoir modérateur, nous préoccuper des éléments
créateurs de ce pouvoir, alors qu'ils n'existent pas, alors que les
lois municipales et départementales sont encore en discussion, et

que nous ne savons pas quel sera le résultat de la discussion de la chambre sur ces lois?

» Il faut donc, Messieurs, nous rattacher aux éléments existants ; c'est une nécessité, je la subis. Je voterai pour l'amendement de mes honorables amis, non pas comme le meilleur, mais comme ce que nous avons de meilleur possible aujourd'hui.

» Je voterai pour, non parce que je veux affaiblir la prérogative de la couronne, à Dieu ne plaise ! non que je la regarde comme une nécessité pour la garantie de la liberté, elle n'en a pas besoin ; mais pour créer un pouvoir sérieux et non pas seulement nominal, qui puisse servir de point d'appui à la couronne, si, par un malheur que je ne veux pas prévoir, il arrivait jamais qu'elle entrât en collision avec le pouvoir électif. C'est dans cette seule prévision que je me rattache à l'amendement de mes honorables amis, et que je voterai en faveur de cet amendement. (*Aux extrémités* : *Très-bien ! très-bien !*)

Garnier-Pagès.

Garnier-Pagès avait le plus rare des courages dans un pays où tout le monde est brave de sa personne, il était brave de sa conscience. Il eût, au besoin, sacrifié plus que sa vie, il eût sacrifié sa popularité.

Simple de manières, d'une vie intègre, et démocrate sévère sans être extravagant ; fidèle à ses antécédents, sincère, désintéressé, généreux, inoffensif, tel était l'homme moral et politique.

Orateur, il excellait par la sage économie de son plan, la souplesse de sa dialectique et la prestesse ingénieuse de ses réparties.

Il manquait peut-être un peu de cette vigueur haute, abondante et pleine qui soutient le discours, et qui ne laisse les adversaires, ni respirer, ni reculer sous la pression et l'accablement de son flux impétueux ; de cette émotion intérieure qui se communique aux autres, parce qu'on l'éprouve soi-même ; de cette imagination qui donne du corps à la pensée, et qui fit la fortune de tous les grands maîtres dans l'art divin de la parole ; enfin de cette véhémence, de cette action oratoire qui tient à la puissance des poumons et à la coloration du visage.

Mais dans une assemblée sérieuse, dans un gouvernement d'affaires, l'homme véritablement éloquent n'est pas celui qui a de l'éclat, de la passion, des larmes dans la voix, mais celui qui dis-

cute le mieux. Or, Garnier-Pagès était un homme de discussion ;
c'était la raison même, assaisonnée d'esprit.

Garnier-Pagès avait un talent tout-à-fait parlementaire. Il ne
disait que ce qu'il voulait dire, et, comme un nautonnier habile,
il conduisait sa parole et ses idées à travers les écueils dont sa
route était semée, sans faire naufrage, sans même y toucher.

Les hommes rassemblés, chambre ou peuple, aiment ce qui les
éblouit, ce qui les émeut, ce qui les frappe, ce qui les entraîne.
Ils ne tiennent pas assez compte de la justesse des pensées, de la
propriété des termes, de l'enchaînement du discours. Garnier-
Pagès ne séduisait pas les hommes légers, mais il plaisait aux
hommes graves, car il était, dans ses oraisons, plus solide que
brillant. Il ne s'attachait pas tant aux mouvements des idées qu'à
leur suite, et à la pompe des mots qu'aux choses que ces mots
expriment. Sa discussion était serrée et substantielle. Il déduisait
nettement ses propositions les unes des autres, en commençant
par les principales pour arriver aux secondaires, et ses raisonnements s'unissaient sans se confondre. Je n'hésite pas à dire, et,
sous ce rapport, je crois un peu m'y connaître, que Garnier-Pagès
était l'un des meilleurs dialecticiens de la chambre.

Sa conversation familière abondait en traits fins et épigramma-
tiques, sans être blessants. Il étincelait de gaieté et d'esprit.

L'immodestie oratoire qui, chez les autres, tourne à la superbe,
chez lui tournait à la naïveté ! Revenu sur son banc, il diminuait
quelquefois par le badinage, l'influence qu'il venait de remporter
à la tribune par sa haute raison. Mais n'est-ce pas le propre du
léger Français de se gausser et de rire, et en tout sujet, même au
plus fort du péril, même à l'heure de la mort !

Garnier-Pagès s'était mis à étudier, à ouverr, avec une ardeur
infatigable, les matières de finance et d'économie politique. C'est
ainsi qu'il passa les jours et les nuits à creuser la vaste et aride
question des rentes. Ses deux discours ont fait époque. On peut
dire qu'il y a épuisé la matière. Une clarté parfaite d'exposition, une
grande sûreté de jugement, une science profonde de détails, une
argumentation vigoureuse et précise, une habileté soutenue, une
mesure d'idées, une circonspection de langage, une finesse de
réplique qu'on ne saurait assez louer, voilà ce qui a captivé pendant plusieurs heures l'attention de la chambre la plus inatten-
tive, et l'on entendait ses adversaires eux-mêmes dire en sortant
de la séance : « Jeune orateur d'une immense espérance ! futur
ministre des finances de la démocratie ! »

Sa pénétration, à la fois prompte et solide, ne se laissait ni abuser par les fausses promesses, ni éblouir par la pompe des grandeurs. Il voyait tout de suite, au fond des mauvais actes, les mauvaises intentions.

Dans la discussion des bureaux, il parlait sur tous les sujets, peu, mais bien, opportunément, clairement, positivement, sans phrases et sans emphase, sans colère et sans injures, et les ministres n'avaient pas d'antagoniste plus prompt, plus raide et plus embarrassant.

Garnier-Pagès et Guizot ont été, de notre temps, les deux seuls députés qui fussent en état de réunir, de discipliner et de conduire un parti. Odilon-Barrot est trop abstrait, Mauguin trop léger, Thiers trop insouciant, Jaubert trop emporté, Lamartine trop vague, Dupin trop mobile, et les autres ne le veulent ou ne le pourraient. Je ne dis pas que Garnier-Pagès et Guizot fussent intrigants, mais je dis qu'ils étaient habiles. Tous deux actifs et dispos; tous deux forts sur la statistique personnelle de leurs troupes; tous deux tacticiens consommés; tous deux se ménageant des intelligences dans le camp ennemi; tous deux sachant dire à chacun la raison qui doit le déterminer; tous deux usant de stratagèmes imprévus; tous deux dans la Chambre, dans les bureaux, dans les associations, ailleurs, où que ce soit, pressés, possédés du besoin d'agir, de poser la question, de fondre les dissidences, de coaliser les volontés, d'organiser l'affaire et de mener leur monde. Tous deux excellents chefs d'opposition, si Garnier-Pagès eût pris un peu plus de la gravité de Guizot, et si Guizot eût pris un peu plus de la dextérité de Garnier-Pagès.

Mais, chose plus facile! Guizot conduit, la verge haute, son troupeau d'écoliers obéissants, tandis que l'extrême gauche est rebelle au frein, grondeuse, mutine et presque indisciplinable.

Comme on ne s'y soucie pas d'être simple soldat et que chacun veut être officier, chacun a le plaisir de s'obéir et de se commander; pourvu qu'il parvienne à s'entendre avec lui-même, ce qui n'arrive pas toujours.

Garnier-Pagès avait toutes les qualités qui eussent fait de lui un bon ministre; un coup d'œil rapide, qui allait droit au fond des choses; un jugement qui ne se laissait pas dominer par l'imagination; une dialectique vive, exacte et serrée; un esprit fécond en ressources, prompt d'expédients, vaste dans l'organisation, actif et persévérant dans les moyens.

De même, en peu d'années, Garnier-Pagès, s'il l'eût voulu, se fût mis à la tête du barreau parisien. Il avait les qualités des avocats de nos jours, autant peut-être que celles d'un orateur; une

16

pénétration laborieuse, une rare intelligence du droit, une facilité merveilleuse d'argumentation, une riposte naturelle et soudaine, une logique enchaînée, une grande solidité de jugement.

Ce qui me surprenait le plus en lui, c'était son aptitude éminente pour les affaires, aptitude telle que Thiers lui-même ne l'eût pas surpassé. Car si Thiers voyait plus vite et plus loin, Garnier-Pagès voyait plus juste.

Mauguin.

Allez à la Chambre, allez voir, et voir à votre aise cet orateur.

Vous le reconnaîtrez sans peine. C'est celui qui siége à l'extrémité des bancs de la droite, qui a une figure ouverte, des yeux fins et spirituels, un organe ferme et net, des gestes nobles, une récitation un peu emphatique.

Vous venez de le reconnaître, vous venez de l'entendre ; n'est-ce pas qu'il est l'un des trois parleurs d'esprit de la Chambre ? Thiers nous éblouit par le prisme de ses facettes, Dupin par ses vives arêtes, et Mauguin par les lueurs soudaines de ses réparties.

Comme il cause bien ! Vous êtes de mon avis, n'est-ce pas qu'il cause bien ? Il cause aussi bien qu'il parle. Il aime à joûter contre le premier interlocuteur venu. Il se fait le centre des députés qui bourdonnent dans la salle des conférences, et, ainsi qu'aux succès de tribune, il vise aux succès de couloirs.

N'est-ce pas aussi qu'il est très-accort de sa personne, et qu'il a des manières enjouées et liantes ? Il captive, il séduit, il est aimable. J'aime Mauguin, quoiqu'il n'en veuille pas convenir, apparemment parce qu'il lui semble que lorsqu'on aime les gens, on ne saurait en dire trop de bien. Mais c'est-là les flatter et non pas les aimer, et moi, j'aime assez Mauguin, assez véritablement pour dire de lui tout ce que j'en pense : du bien et du mal, et certes, plus de bien que de mal, et je continue :

Il n'est pas aussi long, aussi diffus, aussi avocat que les autres avocats. Sans doute, il gâte quelquefois sa diction en voulant trop la soigner, mais sa phraséologie est plus déclamatoire dans le ton que dans les mots, dans l'accentuation que dans les idées. On peut surtout lui reprocher de préméditer ses effets oratoires, de laisser transparaître la trame de son discours et de ne pas s'abandonner assez à la nature. Du reste, il est précis dans ses exordes ; il dresse bien les différentes thèses de son sujet ; il les suit, il les pousse avec vigueur dans toutes leurs directions, et sa manière est savante et travaillée. Il est par-dessus tout habile.

Mauguin, par sa longue pratique du barreau, par la spécialité de ses études, par la trempe brillante et souple de son esprit, est propre à jeter de vives lumières sur toutes les questions de droit civil et criminel, de commerce, de douanes et de finances, et il sera, quand il le voudra l'un des députés les plus libres de la Chambre, comme il en est déjà l'un des plus diserts.

J'aime cette comparaison de Mauguin, car elle est belle : « Les lumières sont comme les fluides qui pèsent sur leurs bords. Elles cherchent toujours à s'étendre. »

Quelquefois, lorsqu'il s'anime, et que, chez lui, le naturel l'emporte sur l'art, il cesse d'être rhéteur, il devient orateur, il s'élève jusqu'à la plus haute éloquence. Alors il fait frémir, pâlir et pleurer sur les déchirements de la Pologne expirante. Il crie du fond de son cœur, il soupire, il se trouble, il vous émeut. Mais ces effusions de l'âme ne sont pas communes chez Mauguin, et elles n'échappent guère qu'à des orateurs plus vrais, plus fougueux et plus irréguliers. Mauguin est trop maître de lui-même pour trouver le pathétique, qui ne se rencontre que lorsqu'on ne le cherche pas. Mais il manie, avec un avantage décidé, le sarcasme poignant et l'ironie à l'âme fine.

C'est un rude interpellateur que Mauguin. Il est fécond, ingénieux, hardi, pressant. Il ne se laisse intimider ni par les ricanements, ni par les murmures. Il se refroidit de la colère de ses adversaires.

Je l'ai vu beau, lorsque, du haut de la tribune, il luttait contre Casimir-Périer, son redoutable ennemi. Le ministre, épuisé, hors d'haleine, lançait sur la tribune les éclairs de son œil de feu. Il bondissait sur son banc ; il brisait entre ses dents des exclamations entrecoupées de menaces. Mauguin, du coin de sa lèvre souriante, lui décochait de ces traits qui ne font pas jaillir le sang, mais qui frémissent sous l'épiderme. Il voltigeait autour du ministre et se posait en quelque sorte sur son front, comme le taon qui pique un taureau mugissant. Il entrait dans les naseaux, et Casimir-Périer écumait, frappait du pied l'arène, se débattait sous lui et demandait grâce.

Résumons l'homme.

Mauvais politique, par insouciance de conviction plutôt que par faiblesse de caractère, mais excellent orateur, quelquefois à l'égal des plus grands ; par intervalles, éloquent, toujours plein, lucide, concis, ferme, incisif ; esprit à ressources, étendu, péné-

trant, flexible, serein dans l'orage, maître de ses passions, moins
pour les réprimer que pour les conduire, et ne suspendant ses impatiences que pour mieux affiler et relancer les traits amortis qu'on
lui jette; homme de grâce et de séduction, un peu présomptueux,
avide de louanges et qu'on ne peut, pour tout dire en un mot,
aimer fortement ni haïr.

Odilon-Barrot.

Odilon-Barrot n'a pas, comme Mauguin, l'une de ces figures
mobiles et ondoyantes qui tournent sans cesse sur elles-mêmes,
et qui, reflétant l'ombre de la lumière, la force et la grâce, plaisent, lorsqu'elles sont peintes, par la variété des ornements, et par
la vivacité hardie des traits et de la couleur.

Odilon-Barrot a plutôt la sagesse imposante et composée du
philosophe, que les caprices et la fougue brillante des improvisateurs.

Sa raison, comme un fruit précoce, mais sain, a mûri avant
l'âge. Il était, à vingt-quatre ans, avocat aux Conseils et à la
Cour de cassation. Nicod était le dialecticien de sa compagnie,
Odilon-Barrot en était l'orateur.

Moitié homme de palais, moitié homme politique, Odilon-Barrot avait déjà placé son nom, sous la Restauration, à côté des noms
célèbres de l'Opposition, et la liberté le comptait avec orgueil
parmi ses défenseurs.

Odilon-Barrot étudie peu et lit peu. Son esprit n'a d'activité
et ne veille que dans les hautes régions de la pensée. Ministre, il
languit et se laisserait surprendre dans l'application. Il serait plus
propre à diriger qu'à exécuter, et il excellerait moins dans l'action
que dans le conseil. Il négligerait les détails et le courant des
affaires, non pas qu'il y fût impropre, mais il y serait inattentif.

Il répand sa fécondation sur un sujet plus qu'il ne l'en tire. Il
n'en recueille que la fleur, il n'en touche que les sommités. Il
réfléchit plutôt qu'il n'observe.

Ce qui le frappe d'abord, dans un sujet, c'est l'ensemble, et cette
manière d'envisager les choses lui vient de l'aptitude particulière
de son esprit, de l'exercice de la tribune et des procédés de son
ancien métier d'avocat à la Cour de cassation. Personne ne sait
mieux que lui abstraire et résumer une théorie, et je regarde
Odilon-Barrot comme le premier généralisateur de la Chambre.
Il possède même cette faculté à un plus haut degré que Guizot,

qui ne l'exerce que sur certains points donnés de philosophie et de politique, tandis qu'Odilon-Barrot improvise ses généralisations avec une remarquable puissance sur la première question venue. Tous deux sont dogmatiques comme les théoriciens. Tous deux affirmatifs, mais Guizot davantage; car Guizot doute moins qu'Odilon-Barrot. Il prend plus vite son parti, et il mène une résolution tout droit à son but avec le vif et le raide de son caractère.

Odilon-Barrot est honnête homme, qualité que j'ai honte de louer et que cependant il faut bien que je loue, puisqu'elle est si rare. Pas meneur, pas intrigant et guère ambitieux. Sa réputation politique est belle et sans tache, et sa parole est toujours prête pour les causes généreuses, toujours au service des opprimés.

Odilon-Barrot a une physionomie belle et méditative. Son front vaste et développé annonce la force de sa pensée. Son organe est plein et sonore, et sa parole est singulièrement grave. Il a dans sa mise un peu de recherche qui ne lui messied pas. Sa pose a de la dignité sans être théâtrale, et ses gestes ont une simplicité noble.

Lorsqu'il parle, il anime, il accentue, il échauffe, il colore son expression, qui est froide et terne lorsqu'il écrit. Sa discussion est solide et savante, forte de moyens, suffisamment ornée et toujours dominée par sa haute raison. Il s'attache moins volontiers dans une cause, au point de fait qu'au point de droit. Il le prend, le creuse, le retourne, et il en tire tout ce qu'il renferme d'aperçus neufs et de considérations larges et saillantes.

Sa méthode, toutefois, n'est pas sans défauts. Il s'embarrasse assez souvent parmi les lenteurs de son exorde. Il s'égare aussi dans l'étendue de ses pensées, et il renoue péniblement leur fil lorsqu'il se brise. De même il ne précipite pas assez ses harangues vers leur fin. Peut-être, au surplus, cela me choque-t-il plus qu'un autre, parce que j'aime par-dessus tout les discours substantiels et serrés. Je dois convenir cependant qu'Odilon-Barrot est plus abondant que diffus, et il y a du plaisir à aller avec lui à la chasse des idées, tandis que les rhéteurs vulgaires ne poursuivent et n'abattent que des phrases.

Odilon-Barrot est plus raisonneur qu'ingénieux, plus dédaigneux qu'amer, plus tempéré que véhément. Son regard ne jette pas assez de flammes. On ne sent pas assez sa poitrine se soulever et son cœur bondir contre l'oppression de l'arbitraire. Trop souvent sa vigueur s'affaisse et tombe, et son arme lui est lourde avant la fin du combat.

Maître de ses passions et de sa parole, il calme en lui et autour

de lui la colère des centres et les soulèvements orageux de la
gauche. Il prépare, il couvre la retraite dans les pas difficiles,
avec l'habileté d'un stratégiste consommé ; c'est le Fabius Cunc-
tator de l'Opposition.

Arago.

Quand je dirais d'Arago qu'il est le plus savant des savants
européens, je ne le flatterais pas beaucoup. Mais je lui plairai ;
faiblesse de l'homme! si je dis qu'il est un écrivain supérieur, et
je dirai vrai. S'il n'avait pas voulu n'être que de l'Académie des
sciences, il serait de l'Académie française. Car il possède les secrets
de la langue aussi bien que les secrets des cieux.

Les savants, quand ils sont lettrés comme Arago, initient la
Chambre aux mystères de l'art; ils comparent les divers produits
de la fabrication ; ils évaluent avec plus de justesse, la dépense et
la recette ; ils sondent le terrain des expériences ; ils déjouent les
ruses de la spéculation ; ils dissipent les illusions de la présomp-
tion et de l'ignorance ; ils disent ce qui est exécutable, ce qui
n'est que probable, ce qui est impossible ; ils mettent les finan-
ciers et les praticiens sur les voies de l'économie ; ils apportent en
quelque sorte sur le bureau les pièces du procès, décomposent la
matière, font voir l'intérieur des corps, enseignent le jeu divers
des machines, résolvent les problèmes, et illuminent toutes les
parties d'une thèse. C'est ainsi que le savant rapport d'Arago sur
les chemins de fer a remué plus d'idées que tous les projets des
commissions et des ministres. Ce rapport est un chef-d'œuvre
d'exposition et d'analyse.

Lorsque Arago monte à l'estrade, la Chambre, attentive et curieuse, s'accoude et fait silence. Les spectateurs des tribunes publiques se penchent pour le voir. Sa stature est haute, sa chevelure bouclée et flottante, et sa belle tête méridionale domine
l'assemblée. Il y a dans la seule contraction musculeuse de ses
tempes une puissance de volonté et de méditation qui révèle un
esprit supérieur.

A la différence de ces orateurs qui parlent de tout, sur tout et
qui ne savent, les trois quarts du temps, ce qu'ils disent, Arago
ne parle que sur des questions préparées qui joignent à l'attrait
de la science l'intérêt de l'occasion. Ses discours ont ainsi de la
généralité et de l'actualité, et ils s'adressent en même temps à
la raison et aux passions de son auditoire. Aussi, ne tarde-t-il

pas à le maîtriser. A peine est-il entré en matière qu'il attire et
concentre sur lui tous les regards. Le voilà qui prend, pour ainsi
dire, la science entre les mains ! Il la dépouille de ses aspérités
et de ses formules techniques, et il la rend si perceptible, que
les plus ignorants sont aussi étonnés que charmés de le comprendre. Sa pantomime expressive anime tout l'orateur. Il y a
quelque chose de lumineux dans ses démonstrations, et des jets
de clarté semblent sortir de ses yeux, de sa bouche et de ses
doigts. Il coupe son discours par des interpellations mordantes
qui défient la réponse, ou par de piquantes anecdotes qui se lient
à son thème et qui l'ornent sans le surcharger. Lorsqu'il se borne
à narrer les faits, son élocution n'a que les grâces naturelles de la
simplicité. Mais si, face à face de la science, il la contemple avec
profondeur pour en visiter les secrets et pour en étaler les merveilles, alors son admiration pour elle commence à prendre un
magnifique langage, sa voix s'échauffe, sa parole se colore, et
son éloquence devient grande comme son sujet.

Jaubert.

« Orateur bilieux, âcre, pétulant, irritable, agressif, aussi ardent pour le pouvoir qu'il le fut jadis pour la liberté ; fanatique,
par fougue de tempérament, de tout parti qu'il servira, mais
sûr, honnête, loyal, indépendant, courageux, tenace, se jetant
seul et tête baissée dans la mêlée, et ne reculant pas devant le
ridicule, qui est peut-être le plus réel et le plus effrayant de tous
les périls français. »

Tel j'avais peint Jaubert en 1836, et j'ajoutai :

« Cet orateur n'est déjà plus une simple utilité, un choriste, une
doublure. Son improvisation, il est vrai, n'est ni forte de pensées,
ni remarquable par la généralisation philosophique, ni relevée
par des figures, ni véhémente par l'action. Mais elle est pleine
d'ironie, de verve et d'à propos.

» Il étudie avec un labeur intelligent et consciencieux les thèses
de l'économie politique, et, sans être homme de l'art, il traite
mieux que les gens de l'art, la matière des travaux publics dans
ses rapports avec la législation.

» Il sert l'Opposition elle-même par la spécialité et la précision
de ses connaissances, le piquant de ses révélations indiscrètes,
la manière hardie et militaire avec laquelle il attaque les ques-

tions et les bonnes vérités qu'il dit à tous les partis, y compris le nôtre.

» Jaubert est maintenant le porte-arquebuse de Guizot. L'un dogmatise, l'autre exécute ; l'un ordonnance la bataille, l'autre se pose en tirailleur et fait feu, souvent avant l'ordre.

» On peut dire qu'à eux deux ils régentent l'école. Pendant que Guizot, en capuchon et la robe retroussée, récite gravement les *oremus* de la doctrine, Jaubert remplit le terrible emploi de frère fesseur. Il fait sa ronde dans la Chambre et il sangle, à droite et à gauche, de bons coups de martinet.

» Il est, comme son maître en pédagogie, pour les vieux us et coutumes, et il n'aime pas les nouvelles méthodes. Napoléon est son héros, non parce qu'il était un homme de génie, mais parce qu'il était passablement despote et qu'il savait bien tenir sa classe. Car savoir bien tenir sa classe, Jaubert ne voit rien au-delà.

» La classe finie et le martinet accroché derrière la porte, il sort ; vous l'abordez, vous ne le reconnaissez pas. Ce n'est plus le même homme, c'est un commerce affectueux, c'est une élégante politesse de manières, c'est une facilité de mœurs douce et charmante.

» Jaubert a la parole alerte et réveillée, et il ne se le fait pas dire à deux fois pour monter à la tribune et pour taper sur ses adversaires. Né quarante ans plus tôt, il eût été, dans la Convention, un révolutionnaire de première force. Sa violence bouillonne et ne peut se contenir. Ses lèvres émincées, en se pressant, distillent du fiel, et ses yeux noirs lancent des éclairs de colère.

» Il est dur au frein, et, si peu que vous tiriez la bride, il se cabre. S'il plaît aux impétueux, il gêne les politiques. Il furète, bat les buissons, donne de la voix, fait la chasse pour lui-même, et, mal dressé qu'il est, ne revient pas quand on l'appelle.

» Il gronde les siens, grommelle entre ses dents, mord ses adversaires, et il les mord crûment et sans édulcoration oratoire. Sans doute, il ne faudrait pas que la discussion parlementaire fût toujours sur ce ton là. Mais il n'y a pas de mal que, de temps en temps, une main un peu âpre déchire la toile derrière laquelle se jouent les farces politiques, et fasse voir les acteurs en déshabillé de coulisse.

» Jaubert brusque la question, et, lorsqu'elle en dévie, il la remet dans ses voies. Il interpelle les ministres et il les serre à la gorge dans un défilé si étroit, entre deux murailles si raides qu'il n'y a pas moyen de s'échapper et qu'il faut répondre oui ou non. C'est une moustique dont le bourdonnement continuel importune l'oreille. On a beau la chasser, elle revient. Elle voltige autour du banc de douleur, se pose sur le front et sur les mains des ministres, s'attache à leurs reins, suce leur sang et leur fait avec son aiguillon mille piqûres cruelles. Leur peau gonfle, ils se démangent, et la plaie s'envenime.

» Il fallait voir Jaubert, ardent à la poursuite de Thiers, et, tout couvert de poussière, baigné de sueur, le souffle anhélant, presser les talons du petit ministre et mettre déjà la main sur son bonnet de renégat. Thiers fuyait, à toute vitesse, dans les mille détours de son argumentation captieuse. Mais aussi par où prendre Thiers, qui glisse de tous côtés entre vos doigts? Comment pouvoir saisir ce Protée, cette apparence, cette ombre? »

OPPOSITION LÉGITIMISTE.

M. de Fitz-James.

M. le duc de Fitz-James a été le dernier des chevaliers-orateurs.

Sa stature était haute et sa physionomie mobile et spirituelle. Il avait, à la tribune, les airs, le sans-gêne, le déboutonné d'un grand seigneur qui parle devant les bourgeois. Il ne faisait pas de façons avec eux, il se mettait à l'aise et causait, absolument comme s'il eût été en déshabillé. Il prenait du tabac, il se mouchait, il crachait, il éternuait, allait, venait, se promenait d'une estrade à l'autre. Il avait des expressions familières, qu'il jetait avec bonheur et qui délassaient la Chambre des superbes ennuis de l'étiquette oratoire. On eût dit qu'il daignait recevoir la législature à son petit lever.

Son discours était tissu de mots fins, et quelquefois il était hardi et coloré. Il y avait plus de travail qu'il n'en voulait faire paraître dans ce contraste de tons divers, et je ne le blâme point de cela, car l'écueil de presque tous les discours est la monotonie.

Cet orateur était quelquefois simple jusqu'à la trivialité, et métaphorique jusqu'à l'enflure; c'est qu'il avait plus de facilité que d'instruction, et plus d'esprit que de goût.

Berryer.

Pour bien juger le tour d'idées, le tour d'éloquence de Berryer, il faut se placer dans l'inexprimable position où il se trouve. Comme chef d'un parti parlementaire, il ne peut paraître à la tribune qu'à la condition de se couvrir la face et de refouler ses sentiments royalistes dans le fond de son cœur. Il ne lui est pas interdit d'être éloquent, mais pourvu que ce ne soit pas pour la défense de sa cause, ni de triompher, mais pourvu que d'autres ramassent les dépouilles de sa victoire ; on lui permet tout, si ce n'est d'être légitimiste.

Peut-être aussi ce sentiment d'indulgence, de convenance, de loyauté, qui, surtout dans une assemblée française, environne un athlète courageux et luttant seul contre un bataillon d'adversaires, a-t-il servi Berryer mieux que n'aurait pu le faire l'adhésion d'un nombreux parti. Peut-être la difficulté même de cette position extraordinaire a-t-elle donné à son talent plus d'énergie et plus d'éclat, comme on voit le jet d'eau s'élancer avec plus de force du tube étroit qui le renferme.

Berryer est, après Mirabeau, le plus grand des orateurs français.

Oui, depuis Mirabeau, personne n'a égalé Berryer ; ni le général Foy, qui récitait plutôt qu'il n'improvisait, et qui ne réunissait pas la dialectique serrée des affaires à la puissance d'organe et à la vaste éloquence de Berryer ; ni Laîné qui n'avait qu'un son harmonieux et pathétique ; ni de Serre, qui, lourd et embarrassé dans ses exordes, ne laissait échapper que par intervalle le cri de sa passion oratoire ; ni Casimir-Périer dont la véhémence ne se déployait que dans l'apostrophe ; ni Benjamin-Constant, dont le talent avait plus de souplesse et d'art que de mouvement et d'énergie ; ni Dupin à qui manquent l'ampleur des formes, la passion du geste et de la voix, et le ton merveilleux de l'électricité ; ni Lamartine qui a plus d'éclat que de chaleur, et plus de coloris que de logique ; ni Manuel enfin qui était doué d'un jugement sûr et courageux, mais qui, plus dialecticien qu'orateur, n'arrachait pas comme Berryer des frémissements involontaire à son auditoire ravi et transporté.

La nature a traité Berryer en favori. Sa stature n'est pas élevée, mais sa belle et expressive figure peint et reflète toutes les émotions de son âme. Il vous fascine de son regard fendu et velouté, de son geste singulièrement beau comme sa parole. Il est éloquent dans toute sa personne.

Berryer domine l'assemblée de sa tête haute. Il la porte en arrière comme Mirabeau, ce qui la dilate et l'épanouit.

Il s'établit à la tribune et il s'en empare comme s'il en était le maître, j'allais dire le despote. Sa poitrine se gonfle, son buste s'étale, sa taille s'allonge, et l'on dirait un géant.

Son front rugueux s'échauffe, et quand sa tête bout, chose étrange! ses pores transsudent du sang.

Mais ce qu'il a d'incomparable, ce qu'il a par-dessus tous les autres orateurs de la Chambre, c'est le son de sa voix, la première des beautés pour les acteurs et pour les orateurs. Les hommes rassemblés sont extrêmement sensibles aux qualités physiques de l'orateur et du comédien. Talma et Mlle Mars n'ont dû leur renommée qu'au charme divin de leur voix. Donnez à mademoiselle Mars, donnez à Talma une voix commune, quels que fussent la profondeur de leur jeu et le sentiment exquis de leur art, mademoiselle Marc et Talma eussent vécu ignorés. C'est par l'organe, souvent plus que par les raisonnements, qu'on agit sur une assemblée. M. Barthe lui-même, si vide d'idées, si faible de dialectique, ébranlait les centres par l'accent pathétique de sa voix, et nous ne croyons pas qu'il soit descendu une seule fois de la tribune sans exciter les plus vifs applaudissements.

Mais Berryer ne doit pas seulement sa prééminence au hasard de ses qualités extérieures, il est maître aussi dans l'art oratoire. La plupart des autres parleurs s'abandonnent à la verve de leurs inspirations, et ils rencontrent dans le désordre de leurs excursions, de beaux mouvements, mais ils manquent de méthode. On ne sait pas toujours bien, et ils ne le savent pas eux-mêmes, d'où ils partent et où ils veulent arriver. Ils se reposent en route et font halte pour reconnaître leur chemin. Ce qui rend Berryer supérieur à eux, c'est que, dès le seuil de son discours, il voit, comme d'un point élevé, le but où il tend. Il n'attaque pas brusquement son adversaire; il commence par tracer, autour de lui, plusieurs lignes de circonvallation; il le trompe par des marches savantes, il s'en rapproche peu à peu, il le débusque de poste en poste, il le suit, il l'enveloppe, il le presse, il l'étreint dans les nœuds redoublés de son argumentation. Cette méthode est celle des larges esprits, et elle fatiguerait bientôt un auditoire aussi inattentif qu'une Chambre française, si Berryer ne soutenait pas sa préoccupation légère par le charme de sa voix, l'animation de son geste et la noblesse élégante de sa diction.

D'ailleurs, après s'être laissé entraîner, à la suite de l'orateur,
et au moment où l'on se croit dévié de sa route et comme égaré,
l'on se sent ramené au but par un détour habile et ingénieux, et
l'on applaudit avec transport à la puissance de son art.

Mirabeau ne grandissait que sous la contradiction et l'obstacle.
Il lui fallait des indisciplines et des rébellions à gouverner. C'était
un lutteur, un homme de guerre. Il n'était jamais plus beau que
dans le feu de la bataille.

Mirabeau était assiégé de murmures au point d'en être interrompu. Au contraire, Berryer parle au milieu d'un silence attentif
et en quelque sorte respectueux.

On l'écoute et l'on dirait que son auditoire sympathique, répète
tout bas, en chœur, les notes qui s'échappent de ce bel et mélodieux instrument.

Il subjugue l'Assemblée, il se la soumet comme le magnétisé qu'on
fait, à volonté, parler, se taire, marcher, s'arrêter, poursuivre,
dormir; mais aussi, dès que le magnétisé se réveille, le charme
est rompu. De même, lorsque l'Assemblée s'ébranle et descend de
ses gradins pour aller voter, l'intérêt matériel, les principes et
les passions reprenant le dessus, elle scrutine contre le plus
grand de nos orateurs, non plus que si elle venait d'ouïr le
patois inintelligible d'un compatriote de M. de Pourceaugnac.

Berryer impuissant, délaissé dans la sphère légitimiste de ses
principes, sait très-bien, d'ailleurs, qu'il ne pourrait faire apparaître le plus petit bout de son drapeau blanc, sans que l'orage
universel, qui s'élèverait et qui soufflerait avec violence, ne le
condamnât à le replier bien vite. Ce n'est pas qu'il se mette à la
traînée des libéraux, et qu'il s'accroche aux pans de leur habit;
mais il se place librement, fièrement sur le terrain de l'Opposition,
et il se sert des armes mêmes de cette Opposition qu'il manie d'une
façon admirable.

Il questionne, il interpelle, il étourdit son adversaire, afin qu'il
se découvre à l'improviste et qu'il puisse le percer sur-le-champ
au défaut de la cuirasse.

Il ébranle sur sa base un fait, un document, mais il a soin de
ne pas le renverser entièrement, et il lui suffit qu'il se soutienne,
tout disjoint qu'il est. Les doutes qu'il exprime, valent pour autant
d'affirmations, de lui à ses auditeurs; mais des ministre à lui, ils
ne valent que comme les doutes, et il ôte ainsi, d'avance, une
partie de ses avantages à leur réponse.

Si quelque croupier des fonds secrets de police, si quelque familier des cuisines du château, se sent piqué au vif, il pourra

bien laisser échapper de son œsophage, un gémissement caverneux et sourd ; mais n'ayez garde qu'il interpelle l'orateur, de peur que Berryer, en se retournant pour voir qui se permet ainsi de lui répondre, ne l'écrase d'un revers de sa massue.

Mais si quelque ministre marmotte une interruption saisissable, Berryer se retire un peu en arrière de la tribune et le regarde s'enferrer ; et puis, revenant tout-à-coup sur lui, comme sur une proie, il le secoue, le soulève et, le laissant retomber, il le cloue et l'aplatit sur son siége par une réplique foudroyante.

Sa vaste et fidèle mémoire contient, sans effort, les dates les plus compliquées, et son doigt se pose sans hésitation sur les passages dispersés des nombreux documents qu'il analyse et qui fortifient la trame de ses discours.

Rien n'égale la variété de ses intonations, tantôt simples et familières, tantôt hardies, pompeuses, ornées, pénétrantes.

Sa véhémence n'a rien d'amer et ses personnalités n'ont rien d'injurieux.

Il tire d'une cause tout ce qu'elle contient à la fois de spécieux et de solide, et il la hérisse d'arguments si captieux et si serrés qu'on ne sait plus par où l'aborder ni la prendre.

Lorsqu'il a parcouru la série de ses épreuves, il s'arrête un court moment ; alors, il les entasse les unes sur les autres, et il en fait un monceau sous lequel il accable ses adversaires.

Il enchaîne, il retient, il délasse l'attention de ses auditeurs pendant plusieurs heures de suite ; il les promène, sans les égarer, sous le péristyle et à travers les belles colonades de son discours. Il les éblouit par le spectacle varié de son génie. Il les tient suspendus au charme de sa magnifique parole.

Homme du monde, homme de dissipation et de plaisir, et d'un caractère enjoué, Berryer n'est pas naturellement laborieux. Il est doué cependant d'une grande aptitude pour les affaires. Nul, quand il veut, n'approfondit mieux une question, n'en rassemble les détails avec une investigation plus curieuse, n'en compose un ensemble plus savant et mieux ordonné.

Peut-être, au milieu de sa vaste diction, n'est-il pas quelquefois très-correct ; mais ce défaut, commun à tous les improvisateurs parlementaires, ne nuit pas à l'effet de ses discours. Nous avons déjà dit qu'il ne fallait ni analyser ni lire nos orateurs, il faut les entendre. Leur renommée serait plus grande si la presse ne les reproduisait pas. Ils ont un ennemi dans chaque sténographe.

Depuis l'établissement de notre gouvernement constitutionnel, il y a eu, dans la longue et immense carrière de nos orat eurs, des éclairs de génie, quelques axiomes saillants, quelques vives pensées, quelques mots spirituels, quelques phrases à effet, quelques mouvements oratoires; mais il n'y a pas eu un seul discours qui puisse passer, à la lecture, pour un véritable modèle d'éloquence. On les a colligés tous, imprimés dans des recueils, édités avec luxe, et que sais-je? dorés sur tranche, mais personne ne les lit.

C'est comme une amphore débouchée dont l'ambroisie s'évaporerait et qui ne serait plus digne d'être servie à la table des dieux.

La Pythonisse aussi est belle sur son trépied et dans son temple; mais hors de là, ce n'est plus qu'une femme nue et décrépite, et je ne vois plus que sa vieillesse, sa laideur et ses haillons.

Oui, l'impression tue les orateurs, et si j'étais à la place de Berryer, je poursuivrais par toutes les voies, même en police correctionnelle, tout éditeur qui m'aurait fait l'injure de publier mes discours, encore bien que, pour se défendre, il produisît devant le juge ma signature au pied du bon à imprimer, car il n'aurait pu l'extorquer évidemment que par trahison, que par surprise.

Mais quoi, à nous entendre, il ne resterait donc plus de Berryer, lui mort, que son nom! Eh! que reste-t-il, je vous demande, de Talma, de Mars et de Paganini? Que reste-t-il d'Appelles et de Phidias, des comédies de Ménandre, des soupirs de Sapho, de la sagesse de Socrate et de la grâce d'Aspasie? Un nom seul, un nom!

Rien de plus, et pour Berryer, pour sa gloire, c'est assez! Arracherez-vous maintenant cet orateur de son trépied sacré, et le traînerez-vous, pour nous le montrer sans inspiration et sans voix, au bas des degrés du péristyle? Ferez-vous reproduire par un sténographe, cette inimitable voix dont les cordes vont remuer la fibre des organisations nerveuses? Voyez, lorsqu'il les a mises en rapport avec lui, comme il leur communique, par une sorte de retentissement soudain, les rapides émotions de son âme! C'est que non-seulement il est orateur par la passion et par l'éloquence, mais il est encore musicien par l'organe, peintre par le regard, poète par l'expression.

Il faut le voir couvrir son adversaire, le saisir et s'en emparer! il le captive, il l'étreint avec ses redoutables serres, et lorsque, après l'avoir meurtri et déchiré, il le rejette du haut de la tribune, vous voyez le ministre confus, humilié, courbé sur son banc de douleur, cacher entre ses deux mains la rougeur de son front et le cynisme de ses apostasies!

Berryer n'imite pas ces députés de la Restauration, sentimen-
talement niais qui, pour toute réponse aux arguments de l'Opposition, s'écriaient : « J'aime mon Roi, ô mon Roi! »

Berryer ne s'en tient pas là, et s'il aime aussi son roi, ce que
nous croyons, au moins il ne le fait pas trop voir; il évite, en
homme qui sait sa Chambre, de marcher sur le terrain brûlant
des personnalités dynastiques, et il aime mieux aborder de grandes
thèses de nationalité, où son talent plus libre s'élance, s'élève et se
déploie. Il ne s'évertue pas à justifier, article par article, les
bévues de la Restauration. Il les avoue, et dans la brillante accumulation de ses souvenirs historiques, il démontre que les précédents gouvernements, pour avoir manqué aux devoirs éternels de
la justice, ont tous échoué sur les écueils et disparu dans la tempête. Cette manière est pleine de grandeur, car elle permet à
Berryer de planer, avec toute l'étendue de ses ailes d'aigle, dans
la haute région des principes. Elle est pleine aussi d'habileté, car,
sans qu'il paraisse s'occuper des ministres, elle laisse les auditeurs
eux-mêmes leur faire l'application immédiate et particulière des
objections générales de l'orateur.

Berryer ne demande pas grâce pour le dogme de la légitimité.
Il n'explique point, il ne justifie point ce qui n'est pas, ce qui ne
peut pas être mis en question dans la Chambre; mais il change le
point d'attaque, et c'est avec leurs propres armes qu'il combat les
ministres. Il les presse, il les pousse, de conséquence en conséquence, jusqu'aux extrémités de l'argumentation délibérative, et,
leur souveraineté du peuple à la main, il les accule dans la violation de la Charte et dans le parjure de leurs serments.

Ne croyez pas qu'il poursuive, qu'il sollicite ses inspirations; elles lui viennent d'elles-mêmes. Il frémit dans tous les
membres, des pieds à la tête. Il s'attendrit, il pleure, il se courrouce, il plie, il succombe sous les émotions de l'Assemblée,
comme sous les siennes; une fois entré dans le courant populaire
de la liberté, il n'y résistera point, il roulera avec le torrent, il
mugira avec la tempête. On sent à ses tempes qui se gonflent, à
sa voix qui tremble, à ses yeux qui dardent mille jets de flamme,
qu'il ne peut rester à l'étroit dans la légitimité; que les chaînes
qu'il secoue, lui pèsent; que l'air lui manque, que le terrain lui
manque, qu'un auditoire royaliste lui manque, et il lui faut, à lui,
à cet homme orageux, haletant, il lui faut de l'air, un terrain et
un auditoire. Il faut qu'il passionne les spectateurs, qu'il répande
son âme, qu'il se joue dans les ondulations de sa voix harmonieuse, qu'il lutte contre l'espace, qu'il se déploie hautement

dans son vol. Alors il oubliera qu'il est légitimiste, pour ne se souvenir que de ce qu'il est Français; alors il se fera national ; il s'appuiera comme Antée, pour renouveler ses forces, sur le sol généreux de la patrie; il se plongera, il s'absorbera dans la splendeur de la France, et il en sortira la tête couronnée de magnifiques rayons. Il se promènera avec l'Assemblée autour de notre carte géographique; il posera, sur nos frontières, comme autant de géants vivants et armés, l'Italie, la Suisse, l'Espagne, la Prusse, la Belgique ; il nous représentera environnés d'une ceinture de fer, d'ennemis et de ruines, et dans son patriotique enthousiasme, il s'écriera : « Je remercie la Convention d'avoir sauvé l'indépendance de la France ! »

Une autre fois , indigné, révolté des lâches concessions de notre diplomatie, et la main étendue au-dessus de la tribune avec un geste d'une beauté singulière : « Cette main , s'écriera-t-il, se séchera avant de jeter dans l'urne une boule qui dise que le ministère est jaloux de la dignité de la France. Jamais ! jamais ! »

Et, comme ne pouvant maîtriser son émotion patriotique , il se tournera incidemment vers Thiers, arrivé là par le fil de la discussion, et il lui dira : « Je vous honore, Monsieur, parce que vous avez fait deux actes honorables en soutenant Ancône et en donnant votre démission. Quelque distance qui doive naturellement subsister entre nous deux, faites encore pour la France quelque chose d'utile et de grand , je vous applaudirai, parce qu'après tout, je suis né en France et que je veux rester Français. »

Une autre fois, il mettra la Russie aux prises avec l'Angleterre et il rougira de ce que sa brave, sa glorieuse France reste devant elles , la spectatrice impuissante de leurs combats et du partage de leurs conquêtes :

« Voyez ce vaste antagonisme politique et militaire qui s'étend depuis les frontières de la Tartarie jusqu'aux rives de la Méditerranée , entre deux nations qui doivent lutter un jour l'une contre l'autre.

» Voyez du fond du monde jusqu'à nos frontières, l'Angleterre établir sa parallèle guerroyante contre la Russie qui la menace , à son tour, sur les limites de ses magnifiques colonies de l'Inde.

» Considérez ces grandes expéditions à cinq cents lieues de leurs frontières. D'un côté l'expédition de Caboul , de l'autre la tentative, Kiwa. Voyez ces deux grandes nations marcher à travers le monde, pour dresser leurs lignes de précautions l'une contre l'autre.

» Quoi, Messieurs, la France ne sera qu'une puissance continentale, en dépit de ces vastes mers qui viennent rouler leurs flots sur nos rivages et solliciter en quelque sorte le génie de notre intelligence ! »

Cette image est fort belle, et Berryer, ainsi que tous les grands orateurs, affecte surtout le style figuré, dans les divers procédés de son éloquence. (*Livre des Orateurs.*)

M. de Lamartine.

Dans quels rangs devons-nous placer M. de Lamartine ? Pour répondre à cette question nous laisserons encore parler Timon.

Voilà, cher lecteur, je vous en préviens, le plus difficile de mes portraits. Vingt fois, je l'ai touché et retouché, ôté de place et remis sur le chevalet. Que de reproches n'ai-je pas reçus de tous ceux qui m'ont fait l'honneur de venir le voir dans mon atelier ? Vous le faites trop beau, vous le faites trop laid. Il est plus libéral, il est plus royaliste ; il est plus conservateur, il est plus républicain ; il est plus socialiste, il est moins socialiste ; il est plus religieux, il est moins religieux que vous ne l'avez peint.

Je ne sais vraiment plus auquel entendre. J'ai été sur le point de jeter là mes pinceaux, et ce portrait n'a pas cessé d'être, un seul instant, le tourment de ma palette. Comment donc faire, mon Dieu, pour contenter, je ne dis pas les poètes, qui ne sont jamais contents, si on ne les loue par-dessus les autres et par-dessus eux-mêmes, mais le public qui veut de l'unité dans un portrait, mal ressemblant pourtant s'il avait cette unité-là, et mes adversaires qui me reprochent d'avoir changé de couleur, lorsque Lamartine changeait de visage. Comment donc faire ? Je me suis enfin arrêté au parti que voici.

Je vais rejeter, à la fin du volume, dans l'appendice, les différentes ébauches que j'ai faites de Lamartine, en différents temps, comme poète, comme orateur, comme politique, avec les dates au bas. Qu'on me dise s'il n'était pas alors tel que je l'ai crayonné alors ! C'est tout ce qu'il faut pour ma justification, car je ne suis pas obligé de peindre les gens autrement que je ne les vois, et qu'ils ne sont au moment où je les peins.

17

Je prends même d'avance mes précautions , et je ne réponds pas
que Lamartine soit en 1848 et années suivantes, ce qu'il est, ce
que je crois du moins qu'il est en 1847.

Voici comment Timon , en 1842 , peignait M. de Lamartine
comme poète et comme orateur.

Sans doute , M. de Lamartine n'est pas un poète d'un goût classique. Il n'a pas été moulé dans le creux de l'antique Apollon,
mais il est original, comme le sont les hommes de génie, à sa
manière.

Il est négligé, mais il est simple , précisément parce qu'il est
négligé. Il se joue de la rime, et la mélopée , sous ses doigts, se
transforme, se module et se ploie à toutes ses inspirations, à
toutes ses fantaisies. Les sphères célestes ne roulent pas dans
l'immensité , avec plus d'harmonie que ses vers. Le ruisseau ne
coule pas dans la prairie avec un plus léger murmure. Le jeune
oiseau n'a pas un chant plus frais. Les lacs de Sicile , enflés de
molles brises, ne s'illuminent pas, le soir, de rayons plus purs
et plus doux.

Et ce n'est pas seulement sa voix qui chante , c'est son âme qui
soupire et qui parle à mon âme , qui vibre en moi , qui fait frémir tout mon être et qui m'inonde de sa tendresse et de ses
pleurs. C'est sa méditation qui me ravit sur des ailes de flamme ,
dans les régions de l'éternité , de la mort, du temps, de l'espace
et de la pensée où je n'avais jamais pénétré et qui exprime
des vérités métaphysiques dans un langage pittoresque , sensible ,
inouï.

Je ne sais si la césure de son vers n'est pas quelquefois brisée,
si sa rime n'est pas toujours suffisante, si l'idée ne flotte pas dans
le vague, ne s'embarrasse pas dans la contradiction, si les cordes
de sa lyre ne rendent pas de son toujours le même, et je ne veux
pas le savoir. Est-ce que les rames pareilles ne frappent pas l'onde
d'un bruit égal et mesuré? Est-ce que je me plains à la fauvette
de ce qu'elle chante ses doux chants et de ce qu'elle les recom-
mence? Est-ce que le rossignol ne m'énivre pas toujours, toujours,
de sa mélodie , la beauté de son regard, et la violette de son parfum? Est-ce que je détourne mon oreille du bruit lointain de la
cascade , et mes yeux de l'éclat fixe des étoiles? Est-ce que l'âme
qui souffre ne jette pas éternellement le même cri? Est-ce que la
mère qui vient de perdre son fils ne se complait pas dans les inconsolables répétitions de sa douleur? De même , est-ce que je
demande à Lamartine de prouver, dans un syllogisme cadencé, la
vérité de ce qu'il chante? Je ne lui demande que de rêver sur sa

lyre et je rêve, de soupirer et je soupire, d'aimer et j'aime, de jouir et je jouis!

Qui pourrait méconnaître, sans injustice, que Lamartine et Victor Hugo ont enrichi de leurs perles et de leurs diamants, notre couronne poétique déjà si éclatante? Tous deux, irréguliers dans leur marche, et rebelles au frein de la grammaire; tous deux, sans doute, plus soucieux du mot que de l'idée, de l'inversion que du sens droit, de la nouveauté que de la méthode, de l'inattendu que de la gradation, et parfois de la rime que de la raison; tous deux, un peu assoupissants dans leur monotonie, un peu étourdissants dans leur fracas. Mais tous deux, esprits puissants, génies originaux, venus pour renouveler une littérature épuisée. L'un jetant de la flamme et des étincelles, comme une escarboucle d'Orient; l'autre soupirant, comme la lyre de Fingal dans les bruyères désolées. L'un emporté dans sa fougue lyrique, trop prodigue de sa force et de ses richesses, désordonné, fantasque, quelquefois sublime; l'autre plus religieux, plus méditatif, plus enveloppé de voiles et de mythes, plus en communication avec le ciel et chantant comme s'il priait. L'un, le bras tendu, semblant tirer avec effort, de son archet, des sons enflés et victorieux; l'autre se laissant aller, comme une eau limpide, à son facile et coulant génie. L'un plus précis, mais plus martelé dans ses moralités philosophiques; l'autre plus inspiré, mais plus nuageux. L'un mêlant l'homme avec un art plus dramatique, aux scènes de la nature; l'autre plus tendre, plus ému, plus persuasif, plus éloquent dans la peinture des sentiments intimes et des labyrinthes mystérieux de la pensée. L'un plus éblouissant, plus tonnant que la foudre qui rebondit de rochers en rochers, et qui se brise en éclairs dans les gorges profondes de l'Hémus; l'autre plus pensif, plus rêveur que les vierges d'Israël, au bord du fleuve solitaire qui les séparait de leur patrie. L'un allant à l'esprit, l'autre au cœur. L'un au sexe qui raisonne et qui agit, l'autre au sexe qui sent et qui aime.

C'est un phénomène qui n'a peut-être pas d'autre exemple, qu'un orateur ait commencé à plus de quarante-cinq ans passés, à haranguer sans préparation. Mais ceci s'explique : Lamartine est le premier, le seul improvisateur de nos poètes. Les vers s'échappent de sa veine comme l'eau d'une source. Lamartine n'est jamais monté sur le trépied; il n'a jamais été agité du dieu de la Pythonisse, jamais laissé flotter ses cheveux au vent, jamais pâli sous les frémissements de l'inspiration, jamais creusé, jamais labouré, en suant à grosses gouttes, le sillon de la pensée. Sa poésie est limpide, facile, enchaînée comme un discours, et son discours est nombreux, orné, coloré, retentissant, mélodieux comme la poésie.

Consolez-vous, Lamartine, si vous n'êtes pas aussi grand politique, aussi grand logicien que vos flatteurs vous le disent, que vous croyez l'être et que vous seriez désespéré qu'on ne le crût point : consolez-vous, car ne faut-il pas toujours consoler les poètes? Si vous n'aviez pas vos défauts, vous n'auriez pas vos qualités; si vous n'étiez pas mobile, vous ne seriez pas impressionnable; si vous n'étiez pas impressionnable, vous ne seriez pas poète; si vous ne rendiez pas des sons harmonieux, vous ne seriez pas une lyre; si vous aviez la précision de la prose, vous n'auriez pas la cadence du vers; si vous aviez la logique du raisonnement, vous n'auriez pas le vague exquis de la sensibilité; si vous aviez la pureté du dessin, vous n'auriez pas la richesse du coloris; si vous saviez parler la langue des affaires, vous ne sauriez pas parler la langue des Dieux !

Oui, Lamartine, consolez-vous de n'être pas, comme on le prétend et comme je serais presque tenté de le croire, le premier de nos politiques, ce qui, d'ailleurs, serait peu de chose. Votre sort est assez beau, et pour moi, je préférerais quatre ou cinq de vos strophes, à tous leurs discours de tribune, en y joignant les vôtres. Vous vivrez, illustre poète, quand les maîtres actuels de la parole ne vivront plus, eux et leurs œuvres, et quand deux ou trois noms seuls surnageront dans le vaste naufrage de nos gouvernements éphémères. Vous vivrez, et nos neveux, en rêvant sur la fin d'un beau soir, aimeront à répéter ces stances qui tombent avec tant de grâce et de mollesse :

Doux reflet d'un globe de flamme,
Charmant rayon, que me veux-tu?
Viens-tu dans mon sein abattu
Porter la lumière à mon âme ?

Descends-tu pour me révéler
Des mondes le divin mystère,
Ces secrets cachés dans la sphère
Où le jour va te rappeler ?

Une secrète intelligence
T'adresse-t-elle aux malheureux?
Viens-tu la nuit briller sur eux
Comme un rayon de l'espérance ?

Viens-tu dévoiler l'avenir
Au cœur fatigué qui t'implore?
Rayon divin es-tu l'aurore
Du jour qui ne doit pas finir?

> Mon cœur à ta clarté s'enflamme,
> Je sens des transports inconnus ;
> Je songe à ceux qui ne sont plus,
> Douce lumière, es-tu leur âme ?

Vous vivrez et tant qu'il sera bruit de Napoléon, qui ne redira ces magnifiques vers :

> Ta tombe et ton berceau sont couverts d'un nuage.
> Mais, pareil à l'éclair, tu sortis d'un orage ;
> Tu foudroyas le monde avant d'avoir un nom.
> Tel le Nil, dont Memphis boit les vagues fécondes,
> Avant d'être nommé, fait bouillonner ses ondes
> Aux solitudes de Memnon.

C'est ici qu'il faut que je dise que M. de Lamartine a la taille haute, des yeux bleus, le front étroit et saillant, les lèvres fines, les traits fiers et réguliers, le port élégant, les gestes nobles et une sorte de désinvolture, un peu raide, de grand seigneur. Les femmes, enchantées de ses vagues mélodies qui vont si bien à leur âme, ne cherchent que lui dans la foule des députés, et se demandent, où est-il ?

Où il est ! Ce n'est pas heureusement dans les nuages du parti social. Il en est descendu plus qu'à mi-corps. Il a reployé ses ailes d'ange, il a touché terre et il a bien voulu se mêler au reste des mortels.

Comme orateur, car j'ai à le considérer sous ce second aspect, M. de Lamartine a grandi, d'année en année, et il est aujourd'hui en pleine possession de la gloire parlementaire. Il a un heureux tour d'imagination, une mémoire étendue, souple et fraîche, qui retient et rend tout ce qu'il y met, qui n'hésite pas devant les interruptions, se joue à l'aise dans sa marche, et suit, sans se perdre, le fil incertain de mille détours ; du calme dans les orages de la tribune, d'ailleurs peu violents autour de lui ; une rare et merveilleuse faculté de s'approprier les idées des autres, qui n'a peut-être pas sa pareille dans l'Assemblée ; une perception vive des difficultés de chaque sujet ; une richesse de palette qui se charge de toutes les couleurs et qui les broie, les fond, les varie, les assortit, les multiplie et les répand en fleurs, en ondes, en nuances, dans tous ses discours ; un beau développement de phrases enchaînées ; une élocution large et nourrie, une réplique animée, une cadence, un nombre, une harmonie, une abondance d'images, de sons, de mouvements qui remplissent l'oreille sans la fatiguer, et qui ressemblent de si près à la grande éloquence qu'on pourrait bien s'y tromper.

Moi qui préfère, en parlement, je dois le dire, les argumentateurs aux orateurs, les logiciens aux imaginatifs, et la langue des affaires à la langue des Muses, je serais plutôt touché d'un discours mâle et nerveux, que de ces styles mélodieux, rosés et fleuris. Mais je dois convenir aussi que cette pompe de langage, qui ne serait chez d'autres que de la recherche, de l'affectation, de la rhétorique vaine et parlée, est naturelle chez Lamartine. Il parle comme il chante. C'est du pur lyrique, du lyrique de source, sans mélange et sans effort.

Oui, j'aime sa phrase balancée et rhytmique, quoiqu'elle soit plus propre à rendre les oracles d'Apollon qu'à exprimer les passions du Forum. Je l'aime parce qu'elle roule dans le limon du fleuve, avec une sorte de gémissement doux et plaintif, comme les membres dispersés d'Orphée. Je l'aime parce que si ce n'est pas de la prose de discours, de cette grande et belle prose que personne ne me fait entendre, c'est du moins de la prose de poésie. Il n'y manque que la rime, et pour nous délasser du patois périgourdin de nos Messieurs parlementaires, bien me fâche que le poète législateur ne nous parle pas quelquefois en vers. Prends ta lyre, ô Lamartine! car j'ai l'oreille encore pleine du gravier de leur prose. Par grâce, des vers, des vers!

Dans une deuxième variante, Timon s'exprime ainsi :

Nous avons peine à suivre M. de Lamartine dans ses transmutations, car il était presque légitimiste, et le voici presque radical.

Ce que d'autres formulent en motions, Lamartine le formule en sentiments. C'est sa manière de chiffrer ses comptes politiques. Au surplus, des hommes médiocres peuvent rédiger passablement des motions, des articles de loi, un système déduit et qui ne cloche guère; mais faut-il être un orateur. médiocre pour parler ce beau langage, si abondant dans la variété, si original dans l'expression pittoresque de ses tours? Quel rhéteur guindé remuerait notre âme avec les grands sentiments qui débordent de l'âme de Lamartine et qui viennent nous inonder? Quand le vent aride de la corruption nous a desséchés, ne se sent-on pas renaître et s'épanouir sous ces brises rafraîchissantes? Non, devant les protestations du cœur et du génie, devant cette parole généreuse, il n'y a pas de ministère qui osât porter sur la tribune des mains ensanglantées, se souiller d'un parjure, et se couronner impunément d'arbitraire! Alors, M. de Lamartine ne serait plus à la tribune, il serait comme à l'autel, il le presserait avec des conjurations et des bras suppliants, et il ne ferait pas sur l'assemblée l'effet d'un simple orateur, mais d'un prêtre, d'un apôtre sacré de la justice et de l'humanité. Royer-Collard, Camille Jordan et Odilon-Barrot quelquefois, ont eu de cette sorte d'éloquence, de cette sorte d'empire.

On sent, en l'écoutant, qu'on a affaire à un poète, à un grand poète, et on lui saurait mauvais gré s'il parlait comme tout le monde. Les images et les sentiments, voilà sa dialectique. De lui, l'on n'en veut pas d'autre. On ne lui demande pas de raisonner mais d'émouvoir, de convaincre mais de persuader, d'aller au but par le droit chemin mais de nous y mener par les routes détournées, errantes et fleuries de son imagination. Ne nous y trompons pas : l'ordre logique du sentiment n'est pas l'ordre logique du syllogisme. Quand je sens mes larmes couler, ma poitrine se gonfler, mon oreille se délecter, je ne cherche pas dans mon émotion, si je pleure, si je frémis, si je palpite, si je jouis selon les règles. Est-ce que je relis Lamartine orateur, à froid et loin de la tribune? Est-ce qu'il est plus lisible que les autres? Est-ce qu'il parle pour être lu? Il parle pour être écouté, pour nous étonner, et pour nous ravir!

Il fait à la tribune du sublime et du magnifique, comme d'autres font des calculs et du technique. Il est aussi naturel dans sa pompe que Thiers dans sa simplicité.

La plupart des orateurs déraisonnent sur les affaires étrangères, et ils vous découpent gravement l'Europe comme une image, donnant qui l'Espagne à tel, qui le Rhin ou le Brabant à tel autre, et ne se réservant rien pour eux-mêmes, par modestie. En avons-nous entendu sur l'Orient, sur les Maronites et les Druses, sur Méhémet, sur la Plata, sur les zônes du droit de visite, et en entendrons-nous encore? Les avocats surtout qui viennent de plaider à la police correctionnelle nous arrivent tout essouflés; les voilà qui coulent tout bas à l'oreille de la Chambre les secrets de l'Angleterre et de l'Hindoustan, et dans quel style! Mais lui, Lamartine, sans que je m'inquiète du fond où personne ne comprend rien, nous parlera, du moins, de l'Orient, en poète d'Orient. Quel beau langage! Je n'en ai jamais ouï de pareil dans mon endroit, et ce n'est ni mon sous-préfet, ni mon procureur du Roi, ni mon receveur de l'enregistrement qui parlent ainsi! Quelles fleurs! quelles figures! quelle suavité! quel parfum! quelle grâce! quel éclat! Je sais bien que malgré ces puissantes évolutions et ce majestueux tapage, il n'y aura pas une virgule de changée sur la carte de la géographie politique, mais j'aurai eu une heure d'émotion et de plaisir, et je m'en reviendrai plus dispos à Brives-la-Gaillarde.

Enfin en 1847, Timon marque de cette manière le progrès de l'éloquence de Lamartine.

Lorsque Lamartine, élève de Mauguin, récitait mot à mot ses discours appris, sa parole était flasque, molle, traînante, embarrassée, et ne quittait pas les basses régions de la phraséologie; mais il est tellement sûr aujourd'hui de son improvisation, qu'il ne se retient plus aux rampes de la tribune. Il s'abandonne à toute la puissance de son vol de cigne; il fend les eaux et il se déploie, de même qu'un navire aux voiles de pourpre doucement enflées par les zéphirs, se joue sur les ondes d'un lac tranquille.

Il parle une espèce de langue magnifique, pittoresque, enchantée, qu'on pourrait appeler la langue de Lamartine, car il n'y a que lui qui la parle et qui la puisse parler, et d'où s'échappent avec profusion, comme autant de jets lumineux, une foule de pensées heureuses et de termes figurés qui surprennent, qui charment, qui captivent, qui remplissent, qui ravissent l'oreille et l'âme de ses auditeurs.

Sans doute, cette pompe de sons et d'épithètes, dans un autre orateur paraîtrait trop recherchée, ces figures trop lyriques, cette diction trop éblouissante, ces désinences trop cadencées, mais on ne tarde pas en l'écoutant, en le voyant, à comprendre, à sentir que, dans sa sorte de génie, il ne pourrait pas s'exprimer autrement qu'il ne s'exprime, qu'il y a autant de naturel dans la sublimité de son langage que dans la vulgarité d'un avocat avocassant, et que ces belles phrases, ces beaux sentiments, qu'on croirait d'abord préparés, appris et répétés dans sa tête, ne lui viennent que du cœur. *(Livre des Orateurs.)*

RÉFLEXIONS DE TIMON, SUR L'ÉLOQUENCE PARLEMENTAIRE.

Quatre choses sont à considérer dans l'éloquence parlementaire : le caractère de la nation, le génie de la langue, les besoins politiques et sociaux de l'époque, et la physionomie de l'auditoire.

Si le caractère de la nation est taciturne et froid comme celui des Américains, on aura de la peine à les émouvoir. Doués de patience, ils ne se fatigueront pas plus à parler qu'à entendre. Ils s'attableront pour ouïr un orateur, pendant des heures entières, de même que pour fumer et pour boire.

Si, au contraire, le caractère de la nation est irritable et mobile comme celui des Français, il leur suffira de les toucher pour qu'ils se croient blessés, et de leur frapper légèrement sur l'épaule pour qu'ils se retournent. Les longs discours nous ennuient et lorsque le Français s'ennuie, il quitte la place et s'en va. S'il ne peut s'en aller, il reste et cause. S'il ne peut causer, il baille et s'endort.

Secondement, il faut faire attention au génie de la langue.

Si la langue est sifflante, dure et peu dédaigneuse, comme la langue anglaise, on s'attachera moins au style qu'aux choses. On ne sera point choqué des inversions ni des accouplements de mots. Si le génie particulier de la langue permet de suspendre le sens du discours et de transporter à la fin le verbe qui gouverne toute la phrase, on soutiendra davantage l'attention des auditeurs. On pourra se servir de figures communes, de maximes proverbiales, de termes bas et vulgaires, pourvu qu'ils soient expressifs. Ce que le discours perdra en sobriété et en convenance, il le gagnera en sincérité et en énergie.

Si la langue est pompeuse et douce comme la langue espagnole ou italienne, on recherchera la sonorité de l'expression et l'harmonie des désinences. Chez les peuples dont l'organisation est musicale, l'oreille a besoin d'être flattée autant que l'âme d'être remplie.

Mais si la langue est noble, élégante, polie, correcte, châtiée, philosophique, comme la langue française, il faudra, pour la parler publiquement, des préparations exercées et une longue habitude. Si la diction était trop paresseuse, on tomberait dans la monotonie; si elle était trop précipitée, on tomberait dans le bredouillement. On évitera les mots redondants, les épithètes oiseuses, qui arrêtent l'effusion de la pensée et qui embarrassent la marche du discours. On n'oubliera pas que l'esprit d'une assemblée française est si prompt, qu'il saisit le sens d'une phrase avant qu'elle ne soit achevée, et qu'il devine l'intention avant même qu'elle ne soit tout-à-fait conçue; si délicat, qu'il répugne aux répétitions, quelle que soit l'adresse des synonymies; si pur, que le moindre néologisme le blesse, à moins qu'il ne soit brillamment encadré, ou qu'il ne sorte, par une contrainte irrésistible, de la force de la situation elle-même.

L'époque où l'on parle, est la troisième chose qu'il faut attentivement considérer.

Quand il s'agit de démolir un ordre de choses vieillies et déjà croulant, quand l'opinion gronde et menace autour de l'assemblée nationale, quand la patrie, la liberté, la constitution sont en péril, alors le discours s'élève, l'expression grandit, s'anime, se

courrouce, et le désordre passionné des sentiments et des idées est
la plus persuasive et la plus puissante des éloquences. L'auditoire
s'unit à l'orateur, s'indigne et s'apitoie, se soulève et s'apaise
avec lui, pour s'indigner et se calmer encore. La violence des
termes, l'enflure des prosopopées, la colère et l'emportement des
mouvements oratoires, se pardonnent et s'effacent devant la grandeur périlleuse et fatale de la situation. Alors les partis, aux prises
entre eux, écoutent moins qu'ils n'agissent, discutent moins qu'ils
ne combattent. Alors on aime mieux frapper fort que juste, et
lorsqu'une tête est l'enjeu d'un discours, on ne s'amuse pas à
polir une phrase, et l'on ne s'étudie point à tomber avec grâce,
comme le gladiateur du cirque, sous le fer de ses ennemis.

Telle fut notre éloquence révolutionnaire, qu'il ne faudrait pas
juger à distance, par les règles du goût, ou peser avec une froide
raison et sans tenir compte ni du trouble de ce temps, ni des re-
virements extraordinaires de l'opinion, ni des mortelles inimitiés
des partis, ni des réactions du dehors, ni de l'exaltation des âmes,
ni de la nouveauté et de la grandeur des événements, ni des
dangers imminents de la patrie.

Mais lorsque les temps sont calmes, que l'ennemi s'est retiré des
frontières, que la cité est abondante et joyeuse, que les partis ne
se déciment plus entre eux pour s'arracher l'empire et la victoire,
que la députation n'est plus briguée comme un poste de péril,
mais comme une riche exploitation d'honneur et de lucre, et que
la lutte n'existe plus que sur le terrain raffermi des principes et
du droit, alors l'emploi théâtral de ces moyens et de ces figures déclamatoires ne serait plus que ridicule, parce qu'il ne serait
plus nécessaire et naturel; il trouverait de glace ceux qu'il trouvait de feu; il ferait rire ceux qu'il faisait pleurer. A chaque époque
son éloquence.

Une autre et quatrième condition du discours, c'est de bien
considérer devant qui on le prononce.

En effet, on ne doit pas parler devant une chambre comme on
parlerait devant le peuple. Le peuple aime les gestes expressifs
qui s'aperçoivent de loin et par-dessus les têtes. Il aime les voix
chaudes et vibrantes. Soyez naturel avec lui et ne faites pas le comédien. Si vous sentez des larmes rouler dans vos yeux, orateur
populaire, ne les retenez pas ! Si quelque mouvement d'indignation bat dans votre poitrine, qu'il en sorte et qu'il se répande.
Soyez vrai, remuant, pathétique. Interrogez et répondez, et interrogez encore. Ne cherchez pas la liaison des mots, mais la
liaison des idées, ou plutôt ne la cherchez pas, si vous voulez la

trouver ; car la passion a sa logique plus sacrée, plus entraînante encore que le raisonnement. Figures saisissantes, émotions rapides, entremêlées de repos, voilà l'éloquence qui convient, en tout pays, au peuple. En France, pays moqueur, ajoutez-y un peu d'ironie amère ou fine.

Que si votre argumentation était trop décharnée ou trop métaphysique, le peuple ne la comprendrait pas. Ne fatiguez point son intelligence à découvrir les rapports abstraits de deux syllogismes. Que vos pensées ne restent pas à l'état de squelette, et de manière à ce qu'on en puisse compter les muscles, les tendons et les os. Mais couvrez-les de chair, qu'elles marchent, qu'elles se déploient, qu'elles se colorent, et qu'on sente en elles les tressaillements de la vie !

Les figures plaisent tant à l'imagination du peuple ! Les mouvements passionnés vont si bien à son âme ! Parlez-lui de patrie, de justice et de liberté, si vous voulez qu'il vous entende, qu'il vole dans vos bras, et que son cœur soit à vous.

Mais il n'en est pas de même d'une assemblée d'hommes riches, blasés sur les émotions de l'âme aussi bien que sur les jouissances de l'esprit et des sens. La plupart ont servi plusieurs gouvernements, prêté plusieurs serments et traversé plusieurs fortunes ; véritables malheureux qui n'ont plus les illusions de la jeunesse, de la vertu, et de la liberté ! leur cœur s'est flétri, leur vie s'est usée. Ceux qui ont beaucoup de biens et d'or sont tourmentés, moins du désir de gagner que de la peur de perdre ; ceux qui ont des emplois, veulent les garder ; ceux qui n'en ont pas veulent qu'on leur en donne. Dans cette disposition d'esprit, les gouverneurs de chambres n'ont que trois ressorts à faire jouer : l'égoïsme, la cupidité et la peur, et c'est avec ces trois ressorts qu'ils tiraillent les bras et les jambes de tant de pauvres marionnettes. Dans leur comédie parlementaire, tous les rôles sont convenus et distribués, et le souffleur est à son poste. On sait d'avance qui montera sur les tréteaux, et ce qui sera dit, ce qui sera omis, et ce qui sera éludé, et même ce qui sera décidé. Les paroles sont données, les votes sont enregistrés sur le carnet du contrôleur, et le scrutin est dépouillé par les entrepreneurs du spectacle, longtemps avant que les boules ne retentissent dans l'urne et que la toile ne tombe.

Il faut bien le dire : les poses des rhéteurs et la beauté sonore et amplifiée de leurs phrases, ne servent qu'à flatter la vanité littéraire de nos oreilles et de nos yeux. Sans doute un beau discours, qui ne peut absolument rien sur des opinions arrêtées,

peut quelquefois rattacher les extrémités flottantes d'un parti qui
ne tiennent plus à leur conducteur que par un bout de fil. Mais
il n'est pas bien sûr qu'un raisonnement subit, qu'un mot plaisant,
qu'un chiffre inattendu, ne produisît le même effet. Les dialecticiens et les adroits groupeurs de chiffres ont plus de prise sur
nos assemblées, que les orateurs dont on se défie à l'avance,
chacun prenant contre eux ses précautions, comme contre des
enchanteurs.

L'éloquence n'a toute son action, son action forte, sympathique,
remuante, que sur le peuple. Voyez O'Connell, le plus grand, le
seul orateur peut-être des temps modernes! Quel colosse! comme
il se dresse de toute sa hauteur! Comme sa voix tonnante domine
et gouverne les vagues de la multitude! Je ne suis pas Irlandais,
je n'ai jamais vu O'Connell, je ne connais pas sa langue, je l'é-
couterais que je ne le comprendrais pas. Pourquoi donc suis-je
plus ému de ses discours, mal traduits dans notre idiome, dé-
colorés, tronqués, dépouillés des prestiges du style, du geste et
de la voix, que de tout ce que j'ai entendu dans mon pays? C'est
qu'ils ne ressemblent pas à notre rhétorique, tourmentée par la
périphrase; c'est que la passion, la passion vraie l'inspire, la
passion qui peut tout dire et qui dira tout; c'est qu'il m'arrache
du rivage, qu'il roule avec moi et m'entraîne dans son torrent;
c'est qu'il frémit et que je frémis; c'est qu'il s'échauffe et que je
me sens brûler; c'est qu'il pleure et que des larmes tombent de
mes yeux; c'est qu'il jette des cris de l'âme qui ravissent mon
âme; c'est qu'il m'enlève sur ses ailes et qu'il me soutient dans
les saints transports de la liberté! Sous l'impression de sa grande
éloquence, j'abhorre et je déteste d'une haine furieuse, les tyrans
de cet infortuné pays, comme si j'étais le concitoyen d'O'Connell, et
je me prends à aimer la verte Irlande presque autant que ma patrie!

Mais que pourrait O'Connell, lui-même, dans nos assemblées de
députés fonctionnaires? Au moment de se laisser émouvoir, voilà
que nos gens se sentiraient tirer par le bas de l'habit, et verraient
leurs épouses en pleurs accourant avec les mémoires de robes et
de chapeaux, les maîtres d'hôtels garnis avec la quittance de loyer,
les restaurateurs avec la carte à payer, et les instituteurs de leurs
fils et de leurs filles avec le quartier de la pension. Faites donc de
l'éloquence à des gens qui tiennent déjà la plume levée sur la
feuille d'émargement, et démenez-vous bien pour attendrir ces
employés à la représentation qui poussent de toute la cavité de
leurs poumons ce cri héroïque : « On ne nous arrachera nos traitements qu'avec la vie! »

On peut admettre trois grandes divisions d'orateurs ; ceux qui improvisent sans trop savoir ce qu'ils vont dire, ceux qui récitent ce qu'ils ont appris, et ceux qui lisent ce qu'ils ont écrit.

Les Improvisateurs sont assez forts sur l'exorde. Ils savent bien par où commencer, mais ce qui les embarrasse, c'est de savoir par où finir. Ils se laissent aller au fil de leur oraison, visitant sur leurs passages prairies, bois, cités et montagnes. Ils ne savent pas jeter l'ancre au rivage et aborder. Ils entassent péroraisons sur péroraisons. Il n'y en a jamais moins de trois ou quatre. Mais, oratoirement parlant, laquelle de ces fins est la fin ? Ils se retiennent, de peur de tomber en descendant, à chaque barreau de la tribune, et souvent le pied leur glisse lorsqu'ils le mettent sur la dernière marche.

Quand ils sont gonflés du vent de l'improvisation, leurs discours ressemblent à ces ballons lisses, sonores, rebondissants, qui s'élèvent et s'abaissent tour à tour, et qui reflètent les feux du soleil. Leur vent s'en est-il allé, ce n'est plus qu'une peau désenflée qu'on jette dans un coin, toute ridée et toute aplatie qu'elle est.

Le Récitateur ne regarde pas l'assemblée, il se retire et s'enfonce en lui-même. Il se loge dans les cases de son cerveau où toutes ses phrases sont proprement rangées à leur place. Il en fait mentalement la convocation, et il les produit, l'une après l'autre, à la lumière.

Quelquefois, le Récitateur va par saccade et vite, vite, de peur que les anneaux de son chapelet ne se désenfilent et ne se détachent. Quelquefois, au contraire, il s'arrête comme par mégarde, et pour laisser croire qu'il cherche ses mots et que leur enfantement a de la peine à venir, quoiqu'ils soient au monde depuis peut-être plus de huit jours. Mais le travail des périodes, le choix des tours, le fini du style, la trame entière du discours, trahissent, malgré lui, les effets laborieux de sa mémoire.

N'allez pas dire au Récitateur : Prenez garde, Monsieur, à votre mouchoir qui sort de la poche. Car, s'il se retournait, il briserait le fil de son oraison, et comment le rattacher ? Si, dans ce cas, il le rattrape et le recoud tant bien que mal, c'est de hasard. Les gens nerveux de la Chambre ont toujours peur que le Récitateur ne vienne à broncher au beau milieu du chemin, et cela leur fait mal par sympathie. Le sténographe, au bas de la tribune, la plume haute, ne sait s'il doit attendre le dépôt des feuillets où courir après le rapide orateur.

Le Récitateur a l'œil terne, le col empesé et le geste faux. Il n'est jamais à l'unisson de l'assemblée. Il n'interrompt pas, de peur qu'on ne lui réplique. Il ne réplique pas, de peur de s'interrompre. Il ne sent point le dieu intérieur, ce dieu de la Pythonisse, qui agite et qui oppresse. Il a l'éloquence qui se rappelle, et non l'éloquence qui invente. Il est l'homme de la veille, tandis que l'orateur doit être l'homme du moment. Il est l'homme de l'art, il n'est pas l'homme de la nature. C'est un comédien qui ne veut pas le paraître et qui est son propre souffleur. Il feint la vérité, joue le trouble et trompe le public, la chambre, le sténographe et lui-même.

Les Liseurs sont des gens qui prennent leur temps, toussent, crachent, éternuent, posent leurs lunettes sur le marbre de la tribune, et en nettoient les verres avec les coins de leur mouchoir. Ils ont aussi des ruses de métier. Ils minutent très-serré l'endroit et le revers de la page, pour se faire petits et laisser croire qu'ils n'ont que cela. Les traitres ! vous verrez qu'ils ne tourneront pas encore leur verso. Leur cahier est comme un cadran dont l'aiguille resterait immobile.

Les Liseurs mettent le papier devant leur bouche, et les sons répercutés n'arrivent pas aux auditeurs. Un liseur dont la voix n'est pas éclatante, est complétement inintelligible. S'il est Alsacien, il parle du fond de gosier ; s'il est Gascon, du bord des lèvres ; Parisien, il grasseye ; Normand, il nasille.

S'il est trop diffus, il ennuie ; s'il est trop concis, on perd haleine à le suivre. Le négligé sied à la tribune, le négligé a des grâces. Il ne faut pas qu'un orateur soit trop paré, trop brossé, trop endimanché. Faites donc de l'éloquence avec des points d'exclamation marqués à l'avance sur papier grand raisin ! Ayez de la passion, tonnez, indignez-vous, pleurez juste au cinquième mot du troisième alinéa du sixième paragraphe de la dixième feuille ! Comme cela est facile ! Comme cela surtout est naturel !

Enfin, quand le Liseur débite son écriture, chacun des auditeurs se dit : C'est beau, ah ! c'est sûrement très-beau ! mais ce n'est pas la peine que j'écoute, je verrai cela demain dans le *Moniteur*.

Lorsque j'aperçois les Liseurs de l'Opposition et les Liseurs du ministère gravir, de droite et de gauche, l'estrade de la tribune, leur cahier d'éloquence à la main, il me semble voir deux armées qui traîneraient parallèlement leur artillerie le long des deux rives d'un fleuve, sans pouvoir jamais s'aborder. Ils se fatiguent à rétorquer d'avance des arguments qu'on ne leur fera pas, et ils ne prévoient pas les arguments qu'on leur fera. Ils ne savent pas que depuis la veille, la guerre a changé de terrain, et ils s'enfilent par des chemins fourrés et inconnus, où le moindre goujat de l'armée ennemie les ferait prisonniers. Il ne faut, pour les désarçonner, qu'un seul trait lancé par un improvisateur qui viserait juste, et ils sont assez semblables à ces anciens chevaliers raidement enjambés sur leur palefroi; si, pendant qu'ils chevauchaient, quelques malins pages tiraient à l'aventure la crinière du noble animal, le voilà qui se cabrait et jetait à terre son magnifique seigneur.

La puissance de l'Improvisation vient de ce qu'elle est toujours en situation. Tel discours écrit peut se réciter indifféremment dans le parlement, dans un salon, dans une académie, dans un banquet. Mais l'Improvisation n'est bonne que pour le moment où on la prononce et pour ceux qui l'entendent. Si l'orateur est négligé, il n'en paraît que plus naturel, et les auditeurs lui savent gré de parler comme ils parleraient eux-mêmes, et de ne s'être point préparé pour les surprendre. S'il gesticule avec violence, si ses yeux ardents lancent des éclairs, si sa parole est pleine de tourbillons et de flammes, c'est que l'assemblée lui souffle ses colères. S'il est long, diffus même sur un point, et sec et brisé sur un autre point, c'est qu'apparemment ceux qui l'écoutent, ont voulu qu'il les entretînt longuement de ce point-là et brièvement de l'autre. Ne le jugez donc pas d'après les règles et les méthodes du discours écrit et prémédité ; ne le lisez pas, allez l'entendre.

Allez-vous placer sur les bancs des auditeurs ; car il n'est pas à la tribune pour lui, mais pour eux, et l'on dirait que ce sont leurs propres pensées qu'il exprime, leurs passions qu'il respire, leurs volontés qu'il déclare. Il y a de la vie dans sa parole, parce qu'il y a de la réalité ; il y a de la force, parce qu'il la tire de tout ce qui l'entoure ; il y a de l'à-propos, parce qu'il parle des hommes du moment, de la minute, devant les hommes du moment, de la minute. Il ne sera pas froid si l'assemblée est exaltée, véhément si elle est calme. Il ne prendra pas son vol, en déployant ses ailes, du haut de la montagne, tandis que l'assemblée chemine tranquillement dans la plaine. Il se met à son accord, à son pas, et il semble qu'il la suive jusqu'à ce qu'il s'en soit rendu maître, qu'il l'ait domptée, subjuguée, enchaînée, et que, passant de l'arrière à l'avant il la conduise et la précipite dans ses propres voies.

L'âme de l'Improvisateur répond à l'âme de l'auditeur. Elles se prennent, elles se communiquent, elles se mêlent, elles se

confondent. L'Improvisateur monte ou descend, et tend la main
à l'auditoire pour l'attirer à lui, et l'auditeur lui tend la sienne,
le seconde, l'aide machinalement, en quelque sorte, cherche avec
lui les mots qui ne lui viennent pas, le pique de son aiguillon,
le presse et l'anime de son souffle comme un écuyer penché sur
les narines de son coursier haletant. Ils font route ensemble, et
ensemble ils touchent le but. A chaque relais, à chaque pas, se
découvre un point de vue nouveau, un effet inattendu, une émotion, un tressaillement, une grâce.

L'Improvisateur ne sait pas tout ce qu'il va dire, et jamais comment il va le dire. Il est confiant, il quitte le bord, il va marcher sur
les flots, il y déploie sa voile de pourpre, et les bras des spectateurs l'y portent, et tous les cœurs palpitent pour lui sur le
rivage.

Il y a dans cet auditoire parlementaire, si vaste et si mêlé,
des professions qui prédisposent plus particulièrement à l'art oratoire.

Je ne crois pas qu'on me reproche de pousser les diverses classes
de la société, à l'excitation criminelle les unes contre les autres,
en disant que les députés dont les langues vibrent avec le plus
de continuité et le plus de fluidité sont les Avocats, les Professeurs
et les Militaires.

Les avocats parlent pour qui veut, tant qu'on veut, sur ce
qu'on veut. Ils ont l'ouïe fine et toujours au vent, et si vous les
interrompez, au lieu de les embarrasser, vous ne faites que leur
donner la réplique. L'habitude de plaider alternativement le pour
et le contre, le non vrai et le vrai, fausse leur judiciaire. Après
avoir pris au corps un ministre, ils le terrassent, le battent et
le piétinent. Et puis quand ils repassent devant le banc de cet
homme tout meurtri de sa chute et de leurs coups, vous les
voyez hocher la tête d'un air riant, lui tendant la main, et les
voilà qui sont ensemble les meilleurs amis du monde. Ces façons
d'agir ne laissent pas que d'étonner fort les provinciaux, juchés
sur les hautes banquettes de la salle, qui se demandent entre
eux comment on peut relever de si bonne grâce un ministre
qu'on vient de traîner dans la boue, et si ce n'est pas là jouer la
comédie.

Les Avocats sont chaleureux de langue et froids de cœur, têtus,
pointilleux, et grands enfileurs de paroles. Ennemis de la logique,
parce que la logique va droit à son but, et que leur affaire n'est
pas d'arriver si tôt. Alerte en partant, leur verbe court tout d'une
haleine, brûle le pavé, s'essoufle et tombe.

Les grands orateurs semblables aux aigles qui planent au-dessus de la nue, se tiennent dans la haute région des principes. Mais le vulgaire des Avocats rasent la terre, comme l'hirondelle, font mille crochets, passent et repassent sans cesse devant vous, et vous étourdissent du bruit de leurs ailes.

Les Professeurs s'emparent avec autorité de la parole, plutôt qu'ils ne la demandent. Ils régentent la Chambre comme une classe d'écoliers. Ils commencent par poser sur le marbre de la tribune leur bonnet carré, et les secrétaires de la Chambre en ont quelquefois surpris qui tiraient de dessous leur robe de pédant la férule et le martinet. Ils sont vains, subtils, rogues, secs, impérieux, humoristes, dogmatiques, beaux parleurs et pleins d'eux-mêmes. Ils ne s'embarrassent guère de ce qu'on leur objecte ou de ce qu'on leur répond, mais de ce qu'ils vous disent. Ils ne veulent pas convaincre, mais contraindre. Ils ne persuadent pas la vérité, ils l'imposent. Ils ont la raideur des méthodes et le despotisme des axiomes. Mais comme on ne les élit députés qu'à cause de leur renommée, ils sont généralement d'un esprit supérieur, savant, profond, ingénieux, et, à l'occasion, divertissant ou fort ennuyeux.

La domination des Avocats et des Professeurs a répandu sur l'éloquence parlementaire, les longueurs d'une solennelle monotonie. Elle y a peut-être gagné du nombre, de la dignité, de la facture, de la méthode; elle y a perdu en précision, en grâce, en chaleur, en naturel, en vérité, en coloris, en originalité. Les Avocats et les Professeurs, gênés par des formes de convention et d'état, n'ont plus leurs physionomies propres. Tous leurs discours semblent jetés dans le même moule. Quel que soit le sujet, bref ou long, ils ne parleront pas moins d'une heure, parce que les professeurs croient disserter encore devant leurs écoliers, dont la classe dure une heure, et parce que les Avocats croient se trémousser encore devant leurs clients, qui ne veulent pas qu'on plaide moins d'une heure pour une affaire de deux minutes, et qui se fâcheraient tout rouge si on ne leur en donnait pas pour leur argent. Ils remplissent donc la clepsydre jusqu'au bord, et, tant qu'elle va, leurs langues vibrent pour s'arrêter subitement avec le dernier grain de sable, car leur heure est faite.

Les Militaires escaladent la tribune avec hardiesse, impatience et feu, comme ils escaladeraient une batterie. Ils portent la tête haute. Ils ont le geste du commandement et ils regardent les gens en face. On se met moins en garde contre eux, parce qu'on suppose que, s'ils peuvent se tromper, du moins ils ne cherchent

18

pas à vous tromper. On passe aux orateurs militaires le mépris
de la grammaire, l'amertume grossière des reproches, l'abus
des figures de rhéthorique et le décousu du discours. Ils peuvent
dire, à peu près dans le langage qu'ils veulent, trivial ou cor-
rect, uni ou soubressauté, tout ce qui leur passe par la tête,
sans qu'on les rappelle à l'ordre. J'ai vu le général Foy frapper
du poing et des pieds, battre le marbre de la tribune, s'y cram-
ponner, s'y démener comme un possédé. Il écumait et la colère
lui sortait des deux côtés de la bouche. On le laissait faire. On
eût imposé silence à un porteur de bonnet carré. Pour moi,
dût-on me blâmer d'un tel goût, je préfère ces militaires brutaux qui dégaînent leur sabre et qui marchent droit sur vous,
à ces rhéteurs doucereux qui vous assassinent à coups d'épingles.

Il faut prendre garde aux qualités principales qui, selon le
tempérament, le génie ou l'habitude, prédominent chez l'orateur. L'imagination, la logique, l'éloquence et la malice, ont leur
excès qu'il faut éviter.

Tel qui brille dans l'exposition des faits, nette, lucide, pas
trop chargée d'incidents, bien ordonnée, bien déduite, se ralentit
ou se trouble lorsqu'il faut raisonner. Tel autre a de la peine à
entrer en matière, qui s'empare ensuite fortement de son sujet
et de votre attention, lorsqu'il commence à s'échauffer et que
ses idées s'étendent, se composent, se classent et s'enchaînent.
Tel autre perd la trace et ne se retrouve pas, bat l'air, s'étourdit, s'oppresse et n'y voit plus. Il se dérobe comme un coursier et
quitte l'arène.

Les Imaginatifs vous éblouissent par la richesse de leurs métaphores. Mais l'abus des figures finit par ne remplir votre oreille
que de tropes heurtés et de cadences rompues. Le style parlementaire ne doit pas être chargé de trop d'embonpoint, et il
faut qu'on y voie saillir les muscles et les nerfs, comme dans
un corps sain et vigoureux. Le style rose et frais n'est que de
l'enluminure. Les Imaginatifs sont sujets à tomber dans l'ampli-
fication.

Les Logiciens de la parole, qu'il ne faut pas confondre avec les
Logiciens de la presse, doivent être plutôt abondants que concis,
plutôt pressants que serrés. Ils ne doivent pas oublier que l'attention d'une Chambre est courte et légère. Si vous résumez trop,
vous n'êtes pas compris. Si vous délayez trop, vous fatiguez. Si
vous aiguisez trop la pointe de l'argument, vous devenez subtil.
Si vous vous traînez dans les quatre points du syllogisme, vous devenez lourd. Si vous ne montrez que les tendons et les fibres d'une

proposition, sans chair et sans coloris, vous êtes sec et rebutant. Si vous ne laissez pas glisser sur le nu de vos raisonnements quelque filet de lumière, vous êtes embarrassé et nuageux. Les Logiciens sont sujets à tomber dans l'obscurité.

Les Pathétiques doivent tour à tour s'élever et abaisser leur vol, s'oublier eux-mêmes, du moins le paraître, laisser apercevoir qu'ils sont entraînés, malgré eux, par la force de la situation ou par une émotion intérieure qui les dompte et qui les enlève; couper le discours par des repos haletants; ne faire résonner de l'âme que les cordes les plus tendres, et tenir l'assemblée dans un état de moiteur et de peau assouplie. Mais si cet état se prolonge, le refroidissement ne tarde pas à succéder à l'émotion et le rire aux larmes. Les Pathétiques sont sujets à tomber dans la sensiblerie.

Les Malins sont sans cesse occupés à repasser leurs flèches sur la meule, à les aiguiser par le fin bout, et à leur attacher de chaque côté des plumes rapides et légères pour qu'elles volent mieux au but. Ils franchissent d'une sautée un gros raisonnement péniblement échafaudé, et le trait lancé par ces petits nains, à l'endroit sensible d'un colosse, le renverse tout de son haut. Quand les allusions sont délicates et fines, elles surprennent agréablement l'esprit, et, par le plaisir de les deviner, elles engagent, malgré soi, celui qui les écoute, dans la complicité de celui qui les fait. Quand les allusions sont poignantes et enfoncées, elles laissent quelquefois l'aiguillon dans la plaie vive, et l'on en meurt. Mais le plus souvent elles irritent, dans ceux qu'elles blessent, ceux qui, à leur tour, craignent d'en être blessés, et alors elles manquent leur coup. Les Malins sont sujets à tomber dans la personnalité.

Si la diction de l'orateur est négligée, on dit qu'il ne se gêne pas. Si elle est théâtrale, on dit qu'il veut trop paraître.

Trop d's sifflants, d'accents aigus ou d'e muets, offensent la grammaire et choquent l'oreille. Il ne faut pas qu'on sache en vous écoutant, d'où vous arrivez en droite ligne, qui de Falaise, qui de Quimper-Corentin, qui de Pézénas, qui de Brives-la-Gaillarde.

Prenez garde que nos marchandes d'herbes ne se mettent à rire de votre accent empâté d'Alsace, de votre accent traînard de Normandie, ou de votre accent pointu du Languedoc. Ne criez pas d'un aigre fausset. Ne psalmodiez pas en plein-chant comme au lutrin. Laissez le jargon provincial et le patois de M. de Pourceaugnac à la porte de nos barrières, et souvenez-vous que, lorsqu'on est reçu dans la nouvelle Athènes, il faut en parler la langue élégante et polie.

Le port comprend l'habit et le maintien. L'orateur doit veiller sur les dehors de sa personne.

Il y a tel orateur qui s'imagine que la Chambre rit à gorge déployée des aimables plaisanteries qu'il débite; pas du tout, c'est d'une mouche importune qu'il chasse, et qui ne veut pas quitter le bout de son nez.

Les gants jaunes du général Sébastiani, vieillard dameret, préoccupaient la Chambre beaucoup plus que ses graves dissertations sur la dette américaine.

Mettez à Démosthène un habit rouge et une perruque de travers, et vous verrez le fou rire qui s'emparera de nos Athéniens, même dans le moment le plus pathétique et lorsque le sublime orateur s'écriera : « J'en jure par les mânes des héros morts à Marathon. »

O Athéniens! Athéniens! il faut avoir vécu avec vous pour vous connaître.

On doit sans doute ici prendre en considération l'âge, l'état, le rang, le caractère, et les préceptes se modifient d'après les personnes. Mais, à qui que ce soit, il ne convient, de se tenir le poing sur la hanche, en façon de matamore; ni de se friser le haut du toupet pour mieux ressembler à l'Apollon du Belvéder; ni de jouer négligemment avec la chaîne de son binocle; ni de rouler terriblement la prunelle dans son orbite; ni de gesticuler comme un escamoteur; ni de rajuster les fausses dents de son ratelier; ni de rabattre sa perruque sur ses yeux; ni de se présenter la chevelure ébouriffée, comme un chat en colère dont le poil se hérisse; ni de faire briller à son petit doigt l'éclat d'un rubis; ni de laisser pendre les longs bouts de sa cravate; ni de renverser en arrière le col de son habit; ni de relever ses manches pour se donner du frais; ni de laisser passer la chemise entre le gilet et le vêtement inférieur; ni de remuer la tête à droite et à gauche comme font les ours du Jardin des Plantes; ni d'avaler les restes du verre d'eau sucrée que le préopinant n'a bu qu'à moitié; ni de jeter par terre dans le trouble maladroit de sa déclamation, ses livres, ses papiers, ses bésicles, et l'urne même du scrutin; ni d'escalader la tribune avec la pétulance d'un sauteur de corde; ni de l'aborder comme les pleureurs d'enterrement qui aspergent un mort d'eau bénite; ni de parler en faisant tourner sa tabatière entre le pouce et l'index; ni de s'appuyer sur les deux coudes, pour causer familièrement avec la Chambre; ni de s'interrompre, pour incidenter, avec le bureau, les *aparte* des couloirs et les ergoteurs de l'assemblée ; ni de fermer les yeux dans l'extase d'un recueillement affecté ; ni de les tenir attachés au plafond comme si l'inspiration allait en descendre ; ni de menacer du geste ses adversaires ; ni de leur lancer l'injure de la voix et du regard ; ni d'offenser, par l'étalage plaqué de ses décorations, l'égalité de la représentation nationale ; ni de paraître avec un costume de bal ou de cour, ou en déshabillé du matin, ou en habit de voyage. Il faut, en un mot, qu'un député qui monte à la tribune ne déclame ni comme un avocat, ni comme un tragédien, ni comme un moine, mais comme un orateur, et qu'il soit mis comme tout le monde.

On ne doit pas à toute heure et pour toute cause, monter à la tribune, discourir, se prodiguer. Je me lasse, diraient nos Athéniens, d'entendre toujours parler Démosthène.

Un argument répété est comme un dîner réchauffé.

Il ne faut pas, quand un orateur-chef a frappé du tranchant de son glaive, qu'un orateur soldat vienne donner au même endroit des coups de plat sabre.

Quand un ministériel a dit quelque grosse sottise, il ne faut pas qu'un anti-ministériel, plus sot encore, vienne la répéter.

Quand l'assemblée est prête à pleurer, il faut la laisser sur son émotion et ne pas la faire rire.

Quand on voit que ses yeux clignent de fatigue et qu'elle va dormir, il ne faut pas jouer de la cornemuse pour rendre son sommeil plus profond.

Quand on vient de gagner la partie sur une grande question, il ne faut pas risquer de la perdre sur une petite.

L'éloquence parlementaire ne doit pas s'abandonner sans frein à ses transports, comme une désordonnée. Elle a besoin, pour plaire, pour convaincre ou pour émouvoir, de guide, de règle d'expérience, et je dirai à l'orateur :

« Entrez en matière avec simplicité, et tirez naturellement votre exorde de votre sujet.

» N'affectez pas une fausse modestie ni un dédain superbe.

» Ne soyez ni humble ni fier, soyez vrai.

» Ne vous noyez pas surtout dans le fastidieux parlage de vos précautions oratoires.

» Que votre exposition soit nette, variée, attachante, et que, dans l'ordre ingénieux de vos faits, on voie déjà poindre et surgir l'ordre de vos moyens.

» Ne multipliez pas trop vos gestes, de peur qu'on ne fasse que vous regarder, au lieu de vous entendre.

» Que votre voix ne soit ni traînante, ni précipitée, ni sourde, ni criarde, de peur que le son ne préoccupe de l'idée.

» Ne récitez pas de mémoire, comme un écolier bien appris et pour vous donner des airs d'improvisation, un discours laborieusement travaillé de la veille, et dont le sténographe du Moniteur a déjà peut-être reçu la confidence.

» Si vous êtes militaire, ne contez pas des histoires de vivandières, avec des jurons et la pipe à la bouche. Ne retroussez pas votre moustache en façon de hérisson, et n'écorchez pas le Français comme un Pandour, en mettant des S où il n'en faut pas, et en ôtant des T d'où il en faut.

» Si vous êtes avocat, ne levez pas douloureusement les yeux et les bras vers Jupiter tonnant, à propos d'une virgule oubliée. Ne parlez pas, comme un Bas-Normand, le patois des assignations à personne ou domicile. Ne délayez pas une seule idée, et quelle idée! dans un océan de paroles, et surtout n'oubliez pas, quand vous aurez commencé, de finir.

» Si vous êtes savant, n'employez pas les mots techniques pour faire paraître que vous en savez beaucoup plus que nous, et que nous ne sommes pas dignes de vous ouïr. Faites plutôt que les ignorants qui vous écoutent, se rengorgent en eux-mêmes de penser qu'ils vous comprennent, si bien vous vous mettez à leur portée. Ne vous laissez pas entraîner à des digressions infiniment trop prolongées, et songez que la Chambre n'est pas une académie, que le discours n'est pas une leçon, et que les lois ne doivent pas être rédigées en style d'école.

» Choisissez avec un instinct rapide et sûr, parmi les moyens qui s'offrent à vous, le moyen du jour qui peut-être n'est pas le plus solide, mais qui, d'après la disposition particulière des esprits, la nature de l'affaire et la singularité de la circonstance, est le plus propre à faire impression sur l'assemblée.

» Emparez-vous fortement de son attention. Soulevez sa pitié, ou son indignation, ou ses sympathies, ou ses répugnances, ou sa fierté. Paraissez vous animer de son souffle et recevoir ses inspirations, tandis que c'est vous qui lui communiquerez les vôtres. Quand vous aurez, en quelque sorte, détaché toutes ces âmes de leur corps, qu'elles viendront d'elles-mêmes se grouper au pied de la tribune, et que vous les tiendrez sous la magnétique puissance de votre regard, alors ne les ménagez pas, car elles sont à vous, car on dirait véritablement que toutes ces âmes ont passé dans votre

âme. Voyez comme elles en suivent les ondulations et le reflux !
comme elles s'élèvent et s'abaissent ! comme elles s'avancent et
se retirent ! comme elles veulent ce que vous voulez ! comme
elles font ce que vous faites ! Continuez, point de repos ! marchez,
pressez votre discours, et vous verrez bientôt toutes les poitrines
haleter, parce que votre poitrine est haletante, tous les yeux s'il-
luminer, parce que vos yeux lancent des flammes, ou se remplir
des pleurs de la pitié, parce que vous vous attendrissez. Vous les
verrez tous suspendus à vos lèvres par les grâces de la persuasion,
ou plutôt vous ne verrez plus rien, vous serez dominé vous-
même par votre propre émotion, vous plierez, vous succomberez
sous votre génie, et vous serez d'autant plus éloquent que vous
aurez fait moins d'efforts pour le paraître !

» Nouez vos transitions sans embarras, et que la discussion les
amène.

» Soyez dans vos rapports, clair, exact, précis, impartial.

» Ne cherchez pas à tout dire, mais à bien dire.

» Si la Chambre est distraite, ramenez-la par la grandeur de
la cause ou par le sentiment de son devoir. Si elle est tumultueuse, étouffez le bruit sous l'éclat tonnant de votre voix.

» Quand le vingt-neuvième orateur a épuisé la question, ne la
traitez pas pour la trentième fois. Ne remontez pas dans l'ordre
de vos preuves jusqu'à notre père Abraham. Ne dites pas que
Dieu a fait le ciel et la terre et qu'un jour le monde finira ; mais
vous-même finissez.

» Attachez-vous au côté neuf de la question, ce qui jette dans
les esprits une diversion agréable, et vous fera passer pour ingénieux.

» Si l'attention de la Chambre est à bout, ne montez pas à la
tribune, car on ne vous écouterait plus, et il est mortel pour un
orateur de n'être pas écouté.

» De même qu'il n'y a que les grands objets qui s'aperçoivent
de loin, tels qu'une maison, un arbre, une montagne, de même
il n'y a que les raisons apparentes qui frappent le gros de l'auditoire ; négligez le reste.

» Telle puissante raison qui, la veille, aurait mis la Chambre
en émoi, la trouvera inerte le lendemain ; si cette raison est
dans votre discours écrit, rayez-là ; ne la dites pas, si vous im-
provisez.

» Si l'on a été plaisant avant vous, changez de manière et soyez
grave, et si l'on a été grave, soyez plaisant. Songez que l'o-
reille n'aime pas à être occupée toujours du même son, et que

vous parlez devant une assemblée française la plus distraite, la plus capricieuse, la plus femme de toutes les assemblées du monde.

» Si vous voulez qu'on vous écoute, et vous ne discourez que pour cela, évitez de parler dans votre propre cause ou pour votre clocher, si haut qu'il soit. Ne dites pas : Rouen qui m'a vu naître, ou Nantes qui m'a envoyé, ou la ville de Lyon que j'ai l'honneur de représenter : vous vous trompez, Monsieur, vous ne représentez pas Rouen, Nantes, Lyon, mais la France.

» Ne dites pas non plus : Je suis Gascon, je suis Picard. Que nous importe que vous soyez de Thèbes ou d'Argos, pourvu que vous parliez grec.

» Ne faites pas toujours le rieur, car on dirait : Ce n'est qu'un homme d'esprit. Ne faites pas toujours le raisonneur, car on dirait : Il n'a qu'un argument.

» Si vous voulez être perpétuellement intéressant, soyez perpétuellement divers.

» Tant qu'un médicament ne produit que de la moiteur, il assouplit la peau. Si l'effet s'en prolonge, il la glace. Il en est de même du discours.

» Le difficile, pour un orateur exercé, n'est pas tant de trouver des paroles, que de savoir quand il ne faut plus en dire.

» Si, entraîné par le courant de l'improvisation, vous appréhendez de ne pas finir à temps, faites vous attacher au pied une ficelle, et quand vous la sentirez doucement remuer par quelque ami complaisant, c'est qu'il faut vous arrêter et descendre de la tribune.

» Autre avertissement : si vous voyez que vos traits émoussés ne portent plus, que les causeries suspendues recommencent, qu'on tourne la tête, qu'il se fait sur tous les bancs des murmures d'inattention et de lassitude, que de légers bâillements effleurent les lèvres de vos auditeurs et que déjà leurs paupières s'assoupissent, craignez qu'à la fin de votre oraison, la Chambre ne s'abandonne tout-à-fait au sommeil, et rompez court.

» Ne frappez pas à coups redoublés sur le marbre de la tribune, de peur que vous n'effrayez les gracieuses Cariatides qui les supportent, et qu'au lieu de partager votre émotion, on n'éprouve seulement que la crainte que vous ne vous fouliez le poignet.

» Ne vous laissez pas arracher par l'entraînement du discours, des concessions dont vous vous repentiriez plus tard, et n'acceptez pas le combat sur des terrains que vous n'aurez pas étudiés ; car la feinte générosité de vos ennemis pourrait bien vous attirer dans une embuscade.

» Soyez plus attentif à ce qu'on vous tait qu'à ce qu'on vous dit, à ce qu'on vous cache qu'à ce qu'on vous découvre.

» Ne parlez que pour dire quelque chose, et non pas seulement pour qu'on dise que vous avez parlé.

» Si vous avez quelque document nouveau et décisif, tenez-le en réserve, et ne le portez dans la discussion que lorsque vous aurez bien préparé les esprits à le recevoir et qu'ils n'attendront plus que cette pièce, en quelque sorte, pour prendre un parti.

» Ne raillez pas pour le seul plaisir de railler et pour faire briller votre esprit, mais pour montrer le ridicule ou le faux d'un argument. Que si votre adversaire vous lance une personnalité, alors terrassez-le, si vous pouvez, d'un seul coup.

» Soyez maître de vos passions pour diriger celles des autres. N'ayez de colère que contre l'arbitraire, d'amour que pour la patrie et la liberté, et d'admiration que pour le désintéressement et la vertu.

» Poussez dans la théorie les conséquences de vos principes, aussi loin qu'elles peuvent raisonnablement aller; mais ne demandez dans la pratique que ce que vous pouvez obtenir.

» Enfin, songez que vos lois vont faire le bonheur ou le malheur du peuple, le protéger ou l'opprimer, le moraliser ou le corrompre. Parlez donc comme s'il vous écoutait! Parlez comme s'il vous voyait! Ayez toujours devant vous sa grande et vénérable image! »
(Livre des Orateurs.)

SIXIÈME SECTION.

AGITATION CATHOLIQUE.

CHAPITRE PREMIER.

AGITATION CATHOLIQUE ER IRLANDE ET EN ANGLETERRE.

O'Connell.— Ses succès au barreau. — Il forme une vaste association pour obtenir l'émancipation des catholiques. — Le répéal. — Mort d'O'Connell. — Exposé de ses principes. — Résultats de l'agitation.

On a donné le nom d'agitation catholique, aux efforts qui ont été faits, sans sortir des voies légales, en Irlande, en Angleterre et ensuite en France, pour reconquérir ou défendre les droits des catholiques, et pour briser les entraves que les gouvernements temporels avaient, depuis long-temps, imposées à l'Eglise. Cet admirable mouvement, qui date d'un demi-siècle, est du à O'Connell, le plus puissant orateur des temps modernes, et *le héros de la chrétienté*, comme l'a si bien nommé l'immortel Pie IX. Nous devons entrer dans quelques détails sur la vie de ce grand homme, rappeler les phases diverses de sa carrière politique et religieuse, retracer son éloquence, exposer ses principes et enfin montrer les résultats de l'agitation pacifique qu'il a inaugurée.

O'Connell. (1775—1847.)

Daniel O'Connell est né le 6 Aout 1775, à Carhen, dans le comté de Kerry. Sa première éducation fut confiée à de simples maîtres d'école de village, et à l'âge de treize ans, son oncle Maurice O'Connell qui l'avait adopté le confia à un prêtre catholique qui venait d'établir une école dans Long-Island. En 1789 il fut envoyé à Saint-Omer et l'année suivante à Douai. Dès cette époque les talents du jeune Daniel laisaient pressentir ce qu'il serait un jour, car le principal du collége de Saint-Omer écrivait à son oncle : « Je serai bien trompé si votre neveu ne fait un jour une figure remarquable dans le monde. »

Daniel avait dix-huit ans quand il quitta Douai pour retourner dans son pays, où il embrassa la profession d'avocat. Son opiniatreté au travail lui fit acquérir de profondes connaissances dans toutes les parties de la science du droit. Les circonstances vinrent seconder son talent et son activité. Il était un des premiers catholiques qui entrèrent au barreau, et tous ses coreligionnaires le choisirent naturellement pour leur avocat et pour leur conseil. Il sut gagner, malgré les préjugés du temps, la bienveillance de la plupart des juges devant lesquels il avait à parler. Les jurés, charmés de l'éclat et de la nouveauté de ce jeune talent, avaient pour lui une prédilection marquée ; ils étaient heureux de le voir au banc de la défense, parce qu'ils savaient que le spirituel avocat saurait rompre à propos la monotonie d'une plaidoirie par quelque saillie joviale. O'Connell eut toujours le talent de mettre les rieurs de son côté. Il exposait ses causes avec une netteté rare, et savait tirer des circonstances favorables à ses clients un parti qui prédisposait toujours en faveur de son opinion. Quoiqu'il fût catholique, et que ce titre le privât d'un grand nombre d'affaires, néanmoins il eut bientôt une clientelle des plus brillantes, et le nombre des causes qu'il était appelé à plaider, ou sur lesquelles il avait à donner son avis, l'obligeait à empiéter sur son sommeil et le temps de ses repas. Longtemps avant le jour il était assis dans son étude, dont les murs sévères n'avaient pour ornement que le signe de la rédemption, et il s'y préparait dans le silence aux luttes oratoires qu'il devait soutenir quelques heures plus tard. Il se rendait ensuite aux Quatre Cours. Passant d'un tribunal à un autre, il plaidait ordinairement plusieurs causes dans la même journée, et tenait en alerte l'escorte d'avoués dont il était toujours entouré. Puis, dans sa soirée, il ne se tenait pas un meeting où sa brulante parole ne se fît entendre, pas un dîner public où il ne fût applaudi. Les catholiques ne signaient pas une pétition ou une protestation dont il ne fût le rédacteur et le premier signataire. O'Connell se multipliait ainsi avec une activité prodigieuse ; il était tout à tout, et le soin de ses affaires privées, les travaux de sa profession, ne lui faisaient jamais perdre de vue les intérêts publics dont il était toujours le premier et le plus intrépide défenseur.

La vie politique d'O'Connell commença avec l'année 1800. C'est l'année de l'union du parlement Irlandais avec celui d'Angleterre. Depuis cette époque, son activité pour l'affranchissement de sa patrie ne se ralentit pas un seul instant. Les scènes de désordre et de sang qui venaient de désoler son pays fortifièrent chez lui la conviction que l'Irlande devait renoncer à lutter contre l'Angleterre les armes à la main. Il fallait se créer des ressources nouvelles, se rendre inattaquable en se plaçant sur le terrain de la légalité, et profiter des avantages de cette position pour inquiéter, harceler, fatiguer l'Angleterre, en la forçant d'avoir sans cesse les yeux sur l'Irlande, en ne lui accordant aucune trêve, aucune diversion, afin d'arracher à la crainte et à la lassitude ce qu'on ne saurait lui prendre par la force. Armé du droit de pétition et d'association, O'Connell a tenu quarante-sept ans l'Irlande debout, toujours agitée, toujours menaçante, allant jusqu'à la dernière limite du droit, mais ne la franchissant jamais. Ainsi après avoir commencé par être l'avocat des catholiques, il devint celui de sa patrie, il s'identifia avec le peuple, lui parla son langage, réveilla ses douleurs, en lui rappelant les persécutions de ses pères, fit naître en lui le sentiment de ses droits, alluma dans son cœur l'amour de la liberté, se l'attacha par les liens si forts et si durables que la mort seule a brisés.

O'Connell était l'âme de toutes les luttes, le ressort de tous les mouvements. Il saisissait toutes les circonstances pour répéter à ses compatriotes : « Maintenant et toujours, nous rejetterons toute faveur qu'il nous faudrait acheter aux prix de notre religion et de notre liberté. »

Plein de ce zèle patriotique il fonda, en 1823, la célèbre association qui avait pour objet d'obtenir, par toutes les voies légales, l'émancipation des catholiques. Les membres se montrèrent d'abord ponctuels à ses premiers meetings; mais leur zèle se ralentit bientôt. En 1824, dix mois environ après la formation de la société, l'agitateur dut plusieurs fois se retirer sans ouvrir la séance, parce qu'il ne pouvait réunir les dix membres qui devaient être présents pour que le comité de l'association délibérât. C'est à cette époque qu'il faut placer l'anecdote suivante, souvent racontée. Le lieu où se tenaient les réunions était situé au-dessus de la boutique d'un libraire. Trois heures et demie, moment de la séparation, allaient sonner, et sept membres seulement avaient été exacts au rendez-vous. O'Connell entend parler dans la librairie ; il s'y précipite et aperçoit deux étudiants en théologie du grand séminaire de Maynooth. D'après les règlements, tous les ecclésiastiques étaient membres honoraires de l'association. O'Connell les invite à le suivre ; mais s'apercevant qu'ils hésitaient, il les pousse devant lui et un autre membre étant arrivé sur ces entrefaites, O'Connell entre dans la salle en s'écriant : « Nous sommes en nombre, la séance est ouverte. » Il prit aussitôt la parole et exposa les améliorations dont il croyait l'Association susceptible.

Afin d'intéresser tous les catholiques au succès de cette gigantesque entreprise, O'Connell arrêta que toutes les personnes qui pourraient payer deux liards par semaine seraient membres de l'Association. Il suffisait d'inscrire son nom sur un registre déposé chez son curé et d'acquitter intégralement cette somme. Ce système parut si ingénieux, qu'il épouvanta les Orangistes ; il fut même attaqué violemment par des catholiques qui désiraient faire les choses plus grandement ; O'Connell sut tenir tête aux orageux ; il répondait aux attaques de la presse et à celles de ses amis. Il n'était pas jusqu'aux écoliers qui se faisaient l'écho des critiques qu'ils entendaient dans leurs familles, et John O'Connell, fils de l'agitateur, raconte que ses condisciples le plaisantaient sur le plan à deux sous par mois trouvé par son père, pour sauver l'Irlande.

Ce plan si simple répondit aux espérances d'O'Connell. L'Association devint une puissance formidable. Le pauvre paysan, habitué jusque-là à essuyer tant d'injustices, se trouva efficacement protégé par l'Association qui entreprenait à ses frais le redressement des griefs de tous ses membres. L'Irlande vit alors pour la première fois les magistrats orangistes hésiter au moment de prononcer une sentence inique contre un catholique, parce qu'ils savaient que l'Association était prête à les poursuivre et à leur faire rendre compte de leur jugement. Les ordres de l'Association devinrent des lois pour le peuple, qui se montra digne de la protection dont on le couvrait. Partout on adopta la célèbre devise de l'agitateur : « Celui qui commet un crime fortifie son ennemi. »

Les principes d'O'Connell lui rallièrent peu à peu tous les amis sincères de la liberté, quelles que fussent leurs croyances religieuses. Il trouva de l'écho même chez les libéraux de l'Angleterre. Chaque année la cause de l'émancipation fit de nouveaux progrès, et, grâce aux efforts persévérants d'O'Connell, elle triompha enfin en 1829. Le libérateur, nommé député du comté de

Clare, vint défendre les droits de l'Irlande devant la chambre des Communes. Nous ne le suivrons pas dans tous les incidents de cette nouvelle carrière. Nous dirons seulement, en général, qu'il prit une part très-active à la législation britannique depuis 1830. On crut d'abord qu'en quittant le théâtre de sa gloire pour venir siéger dans le parlement, O'Connell cesserait d'être lui-même; ses adversaires virent dans son entrée aux Communes la fin de sa popularité. Il ne tarda pas à démentir de telles prévisions. Sa parole obtint dans une assemblée de législateurs l'autorité qu'elle avait sur les masses. Son talent se plia aux exigences de sa nouvelle position. Il sut parler le langage des affaires avec non moins de succès que lorsqu'il se faisait l'organe des passions ardentes qui soulevaient sa patrie contre l'Angleterre. Ses adversaires les plus aveugles conviennent que, dans la plupart des questions débattues dans le parlement anglais, peu d'orateurs ont produit un effet plus puissant sur la Chambre et obtenu autant de succès que lui.

Dans l'intervalle des sessions, O'Connell parcourait l'Irlande en triomphateur et en roi. Il visitait aussi les principales villes de l'Angleterre et de l'Ecosse. Manchester, Glascow, Edimbourg surtout écoutèrent avidement sa parole et lui montrèrent les plus vives sympathies. Cette popularité toujours croissante lui donnait de nouvelles forces lorsqu'il rentrait dans le parlement. Il fallut bien compter avec lui et accorder quelque chose à l'Irlande. Les tories avaient voulu gouverner ce pays par la violence et l'avaient accablé de vexations nouvelles; ils furent forcés d'abandonner le pouvoir. Les whigs, leurs successeurs, entrèrent, sous le ministère Melbourne, dans des voies de modération et de justice. Ils ne purent faire triompher les mesures libérales qu'ils proposèrent en faveur de l'Irlande, mais ils montrèrent de la bonne volonté et O'Connell leur en témoigna publiquement sa reconnaissance.

En 1841 le libérateur fut nommé lord-maire de Dublin. Il y avait environ deux siècles que cette ville n'avait pas eu de catholique à la tête de son administration. Ce fut un grand jour pour l'Irlande que celui où l'appui et l'espérance du pays, l'orateur aux brûlantes harangues, put revêtir l'écarlate et l'hermine, insignes de l'autorité de lord-maire qui lui était confiée par les deux cent cinquante mille citoyens de Dublin. Dans cette charge importante O'Connell sut être le modèle des magistrats sans cesser de remplir les devoirs que lui imposait son ardent patriotisme. Cependant l'année suivante il se déchargea de ses fonctions en faveur d'un candidat de son choix, afin de se livrer tout entier à l'agitation catholique. Il entreprit, d'une manière plus sérieuse que par le passé, de faire triompher la cause du rappel de l'union. Il jugea que l'Irlande ne pourrait obtenir justice que lorsqu'elle aurait son ancien parlement et qu'elle se gouvernerait elle-même sous l'autorité de la Couronne d'Angleterre. Dès les premiers jours de 1843, il lança un manifeste qui fut accueilli avec transport dans toute l'Irlande. Le 28 février il demanda à la corporation municipale de Dublin d'adresser une pétition au parlement en faveur du rappel. Il était important de triompher dans cette première occasion, parce que l'exemple de Dublin devait avoir beaucoup d'influence sur toutes les autres villes. O'Connell rencontra une forte opposition, il prononça un admirable discours qui dura quatre heures et demie et qui tint constamment l'auditoire haletant sous l'étreinte d'une brûlante éloquence. La discussion fut reprise le lendemain et le surlendemain; il termina ce combat de trois jours par cette magnifique péroraison.

« L'alderman Purcell nous dit que nous ne devons pas nous embarquer dans l'agitation politique. Dormons notre sommeil avec une satisfaction intime! Gagnons notre couche pour nous réveiller demain pleins de vigueur et de santé! Mais pourquoi donc, ô mes compatriotes, pourquoi accepterions-nous ces avis? pourquoi nous livrer au sommeil lorsque nous pouvons reconquérir l'indépendance législative de notre patrie? La question fait peu de progrès, nous dit-on. La souscription de l'année dernière, tant; le nombre des partisans du rappel, tant; en tout 5,000 livres sterling, voilà vraiment un beau triomphe! Eh oui! vous dis-je, un beau triomphe! Alexandre Purcell, si vous vous fussiez joint à moi pour l'affaire de l'émancipation, vous eussiez pu savoir alors qu'au début notre nombre était des plus insignifiants. La noblesse catholique se tenait à l'écart; nous n'avions pas même un seul lord. Et pourtant après six mois de souscriptions catholiques, pas une salle des trois royaumes n'aurait pu contenir les membres de l'association catholique. Je n'ai pas la noblesse avec moi! Eh! l'avais-je donc, lorsque je commençai l'agitation pour l'émancipation? Non, elle se tenait à l'écart, et quand elle daigna venir à nous, ce fut pour couronner nos efforts de son auréole, non pour les soutenir, non pour les accroître. Cependant ne vous flattez pas, je puis compter sur bon nombre de gentilshommes. En 1834, je posai la question du rappel dans la chambre des Communes; quarante-quatre députés irlandais votèrent avec moi :

montrez-moi un seul de ces hommes qui ait depuis retiré son vote. Que dis-je? il en est un dans cette ville même ; il porte un titre qu'il n'avait pas lorsqu'il vota pour le rappel! heureux mortel! il a fallu ce titre pour lui ouvrir les yeux sur son erreur! »

L'alderman Rooney interrompant :

« Eh oui! et il a maintenant 15,000 francs de rente. »

O'Connell : « Du reste vous vous trompez fort sur la foule qui se rassemble autour de nous, et je vous garantis, alderman Purcell, que jamais foire de bestiaux n'attira plus de pairs du royaume que nous n'en aurons bientôt pour orner notre association (*Applaudissements réitérés*). Le rappel n'a pas fait de progrès, soit ; mais pourquoi? C'est moi-même qui ai arrêté l'agitation. Lorsque la question fut décidée contre nous par le refus du parlement, qui ne voulut pas même la prendre en considération, la chambre des Communes promit néanmoins de mettre un terme aux griefs de l'Irlande. La chambre des pairs imita cet exemple dans une adresse portée au pied du trône ; enfin le roi répondit qu'il ne révoquerait pas l'union, mais qu'il coopérerait au redressement des griefs. Après cet engagement solennel du roi, des pairs, des communes, j'abandonnai l'agitation, qui aurait tout obtenu pour notre patrie. Par cette concession je crus faire acte de bon sens, et ce n'est pas à vous, mes adversaires, non, ce n'est pas à vous de me le reprocher (*Applaudissements*). Maintenant je viens avec plaisir au discours de l'alderman Butt. Assurément il a tiré d'une mauvaise cause tout ce qu'en pouvait tirer un homme de talent, et, toutefois, il a insinué plutôt qu'il n'a affirmé le progrès de l'Irlande depuis l'Union. N'oublions donc pas, de grâce, que *post hoc* n'est pas toujours *propter hoc*. La population de l'Irlande a doublé depuis l'Union ; il y a mieux, elle a inondé de ses exilés tous les marchés de l'univers. Et pourtant pas un d'entre vous n'a osé encore soutenir que sa prospérité s'est accrue dans la même proportion. Oh! c'est qu'en effet les exemples manquent, il n'en existe pas un seul. Je ne veux point, moi, consentir à cet ordre de choses. Je jette au vent un semblable consentement. Non, je ne me coucherai point tranquillement dans la béate attente que quelqu'un viendra soulager nos maux et nous rendre justice. Je ne le ferai point, ma conscience me le défend, mon jugement le condamne, mon cœur se soulève à cette pensée. « Montrez-moi l'esclave courbé sous le poids d'une chaîne flétrissante, qui la traîne lentement lorsque d'un bond il peut la briser. » (*Pensée d'un poète anglais.*)

« Moi, je suis cet esclave. (*Tonnerre d'applaudissements*). Sur neuf propositions j'en ai prouvé huit, qui oserait le nier ? Et quelle objection élèverait-on contre la neuvième ? Elle ne forme pas déjà un fait historique, c'est une vague espérance, une attente, elle sent je ne sais quoi de prophétique ; on ne saurait absolument la prouver. Eh bien, écoutez ces deux mots : Avant son indépendance, l'Irlande était pauvre, abandonnée, misérable ; depuis qu'elle l'a perdue nous avons de nouveau les scènes de 1777, 1778, 1779 et 1780. Nommez-moi un pays qui n'a pas prospéré dans un état d'indépendance. Et maintenant que je vous ai retenus si longtemps, laissez-moi vous remercier de cette discussion. Oui, vous avez fait une profonde impression sur votre pays, et, permettez-moi d'ajouter sur l'humble individu qui vous parle, par la manière dont vous avez conduit ces débats. Je ne suis pas ici l'homme d'un parti : Je ne me constitue l'avocat ni des tories, ni des whigs ; je ne viens point attirer des querelles pour le gouvernement de lord Grey ou de lord Normamby. Je ne suis point non plus un sectaire. Voici près de moi un alderman anglican, M. O'Neill ; en voici un autre presbytérien, M. O'Cellland. Nous sommes donc là un protestant, un catholique, un presbytérien réunis, les symboles vivants de notre position sociale, de notre union future. Si je me croyais capable d'oublier tout sentiment des convenances au point d'attaquer les opinions religieuses d'un homme quelconque, je le déclare, je renoncerais pour toujours à la lutte actuelle. Mais de jour en jour l'intolérance disparait devant la civilisation, et, suivant ma conviction, la vraie religion verra luire des jours heureux pour elle chez les diverses nations de la terre.

» A peine se trouve-t-il aujourd'hui un pays où l'homme soit persécuté pour la religion ; si j'en excepte deux contrées protestantes, je ne crois pas que le monde civilisé offre un seul point où la croyance devienne une cause d'oppression politique. Je veux parler de la Suède et du Dannemarck. Nous n'en sommes plus à nous détester à raison de nos dogmes, et, sous la douce influence de la charité chrétienne, nos cœurs s'ouvrent à l'amour du prochain ; ils s'unissent tous pour servir notre bien-aimée patrie. Dans sa course lointaine, le soleil n'éclaire aucune région plus pittoresque, plus riante, plus riche de trésors inépuisables. Le cristal le plus pur, la verdure la plus tendre lui prodiguent leur limpidité, leurs charmes. Quel homme ne contemplerait dans une muette admiration, les magnifiques ports de l'Irlande, ses rades, ses plaines fertiles, ses vallées verdoyantes, ses montagnes majestueuses,

dont les flancs escarpés laissent jaillir des eaux vives avec une rapidité qui ressemble à la foudre, avec une force qui mettrait en
mouvement les usines du monde entier! Elle jouit, notre Irlande,
d'un climat protecteur béni du ciel; son peuple est vaillant, hardi,
généreux, sobre, vertueux autant que le peuple qui fut oncques.
Quoi de trop beau, quoi de trop magnifique pour un semblable
pays? Dieu m'en est témoin : en poursuivant ce grand don de
l'indépendance, je n'ambitionne l'avantage particulier d'aucun de
mes compatriotes ; je le veux, je le veux uniquement au nom et
pour l'amour de tous les Irlandais. Dieu sait aussi avec quelle
ardeur j'aspire au rappel, et néanmoins j'y renoncerais si je ne
l'obtenais avec l'assentiment, avec l'appui de mes concitoyens.
Jamais je ne voulus le triomphe d'un parti; dans la lutte présente
un seul mobile me pousse en avant, mon dévouement à la cause
de la liberté, mon indomptable amour pour la terre de mes aïeux.
(*Explosion d'applaudissements.*) Oh! oui, mon cœur bondit, mon
esprit s'exhalte à la vue des joies qui attendent ma patrie.

> Chaque peuple a vieilli; toi seule es jeune encore,
> Mon Erin. L'esclavage obscurcit ton aurore ;
> Mais l'horizon s'éclaire et le soleil radieux
> De torrents de lumière inondera tes cieux !

O'Connell obtint à une grande majorité ce qu'il demandait. Peu
de jours après il annonça qu'il venait de louer un terrain sur
lequel on élèverait un édifice provisoire en attendant que l'on pût
recouvrer les bâtiments qui avaient servi à l'ancien parlement.
Dans cette enceinte siégeraient cent vingt pairs Irlandais. Ce n'est
pas tout; dès le 30 mars l'agitateur en pose la première pierre et
donne à l'édifice ce nom significatif: *Hôtel de la Réconciliation de
l'Irlande.* C'est là que se réuniront les associés du rappel déjà
trop nombreux pour s'assembler dans la halle aux blés. Ce jour
solennel jette sur la voie publique tout Dublin, dont les deux
cent quatre-vingt mille habitants se portent vers le lieu où doit
se passer la cérémonie. Les toits des maisons environnantes sont
couverts de têtes d'hommes; c'est assez dire que les rues et les
fenêtres sont occupées longtemps d'avance. Au port, tous les vais-
seaux irlandais sont pavoisés. Du milieu d'une plate forme, s'é-
lève le drapeau de l'Association, drapeau de soie verte avec le mot
RAPPEL brodé en lettres d'or. Le bâton même qui le porte a servi
à un corps de volontaires irlandais, en 1782. Le libérateur arriva
vers trois heures de l'après-midi, et à sa vue éclata l'enthousiasme
le plus frénétique. Il se rendit sur le champ à l'endroit où l'on
avait descendu la pierre dans les fondements, et mit un tablier

richement brodé qui, lui aussi, était un enseignement pour les Irlandais. On y voit, en effet, une carte du pays divisé en provinces liées entr'elles par le mot rappel. Aux quatre coins la harpe d'Erin et des feuilles de trèfle; enfin, vers le haut du tablier, on a dessiné la vue de l'ancien parlement. Rien ne sera oublié pour frapper les esprits; la truelle sera de fabrique indigène, le manche de chêne irlandais. Lorsqu'O'Connell eût accompli les cérémonies habituelles en pareille circonstance, il monta sur la pierre, demanda trois hourras pour la vieille Irlande et le rappel, et traversa la foule avec son tablier et sa truelle en se retirant chez lui. Voici l'inscription placée sur la pierre :

« Cette pierre est la première pierre de l'hôtel de la Réconciliation de l'Irlande, que l'on doit ériger dans le but spécial de réunir toutes les classes et toutes les croyances religieuses des Irlandais sur la large base de la réconciliation d'une bienveillance mutuelle, d'une affection cordiale et entière, afin d'élever encore une fois notre belle, mais souffrante patrie, jusqu'à son rang naturel d'une grande nation, protégée par une législation indépendante, pure et fidèle dans son allégeance à la Couronne de la Grande-Bretagne et de l'Irlande; fermement attachée à son lien avec l'Angleterre, mais inébranlablement résolue à n'obéir à aucune autre nation au monde en ce qui concerne l'autorité législative et judiciaire.

« Combattre sans relâche pour obtenir cette administration indigène, qui, naguère, était une source naturelle et féconde de prospérité pour la nation; encourager la tempérance dans l'île; élever la moralité d'un peuple religieux et fidèle jusqu'à la pratique de toutes les vertus chrétiennes; repousser et abjurer toute violence, toute émeute, tout acte désordonné; découvrir et dénoncer toute société secrète et illégale; répandre dans chaque coin de notre bien-aimé pays, les principes élevés de la liberté civile et religieuse; tels sont les moyens dont les fondateurs de l'hôtel de la Réconciliation, comptent se servir pour atteindre infailliblement le noble but du patriotisme irlandais, le rappel de l'union législative.

Daniel O'Connell,

Député du comté du Cork, Président du conseil de construction.

Le 30 Mars 1843. »

Bientôt l'Association s'étend dans toutes les provinces, elle excite, elle anime toutes les classes. Ce mouvement est si rapide que l'Irlande tout entière s'y sent entraînée. L'Angleterre, qui avait cru d'abord que l'agitation pour le rappel serait une bulle de savon bientôt détruite par le contact de l'air, est frappée comme d'un coup de foudre, quand elle voit les progrès de l'agitateur.

Les orateurs des deux chambres s'unissent au gouvernement dans une pensée de résistance. O'Connell, loin de se laisser abattre, rassemble ses amis, visite dans la même semaine des comtés éloignés, prêche partout l'union et l'agitation pacifique ; puis il revient au centre, rapporte de nouvelles souscriptions, fait le dénombrement de cette armée qui se recrute chaque jour, et annonce qu'avant la fin de l'année l'Association comptera trois millions de *repealers*. Ses harangues ont, du reste, toujours le même caractère ; et jamais homme n'a mieux montré que celui-là, ce qu'il y a de puissance dans une idée. Cette idée devient, dans ses discours, un sentiment, une plainte, une prière, un argument, une menace. Elle a toutes les formes et tous les tons : l'ironie, la douleur, l'accent du tribun, l'élévation de l'homme d'état, l'ardeur pathétique du patriote. Il n'y a pas de fatigue pour cette éloquence, il n'y a pas de vieillesse pour cet homme de soixante dix ans qui, depuis près d'un demi siècle, tient l'Angleterre en haleine, et l'Irlande dans le creux de sa main. Non-seulement il a dompté les hommes, mais il passionne les femmes, et voilà que les évêques les plus graves lèvent l'étendart à côté de lui et s'associent publiquement à son action.

« Je suis dévoué, de toute mon âme, à la cause du rappel, s'écrie l'évêque des Méath, parce que je crois au fond de mon cœur que c'est un moyen de nourrir ceux qui ont faim et de vêtir ceux qui sont nus. C'est une grande et orgueilleuse espérance pour nous, que de voir réunis ainsi tant de braves gens décidés à conquérir pacifiquement leurs droits. Trop long-temps nous avons attendu justice de la part de l'Angleterre. Le jour est venu où il faut que nous fassions cette œuvre nous-mêmes. » Et ces paroles prononcées au milieu d'une immense assemblée, sont couvertes d'applaudissements. Un autre évêque, celui d'Ardagh, est plus énergique encore. « Je veux me tenir debout, comme un simple soldat, auprès de votre libérateur, pour servir avec lui la grande cause de l'indépendance nationale. C'est mon sentiment et celui de tout le haut clergé catholique d'Irlande ; que des ministres insoumis nous menacent, je les défie de détruire l'agitation autrement que par le rappel, dans mon diocèse. Quand l'échafaud devrait m'en punir, j'y monterai sans hésiter, en léguant nos droits à nos successeurs. » *(Tonnerre d'applaudissements.)*

Ainsi la cause du libérateur s'identifiait avec celle du peuple et celle du clergé. On n'en sera point surpris si l'on considère qu'O'Connell s'est toujours montré parfaitement attaché à la foi de ses pères et qu'au milieu des travaux de l'agitation, il donnait l'exemple d'une fervente piété. Jamais il n'entreprenait le travail de la journée sans s'être agenouillé au pied de l'autel, pour assister au sacrifice de la messe et demander à Dieu la force de résister aux fatigues du jour. Il puisait toutes les semaines, dans les sacrements de la pénitence et de l'Eucharistie, l'énergie et la prudence nécessaires pour remplir sa sublime mission. Il sentait le besoin d'aller chaque année retremper son âme dans la méditation et la prière ; il s'éloignait du monde et allait, dans la solitude du cloître, faire une retraite chez les trappistes. Voilà le mot de l'énigme que présentaient son existence, son influence, sa popularité, sa mission nationale.

L'agitateur remercia publiquement les évêques de leur intervention, en leur disant dans un langage poétique :

« Le peuple est avec vous, il ne vous a jamais trahis, parce que vous lui avez toujours été fidèles. Le peuple a partagé joyeusement son morceau de pain avec ses prêtres, il leur a payé en dévouement et en respect ce qu'il ne pouvait leur payer en biens terrestres. Où trouverez-vous une hiérarchie pareille à celle de votre Eglise ? Nous avons été dépouillés, persécutés, proscrits ; le Saxon a répandu la désolation sur notre terre natale, et cependant, semblable aux superbes temples de Palmyre qui s'élèvent dans le désert, la hiérarchie d'Irlande apparaît toujours avec ses éblouissantes colonnes, les pieds sur la terre, la tête dans les cieux. Les églises ont été ravagées, les ornements d'or ont été ravis, les murs mêmes ont été renversés, et toujours la hiérarchie surgit majestueuse, puissante et magnifique, comme les songes des archanges qui vivent dans cette éternité au sein de laquelle elle nous mène. Ah ! je bénis la persécution, car elle a fait notre Eglise plus belle et plus sainte ; les autels sacrés de la liberté s'élèveront sous ses portiques, et la jeune Irlande, espérance de la patrie, grandira sous son ombre, en force et en vertu. »

Si le langage d'O'Connell est empreint de la foi vive qui l'animait, il respire aussi le plus vif enthousiasme et le plus ardent amour pour son pays natal, pour la verte Erin, le plus beau joyau de la terre, la perle de l'Océan, comme il l'appelle avec orgueil.

Au meeting de Nenagh il s'écriait :

« Oh! dites-moi, la nature a-t-elle jamais peint avec plus d'amour un paysage semblable à celui qui nous entoure? Le mouvement majestueux et abondant du père des eaux, le puissant Shannon, qui, baignant cette vaste plaine, va caresser le pied des gigantesques montagnes à l'horizon; à gauche, ces mouvements gracieux de terrain qui vont se perdre dans des élévations infinies; toute cette ligne onduleuse, pleine de grandeur et de beauté, porte vers le ciel les aspirations de l'âme. Eh quoi! ces vertes et abondantes plaines, ces vallées productives, ces terres privilégiées de la fertilité seraient-elles donc toujours l'affreux théâtre de la guerre entre l'esclave et l'oppresseur!.... Où est le lâche qui ne serait pas prêt à périr pour un tel pays!...... (*Applaudissements terribles.*) Enrôlez vous donc tous avec moi pour obtenir le rappel ; agissons comme un homme, et le cœur plein de sentiments chrétiens, proclamons l'unanimité, la paix, la liberté civile et religieuse; faisons retentir ce cri d'un bout à l'autre de notre île chérie, bénie du ciel, fille de la mer; qu'elle devienne l'honneur de la terre.... Vieille Irlande! et liberté! »

L'agitateur profitait avec habileté des circonstances qui pouvaient accroître l'enthousiasme du peuple. Ainsi au meeting de Mullaghmast, sur un terrain qui rappelait le massacre de quatre cents prisonniers par ordre des Anglais, il disait :

« Ce n'est pas par hasard, que nous nous trouvons réunis sur cette colline de Mullaghmast; car je vous convoque à dessein dans les lieux témoins des perfidies de nos éternels ennemis. Ici même où je vous parle, à l'endroit où vous m'écoutez en silence, retentirent un jour des cris de désespoir, les gémissements de l'agonie, les derniers sanglots de la mort. Ici tombèrent sous le glaive du Saxon des convives désarmés; ici quatre cents guerriers périrent sans défense pour s'être fiés à la parole du Saxon. Un seul put regagner sa demeure, tout couvert de sang, pour raconter à ses compatriotes les horribles massacres d'un banquet. O Saxons infâmes! combien je me réjouis de penser que vous n'oseriez plus recommencer de telles prouesses! »

Plus loin, O'Connell ajoutait :

« O Angleterre, Angleterre! tes crimes ont comblé la coupe d'amertume, et l'heure de la vengeance divine ne tardera pas à sonner pour toi. Quant à toi, Irlande, souffre-douleur des siècles, bien des jours de gloire te sont réservés. Tu as longtemps pâti ; mais tu n'as commis en retour aucune trahison. Je mets au défi le Saxon, malgré toutes ses calomnies et toute sa haine, de me signaler aucun traité que tu aies violé, aucun contrat que tu aies rompu, aucune promesse que tu aies oubliée. »

Ces meetings monstres, où se trouvaient souvent quatre ou cinq cent mille âmes, se faisaient avec un appareil qui mérite d'être connu. Nous retracerons celui qui eut lieu le 3 juillet 1843 dans les environs de Dublin. Dès les neuf heures du matin, la ville entière était en mouvement pour la grande réunion qui avait été annoncée devoir être tenue à Philsborough, village qui touche à la ville du côté du nord.

De là le cortège devait se rendre en bon ordre au lieu désigné pour le meeting, le champ où se tient la foire de Donnybroock. Dès huit heures, les charbonniers et les portefaix de Dublin étaient assemblés devant l'hôtel d'O'Connell, dans Merrion-Square ; ils devaient lui servir de garde d'honneur. A onze heures, tous les corps de métiers, au nombre de trente-quatre, étaient réunis à Philsborough ; il y avait à peu près trois cent cinquante individus par métier. Sur la plupart des bannières, outre des devises particulières à chaque corps d'état, on lisait ces mots : *Les Irlandais pour l'Irlande.* — *L'Irlande pour les Irlandais.* = *Repeal et pas de Séparation.* — *Nous triompherons par l'union.* — *La reine O'Connell et le repeal.* Sur un des drapeaux était représentée la banque d'Irlande à Collège-Green, avec les mots d'une chanson populaire : *Notre vieille maison chez nous.* Le plus grand nombre de ces drapeaux étaient rangés en faisceaux dans des voitures découvertes, attelées de quatre chevaux. Sur la voiture des ouvriers en étain était un jeune homme coiffé d'un casque, tenant d'une main un bouclier et de l'autre une hache d'armes en étain. A côté de lui, au haut d'une longue pique, se dressait la Couronne d'Angleterre, en étain poli, que ce guerrier semble chargé de défendre.

Tout le cortège, qui se composait de masses innombrables, défila lentement devant Merrion-Square, résidence d'O'Connell. Celui-ci, du haut de son balcon, comme un général en chef qui donne des ordres à une armée, réglait la marche du cortège, criant à chaque bataillon : En avant ! après le salut ; puis venait un autre bataillon, au pas accéléré, qui saluait également. Ces bataillons étaient commandés par des hommes d'un extérieur distingué, qui portaient un ruban vert sur l'épaule. Au comman-

dement de ces officiers, les escouades s'arrêtaient devant Royal-
Exchange, point le plus rapproché du château de Dublin. La musique exécutait alors le *God save the queen*, et le peuple applau-
dissait. La plupart des fermiers des environs étaient venus à
cheval. Toutes les boutiques de Dublin avaient été fermées, et les
travaux avaient cessé. Nous renonçons à décrire l'enthousiasme
qui régna à ce meeting. O'Connell y arriva à trois heures et
demie, accompagné de son fils John et d'un grand nombre de ses
amis. On donna lecture des lettres du docteur Blake, évêque du
Dromore, du docteur Higgins, évêque d'Ardagh, de lord Frenck
et autres, qui s'excusaient de ne pouvoir assister à la réunion.
L'agitateur, après avoir commandé aux assistants de ne pas troubler l'ordre, se leva pour prononcer son discours. Voici un résumé
de cette harangue, telle qu'elle était traduite quelques jours après
dans tous les journaux du monde :

« Je me suis déjà trouvé au milieu d'assemblées nombreuses
et imposantes, mais je n'en ai pas encore vues qui puissent être
comparées à celles-ci. Désormais, j'en suis certain, je ne saurais
avoir plus de puissance; celle que j'ai me suffit. La seule question
aujourd'hui est de savoir l'usage qu'il en faut faire. Wellington
à Waterloo était moins fort que je ne le suis, et il n'est pas de
monarque au monde qui puisse compter sur une pareille armée.
L'Irlande entière s'est levée en masse, et de toutes parts a retenti
ce cri significatif : Révocation de l'union! liberté pour l'Irlande!
la vieille Irlande et la liberté! Vit-on jamais mouvement plus
national, opinion plus universelle, révolution plus pacifique? Un
peuple entier, à la face du ciel qui l'entend, déclare aux nations
de la terre qui l'écoutent que l'Irlande veut être libre, qu'elle le
sera, et que l'union sera révoquée. (*Applaudissements*). Ce qu'il
importe de faire aujourd'hui, c'est de régler notre force. Pas de
violences, pas d'émeutes (*Non! Non!*); que partout l'ordre, la
tranquilité, la modération accompagnent notre résolution inébranlable. Nous voulons notre pays pour nous mêmes, et nous l'aurons; car déjà les Anglais faiblissent devant nous. Wellington peut
s'en excuser sur sa vieillesse, et moi je dis que cette faiblesse
tient du désespoir. Jamais l'histoire n'a enregistré une conduite
plus déloyale que celle de Wellington et de Peel. Nous voulons
la révocation de l'acte du parlement, et nous la demandons tranquillement et légalement; ils le savent et le reconnaissent. Et
néanmoins ces ministres constitutionnels anglais, ces ministres
qui dépendent de l'appui du parlement et non du caprice et de

la volonté d'un despote, ces ministres que l'on dit populaires, ont osé nous menacer de la guerre civile. Ils l'ont fait une fois, mais ne sont pas revenus à la charge. Notre réponse à leur défi avait été trop vigoureuse; ainsi nous avons remporté une première victoire. Nous avons mis à la raison Wellington, Peel, Sir J. Graham, l'homme du mensonge, et Stanley, le Scorpion; le pauvre Stanley aura peut-être l'audace de vouloir nous faire la guerre, mais les autres ministres ont trop de bon sens pour adopter ses plans.

» Nous sommes sujets dévoués de la reine, et nous mettons au défi le ministère qui la tient dans les fers. Nous pouvons le faire d'autant mieux que nous nous obstinons à ne pas troubler la paix, et c'est précisément ce qui désole nos ennemis; car ils voudraient peut-être agir comme on l'a fait dernièrement, un beau soir, dans le pays de Galles, où l'on a jeté par-dessus les ponts un escadron de dragons. (On rit). J'en suis bien fâché pour vous, messieurs les provocateurs, mais vous ne parviendrez pas à nous faire sortir de notre caractère. Vous connaissez le pauvre vieux Mac-Namara, du comté de Clare; vous savez le serment qu'il avait fait de ne boire que de l'eau pure pendant les élections de Clare; il a tenu son serment, et nous saurons tenir le nôtre. Ses amis, ne croyant pas encore que ce fut assez de ce serment, lui avaient fait promettre de ne frapper personne dans le cas même où il serait frappé. Un homme qui avait connaissance de ce serment vient à lui et lui dit : « Allez-vous voter contre votre propriétaire? — Je me soucie bien de mon propriétaire, répond Mac-Namara. » Son interlocuteur le frappa brusquement au visage, en le traitant de canaille. Le battu s'essuya tranquillement le visage, et dit froidement : « Je n'ai pour tout bien au monde que deux cochons; eh bien, je vais en vendre un, et je vous en donnerai le prix si vous me frappez quand l'élection sera finie. » (On rit)

« Celui qui l'avait battu n'eut garde d'accepter cette offre. Sachez-le bien, ce qui vexe le plus nos ennemis, c'est notre persévérance à maintenir la paix. Cassez seulement quelques vitres, et ils battront des mains, parce qu'ils vous traduiront devant les magistrats; et c'est là ce qu'ils veulent. Mais vous ne leur donnerez pas cette satisfaction : vous êtes trop sages. (*Plusieurs voix : Oui, oui, nous resterons tranquilles!*) Savez-vous bien que je suis fier de cette autorité que j'exerce sur vous, et de cet empressement que vous mettez à m'obéir? Je ne l'attribue pas à mon mérite, je n'en ai pas; mais je l'attribue à notre communauté de sympathies et à l'uniformité de nos sentiments, à nous tous qui voulons arracher l'Irlande à l'étranger. Le Times disait dernièrement : « Il va encore y avoir une réunion monstre à Dublin. » Réunion monstre! le mot est joli, et je l'accepte ; car cette réunion est merveilleuse en ce sens que l'ordre le plus parfait et l'harmonie la plus complète signaleront sa tenue. Mes amis, nous devons au Times des remerciements pour sa jolie phrase. (*Rires et approbation.*) Le Times continue : il dit qu'aussitôt après la parade mes soldats, car vous êtes mes soldats (*hilarité*), se disperseront tranquillement, si je le veux bien. « O'Connell, continue ce journal, serait un idiot, et il ne l'est pas (merci du compliment, messieurs les rédacteurs du Times), s'il ne continuait pas ses évolutions tant qu'on le laissera faire tranquillement. » Le rédacteur a eu au moins le bon esprit de reconnaître que nous sommes tranquilles. Oui, mes soldats, comme vous les appelez, sont tranquilles, et, bien qu'ils soient en état de combattre, ils ne le veulent pas. Jamais il n'attaqueront, mais ils repousseront toutes les attaques. Ils sont trop bons et trop vertueux pour donner à leurs ennemis la satisfaction d'une provocation.

» Il y avait autrefois à Kerry un fou (et cela s'est vu rarement). Ce fou ayant découvert le nid d'une poule, attendit que la poule fût partie, et alors il s'empara des œufs et se mit à les humer. Quand il huma le premier, le poulet qui était dans sa coquille se mit à piailler en descendant dans le gosier du fou : « Ah! mon garçon, dit celui-ci, tu parles trop tard. » (*On rit.*) Mes amis, je ne suis pas fou, je sais humer les œufs. (*On rit.*) Si l'Angleterre aujourd'hui s'avisait de me dire qu'elle veut nous rendre justice, je dirais à l'Angleterre comme le fou de Kerry : « Ma bonne, vous parlez trop tard! » (*Rires et applaudissements.*) Que l'Angleterre commence par se rendre justice à elle-même, et elle trouvera qu'elle a déjà bien assez d'affaires sur les bras. Les ennemis du repeal cherchent à nous décourager en disant qu'avant que le bill de rétablissement du parlement d'Irlande devienne une loi, il faut trois lectures successives dans les deux chambres d'Angleterre. C'est une fausseté.

» L'union sera révoquée sans les lords et sans les communes d'Angleterre, et en dépit d'eux ; car la reine, Dieu la garde et la bénisse! peut émettre des writs électoraux, et alors le parlement irlandais, existera *proprio vigore*. C'est alors et seulement alors que l'Irlande sera véritablement l'Irlande, et, suivant l'heureuse expression du poète, qu'elle saluera son soleil levant, tandis que les autres peuples verront leur soleil à son déclin. »

Ces imposantes manifestations accroissaient l'effroi qui régnait en Angleterre. La parole de l'agitateur grondait pour elle d'un bruit plus sinistre que celui d'un champ de bataille. Elle entreprit d'étouffer l'agitation. Le dimanche 15 octobre, O'Connell fut arrêté comme conspirateur. Il sortait d'assister au saint sacrifice de la messe dans la chapelle attachée à sa maison. Il y avait reçu la sainte communion. Il se soumit, comme toujours, à l'autorité et prit des mesures pour empêcher les soulèvements du peuple. Traduit devant la cour du banc de la reine à Dublin, il fut éloquemment défendu par l'élite du barreau irlandais. Lui-même, qui avait si souvent plaidé pour d'autres, se présenta aussi à la barre pour défendre ses droits et ceux du peuple qui lui avait confié ses destinées.

Il allait élever la voix pour la dernière fois peut-être sur la scène de ses premiers triomphes. Jamais cause plus grande n'avait été confiée à son talent, et le monde entier attendait avec impatience sa défense.

Le discours d'O'Connell, calme et raisonné, différait essentiellement de ses harangues ordinaires. Il était empreint d'une grande sagesse, et l'on ne pouvait manquer d'apercevoir qu'il s'efforçait de tromper l'auditoire, qui attendait de lui un discours déclamatoire et passionné. O'Connell connaissait trop bien les hommes qui allaient le juger pour ne pas maîtriser sa parole. Il s'adressait à des ennemis, et il les a défiés. Il leur a rappelé ce qu'il avait fait contre eux et leur parti, et il s'est vanté d'avoir accompli l'émancipation catholique en dépit de leur opposition. Il leur a dit qu'il avait passé la plus belle partie de sa vie à travailler dans le but de détruire l'ancienne corporation dont la plupart d'entre eux faisaient partie. Il ne chercha pas à pallier ses actes, à modérer les opinions qu'il avait soutenues : non, bien au contraire, il leur montra que son premier discours avait été dirigé contre l'Union, qu'il n'avait jamais cessé de protester contre elle, et qu'il avait offert de cesser d'agiter dans le but de la rompre, à condition que le gouvernement anglais cesserait d'être injuste pour l'Irlande. Il établit ensuite que son offre avait été refusée, et il partit de là pour justifier dans ses détails et dans son ensemble l'agitation qui l'amenait devant la cour. Jamais, dans aucune des circonstances de sa vie agitée, le champion de l'Irlande ne s'était montré plus digne de sa haute position que dans ce moment mémorable. Il finit en déclarant que, sûr d'entendre prononcer un verdict de culpabilité, il en appelait du jury au monde civilisé, à la nation irlandaise et à la postérité.

La cour en effet rendit, le 12 février 1844, un verdict de culpabilité et prononça, le 30 mai suivant, la sentence qui condamnait O'Connell à un an de prison et à 50,000 fr. d'amende.

O'Connell fut immédiatement conduit au pénitencier de Richemond, situé dans la juridiction de Dublin.

Tout son ascendant fut nécessaire pour comprimer les élans de l'indignation publique. Chaque Irlandais vit sa religion, sa liberté, sa patrie menacées par l'attentat commis sur le champion et le protecteur de ses droits. Toutes les provinces partagèrent le deuil de la capitale en apprenant l'incarcération du chef du rappel. Dans la plupart des villes, les magasins et les établissements publics furent fermés. Des meetings étaient convoqués pour donner à O'Connell de nouveaux témoignages de respect et de vénération. Il s'en montra digne par son calme héroïque et son admirable résignation. Écoutons son aumônier qui, chaque jour, venait célébrer la messe dans sa prison. Il écrivait en le quittant le second jour de sa captivité :

« Je viens de célébrer les divins mystères pour O'Connell dans sa cellule. Vous ne serez pas surpris que mon cœur déborde d'une émotion à laquelle ne se mêle néanmoins ni tristesse ni découragement. Je n'ai jamais vu le libérateur dans une attitude plus sublime que ce matin, agenouillé, je puis le dire, devant l'autel qu'il a lui-même affranchi. C'était un bien plus grand spectacle que celui du juste luttant contre l'adversité. Si ceux qui ont travaillé par tous les moyens à abreuver d'amertume et de dégoût ses vieux ans avaient vu sa joyeuse sérénité au moment où il recevait la divine communion, je ne dirai pas qu'ils auraient été désappointés; mais, pour l'honneur de la nature humaine, je suis convaincu qu'ils se seraient repentis d'avoir cherché à imprimer à un tel homme la flétrissure d'un conspirateur. »

Les événements qui se passaient en Irlande produisirent une profonde sensation en Europe. La France et l'Allemagne en furent particulièrement émues. Sur les bords du Rhin, en Belgique, à Paris, les catholiques signèrent des adresses pour exprimer au célèbre agitateur leur sympathie, et lui dire la douleur et les espérances que faisait naître sa captivité. Voici l'adresse qui lui fut envoyée par les catholiques de France.

« A Daniel O'Connell,
membre du parlement britannique et libérateur
de l'Irlande.

» Depuis longtemps votre nom est populaire parmi nous à

l'égal des noms les plus illustres de notre histoire. Nous admirons votre courage et votre persévérance, nous tressaillons aux accents de votre invincible parole, nous envions la puissance que vous avez évoquée au profit de votre patrie et de notre Eglise. Grâce à votre inépuisable éloquence, grâce à cette foi catholique qui a fondé la véritable fraternité des hommes et des nations, nous connaissons l'Irlande et nous l'aimons comme une sœur et comme une victime de son indomptable fidélité à la foi catholique.

» Dans des circonstances ordinaires, nous nous serions abstenus de vous exprimer ces sentiments pour éviter toute apparence d'intervention dans des luttes où nous ne sommes pas appelés. Mais il est des temps où il convient de rappeler au monde qu'au sein du catholicisme il n'y a pas d'étrangers. Aujourd'hui que vous allez expier sous les verrous l'éclat de votre popularité et la grandeur de la position que votre génie a créée, aujourd'hui que la persécution vient d'ajouter une nouvelle couronne à votre gloire, nous ne pouvons résister à l'impérieux besoin de vous porter le témoignage public de notre admiration et de notre sympathie.

» Sachez donc que votre image remplit nos âmes, qu'elle nous suit au pied de nos autels; et, derrière les murs de votre prison, dites-vous quelquefois que les catholiques de France prient pour vous, qu'ils demandent à Dieu d'alléger le poids de votre captivité, qu'ils vous honorent et vous aiment comme l'enfant docile et fervent de l'Eglise, et comme le champion le plus sincère et le plus puissant de la liberté. »

Le gouvernement fit traiter O'Connell dans sa prison avec beaucoup d'égards, il faut lui rendre cette justice. Mais s'il crut le dépouiller de son prestige, en l'emprisonnant, il ne tarda pas à s'apercevoir qu'il s'était trompé. La puissance de son adversaire, déjà si redoutable, grandit à l'ombre des murs de sa prison. Sir Robert-Peel voulait éteindre l'agitation, il ne fit qu'en déplacer le foyer. Les millions d'hommes qui entouraient jadis O'Connell à Tara et à Mullaghmast se retrouvèrent sous les murs du pénitencier de Richemond, où ils venaient non plus pour écouter les conseils de leur libérateur, mais pour vénérer le martyr des libertés nationales.

Le paysan irlandais, qui quittait au mois d'août sa chaumière pour protester de son patriotisme à Tara-Hill, s'en va au mois de juin faire le pèlerinage de Richemond. C'est au pied de la tour où O'Connell est détenu que l'Irlande se donne rendez-vous; ses fils vont y renouveler le serment de rester fidèles à la cause du rappel et ranimer leur sainte haine contre les Saxons. Nous voyons encore les municipalités se prononcer contre les rigueurs du pouvoir, et voter des adresses à l'illustre prisonnier, adresses qui sont envoyées à Dublin par des députations ayant à leur tête les maires et les aldermans. Dans une seule journée, les corporations municipales de Cork, Drogheda, Limerick, Waterford, Kilkenny, Clonmel, Ennis, New-Ross, Carrikon-Suir, Fethard, Kells, Fermoy, Bosbercon, Galway, Kingstown, arrivent pour offrir leurs hommages à O'Connell. Toutes se rendent ensemble à la prison en formant une procession composée de vingt-trois voitures. Les maires et les adjoints municipaux sont revêtus de leur costume officiel. Le clergé fait des démonstrations analogues. Les diocèses signent des adresses que les évêques eux-mêmes se chargent de porter à l'agitateur prisonnier. Les vastes colonnes des journaux de Dublin suffisent à peine pour enregistrer les témoignages d'admiration qui, des divers points de l'Irlande, de l'Angleterre et de l'Ecosse, arrivent à l'illustre captif. Londres, Birmingham, Liverpool, ont leurs meetings. Ce sont souvent des protestants qui les convoquent. Un Magistrat anglais fait dans le *Morning-Chronicle* un appel au parti libéral pour qu'il paye l'amende de 50,000 francs imposée à O'Connell. En Irlande, les corps de métiers et toutes les classes de la société ont leurs assemblées. Un simple citoyen de Dublin s'inscrit pour 25,000 francs en tête d'une liste de souscription pour payer les frais du procès. Le nom d'O'Connell retentit dans les prières publiques. Un mois a peine après l'emprisonnement, l'agitation, que l'on croyait calmer, possède une force qu'elle n'a eue à aucune époque antérieure. L'empressement de la foule dans Conciliation-Hall, l'adjonction de personnages influents qui s'étaient tenus à l'écart, les démonstrations des citoyens, la hauteur à laquelle se maintient le chiffre des recettes de l'Association, sont autant de protestations qui témoignent des nobles sentiments de l'Irlande et de la résolution bien prise de ne rester calme qu'après avoir obtenu ou arraché les droits qu'elle revendique.

Cependant O'Connell avait interjeté appel devant la chambre des lords. Le 4 septembre, après une discussion très-animée, la noble chambre déclara que la sentence de la cour de Dublin était cassée.

Cette nouvelle fut reçue à Londres et dans les principales villes de l'Angleterre avec un véritable enthousiasme; mais c'est surtout en Irlande que le peuple bondit de joie en apprenant l'acquittement d'O'Connell. Dublin prit, en quelques minutes un air de fête. Toutes les affaires furent suspendues et la foule, dans un premier élan, se porta vers la prison de Richemond pour faire entendre au glorieux captif ses acclamations de joie.

Au milieu de cette agitation convulsive d'un peuple qui obtient par la force de la justice un grand triomphe sur un ennemi dont il est devenu l'esclave, un seul homme apprend sans émotion la nouvelle de cette victoire; c'est O'Connell que nous avons vu si résigné, si confiant dans l'avenir, malgré les circonstances en apparence défavorables où la partialité des juges l'avait placé. Convaincu que la cause de l'Irlande doit triompher par la légalité, quoiqu'il ne s'attendit pas à l'admission de son pourvoi, ce résultat ne parut pas le surprendre. Il s'écria quand la nouvelle lui en fut donnée : « C'est le plus grand triomphe que l'Irlande ait jamais obtenu dans ses luttes constitutionnelles avec l'Angleterre. »

La réputation de profond légiste dont jouissait O'Connell se trouva confirmée et rehaussée par le dénoûment de cette lutte. Ainsi qu'il s'en était vanté plus d'une fois, lorsqu'on attaquait la légalité de sa conduite, O'Connell avait su diriger, à travers le dédale de la législation britannique, un char attelé de huit chevaux sans blesser aucun de ses articles.

Quelles que soient les causes auxquelles on attribue le jugement de la chambre des lords, les catholiques ne perdront pas de vue qu'un mois avant la mise en liberté d'O'Connell, l'Irlande entière était en prières demandant au ciel de lui rendre son père. Elle disait alors avec ferveur :

« O Dieu éternel et tout puissant ! Roi des rois et souverain seigneur de toutes les puissances de la terre, daignez jeter un regard de compassion sur le peuple d'Irlande et mettre fin à ses souffrances. Accordez à votre serviteur Daniel O'Connell, aujourd'hui captif, les grâces nécessaires pour supporter les épreuves auxquelles il est soumis, et, dans votre miséricorde, rendez-le sain et sauf à la liberté. pour la direction et la protection de votre peuple. »

O'Connell sortit de prison le 6 septembre, à cinq heures du soir. Il eut bientôt un nombreux cortége, et ce fut au milieu des cris de joie, au milieu d'une multitude de personnes, qu'il se rendit chez lui. Le lendemain, il retourna à sa prison pour achever une neuvaine; c'était le jour fixé pour la procession triomphale. Le temps était horrible; les nuages versaient des torrents de pluie. La procession se mit cependant en marche à onze heures. Elle avait à peine commencé à se développer, que les nuages se dissipèrent et qu'un soleil radieux vint embellir une si belle journée. Il n'y a point d'expressions humaines qui puissent décrire convenablement cette marche. L'officier public, nommé par le peuple et chargé de la police générale de la ville, marchait en tête, le bâton de commandement à la main. Après lui défilèrent successivement soixante bannières d'une immense étendue, représentant les divers attributs des corporations. Ces bannières étaient placées sur des chars attelés presque tous de quatre ou six chevaux, avec des écuyers richement vêtus. Dans chacun de ces chars il y avait quinze ou vingt musiciens avec des trompettes, des cors de chasse et d'autres instruments à vent, qui exécutaient des airs patriotiques. Derrière chaque char était la corporation que représentait la bannière; chacune de ces corporations avait pour représentants six ou sept cents de ses membres, tous la décoration du repeal à la boutonnière, et en très-grand nombre celle de la tempérance, tous dans l'ivresse de la joie, tous honorant dans O'Connell le défenseur de la religion et le père de la patrie. Après ces corporations venaient les notables de Dublin, c'est-à-dire les conseillers municipaux, avec le costume de leur dignité et la décoration du repéal. Ils étaient dans les voitures de la ville. Après les notables venait le lord-maire, dans sa voiture de cérémonie. Enfin paraissait O'Connell; il était sur un char de triomphe à la romaine, d'une hauteur prodigieuse, attelé de huit chevaux blancs. Sa présence excitait un délire d'enthousiasme : les dames qui étaient aux fenêtres agitaient leurs mouchoirs, toutes les têtes se découvraient, toutes les bouches répétaient à l'envie : Vive O'Connell! Et lui, se tenant par intervalles debout sur ce char de triomphe, répondait à ces solennelles acclamations par des salutations pleines de grâce. Son maintien était un mélange de noblesse et de simplicité. Dans son regard on voyait rayonner l'espérance.

Le char d'O'Connell était suivi de cinq ou six cents cavaliers, et trois ou quatre cents voitures fermaient la marche.

Jamais consul montant au capitole, jamais roi béni de son peuple, n'a reçu de pareils hommages. On peut, sans exagération, évaluer à quatre cent mille le nombre des personnes de la ville et des environs qui encombraient les rues par lesquelles passa le cortége.

Telle fut la fête civile. Le jour suivant devaient avoir lieu, dans la cathédrale catholique, les actions de grâces qu'on voulait rendre à Dieu pour l'élargissement du libérateur.

A dix heures commença la grand'messe. Monseigneur l'archevêque de Dublin assistait à l'auguste cérémonie, assis sur son trône pontifical; Monseigneur l'évêque d'Edimbourg était près de de lui; le sanctuaire était rempli d'ecclésiastiques. O'Connell était sur une estrade, ayant à sa droite le lord-maire, et à sa gauche son fils John, compagnon de sa captivité; autour de lui ses amis intimes. L'église était encombrée de fidèles, toutes les tribunes étaient remplies. Cette foule, ivre de joie, avide de voir O'Connell, observa pendant toute cette cérémonie, qui dura près de quatre heures, le silence le plus religieux. Après l'évangile, M. l'abbé Mileg monta en chaire. Sa parole était pleine de foi. Il parla pendant une heure, et chacun semblait avide de l'entendre encore. Mais comment rendre l'impression par la fin de son discours? Sa péroraison fut une prière à Marie : il vit l'Irlande avec sa liberté, sa religion et son libérateur sous la protection toute puissante de la sainte Vierge. Il invoqua son appui dans cette grande cause par tous les sentiments que l'amour de la patrie et de la religion peut inspirer à un bon prêtre. Dès qu'il commença cette supplication touchante, par un mouvement spontané, hommes, femmes, enfants, prêtres et pontifes, toute l'assistance tomba à genoux. Des larmes coulaient de tous les yeux ; elles étaient l'expression sincère de l'assentiment général.

On ne saurait trop admirer l'usage qu'O'Connell fit de sa victoire. Alors que l'Angleterre appréhendait quelque choc violent de ce peuple exalté par le triomphe de son chef, O'Connell le maintint dans les bornes du devoir en lui donnant l'exemple de la générosité envers ses ennemis. C'est surtout dans cette circonstance qu'on a pu voir briller, dans son éclat, une des qualités principales de l'agitateur Irlandais, celle de profiter de tous les incidents pour avancer la cause de sa patrie. O'Connell était surtout un homme pratique, et, sans s'arrêter aux douces jouissances que son triomphe lui offrait, il se mit immédiatement à l'œuvre pour utiliser le grand événement de sa mise en liberté et le faire servir à donner une impulsion nouvelle à l'agitation.

Nous ne le suivrons pas dans les diverses réunions où il eut occasion de parler. Nous citerons seulement un passage du discours qu'il prononça dans celle de Limerick, tenue vers le milieu de septembre 1844.

« Messieurs, dit-il, c'est aujourd'hui une grande et belle commémoration, plus flatteuse encore par les perspectives de l'avenir que par les souvenirs du passé. Vous l'avouerai-je ? je suis de ceux qui aiment mieux penser à ce qu'ils ont à faire qu'à ce qu'ils ont fait; et, je vous le dirai franchement, je me présente à vous, non comme le géant rafraîchi par des libations d'un vin généreux (on rit), mais comme l'agitateur qui a puisé de nouvelles forces dans les brises de la mer et la chasse dans les montagnes. Mais ce qui me donne plus d'énergie morale encore, c'est la flatteuse perspective que l'Irlande sera rendue aux Irlandais, s'ils s'en montrent dignes.

» J'ai dit bien des fois, et je le répète encore, qu'il n'est pas, soit en Europe, soit en Amérique, un pays plus richement doté que l'Irlande des avantages qui peuvent contribuer à rendre un peuple heureux et libre. Un soleil brûlant ne dessèche pas notre sol. Un hiver trop rude ne le frappe pas de stérilité, et le peuple qui habite ce pays favorisé du ciel est un peuple brave, moral et vertueux.

» Je n'ai plus que quelques mots à vous dire. D'après le cours de la nature, ma vie ne peut plus être longue, la feuille déjà jaunie ne tardera pas à tomber. (Cris de non! non!) Oui, mes jours sont comptés, je le sens; mais quel qu'en soit le terme, d'ici au moment où la tombe me réclamera, je ne laisserai passer ni une semaine, ni un jour, ni une heure, sans m'occuper du soin d'assurer le bien-être et l'indépendance de l'Irlande. (Acclamations.) Peu m'importent les mécomptes et les trahisons que je rencontrerai sur mon passage, je poursuivrai mon œuvre. (Applaudissements prolongés.) Voulez-vous y travailler avec moi? (Cris de oui, oui.) Oui, je le sais bien, le peuple fidèle, religieux et moral d'Irlande est avec moi! Et lors même que nous ne réussirions pas, ne serait-il pas doux et glorieux d'avoir lutté pour la patrie! Sent-il le frisson de bonheur et d'orgueil qui court dans nos veines, l'égoïste qui s'éloigne de la cause de son pays en calculant de quel côté se trouve le profit? S'il existe un misérable de cette espèce, qu'il vienne sentir les pulsations de ce cœur qui ne bat que pour la vieille Irlande, et qu'il juge de la chaleur que l'inspiration patriotique peut seule communiquer au sang!

» L'indépendance de l'Irlande, voilà mon devoir et mon bonheur! A la vue de cette terre si fertile, la plus belle de toute l'Europe, de cet Etat plus populeux que seize autres Etats, et plus puissant presque qu'eux tous, parce qu'une formidable énergie s'y concentre dans un petit espace, je me dis qu'il est impossible que des jours de prospérité ne soient pas réservés à un pareil pays. Oui ces jours approchent; l'étoile du matin de l'indépendance a déjà brillé. Bientôt luira à l'horizon le soleil de sa liberté qui fécondera de sa lumière et de sa chaleur le sein de notre Irlande. »

Des obstacles plus forts que ceux des hommes vinrent empêcher O'Connell de voir l'accomplissement de ces belles espérances. La famine, en visitant l'Irlande, répandit partout la consternation et la terreur. Avant de revendiquer ses droits politiques, il fallait satisfaire aux cris impérieux de populations affamées. Le libérateur ne put soutenir le spectacle de la profonde misère de sa patrie. Il fut aussi très-sensible aux attaques, aux récriminations dirigées contre lui par la Jeune Irlande. Sa santé, si forte jusqu'alors, s'altéra sensiblement. Il dut s'arracher à tout travail, à toute préoccupation sérieuse, et l'on sait que les médecins l'invitèrent à chercher dans les voyages des distractions destinées à éloigner de son esprit le tableau des malheurs d'Irlande. Le mal avait fait de rapides progrès quand il entreprit son pélérinage de Rome.

Il a traversé la France en recevant à Paris, à Nevers, à Lyon, à Avignon et à Marseille, l'expression de la sympathie universelle que ses principes et les grandes choses accomplies pour sa patrie lui avaient gagnées, surtout parmi les catholiques. A Paris, le comité électoral pour la défense de la liberté religieuse, ayant à sa tête le comte de Montalembert, son président, fut admis à lui offrir ses hommages. Nous reproduisons les paroles du noble comte à l'illustre représentant de l'Irlande.

« Monsieur et illustre ami,

Quand j'eus le bonheur de vous voir pour la première fois, il y a seize ans, dans votre demeure à Derrynane, au bord de l'Atlantique, nous étions au lendemain de la révolution de Juillet, et votre sollicitude se portait déjà avec ardeur sur les destinées de la religion en France. Je recueillis avec respect vos vœux et vos leçons. Vous nous montriez dès-lors le but où nous devions tendre et la règle que nous devions suivre : affranchir l'Eglise du joug temporel par des moyens légaux et civiques, et en même temps séparer sa cause de toute cause politique. Je suis heureux de pouvoir vous montrer aujourd'hui que vos leçons ont fructifié parmi nous. Je viens vous présenter ceux qui, en France, se sont faits les premiers soldats de ce drapeau que vous avez le premier déployé et qui ne disparaîtra plus. Nous sommes tous vos enfants, ou, pour mieux dire, vos élèves. Vous êtes notre maître, notre modèle et notre glorieux précepteur. C'est pourquoi nous venons vous apporter l'hommage tendre et respectueux que nous devons à l'homme qui, de nos jours a le plus fait pour la dignité et la liberté du genre humain, et spécialement pour l'éducation politique des peuples catholiques. Nous venons admirer en vous celui qui a accompli la plus belle œuvre qu'il soit donné à l'homme de rêver ici-bas; celui qui, sans verser une goutte de sang, a reconquis la nationalité de sa patrie et les droits politiques de huit millions de catholiques. Nous venons saluer en vous le libérateur de l'Irlande, de cette nation qui a toujours excité en France des sentiments fraternels, et qui, grâce à vous, ne retombera plus sous le joug du fanatisme protestant.

» Mais vous n'êtes pas seulement l'homme d'une nation; vous êtes l'homme de la chrétienté tout entière. Votre gloire n'est pas seulement irlandaise, elle est catholique! Partout où les catholiques renaissent à la pratique des vertus civiles, et se dévouent à la conquête de leurs droits légitimes; après Dieu, c'est votre ouvrage! Partout où la religion tend à s'émanciper du joug que plusieurs générations de sophistes et de légistes lui ont forgé ; après Dieu, c'est à vous qu'elle le doit! Puisse cette pensée vous fortifier, vous rajeunir dans vos infirmités et vous consoler dans les douleurs dont votre cœur si patriotique est aujourd'hui accablé. Les vœux de la France catholique, de la France vraiment libérale vous suivront dans votre pélérinage à Rome. Ce sera un grand moment dans l'histoire de notre temps, que celui où vous vous rencontrerez avec Pie IX, et où le plus grand, le plus illustre des chrétiens de notre siècle s'agenouillera devant un Pape qui rappelle les plus beaux temps de l'Eglise. Si, dans ce mouvement de suprême émotion, il reste dans votre cœur une pensée pour autre chose que pour l'Irlande et pour Rome, souvenez-vous de nous! L'hommage de l'amour, du respect et du dévouement des catholiques de France pour le chef de l'Eglise ne saurait être mieux placé que sur les lèvres du libérateur catholique de l'Irlande. »

Après avoir reçu en France l'accueil que lui assuraient partout les éminents services qu'il a rendus à la cause de la religion et de l'humanité, il quitta Marseille, croyant éprouver quelque amélioration dans l'état de sa santé. Il lui tardait de respirer l'air de l'Italie. L'unique objet de son ambition était de pouvoir arriver au tombeau des apôtres; il priait pour obtenir la grâce de recevoir, prosterné aux pieds du père commun des fidèles, la bénédiction du vicaire de Jésus-Christ. Mais cette dernière satisfaction lui a été refusée. Il a rendu son âme à Dieu en arrivant à Gênes, le 15 mai, après avoir eu le bonheur de recevoir tous les sacrements de l'Église, et avoir donné les témoignages de la plus vive piété et de la plus sainte résignation. Il fut favorisé jusqu'au dernier moment de l'entier usage de ses facultés. En voyant qu'il ne pourrait arriver au terme de son pélérinage, il légua son cœur à Rome, ordonna que son corps fût transporté en Irlande, et recommença de prier pour que Dieu daignât recevoir son âme au ciel.

La nouvelle de la mort d'O'Connell a produit dans l'Europe entière une profonde sensation. A Rome où il était attendu, tous les cœurs ont été profondément attristés. Le peuple de Rome se disposait à élever un arc-de-triomphe au défenseur de la liberté religieuse, et son entrée dans la ville sainte eût été une véritable ovation. Ces témoignages de sympathie et de vénération ont été changés en des préparatifs d'une autre nature. L'admiration des Romains s'est manifestée par l'ardeur des prières offertes pour le repos de son âme.

Cette triste nouvelle arrivée en Irlande le 25 mai, y a produit la plus profonde émotion. A Dublin, la foule s'est rassemblée devant Conciliation-Hall, pour recueillir avidement quelques détails. On a affiché aussitôt sur la porte une note ainsi conçue : « Hélas! hélas! O'Connell n'est plus. L'Association se rassemblera demain pour rédiger une adresse au peuple d'Irlande, à l'occasion de cette épouvantable calamité nationale. »

Le conseil municipal de Dublin s'est ajourné à trois semaines, par respect pour la mémoire du grand citoyen de l'Irlande.

Toutes les cloches des églises et chapelles catholiques ont sonné le glas funèbre. L'archevêque de Dublin a ordonné que toutes les messes fussent, pendant trois jours, offertes pour le repos de son âme.

A mesure que la nouvelle se répandit dans les provinces, des prières furent ordonnées dans tous les diocèses. Les évêques, dans leurs lettres de condoléance aux fils et à la famille du libérateur, assuraient John O'Connell de toutes leurs sympathies, et l'encourageaient à prendre la direction du mouvement populaire. Le clergé et les municipalités ont protesté, dans d'éloquentes adresses, de leur fidélité aux principes de l'Association du rappel et de leur dévouement au fils d'O'Connell qui, dans ces dernières années, a secondé les patriotiques efforts de son père.

Les conseils municipaux des villes de province ont imité

l'exemple de celui de Dublin; ils ont ajourné toute délibération d'affaires, et la plupart ont, conformément au vœu des habitants, ordonné qu'en signe de deuil les magasins de leurs villes seraient fermés durant trois jours. La Jeune-Irlande s'est associée au deuil général; elle a voulu, malgré les différences qui l'ont séparée d'O'Connell, dans ces derniers temps, rendre hommage, selon les expressions de M. S. O'Brien, à la mémoire d'un citoyen qui a rendu de si éminents services à sa patrie. La confédération irlandaise (ainsi que se nomme l'association de la Jeune-Irlande), a invité tous ses membres à prendre et à porter un signe de deuil.

L'Association du rappel a adressé aux Irlandais la proclamation suivante. Ce document se termine par la recommandation de rester fidèles aux maximes de paix, d'ordre et de légalité constamment prêchées par le libérateur !

« Compatriotes !

» O'Connell n'est plus ! L'esprit qui animait l'Irlande s'est envolé, la lumière qui éclairait la nation s'est éteinte. — Pleurez et gémissez, et que votre douleur soit sans bornes, ô fils de l'Irlande, car la coupe de votre affliction est pleine, et l'étendue de vos souffrances incommensurable.

» L'orgueil de nos cœurs a succombé; la plus brillante perle d'Erin nous est enlevée; le libérateur de notre pays est mort.

» Il a plu au Tout-Puissant de nous courber sous les plus poignantes afflictions; tandis que la peste et la famine désolent notre malheureuse population, le champion des libertés de l'Irlande est étendu sans vie sur la terre étrangère et loin de son pays natal, si cher à son cœur.

» Nous pouvons certes le pleurer, car l'humanité déplore sa perte, et notre deuil s'étend sur le monde entier.

» Compatriotes ! comment prouverons-nous le mieux combien nous l'avons aimé pendant sa vie, combien nous le regrettons après sa mort? En vénérant ses principes, en obéissant à ses instructions, en poursuivant les mêmes buts, aussi nobles qu'élevés, dans les voies pacifiques où il marcha constamment. Dans un sens, dans le sens véritable du mot, O'Connell n'est pas mort ! les hommes comme lui ne meurent jamais. Tout ce qui était mortel en lui a passé, mais la partie immortelle reste; son esprit, ô compatriotes ! demeure avec vous. Ses instructions morales vivent à jamais dans vous et dans l'univers entier. Le temps ne peut éteindre les leçons de la sagesse.

» Quant à nous, formés comme nous l'avons été par lui en association, nous sommes déterminés à maintenir ses principes, à nous en tenir à ses doctrines, à ses doctrines seules. C'est notre résolution ferme et immuable.

» Dans le vaste univers, un vide immense se fait sentir ; qui le comblera ? Quelle nation, quel peuple n'a pas perdu un bienfaiteur ? Notre pays a perdu, lui, son chef et son guide. Ah ! que ce pays se laisse encore conduire par la sagesse de ce grand homme, qu'il continue à marcher sous sa bannière ! Ses voies étaient celles de la paix, de la légalité et de l'ordre. Rappelez-vous, rappelez-vous encore la devise de son association, la recommandation de sa sagesse et de son expérience : l'homme qui commet un crime donne de la force à son ennemi.

» Par ses longs et fidèles services, par le noble exemple de sa vie, par la gloire de son nom immortel, nous vous adjurons, ô compatriotes ! de ne point abandonner les principes, les desseins, les doctrines d'O'Connell. »

L'Association du rappel a invité M. John O'Connell, fils du libérateur, à prendre, comme président de l'Association, la place laissée vacante par son illustre père. Cette offre a été acceptée.

Le plus jeune fils d'O'Connell, celui qui l'accompagnait dans son voyage, et qui adoucit les souffrances de son père mourant ; par toutes les attentions qu'inspire l'amour filial, est allé déposer à Rome le précieux gage du dévouement de son père au Saint-Siège. Le représentant de Dundalk a recueilli de la bouche de Pie IX des paroles qui ont dû répandre un baume sur sa douleur, quand le père commun des fidèles le pressant sur son cœur lui a dit : « Puisque je suis privé du bonheur si longtemps désiré d'embrasser le héros de la chrétienté, que j'aie au moins la consolation d'embrasser son fils. »

C'est par les ordres de sa Sainteté qu'un service solennel a été célébré le 28 juin, dans l'église Saint-Andrea-della-Valle, et que le R. P. Ventura, le premier orateur de Rome, a prononcé l'oraison funèbre d'O'Connell devant l'immense et imposant auditoire qui se pressait dans cette église. Tous les peuples catholiques semblaient s'être fait représenter à cette cérémonie pour témoigner leur reconnaissance de tout ce qu'O'Connell a fait pour la cause de leur liberté. (*M. Gondom, Biographie d'O'Connell, etc.*)

O'CONNELL JUGÉ PAR TIMON. (*)

Ce n'est pas l'orateur parlementaire que je veux peindre ici ; ce n'est pas Démosthène plaidant sa propre cause dans le forum oligarchique d'Athènes ; ce n'est pas Mirabeau étalant les magnificences de sa parole dans la salle de Versailles, devant les trois ordres du clergé, de la noblesse et du tiers-état ; ce n'est pas Burke, Pitt, Fox, Brougham, Canning, ébranlant les vitrages de Whitehall, des foudres de leur éloquence universitaire ; c'est un autre genre d'éloquence, une éloquence sans nom, prodigieuse, saisissante, impréparée, et que n'entendirent jamais de la sorte les anciens ni les modernes ; c'est O'Connell, le grand O'Connell debout sur le sol de sa patrie, ayant les cieux pour dôme, la vaste plaine pour tribune, un peuple immense pour auditoire et pour sujet le peuple irlandais, et pour échos les acclamations universelles de la multitude, pareilles aux frémissements de la tempête et au roulement des vagues sur les sables et les rivages de l'Océan !

Jamais en aucun siècle et en aucun pays, aucun homme ne prit sur sa nation un empire aussi souverain, aussi absolu, aussi complet. L'Irlande se personnifie dans O'Connell. Il est, en quelque sorte, à lui seul son armée, son parlement, son ambassadeur, son prince, son libérateur, son apôtre, son Dieu.

Ses ancêtres, issus des rois de l'Irlande, portaient à leur côté le glaive des batailles. Lui, tribun du peuple, il porte aussi le glaive dans les combats de la parole, le glaive de l'éloquence, plus redoutable que l'épée.

Voyez O'Connell avec son peuple, car il est véritablement son peuple : il vit de sa vie, il rit de ses joies, il saigne de ses plaies, il crie de ses douleurs. Il l'entraîne de la crainte à l'espérance, de la servitude à la liberté, du fait au droit, du droit au devoir, de la supplication à l'invective, et de la colère à la miséricorde et à la pitié. Il ordonne à ses Irlandais de s'agenouiller sur la terre et de prier, et les voilà qui s'agenouillent et qui prient ; de relever leur front vers le ciel, et ils le relèvent ; de maudire leurs tyrans, et ils les maudissent ; de chanter des hymnes à la liberté, et ils chantent ; de se découvrir et de prêter serment, la main

---

(*) Les nombreux extraits que nous avons empruntés à Timon, ont déjà fait voir que le LIVRE DES ORATEURS compte parmi les ouvrages les plus remarquables du dix-neuvième siècle. M. de Cormenin donne d'excellents préceptes sur tous les genres d'éloquence et particulièrement sur l'éloquence parlementaire. Tous ses portraits sont tracés de main de maître ; mais celui d'O'Connell surpasse tous les autres, il a été fait du vivant même du grand agitateur.

haute, la tête nue, devant les saints Evangiles, et ils se découvrent, ils lèvent la main, ils jurent de signer des pétitions pour
la réforme des abus, d'unir leurs forces, d'oublier leurs querelles,
d'embrasser leurs frères, de pardonner à leurs ennemis, et ils
signent, ils s'unissent, ils oublient, ils s'embrassent, ils pardonnent !

Notre Berryer n'habite que les sommets de la politique. Il ne
respire que la fine fleur de l'aristocratie. Mais son nom n'est pas
descendu dans la chaumière. Il n'a pas bu à la coupe de l'égalité.
Il n'a jamais touché les outils grossiers des artisans. Il n'a jamais
échangé ses paroles avec leurs paroles. Il n'a jamais mis sa
main dans leurs mains calleuses. Il n'a point approché son cœur
de leur cœur, et il n'a point senti leurs battements. Mais
O'Connell, comme il est populaire ! comme il est Irlandais ! Quelle
haute taille ! quelles formes athlétiques ! quelle vigueur de poumons ! quel épanouissement dans ce teint animé et fleuri ! quelle
douceur dans ces grands yeux bleus ! quelle jovialité ! quelle verve !
quelles saillies ! Comme il porte bien sa tête attachée sur son cou
musculeux, sa tête renversée en arrière et où se peint sa fière indépendance !

Ce qui le rend incomparable aux orateurs de son pays aussi bien
qu'aux nôtres, c'est que, sans aucune préméditation et par le
seul entraînement, par la seule force de sa puissante et victorieuse
nature, il entre tout entier dans son sujet et qu'il en paraît plus
possédé lui-même qu'il ne le possède. Son cœur déborde, il va
par bonds, par élans, jusqu'à en compter toutes les pulsations.

Comme un coursier de pur sang qu'on arrête tout-à-coup sur
ses jarrets nerveux et frémissants, ainsi O'Connell peut s'arrêter
dans la course effrénée de son éloquence, tourner court et la reprendre. Tant son génie a de présence, de ressort et de vigueur !

Vous croiriez d'abord qu'il chancelle et qu'il va succomber sous
le poids du dieu intérieur qui l'agite. Puis il se relève, l'auréole
au front et l'œil plein de flammes, et sa voix qui n'a rien de
mortel commence à résonner dans les airs et à remplir tout
l'espace.

Comment expliquer, comment définir ce génie extraordinaire
qui ne se repose point dans un corps sans cesse en mouvement et
qui suffit à l'expédition des causes civiles et criminelles, à l'étude
laborieuse des lois, à la correspondance immense des agents de
l'Association, et à l'agitation nocturne et diurne de sept millions
d'hommes ; cette âme de feu qui échauffe O'Connell sans le consumer, cet esprit d'une si incroyable mobilité qui effleure chaque

sujet sans le flétrir, qui ne se fatigue pas et qui grandit de tout
l'espace qu'il a parcouru, qui ne se divise pas et qui se multiplie
en se répandant, qui renaît, qui se fortifie de son épuisement
même, qui consomme sans se réparer, qui se livre et s'abandonne
sans cesse sans s'appartenir; ce phénomène d'une vieillesse si
verte et si vigoureuse, cette vie puissante qui renferme en elle
plusieurs autres vies, cet intarissable écoulement d'une nature
exceptionnelle sans rivales et sans précédents?

O'Connell s'est enfermé et muré dans la légalité comme dans
une forteresse inexpugnable. Il est hardi, mais il est peut-être
encore plus adroit que hardi. Il s'avance, mais il se retire. Il ira
jusqu'aux dernières limites de son droit, mais il n'ira pas au-delà.
Il se couvre du bouclier de la chicane, et il bataille sur ce terrain
pied à pied, à coups d'interprétations captieuses et de subtilités
dont il entortille ses adversaires qui ne peuvent plus s'en démêler.
Scolastique, pointilleux, retors, madré, fin procureur, il ravit
par la ruse ce qu'il ne peut arracher par la force. Où d'autres se
perdraient, il se sauve. Sa science le défend de son ardeur.

Il est poète jusqu'au lyrique ou familier jusqu'à la causerie.
Il tire à lui son auditoire et il le transporte sur le plancher du
théâtre, ou bien il en descend et se mêle parmi les spectateurs.
Il ne laisse pas un seul moment la scène sans action ou sans parole. Il distribue à chacun son rôle. Lui-même, il se pose en
juge. Il interroge et il condamne. Le peuple ratifie, lève les
mains et croit assister à un jugement.

Quelquefois O'Connell accommode le drame intérieur de la
famille au drame extérieur des affaires publiques. Il fait apparaître
dans ses discours son vieux père, ses ancêtres et les ancêtres du
peuple. Il expédie ses volontés; il commande qu'on s'asseye,
qu'on se tienne debout ou qu'on se prosterne. Il prend la
direction des débats et la police de l'audience, il préside, il
lit, il rédige, il motionne, il pétitionne, il réquisitionne, il conclut. Il arrange, il improvise des narrations, des monologues,
des dialogues, des prosopopées, des intermèdes, des péripéties.
Il sait que l'Irlandais est à la fois rieur et mélancolique, qu'il
aime à la fois les figures, le coloris, et le sarcasme, et il coupe
le rire par les larmes, le grandiose par le grotesque. Il attaque
en masse les lords du Parlement et, les chassant de leurs ta-
nières aristocratiques, il les traque un à un comme des bêtes
fauves. Il les raille impitoyablement, il les bafoue, il les travestit
et il les livre, affublés de cornes et de gibbosités ridicules, aux
huées et aux sifflets de la foule. S'il aperçoit quelqu'un dans

la mêlée, ami ou ennemi, il le nomme. S'il est lui-même interpellé, il s'arrête, saisit corps à corps son interrupteur, le terrasse
et retourne brusquement à sa harangue. C'est ainsi qu'avec une
souplesse merveilleuse, il suit les ondulations de cette mer
populaire, tantôt folle et bruyante sous les coups de son trident,
tantôt ridée par le souffle d'un vent léger, tantôt calme, pure
et dorée par les feux du soleil, comme un bain de molles sirènes.

A la différence de tant d'autres orateurs si mélancoliques et si
dégoûtés, parce qu'ils sont sans conviction, sans entrailles et
sans foi, O'Connell ne doute pas du triomphe de sa cause, et,
même à la Chambre des communes, regardant hardiment ses
adversaires en pleine face, il s'écrie :

« Je ne commettrai jamais le crime de désespérer de mon
pays ; et aujourd'hui, après deux cents ans de douleurs, me
voilà debout dans cette enceinte, vous répétant les mêmes plaintes,
vous demandant la même justice que réclamaient nos pères,
non pas avec la voix humble et suppliante, mais avec le sentiment de ma force, et avec la conviction que l'Irlande désormais saura faire sans vous ce que vous aurez refusé de faire
pour elle! Je n'entre pas en compromis avec vous ; je veux les
mêmes droits pour nous que pour vous, le même système municipal pour l'Irlande que pour l'Angleterre et l'Écosse ; s'il en
est autrement, qu'est-ce qu'une union avec vous? Une union
sur des parchemins! Eh bien! nous mettrons ces parchemins
en pièces, et l'Empire sera scindé! »

C'est fier, et il faut se sentir presque roi, pour tenir un tel
langage!

Ne lui parlez pas à cet homme, d'un sujet différent. Son
âme patriotique, toute vaste qu'elle soit, n'en peut contenir
d'autre. Il n'est pas, à Londres même et dans le parlement des
trois royaumes, membre du Parlement. Il n'est qu'Irlandais. Il
n'a que l'Irlande, toute l'Irlande dans son cœur, dans sa pensée,
dans ses souvenirs, dans sa parole, dans son oreille.

« J'entends, dit-il, j'entends chaque jour la voix plaintive de
l'Irlande qui me crie : Dois-je toujours attendre et toujours
souffrir?... Non, mes concitoyens, vous ne souffrirez plus ; vous
n'aurez point en vain demandé justice à un peuple de frères.
L'Angleterre n'est plus ce pays de préjugés où le seul mot de
papisme soulevait tous les cœurs et les portait à d'injustes
cruautés. Les représentants de l'Irlande ont employé leur temps

à faire passer le reform-bill qui a ouvert de larges écluses au peuple anglais ; ils seront écoutés quand ils demanderont à leurs collègues de rendre justice à l'Irlande ; et si, par hasard, le Parlement était sourd à nos prières, alors nous ferions appel à la nation anglaise, et si celle-ci elle-même se laissait aller à d'aveugles préventions, nous rentrerions dans nos montagnes et nous ne prendrions conseil que de notre énergie, de notre courage et de notre désespoir »

Il est impossible d'invoquer en termes plus forts et plus touchants la raison, la conscience et la gratitude du peuple anglais, et de mêler avec plus d'art la supplication à la menace, que dans ce beau morceau là.

Mais on sent que ce gigantesque orateur est à l'étroit, qu'il étouffe sous la coupole du parlement anglais, comme un grand végétal sous une cloche de verre. Pour que ses poumons s'enflent, que sa taille grandisse, et que sa voix tonne, il lui faut l'air, le soleil et la terre d'Irlande. Ce n'est qu'en touchant cette terre sacrée, cette terre de la patrie, qu'il respire et qu'il s'épanouit. Ce n'est que là, en présence de son peuple, que son éloquence révolutionnaire, sa fière éloquence, se lance, se déploie et rayonne comme les gerbes immenses d'un feu d'artifice. Ce n'est que là qu'il épanche, qu'il verse en bouillonnant, les flots de cette prodigieuse ironie qui venge les esclaves et qui frappe les tyrans !

Non pas que sa raillerie soit fine ; elle ne vous perce pas comme avec une aiguille. Pareil au sacrificateur antique, il lève sa massue, il frappe sa victime entre les deux cornes, au milieu du front ; elle pousse un long gémissement et tombe.

Il faut le voir ramasser son indignation et ses forces, lorsqu'il raconte la longue histoire des malheurs de sa patrie, de son oppression, de ses misères ; lorsqu'il évoque du fond de leur tombeaux ces héros généreux, ces rigides citoyens qui rougirent de leur sang les échafauds de l'Irlande, ses lacs et ses plaines ; lorsqu'il étale aux yeux de ses braves amis, le lamentable spectacle de la liberté déchirée par le fer des Anglais ; le sol de leurs ancêtres aux mains de ces tyrans ; le gouvernement institué par eux et pour eux, pour eux seuls ; les tribunaux gorgés de leurs créatures ; les jurys corrompus, les parlements vendus ; les lois teintes de sang, les soldats changés en bourreaux ; les prisons pleines ; les paysans écrasés d'impôts, abrutis par l'ignorance, exténués de maladie et de faim, décharnés, hagards, pliés en deux, couchés

sur la paille fétide ; les huttes près des palais ; l'insolence de l'a-
ristocratie ; l'oisiveté sans charges et sans pitié ; le travail sans
rétribution et sans relâche ; la loi martiale restaurée ; la liberté de la
presse suspendue ; l'administration envahie par les étrangers; la nationalité absorbée ; les religionnaires incapables d'être ni juges , ni
jurés , ni témoins, ni rentiers, ni instituteurs, ni constables,
sous peine de nullité radicale et même du dernier supplice; les
églises catholiques vides , nues , sans ornements ; leurs prêtres
mendiants, arides, persécutés ; l'église anglicane, la joie au front
et au cœur, et la main dans les sacs et les coffres d'or. Alors les
larmes coulent des yeux , au milieu d'un morne et affreux silence,
et tout ce peuple opprimé, brisé de sanglots, roule dans son
cœur la vengeance.

Cependant que l'Angleterre , du haut de ses palais , et sur ses
lits de pourpre et de soie , prête , en frissonnant, l'oreille au bruit
de cet Encelade qui mugit sous le mont où elle le tient enfermé.
Il en parcourt les sombres souterrains, il se dresse sur ses pieds ,
il soulève avec son dos les fournaises embrasées de la démocratie ,
et dans l'attente d'une prochaine éruption, l'Angleterre s'épouvante et déjà les pieds lui brûlent , et elle se retire de peur que
le volcan n'éclate et ne la fasse sauter en l'air.

Que lui importe à ce turbulent orateur, à ce sauvage enfant des
montagnes , Aristote et la rhétorique, et la politesse des salons,
et les bienséances de la grammaire, et l'urbanité du langage!
Il est peuple. Il a les mêmes préjugés, la même religion, les
mêmes passions, la même pensée ; le même cœur, un cœur qui
bat de toutes ses forces pour l'Irlande, qui hait de toutes ses forces
la tyrannique Albion. Ne le voyez-vous pas comme il pénètre,
comme il s'introduit, comme il s'enfonce dans les entrailles de
ses chers Irlandais , pour sentir et palpiter ainsi qu'ils sentent ,
ainsi qu'ils palpitent! Comme il se met, comme il s'enferre dans
la chaîne de leur servitude pour mieux rugir avec eux et pour
mieux la briser! Comme il se plie, comme il se contourne, comme
il s'abaisse, comme il se redresse, comme il plonge ses regards
dans la gloire de leur passé! Comme il les ramène sur leurs plaies
vives , sur leur solitude , sur leur ilotisme politique, sur leur misère sociale , sur leur nudité , sur leur dégradation! Comme il les
ranime, comme il les rafraîchit du souffle religieux de ses espérances! Comme il les relève aux fiers accents de la liberté et comme
il les couvre si bien de sa voix , de ses cris, de ses vengeances,
de son âme, de ses bras et de son corps, qu'à la fin de son discours , tout cet orateur et tout ce peuple de cinquante mille hom-

mes n'ont plus que le même corps, la même âme, le même cri :
Vive l'Irlande !

Oui, c'est l'Irlande, son Irlande bien-aimée qu'il a placée,
comme sur un autel, au centre de toutes ses pensées et de toutes
ses affections. Il ne voit qu'elle, il n'entend qu'elle, au Parlement, à l'église, au barrreau, au foyer domestique, dans les
clubs, dans les banquets, dans ses ovations triomphales, absente,
présente à toute heure, en tous lieux, partout ! Il y revient sans
cesse par mille routes croisées, toutes bordées d'abîmes et de
précipices, de hautes montagnes, de grands lacs, de terres fertiles et de prairies ondoyantes. C'est toi, verte Erin, éméraude
des mers, dont il dénoue la ceinture sur les grèves du rivage !
Toi qui lui apparais assise au sommet élancé des temples du catholicisme, toi qu'il entend dans les murmures de l'ouragan, toi
qu'il respire dans les brises parfumées de la bruyère ! Toi qu'il
s'imagine voir, toi qu'il voit tirant contre l'Anglais sa formidable
claymore, au bruit du tonnerre des batailles ! Toi qu'il préfère,
pauvre mendiante, avec tes haillons, tes mamelles desséchées et
tes huttes de paille, aux florissants palais de l'aristocratie, à l'insolente Albion, à la reine de l'Océan ! Toi dont il contemple,
plein d'une respectueuse pitié, les grâces languissantes et les
joues creuses et fanées, verte Erin, éméraude des mers, parce
que tu es la tombe de ses ancêtres, le berceau de ses fils, la gloire
de sa vie, l'immortalité de son nom, la palme en fleurs de
son éloquence, parce que tu aimes tes enfants, parce que tu
l'aimes, parce que tu souffres pour eux, pour lui, parce que tu
es l'Irlande, parce que tu es la patrie !

Nos discoureurs parlementaires n'entraînent pas un seul député
à la remorque de leurs oraisons. Ils ont tant vu de révolutions,
tant servi de gouvernements, tant renversé de ministères, qu'ils
ne croient plus ni au pouvoir, ni à la liberté ; ils ne sont ni saint-
simoniens, ni chrétiens, ni turcs, ni anabaptistes, ni vaudois, ni al-
bigeois, et ils ne croient à aucune religion absolument quelconque.
Mais O'Connell croit, lui, aux prestiges merveilleux de son art ; il
croit fermement à l'émancipation future de l'Irlande. Il croit au
Dieu des chrétiens, et c'est parce qu'il croit, parce qu'il espère,
que cet aigle soutient son vol sublime dans les hautes régions de
l'éloquence, quoique ses ailes soient déjà glacées par le souffle
de tant d'hivers. Il ne sépare point le triomphe de la religion du
triomphe de la liberté. Il tressaille de joie, il se glorifie, il s'exalte
dans ses magnifiques visions de l'avenir, et sa parole inspirée a
quelque chose de la grandeur du ciel immense qui lui sert de pa-

villon, de l'air et de l'espace qui l'entourent, et des flots populaires qui se pressent sur ses pas, lorsqu'il s'écrie, après son
élection de Clare :

« En présence de mon Dieu et avec le sentiment le plus profond de la responsabilité qu'entraînent les devoirs solennels et redoutables que vous m'avez deux fois imposés, Irlandais, je les
accepte! et je puise l'assurance de les remplir, non dans ma force,
mais dans la vôtre. Les hommes de Clare savent que la seule
base de la liberté est la religion. Ils ont triomphé parce que la
voix qui s'élève pour la patrie avait d'abord exhalé sa prière au
Seigneur. Maintenant, des chants de liberté se font entendre
dans nos vertes campagnes; ces sons parcourent les collines,
ils ont rempli les vallées, ils murmurent dans les ondes de nos
fleuves, et nos torrents, avec leur voix de tonnerre, crient aux
échos de nos montagnes : L'Irlande est libre! »

PRINCIPES D'O'CONNELL PAR LE PÈRE VENTURA.

La plus grande, la plus étonnante création du génie d'O'Connell
fut l'Association catholique. Les hommes à courte vue qui ne comprennent pas que de grands résultats puissent sortir des petits
moyens, se rirent de la pensée d'O'Connell, qui prétendait, avec
la souscription de deux oboles par mois, vaincre la puissance britannique, riche des trésors du monde entier. Mais le fait démontra
que cette association si faible, si petite dans son principe, fut la
grande machine de guerre, le bélier qui battit en brèche la citadelle du despotisme hérétique, et en facilita la prise.

Cette association, constituée non dans l'ombre, mais à ciel ouvert, non en opposition avec les lois, mais en harmonie avec
elles, étendit rapidement ses rameaux dans toutes les classes,
pénétra dans les lieux les plus éloignés, réunit non-seulement
tous les catholiques brûlants du zèle de la religion et de l'amour
de la patrie, mais encore, parmi les protestants, tous les amis
sincères de la liberté de conscience. Semblable aux associations
de l'Église naissante, elle forma comme un état dans un état,
mais sans porter le trouble dans l'État. Ses chefs, comme le clergé
des premiers temps, furent les vrais représentants, les vrais rois
du peuple; ils formèrent un véritable pouvoir souverain, qui, quoique n'ayant pas l'autorité de droit légal, n'en fut pas moins fort par
la libre adhésion du peuple, et de fait prit le gouvernement de
l'Irlande. Il discute les bills proposés au parlement, approuve les uns,

condamne les autres. Il surveille les élections, fait admettre celui-ci et rejeter celui-là de la représentation nationale ; il examine les listes électorales et en fait rayer les noms des orangistes frauduleusement inscrits ; il paie pour les malheureux prisonniers pour dettes et les rend à la liberté ; il prend la défense des opprimés et leur fait rendre, par les tribunaux, la justice qui leur est due.

Aucun gouvernement n'exerça jamais avec plus de facilité un pouvoir plus étendu. Jamais un homme d'Etat ne réalisa une conception plus vaste et plus redoutable. Jamais le génie de la politique ne sut mieux réunir une masse de plusieurs millions d'hommes, et les contenir dans les limites de la légalité et du devoir. Il semblerait donc que si O'Connell, au moyen de cette association dont il était le chef, régna de fait sur l'Irlande ; c'est aussi par le moyen de l'association qu'il a triomphé ; eh bien, non ! O'Connell a triomphé parce qu'il s'est servi des doctrines que la religion enseigne.

En effet, en dehors de la doctrine catholique, deux systèmes se sont présentés pour remédier à la tyrannie à l'oppression, l'un qui veut qu'on la subisse avec une stupide apathie, l'autre qu'on la repousse par la force : l'un qui vous commande de vous abaisser sous son joug comme un esclave, l'autre de vous insurger comme un rebelle. L'un est appelé le système de l'obéissance passive, l'autre de la résistance active. Celui-là est le système du fanatisme musulman et infidèle, celui-ci du rationalisme hérétique. Mais, hélas! ces remèdes ne sont-ils pas pires que les maux que l'on prétend leur faire guérir?

Le système de l'obéissance passive ou d'une résignation inerte à tout ce que le pouvoir veut faire du peuple laisse à l'arbitraire du tyran non seulement l'existence, l'honneur et la vie du sujet, mais encore son intelligence, son cœur, sa conscience, sa raison, sa volonté, tout ce que l'homme a de plus intime, de plus noble, de plus sain, de plus inaliénable, de plus indépendant, de plus lui-même, en un mot, tout ce qui fait l'homme ; il dégrade donc l'homme jusqu'à la brute, qui est, elle, tout entière à la discrétion de qui la possède. Il ne reste plus à l'homme rien d'humain que la forme dans laquelle même ne se révèlent plus l'origine divine et la dignité de sa nature.

Le système de la résistance active ou de la sédition, qu'il échoue ou qu'il triomphe, est toujours funeste. S'il triomphe, il ne fait d'ordinaire qu'échanger les personnes et non les choses ; les partis sont représentés par d'autres hommes, mais le drame de l'oppression continue. L'esclave devient le tyran, et le tyran l'esclave ; c'est ainsi que tout se termine. La souveraineté de tous est la servitude de tous au profit d'un petit nombre. Si ce mouvement engendre quelque bien, ce n'est que longtemps après, quand ses auteurs l'ont payé de leur vie, quand on n'aperçoit plus les traces des passions qui les firent triompher.

Mais malheur au peuple si la tentative est vaine! L'orgueil blessé de la tyrannie ne respecte plus rien. Ce qu'elle faisait par caprice, elle se croit tenue de le faire par devoir. Elle opprimait par instinct de nature, elle opprimera par nécessité de conservation. La défiance se change en haine et la haine en fureur. Les formes judiciaires ne sont plus respectées, chaque pensée est punie comme un attentat, chaque parole comme une révolte. Le talent, la richesse, la vertu deviennent des crimes; on est condamné par le soupçon. Les fers s'appesantissent, les chaînes se multiplient, les adulateurs deviennent plus impudents, les satellites plus vils, les bourreaux plus barbares, le despotisme plus cruel, la persécution plus impitoyable.

Entre ces deux systèmes qui, par des voies opposées, conduisent au même résultat, à la servitude et à la ruine du peuple, apparaît le système catholique, qui, condamnant les révoltes et les désordres, enseigne de n'opposer à l'oppression, principalement en matière religieuse, que la résistance passive et l'obéissance active.

La résistance passive, par laquelle le sujet refuse d'obéir au commandement de l'homme au préjudice des droits de la conscience et de la loi de Dieu, mais passivement, c'est-à-dire en souffrant, sans employer la force matérielle, les peines honorables de sa confession. Car Jésus-Christ a dit : Celui qui emploie l'épée pour repousser l'oppression religieuse périra par l'épée, *Omnes enim qui accipiunt gladium, gladio peribunt.* C'est-à-dire que la persécution religieuse ne doit point être combattue par la force des corps, mais par le courage ou la vertu de l'âme : qu'en une guerre toute spirituelle, on ne doit pas employer les armes matérielles par lesquelles on peut périr même après la victoire, mais les armes spirituelles, la constance dans la foi, la douceur, la patience et la prière, armes dont le succès est aussi assuré que l'emploi en est noble et chrétien. Quand il s'agit de la confession de la vraie foi, il est plus facile de renverser le persécuteur en donnant notre sang que de chercher à répandre le sien. Le martyr dans son tombeau est plus terrible pour le tyran que le rebelle qui l'affronte à main armée sur le champ de bataille. Celui qui souffre est plus fort que celui qui résiste, celui qui se laisse frapper que celui qui renvoie les coups, le chrétien qui succombe que le séditieux qui est vainqueur. Fils du Calvaire, les chrétiens se multiplient quand on les décime, ressuscitent dans la mort et triomphent dans les humiliations; *quo plures metimur plures efficimur.* (TERTULLIEN.) Et en même temps qu'ils acquièrent pour eux-mêmes, au ciel, une couronne immortelle, ils assurent à leurs frères, à l'Eglise, une force, une victoire infaillible sur la terre. L'ancienne Rome chrétienne et la nouvelle sont une preuve éclatante de la vérité et du succès de cette doctrine.

Mais n'oublions pas qu'en prescrivant la résistance passive au pouvoir oppresseur de la conscience et de la foi, l'enseignement catholique enseigne aussi la doctrine de l'obéissance active; pendant qu'elle ordonne de résister en souffrant, elle permet d'obéir en agissant, pour se soustraire à ce qui est injuste. C'est-à-dire que tout en condamnant la rébellion, l'enseignement catholique ne défend pas l'action; ne voulant pas que l'on résiste par la force, elle ne défend pas que l'on résiste par les voies de la légalité et de la justice. En voulant que le sujet respecte les droits du pouvoir, elle n'exige pas qu'il renonce aux siens; ce même saint Paul qui a tant prêché l'obéissance au pouvoir légitime, comme à l'ordre établi de Dieu, n'a pas laissé cependant d'en appeler à César de l'injuste tyrannie d'un tribunal subalterne : *Ad Cœsarem appello.* Il n'a pas laissé de réclamer ses droits, ses privilèges de citoyen romain : *Vir romanus sum.* Ainsi quand l'Eglise catholique exige la résignation de la part des sujets opprimés, elle n'entend pas pour cela qu'ils renoncent à leur personnalité humaine, et que, comme les choses inanimées, ils s'abandonnent aux sanguinaires caprices de la tyrannie; à la raison soumise du sujet il leur est recommandé d'unir la soumission raisonnée de l'homme, *rationabile obsequium (Roma.)* Tout en assurant l'obéissance au pouvoir, le système ne la sanctionne pas comme légitime, mais il permet de réclamer contre l'oppression et réconcilie la dignité de l'homme avec l'ordre de la société.

Or, cette doctrine sublime du Christianisme, la seule sage, la seule utile, parce qu'elle est la seule vraie, notre Daniel l'a professée dans ses discours et l'a traduite dans les faits; il l'a, par tous les moyens possibles, inspirée, inculquée, profondément imprimée dans le cœur de son peuple. Dans toutes ses harangues populaires, il ne cessait de répéter ces grandes maximes : « Celui qui recourt à la force n'est pas digne de la liberté. — Celui qui viole les lois trahit sa patrie. — Celui qui vous engage à résister vous expose à périr. — Celui qui vous prêche l'insurrection, ourdit contre vous une trahison. Fuyez-le, arrêtez-le, livrez-le à l'autorité, pour qu'elle en fasse justice ; Irlandais, le spectacle le plus agréable aux ennemis de votre foi serait de vous voir violer vos lois. Vos oppresseurs ne désirent rien tant que de vous voir en armes, de vous entendre pousser des cris séditieux contre l'autorité, pour avoir de nouveaux prétextes de vous opprimer encore davantage. Le jour où l'Irlande recourra à la force, elle perdra tout espoir de reconquérir sa liberté. »

D'autres fois il s'écriait : « Irlandais, aimez-vous votre patrie? — Oui! oui! — Eh bien! point de désordres, point de troubles, point de sociétés secrètes, point de trames, point de complots contre l'autorité établie. »

Les démagogues d'un pays voisin s'avisèrent un jour d'envoyer au libérateur une députation pour lui offrir leur concours dans l'affranchissement de l'Irlande. O'Connell leur fit répondre : « Ne vous mettez point en peine, artisans de révolutions, vous n'avez rien de commun avec nous, qui voulons l'ordre et la légalité ; destructeurs des trônes, vous ne pouvez être les bienfaiteurs du peuple; ennemis de la religion, vous ne pouvez être les bons auxiliaires de la liberté. »

Mais tandis que de toute la force de son éloquence, de tout le poids de son autorité, il recommande et insinue l'obéissance aux lois les plus injustes, le respect pour le pouvoir le plus oppresseur, il ne cesse toutefois d'exciter l'énergie du peuple pour protester contre l'injustice des lois et contre l'oppression du pouvoir. Tandis qu'il tonne en faveur de la légalité, il ne cesse de réveiller, de maintenir toujours vivant dans ce peuple avili par trois cents ans de servitude le sentiment de sa propre dignité et de sa propre indépendance : « Souffrez, leur dit-il, mais réclamez. Obéissez, mais demandez. Soyez sujets fidèles, mais sans renoncer à être généreux chrétiens. La subordination toujours, la dégradation, la bassesse, jamais! »

Ces leçons étaient soutenues par son exemple; et, chose inouïe ! pendant quarante ans qu'il agita tout un peuple, tant par ses actes que par ses harangues, pendant une si longue lutte légale, jamais on ne put le surprendre agissant en dehors ou à l'encontre des lois. Jamais on ne le trouva coupable du plus petit attentat contre l'ordre, d'une parole qui ne fût sage, d'une expression qui ne fût respectueuse pour le souverain.

Sous sa main, l'Irlande devint le signe de l'admiration et de l'amour de tous les peuples, pour avoir soutenu pendant quarante ans une lutte légitime, légale, pacifique, sans jamais violer aucun droit ni transgresser aucun devoir, et s'être avancé d'un pas ferm et sûr à la conquête de la liberté religieuse et civile, manifes tant une égale horreur et pour la servitude religieuse de l'hé résie, qui seule peut faire supporter la servitude politique, e pour les violences sanguinaires de l'anarchie, qui trop souven conduisirent les peuples aveuglés non pas à la conquête de la liberté, mais à une chûte plus profonde et plus avilissante dans les bras de la tyrannie. Voilà donc ce que fit O'Connell, il a révélé et mis en action la doctrine catholique de la résistance passive et de l'obéissance active, et son magnifique exemple a démontré sur un grand théâtre la vérité de ses principes, l'importance de l'application, la sûreté du succès. C'est pourquoi il a bien mérité du souverain et du peuple, de la religion et de la politique, de l'Eglise et de la société.

RÉSULTATS DE L'AGITATION D'O'CONNELL AU POINT DE VUE DE LA LIBERTÉ.

Le libérateur de l'Irlande n'a point restreint à l'Irlande seule les bienfaits de la liberté, mais il les a étendus à toute l'Europe, à tout le monde; car Dieu ne crée pas les grands hommes pour l'utilité d'un seul temps et d'un seul peuple, mais il les donne pour l'utilité de tous les peuples et de tous les temps, et c'est pourquoi l'homme de génie appartient à toute l'humanité. Ici, pour vous faire comprendre ma pensée, j'ai besoin de vous indiquer une importante doctrine qui seule peut nous donner l'intelligence des deux époques principales de l'histoire moderne.

L'histoire de notre siècle est écrite dans celle du seizième siècle. A cette époque, des hommes en qui tous les talents étaient unis à toutes les infamies et à tous les crimes, avec le mot de réforme à la bouche, bouleversèrent le monde chrétien tout entier; et de nos jours des hommes de la même trempe, avec le mot de liberté sur les lèvres, ont mis en révolution tout le monde politique. Mais quoi! est-il donc donné au génie du mal personnifié dans un homme d'agiter, de bouleverser à son gré le monde, et de l'entraîner dans les abîmes de la révolte et de l'hérésie? Non, non, il n'en est point ainsi. Les hérésiarques du seizième siècle aimaient aussi peu la réforme que les révolutionnaires de notre temps aiment peu la liberté. De même que dans la bouche des premiers le mot de réforme, le mot de liberté dans la bouche des seconds n'est qu'un prétexte, qu'un mensonge et une imposture. Avec ces mots magiques, les uns ont voulu détruire l'Eglise, ceux-ci veulent détruire la liberté. Tout cela est incontestable et prouvé par l'expérience. Les uns et les autres n'ont amassé que ruines sur leur passage, et maîtres du champ de bataille, les uns se sont montrés les chrétiens les plus impies et les plus corrompus; les autres, les hommes d'Etat les plus despotes et les plus cruels.

Comment donc et par quelles voies ont-ils pu atteindre à un tel degré de puissance, d'entraîner la moitié de l'Europe dans leurs desseins de désordre et d'erreur? Je vous le dirai :

Semblable à un fleuve qui en certains points de son cours amasse et dépose la fange, le temps accumule en de certaines époques les désordres et les abus. Ce phénomène est commun à toutes les sociétés humaines les mieux constituées, et l'Eglise elle-même, en ce qu'elle a d'éléments humains, n'en est pas exempte. Alors un malaise, une atonie, une perturbation secrète s'emparent du corps social, qui demande, qui cherche un remède prompt et efficace, et quiconque, recommandé par son audace, sa science et son génie, se présente pour le donner, est sûr d'être accueilli et écouté.

Ainsi, de même que les scandales et les abus du clergé, accumulés par les siècles passés dans le seizième, firent de la réforme un besoin universel dans l'Eglise, de même les injustices et l'arbitraire des hommes politiques, transmis par les siècles précédents au nôtre, ont fait dans l'Etat un besoin universel de liberté.

Ce n'est donc point pour avoir enseigné de fausses doctrines, que les hérésiarques et les révolutionnaires ont obtenu de si grands et de si funestes succès; mais parce qu'ils ont deviné et sont allés au-devant d'un besoin vrai et universel de l'Eglise et de l'Etat, et qu'ils se sont offerts pour le satisfaire, promettant, prêchant de bouche ce qu'ils n'avaient certainement pas dans le cœur, les uns la liberté, les autres la réforme.

Mais dans ce rapide coup d'œil sur les deux époques que je viens de signaler, et sur les causes des terribles perturbations qui en furent la suite, se trouve indiquée non seulement la philosophie de leur histoire, mais encore la nature du remède.

Comment l'hérésie, au seizième siècle, fut-elle arrêtée dans son cours effrayant, qui menaçait d'engloutir dans ses eaux impures l'Europe tout entière? Ce fut lorsque l'Eglise, prenant la parole même de l'hérésie, poussa à son tour le cri de réforme. Oui, à peine l'Eglise, par la bouche du grand pontife Paul III, et plus tard, dans l'immortel concile de Trente, eut-elle articulé le grand mot *reformatio*, que cette promesse, cette certitude d'une réforme vraie donnée par l'Eglise, anéantit la fausse réforme proclamée et offerte par l'hérésie, brisa le talisman redoutable de la magique parole avec laquelle elle avait fait illusion à tant de peuples. Et l'hérésie luthérienne et calviniste qui se tenait déjà à la frontière, prête à envahir la France et l'Italie, ne subsista plus que comme doctrine politique des Etats qui fondèrent sur elle leur constitution et leurs dynasties, mais comme doctrine théologique, elle cessa de faire de nouveaux ravages et de nouvelles conquêtes.

De la même manière, la révolution qui menace de faire le tour du monde, ne pourra être arrêtée dans sa marche dévastatrice des trônes et des Etats que quand les gouvernements eux-mêmes, adoptant la même parole, crieront eux aussi, liberté! Ce mot, je le répète, est sans doute aussi menteur dans la bouche des démagogues, que jadis le mot de réforme l'était dans celle des hérétiques ; mais si, prenant exemple de ce qu'a fait l'Eglise à l'égard de la réforme, les gouvernements adoptent la même politique à l'égard de la liberté ; s'ils font une vérité de cette parole qui, dans la bouche de la sédition, est un mensonge, s'ils s'empressent d'accomplir eux-mêmes ce que la révolution peut promettre sans pouvoir le donner, ou du moins le maintenir ; s'ils se présentent à temps pour satisfaire un besoin réel, sensible, évident, des peuples chrétiens, et les délivrent ainsi des séductions de la démagogie ; s'ils font de leur plein gré et dans une juste mesure ce que plus tard ils seraient contraints de faire outre mesure par une inexorable nécessité ; si les gouvernements, dis-je, tiennent cette conduite, ils enlèveront aux ennemis de l'ordre la faveur des peuples. Et de même qu'une sage réforme exécutée par l'Eglise désarma l'hérésie, de même une sage liberté, concédée par les gouvernements, désarmera la révolution ; et c'est là, qu'on l'entende bien, le moyen unique, le moyen sûr, infaillible de la faire cesser.

Or, cette grande doctrine, si simple et en même temps si profonde, comprise par si peu d'esprits, et qui n'était professée par personne au commencement de ce siècle, O'Connell a été le premier à la proclamer, à l'inaugurer, à la mettre en pratique, avec le plus grand succès.

Quand cet homme extraordinaire commença à paraître sur la scène politique du Royaume-Uni, c'est-à-dire sur le plus grand théâtre du monde, les meilleurs esprits étaient, à l'égard de la liberté, dominés par des préjugés funestes, mais malheureusement trop justifiés par le spectacle de tant de trônes chancelants ou tombés, de tant de dynasties éteintes ou proscrites, de tant de spoliations, de ravages et de ruines faites au nom et sous l'étendard de la liberté; ce nom qui rappelait tant d'excès, faisait trembler d'épouvante. Ce drapeau, souillé de tant de sang, n'éveillait qu'un sentiment d'horreur. Toutes les idées d'ordre s'étaient conséquemment identifiées avec les idées d'un absolutisme insensé, et toutes les idées de la liberté avec celles d'un jacobinisme cruel. Liberté était devenue synonyme de rébellion, et libéral de régicide. Toute tentative de réforme politique était considérée comme un attentat contre la stabilité des trônes et la tranquillité des États. Un despotisme fanatique était regardé comme l'unique refuge de l'ordre, l'unique sauvegarde de la société.

Ainsi, la fidélité moderne aux pouvoirs ne comprit plus l'ordre sans le despotisme, comme la philosophie antique ne comprit jamais la société sans la servitude.

Mais dès qu'un homme comme O'Connell, dont on ne pouvait mettre en doute ni la grandeur du génie, ni la pureté des intentions, ni la fidélité à ses principes, ni l'amour pour son peuple, ni surtout l'intelligence de sa foi et la sincérité de ses croyances; dès que l'on vit, en un mot, le grand citoyen et en même temps le grand chrétien, invoquer, prêcher la liberté et protester hautement de ses idées libérales, ces mots commencèrent d'abord à trouver moins de discrédit aux oreilles délicates et timides du catholicisme et de la fidélité irlandaise. Bientôt ils devinrent familiers à ce peuple; ils se naturalisèrent chez lui, et avec les idées qu'ils représentent, naquirent les sentiments qu'ils inspirent. Enfin l'Irlande, à l'école et sous l'inspiration de son O'Connell, devint le peuple le plus libéral de l'Europe et le plus enthousiaste de la liberté. Mais de quelle liberté? Oui, la nation irlandaise, malgré les calomnies et les outrages de l'hérésie anglicane, qui, comme les Juifs orgueilleux et cruels, blasphème et insulte la victime qu'elle a crucifiée, la nation irlandaise est une nation de héros! Formée par les théories chrétiennement libérales d'O'Connell, elle a adopté la vraie liberté, fille de la religion, et s'est mise en garde contre la fausse liberté, produit monstrueux de la rébellion. Elle a présenté au monde le spectacle unique d'un peuple libre en réclamant ses droits et docile en obéissant, jaloux de son indépendance et ennemi de la rébellion, passionné pour son pays et fidèle à son roi, assez fier pour ne pas s'avilir, assez sage pour ne pas insulter au pouvoir, sublime dans la résignation et modéré dans la résistance, zélé pour ses propres droits et scrupuleux à respecter ceux d'autrui, se réunissant, mais sans tumulte, se plaignant, mais sans invective, criant contre l'injustice, mais sans dépasser jamais les limites de la légalité.

Gloire donc et triomphe à O'Connell pour avoir ainsi réconcilié la liberté avec l'ordre, l'indépendance avec la fidélité, et pour avoir transformé en un principe de sécurité et de bonheur le principe de la destruction des trônes, de la désolation et de la servitude du peuple !

Cette grande révolution pacifique dans les idées et dans les sentiments passa bientôt de l'Irlande en Angleterre, et de l'Angleterre commença à parcourir l'Europe en tous sens. L'exemple d'une nation de huit millions d'hommes, qui, obéissante aux doctrines de son maître, je dirais presque de son prophète, est toujours agitée et toujours tranquille, toujours attentive à discuter ses droits et toujours exacte à remplir ses devoirs, toujours réclamant contre les injustices qu'elle souffre, et toujours fidèle, cet exemple, dis-je, fit ouvrir les yeux à un grand nombre, et répandit une grande lumière sur la science du gouvernement des États. Les préjugés se dissipèrent, les esprits élevés virent alors une alliance possible entre la liberté et l'obéissance, entre l'agitation la plus vive et le respect aux lois, entre les droits des sujets et la sécurité des princes, entre l'indépendance du peuple et la stabilité des empires. Le mot de liberté commença à être prononcé sans répugnance; on commença à reconnaître que l'on peut être ami du peuple sans devenir l'ennemi des rois, libéral sans être jacobin.

Et où croyez-vous qu'aujourd'hui se trouvent les provocateurs des lois d'exception, les plus vils adulateurs du pouvoir, les soutiens de la doctrine des anciens peuples païens, de la suprématie absolue de l'État, doctrine qui abandonne tout un peuple chrétien à l'arbitraire et au caprice de quelques hommes qui s'appellent l'État, et crée une servitude universelle? Où croyez-vous qu'aujourd'hui se trouvent ceux qui refusent aux pères de famille la liberté d'élever leurs propres enfants, à la commune de régler ses propres dépenses, à la province de pourvoir à sa prospérité, à l'Église de prêcher et de conduire les peuples dans les voies de la vérité et de la justice? Où croyez-vous que se trouvent aujourd'hui ces hommes en qui la haine du peuple n'est égalée que par l'insolent mépris avec lequel ils en parlent? Où croyez-vous enfin que se trouvent les ennemis de toutes les libertés, les fauteurs im-

pudents de toutes les servitudes? Ils se trouvent parmi les plus
fanatiques démagogues, parmi les élèves du jacobinisme et de la
rébellion. Et au contraire la liberté ne connaît pas d'amis plus sincères, de prosélytes plus constants, de défenseurs plus intrépides,
d'avocats plus généreux que parmi les plus savants partisans de
l'ordre monarchique, parmi les héros et les martyrs de la fidélité.

Or, un changement si étrange et si inattendu a eu son principe
et sa cause en Irlande. Il est né sous les auspices et par l'enseignement d'O'Connell. C'est lui qui, par l'exemple de sa patrie, a
modifié ou changé entièrement les idées politiques d'une grande
partie de l'Europe. C'est lui qui a ruiné la fausse liberté et recommandé la véritable. C'est lui qui a démasqué la vile hypocrisie des
démagogues et discrédité pour toujours la sédition.

Il est vrai que cette doctrine est celle des anciens apôtres, des
premiers chrétiens, des martyrs des premiers temps, qui, tout
en réclamant leurs droits par leurs paroles et leurs écrits, par leurs
protestations devant les tribunaux et leurs apologies présentées
aux empereurs, et en se récriant contre l'injustice, ne cessaient
d'être fidèles. Mais la crainte d'une situation pire avait éclipsé et
comme éteint cette noble doctrine parmi les personnes fidèlement
chrétiennes et chrétiennement fidèles. Une pensée, une parole de
plainte contre une injustice, de censure contre un abus de pouvoir, leur eût paru un délit. Eh bien! O'Connell l'a ressuscitée, cette
doctrine conciliatrice; il l'a renouvelée, répandue, enseignée par
la puissance de son éloquence et l'éclat de ses succès; Il l'a rendue
commune et populaire en Europe. Il a travaillé à la conquête d'une
sage liberté.

Je dis d'une sage liberté, car de même qu'il y a un or vrai et
un or faux, il y a la vraie et la fausse liberté. Oh combien celle-
là est belle! oh que celle-ci est hideuse! Combien celle-là est majestueuse! combien celle-ci est terrible! Combien celle-là respire
la grâce et la paix! combien celle-ci inspire l'épouvante et l'horreur! L'une a orné sa tête de la splendide auréole de l'ordre,
l'autre l'a couverte du bonnet sanglant de l'anarchie! L'une tient
à la main l'olivier de la paix, l'autre le flambeau de la discorde;
l'une est vêtue de la blanche robe de l'innocence, l'autre est enveloppée dans le noir manteau du crime souillé de sang. L'une
est le soutien des trônes, l'autre en est la ruine; l'une est la
gloire et la félicité des peuples, l'autre en est la honte et le fléau.
Celle-ci est vomie par l'enfer comme un souffle empoisonné de
l'esprit de ténèbres, celle-là descend du ciel comme une suave

incarnation de l'esprit de Dieu : *Ubi spiritus Domini*, *ibi liberlas.*

C'est pourquoi, entendons le bien, cette vraie liberté n'est point sortie des orgies clandestines de la rébellion, mais du sanctuaire ; elle a germé, non sous les doctrines de la philosophie, mais sous celles de la religion. La liberté est l'irradiation pacifique de la vérité, comme la servitude est le flambeau funeste de l'erreur. On ne peut donc l'obtenir sincère et pure que par l'Eglise, dans laquelle seule se trouve la vérité sincère et pure. De même donc que c'est l'Eglise qui a soutenu la liberté métaphysique de l'âme humaine contre les philosophes et les hérétiques qui l'avaient attaquée ; de même que c'est l'Eglise qui a créé la liberté domestique en élevant la femme à la dignité d'épouse et en consacrant les droits des enfants ; de même que c'est l'Eglise qui a créé la liberté civile, en abolissant, parmi les peuples chrétiens, la vente de l'homme et l'esclavage ; de même, l'Eglise seule pourra proclamer la liberté politique, en fixant les vraies et justes limites de l'obéissance et du commandement, les vrais et justes droits, les vrais et justes devoirs des peuples et des pouvoirs.

RÉSULTATS DE L'AGITATION D'O'CONNELL AU POINT DE VUE DE LA RELIGION.

Semblable à un souverain légitime, la vérité n'a besoin que d'elle-même ; elle n'a qu'à se révéler pour s'attirer l'adhésion et les hommages et régner dans le monde des intelligences. Au contraire, semblable à un tyran usurpateur, l'erreur ne peut s'imposer aux esprits des hommes et ne peut conserver cet empire que par le moyen de la violence et de la fraude.

C'est pourquoi, tandis que l'hérésie commence toujours par s'attacher aux grands pour pouvoir ensuite, à la faveur de leurs passions et de la force de leur puissance, dominer les peuples, la doctrine catholique au contraire commence toujours par s'annoncer d'elle-même et toute seule au peuple, après quoi, elle daigne aussi admettre les grands à sa suite, sous la condition toutefois qu'ils viendront avec le peuple manger à la table et boire à la coupe de l'égalité chrétienne, vêtus des livrées de l'humilité. Tandis que l'hérésie est toujours à genoux au pied des trônes, implorant un lambeau de pourpre pour la couvrir et une épée pour la défendre, la doctrine catholique saintement fière de sa divine origine, ne se présente debout devant les trônes que pour leur prêcher les vérités les plus importantes et les devoirs les plus durs.

Enfin, tandis que les églises hérétiques ou schismatiques s'en vont partout mandiant la protection des hommes, l'Eglise véritable ne demande à Dieu que la liberté : *Ut Ecclesia tua secura tibi serviat libertate.*

De là vient que la liberté de conscience, qui, dans le sens absolu, ne signifie qu'indifférence, athéisme, impiété, négation de toute révélation, de toute religion positive, de toute règle de croyances et d'actions, cependant, dans son sens relatif, c'est-à-dire par rapport à la puissance civile, qui n'a pas reçu de Dieu la mission de prêcher et d'interpréter l'Evangile, est un principe catholique que l'Eglise a professé, enseigné, défendu, et auquel elle ne pourrait renoncer sans abdiquer sa mission divine, sans se détruire elle-même ; c'est une condition nécessaire de son existence et de sa propagation.

Mais comme, à la fin du dernier siècle, l'Eglise catholique avait vu, au nom et par les apôtres de la liberté, emprisonner ses pontifes, disperser ses ministres, détruire ses autels, profaner ses temples, violer ses vierges saintes, usurper ses biens, abolir ses cloîtres, discréditer, mutiler ses doctrines, ses lois, son culte, ses institutions, enfin comme, à cette époque funeste, la liberté marcha toujours en compagnie du blasphème et du sacrilège, l'Eglise commença à la considérer comme l'ennemie nécessaire, irréconciliable de la vraie religion, et les vrais fidèles ne pouvaient entendre son nom sans frémir, ne croyaient pouvoir le prononcer sans crime.

Au contraire, comme à la même époque l'autel était tombé sous les coups de la même hâche qui avait démoli le trône, l'idée qu'ils ne pouvaient se relever qu'unis prévalut ; et c'est pourquoi le trône et l'autel inspirèrent un commun intérêt et se trouvèrent unis dans l'esprit, dans le cœur et dans la bouche de tous les gens de bien ; et comme une triste expérience avait prouvé que le trône ne pouvait rien sans l'autel, on commença à croire que l'autel ne pouvait rien non plus sans le trône : et c'est pourquoi le trône fut considéré non-seulement comme l'appui nécessaire de l'ordre politique, mais encore de l'ordre religieux.

Ces idées étaient devenues générales en Europe. Les vrais fidèles tenaient toujours leurs regards fixés non-seulement sur les trônes catholiques, mais encore sur les trônes protestants ; les catholiques de l'Irlande eux-mêmes n'attendaient que de la libéralité de la couronne protestante de l'Angleterre, l'émancipation de leurs consciences et de leur religion ; toutes leurs espérances reposaient sur un trône constitutionnellement ennemi de leur foi.

Mais c'était là faire d'une religion divine une institution humaine, qui ne peut rien sans l'appui de l'homme. C'était abandonner la foi, la morale, le culte, l'Eglise à l'arbitraire du pouvoir civil, qui, sous prétexte d'en être le protecteur, n'aurait pas manqué de s'en faire le pontife, et il est prouvé que l'Eglise a eu plus souvent à se plaindre de ses protecteurs que de ses persécuteurs. C'était faire dépendre du bon ou du mauvais vouloir du prince la foi du peuple, consacrer comme politiquement légitimes tous les systèmes de l'erreur jusqu'à l'athéisme, et consentir à la plus dure, à la plus insupportable de toutes les servitudes, la servitude de la conscience; c'était vouloir enfin détruire jusqu'au dernier vestige de la dignité humaine.

Combien n'était-il pas nécessaire de faire sentir aux peuples que le pouvoir civil qui étend la main sur la religion, en faisant semblant de la protéger, la domine, et, en la dominant, l'annule et la dégrade, et que la vraie religion ne peut subsister qu'à l'ombre et à la faveur de la liberté?

Mais, grand Dieu! détruire un préjugé qu'une complication de terribles circonstances avait gravé profondément dans les esprits les plus sages, à savoir : « Que la liberté est l'ennemie de la religion; » calmer les appréhensions, les craintes, les terreurs trop légitimes que le mot de liberté devait éveiller dans les cœurs les plus religieux, les plus pieux; entraîner un peuple aussi catholique que le peuple irlandais à chercher dans la liberté le triomphe du catholicisme, tandis que dans le reste de l'Europe ce catholicisme avait été détruit ou défiguré sous les coups de la liberté, quel travail! quelle entreprise! Une génération tout entière d'hommes apostoliques n'aurait pas semblé suffisante pour réussir, et cependant un seul homme, un seul laïque, O'Connell seul l'a fait! Son génie a suffi pour concevoir un tel projet, son courage pour l'entreprendre, sa constance et sa puissance pour l'accomplir!

Avec quelle prudence, avec quelle discrétion, pour ne point intimider des préjugés trop raisonnables, des sentiments trop délicats, ne s'est-il pas appliqué d'abord dans les assemblées publiques et dans les réunions privées, à persuader au peuple et au clergé qu'il n'y avait rien d'avantageux à attendre pour la religion catholique de la libéralité spontanée d'un gouvernement protestant, que l'émancipation religieuse ne pouvait s'obtenir que par le moyen et en compagnie de l'émancipation politique, que l'indépendance de l'Eglise catholique en Irlande devait être une conquête légale, pacifique du peuple, et non point une concession gratuite du pouvoir, et que la liberté était le seul moyen qui leur restât pour faire triompher la religion. Il répétait souvent que rien ne lui avait été plus difficile que de persuader au clergé que la religion ne devait, ne pouvait être victorieuse qu'à la faveur de la liberté.

Il ne manqua pas, au commencement, d'esprits d'une piété faible ou d'une hypocrisie maligne qui, en entendant un langage si nouveau dans la bouche du jeune O'Connell, se laissèrent aller à la défiance, et le traduisirent au tribunal de l'opinion publique comme étant un esprit sans discrétion, faussé par la philosophie du dix-huitième sicle, ou comme un dangereux émissaire chargé d'inoculer à l'Irlande les doctrines anarchiques de la révolution française, en un mot, comme un sectaire. Mais son horreur pour le sang, son amour pour la légalité, la force de ses convictions, et surtout son zèle sincère pour la religion, dissipèrent bientôt tous ces soupçons, toutes ces calomnies. Ses intentions saintes furent bientôt connues, ses doctrines furent entendues, goûtées, ses desseins approuvés et applaudis.

Tel fut l'effet magique de sa parole et de son action, que, dans l'espace de cinq années, il réussit à faire passer son esprit tout entier dans le cœur de l'Irlande, à transformer l'Irlande à son image. Il attira à ses idées, non-seulement les catholiques en masse, mais encore un grand nombre de protestants; non-seulement les laïques, mais encore les ecclésiastiques; non-seulement les hommes, mais encore les femmes; non-seulement en Irlande, mais encore en Angleterre; et il établit l'association de la liberté religieuse, dans laquelle tous les hommes de bonne foi, tous les cœurs nobles, tous les esprits généreux de toutes les églises et de toutes les opinions se trouvèrent réunis et unanimement associés dans la même pensée de réclamer par leurs communs efforts la liberté de conscience, son affranchissement du pouvoir civil, et de faire triompher leur propre religion par le moyen de la liberté.

Les efforts d'O'Connell furent couronnés de succès. Après quelques années de lutte, de souffrances et d'angoisses, l'Irlande, guidée par son libérateur, finit par conquérir son émancipation, sa liberté civile, sans conditions humiliantes ou funestes, et comme O'Connell l'avait prédit, sans avoir rien sacrifié de sa religion.

Ces heureux résultats ne se sont point bornés à l'Irlande. O'Connell a vu la liberté civile qu'il avait prophétisée et conquise pour sa patrie devenue un triomphe pour la religion dans les diverses parties du monde.

En effet, ce fut grâce aux héroïques efforts de l'Irlande que la liberté civile, et par suite la liberté religieuse furent accordées à tous les sujets catholiques de la couronne d'Angleterre. Voilà donc qu'à partir de cet instant la religion catholique regardée jusque-là par l'Angleterre avec un superbe dédain comme la religion des esclaves, et, sous le nom de religion papiste, reléguée avec mépris dans les faubourgs et les prisons, la voilà qui acquiert une grande importance, une grande force, une grande dignité. Pleine d'une sainte fierté, elle monte au palais des grands, pénètre dans le parlement, entre à la cour, s'assied dans les conseils secrets de la royauté, et force l'orgueilleuse politique, qui, jusque-là daignait à peine l'honorer d'un regard, à traiter avec elle d'égale à égale, et presque à la respecter comme sa souveraine. Voilà que cette religion, jusque-là regardée seulement comme la religion des ignorants, des faibles d'esprit, de la populace et des pauvres femmes, envahit les universités les plus fameuses d'Oxford et de Cambridge, y fait des prosélytes entre les meilleurs sujets produits par les traditions catholiques que l'hérésie n'avait pu entièrement détruire, et compte parmi ses humbles disciples les plus nobles esprits, les hommes les plus instruits et les plus profonds dans la science de la religion, les plus nobles âmes, les caractères les plus généreux.

Oui, le temps est passé aujourd'hui d'insulter une religion qui, sans aucun secours des pouvoirs humains, et en dépit de leurs efforts, forte seulement de ses charmes divins, attire les grandes âmes à l'odeur de ses parfums célestes, et les enchaîne à sa suite à travers les voies les plus difficiles, jusqu'à sacrifier les positions les plus lucratives et les plus brillantes, jusqu'à embrasser la pauvreté avec l'unique ambition de posséder la vérité.

Chose admirable! la religion catholique qui, privée de ses droits civils, ne semblait qu'une esclave, une fois rendue libre par le génie d'O'Connell, apparut comme une reine. La liberté en a mieux fait connaître et apprécier la vérité et la beauté. Devenir catholique n'est plus aujourd'hui, même aux yeux des protestants anglais, se dégrader, c'est au contraire s'élever, s'honorer dans l'opinion. Les conquêtes que la foi catholique ne cesse de faire dans les classes les plus distinguées de la société sont accompagnées d'un sentiment d'envie et non de mépris. Ceux qui restent encore dans l'hérésie jettent sur eux-mêmes un regard honteux et troublé, mais ils ne vomissent plus l'injure, ils ne s'abandonnent plus à la colère contre ceux qui les abandonnent. Ils n'osent plus blâmer l'anglican qui devient papiste, ils gémissent plutôt de n'avoir pas le courage de l'imiter. Si les sarcasmes, les invectives, les outrages se rencontrent encore dans la bouche de bigots fanatiques, aussi vils par leurs sentiments que par leur naissance, la haute aristocratie, la vraie science, la bonne foi, le philosophe qui réfléchit, l'homme d'Etat qui se respecte, n'ont pour l'Eglise romaine et pour son auguste chef que des expressions de respect, d'admiration et de louange. Les voûtes de Westminster résonnent chaque jour de généreux accents qui rendent hommage à la vérité catholique, et font justice des insolences usées et désormais insupportables des vieux sectaires. Or, en consignant cette marche des choses, comment douter de la vérité de la prophétie qu'un beau génie (le comte de Maistre) a faite au commencement de ce siècle . « Qu'avant qu'il ne finisse, la messe sera célébrée à Saint-Paul de Londres? » Mais une fois que la messe sera célébrée à Saint-Paul de Londres, qui peut dire en combien d'autres églises des vastes domaines de l'Angleterre elle sera célébrée le même jour? La couronne britannique domine sur environ quatre-vingt millions de sujets dans le monde entier. Eh bien ! c'est à une si énorme masse d'hommes, de langues et de religions diverses qu'O'Connell a ouvert les portes de la véritable église, et auxquels il a assuré pour toujours la liberté de devenir catholiques, en revendiquant cette liberté pour l'Irlande !

Qui peut mesurer l'étendue, l'importance d'un tel succès? O'Connell n'en eut pas obtenu d'autre, que celui-là suffirait pour lui assurer un rang éminent, une gloire toute spéciale dans les annales de l'apostolat catholique.

Voyez en effet les résultats précieux que la foi catholique, émancipée dans la mère-patrie, produit dans toutes les dépendances de ce vaste empire. Partout où flotte l'étendard de la Grande-Bretagne, la foi de l'Irlande, à l'ombre de la liberté, déploie une force et une majesté auxquelles rien ne résiste. Le soldat irlandais, le prêtre, le missionnaire irlandais sont l'objet d'un respect particulier de la part de ceux qui commandent dans ces contrées au nom de l'Angleterre. La religion catholique n'a plus d'autres ennemis que les méthodistes, secte où se sont concentrés tous les sentiments bas, tous les instincts cruels de l'hérésie. Les autres sectes sentent la supériorité de l'action catholique pour convertir et civiliser les peuples, et lui rendent de justes hommages; l'Eglise devenue libre se fortifie incessamment dans ces immenses régions; elle s'y étend, elle y triomphe.

Or, cette révolution, la plus grande après celle qu'opéra dans le monde le christianisme naissant, cette révolution si précieuse par ses principes, ses moyens et ses résultats, Dieu l'a opérée par la main d'un seul homme; Daniel O'Connell est, après Dieu, cet homme à qui en revient la gloire!

Que dirai-je des effets que l'émancipation de l'Irlande a produit sur le protestantisme anglais! Une prédiction fut faite par les plus profonds politiques de la Grande-Bretagne, pendant que se plaidait cette grande cause, que l'émancipation de l'Eglise catholique serait la destruction du protestantisme. Cette prophétie tend à son accomplissement avec une étonnante rapidité. Le protestantisme ne vivait que des lois d'exception; il ne se trouvait en sûreté qu'à l'ombre de l'intolérance et de la tyrannie. Privé de ces affreux auxiliaires, abandonné à sa faiblesse et vicié par l'erreur, il ne peut plus se soutenir.

Et c'est pour cela que l'orangisme expirant, dans les accès convulsifs de son agonie, tourne vers le trône des regards inquiets et implore à grands cris le rappel du bill d'émancipation; c'est pour cela que l'anglicanisme bigot tremble d'accorder à l'Irlande le complément de sa liberté; c'est pour cela que les universités protestantes, ces citadelles de l'erreur, fondées, disait-on, pour sauver le principe du libre examen, première base du protestantisme, punissent de la destitution et de l'ostrocisme le noble courage de celui qui, à l'aide du libre examen, s'est convaincu, croit et confesse que la religion catholique est la seule véritable.

O'Connell donc, en émancipant l'Eglise catholique en Angleterre, a donné par cela seul au protestantisme anglais un coup dont il ne peut se relever. Cet horrible scandale de la royauté chrétienne, ce produit monstrueux de l'esprit de luxure uni à l'esprit de cupidité et d'orgueil, est sur le point d'expirer, et c'est le bras puissant d'O'Connell qui l'a percé au cœur, avec l'épée de la liberté!

Mais le protestantisme anglais est uni par des liens secrets au protestantisme suisse et au protestantisme allemand; c'est cette alliance qui fait leur force, leur autorité et leur espoir. L'Angleterre est à la tête du protestantisme, comme la France est à la tête du catholicisme dans l'univers entier. Lors donc que notre apôtre a frappé à mort le protestantisme en Angleterre, il en a préparé la chute dans le monde.

Mais ces triomphes ne sont pas les seuls qu'O'Connell ait donnés à l'Eglise, par le moyen de la liberté. Le principe de l'indépendance de la religion à l'égard du pouvoir civil a été, de nos jours, proclamé pour la première fois par la philosophie irréligieuse du dernier siècle, avec l'intention infernale de nuire à la véritable Eglise. Cette philosophie, partant de l'idée funeste que

l'Eglise catholique est une institution purement humaine, qui n'a
ni vie ni force propre, et qui ne peut se tenir debout qu'avec
l'appui des trônes, crut que si la doctrine de l'indépendance de
la religion ou de la séparation de l'Eglise et de l'Etat venait à prévaloir, l'Eglise, dépouillée du secours de l'Etat et battue en brèche par la science et toutes les passions humaines, devrait infailliblement tomber. Mais, ô calculs aussi insensés qu'impies! ô
admirable économie de la Providence de Dieu sur son Eglise!
Voilà dix-huit siècles que l'Eglise déclare au pouvoir civil qu'il
n'a aucune juridiction propre sur la conscience et sur la foi; voilà
dix-huit siècles qu'elle lutte contre le pouvoir pour son indépendance et sa liberté. L'incrédulité donc, en prêchant cette doctrine,
a parlé le langage de l'Eglise, elle a employé son éloquence à la
défendre, en croyant l'attaquer; elle a été divinement inspirée;
elle a servi sans les comprendre les desseins de Dieu sur l'Eglise.
L'âne de Balaam a parlé le langage de l'intelligence; l'imposteur
rempli de l'esprit de l'enfer a élevé la voix pour les intérêts du
ciel; Caïphe a prophétisé; Judas a prêché l'Evangile; l'ange apostat s'est exprimé comme l'Ange de Dieu; les ennemis de l'Eglise
ont proclamé eux-mêmes le vrai besoin de l'Eglise, le vrai principe auquel est attaché le succès de sa force régénératrice, sa protection, son triomphe.

On sait cependant de quelle manière la philosophie incrédule,
devenue pouvoir, a mis en pratique cette doctrine de la liberté
de conscience, qu'elle avait elle-même proclamée. On sait comment
sous son empire, il fut permis à chacun d'être janséniste, schismatique, hérétique, athée, déiste; mais malheur à celui qui,
prenant au sérieux cette liberté de conscience, s'avisait de se déclarer catholique. La guillotine était en permanence, le bourreau
toujours à son poste pour faire justice de celui-là. Voilà pourquoi
la doctrine de la liberté de conscience n'excitait que l'horreur des
uns, les soupçons des autres, et ne comptait de partisans que
parmi les incrédules et les indifférents. Mais lorsque O'Connell en
eut pris le patronage; lorsqu'il l'eut proclamée de sa voix puissante
et entourée du prestige de son autorité; lorsqu'il l'eut professée
avec tant de sincérité, mise en action avec tant de courage, uti-
lisée avec tant de succès et purifiée en quelque sorte des souillures
dont les livres de l'impiété l'avaient profanée en prononçant son
nom; lorsqu'il l'eut, enfin, baptisée, sanctifiée et fait servir au
triomphe de la vraie religion dans sa patrie; bientôt cette doctrine, restée jusque-là cachée dans quelque coin obscur de la
France et de l'Allemagne, a retenti comme un écho sonore dans

22

toute l'Europe ; elle a gagné les universités, elle est entrée dans les cabinets, elle a pénétré dans le sanctuaire, et funeste seulement à l'hérésie et à l'erreur, elle a produit ou préparé les plus brillants triomphes à la vérité.

En effet, en face de cette doctrine, et par conséquent de la libre discussion en matière de religion, dans les pays où la véritable religion se trouve entourée de sectes erronées, toutes les nouvelles sectes religieuses, nées de l'orgueil et de la volupté, comme les vers de la corruption, sont mortes pour ainsi dire en naissant ; et tandis que l'hérésie et l'incrédulité voient de jour en jour s'éclaircir leurs rangs, la vérité catholique, sortant de ses luttes plus forte et plus pleine de vie, voit de jour en jour doubler le nombre de ses disciples. Elle seule profite de la liberté, sous les coups de laquelle on avait craint de la voir succomber ! On peut donc dire avec plus de raison de la liberté ce que l'on a dit de la science qu'elle est un dissolvant qui décompose tous les métaux, excepté l'or. Et, en effet, la liberté dissout et pulvérise toutes les religions, à l'exception de la véritable ! Et si cela n'était pas certain, si cela n'était pas évident, si la liberté, qui est un des plus grands attributs de Dieu, ne convenait pas à la religion de Dieu, vous ne m'entendriez pas en faire l'éloge avec tant d'assurance, du haut de cette chaire sacrée qui ne doit défendre que ce qui est vrai, saint et divin.

C'est avec cette arme à la main que le rationalisme allemand refuse hardiment de se soumettre au culte officiel de la Prusse, et que, niant au pouvoir civil toute compétence pour imposer des symboles et les interpréter, il détruit les derniers remparts de l'édifice de Luther, et travaille pour l'entière liberté des catholiques. C'est avec cette arme que la démocratie de Genève, combattant les prétentions intolérantes, la juridiction doctrinale des ministres de l'hérésie, abat l'impiété de Calvin dans la métropole de son empire, et y prépare la liberté du catholicisme. C'est avec cette arme que la diplomatie européenne bat en brèche l'intolérance musulmane à Constantinople, le paganisme ombrageux de la Chine, et en ouvre les portes à la libre prédication de l'Evangile. C'est de cette arme enfin que sont forts, c'est à elle qu'ont recours les fidèles, les prêtres, les évêques de l'Eglise catholique en Espagne, en Portugal, en France, en Belgique, en Hollande et dans plusieurs contrées de l'Allemagne.

C'est cette arme qu'ils manient aujourd'hui avec une confiance égale aux craintes qu'elle leur inspirait d'abord, pour obtenir l'indépendance dont l'Eglise a besoin, et qu'un libéralisme hy-

ocrite s'obstine à leur refuser. Ils arrêtent le pouvoir civil tenté
le forger de nouvelles chaînes pour l'Eglise, et le contraignent à
riser les anciennes. Oui, la cause de la vraie religion, une fois
ransportée par le génie d'O'Connell sur le vaste terrain de la li-
erté, agitée au grand jour de la publicité, ne peut plus périr;
es droits ne peuvent plus être contestés, ses légitimes progrès,
es conquêtes ne peuvent plus être arrêtés.

C'est donc en vain que certains gouvernements se flattent de pou-
oir dominer encore l'Eglise ou dans l'Eglise. Depuis que le grand
postolat d'O'Connell a fait du principe de l'indépendance de la
eligion à l'égard du pouvoir civil un dogme universel; depuis
u'il l'a persuadé à tous les esprits, imprimé dans tous les cœurs,
t qu'il l'a fait adopter et goûter par les plus zélés et les plus
ieux parmi les pasteurs de l'Eglise, ce principe ne peut plus
érir ni tomber en oubli. Il acquerra de la force par la résistance
nême qu'on voudra lui imposer; il triomphera de tous les obs-
acles et fera triompher la religion.

Et malheur, malheur aux gouvernements qui croiraient pouvoir
aire encore du despotisme religieux au XIXe siècle, après la grande
évolution qui s'est opérée dans les idées. Les empereurs qui, en
e faisant chrétiens, ne voulurent pas comprendre le christianisme
t prétendirent continuer à exercer le despotisme païen sur l'E-
lise chrétienne, furent abandonnés par l'Eglise. Ils tombèrent
ans toutes les bassesses qui firent donner à leurs règnes le titre
'Histoire du Bas-Empire, et ils disparurent de la scène politique
u monde sans héritiers et sans successeurs. L'Eglise, qui ne dé-
aigne point, mais qui recherche, qui ne méprise point, mais
ui accueille et sanctifie tout ce qui a force et vie, se tourna alors
ers la Barbarie, dont les mains avaient fait justice des misères et
es fautes de l'empire romain; elle lava sa tête avec un peu d'eau,
ignit son front d'un peu d'huile, et en fit le miracle de la mo-
archie chrétienne. Si donc un jour les successeurs des chefs bar-
ares, se laissant pénétrer par l'élément païen essentiellement
espotique, renoncent à l'élément chrétien essentiellement libé-
al, parce qu'il est tout charité, et ne veulent plus comprendre
. doctrine de la liberté religieuse des peuples et de l'indépendance
e l'Eglise, qui fit la sécurité et la gloire de leurs ancêtres, l'E-
lise saura bien encore se passer d'eux; elle se tournera vers la
émocratie; elle baptisera cette héroïne sauvage; elle la fera chré-
enne, comme elle a déjà fait chrétienne la Barbarie; elle impri-
era sur son front le sceau de sa consécration divine, et lui dira :
ègne! et elle régnera. Oui, les gouvernements n'ont d'appui,

de salut, de défense, de probabilité de durée qu'en donnant à l'Eglise la liberté qui lui appartient, en traitant et en respectant les peuples comme enfants de Dieu! *(Oraison funèbre d'O'Connell.)*

CHAPITRE SECOND.

L'AGITATION CATHOLIQUE EN FRANCE.

M. de Lamennais. — M. de Montalembert. — M. Parisis.

Le 16 octobre 1830, M. l'abbé de Lamennais disait dans l'introduction du journal l'*Avenir :*

« Après trente années de convulsions, de guerres civiles et étrangères, de gloire au-dehors et de larmes au-dedans, d'anarchie et de despotisme, tout à coup on vit apparaître comme l'ombre de l'ancienne royauté, et tous les yeux se fixèrent sur elle, et l'on crut que l'ordre allait renaître, et que le repos de l'avenir était assuré désormais, car elle apportait des paroles de paix et de conciliation. Une éternelle alliance, c'est ainsi qu'on parlait, fut conclue entre le passé et le présent, et des décombres énormes de je ne sais combien de gouvernements écroulés, s'éleva un édifice nouveau, espèce de temple construit à la hâte, dans lequel les partis, abjurant leurs vieilles haines, devaient s'unir et s'embrasser. Tout cela se passait hier, et aujourd'hui l'on chercherait en vain quelques traces de ce qu'on disait affermi pour jamais : le temps roule ses flots sur ces vastes ruines.

» En moins d'un demi-siècle on a vu tomber la monarchie absolue de Louis XIV, la république conventionnelle, le directoire, les consuls, l'empire, la monarchie selon la Charte : qu'y a-t-il donc de stable? et, dans ce mouvement précipité qui emporte les peuples et leurs lois, leurs institutions, leurs opinons, qu'est-ce qui demeure, qu'est-ce qui survit au fond du cœur des hommes? deux choses, seulement deux choses, Dieu et la liberté. Unissez-les, tous les besoins intimes et permanents de la nature humaine sont satisfaits, et le calme règne dans l'unique région où il puisse régner sur la terre, dans la région de l'intelligence.

Séparez-les, le trouble aussitôt commence et va croissant, jusqu'à ce que leur union s'opère de nouveau.

» La fièvre qui agite toutes les vieilles sociétés chrétiennes, les commotions qui les ébranlent ne sont que l'effort, la réaction du christianisme même contre l'anarchie et le despotisme pour régénérer le monde en rétablissant l'ordre progressivement détruit : et si cette fièvre terrible doit peut-être se prolonger encore longtemps, c'est qu'un concours de circonstances qu'on ne déplorera jamais assez, a mis, pour ainsi dire, momentanément en guerre les éléments même de la vie, la religion et la liberté.

» Lorsqu'après les tumultes de la fronde, dernier et faible essai de résistance à un pouvoir qui ne voulait plus reconnaître de bornes, tout plia sous la volonté arbitraire d'un seul, la religion elle-même asservie perdit sa dignité en perdant son indépendance, et le clergé français, malgré les condamnations de Rome, recevant à genoux les doctrines serviles que le despotisme lui imposait insolemment, corrompit dans son propre sein l'esprit du catholicisme, et le rendit, aux yeux des peuples, complice du pouvoir qui avait planté sa tente sur les derniers débris de la liberté chrétienne. Trouvant la servitude près de l'autel, les hommes s'effrayèrent de Dieu.

» Cette cause, jointe à plusieurs autres, produisit la philosophie passionnée du dix-huitième siècle, qui attaqua simultanément le despotisme et la religion, persuadée qu'on ne pouvait triompher de l'un sans renverser l'autre, et lorsque s'opéra, par un mouvement soudain et presque unanime, l'affranchissement politique, la même opinion établie dans la tête de quelques monstres, enfanta ces épouvantables persécutions auxquelles on ne saurait rien comparer dans les annales de la tyrannie.

» De là, et qui pourrait s'en étonner? la longue défiance des catholiques pour tout ce qui se présentait sous le nom de liberté. Ce nom réveillait en eux trop de souvenirs sinistres, il se confondait trop naturellement dans leur esprit avec la haine du christianisme, pour qu'ils ne le redoutassent point comme le signal de l'oppression de leurs droits les plus chers et les plus sacrés; et il faut avouer qu'on a peu fait pour les détromper d'une erreur dont les conséquences, si elle se prolongeait, deviendraient de plus en plus funestes.

» Ainsi se sont trouvés en opposition les deux principes sur lesquels repose, non-seulement le bonheur des peuples et leur perfectionnement réel, mais leur existence même. »

Dans un autre article, l'illustre écrivain exposait son programme et proclamait hautement les grands principes de la liberté moderne. Il demandait la liberté de conscience ou de religion, pleine, universelle, sans distinction comme sans privilège ; la liberté d'enseignement, parce qu'elle est de droit naturel, et, pour ainsi dire, la première liberté de la famille, parce qu'il n'existe, sans elle, ni liberté religieuse, ni liberté d'opinions ; la liberté de la presse qui n'est qu'une extension de la parole, qui est, comme elle, un bienfait divin, un moyen puissant, universel de communication entre les hommes, et l'instrument le plus actif qui leur ait été donné pour hâter les progrès de l'intelligence générale ; la liberté d'association, parce que partout où il existe soit des intérêts, soit des opinions, soit des croyances communes, il est dans la nature humaine de se rapprocher et de s'associer, parce que c'est là encore un droit naturel, parce qu'on ne fait rien que par l'association, tant l'homme est faible, pauvre et misérable, tandis qu'il est seul, parce que là où toutes classes, toutes corporations ont été dissoutes, de sorte qu'il ne reste que des individus, nulle défense n'est possible à aucun d'eux, si la loi les isole l'un de l'autre et ne leur permet pas de s'unir par une action commune (*Avenir,* 7 décembre 1830).

Il est maintenant permis de reconnaître que M. de Lamennais, en arborant hautement en France la bannière du libéralisme chrétien, à la suite du grand O'Connell en Angleterre, rendait un service important à l'Eglise et à la société. S'il n'eût point mis d'amertume dans les discussions, s'il n'eût point exagéré ses principes, s'il eût eu plus de respect pour les hommes haut placés qu'il croyait devoir combattre, il n'aurait pas soulevé une si grande opposition dans les rangs des catholiques et de l'épiscopat, il n'aurait point provoqué contre son journal la condamnation du chef de l'Eglise. Si du moins, à l'exemple de ses collaborateurs, il se fût soumis, il aurait pu continuer la controverse en la modifiant, en usant d'une prudente réserve, et en ôtant à ses principes ce qu'ils avaient sous sa plume de trop absolu ; il aurait conservé le fond des doctrines que ses disciples et ses admirateurs ont travaillé depuis à faire prévaloir, et que l'épiscopat tout entier professe maintenant à la face du monde depuis la fameuse controverse relative à la liberté d'enseignement.

M. de Lamennais avait un magnifique exemple à suivre dans la conduite de l'Agitateur de l'Irlande. Dès le début de sa mission, O'Connell avait compris qu'il devait se concilier le clergé et l'épiscopat. « Je lui ai entendu dire souvent, dit le docteur Miley, son aumônier, que la difficulté capitale, le grand obstacle à sur-

monter, était de persuader à la hiérarchie religieuse et au clergé
irlandais qu'un homme pouvait être sincère dans son attachement
à sa foi, et en même temps ardent à revendiquer la liberté civile. »
(Oraison funèbre d'O'Connell.) On sait comment O'Connell sut
vaincre cette difficulté et par quel art il parvint à identifier sa
cause avec celle du clergé. La difficulté était beaucoup plus grande
pour M. de Lamennais, en France, sous un gouvernement qui
semblait faire de belles promesses à l'Eglise. L'avenir a fait voir
qu'il aurait pu en triompher; il aurait fait taire peu à peu les
préventions amassées contre lui, il aurait eu la gloire de continuer
le mouvement et de le diriger, il serait devenu, non comme orateur, mais comme écrivain, l'O'Connell de la France. Mais il s'est
volontairement privé de cette gloire. Cet homme qui avait défendu la religion avec un si beau génie, s'est laissé vaincre par
l'orgueil, il a donné le scandale d'une des chutes les plus terribles dont l'histoire conserve le souvenir. Aujourd'hui il n'est plus
catholique, il n'est plus même chrétien; (*) il se précipite dans
les erreurs et les illusions du rationalisme et de la démagogie,
sans qu'on puisse prévoir où il pourra s'arrêter. Grand exemple
de fragilité par lequel Dieu avertit les hommes qu'ils doivent,
quelqu'ils soient, se maintenir dans l'humilité chrétienne, et montre au monde que ce n'est point par des moyens humains, mais

(*) M. de Châteaubriand, dans ses Mémoires d'Outre-Tombe, exprime des espérances que nous
voudrions pouvoir partager. « Il a beau se débattre, dit-il, ses idées ont été jetées dans le moule
religieux ; la forme est restée chrétienne, alors que le fond s'éloigne le plus du dogme : sa parole a
retenu le bruit du ciel.

» Fidèle professant l'hérésie, l'auteur de l'Essai sur l'Indifférence parle ma langue avec des idées
qui ne sont plus mes idées. Si, après avoir embrassé l'enseignement évangélique populaire, il fût
resté attaché au sacerdoce, il aurait conservé l'autorité qu'ont détruite des variations. Les curés, les
membres nouveaux du clergé (et les plus distingués d'entre ces lévites), allaient à lui ; les évêques
se seraient trouvés engagés dans sa cause s'il eût adhéré aux libertés gallicanes, tout en vénérant le
successeur de saint Pierre et en défendant l'unité. »

Aujourd'hui les libertés gallicanes sont abandonnées même des évêques. Il n'était donc pas nécessaire
que M. de Lamennais les défendît.

« En France, continue M. de Châteaubriand, la jeunesse eût entouré le missionnaire en qui elle
trouvait les idées qu'elle aime et les progrès auxquels elle aspire ; en Europe, les dissidents attentifs
n'auraient point fait obstacle ; de grands peuples catholiques, les Polonais, les Irlandais, les Espagnols auraient béni le prédicateur suscité. Rome même eût fini par s'apercevoir que le nouvel évangé-
liste faisait renaître la domination de l'Eglise, et fournissait au pontife opprimé le moyen de résister
à l'influence des rois absolus. Quelle puissance de vie ! L'intelligence, la religion, la liberté représen-
tées dans un prêtre !

» Dieu ne l'a pas voulu ; la lumière a tout-à-coup manqué à celui qui était la lumière ; le guide en
se dérobant a laissé le troupeau dans la nuit. A mon compatriote, dont la carrière publique est interrompue, restera toujours la supériorité privée et la prééminence des dons naturels. Dans l'ordre du
temps il doit me survivre ; je l'ajourne à mon lit de mort pour agiter nos grands contestes, à ces
portes que l'on ne repasse plus. J'aimerais à voir son génie répandre sur moi l'absolution que sa main
avait autrefois le droit de faire descendre sur ma tête. Nous avons été bercés en naissant par les mêmes
flots ; qu'il soit permis à mon ardente foi et à mon admiration sincère d'espérer que je rencontrerai
encore mon ami réconcilié sur le même rivage des choses éternelles. »

par un miracle de sa toute puissance, qu'il soutient l'édifice de son Eglise ! Ceux qui ont reçu de lui les talents et le génie, ne peuvent devenir les instruments de ses desseins, et servir utilement sa cause, qu'autant qu'ils se pénètrent de son esprit et qu'ils sont toujours prêts à sacrifier leurs idées particulières pour se soumettre, d'esprit et de cœur, à toutes les décisions du chef de l'Eglise, surtout lorsqu'elles sont reçues par le corps des premiers pasteurs, qui sont aussi nos guides dans la foi, et qui ont reçu l'autorité pour gouverner.

Quoiqu'il en soit le mouvement de liberté catholique devait se développer plus tard et acquérir peu à peu de vastes proportions. Plusieurs hommes d'un beau talent et d'un généreux courage y ont contribué. Le plus célèbre d'entre eux est, sans contredit, M. le comte de Montalembert. Il est devenu le chef de l'agitation catholique en France. Il a su former à la vie politique les hommes religieux; il a conquis leur admiration et leur confiance par l'étendue de ses connaissances, par les grâces de son esprit; par l'ardeur de son zèle et surtout par la vivacité de sa foi.

M. le Comte de Montalembert.

M. le comte de Montalembert est né le 29 mars 1810. Il fit sa rhétorique et sa philosophie au collége Ste Barbe (aujourd'hui Rollin). Après avoir suivi à Paris les cours de droit, il acheva ses études à Munick, qui était alors illustrée par un grand nombre de savants professeurs. Il n'avait que vingt ans lorsque la révolution de 1830 éclata. Mais dès lors il avait suffisamment réfléchi pour comprendre les conséquences que cette révolution devait amener au point de vue de la défense de la religion. M. de Lamennais le distingua parmi la jeunesse catholique et l'associa à la rédaction de l'Avenir. M. Lacordaire disait de lui : « C'est un jeune homme charmant et que j'aime comme un plébéien. Je suis sûr que, s'il vit, sa destinée sera pure comme un lac de la Suisse entre les montagnes, et célèbre comme eux. » (*M. Lorain, Correspondant.*) M. de Montalembert ne tarda pas à justifier ces espérances. Les articles qu'il traita dans l'Avenir sont empreints de cet esprit de foi et de cet amour de la liberté, qu'il montra plus tard à la chambre des Pairs. Il révéla toute la ferveur de son dévouement religieux dans les paroles suivantes à propos de la destruction des croix en février 1831.

« Naguère, au seul bruit des profanations que cette croix divine subissait dans une lointaine contrée, l'Europe s'ébranla et neuf fois un débordement d'héroïsme et de dévouement alla inonder l'Orient et proclamer le règne et la victoire du Christ. Aujourd'hui c'est à peine si on lui accorde quelques pleurs ; c'est à peine si deux ou trois journalistes s'émeuvent pour la défendre. Est-ce à dire qu'elle va disparaître à jamais ? la religion, dont elle est le symbole, va-t-elle s'abîmer dans la ruine commune des empires et des lois ? Chrétiens, non, il n'en sera point ainsi. Du sein de la nouvelle lutte que Dieu lui prépare, elle sortira non pas seulement vivante, mais victorieuse, mais le front ceint d'une couronne nouvelle. A l'épreuve de la prospérité va succéder l'épreuve du malheur et de la persécution, et c'est là un calice où elle a toujours bu à longs traits quand elle a dû être invincible. Elle semblait avoir assez souffert, assez versé de larmes et de sang pour prouver sa mission divine ; mais puisque rien ne suffit à l'homme endurci, puisque chaque siècle lui demande de dérouler les titres de sa céleste origine, le siècle les aura. Elle ne reculera pas devant son immortelle destinée. La voilà qui se dépouille de toutes les chétives parures de ses jours heureux ; athlète infatigable et sublime, elle descend seule et nue dans l'arène où elle a déjà conquis le monde.

« Pour nous, qui avons été les témoins impuissants de ses injures, et dont le cœur a été navré par ses douleurs, nous sentons qu'à sa voix divine la force et la vie nous reviennent. Nous puisons dans le souvenir de ses épreuves et de ses triomphes de quoi étouffer notre désespoir et vaincre notre défaillance. Nous rentrons avec une ardeur nouvelle, une ardeur sanctifiée par la douleur, dans la carrière où notre conscience nous a lancés. S'il nous eût été donné de vivre au temps où Jésus vint sur la terre, et de ne le voir qu'un moment, nous aurions choisi celui où il marchait couronné d'épines et tombant de fatigue vers le Calvaire ; de même nous remercions Dieu de ce qu'il a placé le court instant de notre vie mortelle à une époque où sa sainte religion est tombée dans le malheur et l'abaissement, afin que nous puissions la chérir dans notre humilité, afin que nous puissions lui sacrifier plus complétement notre existence, l'aimer plus tendrement, l'adorer de plus près. Nous ramassons avec amour les débris de sa croix, pour leur jurer un culte éternel. On l'a brisée sur nos temples, mais nous la mettrons dans le sanctuaire de nos cœurs ; et là, nous ne l'oublierons jamais. De la terre où on nous l'a détruite, nous la replaçons dans le ciel ; et là, nous lisons encore une fois autour d'elle la parole divine : *In hoc signo vinces.* »

On peut appeler M. de Montalembert l'écrivain, l'orateur de la foi catholique au XIX siècle. C'est pour cette raison que nous transcrirons en entier le magnifique article qu'il publia sur la foi le 3 août 1831.

« Un jour, dans un épanchement de tristesse et d'amour, le Sauveur du monde dit à ses disciples : « Croyez-vous qu'en revenant sur cette terre, le Fils de l'homme y trouve encore de la foi? » Il nous semble d'ici entendre ce divin Sauveur prononcer d'une voix sévère et triste ces augustes paroles, ces paroles qui renfermaient pour lui tant de douleur, et pour nous des leçons si solennelles et si terribles. Quoi ! pensait dès lors le Seigneur, ne retrouverai-je dans ce monde pas un souvenir pour tant de miracles, pas un élan de cœur pour tant de dévouement et tant d'amour, pas une larme pour tant de souffrances et pour ma mort si cruelle? *Filius hominis veniens, putas inveniet fidem in terrâ?*

» Ah! s'il y eut alors une époque de l'histoire du monde qui fut spécialement présente à la divine prévision du Fils de l'homme, certes ce fut celle où languit notre vie, époque funèbre et décourageante, où la foi est partout morte ou mourante, où ce ciment sacré tombe de toutes parts, et laisse sans appui et sans beauté les frêles édifices des hommes. Un grand vide s'est opéré dans le cœur de chaque homme et de chaque peuple, et ce vide est pesant comme un supplice, fatiguant comme une agonie. Ballotés au gré du premier caprice, sur l'océan des misères humaines, les peuples et les hommes n'ont fermé leurs voiles qu'à un seul souffle, et c'est le souffle de Dieu. Entre eux plus d'union, plus d'abandon, plus d'intimes affections, plus de croyances du cœur ; une morne défiance a tout remplacé, et son glacial empire n'est partagé que par la dérision et l'amertume. Les rois et les grands, qui avaient miné les premiers le sol du monde chrétien, ont senti ce sol fléchir sous eux, et ils sont tombés si avant dans le mépris et l'impuissance, que le jour de leurs funérailles sera pour eux un jour de grande miséricorde. Le peuple, que la ruine de ses maîtres n'a enrichi qu'un moment, ne sait plus pour quelle fin il a brisé leur joug, et ses regards se promènent consternés sur une terre qui reste stérile sous sa conquête, sur un ciel qu'il ne comprend plus. Assis entre les tombeaux de ses pères qu'il a reniés et le berceau de ses enfants qui ne lui inspirent qu'une amère pitié, l'homme n'est plus qu'un triste mannequin, condamné à jouer je ne sais quelle lugubre comédie devant je ne sais quels spectateurs glacés.

» Hélas! et ce n'est pas seulement dans le cœur des impies et des enfants de perdition que le souffle divin s'est éteint, que la céleste vie est à son dernier soupir! Les enfants de Dieu, qu'en ont-ils fait? O mon Sauveur! où retrouveriez-vous votre foi parmi tant d'hommes qui ont reçu en naissant le signe du salut que vous êtes venu apporter au monde? Disciples du Christ, qu'avez-vous fait de son héritage? Fils de l'Eglise, où est cette foi dont votre éternelle mère a reçu le dépôt, et qu'elle vous a sommé dès le berceau de défendre avec elle? Adorateurs du passé, où est cette foi que vos pères retrouvaient partout et qui inspirait tous leurs dévouements, qui présidait à toutes leurs affections, qui s'entrelaçait à toute leur vie? Est-ce elle qui domine dans toutes vos pensées, qui règne sur tous vos attachements? Est-ce elle qui est la racine de toutes vos espérances? Menacée, ruinée, honnie comme elle l'est de toutes parts, est-ce à elle que vous consacrez votre force, votre volonté, votre avenir? Mais non, sourds à cette voix qui est venue au monde seule et sans alliance humaine, ils s'en vont, égarés par de folles passions, chercher un Dieu de leur façon dans les plis de quelque manteau royal, ou dans la cage d'une couronne mortelle. S'ils passent, dans leur course effrénée, devant quelque église déserte, ils y entrent par habitude, et là ils retrouvent un moment la foi entre les feuillets de leur livre de messe. Ils prient avec elle, et puis referment leur livre, en y laissant oubliée, étouffée, la fille de Dieu. Au pied des autels, en présence de l'hostie sainte, c'est bien la moindre chose qu'elle leur apparaisse un instant; mais dites-leur que ce n'est pas là que doit se borner son empire : dites-leur que leur titre seul de chrétiens, de catholiques, les oblige à ne songer qu'à elle, et après elle seulement, à ce reste du monde qui n'est que poussière; et ils demeurent étonnés d'abord de cet étrange langage, et puis leur âme enchaînée à des souvenirs terrestres ne vous répondra que par l'irritation et l'injure. Ils croiront d'une foi aveugle à l'immortelle puissance d'une famille, à la destinée miraculeuse d'un enfant, à la sanglante punition de leurs ennemis; mais dites-leur que Dieu est là, au milieu de cet écroulement des trônes, de cette volcanique agitation des peuples, dans ce martyre d'une nation de héros; dites que c'est sa main qui laboure le vaste champ des révolutions, qu'il y convoque toutes ses créatures pour l'œuvre de sa gloire; dites, et ils secoueront sur vous la poussière de leurs pieds, ils se retireront de vous, ils fuiront dans la solitude, dans l'inaction. Pourquoi faire, ô mon Dieu? pour t'oublier, pour te trahir.

» Plus de sève dans le monde : la pensée de Dieu qu'on a bannie de partout, a emporté de partout la durée, la vérité, la vie. Pour les affections du cœur comme pour les attachements politiques, plus de sanction, plus d'avenir. Où est le lien qui n'ait point été brisé ? Où est la cause dont on ne se défie ? Où est le principe qui règne en maître sur une seule âme ? Un vertige inexprimable a saisi tous les hommes ; nul ne sait où il va, nul ne veut aller où le pousse sa destinée. On mendie, on entasse serment sur serment ; mais toutes ces vaines paroles, où Dieu n'est plus nommé, s'effacent d'elles-mêmes dans le souvenir des hommes. A peine leur reste-t-il assez de mémoire pour être parjures. Et si un homme a pu vivre toute sa vie fidèle à une grande cause, le doute impitoyable l'attend au dernier moment, et s'en vient sur son lit de mort comme à Benjamin-Constant, déchirer son âme et lui montrer le vide de ses jours.

» Et le chrétien, le vrai chrétien ne sait plus où trouver sa place dans cette société morte ; et, à côté de ce grand cadavre dont on a arraché le cœur, il pousse malgré lui un cri de désespoir et de mort : Il n'y a plus de foi dans le monde.

» Ames pures, âmes tristes, âmes tendres, ces funèbres paroles les direz-vous longtemps, les direz-vous toujours ? Le temps n'approche-t-il pas où nous pourrons demander à Dieu, même sur cette terre, le prix de notre constance ? Dureront-elles toujours, ces ténèbres qui nous cachent l'avenir ? Faudra-t-il encore longtemps endurer en vaincus les dérisions de ceux qui ne comprennent pas notre Dieu, ou le persiflage de ses prétendus amis ? Ne viendra-t-il jamais, le jour où Dieu leur imposera le silence de la défaite, et où il nous tiendra compte de nos souffrances, de notre patience, de leurs injures ? Ils nous méprisent, ils nous dédaignent : dédains chéris ! mépris sacrés ! nous vous accueillons avec bonheur, notre foi vous transforme en trésors de grâce et d'espérance.

» Ah ! oui, elle reparaîtra victorieuse cette foi, à qui Dieu n'a pas donné pour un jour ce monde où nous vivons. Si nous célébrons aujourd'hui notre Pâque, la bouche remplie d'herbes amères, les reins ceints et le bâton de l'adversité à la main, c'est que le jour de la résurrection est proche ; c'est que Dieu va briser le tombeau que lui avait creusé l'impie. De toutes parts l'aurore de cette résurrection se lève et l'âme chrétienne tressaille à la pensée des flots de lumière qui vont l'inonder. D'un bout de l'univers à l'autre, des voix généreuses s'appellent comme pour se convier à ce banquet de la victoire. Ici l'Amé-

rique, où chaque jour surgit, comme aux temps primitifs, quelque
nouvelle Eglise ; là , l'Irlande , chaque jour plus forte , plus
peuplée, plus intrépide, en dépit de la famine et de l'oppression ;
ici la Belgique , donnant au monde le spectacle d'une peuplade
appelée par la liberté catholique à prendre rang parmi les
grandes nations ; là , la Pologne , marchant aux combats sous la
bannière de la Vierge , priant comme une sainte , s'apprêtant au
martyre comme à une fête ; et enfin , au milieu des dynasties
et des institutions qui s'écroulent, le successeur de saint Pierre ,
le vicaire de Dieu , élevant son front paisible, sanctifiant tout ,
bénissant tout, promettant de la miséricorde à toutes ces ruines,
de l'éternité à tout cet avenir.

» Oui, c'est la foi qui renaît. En vain, impies, avez-vous espéré
la briser contre le mur d'airain que vos crimes ont élevé entre
Dieu et vous. La voilà qui, toute meurtrie qu'elle est, rebondit
victorieuse et immortelle au sein de la société épuisée. Et il en a
toujours été ainsi, et son glorieux passé nous dit déjà ce que
demain va nous redire encore. A travers les siècles son histoire
est la même. Quand le monde pourrit au sein des débauches de
Rome, elle est-là , dans les catacombes et les arènes , qui purifie
avec le sang des martyrs les souillures impériales. Quand les
premiers fondements de la civilisation chrétienne sont ébranlés
par l'invasion d'une nuée de peuples barbares, elle est-là, repoussant Attila , apaisant Alaric , baptisant Clovis. Quand l'islamisme,
réaction de la matière vaincue contre l'esprit de Dieu, a conquis
la moitié du monde, elle se lève devant lui, mène l'Europe entière
à la conquête d'un tombeau, et la ramène pour fonder le majestueux édifice des monarchies catholiques. Si parmi les chefs
de ces monarchies, il s'en trouve qui, comme les Henri et
les Frédéric, effacent d'une main altière l'onction sainte de leurs
fronts, et contestent à Dieu ses droits , à côté d'eux la foi place
saint Louis , échangeant la couronne de roi contre la couronne
d'épines, et allant chercher deux fois la mort sur la plage
africaine. Si, au sein de cette féodalité d'origine chrétienne, les
hommes de fer qui la composent oublient les droits de leurs
semblables, les saints préceptes de leur Dieu, et s'abandonnent à
un luxe toujours croissant, toujours plus oppressif, aussitôt la
foi les presse des deux côtés, écrase d'une part leur orgueil par
les foudres pontificales, et de l'autre confond leur magnificence
en imprimant à la mendicité un caractère sacré, et en parsemant
le monde de ces moines sublimes, qui furent toujours les hommes
du peuple, parce qu'ils étaient les hommes de Dieu. Enfin sortie
victorieuse de toutes les épreuves, la foi ne va-t-elle pas mourir

au sein des splendeurs de la cour de Louis XIV ? Qui la défendra contre la terrible épreuve de la richesse et de la puissance ? Qui ? regardez aux deux extrémités de cette société guindée et factice : voyez Cambrai, voyez la Trappe.

» Et ce n'est pas seulement au sein du catholicisme, que la foi maintient et revendique de siècle en siècle son empire. Pendant que le Saint-Siège, docteur éternel du monde, en garde l'auguste dépôt, aux extrémités les plus opposées de la chrétienté s'élèvent des cris de foi irréfléchie, mais puissante et comme une merveilleuse réponse de la nature égarée et livrée à elle-même, à l'hymne de la nature sauvée et régie par Dieu. Ainsi, à côté de cet anglicanisme froid et sec, qui tenta, sous les premiers Stuarts, de resserrer les membres vigoureux du christianisme dans les langes d'une politique pédantesque, voilà l'instinct de la foi qui se retrouve, qui combat, qui triomphe sous la forme du puritanisme, soupir sacré d'une humanité qui sent qu'elle n'est pas faite pour être marchande ou légiste. Aujourd'hui même, supposons un moment avec vous, ô hommes qui proclamez à l'envi la fin de nos croyances, supposons que le catholicisme ne soit plus rien, qu'il soit mort et enseveli dans la poussière de vos ruines, supposons que cette pensée de Dieu qui brûle nos cœurs ne soit qu'une vaine fumée ; mais alors du moins, retournez-vous, ôtez vos yeux de dessus notre tombeau, regardez derrière vous et voyez, au sein de votre camp même, cette bannière nouvelle qui s'élève ; n'est-ce pas la foi, incomplète, incertaine, égarée, mais toujours elle, qui reparait dans ce groupe d'hommes nouveaux, parmi ces Saints-Simoniens, qui, tout bafoués qu'ils sont, et quelque répugnance qu'ils nous inspirent, méritent au moins notre étonnement, puisqu'ils viennent parler au monde de foi, et qu'ils se disent prêts à affronter le martyre, oui, le martyre, le cuisant et impitoyable martyre de notre siècle, le ridicule.

» C'est, sachez-le, hommes de peu de foi, c'est qu'on ne prive pas impunément l'homme de son pain, c'est qu'on ne retire pas au genre humain, à ce fiévreux qui, depuis soixante siècles, s'agite sur son lit de douleurs, le seul breuvage qui puisse désaltérer sa poitrine haletante. Rejetez le don de Dieu, si tel est le caprice de votre orgueil, rasez tous les asiles de l'humanité, tarissez toutes les sources de son bonheur : mais avant d'achever votre œuvre, entendez sa voix séculaire qui vous demande de quoi remplacer ce que vous ruinez, et qui vous somme d'inventer du moins quelque fantôme qui puisse lui tenir lieu de notre Dieu.

» Pour nous, quand même nous ne pourrions rien pour
cette foi divine pendant notre courte vie; quand même nous ne
serions pas destinés à voir se lever sur la France le jour de sa
victoire, quand même elle devrait y languir longtemps encore
dans l'oppression et l'oubli, est-ce à dire pour cela qu'il faille
désespérer d'elle comme d'une simple mortelle? Et, parce que
le soleil de sa prospérité a disparu, ne trouverons-nous pas
dans notre souvenir un rayon pour dorer son malheur.

» Chrétiens, dites-moi, si une vierge royale avait naguère
laissé tomber sur votre enfance et votre faiblesse des paroles de
consolation et de paix, si confondus parmi la foule nombreuse de
ses adorateurs vous aviez levé vers elle, au milieu des princes et
des pontifes qui remplissaient son sanctuaire, vos yeux timides,
si vous aviez lu dans les siens un regard de protection et de
bonté, et puis si maintenant vous la retrouviez pâle, éperdue,
solitaire, mourante au seuil d'un temple qui n'est plus le sien,
oseriez-vous passer en silence, l'œil détourné, le cœur froid et
indifférent, devant son auguste souffrance? N'iriez-vous pas plutôt
l'entourer de vos hommages, la combler de vos caresses, prendre
sa main glacée, baiser son front amaigri, et réchauffer son pauvre
cœur contre le vôtre?

» Il en est ainsi de nous et de toi, foi de nos pères, sainte
religion de notre Rédempteur, toi qui as essuyé les larmes de nos
premières années, toi qui béniras, qui consoleras toutes celles
qu'il nous reste à vivre; nous t'avons connue dans la pompe des
cours, au milieu des hommages des rois, nous t'aimions dès lors
avec ferveur, mais aujourd'hui, dans l'apparente déchéance où
te laisse une volonté toute puissante, nous t'aimons d'un amour
qui s'accroît de toute l'ingratitude du monde. Dans ton abandon
d'un moment, nous puisons un nouveau courage pour t'adorer,
comme s'il y avait moins de distance entre ton infinie grandeur
et nous. Dix-huit siècles ont passé sur ton beau front sans le
rider, et nous savons que ta beauté est éternelle, qu'elle survivra
à l'aveugle dédain de tes ennemis, comme au culte de notre
admiration et de notre tendresse. Si des mains impies te placent
au cercueil, nous t'y poursuivrons de notre amour. Que d'autres
aillent plus loin chercher une foi nouvelle, ériger de nouveaux
sanctuaires, mais nous, laisse-nous te suivre dans ton désert,
laisse-nous n'avoir d'autre refuge que ton sein, fidèles à toutes
tes destinées, fidèles à ta liberté et à ta gloire, encore plus fidèles
à ta solitude et à ta misère. »

Bientôt M. de Montalembert, qui s'était fait un nom dans la presse par les articles que nous venons de citer et par ceux qu'il avait publiés sur l'Irlande et sur la Pologne, fut appelé à déployer son zèle et à briller sur un plus grand théâtre. Nous allons dire à quelle occasion :

En même temps que les pétitions de quinze mille catholiques arrivaient à la Chambre des députés, M. de Coux, M. l'abbé Lacordaire et le jeune comte de Montalembert, membres de l'Association pour la défense de la liberté religieuse, résolurent d'encourager ces réclamations par une tentative d'affranchissement. Se fondant sur les articles 69 et 70 de la nouvelle Charte, qui portent :

Art. 69. Il sera pourvu nécessairement, par des lois séparées, et dans le plus court délai possible, aux objets qui suivent :

.....8°. L'instruction publique et la liberté d'enseignement.

Art. 70. Toutes les lois et ordonnances en ce qu'elles ont de contraire aux dispositions adoptées pour la réforme de la Charte, sont dès à présent et demeurent annulées et abrogées.

Ils prétendirent qu'ils étaient dans leurs droits de citoyens en usant de cette liberté, et, sans vouloir solliciter aucune approbation de l'Université, ils ouvrirent une école primaire sous le nom d'école libre, prenant eux-mêmes, pour narguer les pompeuses appellations usitées dans l'Université, l'ancien et modeste titre de maîtres d'école. Bientôt cette école fut visitée par un commissaire de police, qui, le premier jour, ayant fait des sommations inutiles, s'y représenta le lendemain, escorté de sergents de ville, en exclut maîtres et enfants, la ferma et apposa les scellés sur la porte. Nos maîtres d'école, prévoyant bien que l'Université ne lâcherait pas prise si facilement, mais comptant sur l'appui de l'opinion, et voulant lui donner une nouvelle impulsion, ne cherchaient qu'une occasion solennelle de plaider, en face de la France, la cause des pères de famille. Sous ce rapport, ils obtinrent au-delà de leur attente; car M. le comte de Montalembert, pair de France, étant venu à mourir, et son fils succédant à ses droits, celui-ci, par cette nouvelle dignité, et ses co-prévenus, par l'indivisibilité du délit et partant de la poursuite, devinrent également justiciables de la cour des pairs, où la cause fut portée, après un arrêt de condamnation par défaut rendu par la cour royale de Paris.

Après le discours du procureur général et ceux des défenseurs, le président demande aux prévenus s'ils n'ont rien à ajouter. M. le comte de Montalembert réclame la parole et s'avance contre la barre. Un certain mouvement se manifeste dans l'assemblée; sa jeunesse, son deuil, sa position personnelle paraissaient lui concilier l'intérêt de la cour et de l'auditoire. Il commença en ces termes :

    « Pairs de France,

    » La tâche de nos défenseurs est accomplie; la nôtre commence. Ils se sont placés sur le terrain de la légalité, afin d'y combattre corps à corps nos adversaires. Ils vous ont fait entendre le sévère et rigoureux langage du droit et de la loi. A nous, accusés, il appartient maintenant, en exposant les motifs de notre conduite, de parler un autre langage, celui de nos croyances et de nos affections, de notre cœur et de notre foi, le langage catholique.

    » Toutefois, nul ne s'étonnera, je pense, si, avant de débattre la cause à ce point de vue, je cherche à donner ici quelques rapides explications sur ce qui m'est personnel dans ce procès, puisque c'est à cause de moi qu'il est placé devant vous, puisque c'est moi qui ai invoqué votre suprême juridiction, qui vous ai réclamés pour mes pairs et pour mes juges.

    » Vous le savez, Messieurs, lorsque le 9 mai, je fis, en faveur de la liberté d'enseignement, la tentative qui m'amène aujourd'hui devant vous, je n'avais certes nul lieu de craindre que ma voix jeune et inconnue se ferait sitôt entendre dans une enceinte où venait de retentir une voix qui m'était si chère, et qui, j'ose le dire, n'était indifférente ni à la liberté ni à la France. (Mouvement d'approbation.)

    » Il n'entre pas dans mes intentions de retracer ici les divers incidents qui ont différé le jugement définitif de cette cause jusqu'au jour où un cruel malheur me jeta solitaire dans le monde et orphelin parmi vous.

    » Si, dans les premiers instants qui suivirent ce jour fatal, j'avais obéi à l'inclination de ma douleur, j'aurais peut-être répudié les conséquences de la dignité dont la mort venait de m'investir, et je me serais soumis à la sentence des juges naturels de mes concitoyens. Mais le souvenir de la volonté expresse de celui qui n'était plus, la pensée de ce que je devais à sa mémoire, à ses collègues, à cette dignité même qu'il avait toujours estimée si haut, me détermina à invoquer une prérogative écrite dans la Charte, et à ne pas m'associer tacitement au dédain que l'on cherchait à soulever de toutes parts contre la pairie. Bientôt, quand je vis mes droits consacrés par un arrêt souverain, j'osai me féli-

citer d'avoir offert au premier corps de l'Etat une si brillante
occasion de donner à la France la plus précieuse de ces libertés
publiques dont il était naguère l'appui tutélaire, de se rajeunir,
pour ainsi dire, par sa bienfaisante sympathie pour les générations
nouvelles et futures.

» Justifié par ces considérations, Messieurs, je ne m'en sens
pas moins en ce moment solennel, presque accablé par le poids
de la responsabilité que j'ai prise sur moi. Je sais que par moi-
même je ne suis rien, je ne suis qu'un enfant, et je me sens si
jeune, si inexpérimenté, si obscur, que, pour m'encourager,
il ne faut rien moins que la pensée de la grande cause dont je
suis ici l'humble défenseur. Aussi ai-je, pour me soutenir devant
vous, et le souvenir des paroles prononcées pour cette même
cause, dans cette même enceinte, par mon père; et la conviction que c'est une question de vie ou de mort pour la majorité
des Français, pour vingt-cinq millions de mes co-religionnaires;
et le cri unanime de la France pour la liberté d'enseignement;
et les vœux écrits de ces quinze mille Français dont nous avons
nous-mêmes déposé les pétitions à l'autre chambre; et les droits
de quarante mille familles dont les rejetons germaient là où l'arbitraire n'a plus laissé que des déserts; en un mot, l'image d'un
passé cruel à réparer, d'un avenir incalculable à assurer, et,
par-dessus tout, le nom que je porte qui est grand comme le monde,
le nom de catholique. (Mouvement.)

» J'ai besoin de me rappeler toutes ces grandes choses, non-
seulement pour y puiser du courage, mais pour convaincre mes
juges que je n'ai été guidé dans tout ce que j'ai fait par aucune
inspiration de vanité, aucune soif de bruyantes distinctions. On
sait assez que la carrière où je suis entré n'est pas de nature
à satisfaire une ambition de places et d'honneurs politiques,
on sait assez que pour les catholiques le pouvoir et l'opposition sont aujourd'hui, grâce au ciel, également stériles. Il
est aussi une autre ambition non moins dévorante peut-être, non
moins coupable, qui aspire à une réputation, et qui l'achète à tout
prix; celle-là je la renie comme l'autre.

» Personne plus que moi n'a les yeux ouverts sur les inconvénients qu'une publicité si précoce entraîne pour la jeunesse, personne plus que moi ne les redoute. Mais il y a encore dans le
monde quelque chose qu'on appelle la foi; elle n'est pas morte
dans tous les cœurs : c'est à elle que j'ai de bonne heure donné
mon cœur et ma vie. Ma vie... une vie d'homme, c'est aujourd'hui
surtout bien peu de chose, mais ce peu de chose, consacré à une

grande et sainte cause, peut grandir avec elle, et quand on a fait
à une cause pareille l'abandon de son avenir, j'ai cru et je crois
encore qu'il ne faut fuir aucune de ses conséquences, aucun de
ses dangers.

» C'est fort de cette conviction que je parais aujourd'hui pour la
première fois dans l'assemblée des hommes. Je sais trop bien
qu'à mon âge on n'a ni antécédents, ni expérience; mais à mon
âge, comme à tout autre, on a des devoirs et des croyances. J'ai
dû, j'ai voulu être fidèle aux unes comme aux autres. J'ose espérer que je l'ai été.

» Je me suis élevé contre l'Université à trois titres différents,
comme jeune homme, comme Français, comme catholique. »

L'orateur développe ces trois moyens avec une force d'éloquence
digne de l'exorde. La péroraison est particulièrement remarquable
et mérite d'être citée.

« Quant à nous, en vérité, nous ne savons pas à quel titre nous
inspirons de la terreur au ministère, ni pourquoi nous lui avons
paru dignes de ses sévices. Que ne nous méprisait-il du haut de
sa grandeur? Il ne nous reste rien de notre antique puissance, de
notre ancienne richesse; ces trésors, ou plutôt ce vil salaire qu'il jette
à nos prêtres, il sait très-bien qu'ils y renonceraient mille fois
plutôt que lui. Le sceptre qui étendait sur nous une protection
si enviée, ce sceptre a été brisé, et les tronçons en ont été jetés
dans la boue. Le monde, nous crie-t-on de toutes parts, s'est
retiré de nous. Eh bien! nous sommes restés seuls, aussi seuls
qu'on peut l'être avec dix-huit siècles de souvenirs et une espérance
immortelle. Mais ceux qui répudient ces souvenirs et qui dédaignent cette espérance, qu'ils nous laissent au moins la liberté,
dans notre abandon et notre solitude; qu'ils n'aillent pas s'effa-
roucher de nos chétifs efforts, et par prudence, qu'ils défendent
à leur épouvante de trahir leur faiblesse. De deux choses l'une,
ou nous avons pour nous la vérité et le droit, et alors ils doivent
au moins les respecter : ou nous ne sommes que des êtres égarés,
impuissants, trahis par la destinée et par l'avenir, alors pourquoi
accélérer notre dernier soupir, pourquoi conjurer par votre despotisme contre notre agonie? Ah! si notre foi doit mourir, souffrez au moins que nous lui choisissions un tombeau, et que ce
tombeau soit la liberté du monde. C'est notre foi qui la première
a levé la noble bannière sous laquelle le genre humain est
aujourd'hui en bataille. C'est bien la moindre chose qu'elle puisse
s'en servir comme d'un linceul. (Vive sensation.)

» Mais je ne sais pourquoi j'usurpe ici le langage de la tristesse et du découragement, quand mon cœur est plein de ferveur et d'espérance. Non, je ne pense pas que ma foi doive mourir. Non, je ne pense pas que le souffle qui lui donna la vie soit fait pour s'éteindre sous un souffle mortel. C'est parce que je la crois vivace, et forte d'un éternel avenir, que je lui ai consacré ma vie courte et obscure. Et non-seulement je crois qu'elle vivra, mais je crois qu'elle seule peut faire vivre le monde. Elle seule peut rendre le bonheur et la paix à ce peuple auquel nous nous faisons gloire d'appartenir, à ce pays, objet de nos plus chères affections, à ces masses populaires qui fondent et détruisent les royautés terrestres, et pour qui ces royautés sont toujours stériles. Humbles disciples de cette religion que l'on ignore et que l'on oublie bien plus qu'on ne la repousse et qu'on ne la méprise, il nous eût été doux de montrer dans les épanchements de nos âmes avec celles de nos élèves, tout ce qu'elle renferme de fécond et de consolant pour le pauvre et pour l'enfant. Peut-être nos efforts n'eussent-ils été ni infructueux ni dédaignés. Demandez à ces vingt enfants, la plupart enfants du pauvre, que deux jours de vie publique suffirent pour rassembler autour de nous, demandez-leur s'ils ne déplorent pas notre absence, si leurs jeunes cœurs n'étaient pas déjà pleins de sympathie et d'affection pour nous. Ce que nous avons fait pour eux, nous voudrions nous et nos frères le faire pour tous nos concitoyens, et toute notre vie consacrée à cette œuvre nous paraîtrait bien courte et bien remplie. Notre vie, c'est toute notre richesse, et nous la dévouerions de bien bon cœur à servir notre Dieu dans la personne de ses pauvres : *Christo in pauperibus.* Notre plus belle récompense serait de leur expliquer l'auguste mystère de leur pauvreté, et de leur révéler le prix sublime qui attend leurs vertus inconnues. Nous remplirions ainsi la sainte et primitive mission de notre foi, en travaillant pour le bien de la classe la plus nombreuse et la plus pauvre, de celle pour qui la civilisation, avec toutes ses pompes, est restée sans consolation et sans asile. Nous leur dirions avec un de ces hommes envoyés, il y a dix-huit siècles, pour prêcher au monde Dieu et la liberté : Nous n'avons ni or, ni argent, mais nous vous donnons tout ce que nous possédons, nous-mêmes. Nous n'avons ni trésors, ni puissances matérielles à vous offrir, mais nous vous donnons tout ce que Dieu nous a donné, tout ce qui a fait à nous notre consolation et notre bonheur ; nous vous offrons ce qui sauve, ce qui bénit et ce qui fait vivre, la foi, l'espérance et l'amour. (Approbation dans les tribunes.)

» Qu'il me soit permis en finissant, nobles Pairs, de diriger ma

pensée vers vous qui êtes appelés à me juger, qu'il me soit permis
de vous dire quelle pure et éclatante gloire s'attachera à vos
noms, si vous écoutez la voix de la Charte et de la conscience
publique. Dépositaires des éléments d'ordre et de stabilité que
réclame si impérieusement la société actuelle, ne compro-
mettez pas ce dépôt dans l'opinion, en élevant contre l'invincible
marche du genre humain les frêles barrières d'une légalité liber-
ticide. A la fois juges et jurés, jurisconsultes et législateurs, votre
arrêt va promulguer l'existence d'une grande et sainte liberté,
écrite à la fois dans les lois de Dieu et dans celles de la patrie ;
ou bien, ce que je n'ose croire, il constatera aux yeux du monde
que la France gémit dans la servitude la plus scandaleuse, la plus
avilissante, la servitude de nos âmes. Pairs de France, souffrez
que je vous le dise avec une franchise héréditaire, ne soyez pas
infidèles à votre noble mission, et dans ce moment même, dites
à la France que vous avez beaucoup fait pour la liberté et pour
elle.

» J'en ai dit assez, nobles Pairs, pour vous prouver que ma foi religieuse m'a surtout guidé dans cette entreprise ; j'en ai dit assez,
je l'espère, sinon pour justifier, du moins pour expliquer ce
qu'il peut y avoir d'étrange dans cette tentative d'un écolier de
vingt ans. J'ai maintenant toute confiance en votre jugement et
en celui de l'opinion publique. Je me féliciterai toute ma vie
d'avoir pu consacrer ces premiers accents de ma voix à demander
pour ma patrie la seule liberté qui puisse la raffermir et la régénérer. Je me féliciterai également toujours d'avoir pu rendre témoignage dans ma jeunesse au Dieu de mon enfance. C'est à lui que
je recommande le succès de ma cause, de ma sainte et glorieuse
cause ; je la dis glorieuse, car elle est celle de mon pays, je la
dis sainte, car elle est celle de mon Dieu. »

De nombreuses marques d'émotion et d'approbation accueilli-
rent la fin de ce discours.

La noble Chambre condamna à l'amende solidairement les trois
accusés. « Mais, dit M. Lorain, l'écolier de vingt ans avait eu
l'occasion de faire entendre pour la première fois, en public,
et dans une circonstance solennelle, cette voix aussi sincère que
dévouée, aussi courageuse que fidèle, aussi spirituelle que tendre, aussi chrétienne que mordante, aussi libérale que religieuse,
en un mot, toute cette fleur d'esprit et de cœur qui ne manqua
jamais depuis aux doubles intérêts de la liberté religieuse et de
la liberté des peuples. » (*Notice sur le R. P. Lacordaire.*)

M. de Montalembert se retira à Rennes avec MM. de Lamennais et Lacordaire. Après la cessation de l'*Avenir* et sa soumission à l'encyclique du 15 août 1831, il se rendit en Allemagne
pour y continuer ses études. Il profita de ses loisirs pour écrire
la touchante histoire de sainte Elisabeth de Hongrie, et la publia
en 1836, au moment même où il épousait mademoiselle Marie-
Anne de Mérode, qui descendait de cette sainte et qui était fille du
comte de Mérode, chef du gouvernement provisoire de Belgique
après la révolution de 1830.

Il avait fait son entrée à la Chambre des Pairs, en 1835, à l'âge
de 25 ans. Dans cette nouvelle carrière il eut bientôt l'occasion
de se signaler. En 1837 il combattit la loi qui confisquait le terrain de l'archevêché de Paris, et défendit les droits de l'Eglise à
la propriété. Pendant les deux années suivantes il soutint la Belgique menacée par le morcellement du Luxembourg et du Lins-
bourg. Sous le ministère de M. Villemain en 1842, il engagea
la lutte contre le monopole de l'Université. Dès ce moment il
devint le chef du parti catholique ; il travailla à l'organiser et à le
discipliner. Ce fut là le sujet de ses constantes préoccupations. Appelé pour des affaires de famille à séjourner dans l'île de Madère, il
publia, avant de rentrer en France, un écrit qui fit une grande sensation dans le monde religieux et dans le monde universitaire. Il avait
pour titre : *Du devoir des catholiques dans la question de la liberté
d'enseignement.* Il reparut ensuite à la tribune de la Chambre des
Pairs, et nous allons voir quel admirable talent il sut y déployer.
Il ne craignit pas de prendre hautement la défense de l'épiscopat, du clergé et des catholiques de France. On avait reproché
aux évêques les réclamations qu'ils avaient adressées au gouvernement, par la voix de la presse, en faveur de la liberté d'enseignement.

« Chose étrange ! Messieurs ; dans un pays comme celui-ci où
toutes les plaintes et l'Opposition sont, en quelque sorte, le pain
quotidien de la publicité et de la presse, où la vie publique,
je l'ai déjà dit, n'est qu'une espèce de murmure continuel, chaque fois qu'il arrive au moindre citoyen d'élever une plainte contre
ce qui le gêne ou l'opprime, aussitôt il rencontre de nombreuses sympathies, de vives sollicitudes s'attachent à sa personne, et de nombreux encouragements lui sont décernés. Mais
chaque fois qu'un évêque, qu'un prêtre, qu'un catholique élève
la voix et proteste au nom de son opinion, de sa conscience,
aussitôt une meute acharnée de journalistes, d'avocats, de procureurs généraux, de conseillers d'Etat (murmures), se déchaîne

contre lui ; on cherche à présenter, soit comme un forfait, soit
comme une grave inconvenance, chez lui, ce qui est le droit
naturel et habituel des autres citoyens. Comme si l'épiscopat, le
sacerdoce étaient en France une obligation de mutisme et de ser-
vilité ; comme si la profession franche et sincère du catholicisme
devait entraîner l'obéissance passive à tout ce que veut ou à tout
ce que pense le gouvernement ; comme si ce grand corps catholique de quatre-vingts évêques, de cinquante mille prêtres, de
plusieurs millions de fidèles, qui existe dans ce pays depuis quinze
siècles devait être exclu de cette liberté de la plainte qui est le
droit commun et l'apanage de tous les Français.

» Il est temps cependant de s'entendre. Quand nous ne disions
rien, on disait de nous : ils conspirent dans l'ombre ; ils se
livrent à des intrigues souterraines; sous la restauration on
chantait : Hommes noirs, sortez de dessous terre. Et quand
nous sommes sortis, quand nous avons dit ce que nous étions
et ce que nous voulions, on s'écrie : Quelle audace ! quelle
insolence ! Sous les monarchies absolues, quand les catholiques se taisent, on dit : Ils sont les complices de l'absolutisme. Dans les pays de liberté, quand les catholiques cherchent
à adopter les institutions et les allures du peuple et du siècle où
ils vivent, on les injurie de plus belle. Regardez, dit-on, les
catholiques, ils font des livres, ils font des brochures, ils écrivent des lettres, il y en a un qui dit qu'il était dominicain, un
autre écrit qu'il est jésuite, des évêques ont même l'audace de
s'écrire par la poste, ils font ce que M. le ministre des cultes
appelle un concert. Cela se passe dans un pays où existent toutes
les libertés, y compris les libertés de l'Eglise gallicane; et ils ne
sont pas châtiés !

» Les moins méchants disent : C'est bien malheureux qu'ils aient
des sentiments si fanatiques ; mais au moins s'ils ne voulaient
pas les publier, ne pas les mettre dans les journaux! Et cependant, Messieurs, comme le disait hier M. le prince de la Mos-
kowa, pourquoi cette aversion contre la publicité? la publicité
n'est-elle pas l'âme du gouvernement représentatif? S'il fallait
réduire à un seul terme tous les avantages et toutes les garanties
de ce gouvernement, je n'hésiterais pas à dire qu'ils résident tous
dans la publicité. Tout homme d'Etat qui ne comprend pas cette
vérité me paraît, j'oserai le dire, un traînard du despotisme,
le demeurant d'un autre âge. Aussi tous les hommes d'Etat sérieux
la comprennent et l'appliquent. Pourquoi donc les évêques, les prêtres et les catholiques seraient-ils exclus de cette intelligence et de

cette pratique du droit commun de la France constitutionnelle?

» Il y a peu de jours qu'un magistrat très-haut placé se félicitait publiquement, à une autre tribune, de ce que nous vivions sous un gouvernement qu'on ne confesse pas. Chacun son goût; mais au moins on avouera que le gouvernement sous lequel nous vivons lit les journaux, et on ne peut se plaindre de ce qu'on remplace le confessionnal qui, dit-on, n'existe plus, par les journaux qui existent fort bien.

» Il y a là, Messieurs, ce me semble, une déplorable confusion d'idées sur la véritable nature du sacerdoce et de l'épiscopat.

» On a dit que les évêques étaient en dehors du droit de tout le monde; que pour les fonctionnaires il y a des devoirs de position; que la coalition entre les fonctionnaires est défendue. Quel est le devoir des évêques, a-t-on demandé? C'est de prêcher la soumission au pouvoir établi, l'obéissance aux lois et le respect aux magistrats. Je cite textuellement.

» Eh bien, Messieurs, j'ose le dire, cette idée est complètement erronée (Murmures). Non, mille fois non, l'évêque n'est pas fonctionnaire; le prêtre n'est pas fonctionnaire; elle est fausse, elle est erronée l'opinion de ceux qui ne voient dans un évêque qu'une espèce de préfet en soutane, un commissaire de haute police morale, de ceux qui croient que les fonctions épiscopales se bornent à correspondre avec les bureaux des cultes, à être de bons administrateurs, à célébrer certaines fêtes avec une certaine pompe, à baptiser ou enterrer les princes, à les haranguer à leur passage. Tout cela n'est rien, presque rien dans la mission de l'évêque.

» Les évêques aux yeux des catholiques, et ils sont faits, après tout, pour les catholiques, ils ne sont pas faits pour ceux qui, d'après une expression fameuse, n'en usent pas, les évêques sont commis par Dieu au gouvernement de l'Église; ils ont reçu mission d'en haut pour diriger nos consciences et pour les troubler au besoin; ils sont les ambassadeurs de Dieu auprès de nous. Le roi les désigne, il les choisit; mais ce n'est pas de lui qu'ils tiennent leur pouvoir (Murmures); la loi reconnaît leur autorité, mais ce n'est pas elle qui la crée; ils tiennent cette autorité de Dieu, ou ils ne la tiennent de personne. C'est là leur croyance et la nôtre. Tout évêque qui n'aurait pas cette croyance, qui ne se croirait pas revêtu d'une puissance indépendante de toute autorité humaine, serait un imposteur; il ne devrait pas conserver un seul instant les fonctions qu'il remplit : et tout évêque qui, ayant cette croyance, n'agirait pas comme ont agi récemment les évêques français pour le salut des âmes, serait un prévaricateur.

» C'est là la doctrine formelle de l'Eglise, c'est sa pratique cons-
tante de siècle en siècle; elle explique la conduite qui a été tenue
et qui a blessé tant d'opinions et tant d'ignorances.

» L'honorable magistrat dont je parlais tout à l'heure a dit, et je
suis cette fois de son avis : Si nous n'étudions que nos libertés
politiques sans étudier nos libertés religieuses, notre éducation
n'est pas complète. A voir ce qui se passe, M. le garde des sceaux
et beaucoup d'autres magistrats me paraissent être dans ce cas,
et avoir besoin de compléter leur éducation : je demande la permission de vous raconter, à leur intention, une courte histoire
que nous apprenons dans notre enfance avant d'être livrés à l'U-
niversité, et que nous tâchons de ne pas oublier.

» Il y eut un évêque nommé Basile ; ce n'était point un jésuite ni
un ultramontain, car il vivait au iv° siècle. Ce Basile avait eu des
contestations avec l'Etat de son temps, c'est-à-dire avec l'empereur Valens, sur une question qui n'importait, certes, pas plus
au salut des âmes que ne lui importe l'éducation des générations
futures dont il s'agit aujourd'hui. L'empereur le fit menacer par
un de ses ministres qui s'appelait Modeste, comme qui dirait le
ministre des cultes de ce temps-là (On rit.) Ce ministre voyant
Basile lui répondre avec fermeté et publiquement, s'écria : On
ne m'a jamais parlé avec cette arrogance. Basile lui répondit :
C'est que sans doute vous n'avez jamais rencontré un évêque. Et
il ajouta : Nous sommes les gens du monde les plus humbles, non-
seulement envers l'empereur, mais envers le dernier des hommes,
mais quand il s'agit de Dieu, nous ne regardons que lui seul.

» Que ce Modeste ait été étonné du langage que lui tenait un
évêque, trois ou quatre cents ans après J.-C., cela était naturel;
mais ce qui ne l'est pas, c'est cette surprise perpétuellement renouvelée de tous les préfets du prétoire, de tous les ministres,
de tous les procureurs généraux et autres politiques de ce genre,
qui depuis quinze siècles se trouvent en présence des résistances
épiscopales. Il faut toujours leur répéter la même chose : *Nunquam
in episcopum incidisti.* Vous n'avez donc jamais rencontré d'évêque, c'est-à-dire vous avez eu affaire à des intrigants, à des ambitieux, quelquefois à des honnêtes gens, mais jamais à des
hommes qui croient tenir leur mission d'en haut, et qui ont une
responsabilité envers Dieu. Et maintenant que vous les rencontrez,
vous ne comprenez pas leur langage.

» Voilà donc ce qui se disait sous le despotisme des empereurs
romains, et ce qu'on comprenait alors; et à travers les siècles
le même enseignement s'est constamment renouvelé.

» On nous a dit qu'il fallait désirer pour le clergé actuel la charité et la douceur de Fénélon. Voyons donc ce que disait, treize
siècles après saint Basile, ce doux et charitable Fénélon, en
sacrant un prince de l'Eglise, sous la monarchie absolue de Louis
XIV.

« Que les princes ne se vantent pas de protéger l'Eglise, qu'ils
ne se flattent pas jusqu'à croire qu'elle tomberait, s'ils ne la portaient pas dans leurs mains. S'ils cessaient de la soutenir, le Tout-
Puissant la porterait lui-même. Pour eux, faute de la servir, ils
périraient, selon les saints oracles. La parole de Dieu, que nous
annonçons, n'est liée par aucune puissance humaine. Le monde,
en se soumettant à l'Eglise, n'a point acquis le droit de l'assujet-
tir ; les princes, en devenant les enfants de l'Eglise, ne sont
point devenus ses maîtres ; ils doivent la servir et non la dominer, baiser la poussière de ses pieds, et non lui imposer le joug. »

» Voilà ce que disait le doux Fénélon, le charitable Fénélon,
en plein despotisme de Louis XIV en sacrant un prince souverain.
Aucun évêque, de nos jours de liberté, n'en a jamais dit autant,
mais tous sentent, comme leurs devanciers, l'étendue de leur
devoir et de leur mission. C'est pourquoi le cardinal de Bonald,
archevêque de Lyon, s'exprime ainsi en parlant à ses diocésains
dans son dernier mandement de carême.

» Je demande pardon à la Chambre de toutes ces citations ; mais
je désire beaucoup que le gouvernement et la chambre puissent
juger ces pièces, et ces pièces doivent avoir bien plus de valeur
que mes paroles.

» Vous avez entendu le langage d'un évêque du IVe siècle et celui
d'un évêque du XVIIe siècle, voici le langage d'un évêque du siècle
actuel :

« Nos paroles, en faveur du droit d'un père sur l'éducation de
son fils ne seront à vos yeux ni une insulte faite à l'Etat, ni une
usurpation de privilèges que nous n'ambitionnons pas, ni le désir d'une domination qui est loin de notre pensée. Quoi ! N. T. C. F.,
demander que vous puissiez librement exercer le droit que vous
tenez de Dieu, pour revivre dans une génération pieuse et soumise, est-ce donc, de notre part, une réclamation séditieuse ?
Vous seconder pour que la paix et la vertu règnent dans vos maisons, est-ce donc un si coupable abus de notre autorité ? Comme
si nous n'avions été revêtus de la dignité épiscopale que pour paraître avec éclat dans le sanctuaire, semblables à ces pasteurs

mercenaires qu'un prophète compare à des idoles muettes ! Comme
si les rayons du soleil de justice et de vérité qui tous les matins
se lève sur nos autels, devaient frapper sur le cœur d'un évêque
sans lui faire rendre un son qui aille à vos cœurs pour les toucher et les instruire ! comme si nous étions toujours libres de nous
taire ou de parler ! Nous savons ce qui est arrivé à nos devanciers
dans la carrière apostolique ; nous avons lu la longue histoire de
leurs tribulations. Nous sommes honorés du même caractère, et
si, pour marcher sur leurs traces, nous rencontrions sur notre
chemin la douleur et la pauvreté, la grâce qui leur a fait supporter la souffrance ne nous serait pas refusé. »

Ainsi s'exprime publiquement, en 1844, le prélat le plus élevé
en dignité de l'Eglise de France.

« A cela nos adversaires répondent : Mais l'Eglise en est donc
encore au moyen-âge ? c'est donc toujours l'Eglise de Grégoire
VII, de Boniface VIII ? Mon Dieu, oui, Messieurs, précisément la
même ; l'Eglise de Grégoire XVI est la même que celle de saint
Grégoire VII, comme celle de saint Grégoire VII était la même
que celle de saint Grégoire le Grand, de saint Basile, de saint
Hilaire. Ah ! certainement ce serait bien plus commode s'il en était
autrement ! Je comprends que, pour nos hommes d'Etat, il serait
bien plus commode que l'Eglise pût varier dans les dogmes, dans
ses droits, ses prétentions, dans ses pratiques, comme les codes
et les tribunaux. Il n'y aurait à cela qu'un petit inconvénient,
c'est que l'Eglise catholique ne serait plus l'Eglise, elle ne serait
plus qu'une de ces sectes religieuses qui se transforment de siècle
en siècle, selon le milieu où elles vivent. Ce qui a changé, ce
n'est donc pas l'Eglise, c'est la société ; et c'est là ce qui rend ridicules et injustes ces assimilations entre le passé et le présent,
les accusations contre l'Eglise de vouloir intervenir encore aujour-
d'hui, comme elle a fait autrefois, dans le gouvernement des
affaires humaines. Nulle part dans le monde aujourd'hui elle ne
désire ni n'essaye de se mêler au gouvernement temporel des
hommes, et si elle l'a fait autrefois, c'est parce que le monde
entier l'y conviait, parce que la société d'alors comportait et exigeait cette intervention. Mais céder le gouvernement des âmes,
l'éducation des âmes, le droit spirituel, c'est ce qu'elle n'a fait et
ne fera jamais. Elle a subi maintes fois des tyrannies de ce genre,
elle ne les a jamais acceptées ; elle supporte beaucoup, elle se tait
quelquefois, mais elle ne recule jamais. »

On avait invoqué contre les catholiques les quatre articles de la déclaration de 1682, on leur avait intenté des procès de presse, on avait eu recours aux appels comme d'abus. M. de Montalembert fait voir l'injustice de ces moyens, puis il continue ainsi :

« On sent si bien l'impuissance de ces remèdes qu'on vous pousse à faire des lois nouvelles, des lois implacables pour réprimer notre audace. Eh bien, faites-les, nous ne les redoutons pas. Vous ne pouviez rien faire qui soit nouveau pour nous : nous avons passé par toutes les tyrannies du monde, et nous leur avons survécu.

» Après tout, nous ne sommes pas des parvenus nés d'hier, nous sommes d'une vieille race, dont l'histoire est bien connue. Elle est là pour nous encourager et pour éclairer nos persécuteurs. Nulle assemblée n'aura jamais, en France, la popularité de la Constituante, la toute puissance de la Convention, le prestige de gloire de l'empire. Or, il y a parmi nous des hommes qui ont vu passer les constituants, les terroristes et Napoléon. On a essayé du schisme en 1791, de l'échafaud en 1793, des déportations en 1797, des prisons d'Etat en 1811, et rien n'a prévalu contre eux. Faites donc des lois, si bon vous semble, elles seront exécutées peut-être, mais elles seront, à coup sûr, impuissantes. La conscience est hors de l'atteinte des légistes, et vous n'êtes pas de taille à vaincre dans une lutte qui n'a porté bonheur ni à Mirabeau, ni à Robespierre, ni à Napoléon.

» J'ai nommé Napoléon ; c'est à lui que remontent la plupart des lois incompatibles avec l'ordre social de la Charte qu'on nous applique et des mesures despotiques qu'on invoque contre nous. Napoléon a eu une puissance que vous n'aurez jamais, et en a largement usé contre l'Eglise. Il a tenu le pape lui-même pendant cinq ans en prison ; il l'a fait traîner de Rome à Fontainebleau dans une voiture qu'on fermait à clé comme les voitures cellulaires; il a tenu son premier ministre, le cardinal Pacca, au cachot à Fénestrelle, et quand ce prélat demandait un bréviaire, on lui donnait un volume de Voltaire. (*Violentes réclamations.*)

M. LE COMTE EXELMANS. « C'est impossible, jamais Napoléon n'a fait pareille chose. »

M. LE COMTE DE MONTALEMBERT. « Ce n'est pas Napoléon ; ce sont ses agents. D'ailleurs c'est le cardinal Pacca qui le raconte lui-même. Ce qu'on ne niera pas, c'est que Napoléon a rempli Vincennes d'évêques prisonniers, et, pour bien montrer qu'il n'épargnait aucun ordre de la hiérarchie ecclésiastique qui avait l'audace de lui résister, le 6 avril 1813, il fit partir comme conscrits réfractaires tous les séminaristes de Gand, et les fit incorporer en masse dans je ne sais quel escadron du train de l'artillerie, à Wesel. (*Nouvelles réclamations.*)

PLUSIEURS PAIRS. Non! non!

D'AUTRES PAIRS. Si fait, c'est vrai!

M. LE COMTE DE MONTALEMBERT. « Eh bien, Messieurs, à quoi tout cela a-t-il abouti? Mon Dieu, on l'a dit cent fois, l'Empereur est allé mourir à Sainte-Hélène, et Pie VII est mort à Rome, en donnant l'hospitalité à la famille de son persécuteur. Le cardinal Pacca édifie encore l'Eglise par sa généreuse vertu, et dernièrement encore il traçait à grands traits le tableau des luttes de l'Eglise, en se félicitant de n'avoir jamais cédé aux conseils pusillanimes de la prudence humaine. Et quant aux pauvres séminaristes de Gand, ceux qui ne sont pas morts dans les neiges de la Russie sont revenus reprendre leur premier état et retremper l'énergie du clergé de Belgique.

» J'ai nommé la Belgique; et là encore quelle leçon et quel exemple! Là, un roi entouré à la fois des respects de la diplomatie et du libéralisme, s'est cru obligé de suivre le système qu'on vous recommande. Il a inventé les libertés de l'Eglise belge dont personne n'avait entendu parler avant lui; il a organisé un conseil d'état, des appels comme d'abus, et le reste; et comme l'épiscopat lui résistait, précisément sur la question d'enseignement, il a trouvé bien de faire traduire un évêque, le prince de Broglie, évêque de Gand, oncle ou cousin du noble duc qui m'écoute, de le conduire devant la cour d'assises, de le faire condamner par contumace et de le faire mettre en effigie au carreau entre deux voleurs; cela se passait à vos portes il y a quelques vingts ans. Et où cela a-t-il abouti? Mais vous le savez tous, à faire monter le gendre du roi des Français sur le trône de Belgique. (*Mouvements divers.*)

» Nous savons bien, Messieurs, qu'on peut disposer contre nous d'une arme que ni Napoléon, ni le roi Guillaume n'ont jamais permis de frapper sur l'Eglise, celle des violences populaires. Nous vivons sous un régime qui a laissé faire l'émeute de Saint-Germain-l'Auxerrois, le pillage de l'Archévêché, et qui est venu ici proposer une loi que je m'honorerai toujours d'avoir combattue, pour consacrer l'œuvre de l'émeute en transformant en promenade le site de l'archévêché de Paris. Aujourd'hui encore, à force de dénonciations, de calomnies, de provocations directes, on peut lancer une foule égarée contre telle église, telle maison;

mais le lendemain de ce jour là, lequel des deux sera le plus malade, le plus déconsidéré en France et en Europe? Est-ce le Gouvernement ou l'Eglise? L'expérience du passé répond pour moi à cette question. Ce n'est jamais l'Eglise qui a le plus souffert des violences dont elle a été la victime.

» Messieurs, il faut bien vous le persuader, le catholicisme ne craint ni les violences de l'émeute, ni les violences de la loi. Dans la lutte qui commence, et qui ne finira pas, croyez-le bien, par le vote de tel ou tel projet de loi, il s'agit non pas d'une question de parti, mais d'une question de conscience. On n'en finit pas avec les consciences comme avec les partis. On vous dit d'être implacables et inflexibles; mais savez-vous ce qu'il y a de plus inflexible au monde? Eh! ce n'est ni la rigueur des lois injustes, ni le courage des politiques, ni la vertu des légistes, c'est la conscience des chrétiens convaincus.

» Permettez-moi de vous le dire, Messieurs, il s'est levé parmi vous une génération d'hommes que vous ne connaissez pas. Qu'on les appelle néocatholiques, sacristains ultramontains, comme on voudra, le nom n'y fait rien, la chose existe. Cette génération prendrait volontiers pour devise ce que disait, au dernier siècle, le manifeste des généreux polonnais qui résistèrent à Catherine II:

« Nous qui aimons la liberté plus que tout au monde, et la religion catholique plus encore que la liberté. »

» Nous ne sommes ni conspirateurs ni complaisants; on ne nous trouve ni dans les émeutes ni dans les antichambres; nous sommes étrangers à toutes vos coalitions, à toutes vos récriminations, à toutes vos luttes de cabinet, de partis; nous n'avons été ni à Gand, ni à Bellegrave-Square; nous n'avons été en pélérinage qu'au tombeau des apôtres, des pontifes et des martyrs; nous y avons appris, avec le respect chrétien et légitime des pouvoirs établis, comment on leur résiste quand ils manquent à leur devoir, et comment on leur survit. Nés et élevés au sein de la liberté, des institutions représentatives et constitutionnelles, nous y avons trempé notre âme pour toujours. »

» Quand il s'agit, disait l'orateur sur la fin de son discours), de recourir à de nouvelles lois, et cela au sujet d'une institution aussi universelle que le catholicisme, il est bon, il est même nécessaire de regarder autour de soi.

» Jetez un instant les yeux sur ce qui se passe dans le monde entier depuis quinze ans, et dites de quel côté sont les persécuteurs? où sont les oppresseurs?

» En Suède , est-ce le catholicisme qui condamne un citoyen coupable d'avoir voulu retourner à la foi que son pays a professée pendant sept siècles? est-ce le catholicisme qui le condamne au bannissement et à la confiscation de ses biens ?

» En Suisse, est-ce le catholicisme qui viole le pacte fédéral afin de détruire les abbayes, et qui dit dans un langage digne du collége de France : Qu'il faut atteler les moines aux canons?

» En Russie, est-ce le catholicisme qui a égorgé une nation et qui lui arrache peu à peu avec ce qui lui reste de vie, la foi de ses aïeux? Non, c'est une puissance schismatique qui a exercé avant vous et mieux que vous le monopole de l'enseignement par l'Etat, c'est la Russie qui égorge la catholique Pologne.

» En Prusse est-ce le catholicisme qui a fait violence aux consciences, qui a emprisonné un vieillard, mis en feu les bords du Rhin ? Non, c'est un roi protestant dans la patrie du rationalisme, qui enlève un prélat catholique, coupable de n'avoir pas voulu accorder les bénédictions de l'Eglise à des unions que la conscience réprouve.

» Et l'Angleterre , cette nation opprimée qui veut briser ses fers, sont-ce les catholiques qui l'ont enchaînée, volée, insultée ? Non, c'est une église parlementaire, une religion d'Etat, une église dans l'Etat, c'est elle qui a foulé aux pieds les catholiques Irlandais, et qui a préparé à la nation anglaise le plus terrible danger.

» Partout ce sont les catholiques qui sont les opprimés, et nulle part ils n'oppriment.

» Et le seul pays où les catholiques ont eu, depuis la révolution de 1789, non pas le dessus, mais voix prépondérante, à l'abri de tout esprit gallican et jeanséniste, la Belgique est le seul aussi où a été proclamée, appliquée loyalement et noblement garantie la liberté pour tous et en tout.

» Mais en revanche, si partout le catholicisme est persécuté, nulle part aussi on ne le persécute impunément.

» Voyez plutôt : en Prusse, la résistance héroïque de l'archevêque de Cologne a ébranlé jusque dans ses fondements le prestige de la puissance prussienne. Le dernier roi de ce pays ne l'a pas emporté; malgré l'astuce de ses diplomates et le zèle de ses administrateurs et de ses généraux de cavalerie , il a été vaincu, j'ose le dire , par la résistance du vieillard emprisonné, qui a sauvé les droits de la conscience et la sainteté du mariage.

» En Russie, ce qui oppose , à la puissance impériale , une indomptable résistance, et qui l'empêche de marcher avec sécurité à l'accomplissement de ses ambitieux desseins, n'est-ce pas le catholicisme que nul ne pourra jamais déraciner du cœur martyrisé de la généreuse Pologne? Et n'est-ce pas le pape qui, seul parmi les souverains du monde, a le courage de protester contre les abus de cette force et l'iniquité de ce despotisme?

» Et en Espagne, voyez cet homme que M. le marquis de Boissy qualifiait l'an dernier de bourreau, et que moi je me bornerai à appeler le persécuteur de l'Eglise. Lui aussi était de ces gouvernements qu'on ne confesse pas; il avait exilé et emprisonné les évêques, dépouillé l'Église des derniers degrés de splendeur; il avait fait plus, et je recommande ce trait aux canonistes du conseil d'Etat et de la cour de cassation, il avait imaginé d'interdire l'exercice des fonctions sacerdotales aux prêtres qui ne pouvaient pas présenter un certificat constatant leurs bonnes opinions politiques. Eh bien! cet homme, j'ai vu sur les lieux les derniers temps de sa grandeur. On le croyait tout puissant, il avait expulsé sa bienfaitrice, fusillé ses rivaux; il était soutenu par l'Angleterre; il se jouait de la France; on le croyait plus puissant que jamais. Tout-à-coup un léger nuage se forme à l'horison, et ce nuage se transforme bientôt en formidable orage.

» Cet homme qui avait vaincu tout à la fois le courage et le bon sens, il laisse tomber son épée; l'intelligence qui l'avait heureusement guidé jusque là l'abandonne; et je ne crois pas insulter au malheur en disant qu'il est tombé sans honneur et sans gloire. Cependant qu'avait fait l'Eglise? Au milieu des risées de la philosophie et du libéralisme, le vieux pontife qui règne à Rome, qui dirige nos consciences et qui les trouble au besoin, avait ordonné un jubilé; c'est-à-dire que de toutes parts l'arme qui ne sera jamais ni brisée, ni rouillée dans nos mains, celle de la prière s'est dressée vers le ciel, et, depuis le Gange jusqu'au Danube, tous les catholiques ont prié. Les vieilles dévotes de Paris et les vieilles dévotes de New-York ont dit à Dieu, dans le langage du roi David : Lève toi et juge ta cause. Eh bien! la cause a été jugée, le persécuteur de l'Eglise est tombé, et aujourd'hui les évêques qu'il avait expulsés, qu'il avait déportés, qu'il avait spoliés, rentrent un à un en triomphe, et remontent au milieu des acclamations publiques sur les siéges d'où il avait voulu les précipiter. Et ne croyez pas que je vous présente cela comme un miracle, Messieurs; ce n'est que la conséquence la plus naturelle de notre foi, la leçon la plus ordinaire de notre histoire.

» Et où ce duc de la Victoire détrôné a-t-il porté ses pas? En Angleterre. Et qu'y a-t-il trouvé? Ah! c'est ici où la justice de

Dieu est manifeste. Oui, la libre, la puissante, l'invincible Angleterre voit sa grandeur menacée, sa puissance compromise, ses
incroyables prospérités neutralisées par la suite de ses attentats
contre l'Eglise et le peuple catholiques. Au sein même de l'anglicanisme, de l'aristocratie spoliatrice, un parti puissant se forme
et s'agrandit, un parti qu'on appelle aussi comme ici le parti
ecclésiastique, et qui réclame pour leur fantôme d'église la liberté,
l'autorité et les biens dont on a dépouillé le catholicisme.

» Que dis-je? Ecoutez cela, Messieurs. Ils demandent même le
rétablissement des ordres monastiques comme seul remède à cette
misère chaque jour croissante d'un peuple à qui on a volé la foi
et la charité catholiques.

» Pendant que l'organe principal des prétendus conservateurs en
France menace le cardinal de Bonald de supprimer le traitement
du clergé, le Times, organe des conservateurs anglais, exhorte
le gouvernement anglais à doter largement le clergé catholique
d'Irlande, l'un et l'autre dans le même but, parce qu'ils espèrent
l'asservir, l'un en le dépouillant, l'autre en l'enrichissant. Et
cependant l'Irlande, vengeresse du catholicisme, se dresse à côté
de l'Angleterre, et demande compte de trois siècles d'oppression
exercée sur les catholiques. Chaque jour le danger s'accroît; nul ne
peut dire par où il finira. Mais ce qu'on peut voir déjà avec certitude, c'est qu'il y a certaines spoliations pour lesquelles il n'y a
pas de prescription, certaines iniquités pour lesquelles il n'y a
point de pardon : les spoliations et les iniquités infligées à l'Eglise.
En vain le flot des siècles de l'oubli de toutes les prospérités
humaines semble avoir recouvert le rocher : il vient tôt ou tard
le moment du reflux, et le rocher reparaît inébranlable et sacré.

» Croyez-vous, Messieurs, que ce grand spectacle des justices
du Seigneur soit sans influence sur nous, nous qui formons, depuis dix-huit siècles, la plus vaste fraternité de l'univers? Croyez-
vous que nous soyons insensibles aux leçons que nous donnent
nos frères des nations étrangères? Et quand vous abaissez vous-
mêmes les barrières qui nous séparent d'eux; quand les chemins
de fer et la vapeur annulent les distances; quand ce qui s'est dit
hier à Dublin ou à Bruxelles se réimprime aujourd'hui à Paris,
et va demain porter le courage et l'espérance au fond du dernier
presbytère de France, croyez vous que nous resterons sourds et
aveugles, et que la fibre catholique ne vibrera pas avec une énergie croissante dans nos cœurs?

» Dans cette France accoutumée à n'enfanter que des gens de
cœur et d'esprit, nous seuls, nous catholiques, nous consentirions

à n'être que des imbéciles et des lâches! nous nous reconnaîtrions à tel point abâtardis, dégénérés de nos pères, qu'il nous faille abdiquer notre raison entre les mains du rationalisme, livrer notre conscience à l'université, notre dignité et notre liberté aux mains de ces légistes, dont la haine pour la liberté de l'Eglise n'est égalée que par leur ignorance profonde de ses dogmes! Quoi! parce que nous sommes de ceux qu'on confesse, croit-on que nous nous relevions des pieds de nos prêtres, tout disposés à tendre les mains aux menottes d'une légalité anticonstitutionnelle? Quoi! parce que le sentiment de la foi domine dans nos cœurs, croit-on que l'honneur et le courage y aient péri? Ah! qu'on se détrompe. On vous dit : soyez implacables. Eh bien! soyez-le, faites tout ce que vous voudrez et tout ce que vous pourrez; l'Eglise vous répond par la bouche de Tertullien et du doux Fénélon : Nous ne sommes pas à craindre pour vous, mais nous ne vous craignons pas. Et moi j'ajoute au nom des catholiques laïques comme moi, catholiques du xixe siècle : Au milieu d'un peuple libre, nous ne voulons pas être des ilotes, nous sommes les successeurs des martyrs, et nous ne tremblons pas devant les successeurs de Julien l'apostat, nous sommes les fils des croisés, et nous ne reculerons pas devant les fils de Voltaire. » (Mouvements divers.)

Ce discours fut qualifié de *manifeste catholique*. Il exprimait admirablement les pensées et les sentiments du nouveau parti qui s'était formé pour conquérir les libertés religieuses. Aussi il attira à M. de Montalembert de vives sympathies. Le 24 avril, trois cents catholiques de Paris, interprètes de tous ceux de la France, vinrent lui adresser le discours suivant :

« Monsieur le Comte,

» Nous venons près de vous, comme catholiques, vous dire quelle impression profonde a laissée dans nos cœurs l'éloquent plaidoyer que vous avez prononcé à la Chambre des Pairs en faveur des libertés chrétiennes. Vos paroles, Monsieur le Comte, marqueront une nouvelle époque dans notre histoire.

» Depuis près de trois siècles, en effet, le catholicisme a progressivement disparu de nos institutions, de nos mœurs, de nos sciences, de nos arts, de notre littérature, et aujourd'hui l'existence de la société spirituelle paraît presque une anomalie au milieu de la société philosophique. Vous avez montré à nos sages modernes, en invoquant quinze siècles de gloire, que la France est le peuple très-chrétien, la fille aînée de l'Eglise, et qu'à ce titre seul elle marche à la tête des nations.

» En vain nos légistes, égarés par des traditions surannées, essayent d'abolir la liberté de conscience, et prétendent que le César
moderne, c'est-à-dire le pays légal, est à la fois pontife souverain et l'arbitre suprême de nos croyances. Vous avez flétri ce
despotisme tout païen, en leur opposant les traditions de la France
catholique. Non ! nos pères n'ont pas brisé l'absolutisme de la
monarchie pour nous léguer le despotisme des philosophes.

» La France vous a entendu, Monsieur le Comte; elle a compris,
dans son bon sens, qu'elle était catholique ou qu'elle n'était plus
elle-même. D'autres ont admiré la sincérité de votre foi et la mâle
franchise de votre éloquence. Quant à nous, non contents d'admirer votre manifeste, nous l'avons adopté sans réserve. « Je
crois, a dit un grand homme, qu'il n'a jamais été plus nécessaire
d'environner de tous les rayons de l'évidence une vérité du premier ordre, et je crois, de plus, que la vérité a besoin de la
France. » C'est l'illustre comte de Maistre qui témoigne par votre
bouche que vous avez noblement servi la France et la vérité.

» Au nom de notre foi et de notre patriotisme, en union avec
tous les peuples catholiques qui gémissent les yeux tournés vers
la France, recevez ce témoignage public d'adhésion et de reconnaissance. Et toujours, M. le Comte, lorsque vous défendrez l'indépendance de l'Eglise, la liberté de conscience, la liberté d'enseignement, la liberté des ordres religieux, toujours à vos paroles
répondront les bénédictions de tous les catholiques. »

M. le Comte de Montalembert a répondu :

« Si j'accepte avec émotion et reconnaissance la démarche
que vous voulez bien faire auprès de moi, si je jouis de voir en
cette occasion les catholiques apprendre à se compter et à se montrer, ce n'est pas, certes, que je veuille y trouver quelque chose
de personnel pour moi, mais bien un hommage rendu à ces
principes de catholicisme et de liberté que j'ai eu l'honneur de
défendre, et que vous portez tous, comme moi, dans vos cœurs.
Les encouragements que vous me décernez fortifieront ma résolution. J'en ai besoin, Messieurs, nous en avons tous besoin, car
la lutte où nous sommes engagés sera aussi laborieuse que prolongée. Nous avons aussi notre émancipation catholique à conquérir. Les actes émanés des divers pouvoirs qui ont passé sur la
France, et par lesquels notre liberté est entravée, ne sont pas,
certes, aussi cruels ni aussi vexatoires que le code pénal qui a si
longtemps régi les catholiques d'un pays voisin, mais ils ne sont
pas moins dangereux à l'indépendance de l'Eglise, et ils sont pro-

fondément incompatibles avec les principes de notre constitution. Mettre d'accord nos lois, si contradictoires et souvent si oppressives, avec notre Charte, si libérale et si juste, c'est à cette tâche que nous devons dévouer notre vie chacun dans sa sphère. Pendant que le clergé exerce sa sainte mission en disciplinant nos âmes, c'est à nous, laïques, de lui payer notre dette, en revendiquant pour lui et pour nous la liberté qui est toujours le premier besoin de l'Eglise. Pour y parvenir, nous n'aurons jamais trop de courage, de patience et de confiance en Dieu. Nos adversaires sont nombreux, acharnés et redoutables, mais notre devoir est de combattre.

» Du reste, Messieurs, si quelques-unes de nos lois sont oppressives, si la patrie elle-même est souvent injuste envers nous, ne le soyons jamais envers elle. Bénissons le bon Dieu de nous avoir fait naître dans un pays qui a conquis la liberté politique, par laquelle nous pouvons aspirer à la liberté religieuse. Bénissons-le de ne pas nous avoir placés dans un de ces pays où le despotisme étouffe toutes les plaintes, celles de l'Eglise comme celles des peuples. Profitons-en pour invoquer sans cesse la publicité, la liberté de la presse et de la parole. Mettons ces armes nouvelles, ces armes inappréciables au service de cette vieille cause, qui ne périra jamais. »

Deux jours après (le 26 avril), M. de Montalembert prononça encore un magnifique discours contre le projet de loi de M. Villemain sur la liberté d'enseignement. Il le terminait ainsi :

« Et ce sera, croyez-le bien, Messieurs, une gloire immortelle pour l'Eglise catholique, et pour l'église de France en particulier, que d'avoir osé embrasser sans crainte la liberté, cette idole si peu comprise des temps modernes, qui a tant de faux prophètes et si peu de vrais fidèles. La liberté elle-même, toujours si compromise par ses amis et ses ennemis, n'a-t-elle pas tout à gagner à être placée dans l'âme du peuple français, sous la sauvegarde d'une immortelle alliée, de la foi religieuse ? Mais la victoire de l'Eglise sera d'avoir invoqué cette liberté, et, dépouillée de ses anciennes splendeurs, de tous ses biens, de tous ses privilèges, d'avoir cru tout retrouver dans la seule possession de cette liberté. Oui, cette solidarité entre l'Eglise et la liberté est le gage de sa force et de sa vitalité pour nous. Et je le dirai sans détour à nos adversaires : cette conviction où vous êtes que si ces deux et anciennes libertés chrétiennes, la liberté d'enseignement et la liberté d'association, étaient accordées au pays, c'est l'Eglise surtout qui en profiterait; cette conviction, avouée et répétée sans cesse, sera à la fois le titre de votre condamnation et la plus magnifique démonstration de ce catholicisme dont vous avez si souvent fait l'oraison funèbre.

» Je dirai aux philosophes, aux rationalistes, aux gallicans qui veulent nous enchaîner : Mais que craignez-vous donc? Honneurs, crédit, places, traitements, tout cela vous appartient exclusivement. Vos lois excluent le clergé, autrefois regardé comme la lumière du monde, de toutes les assemblées publiques, depuis le conseil municipal jusqu'à la chambre des pairs; et il ne s'en plaint pas. Vous peuplez tout, chambres, académies, tribunaux; à la Sorbonne comme au palais de justice, au collége de France comme à la cour de cassation, vous parlez toujours, vous parlez tout seuls. (*On rit.*) Vous êtes les seuls maîtres et vous l'êtes partout; vous êtes tout et nous ne sommes rien; et cependant vous tremblez! Devant qui? devant nous, pauvres fanatiques, ultramontains; devant la sacristie, comme vous dites. Vous avez peur de quoi? peur de la liberté, peur de la lumière, peur de la concurrence, de tout ce qui vous a fait ce que vous êtes. Mais tâchez donc de mettre d'accord votre orgueil avec votre peur. Si nous ne sommes rien, alors dédaignez-nous et honorez-nous de votre indifférence. Si nous sommes quelque chose, alors respectez-nous et sachez honorer en nous le principe et les conditions de votre propre existence. Apôtres de la tolérance, sachez tolérer autre chose que votre seule voix et vos seuls intérêts. (*Assentiment.*)

» Mais ce ne seront pas seulement les faux libéraux et les faux philosophes qui sortiront meurtris et discrédités de cette lutte. Les faux conservateurs, les amis aveugles et imprudents du pouvoir porteront aussi leur part de responsabilité, elle sera cruelle. Quoi! tout le monde est d'accord pour s'effrayer sur l'avenir d'une société menacée par le matérialisme, quelque brillante, quelque savante, quelque riche qu'on la suppose; tout le monde est d'accord pour reconnaître que le seul remède, le seul contre-poids à cet entraînement vers le mal est dans l'instruction morale et religieuse, c'est-à-dire dans le Christianisme, car tout le monde répète aussi d'après Portalis, qu'une morale sans dogme est comme une justice sans tribunaux. Il n'est pas de père digne de ce nom qui, jetant les yeux sur ses enfants, ne se sente effrayé de leur avenir, de les voir grandir au sein de ces provocations au mal, plus ardentes que jamais dans notre société actuelle; qui ne désire leur donner des convictions religieuses capables de leur servir à la fois d'abri et de rempart. Il ne s'agit pas de faire une nation de dévots ou de saints, d'anéantir les faiblesses inhérentes à notre nature déchue ; il ne s'agit pas de l'impossible , mais il s'agit de déposer dans les jeunes âmes certaines semences que les passions pourront bien étouffer pendant un temps, mais qui ne soient pas oblitérées complètement par un scepticisme précoce. A cette œuvre là la science la plus raffinée ne suffira jamais. Les peuples comme les individus peuvent être très-savants au sein de la plus grande corruption et du plus profond abaissement. (*Marques d'approbation.*)

» La religion seule peut donner au cœur humain ces deux principes essentiels à toute société , qui disparaissent graduellement parmi nous, la discipline et l'abnégation. (*Nouvelle adhésion.*) Ce remède souverain et unique de l'éducation religieuse, vous pouvez l'appliquer aux dangereuses maladies de l'état social, sans aucune contrainte, sans aucun détour, sans blesser aucun préjugé, aucune défiance, en laissant à ceux qui ont peur de la religion tous les moyens d'en préserver leurs enfants, si bon leur semble. Vous pouvez tout cela en restant simplement fidèles à la lettre et à l'esprit de la Charte, en l'observant littéralement et consciencieusement. Et vous ne le voulez pas! Pourquoi ? parce que vous avez plus peur du remède que du mal; parce que vous avez peur de l'Eglise ; parce que la salutaire indépendance de la foi et de la pensée catholique répugne à votre orgueil philosophique. Or, il y a deux choses également démontrées par l'histoire de dix-huit siècles : la première, c'est que l'Eglise n'a jamais refusé son concours efficace, loyal et sincère, au pouvoir qui le réclamait, ou qui le tolérait seulement, quelle que fût l'origine, la nature de ce pouvoir ; la seconde, c'est que l'Eglise n'a jamais sacrifié à aucun pouvoir, quelle que fût son origine ou sa nature, cette indépendance souveraine de son enseignement et de son autorité qui constitue son caractère universel et sa fécondité éternelle. Vous voulez bien de son concours, mais vous ne voulez pas de son indépendance. (*Mouvement.*) Or, l'un sans l'autre ne se peut ; et cela étant, au lieu d'opposer la liberté du bien à la liberté du mal, vous vous consolez de ne pouvoir réprimer le mal en enchaînant le bien.

» Et vous croyez vraiment que vous enchaînerez le bon et le mauvais génie de la France, que le conseil de l'Université saura toujours tenir entre le bien et le mal, entre la vérité et l'erreur, la balance d'une impartiale indifférence ? Vain espoir! l'esprit d'impiété et de révolte, qui vous menaçait l'autre jour en plein collège de France de chasser dix dynasties, si on le contrariait, se liguera volontiers à vous pour écarter l'Eglise, mais quand il verra sa victoire complète contre nous, il se retournera contre vous, et vous verrez avec quel succès.

» En résumé, nous voulons la liberté et vous nous donnez l'arbitraire; nous voulons arriver par la liberté à la religion, et vous nous conduisez par l'arbitraire au scepticisme. Votre loi est une loi de réaction contre les progrès religieux de la France; une loi de suspects contre le clergé; une loi infidèle à tout ce qu'il y a eu de généreux dans les instincts de 1789 et dans les promesses de 1830. Je le repousse de la triple énergie de ma conscience, de ma foi et de mon patriotisme. » (Marques nombreuses d'assentiment.)

C'est le même amour de la liberté et de la justice, c'est le même dévoûment à l'Eglise qui inspire l'orateur dans la séance du 11 juin 1845, lorsqu'il reproche à l'Opposition d'avoir demandé la proscription des jésuites, et au ministère de l'avoir accordée par faiblesse.

Dans la même session M. de Montalembert plaide éloquemment la cause de l'émancipation des esclaves aux colonies et celle des chrétiens opprimés du Liban.

En 1846, il dénonce les massacres de la Gallicie et flétrit la politique de l'Autriche contre la Pologne. L'année suivante il renouvelle ses éloquentes invectives à l'occasion de l'incorporation de Cracovie et prédit, en termes énergiques, la punition prochaine de l'Autriche. Tous ces discours, ainsi que ceux qu'il prononça sur la marine marchande, sur la chapelle de Saint-Denys, sur la liberté de l'enseignement médical, sur le vandalisme dans les travaux d'art, sur la corruption électorale, etc., etc., sont dignes de la réputation de l'orateur, et seraient encore lus aujourd'hui avec intérêt. On voit que le talent de l'orateur se développe, qu'il s'assouplit, qu'il se façonne peu à peu aux luttes de la tribune. Il acquiert plus de force et de maturité, sans rien perdre cependant de sa grâce, de son élégance et de son éclat. M. de Montalembert montre de l'aptitude pour tous les sujets; il sait les envisager au point de vue le plus intéressant, inspiré qu'il est par l'amour de la religion et de la patrie.

On peut dire qu'il se surpassa lui-même dans le discours qu'il fit entendre sur le triomphe des radicaux en Suisse. C'était un cri d'alarme, une menace prophétique à l'approche de la révolution; car il le prononçait le 14 janvier 1848. Il s'éleva à une si grande hauteur, il fit une impression si profonde sur la chambre des pairs, que la *Presse*, journal qu'on ne peut suspecter de partia-

lité, disait en rendant compte de la séance : « L'aiglon s'est fait
aigle aujourd'hui et s'est élevé à une hauteur où l'amitié la plus
complaisante ne le supposait pas capable d'arriver. Peu d'hommes
de tribune ont compté dans leur vie un succès aussi complet. La
chambre tout entière en a été comme jetée hors d'elle-même ; si
bien qu'elle a failli, dans son enthousiasme, violer son propre réglement, en votant, par acclamation, l'impression de ce discours
qui l'avait tant émue. Il a fallu qu'un secrétaire lût et relût le règlement pour faire rentrer dans son lit cette sorte d'inondation
sympathique. L'ovation était méritée de tout point. Spirituel,
chaleureux, énergique, brillant de verve et de bon sens, dou-
blant la puissance de la vérité par des accents qui ne semblaient
pas faits pour elle, M. de Montalembert a réuni dans ce discours
plusieurs qualités éminentes, dont une seule suffirait à la réputation d'un orateur. »

Quelques semaines plus tard les paroles de l'orateur ne furent
que trop justifiées par les événements. La révolution de février
ébranla, jusque dans leurs fondements, la France et l'Europe. La
république fut inaugurée. Le suffrage universel nomma une chambre
pour élaborer une constitution. M. de Montalembert y fut appelé
avec plusieurs hommes éminents du parti catholique. Il eut dès
lors une nouvelle mission à remplir. Il s'attacha à la défense de
la société menacée. Les communistes et les socialistes n'eurent
pas d'ennemi plus redoutable. Il les attaqua, dans toutes les occasions importantes, avec une logique écrasante, avec une énergie incomparable. Sous la législative il continue à leur faire une
rude guerre. Il est, sans contredit, l'un des plus énergiques et
des plus courageux orateurs du grand parti de l'ordre. Ni les interruptions, ni les murmures, ni les cris furieux de la Montagne ne
le déconcertent. Son talent semble s'accroître et se fortifier par la
contradiction même. Il est descendu des hauteurs de la théorie
pour devenir plus pratique et plus populaire. Cette position lui
permet de soutenir avec plus de succès la sainte cause de la foi. Il
montre que la religion est le remède nécessaire et le plus efficace
pour guérir les maux de la patrie. Dans tous ses discours cette
idée prédomine. Elle est surtout l'âme de celui qu'il prononça, le
17 octobre 1849, dans la célèbre discussion qui eut lieu à l'occasion de crédits demandés pour l'expédition française en Italie.
M. Victor Hugo, qui l'avait précédé à la tribune, s'était attiré les
applaudissements de la Montagne en flattant les préjugés révolutionnaires et en réchauffant de vieilles haines contre le clergé.
M. de Montalembert lui fait expier chèrement son triomphe.

« Messieurs, dit-il, le discours que vous venez d'entendre a déjà reçu le châtiment qu'il méritait dans les applaudissements qui l'ont accueilli. »

Ces paroles excitent les murmures de la gauche.

» Puisque le mot de châtiment vous blesse, reprend l'orateur, je le retire et j'y substitue celui de *récompense*. »

M. de Montalembert réfute victorieusement plusieurs objections de M. Victor Hugo ; puis il continue en ces termes :

« Maintenant, si vous voulez me le permettre, je rentrerai dans l'examen de la question même. Elle embrasse trois faces, que la plupart des orateurs ont mêlées comme à dessein. La souveraineté temporelle du Pape, la conduite de l'expédition à Rome, et la nature des institutions ou des libertés qu'il s'agit de garantir aujourd'hui à l'État romain. Je compte laisser complétement de côté les deux premières questions que je viens d'indiquer. Je les crois tranchées par les votes de l'Assemblée. Oui, quant à la souveraineté temporelle du Pape en soi, et quant à la conduite de l'expédition, les votes souverains de l'Assemblée législative ont prononcé.

» Il n'y a pas de recours contre ces arrêts souverains, si ce n'est devant l'avenir. Dans le présent, je ne connais plus qu'une question vraiment essentielle, celle du degré de liberté que la France doit et peut réclamer, après avoir rétabli le Pape dans Rome et sur son trône temporel. Je veux la débattre, la préciser, l'approfondir autant que possible.

» Le plus grand nombre des orateurs qui se sont fait entendre ici ont déclaré qu'on ne pouvait pas réclamer pour les Etats romains ce que M. le ministre des affaires étrangères a appelé la grande liberté politique.

» Je tâcherai d'examiner avec vous si, ce principe étant admis, on peut et on doit demander autre chose que ce qui est contenu dans le *Motu proprio* du 12 septembre. Ce *Motu proprio*, remarquez-le bien, n'est qu'un programme. C'est en quelque sorte, comme on vous l'a dit, je crois, la déclaration de Saint-Ouen qu'a faite Louis XVIII, avant de donner la Charte de 1814. C'est un acte qui renferme les principes et les bases du gouvernement futur des Etats romains. On vous l'a dit et je demande la permission de le redire pour bien fixer le point de la discussion, cet acte assure quatre principales garanties; d'abord la réforme de la législation civile, ensuite la réforme des tribunaux; en troisième lieu, de grandes libertés provinciales et municipales; libertés plus grandes, comme a semblé le dire hier M. le président du conseil, que celles que nous avons et que nous aurons même en France ; si grandes que vous n'osez pas, quant à présent, en faire jouir la ville de Paris elle-même, et vous avez bien raison. (*Rire approbatif à droite*.)

» Voilà pour les franchises provinciales et communales ; le Pape ne fait aucune exception.

» En quatrième lieu, le *Motu proprio* garantit la sécularisation de l'administration, en ce sens qu'il n'y a pas exclusion des ecclésiastiques, mais admission des laïques. Il est bon de dire d'abord que cette admission des laïques est aujourd'hui, sous le pontificat de Pie IX, tellement générale, que d'après une statistique de tous les emplois de l'Etat pontifical, qui a été publiée dernièrement à Naples, d'après la statistique officielle de tous les emplois et charges dans l'ordre politique, judiciaire et administratif, et des traitements qui leur sont respectivement assignés en 1848, il y a en tout 109 ecclésiastiques seulement et 5,059 laïques. Voilà quelle est la proportion actuelle.

Un membre de la commission. Il y en a 243.

M. de Montalembert. » Oui ; mais ce nombre comprend 134 aumôniers des prisons.

» Maintenant, il ne peut entrer dans la pensée de personne, ce me semble, de vouloir exclure les ecclésiastiques du petit nombre de places éminentes qu'ils remplissent aujourd'hui, je dis éminentes, parce que le Souverain étant lui-même ecclésiastique... à moins que vous ne vouliez peut-être que le Pape soit un laïque (*rires approbatifs à droite*), il faut nécessairement qu'il ait autour de lui, comme principaux ministres de sa souveraineté, des ecclésiastiques comme lui, et vous allez le comprendre. Prétendre imposer au pape l'obligation d'exclure les ecclésiastiques des principaux offices de ses Etats, ce serait comme si vous imposiez à l'empereur de Russie, souverain essentiellement militaire, l'obligation de gouverner uniquement par des avocats. (*Rires approbatifs à droite*.)

» Au lieu de cela, que fait l'empereur de Russie ? Il place sans cesse à la tête de ses ministères et de ses principales administrations, des militaires comme lui, et il a eu longtemps pour ministre des finances un général d'infanterie, et ses finances ne s'en sont pas plus mal portées, au contraire. (*Exclamations et rires*.)

Une voix à gauche. Il n'avait pas le titre de général.

M. DE MONTALEMBERT. » Si, c'était le général Cancrine. Remarquez d'ailleurs que le *Motu proprio* se prête à tous les développements, à toutes les applications des principes, des concessions, des libertés qui y sont contenues, comme l'a dit M. le ministre des affaires étrangères, en germe. Je suis tout à fait d'accord avec lui pour désirer que le gouvernement français insiste sur l'exactitude et l'intégrité de ses applications.

» J'insisterais comme lui, dans le double intérêt d'abord de la dignité de notre politique à l'extérieur, et ensuite dans l'intérêt même de la sécurité du pouvoir temporel du Pape. Là-dessus, nous sommes parfaitement d'accord.

A droite. Très-bien! Très-bien!

M. DE MONTALEMBERT. » Mais veut-on plus, veut-on des institutions, des libertés politiques dont aucune mention n'est faite dans le *Motu proprio?* S'il en est ainsi, je crois qu'on se trompe et qu'on court risque de se briser sur un écueil, parce que ces libertés sont incompatibles avec la nature même des choses.....

» Les grandes libertés politiques des modernes consistent surtout, comme l'a dit M. de Tocqueville, dans trois choses : la garde nationale, la liberté de la presse et la liberté de la tribune, ou pour mieux dire la souveraineté de la tribune, car partout où la tribune est libre, elle est souveraine; nous écartons donc la liberté de la tribune, la garde civique et la liberté de la presse.

» Quant à ce qui touche à la liberté de la presse, je ne sais pas de meilleur moyen de répondre à l'objection qu'on a faite à ce sujet que de citer le mot d'un homme d'Etat anglais en 1814, à je ne sais quel congrès, où l'on discutait sur les institutions, sur la constitution qu'on donnerait à l'île de Malte, qui était une nouvelle acquisition de l'Angleterre. Cet homme d'Etat déclara que l'Angleterre ne donnerait pas à l'île de Malte la liberté de la presse. Comment! lui dit-on, vous Anglais, qui avez la liberté illimitée chez vous, vous n'aimez donc pas la liberté de la presse?

» Si fait, répondit-il, je l'aime beaucoup; mais je ne l'aime pas sur un vaisseau de ligne. Eh bien! si un Anglais pouvait comparer l'île de Malte à un vaisseau de ligne, à plus forte raison le monde catholique a-t-il le droit de comparer la ville de Rome à un vaisseau de ligne et d'y maintenir une certaine discipline incompatible avec la liberté de la presse. (*Rires ironiques à gauche.*)

» Mais, nous dit-on, nous ne demandons rien de tout cela, nous ne demandons aucune de ces grandes et difficiles libertés que vous venez de citer; nous ne demandons qu'une seule chose qui se trouve dans l'annexe d'une des dépêches que le Gouvernement a lues à la tribune hier.

» Cette chose, c'est le suffrage délibératif en matière d'impôts accordé à la Consulte qui est créée par le *Motu proprio.*

» Eh bien! Messieurs, je conçois parfaitement que le Gouvernement ait demandé cette condition, mais j'approuve très-fort qu'il n'en ait pas fait l'objet d'un *ultimatum,* et voici pourquoi : c'est que cette chose, si petite en apparence, est grosse comme le monde, elle renferme en soi tous les principes de la souveraineté parlementaire. Donner le suffrage délibératif en matière d'impôts à une Assemblée, c'est constituer en sa faveur le partage de la souveraineté; ce n'est pas autrement que les parlements d'Angleterre et de France sont devenus souverains.

» En effet, lisez l'histoire d'Angleterre, et voyez comment la Chambre des Communes est parvenue successivement à dominer la Couronne et la Chambre des Pairs, c'est uniquement parce qu'elle a été investie du vote des subsides et de la faculté souveraine de refuser le budget.

» Mais en France, croyez-vous que quand Louis XVIII donnait la Charte de 1814, il avait l'intention de créer la souveraineté parlémentaire? Quant à moi, je n'en sais rien; mais je ne le suppose pas. Comment a-t-il été amené à reconnaître cette souveraineté parlementaire? Parce qu'il a accordé, entre autres choses, dans sa Charte, le vote souverain de l'impôt, et cette puissance délibérative en matière de finances réclamée par la Consulte de Rome. Pas autre chose. Ce n'est pas la composition des Chambres qui a fait leur souveraineté, ce n'est pas même le suffrage électoral dont l'une d'elles émanait, c'est cette faculté d'accorder ou de refuser les finances au Roi. En effet, voyez ce qui est arrivé la première fois que le roi a voulu user du droit que la Charte de 1814 lui assurait, le droit de faire la paix ou la guerre, la guerre d'Espagne en 1823; comment s'y est-il pris? Est-ce qu'il a pu la faire comme il l'entendait? Pas le moins du monde; il a été obligé de venir demander aux Chambres, à la Chambre des Députés l'argent nécessaire pour faire la guerre, et c'est la Chambre des Députés qui a décidé, en donnant ou en refusant des millions, qu'il y aurait la guerre ou qu'il y aurait la paix. A partir de ce jour-là, la souveraineté parlementaire a été créée en France dès avant la Charte de 1830.

» Il en serait de même à Rome, il en serait de même si la Consulte ou une assemblée quelconque était investie du suffrage délibératif en matière de finances. (*Bruit en sens divers.*) Mais

voyez, Messieurs, ce qui arriverait. Toutes les fois que dans cette
assemblée se manifesterait un esprit hostile à la direction donnée par le Saint-Père, même aux affaires de l'Eglise, savez-vous
ce qui arriverait? On lui refuserait les subsides, ou on le menacerait de ce rufus; on menacerait du refus du budget un Pape
qui ne voudrait pas suivre telle ou telle voie dans le gouvernement général de l'Eglise, exclure, par exemple, telle ou telle
congrégation; vous verriez venir à la tribune de l'assemblée
romaine tel orateur qui, s'inspirant des idées exprimées il n'y a
pas longtemps à celle-ci par l'honorable M. Pierre Leroux, viendrait prouver l'incompatibilité de telle ou telle congrégation
religieuse, de la Compagnie des Jésuites, par exemple, avec le
progrès moderne, en accompagnant son argumentation du *baculus*
et du *cadaver*, et de tout le cortége habituel... (*on rit*), et puis
joindre à sa proposition la menace du refus du budget.

» Quel remède aurait le chef de l'Eglise, et quel remède trouverait le monde catholique tout entier dans une positon si délicate
et si difficile? Comprenez bien, Messieurs, que si on voyait à côté
du Pape une chambre législative investie de cette grande prérogative, les catholiques du monde entier ne sauraient plus à quoi
s'en tenir. Leur position deviendrait, sous certains rapports, plus
délicate, plus difficile, plus pénible, que si le Pape était captif
d'une autre puissance, ou même sujet, ouvertement sujet de la
République romaine. Alors, au moins, les catholiques sauraient à
qui ils ont affaire.

» Mais avec une Chambre investie du suffrage délibératif à côté
de lui, on serait toujours dans le doute; la souveraineté serait
partagée, elle serait par conséquent anéantie. Le Pape serait
nominalement le chef, mais réellement le sujet; il serait condamné à faire la volonté d'autrui, au nom de sa propre volonté;
ce serait pour lui, comme pour nous la position la plus fausse,
la plus équivoque, la plus terrible; la raison, la conscience et
la bonne politique nous invitent également à l'éviter. (*Très-bien!
très-bien!*)

Un membre. — Et la monarchie représentative...

M. DE MONTALEMBERT. » Dans la monarchie représentative, l'honorable interrupteur le sait aussi bien que moi, le roi n'est au
fond que ce que je viens de dire tout à l'heure; il n'est que le
chef nominal : il n'est pas le chef réel de la politique; ceci a été
consacré en 1830. (*Approbation à droite.*)

» Eh bien! voilà l'état que nous ne pouvons pas admettre pour
Rome, et qu'aucun esprit vraiment politique ne saurait infliger,

je ne dis pas seulement au Souverain Pontife, mais au monde catholique; car alors, en allant rétablir le Pape dans sa souveraineté, vous auriez manqué complétement votre but; cette souveraineté, vous l'auriez divisée, partagée, anéantie, et tôt ou tard vous l'auriez condamnée à subir le sort du patriarche de Constantinople, c'est-à-dire à perdre son indépendance, son autorité et sa dignité dans je ne sais quel dédale de factions et de partis politiques, dont sa souveraineté réelle et effective peut seule le préserver. C'est ce qui est arrivé au patriarche de Byzance. (*Approbation à droite.*)

» Maintenant, qu'avez-vous été rétablir à Rome? Ce n'est pas un souverain, comme par exemple le grand-duc de Toscane, car vous n'avez pas été rétablir le grand-duc de Toscane quand il a été détrôné!

» Ce n'est pas non plus, comme l'a dit l'honorable général Cavaignac, ce n'est pas un homme infiniment respectable....

A gauche Ah! ah! (*Bruit.*)

M. DE MONTALEMBERT. » Certes, le Pape est à la fois un souverain et un homme infiniment respectable; mais je dis que ce n'est ni le souverain, ni l'homme infiniment respectable que vous avez été rétablir; c'est le Pape, le pontife, le chef spirituel des consciences catholiques que nous avons été rétablir. Eh bien! maintenant, quel est votre intérêt après la grande œuvre que vous avez entreprise et accomplie? c'est de rétablir et de maintenir ce Pape dans la plénitude de son autorité morale sur les consciences catholiques que vous avez voulu servir et affranchir du plus grand des dangers. Mais sachez-le bien, cette autorité morale peut être plus ou moins entière.

» Je touche ici un sujet infiniment délicat. Si le Pape faisait les concessions que demandent l'honorable M. Victor Hugo et plusieurs autres membres de cette Assemblée...

» Mon Dieu! je ne voudrais rien dire qui pût porter atteinte le moins du monde au respect que je lui dois, à l'autorité infaillible qu'il a sur toutes les consciences catholiques; mais je suis obligé de le dire, il ne jouirait peut-être plus de cette grande et si juste popularité dont il a été investi par les acclamations unanimes de toutes les nations catholiques du moment où il est monté sur le trône apostolique.

» Je ne parle pas de ces acclamations hypocrites qui n'ont été pour Pie IX que le signal de la perfidie et de la conspiration; je parle de cet enthousiasme sincère, universel, dont le monde catholique, hors de l'Italie, hors de Rome, l'a salué et entouré. Si

on voyait Pie IX profiter si peu de l'expérience douloureuse
qu'il a faite et vouloir recommencer à courir les risques, les dangers de la situation où il s'est déjà trouvé ; si on le voyait rétablir, non pas même la liberté de la presse, non pas même la
garde civique, mais seulement ce pouvoir parlementaire que le
Motu proprio refuse, je dis humblement, sincèrement, que la
confiance, la profonde et filiale confiance que nous avons en
lui serait alarmée; je ne dis pas ébranlée, mais alarmée. (Mouvement.)

» Permettez, je le disais tout à l'heure, qu'est-ce qui fait donc
l'empire du Pape? Je ne veux pas parler, comprenez-moi bien,
de l'autorité dogmatique, infaillible, qui lui resterait toujours ; je
parle de l'autorité personnelle du Pape actuel; de la popularité
du Pape du moment ; cette autorité-là serait ébranlée dans l'o-
pinion des catholiques si on le voyait, après la grande et glorieuse épreuve qu'il a faite (et que je le féliciterai toute ma vie
d'avoir entreprise), si on le voyait recommencer cette carrière
pleine de périls pour lui, pour l'Eglise, pour la charge dont
il n'est, après tout, comme il le dit lui-même chaque jour, que
le dépositaire. (Assentiment à droite). Et il faut bien, après
tout, puisqu'on lui recommande tant de tenir compte de l'o-
pinion publique, qu'il compte pour quelque chose celle des catholiques.

» Maintenant, si, comme je le crois, il est établi que le suffrage
délibératif accordé à la Consulte est identique avec le gouvernement parlementaire, je dis que le Souverain-Pontife et ceux qui
défendent sa politique ici ont le droit d'opposer à la création,
ou plutôt au rétablissement du pouvoir parlementaire dans l'Etat
romain, différents ordres d'objection que je vais rapidement parcourir devant vous. Ils ont d'abord le droit d'examiner quels sont
ceux qui demandent ces institutions. Je parle des institutions parlementaires, de ce qu'on appelait tout à l'heure la monarchie représentative.

» Or, il y a deux espèces d'hommes qui demandent ces institutions; les premiers sont ceux qui les ont détruites en France ; ce
sont ceux qui s'appellent les républicains de la veille.

» Comment peuvent-ils demander en Italie des institutions qu'ils
ont détruites en France? (Rire d'assentiment à droite.)

» Savez-vous pourquoi ils le font? J'en trouve l'explication dans
un passage du journal *le National*, qui porte la date du 12 septembre 1849, la même date que le *Motu proprio*.

Une voix. La concordance de date est curieuse.

M. de Montalembert. » Voici ce que dit ce journal :

« Quoi que fasse Pie IX, le peuple romain n'acceptera pas franchement les libertés nouvelles qui lui seront données; il ne s'en servira que pour renverser le prince qui aura cru pouvoir les lui accorder et pour se débarrasser de son autorité. » (Ah! ah! — Hilarité prolongée à droite.)

Un membre. Va pour le *Motu proprio* du *National.*

M. de Montalembert. » Je trouve les hommes qui parlent ce langage très-logiques. Je ne dirai même pas qu'ils sont incompétents dans la matière. Au contraire, je les trouve très-compétents. (Nouvelle hilarité.) Seulement, je déclare que leur opinion prouve contre eux, qu'ils parlent *pour* ou qu'ils parlent *contre*, et qu'il faudrait que le Pape et ses conseillers fussent bien aveugles pour ne pas être éclairés par des aveux aussi francs et aussi logiques.

» Voilà pour la première classe de ceux qui demandent le gouvernement représentatif en Italie.

» Maintenant, il y en a une autre; et ceux-là sortent de la nombreuse classe d'hommes qui ont, non pas renversé le gouvernement parlementaire en France, mais qui l'ont, au contraire, aimé, servi, pratiqué. Je suis de ce nombre. J'ai aimé beaucoup ce gouvernement représentatif : j'ai fait plus que l'aimer, beaucoup plus, j'y ai cru. J'ai cru de bonne foi, et même, si vous voulez que je vous l'avoue, j'y crois encore..... (Rire prolongé à gauche.)

Plusieurs voix. Très-bien, très-bien ! (Rumeurs à gauche.)

M. de Montalembert. » Je crois qu'en théorie, et vu l'imperfection humaine, c'est le meilleur des gouvernements. (Murmures.)

» Mais vous m'avez enseigné une pratique toute différente de la théorie (on rit); et, après avoir vu que ce gouvernement, conduit, dirigé comme il l'était de part et d'autre, dans le pouvoir et dans l'opposition, par les hommes éminents que je vois devant moi, M. Barrot, M. Thiers, M. Dufaure, M. Molé et tant d'autres; après avoir vu que ce gouvernement, ainsi conduit, ainsi dirigé, avec toutes les conditions possibles de prospérité, de succès et de durée, a fini, comme vous l'avez vu, par une surprise qui l'a renversé net de fond en comble en un jour..... (Vives réclamations à gauche.)

A droite. Très-bien ! très-bien ! — C'est très-vrai ! (Agitation.)

Un membre, au milieu du bruit. C'est un escamotage !

M. de Montalembert. » Je dis qu'après avoir vu se terminer ainsi

ce grand et puissant gouvernement constitutionnel en France par...
vous ne voulez pas que je l'appelle une surprise... par une révolution qui l'a renversé... (Bruit à gauche.)

A droite. Allez! allez! Très-bien!

M. DE MONTALEMBERT. » Après l'avoir vu finir de la sorte, je suis
bien obligé de me dire à moi-même que là n'est pas la perfection en fait de politique, et je conçois, par conséquent, que le
Pape, ou tout autre souverain, à qui j'aurais été tenté moi-
même, en 1846 ou 1847, de conseiller le gouvernement représentatif, nous réponde : « Avant de le conseiller aux autres, vous
auriez bien dû réussir à le garder vous-même. » (Rire d'adhésion à
droite.)

Une voix à gauche. Et la monarchie absolue, l'avez-vous su
garder?

M. DE MONTALEMBERT. » Non, car je n'y ai jamais cru ; je ne l'ai
jamais défendue nulle part.

» Voilà pour les personnes qui recommandent le gouvernement
constitutionnel au Pape et leurs deux catégories.

» Mais j'ajoute qu'il y a une autre objection, plus puissante encore, tirée des expériences qu'on a faites de ce gouvernement
constitutionnel en Italie.

» Il y a encore un pays qui possède un gouvernement constitutionnel en Italie, c'est le Piémont. Quel usage y a-t-on fait
du gouvernement représentatif et de la souveraineté parlementaire? Je vous prie de réfléchir à ceci, et d'y répondre, si vous
le voulez.

» Oui, il est venu un moment où le roi de Sardaigne a donné
à son peuple le gouvernement constitutionnel qu'on veut aujourd'hui contraindre le Pape à accepter. Eh bien! quel usage la
majorité de la Chambre piémontaise a-t-elle fait de ce nouveau pouvoir?

» Elle a d'abord, comme vous le savez, précipité le roi Charles-
Albert dans la dénonciation de l'armistice avec les Autrichiens et
dans la catastrophe de Novare. Et puis, comment a-t-elle supporté
ce malheur? Vous souvenez-vous du tableau qu'a fait, à cette tribune même, notre honorable collègue M. Drouyn de Lhuis, à
l'Assemblée constituante, qui était quelquefois plus tolérante que
vous, Messieurs? (Approbation à droite.)

» Vous souvenez-vous du tableau qu'il a tracé de cette opposition
piémontaise qui, lorsque les Autrichiens faisaient mine d'entrer
par une des portes de Turin, comme par cette porte-là, s'en allait
par celle-ci. (Mouvement.)

» Vous souvenez-vous de ce tableau ? Pour moi, il est resté gravé dans ma mémoire.

M. Bixio. Il n'a pas dit cela ! (Réclamations et mouvements divers.)

M. de Montalembert. » Mais dès que l'ennemi s'est retiré, l'Opposition est rentrée par sa porte. Et qu'a-t-elle fait depuis qu'elle est rentrée, car c'est elle qui a la majorité? Elle rend le gouvernement impossible en Piémont, de l'aveu de tout le monde, de l'aveu des amis sincères et dévoués de la liberté italienne, de la liberté constitutionnelle en Italie. Elle répond par des bravades aux Autrichiens qui sont loin, et au Gouvernement qui est sous sa main, elle rend le pouvoir impossible. Elle complique les difficultés, crée mille embarras, et rend insupportable le fardeau du gouvernement aux hommes généreux et dévoués qui en sont chargés, à la dynastie nationale et patriotique, qui est la seule garantie de l'indépendance de ce pays. (Approbation à droite.)

» Voilà les conséquences que donne la pratique du seul gouvernement constitutionnel d'Italie. Voilà les encouragements qu'il donne à Pie IX. J'oublie même que ces grands hommes d'Etat sont occupés depuis quelque temps à tourmenter, à vexer les évêques et l'Eglise même, en Piémont. (Exclamations et rires ironiques à gauche.)

» Voulez-vous que Pie IX, le chef des évêques, ne s'inquiète pas de la manière dont ils sont traités par la Chambre piémontaise? Croyez-vous qu'il n'a pas l'œil ouvert sur toutes ces choses? Croyez-vous que ce soit un encouragement pour lui que de voir la manière dont l'Assemblée délibérante et parlementaire du Piémont traite et dirige les affaires ecclésiastiques de ce pays, là, à sa porte? Croyez-vous que ce soit un argument en faveur du gouvernement constitutionnel à Rome?

» Et cependant les Piémontais n'ont pas affaire à un gouvernement clérical; le Gouvernement est dans les mains des laïques, des hommes, à ce qu'on prétend, les plus indépendants, les plus éclairés et les plus libéraux de l'Italie actuelle. Eh bien! ils leur rendent, je le répète, le gouvernement impossible; ils font douter les amis de la liberté italienne de la possibilité d'avoir un gouvernement parlementaire dans ce pays. (Très-bien !)

» Mais il y a une autre expérience; c'est celle qu'a faite Pie IX lui-même.

» Est-ce qu'il n'a pas donné à son pays, comme je le disais tout à l'heure, toutes les libertés qu'on réclame, et plus encore? Il a donné la liberté de la presse ; il a donné la garde civique. Il

a donné les deux Chambres, le Statut constitutionnel. Eh bien !
quel en a été le résultat pour lui ? La presse l'a renversé mora-
lement avant qu'il fût renversé de fait. La garde civique l'a assiégé
dans son palais du Quirinal. Et les deux Chambres sont restées
muettes et impassibles quand son ministre a été assassiné ; et c'est
le chef du parti constitutionnel de ce temps-là, Mamiani, qui
s'est constitué le successeur du ministre assassiné et le geôlier du
Saint-Père.

» Voilà l'expérience qu'a faite le Pape du gouvernement constitutionnel. (Rumeurs à gauche. — Approbation à droite.)

» Les uns disent que le Pape a changé ; les autres diraient volontiers qu'il s'est trompé. Je ne crois ni l'un ni l'autre. Non,
Pie IX n'a ni changé, ni erré ; il ne s'est ni trompé, ni transformé.

» Il ne s'est pas trompé en essayant de donner la liberté à son
pays et à l'Italie ; quand il a invité, non pas comme on l'a dit,
l'Eglise à se réconcilier avec la liberté... l'Eglise réconcilie, elle ne
se réconcilie pas, elle n'a besoin de se réconcilier avec personne...
(Mouvement.)

» Mais, quand il a invité la liberté moderne à se réconcilier avec
l'Eglise, trop longtemps méconnue par elle.

» S'il n'avait pas fait ce grand essai, cette grande et noble
épreuve, et cela avec une droiture et une bonne foi incompara-
bles, on aurait pu douter de la grandeur de son âme ; on aurait
pu croire, quelques esprits étroits auraient pu croire, que l'autorité pontificale repoussait systématiquement le progrès, la civilisation, la liberté. Mais maintenant, après l'épreuve qu'il a faite,
il est hors de doute que si la liberté n'a pas pris racine à Rome,
ce n'est pas la faute de Pie IX, c'est la faute de ceux à qui il a
donné cette liberté.(Vive approbation à droite.)

» Il ne s'est donc pas trompé non plus en entreprenant cette noble
et grande œuvre qui l'immortalisera, et dont, pour mon compte,
je le féliciterai toujours.

» Il ne doit pas avoir changé non plus ; je suis convaincu qu'il
n'est nullement disposé à sacrifier la cause de la liberté, de la
liberté du bien au culte de la force ; mais il a vu, il s'est éclairé,
il a eu les yeux ouverts, il a profité de la leçon que Dieu lui a
donnée par les événements, et il serait inexcusable de ne pas en
profiter.

» Et, du reste, s'il avait changé, ce que je ne crois pas, est-ce
qu'il serait par hasard le seul qui ait changé en Europe, en France
et partout ailleurs.

« On a parlé hier de l'apostasie du grand parti libéral.

« Eh bien! Messieurs, que s'est-il passé en effet dans le monde depuis quelques années? Croyez-vous qu'en effet les hommes de sens, de cœur, de conscience, qui aiment la liberté, ou croient en elle, croient à la marche ascendante du genre humain, au progrès indéfini de la civilisation et des institutions, comme il le faisaient il y a deux ou trois ans? (Mouvement en sens divers.) Croyez-vous qu'en France, en Europe, partout, les consciences, les cœurs, les intelligences les plus hardies n'aient pas été ébranlées? croyez-vous qu'une lumière sanglante ne s'est pas levée dans bien des intelligences et bien des consciences? (Nouvelle approbation à droite.)

« Et si vous doutez de notre compétence, de notre impartialité, à nous hommes politiques, nous, hommes parlementaires usés et dégoûtés par les fatigues de la vie politique, eh bien! alors je vous dirai : Allez sonder les profondeurs des nations, allez auprès de n'importe quel foyer modeste interroger des patriotes obscurs, mais généreux et intelligents : allez demander aux hommes qui ne se sont jamais mêlés aux affaires, qui sont toujours restés loin du bruit, de l'agitation, des dégoûts de la vie politique; frappez à la porte de leur cœur, sondez leur conscience, et demandez-leur s'ils aiment le progrès et la liberté du même amour qu'ils l'aimaient autrefois; ou bien si, en l'aimant toujours, ils y croient avec la même foi, avec la même confiance? Vous n'en trouverez pas un sur cent, pas un sur mille. (Vive et longue approbation à droite. — Murmures et dénégations à gauche.)

« Ah! cela est triste, c'est une triste vérité; je conçois la douleur qu'elle vous inspire, elle m'en inspire aussi à moi; mais c'est une vérité, et je défie de la nier. Faites cette recherche que je vous indique : allez sonder les cœurs, vous n'en trouverez pas un sur cent, pas un sur mille parmi les libéraux d'autrefois qui aient la même foi, la même ardeur qu'ils avaient il y a deux ou trois ans. (C'est vrai! c'est vrai! — Non! non!) Mais hier vous l'avez dit; l'un de vos orateurs, que nous avons écouté avec le silence du respect, si ce n'est celui de la sympathie, l'un de vos orateurs l'a dit lui-même hier à cette tribune; il l'a signalé, il l'a défini; il a qualifié cela d'apostasie du grand parti libéral; je tâche de venir vous expliquer ce phénomène, et vous m'interrompez, et vous regardez cela comme une injure.

« J'ai bien plus à vous dire, je dis que ce phénomène est universel, et je vais maintenant en donner la raison. Pourquoi ce changement? parce que le nom et le drapeau de la liberté ont été

usurpés par d'impurs et incorrigibles démagogues qui l'ont souillé
et qui s'en sont servis pour faire triompher le crime. (Violente
exclamation à gauche. — Vive approbation à droite.)

» Pourquoi donc, Messieurs (l'orateur se tourne vers la gauche),
voulez-vous prendre ce que je dis pour vous? (Rires à droite.)
Pourquoi ne voulez-vous pas m'écouter? Laissez-moi donc faire
ici de l'histoire.

» Je dis que partout d'impurs et incorrigibles démagogues
ont souillé la cause de la liberté...... (Nouvelle interruption à
gauche.)

Un membre à gauche. Ce sont les Jésuites qui l'ont salie. (Exclamation et rires à droite.)

M. DE MONTALEMBERT. » Je dis que partout, au pied du Capitole comme à la barrière Fontainebleau, dans les faubourgs de
Francfort comme sur le pont de Pesth, partout le poignard démocratique a été indignement uni au drapeau de la liberté. (Vives
réclamations à gauche. — Nouvelle et plus vive approbation à
droite.)

M. LE PRÉSIDENT. » Laissez donc la liberté de parler contre l'assassinat !

M. V. LEFRANC. A-t-on parlé de ceux de la Hongrie?

M. CHARRAS. Et les gibets monarchiques!

M. DE MONTALEMBERT. » J'entends une interruption que je saisis
au passage. On m'objecte les gibets monarchiques.

» Croyez-vous que j'aie deux poids et deux mesures? Jamais!
C'est moi qui ai flétri autrefois les massacres de Gallicie à la
Chambre des Pairs. Je ne m'en repens pas, et je ne rétracte
rien.

» Vous m'objectez les supplices de la Hongrie, les supplices du
comte Bathiani et autres. Je n'hésite pas à déclarer ici que si les
faits que les journaux rapportent sont vrais, que s'il n'y a pas
d'autres motifs pour ces exécutions que ceux publiés....

A gauche. Ah! ah! vous en doutez?

A droite. Laissez donc parler!

M. DE MONTALEMBERT. » S'il en est ainsi, je réprouve ces exécutions; je les réprouve, je les déplore, je les déteste; mais j'a-
joute qu'après tout ce sont des représailles provoquées par le meurtre
du comte Zichy, du général Latour... (Exclamations ironiques à
gauche.)

Voix à gauche. C'est là de la charité chrétienne.

M. FRICHON. Ce n'est guère catholique.

M. WOLOVSKI. On se déshonore par des représailles pareilles.

M. DE MONTALEMBERT. » Je poursuis, et je dis que ce sont les forfaits, les assassinats, les crimes commis par tous au nom de la liberté, qui ont glacé et désolé les cœurs les plus dévoués à sa cause.

» Savez-vous ce qui éteint dans les cœurs la flamme rayonnante et féconde de la liberté? Ce n'est pas la main des tyrans. Voyez la Pologne! Depuis trois quarts de siècles, est-ce que cette flamme n'y brûle pas inextinguible sous une triple oppression? Savez-vous ce qui l'éteint? Ce sont eux, eux! ces démagogues dont je parlais tout à l'heure, ces anarchistes (vive et longue approbation à droite; — réclamations à gauche), ces hommes qui déclarent partout une guerre impie et implacable à la nature humaine, aux conditions fondamentales de la société, aux bases éternelles de la vérité, du droit et de la justice sociale. Voilà les hommes qui éteignent l'amour de la liberté. (Nouvelle approbation.)

» Voyez, je vous en conjure, ce qui se passait en Europe il y a trois ans. La liberté étendait partout graduellement son empire; les rois venaient tous, tour à tour, en regimbant, je le veux bien... (On rit); mais ils venaient tous, tour à tour, déposer, en quelque sorte, leur couronne aux pieds de la liberté, lui demander un sacre nouveau, une investiture nouvelle. Le Pape lui-même, le symbole vivant de l'autorité, l'incarnation du pouvoir le plus auguste et le plus ancien........ (Rires ironiques à l'extrême gauche.)

M. le PRÉSIDENT. Je dois constater à la charge de qui il appartiendra, qu'on n'a pas pu attaquer l'assassinat, la démagogie et l'anarchie sans exciter des réclamations, et qu'on ne peut pas rendre hommage à ce qui est respectable, sans exciter les rires et la dérision! (Vifs applaudissements sur tous les bancs de la droite. — Rumeurs à l'extrême gauche.)

Vous blessez tous les sentiment publics. (Nouveaux applaudissements.)

M. DE MONTALEMBERT. » Pie IX lui-même, le symbole le plus auguste et le plus ancien de l'autorité sur la terre, avait cru pouvoir demander à la liberté, à la démocratie, au progrès, à l'esprit moderne, un rayon de plus pour sa tiare. Eh bien! que s'est-il passé? Vous avez arrêté tout cela, vous avez tout bouleversé, tout détruit : vous avez arrêté, détourné tout ce courant admirable qui nous inspirait, à nous, vieux libéraux, comme vous dites, tant de confiance et d'admiration. Ce courant s'est perdu. Vous avez détrôné quelques rois, c'est vrai, mais vous avez détrôné bien plus sûrement la liberté ! (Applaudissements à droite.)

Un membre à gauche. Nous avons la première manche, vous avez la seconde : nous verrons qui aura la belle.

M. LE PRÉSIDENT. Ce sont là des expressions d'estaminet dont on devrait bien s'abstenir.

M. DE MONTALEMBERT. « Les rois sont remontés sur leurs trônes, la liberté n'est pas remontée sur le sien. Elle n'est pas remontée sur le trône qu'elle avait dans nos cœurs. Oh ! je sais bien que vous écrivez son nom partout, dans toutes les lois, sur tous les murs, sur toutes les corniches. (L'orateur montre la voûte de la salle. — Longue approbation et hilarité à droite.) Mais dans les cœurs, son nom s'est effacé. Oui, la belle, la fière, la sainte, la pure et noble liberté que nous avons tant aimée, tant chérie, tant servie.... (violents murmures à gauche), oui servie, avant vous, plus que vous, mieux que vous (nouvelles rumeurs) ; cette liberté-là, elle n'est pas morte, j'espère, mais elle est éteinte, évanouie, écrasée, étouffée (nouvelles rumeurs à gauche) entre ce que l'un de vous a osé appeler la souveraineté du but, c'est-à-dire la souveraineté du mal, et, de l'autre, ce retour forcé vers l'exagération de l'autorité, dont vous avez fait un besoin pour la nature humaine, pour la société et pour le cœur humain, effrayé de vos excès. (Marques d'approbation et longs applaudissements sur les bancs de la majorité.)

» Eh bien ! ce même mouvement que je signalais, que vous signalez, que vous reconnaissez vous-mêmes dans le monde politique, ce mouvement s'est produit dans l'Eglise et dans ce monde catholique dont vous discutez aujourd'hui les destinées.

» Oui, quand Pie IX est monté sur son trône, et quand, voyant devant lui la liberté, la démocratie moderne, il a marché droit à elle et lui a dit : Vous êtes ma fille et je suis votre père... (Rires ironiques à gauche.)

M. LE PRÉSIDENT. C'est le comble de l'indécence.

Voix nombreuses à droite. Très-bien ! très-bien ! — Attendez le silence !

M. DE MONTALEMBERT. » Ce jour-là il s'est manifesté immédiatement deux opinions dans l'église catholique. Les uns, c'était la minorité, les gens prudents, un peu peureux, un peu diplomates, les gens expérimentés, âgés, les sages, disaient volontiers : Mais le Pape entreprend là peut-être quelque chose de bien risqué, de bien dangereux, qui tournera mal pour lui. Les autres, et c'é-

tait la grande majorité, et j'en étais, moi, Messieurs ; oui, moi, mes
amis, ce qu'on appelait alors le parti catholique, nous avons salué
avec passion, avec enthousiasme, ce mouvement du Pape. Eh bien !
nous sommes obligés de le dire, nous avons reçu un effroyable
démenti. L'épreuve a tourné non pas contre nous, non pas contre
Pie IX, mais contre la liberté. (Bravos nombreux à droite.) C'est
pour cela que je voudrais tenir ici, devant moi, tous ces démagogues, tous ces perturbateurs dont je parlais tout à l'heure, et
que je voudrais leur dire une bonne fois la vérité, et la voici. (Vive
approbation à droite. — Rumeurs à gauche.)

A droite. Très-bien ! très-bien ! — Parlez ! parlez !

M. DE MONTALEMBERT. » La voici cette vérité. Si je pouvais m'a-
dresser à tous ensemble, je leur dirais : Savez-vous quel est devant
le monde le plus grand de tous vos crimes ? ce n'est pas seulement
le sang innocent que vous avez versé, quoiqu'il crie vengeance
au Ciel contre vous ; ce n'est pas seulement d'avoir semé à
pleines mains la ruine dans l'Europe entière, quoique ce soit le
plus formidable argument contre vos doctrines. Non ! c'est d'avoir
désenchanté le monde de la liberté. (Acclamations à droite. —
Très-bien ! très-bien !) C'est d'avoir en quelque sorte désorienté
le monde !

» C'est d'avoir compromis, ou ébranlé, ou anéanti dans tous les
cœurs honnêtes cette noble croyance ! c'est d'avoir refoulé vers
sa source le torrent des destinées humaines. (Applaudissements
prolongés sur les bancs de la majorité.)

» Je demande mille pardons à l'Assemblée de la retenir encore à
une heure si avancée.

A DROITE. Parlez ! parlez !

M. DE MONTALEMBERT. » J'aime à croire que Pie IX n'accepte pas
la déplorable alternative que je signalais tout à l'heure ; j'aime à
croire, et même je suis convaincu qu'il reconnaît qu'il y a un
milieu à garder entre cette souveraineté du mal que la fausse
liberté réclame et le retour exagéré et absolu vers le despotisme.
Mais au moins vous tous, amis sincères et fidèles de cette pauvre
liberté dont je vous peignais tout à l'heure les douleurs et les catastrophes, aidez-le dans sa tâche, ne le découragez pas ; ne
l'embarrassez pas, ne compliquez pas sa situation déjà si difficile
et si douloureuse ; prêtez-lui le concours de vos sympathies et de
vos respects, et aidez-le à trouver dans la sainteté de sa conscience
et dans la pureté de ses intentions ce milieu que nous désirons,
nous tous qui croyons encore, malgré tout, à la liberté. (Vifs applaudissements droite.)

» Mais enfin, supposons, et c'est par là que je devrais terminer : vous m'êtes témoins que si je vous ai fatigués trop longtemps à la tribune...

A droite. Non! non! parlez!

M. DE MONTALEMBERT. » Vous savez que mes interrupteurs ont occupé au moins la moitié du temps que je vous ai pris. (Rire approbatif à droite.)

» Maintenant, je ne puis cependant descendre de la tribune sans examiner une supposition menaçante. Je suppose que je me trompe, que M. Thiers se trompe, que la commission se trompe, que le Pape se trompe, que tout le monde se trompe, excepté MM. de l'Opposition, et une certaine portion, que je ne sais comment appeler, de la plaine ou de l'ancien parti modéré, dont M. Victor Hugo s'est fait l'orateur. (Réclamations violentes sur les bancs que veut désigner l'orateur.) Nous avons tort; je suppose que nous avons tous tort de trouver que le Pape accorde assez par son *Motu proprio;* il faut donc exiger plus; il faut, comme l'a dit M. Victor Hugo, le contraindre à faire plus. Voyons donc comment vous vous y prendrez, vous, pour le contraindre; car, avant tout, il ne faut pas rester, comme on l'a fait jusqu'à présent, dans le vague; il faut voir où l'on va, où l'on marche. Je suis convaincu que personne ici ne veut, à l'heure qu'il est, user de violence. Quant au Gouvernement, le langage intelligent et généreux qu'a tenu hier M. le ministre des affaires étrangères ne me permet pas de supposer un instant qu'il veuille jamais avoir recours à la contrainte, à la violence. Je suis même convaincu que personne, ni dans la majorité, ni même dans la minorité n'a cette pensée, quant à présent. Ne me démentez pas, je vous en supplie. (Interruption.)

Une voix à gauche.. Ah! comme c'est gentilhomme!

M. DE MONTALEMBERT. » Je dis que personne ici, ni d'un côté ni de l'autre, ne veut, de propos délibéré, employer contre le Saint-Père une violence quelconque. (A gauche : Non!) Nous sommes donc d'accord.

» Eh bien! maintenant, puisque vous ne voulez pas employer cette violence, puisqu'il n'entre dans l'esprit de personne, sans exception, de renouveler contre Pie IX des attentats qui ont été commis contre Boniface VIII et tant d'autres papes, évitez d'entrer dans la voie qui peut conduire, qui peut aboutir à cette violence dont vous désavouez d'avance la pensée.

» Mais laissez-moi vous le demander : Croyez-vous que les hommes qui ont été conduits à porter la main sur le Saint-Siége, sur les Souverains-Pontifes eux-mêmes, sont entrés avec cette pensée dans leurs luttes contre le Saint-Siége? Croyez-vous qu'ils se sont dit tout d'abord : Je ferai le Pape prisonnier ou je lui forcerai la main par tous les moyens que peut fournir la violence ou la contrainte? Je suis convaincu qu'il n'en est rien ; mais ils y ont été conduits, comme vous y seriez conduits vous-mêmes, si vous entriez dans cette voie, par le dépit, par l'impatience, par la menace maladroitement faite, qui manque son effet, et à laquelle un détestable amour-propre force de rester fidèle ; voilà comme on aboutit à la contrainte et à la violence. (Sensation.)

» Napoléon lui-même, quand il a fait Pie VII prisonnier, croyez-vous qu'en commençant à lutter avec lui il a envisagé d'avance la nécessité où il s'est cru placé, de traîner Pie VII à Savone et à Fontainebleau ?

» Je suis convaincu du contraire ; et puisque j'ai cité ce nom et cette histoire, qui a déjà été citée dans cette discussion par M. le général Cavaignac, si je ne me trompe, je m'y arrêterai un instant. Je sais bien que c'est un lieu commun de l'histoire, que cette défaite de Napoléon par Pie VII ; il doit être familier à tous les esprits ; cependant il renferme de bien grands enseignements. D'abord, il renferme celui-ci, dont on ne paraît pas toujours assez préoccupé. On dit : Mais, après tout, nous ne luttons avec le Saint-Siége que sur un objet purement temporel ; il ne s'agit pas du tout de l'autorité spirituelle, de la vérité dogmatique. C'est très-vrai ; mais Napoléon, lui aussi, quand il luttait avec Pie VII, était-ce pour un objet spirituel, dogmatique? Pas le moins du monde. C'était bel et bien pour un objet purement temporel, pour un règlement de police et pour une question de guerre ; pour une question de ports que Pie VII ne voulait pas fermer aux Anglais, pour une question de guerre qu'il ne voulait pas déclarer aux Anglais, tout comme Pie IX, qui a été détrôné par ses sujets pour n'avoir pas voulu faire la guerre aux Autrichiens. Cela n'a pas empêché l'Europe et le monde de voir en Pie VII le martyr des droits de l'Eglise.

» Et qu'en est-il résulté de cette lutte entre Napoléon et Pie VII ? Une grande faiblesse et une grande déconsidération pour le grand Empereur, et, en fin de compte, une grande défaite. Car, et ceci est ce qu'il y a de plus grave, c'est ce qui doit frapper tous les esprits, même les plus prévenus, même les moins sensibles aux préoccupations que l'on suppose peut-être dominer chez moi en ce moment : ce n'est pas seulement le discrédit et la déconsidération qui, tôt ou tard, s'attachent à ceux qui luttent contre le Saint-Siége, mais c'est encore la défaite! Oui, c'est l'insuccès qui est certain; certain, notez-le bien!

» Et pourquoi l'insuccès est-il certain? Ah! remarquez bien ceci : parce qu'il y a entre le Saint-Siége et vous, ou tout autre qui voudrait combattre contre lui; il y a inégalité de forces. Et sachez bien que cette inégalité n'est pas pour vous, mais contre vous. Vous avez 500,000 hommes, des flottes, du canon, toutes les ressources que peut fournir la force matérielle. C'est vrai. Et le Pape n'a rien de tout cela, mais il a ce que vous n'avez pas, il a une force morale, un empire sur les consciences et sur les âmes auquel vous ne pouvez avoir aucune prétention, et cet empire est immortel. (Dénégations à gauche. Vive approbation à droite.)

» Vous le niez; vous niez la force morale, vous niez la foi, vous niez l'empire de l'autorité pontificale sur les âmes; cet empire qui a eu raison des plus fiers empereurs. Eh bien! soit; mais il y a une chose que vous ne pouvez pas nier, c'est la faiblesse du Saint-Siége. Or, sachez-le, c'est cette faiblesse même qui fait sa force insurmontable contre vous. Ah! oui, il n'y a pas dans l'histoire du monde un plus grand spectacle et un plus consolant que les embarras de la force aux prises avec la faiblesse. (Nouvelles et nombreuses marques d'adhésion à droite.)

» Permettez-moi une comparaison familière. Quand un homme est condamné à lutter contre une femme, si cette femme n'est pas la dernière des créatures, elle peut le braver impunément, elle lui dit : Frappez, mais vous vous déshonorerez, et vous ne me vaincrez pas. (Très-bien! très-bien!) Eh bien! l'Eglise n'est pas une femme, elle est bien plus qu'une femme, c'est une mère. (Très-bien! très-bien! — Une triple salve d'applaudissements accueille cette phrase de l'orateur.)

» C'est une mère, c'est la mère de l'Europe, c'est la mère de la société moderne, c'est la mère de l'humanité moderne. On a beau être un fils dénaturé, un fils révolté, un fils ingrat, on reste toujours fils, et il vient un moment, dans toute lutte contre l'Eglise, où cette lutte parricide devient insupportable au genre humain, et où celui qui l'a engagée tombe accablé, anéanti, soit par la défaite, soit par la réprobation unanime de l'humanité. (Nouveaux applaudissements.)

» Figurez-vous, Messieurs, Pie IX en appelant à l'Europe, en appelant à la postérité, en appelant à Dieu contre les violences et contre la contrainte de la France, de la France qui l'a sauvé, et qui viendrait ainsi ajouter la plus ridicule des inconséquences à un crime qui n'a jamais porté bonheur à personne depuis que l'histoire existe. (Très-bien! très-bien! — Longue approbation.)

» En outre, Messieurs, sachez bien que vous n'en viendrez pas à bout, parce que l'Eglise a des ressources infinies pour la résistance. (Hilarité et violente interruption à gauche.)

M. CHARRAS. Nous le savons bien, demandez plutôt à Ravaillac!

M. DE MONTALEMBERT. » S'il vous arrive jamais, ce qu'à Dieu ne plaise, d'être engagés dans une lutte sérieuse avec elle, vous ne rirez pas longtemps, je vous le promets.

Voix à gauche. — Nous le savons bien!

M. DE MONTALEMBERT. » Je dis qu'elle a des ressources infinies pour la défense. Oh! pour l'attaque, quand cela lui arrive, et si cela lui est arrivé quelquefois, je conçois son infériorité, elle n'a rien de ce qu'il faut pour l'attaque, pour le rôle agressif. Mais pour la défense, je vous assure qu'elle est incomparable. C'est le contraire des places assiégées dont je vous parlais la dernière fois que j'ai paru à cette tribune. Je vous disais que les places assiégées, et c'est un axiome de la science stratégique des modernes, sont toujours prises, tôt ou tard. Eh bien! pour la citadelle de l'Église, c'est précisément le contraire; elle est imprenable.

Un membre à gauche. Elle n'existe plus! (Rires ironiques.)

Voix à droite. Le nom de l'auteur!

M. DE MONTALEMBERT. » Vous devez le savoir, Messieurs, elle a un vieux texte, non possumus, dans un vieux livre appelé les Actes des Apôtres, qui a été inventé par un vieux Pape nommé saint Pierre. (Rire général et approbation.) Et avec ce mot là, je vous jure qu'elle vous conduira jusqu'à la fin des siècles sans céder. (Rumeurs à gauche.)

» Je sens qu'il faut finir, et je voudrais cependant répondre encore un mot à M. Victor Hugo, qui a prétendu que les idées étaient tout aussi invincibles et aussi durables que les dogmes. C'est bien là la prétention du monde moderne, de créer des idées et de leur donner l'éternité et l'omnipotence des dogmes.

» Eh bien! je suis bien aise de vous le dire en passant, c'est une prétention chimérique.... (Rumeurs à gauche); oui, chimérique. Aucune idée ne peut avoir cette résistance contre le canon et contre la force que lui prêtait M. Victor Hugo. Par trois raisons : la première, c'est que les idées sont variables et que les dogmes sont immuables. (Très-bien ! très-bien !) La seconde, c'est que les idées sont fabriquées par vous et par moi... on connaît les officines où elles se fabriquent... (Rire général et marques prolongées d'approbation à droite.) Les dogmes, au contraire, ont une origine mystérieuse et surnaturelle...

A *gauche.* Oh ! oh !

A *droite.* Oui ! oui ! Très-bien ! très-bien !

M. DE MONTALEMBERT. » Et en dernier lieu, les idées ne règnent que pour un temps ; et sur quoi ? sur l'imagination, tout au plus sur la pensée, sur la raison, sur la passion. Les dogmes règnent sur la conscience. Voilà la différence. (Applaudissements prolongés à droite.)

» Du reste, quand M. Victor Hugo m'aura trouvé une idée qui dure depuis dix-huit siècles et qui a cent millions de fidèles, alors je consentirai à reconnaître à cette idée-là les droits que je réclame pour l'Eglise. (Rires approbatifs à droite.)

» Je termine, en relevant un mot qui m'a été sensible, comme à vous tous, sans doute : on a dit que l'honneur de notre drapeau avait été compromis dans l'expédition entreprise contre Rome, pour détruire la République romaine et rétablir l'autorité du Pape. (A gauche : Oui ! oui !)

» A ce reproche, tous, dans cette enceinte, doivent être sensibles et le repousser comme je viens le faire en ce moment. Non, l'honneur de notre drapeau n'a pas été compromis ; non, jamais ce noble drapeau n'a ombragé de ses plis une plus noble entreprise. (Réclamations à gauche. — Approbation à droite.)

» L'histoire le dira. J'invoque avec confiance son témoignage et son jugement.

A *gauche.* Nous aussi.

M. DE MONTALEMBERT. » Vous aussi, soit ! L'histoire, si je ne me trompe, jettera un voile sur toutes ces ambiguïtés, sur toutes ces tergiversations, sur toutes ces contestations que vous avez signalées avec tant d'amertume et une sollicitude si active pour faire régner la désunion parmi nous (très-bien); elle jettera le voile sur tout cela, ou plutôt elle ne le signalera que pour constater la grandeur de l'entreprise par le nombre et la nature des difficultés vaincues. (Nouvelle approbation à droite.)

» Mais l'histoire dira que mille ans après Charlemagne et cinquante ans après Napoléon ; mille ans après que Charlemagne eût conquis une gloire immortelle en rétablissant le pouvoir pontifical, et cinquante ans après que Napoléon, au comble de sa puissance et de son prestige, eût échoué en essayant de défaire l'œuvre de son immortel prédécesseur, l'histoire dira que la France est restée fidèle à ses traditions et sourde à d'odieuses provocations.

» On dira que 30,000 Français commandés par le digne fils d'un des géants de nos grandes gloires impériales (vifs applaudissements à droite) ont quitté les rivages de la patrie pour aller rétablir à Rome, dans la personne du Pape, le droit, l'équité, l'intérêt européen et français. (Nouveaux applaudissements à droite. — Réclamations à gauche.)

» Elle dira ce que Pie IX lui-même a dit dans sa lettre d'actions de grâces au général Oudinot :

« Le triomphe des armes françaises a été remporté sur les ennemis de la société humaine. » Oui, ce sera là l'arrêt de l'histoire, et ce sera une des plus belles gloires de la France et du dix-neuvième siècle.

» Cette gloire, vous ne voudrez pas l'atténuer, la ternir, l'éclipser, en vous précipitant dans un tissu de contradictions, de complications et d'inconséquences inextricables. Savez-vous ce qui ternirait à jamais la gloire du drapeau français? ce serait d'opposer ce drapeau à la croix, à la tiare qu'il vient de délivrer, ce serait de transformer les soldats français de protecteurs du Pape en oppresseurs; ce serait d'échanger le rôle et la gloire de Charlemagne contre une pitoyable contrefaçon de Garibaldi. » (Vifs et longs applaudissements.)

M. de Falloux.

Un autre organe du parti catholique, M. de Falloux, s'est également signalé dans la discussion sur les affaires de Rome, et dans plusieurs autres, soit à la Constituante, soit à la Législative. A une piété fervente, à un ardent enthousiasme pour la liberté de l'Eglise, cet orateur savait allier une affabilité de caractère, une politesse de manières, une générosité d'âme qui lui gagnaient tous les cœurs, excepté ceux des députés de la Montagne. La force de sa logique, la noble simplicité de sa parole, l'à-propos et la vivacité de ses répartles, captivaient la majorité de la Chambre et déconcertaient ses adversaires. Son talent grandissait dans chaque occasion nouvelle. Malheureusement les forces physiques ne répondaient pas à son zèle. Il s'est vu forcé d'abandonner le ministère de l'instruction publique, parce que le soin des affaires achevait de lui ôter la santé.

M. le comte Beugnot.

Nous nommerons encore M. Fresneau, M. de la Redorte, M. l'abbé Cazalès et surtout M. le comte Beugnot. Celui-ci s'était déjà distingué, avec M. de Montalembert, dans les célèbres discussions qui eurent lieu à la Chambre des Pairs, avant la révolution de 1848. Il soutenait la lutte avec une éloquence grave et des développements pleins de dignité, qui rendaient sensible la faiblesse des défenseurs du monopole. M. de Barthélemy et M. Séguier parlèrent aussi avec un remarquable talent. C'était un spectacle magnifique et digne du plus vif intérêt, de voir la cause de la liberté de l'Eglise obtenir les honneurs dans ces débats solennels. Les orateurs catholiques ne pouvaient conquérir les votes de la Chambre, mais déjà ils éclairaient l'opinion et préparaient de loin leur futur triomphe.

M. Louis Veuillot.

En dehors des chambres, plusieurs écrivains très-capables plaidaient en faveur de la même cause. Nous devons nommer en particulier M. le chanoine Desgarets qui, dans un éloquent réquisitoire, *le Monopole universitaire*, (*) a porté un coup mortel à l'enseignement de l'Etat. On lui a reproché des expressions trop vives et quelques textes inexacts. Mais la masse des preuves qu'il accumule n'a pas été réfutée.

M. l'abbé Combalot a publié, sur la liberté de l'enseignement, une brochure pleine de verve et de talent, mais empreinte d'amertume et d'exagération. Elle lui a valu l'honneur de l'amende et de la prison.

M. Louis Veuillot, dans un écrit du même genre, a montré des qualités et des défauts analogues. Il a obtenu aussi la même condamnation.

Il s'est fait depuis longtemps un nom glorieux dans la presse périodique. « Du rang des adversaires du catholicisme, dit M. C. Lenormant, est sorti tout à coup un homme qui, dégoûté du triste spectacle dont il était entouré, et touché de la grâce, s'est enrôlé avec éclat sous la bannière sacrée, et depuis lors n'a pas écrit une ligne qui ne fut destinée à l'apologie du sanctuaire et à l'énergi-

---

(*) Le P. Deschamps, jésuite, passe pour être le véritable auteur de cet ouvrage.

que flétrissure de tous les contradicteurs de la religion. Dans cette gymnastique incessante, son talent a toujours grandi ; il avait reçu de la nature la netteté de la conception, la clarté de l'expression, la physionomie du style ; il y a joint progressivement l'entraînement, la fermeté, la grâce, la souplesse, l'éloquence : aujourd'hui, dans la carrière de la presse quotidienne, où malheureusement le talent n'est pas rare, il n'y a personne qui puisse se mettre au-dessus de l'auteur des *Libres penseurs.* C'est ainsi que dans le combat général il a emporté de haute lutte une position qu'on ne conteste plus à la presse catholique ; il n'y a plus moyen de se débarrasser par le silence des défenseurs de l'Eglise : il faut compter avec eux, et, sans aucun doute, c'est à l'*Univers,* c'est à son rédacteur en chef que la cause catholique doit cet avantage important. Sans doute il eût mieux valu le conquérir par des moyens moins âpres et moins ardents. La modération, la dignité, et surtout une prudente lenteur semblent nécessaires dans les discussions où la cause de l'Evangile est en jeu. Mais, d'un autre côté, il est difficile à ceux qui n'ont pas vécu dans le tumulte de la presse, de se rendre compte des dures conditions auxquelles on peut y combattre avec succès. On ne conteste pas qu'il y ait utilité à ce que la défense de la religion soit portée dans les journaux ; mais si cette utilité est reconnue, la manière d'y pourvoir est nouvelle, et il peut y avoir autant d'inexpérience dans la douceur que dans la rudesse qu'on y apporte. La guerre la plus juste, celle que Dieu commande et dont ses ministres bénissent les triomphes, ne se conduit pas avec la naïve mansuétude des orateurs du congrès de la paix : contre les canons il faut de la poudre et des boulets, et ceux qui versent le plus de sang dans ces rencontres ne sont pas précisément les assassins. La presse est une guerre perpétuelle, une guerre sans scrupule et sans droit des gens ; il n'y a pas d'arme plus acérée que celle d'un écrivain périodique, quand il sait la manier avec talent et perfidie ; si on ne répond pas aux coups de l'assaillant avec une vigueur égale, s'il ne sent pas un homme capable de river une balle et de profiter d'un défaut de la cuirasse, il fait sauter en l'air le fleuret tenu d'une main mal assurée, et passe dédaigneusement devant son ennemi vaincu. Le rédacteur de l'*Univers* est positivement ce qu'on appelle une bonne lame : il a le tort d'être passablement ferrailleur ; qui le nie ? Mais au moins ce n'est pas aux petits et aux faibles qu'il s'adresse, et son courage comme son talent croissent avec le danger. » *(Correspondant.)*

M. Louis Veuillot est donc répréhensible sous certains rapports ;

26

il est parfois trop mordant, trop incisif. Mais ses défauts tiennent
au caractère même de son talent, et il trouve jusqu'à un certain
point son excuse dans les difficultés de la lutte quotidienne.

Du reste il vient d'acquérir un nouveau droit à l'estime des
gens de bien, en reconnaissant ses torts, et en se soumettant
aux paternels avertissements de Mgr l'archevêque de Paris.

M. l'abbé Dupanloup. (Aujourd'hui évêque d'Orléans.)

Si l'on veut un modèle de contreverse, au point de vue de
la charité chrétienne et même de l'art, on le trouvera dans la
Pacification religieuse de M. l'abbé Dupanloup. Cet écrit ne laisse rien
à désirer pour l'enchaînement des faits, pour la force des témoignages, pour l'énergie des expressions, et en même temps il est
plein d'urbanité et d'égards pour les personnes. Il a puissamment
contribué à dégager la question des nuages qui l'obscurcissaient.

M. Parisis.

Parmi les évêques qui ont fait accepter aux catholiques de France
les principes du libéralisme chrétien, nous devons signaler Mgr
Parisis, évêque de Langres. Il a publié une suite de brochures en
faveur de la liberté de l'enseignement et de la liberté de l'Eglise.
L'ouvrage qui a pour titre : *Cas de conscience*, expose l'opinion que les catholiques peuvent se faire des institutions modernes. Nous n'entreprendrons pas de caractériser ces divers écrits
de l'illustre prélat. Nous ne pourrions convenablement exprimer
l'admiration et la reconnaissance qu'ils nous inspirent. Nous nous
bornerons à une citation décisive. C'est la conclusion et comme
le résumé de la brochure intitulée : *Des Tendances*.

« Il est donc bien démontré, 1° que l'Eglise, en demandant pour
tous la liberté de conscience, veut seulement pour elle-même
pouvoir travailler au salut des âmes; 2° que l'Etat, au contraire,
en asservissant les intelligences, travaille à la destruction de l'E-
glise, et par suite à l'oppression des peuples. C'est la double démonstration que nous avions promise, c'est même quelque chose
de plus. Maintenant, que résulte-t-il, et que résultera-t-il de ces
deux tendances opposées? L'avenir est le secret de Dieu, mais
l'avenir se trouve presque toujours en germe dans le présent. Or,
voici ce que le présent nous révèle.

» 1° Quatorze cents ans d'une alliance glorieuse et féconde de l'Eglise avec la France ont tellement habitué les peuples et même les prêtres à compter sur l'Etat pour les choses de la religion, qu'ils sont toujours prêts à lui demander, comme autrefois, d'intervenir comme protecteur et comme allié dans la direction de leur culte. C'est là, on ne saurait trop le redire, l'erreur de beaucoup d'âmes encore chrétiennes, mais irréfléchies et timides; c'est la plus dangereuse illusion des temps modernes. Tout ce que nous venons d'exposer, et tout ce qui se passe aujourd'hui même dans le monde, prouve jusqu'à l'évidence que, de ses anciennes relations avec l'Eglise, l'Etat, dans ses transformations successives, n'a conservé pour son ancienne alliée que des rancunes parlementaires et des chaînes administratives.

» 2° Quels qu'aient été autrefois, en France, les rapports de l'Etat avec l'Eglise, il est sûr qu'aujourd'hui l'Eglise ne peut plus en aucune manière, ni dans aucun sens, s'appuyer sur l'Etat : non pas que les dispositions personnelles des gouvernants ne l'y invitent, mais parce que le système du gouvernement ne peut plus le lui permettre. Le fondement de notre Eglise, c'est la foi qui la fait vivre en Dieu. Au contraire, la condition essentielle de notre gouvernement, c'est la privation absolue de tout principe de foi, privation qui le force à vivre légalement hors de Dieu. Tout le bon vouloir des hommes n'est-il pas impuissant à vaincre de telles incomptabilités? La seule protection que le gouvernement puisse utilement accorder à l'Eglise, c'est donc la protection de sa liberté, et c'est aussi la seule que l'Eglise lui demande.

» 3° Cette impossibilité d'appuyer l'Eglise sur l'Etat est chaque jour comprise davantage. Les tentatives du gouvernement, en opposition à cette vérité, se trouvent déconsidérées par leur ridicule, avant même d'avoir été flétries pour leur injustice. Les questions qui se rattachent à cet ordre d'idées sont, pour la première fois depuis cinquante ans, étudiées par les plus hautes intelligences, même dans le monde laïque : les gloires de l'empire, les sommités de l'antique aristocratie s'unissent aux esprits les plus rigoureusement constitutionnels pour parler en faveur de l'indépendance de l'Eglise : la tribune politique se fait l'auxiliaire de la chaire chrétienne pour repousser l'intervention de l'Etat dans les affaires de l'ordre surnaturel, et le clergé, bercé longtemps dans sa religieuse bonne foi par la vague persuasion que le présent ressemble au passé, s'aperçoit enfin qu'il est deux fois dupe, et de sa propre erreur, et des assurances dont on l'abuse.

» 4° A mesure que l'Eglise découvre ce qu'il y aurait aujourd'hui

pour elle de déceptions et de périls à confier ses intérêts aux soins
de l'Etat, elle s'isole de plus en plus de ce dangereux contact.
Elle se souvient d'ailleurs qu'elle peut très-bien se passer de toute
faveur humaine, et ranime en elle-même les forces constitutives
qu'elle a reçues, comme société, de son divin auteur. C'est pour
cela qu'elle réveille la science trop longtemps oubliée de son droit
canon; qu'elle invite ses pasteurs et ses docteurs à purifier ce code
sacré de l'alliage trompeur des lois et des ordonnances toutes civiles
que les princes y ont introduites; qu'elle fait remonter de nouveau
publiquement ses évêques sur ce tribunal divinement institué, du
haut duquel ils jugent les doctrines et condamnent le mensonge,
même quand il sort de la bouche ou de la plume des puissants du
siècle. Alors, comme au jour de ses plus beaux triomphes, il
plaît à l'Eglise que ses chefs ne donnent plus à leurs jugements
d'autre sanction que celle qui a son principe et sa raison dernière
dans la conscience de chacun.

» 5° Cependant, les hommes du monde, habitués à n'apprécier la
puissance que parce qu'elle a de matériel, et, comme ils le disent,
de *positif*, demandent ce que signifie cette autorité sans renfort
de gendarmes, et cette parole dont on peut impunément se moquer ici-bas. A ceux qui font cette question, on répondra plus
tard; on pourra leur répondre dans dix ans et peut-être auparavant; mais aujourd'hui ils sont précisément dans le cas où se trouvaient ces disciples à qui le Seigneur disait : *Multa habeo vobis
dicere, sed non potestis portare modà.* (Joan., XVI, 12.)

» En attendant, ce peu de paroles désarmées, dont chacun peut
se moquer impunément, et que chacun aussi pourrait impunément
prononcer, pourvu qu'il ne fût pas prêtre catholique, ce peu de
paroles sorties de la plume d'un évêque échauffe la colère des politiques, trouble le sommeil des hommes d'Etat, et devient le sujet des discussions les plus solennelles, les plus graves, les plus
orageuses. Etrange contraste! Il y a deux cents ans les évêques formaient en France le premier corps de l'Etat, qui,
sans rien leur enlever en apparence de leur autorité spirituelle,
les avait investis d'une partie de sa puissance. Ils étaient res-
plendissants de richesses et de dignités, et parmi eux se trouvaient , entre beaucoup d'autres talents supérieurs, le plus grand
génie qu'ait jamais eu l'Eglise en France. Cependant, quand,
après de longs débats entre le sacerdoce et la royauté, ces illustres
défenseurs de l'Eglise se réunirent pour la protéger contre les
prétentions d'un prince idolâtre de lui-même, tous les efforts n'a-
boutirent qu'à l'abaisser sous la main de l'Etat, par la fameuse

déclaration des quatre Articles. On dirait que, sous les chaînes dorées dont ils étaient couverts, ces princes de l'Eglise, devenus aussi princes dans le monde, ne pouvaient plus manier efficacement le glaive spirituel.

» Au contraire, voilà qu'aujourd'hui, dans un temps où les évêques ne sont plus rien dans l'Etat, où ils n'ont pas la plus légère parcelle de la puissance publique, où même on leur refuse leur part des libertés accordées à tous, quelques paroles d'un de ces évêques en faveur de l'indépendance de l'Eglise dominent tout à coup toutes les autres paroles, et précisément parce qu'il ne les a prononcées que comme évêque, elles deviennent à l'instant, et dans les discussions de la presse, et dans les discours de la tribune, et dans les salons des ministres, et dans les conseils de la Couronne, la grande affaire du jour; et plus les pouvoirs temporels les réprouvent, plus ces paroles, humainement désarmées, deviennent efficaces et toutes-puissantes. Quelle leçon! quel sujet de méditation et d'encouragement!

» Voilà donc ce qui se passe en ce moment dans l'Eglise, voilà sa *tendance*. L'Eglise *tend* à se reconstituer sur ses bases primitives, elle cherche à rétablir le règne de Dieu par le seul empire de la parole, par la seule lumière de sa vérité, par la seule influence de ses bienfaits, sans autre organisation que sa propre discipline, sans autre contrainte que la soumission volontaire et consciencieuse des peuples. C'est la puissance morale dans toute sa pureté.

» 6° Et pendant ce temps, que fait l'Etat? L'Etat continue son système de centralisation, c'est-à-dire qu'il travaille sans relâche à organiser la France entière comme une immense machine destinée à remplacer toutes les libertés particulières ou publiques par l'irrésistible action d'un seul moteur. Mais, hélas! les intérêts matériels dominent tout le travail de cette immense et redoutable organisation; et encore, dans ces intérêts matériels, ce sont presque toujours les calculs privés qui l'emportent sur les considérations générales; ce sont les questions de personnes qui effacent les questions de principes; c'est l'égoïsme de quelques-uns qui absorbe la France entière : et loin que nos institutions et nos représentations nationales résistent à cet individualisme hideux, au contraire, par suite de combinaisons qu'il est inutile d'exposer ici, elles le favorisent, l'encouragent et le développent de plus en plus. Ce sont là des faits notoires que personne ne révoque en doute. Ainsi marche la France; on le voit, on en gémit, on comprend qu'un tel système ne peut que mettre la vénalité dans tous les cœurs et la démoralisation dans toutes les classes. Ceux mêmes qui y contribuent le plus efficacement avouent que c'est un malheur, et cependant eux-mêmes invitent l'Église de Dieu à entrer, non pas comme un principe indépendant et générateur, mais comme un rouage secondaire et passif dans cette combinaison sociale qu'agitent sans relâche toutes les passions mauvaises; et, sur ses excuses, ils veulent l'y contraindre; et, sur ses refus, ils s'irritent, ils la menacent, ils la persécutent, et font rugir contre elle les millions d'hommes qu'ils ont déjà matérialisés.

» 7° Ainsi, d'un côté, c'est l'Église qui reprend dans toute son intégrité la régénération des mœurs par les seules ressources de la foi; de l'autre, c'est l'État qui est comme fatalement entraîné par un système où la matière et l'égoïsme dominent toute morale et tout bien public. Faut-il maintenant demander d'où vient qu'il y a lutte entre l'Église et l'État? Mais aussi faut-il demander lequel de ces deux pouvoirs aura besoin de l'autre?

» Certes, nous ne nous faisons pas illusion sur les dangers de l'Église, et l'on a pu voir que nous les avons regardés de près. Nous comprenons bien aussi la force matérielle que la centralisation donne au pouvoir qui de plus en plus se déclare contre nous; et l'on a vu que nous l'avons calculée : mais qu'est-ce qu'une société qui ne se maintient que par les concessions faites à toutes les ambitions particulières et par un certain équilibre établi non pas entre les divers mérites, mais entre toutes les passions rivales? Hélas! nous sommes bien loin d'appeler des malheurs sur notre patrie : nous n'avons pas écrit une ligne qui ne fût, au moins secondairement, dans l'intention d'être utile à ceux qui gouvernent, en leur signalant les précipices vers lesquels ils marchent. Mais n'est-il pas évident qu'un tel état de choses n'a point de bases, et que les moyens employés pour le soutenir sont précisément des éléments de ruine? On voudrait gouverner par la combinaison des passions déchaînées; mais il en est précisément des passions comme des tempêtes : une fois déchaînées, elles ne sont plus dirigeables, et tôt ou tard elles engloutissent l'imprudent qui s'y confie toujours. Non, il ne faut pas se le dissimuler, un pouvoir ainsi entraîné ne peut ni dominer les événements, ni se suffire à lui-même.

» L'Église, au contraire, n'a besoin ni de contrainte matérielle, ni de secours humains, ni surtout de moyens immoraux pour faire marcher son gouvernement. Seule parmi tous les pouvoirs en France, elle repose, non sur des hommes qui passent, non sur des systèmes qui se détruisent les uns les autres, mais sur des principes invariables, harmonisés et complets. Seule elle présente une hiérarchie pure des passions ambitieuses et des intrigues avilissantes qui ravagent les autres carrières. Seule surtout elle appelle la liberté de conscience, la liberté pour tous, parce que seule elle n'a rien à en craindre, elle a tout à en espérer. Or, s'il est vrai, comme il n'est pas possible d'en douter, malgré ce que nous avons dit de l'abaissement actuel des idées publiques en France, s'il est vrai que l'avenir des peuples doive appartenir à la puissance la plus favorable à la liberté, à la seule qui soit capable d'ôter à la liberté ses périls, ne pouvons-nous pas dire que, par cela même, et à part tous les autres motifs d'espoir, l'avenir des peuples, et surtout l'avenir de la France appartient à l'Eglise catholique?

» 8° Cette sainte et immortelle Église continuera donc à se séparer de ces appuis humains qui l'ont gênée dans tous les temps, ainsi que la royale armure de Saül gênait le prophète David dans sa mission surhumaine, et qui, aujourd'hui, d'après tout ce que nous avons exposé, lui rendraient son œuvre impossible; elle n'acceptera, qu'on le sache bien, aucun engagement,(*) quelque honorable qu'il puisse être, dès lors qu'il serait une servitude; elle entrera dans le mouvement social, non par les voies étroites et dangereuses où le pouvoir ne l'admet qu'en l'étouffant, mais par les libertés que sa constitution garantit à tous : elle usera des armes communes tant qu'elles n'auront rien de contraire à la conscience; elle prêchera par la presse périodique, (**) comme par la chaire chrétienne; elle agira au dehors dans toutes les questions publiques qui se rattachent au salut des âmes, en même temps qu'elle s'occupera, dans son intérieur, du salut de chacun de ses enfants, puis elle attendra.

(*) M. Dupin cite avec éloge, dans son MANUEL (p. 37), ces paroles de Malesherbes : « Les évêques » doivent certainement être consultés par le roi sur ce qui intéresse la religion ; mais sous quelque » aspect qu'on les considère, on ne doit point négocier avec eux. Comme ministres de l'Église, il ne leur » est point permis d'avoir aucune condescendance, et comme sujets du roi, il ne leur appartient pas » d'exiger des conditions. » Nous admettons sans restriction toutes ces maximes réunies, mais il est facile de voir que ce n'est pas sur notre tête qu'elles retombent. Quand nous réclamons la liberté de conscience, ce ne sont pas des conditions que nous demandons, mais des droits. Au contraire, quand le pouvoir civil exige que nous le laissions en silence dépouiller l'Église de sa doctrine et de son gouvernement, c'est bien plus que de la condescendance, c'est de la prévarication qu'il demande de nous.

(**) Il y a quinze ans, à l'exception d'une feuille toute spéciale au clergé, l'Église n'avait pas en propre un seul organe dans la presse périodique. Aujourd'hui elle en a non-seulement à Paris, mais dans presque toutes les parties de la France. Le succès des journaux catholiques va toujours croissant, et ce sont presque toujours des laïques qui en supportent toutes les charges. Mais il faudra bientôt que les prêtres eux-mêmes coopèrent de tous leurs moyens à cette propagation puissante de la pensée. Et nous osons même faire ici un vœu que l'avenir justifiera, c'est que chaque diocèse ait son journal, comme déjà chaque département a le sien.

» Oui, l'Eglise attendra que l'expérience ait fait justice de ce libéralisme absurde, qui ose prétendre qu'un gouvernement humain peut imposer violemment des doctrines sans nuire à la liberté de conscience, et de cet industrialisme imprudent qui, consacrant par un système avoué le règne absolu de la matière, dégrade des milliers d'hommes au-dessous de l'esclavage païen, sans se demander quel contre-poids moral pourraient avoir, dans des cas de repos forcé, ces multitudes abruties, si elles étaient quelque temps sans travail et sans pain. L'Église attendra que ces rêveurs socialistes, qu'animent peut-être d'admirables intentions, qu'éclairent parfois des rayons de génie, mais à qui la foi manque, aient compris que s'ils ont pu signaler le mal, il ne leur sera jamais donné d'opérer seuls le bien; que même, en modifiant profondément leur système, ils pourraient tout au plus préparer les éléments d'une régénération sociale, mais que jamais ils ne pourront la mettre en œuvre, et que cette nouvelle statue de Prométhée pétrie de leurs mains aura toujours besoin pour vivre de ce feu du Ciel que le catholicisme seul peut faire descendre.

» Oui, l'Église attendra que les peuples soient tout à fait désenchantés de ce qui les séduit encore un peu; que les gouvernements, après avoir, comme le dit l'Écriture, semé les vents, aient assez recueilli de désolants orages, et que, selon le langage du Sauveur, tous ces morts aient enseveli leurs morts.

» Oui l'Eglise attendra, car elle peut attendre, puisque tous les siècles lui sont promis, parce qu'elle restera dans son auguste isolement, parce qu'elle ne peut s'associer à aucune des destinées périssables ni des institutions grossièrement défectueuses qui l'entourent, et qui toutes voudraient l'asservir; puis un jour viendra, et le mouvement de renaissance chrétienne qui s'opère dans toutes les intelligences supérieures annonce qu'il n'est pas loin, et la fureur même toujours croissante de nos ennemis dit assez que ce jour approche, où les hommes qui nous haïssent le plus, fatigués de tant d'essais infructueux et de déceptions ruineuses, réaliseront une seconde fois la parole du prophète : ils s'attacheront à la robe du prêtre catholique, et lui diront : Marchez avec nous, et soyez libres de faire le bien, car nous avons besoin de vos bénédictions. Et alors l'Église sera au terme des *tendances* dont on s'effraye; car elle pourra, selon le seul vœu de son cœur, bénir abondamment et surabondamment ceux même qui l'auront maudite. »

Tels étaient, sous la monarchie, en 1845, les avertissements prophétiques de nos évêques.

Après la révolution de février, Mgr Parisis, nommé à la représentation nationale, a rendu d'importants services à la cause de la religion. Il a eu une grande influence sous la Constituante et sous la Législative dans toutes les questions qui intéressaient l'Eglise. Cette influence il l'exerçait dans les comités et dans les bureaux. Il est rarement monté à la tribune, par respect sans doute pour son caractère qu'il ne voulait point compromettre en présence des fureurs de la Montagne. Cependant lorsqu'il a été nécessaire, il est sorti de cette réserve, et lorsqu'il a parlé, il a su commander l'attention de l'auditoire. Il a prononcé un admirable discours dans la discussion de la loi sur la liberté de l'enseignement. On sait que cette loi avait été préparée par une commission nommée par M. de Falloux. Comme toute loi de conciliation, elle avait excité de vives critiques. L'opinion catholique, jusque là si unie, si compacte, s'était partagée à son sujet.

Mgr l'évêque de Langres et avec lui M. le comte de Montalembert, puis, à un autre point de vue, M. Thiers lui-même, font admirablement connaître la pensée de la loi, et dans quel sens la conciliation s'est opérée entre des hommes qui semblaient jusque là si éloignés de s'entendre. Leurs discours indiquent que le mouvement catholique, grâce aux événements, entre dans une phase nouvelle. Les défenseurs de l'Eglise, les hommes dévoués à la société, abandonnant, du moins en partie, le champ de la controverse, vont descendre sur le terrain de la pratique. Ils emploieront tout leur zèle, toute leur activité à tirer le meilleur parti possible de la position nouvelle qui leur est faite. Ils montreront par des faits qu'ils étaient dignes d'une complète liberté.

Nous citerons le discours de Mgr l'évêque de Langres.

DISCOURS DE Mgr L'ÉVÊQUE DE LANGRES.

(Séance du 15 janvier 1850.)

Messieurs, je ne suivrai pas le précédent orateur (*) dans les critiques de détails auxquelles il a cru devoir se livrer. Je pourrais dire, peut-être, que quelques-unes d'elles sont un peu surannées : lui-même a reconnu qu'elles pouvaient être étranges

(*) M Barthélémy Saint-Hilaire.

dans les temps où nous sommes. Mais je pense que cette partie de la discussion trouvera sa place quand nous serons arrivés à l'examen des articles. Il s'agit maintenant d'une discussion générale ; je vais donc examiner la loi dans son ensemble, et seulement à un point de vue. J'entre tout de suite dans le vif de la question.

On a beaucoup reproché à la loi d'être cléricale, et on a voulu par là, en rendre en quelque sorte la religion solidaire.

Il y a donc ici deux choses : une qualification pour la loi, une solidarité pour la religion.

La qualification, je ne m'en occupe pas ; mais la solidarité, je m'en inquiète et la repousse.

C'est une loi de fusion, une loi de transaction que l'on vous propose. Ces mots de *fusion*, de *transaction* plaisent aux oreilles chrétiennes, parce qu'ils représentent des idées de paix et de concorde qui sont de l'essence du christianisme ; et cependant je me hâte de dire que ce projet de fusion ce n'est pas la religion qui le propose, c'est la politique.

Je ne blâme pas la politique de le proposer ; je ne prétends pas surtout que par là elle ait voulu nuire à la religion ; je pense tout le contraire. Mais je dis que la religion laissée à sa libre inspiration, consultant ses propres intérêts, eût proposée non pas cette loi de transaction, mais une loi de liberté.

On demande que l'Eglise fasse alliance avec l'université pour sauver la société en péril. Je n'examine pas jusqu'à quel point cette alliance peut produire les résultats qu'on s'en promet, ni si l'Eglise, laissée à sa libre action, ne serait pas plus à même d'améliorer le sort des peuples, qu'assistée d'un tel auxiliaire ; je fais la part des circonstances ; j'honore les intentions ; je veux bien que ce soit là un essai fort habile qui peut produire d'heureux effets ; mais on m'accordera bien qu'il peut aussi présenter quelques dangers ; on m'accordera bien que, dans ces temps de passions, de réactions politiques, il n'est pas impossible que cet essai d'alliance amène quelque jour un renouvellement de guerre. Je ne veux pas que la religion en ait la responsabilité ; je veux d'abord la dégager.

Je répète que ce projet n'est pas son œuvre, qu'elle n'a aucun intérêt à entrer dans ce système d'alliance, et j'en donne tout de suite la raison.

La religion, sans l'université, peut parfaitement se suffire à elle-même en fait d'enseignement ; elle n'a donc besoin que de liberté. Au contraire, l'université sans la religion est incapable de se suffire (Mouvements divers), est incapable de rien fonder en France ; je le prouverai.

Je comprends, Messieurs, que ces assertions sont graves, qu'elles ont besoin de preuves ; aussi je vous demande la permission de vous les exposer avec quelques détails ; je les trouve dans la simple appréciation des faits depuis l'origine de l'université.

Messieurs, je ne fais pas remonter l'origine de l'université, comme quelques-uns l'ont fait, jusqu'à l'ancienne université de Paris ; l'université actuelle est née au cœur de notre première révolution ; elle est née sur les ruines de toutes les anciennes universités, qui toutes étaient catholiques ; elle les a toutes désavouées dès sa naissance ; elle est partie d'un principe qui leur était entièrement opposé, d'un principe qu'a indiqué lui-même, en finissant, l'orateur auquel je succède, du principe de l'émancipation de la raison, c'est-à-dire de l'affranchissement de toute croyance à des vérités révélées. C'est de ce principe qu'elle a constamment vécu jusqu'à nos jours, et qu'elle vit encore aujourd'hui, comme le proclame son organe, à ce qu'il me semble le plus élevé, *la Liberté de penser.*

M. WALLON. Il n'y a pas d'organe officiel de l'université.

M. PARISIS. C'est l'organe de ceux qui sont ses professeurs.

M. WALLON. Je demande la parole.

M. PARISIS. M. Barthélémy Saint-Hilaire a dit lui-même que c'était là une des conquêtes des temps modernes. C'est ce principe qui présida seul aux divers essais de réorganisation de l'enseignement qui se succédèrent sous les divers régimes de la première révolution, et qui devinrent à la fin l'université impériale.

Car, Messieurs, si à cette époque on s'occupa si souvent de réorganiser l'enseignement, ce n'est pas qu'il manquait à la France, c'est uniquement parce qu'il était religieux, parce qu'il était catholique ; la religion, jusque-là, avait prouvé ce que j'ai dit, qu'elle sait très-bien se suffire à elle-même en fait d'enseignement. Je pourrais, Messieurs, en citer bien des preuves, je pourrais vous citer les ressources qu'elle offrait dans la seule ville de Paris, où elle avait fondé 589 bourses. Je me borne à citer quelques paroles prononcées en l'an 6, au sein du corps législatif, et qui n'y ont pas été contredites.

« L'ancien régime, disait Pison-Dugaland, n'avait d'autres écoles que celles des congrégations religieuses ; et cependant ces établissements suffisaient à l'enseignement, non-seulement de beau-

coup de prêtres, mais d'un nombre de magistrats non moins grand
que le nombre actuel, d'un nombre infini de gens de loi, d'un
nombre au moins suffisant de médecins.

» Nous n'avions que quelques écoles privilégiées de mathémati-
ques et de génie civil ou militaire : et nous n'avons jamais manqué
d'architectes ni d'officiers. L'impulsion du génie, l'émulation de la
gloire, nous avaient toujours abondamment pourvus de poètes,
de littérateurs et de philosophes. »

Il est donc bien reconnu, et l'histoire est là pour en fournir la
preuve, qu'avec les seules ressources de la religion, l'enseignement ne manquait en France à aucun degré.

Mais cet enseignement eut, un jour, aux yeux du parti régnant,
le tort, le seul tort d'être religieux, d'être catholique. Ce fut
alors que, sur ses ruines, furent produits les germes du système
nouveau. J'ai dit que ces germes étaient par eux-mêmes stériles;
nous allons voir quels furent leurs fruits, tant que, séparés de la
religion, ils furent livrés à leurs propres forces.

C'est Talleyrand, comme le rappelait hier l'honorable M. Barthelémy Saint-Hilaire, c'est Talleyrand qui, au mois de septembre
1791, au moment où la constitution venait d'être proclamée, en
exprima la première idée dans un rapport fameux dont je veux
seulement citer quelques paroles.

» Tout proclame, disait-il, l'instante nécessité d'organiser l'instruction. Tout nous démontre que l'état de choses nouveau,
élevé sur les ruines de tant d'abus, nécessite une création dans ce
genre. »

A la suite de ces considérations générales, Talleyrand propose
d'établir des écoles primaires, des écoles de district, appelées plus
tard écoles secondaires, des écoles de département; il demande
que, désormais, l'enseignement ait pour base, non plus l'Evangile, mais la constitution; que la déclaration des droits de l'homme
devienne le nouveau catéchisme de l'enfance. Il demande enfin
qu'on établisse à Paris un grand institut national qui, se trouvant
le centre d'une correspondance renouvelée avec les départements,
devienne le propagateur des principes et le véritable régulateur
des méthodes.

Ainsi voilà bien, au moins en germe, dès 1791, la centralisation universitaire, ce qui, depuis, a été appelé le conseil universitaire.

Sous la Législative, Condorcet reprit l'œuvre inachevée de Talleyrand, et il y a seulement cette différence, que le rapport de ce
dernier affecte encore un esprit plus irréligieux que celui qui

s'était produit à la fin de la Constituante. Il est bon de remarquer ici que c'est Condorcet qui, le premier, appela les instituteurs des fonctionnaire publics.

Sous la Convention, les projets de réorganisation de l'enseignement furent nombreux : Chénier, Marat, Lakanal mirent la main à cette œuvre difficile ; mais ils furent tous dépassés par Danton, qui, le premier, osa prononcer ces paroles contre nature, ces paroles cependant qui sont la condition nécessaire de tout monopole d'enseignement par l'Etat, ces paroles qui sont la base indispensable des principes posés par M. Barthelémy Saint-Hilaire, au début de son discours, quand il soutenait la supériorité du droit de l'Etat sur ceux de la famille. (Mouvements divers.)

« Il est temps, disait Danton, de proclamer ce grand principe, que les enfants appartiennent à la République avant d'appartenir à leur famille. « C'est encore lui qui, vers la fin de 1793, au moment où l'on venait de décréter le culte infâme de la déesse Raison et de décider qu'il y aurait une fête par chaque décadi, s'écriait aux applaudissements de la Convention. « Au moment où la superstition succombe pour faire place à la raison, il faut donner une centralité à l'éducation, comme on en a donné une au gouvernement. » Ainsi, *une centralité*, le nom même est donc d'origine révolutionnaire.

Il est inutile, Messieurs, de vous rappeler comment ce système fut adopté par Robespierre, et comment il fut continué, absolument dans le même esprit, jusqu'au rapport de Chaptal, en l'an 9, époque du concordat.

Voilà donc dix grandes années pendant lesquelles le principe générateur de l'université fut seul maître du terrain. Il avait une puissance sans égale et sans contrepoids ; de plus, il disposait des nombreux édifices préparés par la religion pour l'enseignement. J'ai dit que ce principe était stérile, impuissant pour faire le bien, puissant seulement pour faire le mal. Nous allons voir quels furent ses fruits pendant ses dix années de règne.

Ecoutez, Messieurs, écoutez des témoignages qui ne vous seront pas suspects : « Il y a quatre ans, disait Barrère, le 13 prairial an 2, que les législateurs tourmentent leur génie pour former une éducation nationale ! Qu'ont-ils fait ? qu'ont-ils fondé ? Rien ! rien ! Les colléges sont fermés, mais aucun établissement ne les a remplacés. »

Ce n'est pas, Messieurs, qu'on ne fît de fréquents et de très-dispendieux essais ; on avait, entre autres, essayé d'une grande école normale, à laquelle on fit venir quatorze cents enfants de

toutes les parties de la France; on leur avait donné les maîtres
les plus distingués, on les avait environnés d'avantages inima-
ginables; mais il s'y introduisit tout de suite de si énormes abus,
que la Convention elle-même, qui n'était pas peureuse sur ce
point, en fut effrayée, et que, trois mois après, elle brisa elle-
même son œuvre par un nouveau décret.

Il y eut aussi, sur le rapport de Lakanal, des écoles centrales;
mais, malgré tous les essais d'améliorations que l'on proposa
pendant bien des années, elles furent toujours languissantes et
désertes, et ceux qui, comme moi, ont assez vécu pour avoir vu
ces écoles centrales établies presque partout dans nos anciens
colléges, peuvent se rappeler avec quel saisissement de douleur
et de regret on parcourait ces vastes cours silencieuses, toutes ces
salles abandonnées, surtout quand nos anciens nous rappelaient
cette jeunesse si vive, si nombreuse, si brillante, qui les peuplait,
qui les vivifiait dix ans auparavant.

Il est donc bien constaté que ce système de l'émancipation de
la raison, qui fut seul maître du terrain pendant dix ans, n'y
produisit rien, absolument rien, en fait d'enseignement.

Bonaparte vint, et un homme éminent, Portalis, lui fit entendre de magnifiques paroles, que vous connaissez tous, Messieurs, que cependant je vous demande la permission de vous
relire, tant elles méritent d'être méditées pendant cette discussion.

« Il est temps, disait Portalis, que les théories se taisent devant les faits. Point d'instruction sans éducation, point d'éducation sans morale et sans religion. Les professeurs ont enseigné
dans le désert, parce qu'on a proclamé imprudemment qu'il ne
fallait pas parler de religion dans les écoles; l'instruction est
nulle depuis dix ans. Les enfants sont livrés à l'oisiveté et au va-
gabondage; ils sont sans idée de la divinité, sans notion du juste
et de l'injuste. De là des mœurs farouches et barbares; de là
un peuple féroce. Si l'on compare... »

Je vous prie, Messieurs, d'écouter ces dernières paroles; elles
conviennent bien au temps où nous sommes, la discussion de
la semaine dernière en est la preuve.

« Si l'on compare ce qu'est l'instruction avec ce qu'elle devrait
être, on ne peut s'empêcher de gémir sur le sort qui menace la
génération présente et les générations futures. Ainsi, concluait-il,
l'intérêt de la France appelle la religion au secours de la morale
et de la société. »

Ces généreuses paroles demandaient deux grandes œuvres,

Messieurs : le rétablissement du culte et la réorganisation de l'enseignement.

Le rétablissement du culte se fit, comme vous le savez, par le concordat : le concordat, œuvre de courage et d'indulgence, de courage de la part du premier Consul, d'indulgence de la part du Chef de l'Eglise. (Mouvements divers. Approbation au banc de la commission.)

Mais il fallait, en second lieu, organiser l'enseignement public. Dans le concordat, Bonaparte put dompter l'esprit irréligieux des hommes qui l'environnaient. Dans l'enseignement, il ne le put pas, du moins il ne le fit pas, et dès la première organisation des écoles de Paris, le 16 juillet 1801, on supprima tous les livres classiques qui traitaient de l'histoire de la religion, et on fit faire la philosophie dans Helvétius et dans Condillac.

J'arriverai, Messieurs, à la discussion ; je vous demande la liberté d'exposer d'abord les faits. (Parlez! parlez!)

Fourcroy, qui, à bien dire, fut le premier grand maître, parce qu'il fut le premier conseiller d'Etat chargé de toutes les parties de l'enseignement, Fourcroy avait adopté un plan d'éducation dans lequel la religion n'entrait pour rien, et le 30 avril 1802, un commissaire du tribunat, Jean Pauvillers, n'admettait pour l'éducation que des vérités générales, reconnues par toutes les religions, et à l'aide desquelles des professeurs sages établiraient dans les écoles un système de probité, d'égalité, de tolérance.

Aussi, dès que l'université fut fondée décidément par la loi de 1806 et le décret de 1808 elle devint le centre de tous les libres penseurs, et comme, permettez-moi de dire le mot qui rend ma pensée, et comme une église anti-chrétienne.

M. Sainte-Beuve. Je demande la parole.

M. Parisis. Mais Napoléon qui avait vu la stérilité absolue de cet esprit négatif, voulut introduire dans l'université un élément religieux par la présence d'un aumônier dans chaque lycée et par la déclaration que l'université prendrait pour base de son enseignement les préceptes de la religion catholique.
Voilà, Messieurs, les faits.

Je vous demande à en signaler deux, qui, pour moi, dominent tous les autres, à mon point de vue.

Le premier, c'est que l'université n'est que la mise en œuvre des idées de Talleyrand, de Condorcet, de Danton et de Robespierre... (Rumeurs diverses à gauche.) J'entends quelques murmures qui me font croire que cette appréciation n'est pas goûtée de tous. Je pensais qu'elle résultait des faits que j'ai exposés. Mais, comme mon témoignage ne suffit pas, j'en invoque un autre qui, j'espère, ne sera pas désavoué par MM. les universitaires : c'est M. Royer-Collard. « L'université, a-t-il dit en 1817, a été imposée après coup aux écoles révolutionnaires, comme une forme propre à les réunir dans un corps unique. »

L'autre fait, c'est que ces écoles étant restées entièrement stériles tant qu'elles furent soumises à la philosophie sceptique, Napoléon, sans en changer ni l'esprit, ni le personnel qu'elles avaient reçu de leur origine, voulut leur communiquer la vie, en y introduisant un germe bien faible, mais enfin un germe de religion.

Ici, Messieurs, commence et se perpétue jusqu'à nos jours un état de choses inouï dans les fastes du monde : un corps qui enseigne, qui enseigne seul, qui s'attribue à lui seul le droit d'enseigner, et qui n'a pas de croyances, pas de doctrines, précisément parce qu'il les a toutes, parce qu'il y a dans son sein des croyances, des doctrines qui se détruisent les unes les autres ; et par suite de cela, Messieurs, des milliers d'enfants nés pour la vérité, qui ont faim et soif de la vérité, qui demandent la vérité à leurs maîtres comme le pain de leur intelligence, et à qui l'on ne présente que des contradictions ; une jeunesse enfin, élevée le plus souvent par des mères chrétiennes, et qui, à cet âge inquiet, curieux, observateur, où tout exemple porte coup, en voyant, en comparant les discours, les actes de leurs divers maîtres, voient constamment adorer ici ce qu'on blasphème là, et blasphémer là ce qu'on adore ici.

Voilà, Messieurs, ce que j'ai vu dans les lycées de l'Empire, dans les colléges de la Restauration, du dernier régime ; voilà ce qui se passe aujourd'hui encore dans vos lycées, dans vos colléges.

A droite. C'est vrai ! (Murmures à gauche.)

Un membre à droite. Une vérité qui nous tue, on ne pourrait pas la faire connaître !

M. Parisis. Voilà ce qui se passe encore aujourd'hui nécessairement, inévitablement, par la force même des choses, dans vos lycées, dans vos colléges.

M. Miot, *de sa place.* Et que se passe-t-il dans les petits séminaires ? (Murmures à droite.)

M. Le Président. Ne répondez pas à ces interruptions-là.

M. Parisis. Et vous êtes surpris qu'il n'y ait plus de croyances ! Mais étonnez-vous donc que, par un miracle du ciel il y en ait

encore autant! Et vous êtes surpris que le peuple n'ait plus le
sentiment du devoir! Mais est-ce qu'il y a pour le peuple un
sentiment du devoir sans croyances?

Et vous voudriez que des hommes de foi eussent du goût pour
un tel régime! Et vous croiriez que la religion est intéressée à
un pareil système de fusion!

Ah! Messieurs, la religion tolère ce système; elle le subit,
comme elle subit et tolère tant d'autres épreuves. Mais qu'elle le
demande, mais quelle le préfère, mais qu'elle le propose! jamais,
Messieurs, jamais!

Au contraire, savez-vous bien qui est-ce qui profite de ce
système? L'université, l'université seule, parce que d'abord,
dans sa partie sceptique... (Mouvement). On m'accordera bien
qu'il y a des hommes sceptiques dans l'université.

Voix diverses : Il y en a partout. — Il y en a même dans le
clergé.

M. DE PARIEU, ministre de l'instruction publique et des cultes.
Où y a-t-il de la perfection?

M. PARISIS. L'université dans sa partie sceptique trouve par là
le moyen de propager le scepticisme.

Ensuite l'université a besoin, permettez-moi de dire le mot, je
serais fâché qu'il pût blesser personne, elle a besoin de l'enseignement de la religion pour que les familles viennent chez elle
et lui donnent leur confiance.

Nous, ce que nous voudrions, ou plutôt ce que nous serions
tentés de vouloir pour nous-mêmes, ce serait que chaque école
eût ses doctrines bien fixes, bien définies, bien connues de tout le
monde, et que d'après ces doctrines, chaque école eût son nom
propre, son titre, et que ce titre ne fût jamais menteur; qu'ainsi,
quand une école s'appelle catholique, protestante, elle fût exclusivement catholique ou protestante; et que, quand elle est philosophique, éclectique, elle s'appelât hautement philosophique,
éclectique, et qu'alors il n'y eût plus ni chapelle, ni aumônier.
(Mouvement.)

Pourquoi ne voudriez-vous pas qu'il en fût ainsi? Pourquoi
préférez-vous un système qui contrarie toutes les manières de
voir?

Pourquoi voulez-vous que les pères catholiques en entrant
chez vous, aient la douleur de rencontrer ou de pouvoir rencontrer des maîtres incrédules? Et pourquoi voulez-vous que les
pères philosophes aient l'ennui d'y rencontrer des exigences
catholiques? Comment, depuis quarante ans et plus que l'uni-

27

versité fonctionne et règne, tant d'esprits forts qu'elle renferme
n'ont pas eu dans leurs doctrines assez de confiance pour élever
des colléges vraiment philosophiques, par conséquent sans prêtres
et sans temples ! (Très-bien ! très-bien !) Pourquoi cela? ah! c'est
que vous savez bien, malgré votre amour pour la raison pure,
que la France n'est pas faite à votre image ; c'est que la religion,
trop souvent il est vrai absente des mœurs par suite des faiblesses
humaines, des agitations politiques, est vivante, nous en avons
eu la preuve plus d'une fois dans cette enceinte, est vivante, très-
vivante au fond des cœurs ; c'est que la foi de saint Louis circule
toujours dans les âmes françaises... (Vive approbation à droite.
— Rires à gauche.)

M. LE PRÉSIDENT. Ces rires-là sont indécents!

Un membre à droite : Vous aimez-mieux la foi socialiste, la
foi de Proudhon !

M... PARISIS. C'est que la foi de saint Louis, je le répète, circule toujours dans les âmes françaises, et qu'un collége qui porterait écrit sur son frontispice : Ici on n'enseigne, on ne pratique
aucune religion, ce collége serait désert. (Sensation.)

Donc, Messieurs, ce n'est pas la religion qui a besoin de vous
pour l'enseignement, c'est vous qui avez besoin d'elle. (Vive
approbation.) Donc ce n'est pas pour la religion que l'alliance
est proposée, c'est pour vous. Donc ce n'est pas la religion qui
propose la loi ; et, quoi qu'il arrive, sa responsabilité sera sauve.

Mais on me demandera peut-être si, d'après ces considérations,
je suis contre la loi.

Messieurs, permettez-moi d'abord de me rappeler que j'ai
l'honneur de représenter ici un double caractère ; j'aurai occasion
sans doute de dire ce que je pense de la loi comme homme
politique ; mais vous avez bien voulu me permettre, et je vous
en remercie, de parler aujourd'hui au nom des intérêts religieux,
qui, en effet, ne pouvaient pas rester sans être entendus dans ce
grand débat ; eh bien ! dans l'intérêt de la religion, on me
demandera si j'accepte ou si je repousse le projet de loi. Messieurs, voici ma réponse : Si le projet de loi nous est présenté
comme une faveur, je le repousse ; s'il nous est proposé comme
une occasion de dévouement, je l'accepte. (Très-bien ! très-bien!)

Voix diverses : C'est très-honorable! très-bien ! (Légères rumeurs à l'extrême gauche.)

M. PARISIS. Ma réponse, Messieurs, n'est pas une subtilité ;
c'est l'expression très-exacte de mes convictions les plus profondes et de ma conscience la plus fortement arrêtée.

J'ai assez vu de choses et j'ai assez réfléchi pour savoir ce que valent à la religion les faveurs de la politique. A Dieu ne plaise que j'attaque ici aucun des pouvoirs déchus, bien moins encore ceux pour lesquels je conserve le plus profond et le plus affectueux respect! mais je n'ai pas oublié que depuis 1822, par exemple, jusqu'en 1828, on voulut communiquer au clergé une partie du pouvoir universitaire; je n'ai pas oublié que cette participation au pouvoir fut regardée comme une faveur; que, depuis cette époque, les passions irréligieuses allèrent toujours en croissant, et qu'enfin on fut réduit à faire payer à la religion ces prétendues faveurs par de nouvelles entraves. (Marques nombreuses d'assentiment.)

Il en a été ainsi, il a dû en être ainsi, parce que, malheureusement, c'est ainsi que sont faits aujourd'hui les cœurs.

Sans aucun doute, dès lors qu'on a voulu établir ce conseil de surveillance, ou plutôt ce conseil en quelque sorte de gouvernement, commun aux maisons libres comme aux maisons officielles, il était de toute justice, de toute nécessité que le clergé y eût sa place dans une juste proportion; je le constate avant tout, afin qu'on n'abuse pas de mes paroles; mais c'est précisément cette nécessité qui m'inquiète.

Ces trois ou quatre évêques assis dans ce conseil supérieur au milieu de vingt et quelques autres membres, dont souvent la majorité ne partagera pas leurs convictions les plus intimes, les plus saintes, les plus inflexibles; cet évêque diocésain siégeant dans ce comité départemental où sa voix, qui doit être si écoutée, si respectée, si obéie dans son diocèse, sera souvent compromise et perdue; tout ce grand mécanisme, enfin, dans lequel le clergé n'entre que comme un rouage secondaire, et qui cependant, à raison de sa présence, sera regardé comme une organisation cléricale; tout cela, croyez-le bien, n'est pas à mes yeux une faveur, c'est un danger, un danger dont l'Eglise saura triompher; mais c'est un danger.

Voix nombreuses à droite : C'est vrai! c'est vrai!

M. Parisis. Voilà pourquoi, si la loi nous est présentée comme une faveur, je la repousse... (Interruption à gauche.)

Une voix à l'extrême gauche : L'acceptez-vous comme juste?

Voix diverses : Ne répondez pas.

M. le Président. Il faut regarder ça comme non avenu.

M. Parisis. Si maintenant on nous dit : « Les circonstances dans lesquelles nous nous trouvons ne nous ont pas permis de choisir un autre système; nous avons cru, après mûre réflexion, que, vu les difficultés présentes, c'était celui qui convenait le mieux au bien du pays.

« Nous reconnaissons que ce n'est pas l'œuvre de la religion, que c'est l'œuvre de la politique, c'est-à-dire du pouvoir établi pour veiller sur les institutions purement humaines; mais nous demandons que la religion nous aide à la mettre en pratique; nous le lui demandons au nom d'un intérêt qu'elle n'a jamais dédaigné, de l'intérêt de la société, du salut du pays. » (Très-bien! très-bien!)

M. Arnauld (de l'Ariége). Je demande la parole.

M. Parisis. Si l'on nous parle ainsi, Messieurs, tout change de face. Alors ce n'est plus une faveur que l'on nous propose, c'est un dévouement que l'on nous demande.

Le christianisme, Messieurs, est la grande école de tous les dévouements; il commande à ses enfants, et à ses ministres surtout, le dévouement, non seulement pour leurs amis et leurs proches, mais pour leurs adversaires, et au besoin pour leurs ennemis. (Approbation. — Rumeurs à gauche.

Voix à gauche : Pratiquez mieux! (Ah! ah!)

A droite : Ne répondez pas!

M. Parisis. Quand un peuple, quel qu'il soit, étranger, lointain, barbare, sauvage, vient dire à l'Eglise : « Nous avons besoin de vous, venez nous faire du bien; » l'Eglise n'examine pas s'il y aura pour elle, pour ses enfants, pour ses ministres, chez ce peuple, des richesses, des honneurs, des pouvoirs, des faveurs; elle se dit ce simple mot : « On m'appelle pour faire du bien, j'y vais. » (Très-bien!)

Une voix : C'est la morale évangélique !

M. Parisis. Alors même, ordinairement, à moins que la prudence ne l'y contraigne, elle ne se demande pas si ce peuple ne l'a pas autrefois trompée, trahie, persécutée, chassée; l'Eglise n'est pas soupçonneuse. (Rires à gauche. — Approbation à droite.) L'Église (s'adressant à la gauche), et vous le savez bien, oublie promptement ses plus cuisantes douleurs.

A gauche : Parlez-donc à l'Assemblée!

A droite : N'interrompez pas, alors.

M. Parisis. L'Eglise oublie promptement ses plus cuisantes douleurs; mais ce qu'elle n'oublie jamais, c'est sa vocation, qui est de faire du bien... (Très-bien! très-bien!)

Un membre à gauche : Tout le monde en dit autant.

A droite : Tout le monde en dit autant, mais on n'en fait pas autant.

Voix à gauche : Et l'inquisition?

M. LE PRÉSIDENT. On vous parle le langage de l'Evangile, et vous répondez par l'inquisition! (Rires bruyants. — Réclamations à gauche.)

(M. Parisis se tourne vers le Président et lui adresse quelques mots.)

M. LE PRÉSIDENT. Pardonnez leur, Seigneur, et continuez. (Hilarité générale et prolongée.)

M. PARISIS. Vous nous dites (je parle au gouvernement qui présente la loi), vous nous dites qu'avec le système proposé, si nous y entrons, si nous y coopérons, nous ferons du bien au pays pour sa sécurité, pour sa tranquillité, poursa prospérité ; vous nous le dites, et vous êtes d'une bonne foi sur laquelle personne n'élève le moindre doute. Et votre prédécesseur, monsieur le ministre, qui avait une intelligence des hommes et des choses à laquelle tous nous rendons hommage, nous le disait comme vous, et beaucoup d'autres hommes éminents, distingués, parmi lesquels nous comptons d'anciens amis, nous le disent aussi. Eh bien! dans cette situation, nous n'avons qu'un mot à répondre : c'est que, s'il y a du bien à faire, nous sommes prêts à nous y livrer. (Murmures approbatifs.)

Un membre à gauche : Et s'il n'y en a pas? (Exclamations.)

M. LE PRÉSIDENT. La grossièreté s'accroît encore de toute la sainteté de la question.

M. PARISIS. Mais encore une fois, ne dites pas que c'est nous qui avons demandé cette position mixte où se glissent des apparences de faveur.

Messieurs, permettez-moi, avant de finir, d'invoquer un petit souvenir biblique.

Vous vous rappelez ce jeune berger qui, pour combattre le géant ennemi de sa nation, préférait ses armes simples et agrestes à la brillante armure de son roi. Eh bien! Messieurs, l'Eglise en est toujours là ; les armes forgées par la puissance ne lui vont pas bien (Très-bien!) : elle préfère sa simple houlette; elle préfère son autorité morale librement exercée.

Ainsi je vous conjure, Messieurs, de bien vous le rappeler pendant cette discussion : ce que l'Eglise demande avant tout, c'est sa liberté; la liberté de faire le plus de bien possible; la liberté de tout son culte, de tout son enseignement, de toutes ses œuvres, de toutes ses aumônes; et, puisque je prononce ce mot, qui reviendra dans une autre discussion, Messieurs, ce que l'Eglise demande pour ses enfants, pour ses ministres, ce n'est pas la faveur d'être riche, c'est la liberté de se faire pauvre pour secourir les pauvres. (Très-bien très-bien! — Mouvement prolongé.)

Et pour revenir au sujet qui nous occupe, ce que l'Eglise demanderait, Messieurs, pour elle-même, ce ne serait pas la faveur de participer au gouvernement de vos écoles, ce serait la liberté pleine et entière d'avoir les siennes. (Ah! ah! — Rumeurs à gauche.)

Mais par votre loi vous nous demandez de vous aider à diriger les vôtres, et je crois que vous avez raison dans votre intérêt. Eh bien! nous vous répondons une dernière fois, que nous acceptons les rudes labeurs que nous prépare cette position nouvelle. C'est dans ce sens que j'accepte la loi.

Cependant, comme la question est grave, et comme ma position personnelle est grave aussi, je ne veux pas descendre de la tribune sans avoir franchement fait quelques réserves... (Mouvement en sens divers.)

La première, c'est que la loi conservera certaines dispositions importantes adoptées par la commission, et indispensables, essentielles à la liberté religieuse.

La deuxième (je désire être ici bien compris de tout le monde), la deuxième réserve, c'est que les décisions doctrinales qui seraient prises, par exemple, à l'occasion de l'examen des livres, par ces conseils laïques parmi lesquels siégeront quelques membres de l'épiscopat, ne pourront jamais ni obliger la conscience, ni gêner l'enseignement des évêques comme pasteurs des âmes. (C'est évident. — Bruit à gauche.)

A droite : C'est de toute justice.

M. PARISIS. La troisième, enfin, c'est que, comme c'est une voie nouvelle dans laquelle vous nous engagez, comme vous-mêmes vous ne pouvez en calculer toutes les chances, s'il arrivait que dans ces conseils on fît aux évêques des conditions inacceptables pour leur foi, ils s'en retireraient... (Sensations diverses. — Marques d'adhésion au banc des ministres et au banc de la commission.)

Voix à droite : C'est évident!

M. PARISIS. J'ai entendu avec satisfaction l'adhésion du gouvernement et de la commission à cette troisième réserve.

Voix diverses : L'adhésion de tout le monde! — C'est de droit!

M. DE PARIEU, ministre de l'instruction publique et des cultes. Nous ne pouvons pas accepter cela comme des réserves, car c'est la loi même et le bon sens!

M. de Montalembert. C'est la nature même des choses!

M. Parisis. Si le mot *réserves* déplait au gouvernement, je dirai *explications*. (Les membres du gouvernement font des signes de dénégation.)

Les évêques s'en retireraient avec le regret, sans doute, de causer quelques embarras, mais pour obéir au devoir le plus impérieux de leur conscience.

Si, au contraire, comme vous l'espérez, comme vous le croyez fermement, comme je le désire et comme cela est possible, votre loi fait le bien du pays, inséparable, selon moi, du bien de la religion, soyez-en sûrs, les évêques et le clergé vous donneront loyalement, sincèrement, sans arrière-pensée, sans réserve, tout leur concours et tous leurs efforts. (Très-bien!)

Dans ces termes, et avec ces réserves et ces explications, je voterai pour la loi. (Très-bien! très-bien!)

(L'orateur, en descendant de la tribune, reçoit les félicitations d'un grand nombre de membres de la droite.)

FIN DU SECOND VOLUME.

TABLE DES MATIÈRES.

HISTOIRE DE L'ÉLOQUENCE MODERNE.

CINQUIÈME SECTION.
ÉLOQUENCE POLITIQUE.

CHAPITRE PREMIER.
Assemblées de la Révolution.

CHAPITRE DEUXIÈME.
Tribune française depuis la révolution.

SIXIÈME SECTION.

AGITATION CATHOLIQUE.

—

CHAPITRE PREMIER.

Agitation catholique en Irlande et en Angleterre.

CHAPITRE SECOND.

Agitation catholique en France.

FIN DE LA TABLE.